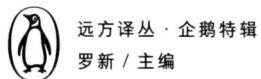

远方译丛·企鹅特辑
罗新 / 主编

大象的国度

ELEPHANT
COMPLEX

斯里兰卡
漫游记

〔英〕约翰·吉姆雷特 著　赵美园 译

商务印书馆
The Commercial Press

图书在版编目(CIP)数据

大象的国度：斯里兰卡漫游记 /（英）约翰·吉姆雷特著；赵美园译 .—北京：商务印书馆，2023
（远方译丛）
ISBN 978-7-100-22608-0

Ⅰ.①大… Ⅱ.①约… ②赵… Ⅲ.①游记—作品集—英国—现代 Ⅳ.①I561.65

中国国家版本馆 CIP 数据核字（2023）第 112866 号

权利保留，侵权必究。

ELEPHANT COMPLEX: TRAVELS IN SRI LANKA by JOHN GIMLETTE
Copyright © 2015 JOHN GIMLETTE
This edition arranged with Georgina Capel Associates Ltd through BIG APPLE AGENCY, LABUAN, MALAYSIA.
Simplified Chinese edition copyright © 2023 by the Commercial Press in association with Penguin Random House North Asia.
All rights reserved.

 "企鹅"及其相关标识是企鹅兰登已经注册或尚未注册的商标。未经允许，不得擅用。
封底凡无企鹅防伪标识者均属未经授权之非法版本。

远方译丛

大象的国度：斯里兰卡漫游记

〔英〕约翰·吉姆雷特　著
赵美园　译

商 务 印 书 馆 出 版
（北京王府井大街36号　邮政编码100710）
商 务 印 书 馆 发 行
北京市十月印刷有限公司印刷
ISBN 978-7-100-22608-0

2023年9月第1版　　　　开本 880×1230　1/32
2023年9月北京第1次印刷　印张 14 7/8

定价：78.00 元

献给我的女儿露西。

推荐序
FOREWORD

罗 新

"印度的一滴眼泪",这是广泛流传的对于斯里兰卡的形象描述,完全基于两个国家在地图上的直观呈现。不过也有人喜欢把斯里兰卡说成印度洋最大的一颗珍珠,这就不仅基于它在地图上的形状,而且也基于它在古代海上丝路贸易中以及葡萄牙殖民统治下盛产珍珠的历史。然而,泪滴也好,珍珠也好,都不足以反映斯里兰卡的真实面相,那就是它在自然和人文两个方面惊人的复杂性与多样性,正是这种复杂性与多样性,造就了这个岛国多姿多彩同时也苦难深重的历史。珍贵稀有的物产,独一无二的位置,决定了它在印度洋贸易网络中的重要性,这一重要性又决定了外来入侵的频繁,以及人群与文化异常复杂的历史层叠。尽管有关斯里兰卡的各种文献可谓汗牛充栋(别忘了这是地球上最早有丰富文字记录的地方之一),在时间与空间意义上全面覆盖斯里兰卡的旅行文学作品,必须首推约翰·吉姆雷特(John Gimlette)出版于2015年的《大象的国度:斯里兰卡漫游记》(Elephant Complex: Travels in Sri Lanka)。

如同约翰·吉姆雷特之前有关巴拉圭、纽芬兰和圭亚那的三本书的选题方式,斯里兰卡进入他的视野,出于相当个人的因由:他是从住家附近开始接触斯里兰卡的,在英国图庭的斯里兰卡移民社会开启了他对南亚那个绿色岛国的兴趣,使得他着手相当耗费时间的文

i

献研究、人物采访和实地调查。虽然他说在斯里兰卡各地的旅行（实地调查）耗时不过数月，然而，可以肯定的是，旅行之前与之后他花在文献研究上的时间一定比数月要长得多。因此，他的旅行不是简单的、平面的和单线条的，而是充满时间厚度和文化深度的，他带着历史兴趣进入丛林，在现实的平静安然之下搜寻往昔的激荡汹涌。和之前出版的四本书一样，约翰·吉姆雷特旅行写作的最大亮点不是旅行本身，而是以旅行为手段和线索，甚至为借口，所揭示出来的特定过去，尤其是那些制造了巨大苦痛的血腥过去。在这个意义上，使他区别于传统旅行作家的，正是他对于暗黑历史的执着探究、深入发掘和充满细节的再现。

传统旅行作家一般会把自己的旅行写成一个偶然事件，不追求对旅行目的地的全面覆盖。约翰·吉姆雷特不同，他的写作更像是完成一个科研项目，主要工作是旅行之前或之后的文献阅读，旅行本身不过是该项目必不可少的田野调查，甚至可以说不过是结构与叙述的必要一环。因为类似科研项目，所以他对旅行目的地的调查和描写总是覆盖性的，处处都走到，事事都涉及，篇幅非常大，表面上略显杂乱，仔细读才可以看到他有自己的主题和线索。这种全面性最大的优点是提供了相当系统的信息，对于想要完整了解某一旅行目的地的读者来说，有如一部精简版的百科全书。就《大象的国度：斯里兰卡漫游记》来说，约翰·吉姆雷特写到了斯里兰卡几乎每一个重要的地区和城市，随着他的游踪所至，一一展示这些地区和城市的历史中那些最具传奇意味的部分。当然，不同地区、不同城市的历史不见得都有年代学的紧密关联，书中重点讲述的历史事件也不见得都相互衔接，但读完全书，你会看到这些散布全书的讲述如同拼图一般，最终呈现出斯里兰卡自殖民时代以来到前不久主要的历史图景。

这本主要关注斯里兰卡历史的旅行著作，并没有按照历史时序来讲述这个岛国，而是以地理空间为序，先写首都科伦坡，再写内陆，接着是斯里兰卡的西岸、南岸和东岸，之后写斯里兰卡的东北部，最末则返回首都科伦坡。表面上看，这是约翰·吉姆雷特在斯里兰卡实地旅行的发生次序，带有偶然性，不一定存在特别的优先考虑。但实际上，这个旅行次序是设计的结果，目的是反映各地历史在年代学上的先后次序。比如，把内陆古典佛国放在海岸各地之前，是为了概括地讲述欧洲殖民者到来之前的斯里兰卡。然后先讲西岸，因为那里是葡萄牙殖民者开发采珠业和掠取大宗肉桂的地方；接着是南岸，因为与取代葡萄牙人的荷兰殖民史相关，荷兰人留下的历史痕迹（比如运河与城堡）比葡萄牙人的遗迹更为鲜明；之后写东岸，因为要由此讲述英国取代荷兰人并进一步发展为在斯里兰卡的全面殖民。西岸（葡萄牙）、南岸（荷兰）和东岸（英国），空间上彼此关联，时间上又反映了斯里兰卡沦为殖民地的历史时序。最后写东北部（贾夫纳半岛），那是在殖民主义终结、斯里兰卡独立之后，其历史背景则是黑暗无边的内战（斯里兰卡政府军 VS 泰米尔猛虎解放组织），是自古以来暴力与血腥历史的最高形态。可见，约翰·吉姆雷特的斯里兰卡漫游并不是随机的、偶然的，而是事先做足了历史功课，经过了精心设计的。

约翰·吉姆雷特似乎钟情于发掘历史上的暴力，他寻访的过去，不仅早已被热带大自然吞噬、遮盖，也早已被当地人民遗忘甚至否认。经过他充满勇气的探索，一条本已消失的"伟大之路"重新出现，那些模模糊糊的传说变得清晰，有如沙滩上正在锈蚀的铁船忽然焕发生机重新出航。无论是遥远的殖民地时代欧洲殖民者与斯里兰卡人之间，还是近数十年来斯里兰卡不同族群、不同信仰和不同地区之间，说不尽的冲突、杀戮、伤害与毁灭，是约翰·吉姆雷特在这个大岛上数月探查与思考的主题。在发掘这些黑暗往昔的时候，他注意到"似乎每个人都在忙着忘记过去"，"这里的人喝酒是为了忘记他们为什么要喝酒"。一个外来者，一个和平时代自由旅行的人，在喧嚣热闹的科伦坡，想的是内战时期"爆炸成为科伦坡日常生活的一部分，形成了一种反景观，导致数百人丧命"。游走在美丽无比的内陆森林里，看着大象固执地坚守它们千百年来走过的小道，约翰·吉姆雷特想到的却是从前的杀戮与伤痛。全书的重点是僧伽罗人与泰米尔人之间的对立、对抗和共存，特别是长达 26 年的、惨绝人寰的血腥内战。作者最后参观科伦坡郊区的内战纪念碑，看到为更多死难者姓名预留的空间时，那种强烈的不安——"是何用意呢？难道是要说明，这并不是结束，而只是开始？"约翰·吉姆雷特这一不可救药的悲观情绪，是不是源于他看到了过多（虽然远不是全部）往昔的黑暗？

约翰·吉姆雷特的讲述永远是那么克制和优雅。举个例子，他这样描写地图上的贾夫纳半岛："如果把斯里兰卡比作一枚蛋，那么贾夫纳半岛就像一只瘦削的古代小鸟的脑袋，努力从蛋顶破壳而出。它头上悬着印度的大后背，虽然仁慈地一动不动，但因为距离太近，让人感到威胁。"书中到处是绝妙的句子，比如这个令人喷饭的比喻："我们经过一棵满是狐蝠的树，巨大的黑色团球垂在树枝上，像耶稣会士洗好的衣服。"他寻访康提人号称世界上最大的那棵榕树，好不容易找到地方，却发现大榕树已经在前一天被锯掉了，"只剩下一个巨大的树桩和几堆鲜红的锯末"。当一个当地老者对他说"你很不走运"时，他反驳道："但这棵树比我更不走运吧。"这时老者的回答就充满禅意了："它已经在这里存在了许多个世代了，而你恰恰晚来了一天。"对旅行者来说，这是不是一句有深刻意味的提示？

约翰·吉姆雷特写出了一个复杂的斯里兰卡，复杂到有些令人生畏。不过他还是认为，把斯里兰卡说成天堂一般美好并没有错，因为遭到破坏的天堂仍然是天堂："我觉得，我再也不会看到如此始终如一的美丽风景了……我去过各种各样的地方，但没有一个能够如此这般。斯里兰卡必定是我见过的最美丽的国家了。"在他结束旅行，即将告别科伦坡时，他看到（想到）的是："这里的每个人要么在做买卖，要么在欠债，要么被当场捉奸，要么在谈恋爱。还有哪个城市会花这么多时间来惩罚它的恋人，但又收效甚微？到处都有一丝杂乱无序的气氛，甚至在火车上。人们会为了上车拼命厮打，而一等上了车，大家又突然成了朋友。"

在贾夫纳半岛，约翰·吉姆雷特看到的是长期内战之后一种不祥的平静："尽管道路重新开放，贾夫纳缓过了一口气，但人们知道这并不是终局。虽然目前局势平定，但他们不知道未来会发生什么，他们所能做的就是观察和等待，有点像车顶上的那只猴子。"没有人知道未来会发生什么，但我们可以做的远不只是观察和等待，我们活在当下，享受美景、美食与爱，和斯里兰卡车顶上那只猴子一样。

目录
CONTENTS

推荐序 / 罗 新   i

引言   1
第一章　科伦坡大象   11
第二章　湖波浩壮，俱寂无声   75
第三章　肉桂堡垒   113
第四章　永久假日的国度   147
第五章　空中花园   185
第六章　康　提   219
第七章　希望与茶的土地   245
第八章　狂野的东方   279
第九章　亭可，亭可，小星星   313
第十章　爱的多管筒推进器   333
第十一章　贾夫纳半岛   363
第十二章　海岸上的鞋子   401
第十三章　碧绿永恒   431
后记   445

拓展阅读   447
致谢   459

引言
INTRODUCTION

  锡兰彻头彻尾是东方的——全然的东方，全然的热域，而且，在难以理明的精神感知里，这两种特质着实是同属一体的。

——马克·吐温，《赤道环游记》，1897 年

  也许锡兰的每一处景致都被地球上的某个地方超越了；柬埔寨可能拥有更让人叹为观止的远古遗迹，塔希提岛可能拥有更生机勃勃的海滨沙滩，巴厘岛可能拥有更美丽绝伦的风光（尽管这一点我很怀疑），泰国可能拥有更可爱迷人的济济众民（也是怀疑）。但我发现，很难相信有哪个国家在方方面面都能如此出类拔萃。

——阿瑟·C. 克拉克，1970 年

这场旅行要从乘坐巴士开始。从我在伦敦西南部的房子出发，几分钟后会来到一个斯里兰卡人的社区。社区位于图庭（Tooting）街区，很大但并不起眼。他们都是泰米尔人，其中多半是难民，大都来自同一个小镇维尔维特图赖（Velvettithurai）。尽管通常的人口数据是八千人，但谁也不知道他们具体有多少人。无论这个数字是多少，如今图庭的斯里兰卡人比历史上任何时期在锡兰的英国人都要多（哪怕是在帝国鼎盛时期的1911年，锡兰的英国人也只有六千人）。不过当然了，图庭只是一部分而已。在整个英国，有十一万斯里兰卡的泰米尔人，仅伦敦一地就有二十二座寺庙。

我被我的泰米尔人邻居吸引多年。也许是他们的与世隔绝让我深深着迷。他们对外部世界所求无几。他们有自己的商店、自己的课外教育学校、自己的慈善团体、自己的领导人和自己的咖啡馆（这里一顿午餐仍然只要四英镑）。他们还有泰米尔语报纸和一份专门的泰米尔语黄页，从中可以让人好奇地瞥见另一个伦敦：畏怯含羞的、镶珠饰玉的、亚细亚的。

泰米尔人（Tamils，准确地说是Tamilians）甚至有他们自己的内部犯罪高潮。名为"贾夫纳男儿"（The Jaffna Boys）、"泰米尔群伙"（The Tamil Posse）等的残暴帮派携着匕首、电击枪和武士刀火拼。仅在一年时间里（2005年），就有十六名泰米尔人死在自己人手里。伦敦对此似乎毫无察觉。

在斯里兰卡内战（1983—2009）接近尾声的时候，我决定进一步探索这个羞怯的社区，就从寺庙开始。别处的泰米尔人朋友对我殷殷叮嘱（比如，我一定不能穿戴皮制品，到访前两天内一定不能吃牛肉），但是他们都不愿意陪我同去，也绝不允许我在任何写作的内容里面提到他们的名字或引述他们说过的话。这当然使我比以前越发地感到好奇。

我去过几次。从外面看，斯里穆图马里安曼寺庙（Sri Muthumari Amman Temple）依然像是一座小小的百货商店。这儿从前是皇家兵械合作社（The Royal Arsenal Cooperative Society）的所在地，它的外墙是用艺术装饰的瓷砖铺砌的，如今却裂痕暴露，布满灰垢，宛若破旧的蛋壳。但一跨过门槛，眼前便呈现出一个新的世界，这就是我一直以为的斯里兰卡。我的眼睛被袅袅香气熏得刺痛，椰油灯烟雾缭绕，空气也是油腻腻的。楼上有十二尊神像落座在古老的商店地板上，墙壁从前是精致的胶木绿色，如今已经被油烟熏得发黑了。这些神像都是用银和铜制成的，由十二名僧侣侍奉着，每位僧侣半裸着躯臂，头发垂至腰部。要不是透过烟雾隐隐窥见格格不入的伦敦巴士，我早就忘记自己身在何处了。

我总是人群之中唯一的白人面孔。常常有年长者主动向我透露一些信息，也许是为了揣测我的意图。他们会说："我们的神像每尊有六百五十公斤重。"或者说："这里每天有五百人前来敬拜。"

这里最重要的神明是马里安曼女神（Goddess Mari Amman），人们会按照宗教仪式，一次又一次让她浸浴在几加仑[1]的牛奶、玫瑰水和鲜橙汁中，然后再为她穿上洁净的真丝纱丽。信徒们匍匐拜倒在她周围的地板上，往她的匣子里塞钱。我从未想象过这样的宗教崇拜会出现在英格兰，更别说是离家一英里[2]的地方了。布告牌上登着一封信，请求每一位虔诚的信徒为寺庙捐助一万英镑。

这里还有敬奉泰米尔猛虎组织的圣祠，看起来就像一架四柱卧床，但布置着照片和鲜花。对世界上的许多人来说，泰米尔伊拉姆猛虎解放组织（Liberation Tigers of Tamil Eelam）是人类所知最无情、

---

[1] 1加仑约等于3.8升。——编者注（若无特别说明，本书脚注均为译者注）
[2] 1英里约等于1.6千米。——编者注

最冷血的恐怖组织。可在这里却不是这样。在这座圣祠里，注视着人们的是烈士的遗像：一个在绝食抗议中死去的男孩；一些身穿特制虎纹迷彩服的漂亮女孩。一位信徒告诉我："这些人是中毒而死的，神经性毒气。"

斯里兰卡的内战或许结束了，但在这里，在图庭，内战从未真正结束。你还是可以买到一本猛虎组织的日历，每日图片是一位烈士或其他一些让泰米尔人感到振奋鼓舞的人物（包括马克思、丘吉尔、库克船长，还有一位日本神风突击队队员，真是令人费解的人物组合）。更多著名的游击队队员的照片悬挂在商店里。每年11月，泰米尔人会聚集起来庆祝"英雄日"（Maaveerar Naal）。对于斯里兰卡媒体而言，图庭就是他们的摩加迪沙[1]。有一家报纸《亚洲论坛》（Asian Tribune）甚至指控寺庙里的人走私军火——将滚珠轴承和炸药包放在标有"海啸赈济"字样的木箱里运送出去。

或许我不该感到惊讶。伦敦这片地区曾经就是泰米尔人叛乱的温床。1975年，正是在这里，最早的一支游击队成立了，名叫EROS，即伊拉姆学生革命组织（Eelam Revolutionary Organization of Students）。而且，正是以这里为起点，他们前往叙利亚接受训练。这个行政区也是猛虎组织的政治战略家安东·巴拉辛哈姆 [Anton Balasingham，威廉·达尔林普尔（William Dalrymple）曾称他是"枪支背后的大脑"] 曾经的家。巴拉辛哈姆和EROS的创建者埃利亚坦比·拉特纳萨巴帕蒂（Eliyathamby Ratnasabapathy）为了建立一个独

---

[1] 摩加迪沙：东非索马里共和国的首都。因国家内乱，摩加迪沙长期处在派系瓜分、军阀割据的混乱局面，时有帮派交战，常年充斥着战火。

立的泰米尔国,终其一生在斯里兰卡境内战斗,最后两人都回到这里,死在这里。据说,2006年12月,巴拉辛哈姆的遗体被安置在亚历山大宫,当时有六万人从旁列队走过,以示瞻仰。

老兵或许已经退场,但这场战斗仍然留有许多幸存者。巴拉辛哈姆的妻子阿黛尔[Adele,在报纸上以"澳大利亚之虎"(The Australian Tiger)著称]曾经是猛虎组织妇女派的首领,现在居住在米彻姆。同时,你在图庭还可能遇到另一个臭名昭著的叛乱分子阿鲁尔·普拉格萨姆(Arul Pragasam)的妻子,她现在是一名缝纫工。他们的女儿玛坦吉(Mathangi),或者叫"玛雅",永远不会忘记她在贾夫纳游击队度过的动荡不安的童年,她会成为她这一代人里最坦率的歌手之一,她的艺名"M.I.A"更为人所知。

当然了,这里还有其他人——大屠杀、敢死队和区域轰炸的目击者。"每个人都失去了一些东西,"他们说,"每个人都受到了精神创伤。"

❋

不难看出为什么几千年来人们为了这座岛屿征战不息。六个世纪前,一位教皇使节特别提道:"根据本土传说,从锡兰到天堂有四十英里;因此,据说在那里可能会听到天堂里泉水的声音。"在这座岛屿上游历了几个月之后,我终于彻底理解了这句话。尽管我所到的地方已经封闭了近三十年,而且遭受了战火的摧残,但它仍然只是被破坏的天堂而已。我觉得,我再也不会看到如此始终如一的美丽风景了:潟湖(gobbs)蔓延,布局绝美,河流与山峦如梦似幻,翠绿通透,似乎闪耀着晶莹碧光。因为工作的原因,我去过各种各样的地方,但没有一个能够如此这般。斯里兰卡必定是我见过的最

5

美丽的国家了。

每个人都想分得一块天堂之土。泰米尔人和僧伽罗人（Sinhalese）争夺这座岛屿已经太久，谁也说不清是哪一方捷足先登的。对外人来说，这也许是一个十分危险且事不关己的问题，但在斯里兰卡，它已经持续引爆了两千多年的战火。实际上，回望过去的两千年，很难找到某个世纪的塔普拉班（Taprobane）或锡兰（按照广为人知的名称）既没有被占领、被侵略，也没有被残酷的内战搞得四分五裂的历史阶段。

坐落于印度洋的中轴线上对斯里兰卡没有帮助，与国土面积大自己六十倍、如今人口也多六十倍的印度为邻，对它也没有帮助。因物产富饶而引得掠夺者虎视眈眈更是于它不利。军事史学家杰弗里·鲍威尔（Geoffrey Powell）曾写道："一个国家招来侵略之祸并不一定是因为它富有，但锡兰一直是丰裕富饶的——一座香料与宝石、大象与稻米的宝库。"马可·波罗短暂经停这里的时候，他看到的宝石"有人的胳膊那么粗"，而对阿拉伯人来说，这里是"红宝石之岛"（Jazirat al-Yakut）。这确乎是麻烦来临的征兆了，而几个世纪后的今天，战利品遍布各地。英国皇冠上镶有来自这座岛屿的一颗四百克拉的蓝宝石，而最贵重的一件珍宝（号称"印度之星"）如今躺在纽约的自然历史博物馆里。

但宝石并不是唯一的诱惑，你只需看一下地图就能感受到这个国家的丰饶。这完全与这座岛屿的形状有关，它就像一顶耕作者的帽子。环绕着海岸的是一圈明艳的绿，但越往中心，则会出现巨大的岩石山丘，面积大约是康沃尔郡的两倍，高七千多英尺[1]。不难想象云潮从印度洋上滚滚倾泻，拍打在这些岩石上，再变成万丈湍流迸

---

[1] 1英尺约等于0.3米。

发而出。斯里兰卡的土地上布满了河流的褶皱。这些河流甚至弯弯曲曲地穿过所谓的干燥地带，汇入巨大的蓝色湖斑。

这一切解释了令人眼花缭乱的野生动植物的存在。尽管斯里兰卡仅与爱尔兰一般大小，但这里却是大量生物的栖息之地，从鳄鱼和金钱豹到"灰头噪鹛"，种类多得惊人。更令人惊叹的是，这里不仅有地球上已知体形最大的生物（蓝鲸），还是世界上最大的陆地动物的家园。在爱尔兰共和国，只要有一只野生大象四处漫游，就足以引起轰动，而斯里兰卡有五千八百多只。

毫不奇怪，大象在这座岛屿的历史上是十分重要的存在。

在历史上的大多数时期，大象（ali）一直被视为权力与权威的象征，而且还充当温顺的仆人。斯里兰卡大象训练起来总是出奇地容易，出口的种型甚至引起了亚历山大大帝的注意。在中世纪，僧伽罗国王将杀死大象定为死罪，他们役使大象做工，建造了一些世界上最宏伟的建筑。接着，在葡萄牙殖民时期，大象被再次征集出售。在荷兰租借期间，它们被派往运河上干活。到了英国人治下，它们开垦丛林以供种茶。只有现在，大象才不被需要了。只不过有一百四十只还在被圈养着。

或许野生大象比其他任何事物都更能说明这座岛屿的复杂性。据说，一代又一代大象在一生当中都会遵循同样的道路。这些道路遍布各处，常常不为人类所知。这意味着，有一些看不见的走廊在斯里兰卡的土地上纵横交错，密集分布，几百年来，或许几千年来都未曾改变过。有时候，某一条大象的道路（alimankada）久未使用，人们就会忘记它在哪里。但一旦大象重启道途，就几乎没有什么能让它们走偏。它们会冲破栅栏，撞毁桩柱，而且众所周知，也会横扫棚屋和小房子。动物学家们也不确定这种行为应该描述为执拗作祟还是决意而为，或许这一点无关紧要。唯一全然清楚的是，在大象群体的思维里，存在一个针对这座岛屿的宏伟计划。

也许人类思维的运作方式也是一样的。纵观锡兰或斯里兰卡的历史，从不会给人循环之感。相反，有一连串抵达与出发的节点频频出现，中间的一切都被瓦解、被破坏了。文明曙光乍现，繁荣壮大，然后在经历了发展进步的狂潮之后，一切突然消隐绝迹。没有人能回到开始的地方，而同样的故事或许将从别处再次开始叙写。这座岛屿的历史仿佛是一张由路线与道途结成的细密织网——就像大象的道路——只要被遵从就好。几千年来，历史事件及其主人公几乎未曾改变，总是有同样的执拗之性和决意之心驱使着他们向前。或许这些道路存在于某种伟大的、神秘的地图里，抑或只是一种心境，一种大象情结。

◉

斯里兰卡奇特的历史和那些我弄不太懂的邻居让我感到好奇，于是我打算亲自去看看。我决心花三个月时间游历其间，并给自己两年的时间做准备，建立人脉网络，阅读一切可以找到的资料。我对眼前这项任务毫无头绪。在伦敦，我采访了大约五十位熟知这个国家的人，但他们所说各不相同，导致我开始怀疑是否存在好几个斯里兰卡。与此同时，当我告诉僧伽罗人我将要写下关于他们的岛屿的事情，他们和泰米尔人一样，几乎毫无例外地要求匿名。有些人心里存在某种畏惧，我总觉得不适合再追问下去。其他人对于他们的国家将被描写下来的想法只是一阵惊栗。

阅读工作几乎令人畏缩。一定程度上尽是卷帙浩繁的资料。斯里兰卡拥有世界上有史料记载的最古老的历史之一，你追溯得越远，它的故事就越是盘根错节，文献与神话相互纠缠。甚至光是近代的文献都可能让人不堪重负。在英国的统治下，锡兰总是书卷气十足，在英文领域的成就尤其可观。今天，这个只有两千多万人的国家，每年仍会产生数量惊人的精心打磨的文字。

　　我发现，在气势磅礴的思想飞瀑下，斯里兰卡的故事是常变常新的。过去有段时期，写经人耗时几百年将伟大的英雄故事写在奥拉叶[1]上，再把它们缝缀在一起。这些故事从开头到结尾，始终没有改变，它们积压在寺院图书馆里，几个世纪依然如旧。现在不会了。故事在世界上跳来跳去，发生变异，扩散增殖，最后又回到斯里兰卡。对有的人来说，混沌之中存在着某种荣耀。正如一句古老的僧伽罗语谚语所讲的："一句精彩的谎言，胜过一千条事实。"

　　人人都身在其中。战争期间，泰米尔猛虎组织至少维护着五个网站，每个都在重新创造历史。旅游部门一样糟糕，他们清除了宣传册上任何提到战争的内容（在交战白热化的时候，一句标语写道："充满小小奇迹的国土"）。就像前英国广播公司记者弗朗西丝·哈里森（Frances Harrison）所说的，"否认已经成了斯里兰卡的习惯"。报纸也不总是有用的，其中大多数充斥着鲜明犀利、精心炮制的观点，有时很难搞清楚到底发生了什么。

　　外人再也无法确信任何事情，或许就连斯里兰卡人也不能。时任总统拉贾帕克萨在伦敦仅有一座小宫殿，还是三座？有多少人被关押在拘留营里？被抓捕的"猛虎"怎样了，他们的两亿美金去了哪里？这些日子里，每个人要么在讲述这些故事，要么以自己的网

1　奥拉叶（ola leaves）：一种棕榈叶，主要用来写作传统手稿和算命。

站为阵地与之争辩。几乎每说到什么,就会立刻招来铺天盖地的恶言谩骂。在嘈杂的故事中,单独的声音几乎无人听闻。甚至国防部也有个网站,粗制滥造一些否认性的内容。

或许描写斯里兰卡从来都是这样,墨迹未干,任何写下的东西就几乎错了一半了。从契诃夫到简·莫里斯,的确有无数外来者写过这座岛屿的神秘。伦纳德·伍尔夫(Leonard Woolf)谈到一种"强烈的真实与虚幻的奇妙组合",但英国人常常对错乱习以为常。美国人也许更敏感一些,他们描写斯里兰卡时倾向于把它当作一个迷宫。作家马克·梅多斯(Mark Meadows)是这样说的:"境况太过复杂、繁细、微妙,任何人无法充分领会。"对另一位美国记者而言,是迷宫没错,但它是一个谎言的迷宫。威廉·麦高恩(William McGowan)写道:"斯里兰卡被一种逃避和否认的心理击穿了胸口,还部分牵系挽留颜面的重要过程……"曾经古怪离奇的神秘如今或许已经变成惊惶的一个源头。

这些都不能让人感到欢欣鼓舞。对一个游访作家而言,最令人困扰的话来自一位联合国顾问——澳大利亚人戈登·韦斯(Gordon Weiss)。战争结束的时候,他这样写道:"在我前往斯里兰卡之前,有人告诫我说,等我离开的时候,我对这个国家的了解还不如刚来的时候。在某种程度上,确实如此。"对我来说,这个想法让人望而生畏。等在前方的不是一次对理解的追寻,而是一场与困惑的战斗。

2015 年,伦敦

第一章

科伦坡大象
COLOMBO JUMBO

世界上没有任何地方能够讲述这么多种语言,或是容纳这么多民族。

——罗伯特·珀西瓦尔(Robert Percival),
《锡兰岛纪行》(*An Account of the Island of Ceylon*),1803 年

在科伦坡,除了加勒菲斯酒店(Galle Face Hotel)的游泳池,没有什么可供(游客)玩乐。

——哈里·威廉斯(Harry Williams),
《锡兰:东方明珠》(*Ceylon: Pearl of the East*),1948 年

评判一座城市,应该依据那里罪犯的胆量。

在科伦坡的日子里,我只被骗过一次,就在我刚刚抵达的时候。我拦住一个西装革履的男人,向他问路。"我带你去,"他说,"我正要去那里呢。"我们一边走路,一边谈论着板球(对我来说很神秘)和英格兰(对他来说很神秘)。"我叫杰亚。"他说,主动跟我握手。

又往前走了一点,他提到了大象。

"每天早上这里都有庆典,七点钟的时候。"

"哦,"我说,"那大约就是现在。"

杰亚皱着眉头:"是的,我们需要一辆三轮车。"

还没等我反应过来,我们已经在车流中晃来晃去了,像一只绿色的大蜜蜂。

"我们这是要去哪儿?"我喊道。

"去我们最神圣的寺庙,冈嘎拉马(Gangarama)寺!"

看到杰亚喜不自禁,我发觉有些不对劲。

不过大象确实是真的:有一只小象正在洗澡。

"这些都是供给寺庙的礼品呢!"

我们周围是层层堆积的供品,被灰尘覆盖。供品中,我看到了照相机、钟表、一只大象的脚、一个盛着佛陀头发的匣子、一台蒸汽机,还有一辆老式劳斯莱斯。恍惚之中,我试图忘记自己正在被人温和地坑骗。

"我们能回去了吗,杰亚?"

"当然可以,去哪里?"

我竭力思索在哪里见到过警察。"总统官邸吧。"

我们驱车行进,双方都沉默着,内心思量着。

"好了,我需要付你多少钱?"停下车的时候,我问司机。

"八千七百卢比。"这大约相当于五十英镑。

杰亚正挡着车门，我转头问他："这个价格合适吗？"

他迟疑着，有点无路可退。"是的，合适。"

我做出一副不耐烦的样子，冷笑着说："所以你俩是一伙的吗？"

杰亚眨了眨眼睛："就给他七千吧，不行吗？"

我在座位上安稳地坐下来。"那我还是等等吧。"

他们两人面面相觑。"等什么呢？"

"等一个合适的价格。"

于是，我们等待着。令人窒息的五分钟过去了，十分钟过去了。外面的天空凌乱地飘着些风筝，我能感觉到海浪在我耳边拍打。难道是我自己的血流吗？我憎恨这样，但假装一切尽在掌握之中。一队穿黑色制服的长腿士兵从我们身边经过。他们身穿长长的塑料外套，上面印着"总统卫队"字样。

"也许那些警察知道价格？"我提议说。

杰亚假装没有听见。"你想给多少钱？"

我心里也没个底，表示愿意出五百卢比。

突然间，一切都变了，杰亚充满感激，连声称赞。他不再煎熬了，其实想要大约两英镑，然后就相安无事。从那一刻起，我对科伦坡有了不同的感觉。或许，我还是可以喜欢上这座城市的。

如果爱丽丝想要探索另一个奇境，她或许会来科伦坡。

刚到的几周，我四处走动。有时候，我走了几英里，却有种从未离开出发地的错觉。在这一点上，最糟糕的要属加勒大道。它横穿近三十七英里的城郊地带，整个过程中，城市的变化难以察觉。道路的一端是一个峡谷，有广告牌、玻璃和发霉的混凝土，另一端

13

也一模一样。再加上我看不懂当地的文字,就更不利了。这里的书写字体全都形状蜷曲,精巧雅致,有点像贝壳。在有些地方,我只能通过辨认显眼的东西来找路。其他一些地方,我还记得的有萨里镇(Sari Town)、布莱街(Bra Street)和汽车残骸城[1]。

但即使认得路,有些东西仍然显得很奇怪。我最后恍然大悟,这个城市不知怎么的,里外颠倒了。本应地处内部的东西——堡垒、议会和大使馆——现在都散落在边缘地带。同时,本该安置在乡下的东西却突然出现在应是中心的地方:大型军营,也许吧,或是鹅鹕以及豌豆汤颜色的大湖。好像每个人都在配合开着这样一个小小的城市玩笑。在大街上看到奶牛,或是伐木工人,一点也不稀奇。"月圆节"(Poya)期间,边道小街有时会完全封闭,小型板球比赛会一下子席卷全城。在这样的时候,大象便有了一席之地——乘着卡车到处游行。

在所有突然出现的、出人意料的地方里,我最喜欢的是加勒菲斯绿地(Galle Face Green)。它恰好位于海岸边,地形十分狭长,远处的尽头仿佛消融在浪花里。它虽然从来算不上科伦坡的中心(科伦坡没有中心),但在人们眼里一直是放风筝、摆兵布阵、散步散去满身咖喱肉汤味儿的天然场所。傍晚时分,全城有一半人会来到这里,嚼着烤螃蟹,或者把纱丽系到腰上,跌跌撞撞地冲进海浪里。爱丽丝会多么喜欢这里呀。有一只吉卜赛人的猴子,总是穿得

---

[1] "汽车残骸"实际是沉没于20世纪80年代的巴拿马运输货船"首龙"(Chief Dragon)号,现在是一个沉船潜水探险的景点。沉船最顶层的甲板上可以看到几辆汽车的底盘,虽然几乎无法辨认,但四个轮子和传动装置的部件仍然完好无损。另外,斯里兰卡海军为消除这艘巨型沉船对商业航运的危害而炸毁了其上层部分,使得沉船看起来像是一座废弃的金属城市。基于这样的原因,这一沉船潜水探险点得名"汽车残骸城"(Car-Wreck City)。

像个英国人。在灯塔周围的高台上,所有的高射炮都裹着小巧的棉外套。

不过,这个城市也透着一股不大协调的感觉,似乎是一锅大杂烩。从加勒菲斯绿地出发,我如果向任意方向行进,最后总会来到一个陌生的地方。可能是葡萄牙城壕建筑群("堡垒");或是关押非洲工人的大型荷兰营地("奴隶岛");或是英国人建造的庄严肃穆的景观。如果维多利亚的帝国得以继续扩张的话,地球上大部分地区现在看起来就会像格拉斯哥一样。科伦坡集合了所有常见的细节:教堂和钟楼、圆柱、门廊和一丝哥特式风格;国会山规模的市政厅,以及红褐色和奶油色的各式各样的百货商店。1875年,英国人甚至筑墙隔开一平方英里的海域,要建立一个比仰光、加尔各答和孟买加起来还要繁忙的港口。

由于没有公认的核心,一切又充满异域风情,所以斯里兰卡人花了一些时日才明白过来,科伦坡是属于他们的。即使现在,集体主义精神仍然很是缺乏。没有什么能让一百万人有力地团结起来,没有"大苹果"或"科伦坡联盟"。尽管有一个科伦坡板球俱乐部,但真正的忠诚不在这里,而是在泰米尔人联盟(Tamil Union)或僧伽罗人体育俱乐部(Sinhalese SC)等团体组织里,它们大致是基于种族和阶级而成立的。如果我问别人是哪里人,他们常常会说出祖先所在的村庄,而不是他们生活了一辈子的城郊。至于他们的集体名称,谁也没有确定的答案。科伦坡人是写作Colombans、Colombites还是Colombeiros呢?对许多人来说,这个问题他们连想都没想过。

在这样的模棱两可中,以科伦坡为家的常常是外来人口。科伦坡有着浓郁的异国风情,哪怕是常住民也这样觉得。据说,这座城市一度叽里呱啦地讲着一百种不同的语言。即使现在,从一条街到另一条街，人们说的话也不一样——有时是泰米尔语，有时是僧伽罗语，而且总是夹杂着一点别的语言。在斯里兰卡的其他地方，泰米尔人和穆斯林分散居住在北部和东部，形成了危险的少数民族。这里却不是这样。科伦坡有将近三分之一的人是泰米尔人，四分之一的人是穆斯林。与此同时，还有跟随军队和帝国而来的所有其他人口。曾有人误以为所有这些人只是过客而已。1948年，一位英国种植园主这样写道："阿富汗人放高利贷；中国人卖丝绸；印度人跑人力车；僧伽罗人赚了钱就回到乡村；英国人工作只是为了退休……"

环顾四周，我觉得除了英国人以外，好像没有人离开。人群中仍然有阿拉伯人的面孔，还有在贝塔区敲打锅盆的俾路支人。有一次，我遇到一个突突车司机，是中国人，他说他来自邦巴拉皮提亚（Bambalapitya），他父亲是那里的牧师。还有一次，我遇到一位金发导游，他告诉我："直到我开口说话，才有人相信我来自科伦坡。"

所有奇境都有白兔，这座城市则有超过一百万只。

他们每个工作日都会前来，宛如一群抽搐的神经症患者。他们趴在巴士和火车上赶过来，全都已经迟到了，一种淡淡的恐慌笼罩着整个城市。几个小时里，主干道被塞得严严实实，谁也动不了。这是一个奇妙的时刻，可以给科伦坡拍张照，这座由侵略者建造、被通勤者围堵的城市。

接着，随着买卖开始做起来，有什么东西松动了，卡车又开始流动。现在不是我去散步的好时候。正如一位美国作家描述的："仅仅过一下马路，都似乎是一次艰苦的因果体验。"

然后，黄昏时分，整个过程调转了方向。又一次，半个世界都在行进。这时不再是兔子，而是一种燥热的、愤怒的爬行动物，像蛇一样曲曲折折地出城了。明天的报纸将会宣布在每日汹涌澎湃的人潮中死去的人。

人们说:"这有点疯狂。"

科伦坡也许没有中心,但常常让人觉得,所有道路好像全部在加勒菲斯酒店交会。

我几乎是不假思索地订了一个星期的房。外地人总是被吸引到加勒菲斯来。部分原因是它太显眼了——拥有标志性的奶油粉色顶板。它的旁边是大海,前方是延伸的绿地,总让人觉得这是一个观赏戏剧的地方。偶尔,它自己成了戏剧的一部分(泰米尔族议员的拘留所,或者国王与王后下榻的地点),但大多数时候,这里是一个观察的去处——也许观看决斗或是撤退的军队。如果 1942 年 4 月 5 日我站在外面的台阶上,就会看到八十架日本轰炸机抵达科伦坡上空。那一天,这座城市没有什么值得庆祝的[1]。当轰炸机离开时,一架落单的零式战斗机满身火光俯冲到绿地上,然后坠入大海。

我一直很喜欢这里,虽然我也不知道为什么。门卫看起来就像鲁里坦尼亚[2]的禁卫军;黄铜制品闪闪发光,门大得夸张,到处都有一种高贵的不舒服的气氛。花园的尽头是一个防空炮台,无论是在热带的暴雨里,还是在正午的烈日下,炮台上一直有人值守。在这里,在后方,科伦坡暂停了下来,周围的声音从交通拥堵变成了海上冲浪。每天早上,早餐都会出现在露台上,就像某种盛大的宫廷

---

1 当天是复活节,城市本在举行庆祝活动。
2 鲁里坦尼亚(Ruritania):一个虚构的王国,位于欧洲中部,设定来自英国小说家安东尼·霍普(1863—1933),在其笔下,鲁里坦尼亚充满冒险和浪漫际遇。——编者注

接待宴：巨大的银质汤罐里盛着蛋鱼烩饭和粥，还有一排排的咖喱饭菜。

简·莫里斯称这个地方是一个"帝国商旅驿站"，但似乎每个人都很喜欢这里。大厅里有一长串刻在大理石上的名单，记录着来过这里的值得纪念的客人。我试着想象他们齐聚此地：铁托和乌尔苏拉·安德烈斯（Ursula Andress）、英迪拉·甘地、诺尔·科沃德（Noel Coward）以及卡扎菲上校和波·德里克（Bo Derek）。我甚至发现菲利普亲王的小汽车停在上面的一个平台上，那是一辆1935年的斯坦德（Standard）9型汽车。有一次，周围没人，我跳进了车里。亲王从膝盖的高度看过去，一定对科伦坡留下了奇特的印象。

当然了，对英国人来说，加勒菲斯酒店很有家的感觉，只不过抱怨的也更多。我的房间看起来有些陈腐和破损，而且非常冷，导致每次当我走进这座城市蒸汽浴室似的炎热天气里时，我的相机就会起雾，几小时都不能工作。在其他地方，人们用水桶收集雨水；下午茶时间，露台上乌鸦成群。这一定是世界上唯一一家雇用了一位职业稻草人的酒店，他系着领结，手持弹弓。

在这里，我也第一次见识到斯里兰卡的职场。

员工似乎都是百折不挠的罢工者。楼上有一些镶框的照片，照片上的侍役长和服务员展着横幅，堵在加勒大道上。"没有人被炒过鱿鱼。"酒吧服务员愉快地说，我很快就发现他可能是对的。虽然酒店服务很舒心，有时候却会突然消失。在我居留期间，轮到的是礼品店。外面虽然贴着诱人的布告（为挑剔的宾客提供优质商品），店门却关得严严实实的。似乎是行政层面发生了某种细微的冒犯，导致无人上班。有一天，我遇到一位老房客，他是这样解释管理运作的："要征询每个人的意见。分派头衔。让每一次变动都像升职一样。

预先想好后续的两步举措。不搞区别对待，但管理每个人要表现得好像只有他们才是重要人物。"

雇用员工似乎就跟下国际象棋似的，只不过是有几百个兵卒罢了。

在这座没有根基、讲着多种语言的城市里，我不可避免地会遇到穆罕默德这样的人。

我们的相识不全是巧合。在伦敦的时候，我花了几个月时间寻找联络人，寻找帮助我走出前方迷宫的指引。事情比我预想的困难多了。泰米尔人忧心忡忡，僧伽罗人也不例外。哪怕他们知道真相，也没有人希望自己的意见在外面随意传播。我遇到的人总是很热心，很慷慨，但也很让人困惑。他们感到骄傲自豪的时候却假装漠不关心，不太确定的时候则装作怒发冲冠。我记得有一个女人站在我们的厨房里，使出浑身解数大喊大骂，搞得别人手足无措。"不要引用我说的话。"她说，然后就是一通恼言怒语的狂轰滥炸，谁也不能幸免。她从每一位描写过她的国家的作家说起，一直讲到泰米尔人才结束。我在想，我这是给自己招来了什么麻烦啊？

但我还是把名单都收集齐了，在这个过程中，我学到了几样规则。摇头晃脑的意思就是不置可否，而表达否定意见总是非常没有教养的。另一方面，浅尝辄止（至少在开始的时候）、避重就轻是一种礼貌。最高的美德似乎要属安宁平和了，而且迟到是阶级的一种象征。我还得知，如果人们觉得自己的阅历太浅，不敢表达意见——而且多数人都是这样——那么他们总是知晓某人可以表达。所以我常常被沿着社会建构层层往上推递。等我抵达科伦坡的时候，我的电子邮件已经潜入部长的收件箱里了。我还尝试与将军、板球测试赛运动员以及一位专门研究大象的教授建立了联系。

不是所有联络都有结果。我开始从我冷飕飕的大房子里往外打电话。有时候，我会听到另一边传来僧伽罗语的应答声，我就努力从自己的短语库里掏一句什么话来（"*Mama ingrishi rate*"，即"我是英国人"），结果电话立刻就断了。有一次，我打通到了仆人那里，但他们不确定主人是在楼上还是在英格兰。还有一次，对方告诉我那位陆军准将朝圣去了，叫我一个月后再打过去。就算我终于联系到了人，对方也经常以神神秘秘的借口拖延。

"明天不行。我们要斋戒。"

或者："对不起，有中国人在这边。"

或者："我现在不方便讲话，我在海上呢。"

与穆罕默德·阿比德利（Mohammed Abidally）的交往总是会容易一点，我们后来成了朋友。

我们通常会在他的一个俱乐部里见面。第一次是在科伦坡游泳俱乐部（Colombo Swimming Club）。他具有一种令人半信半疑的活泼性格，在这个地方能找到这样一个人很不寻常。穆罕默德就像一个亚洲版的匹克威克先生[1]：亲切友好，仪态翩翩，还有一种英式的怪诞。他在伦敦上过学，至今还有一套公寓在那里。他还喜欢吃薯片，喝麦芽威士忌，六点以后从来不吃米饭（总是更青睐"奶酪吐司"或炸鱼薯条）。但这种英国性并不是他所在意的，就和黑暗中闪闪发光的游泳池一样，只被当成一种装饰。

---

[1] 匹克威克先生（Mr. Pickwick）：英国小说家查尔斯·狄更斯的长篇小说《匹克威克外传》的主人公，是一位天真善良、仁慈博爱的老绅士。

但是，穆罕默德也从未给我一种十分斯里兰卡的感觉。尽管他在这里住了一辈子，并且坚称这是世界上最怡人的地方，却没有泰米尔人和僧伽罗人的那种忧虑。我发现他一直在积累财富——主要是在茶叶产业——然后再把钱财倾囊相赠，用以支持其他人的事业。接下来的几个月里，他介绍我认识了别的慈善家、东部的卫理公会教徒，还有康提的扶轮社成员。穆罕默德为人极其慷慨宽厚，对他人的不容忍感到震惊。他解释说，他的祖先是来自印度卡奇（Kutch）的波拉人[1]。"他们总是在移居，"有一次他告诉我，"生意才是我们唯一的祖国。"

"你把他们说得好像经常搭乘喷气式飞机出游的吉卜赛人一样。"

他发出一声匹克威克式的轻笑："是啊，我们是靠着行李箱过日子的。"

"为什么波拉人一直不停地迁徙呢？"

穆罕默德皱了皱眉头："一旦出了麻烦，我们就另谋别处而居了。"

有一天，我步行去了贝塔区，这是一个穆罕默德们聚集的郊区。

虽然只有极少数人是波拉人，但大多数都是穆斯林。这里是科伦坡最具布朗运动特性的区域：密集的正在移动的物体，却从未相撞。周围的人力车、长袍和层层堆积、摇摇欲坠的特百惠塑料盒让我几乎寸步难行。在某种意义上，这里是科伦坡其他地区的一个密集压缩版（有些街道只卖包装纸盒，别的只卖黄金）。从其他任何一

---

[1] 波拉（Bohras）：伊斯兰教什叶派伊斯玛仪派分支中的一个宗教派别。

种意义上,这里都让人觉得更古老一些,好像有点阿勒颇或者热气腾腾的大马士革的感觉。我差点以为会碰上骆驼或者拿着捷则尔步枪的奴隶贩子。广告牌上写着"多用途五金工具"。还有"此处验血"。直到今天,贝塔区的人仍然被称为"摩尔人"。

但如果这让他们听起来像奥赛罗,他们也不介意。[1] 在贝塔区,重要的只有生意和神明。当我看到一个留着橙色大胡子的商人在一堆箱子里睡觉,我开始好奇这里的人到底回不回家,这里的天到底会不会黑。

没有人记得这种工作狂状态是如何开始的。有人认为科伦坡是阿拉伯世界边缘的一个大型商场。其他人说摩尔人来到这里的时候是一批雇佣军。到了1344年,城镇里已经有五百名"阿比西尼亚人"[2]了,他们非常好斗。再往前追溯半个世纪,马可·波罗是这样描写和解释这一点的:"这个岛上的人民没有任何军事性,相反,他们卑微而胆怯,当需要动用士兵时,他们会从附近与穆斯林邻近的其他国家购买。"如果是真的,那么摩尔人肯定在某个阶段已经厌倦了杀戮的买卖,转而做起豆蔻和纸板的生意。

中午的时候,人人停下来做祷告。我跟在一顶顶无檐小帽的后面,一颠一颠地往清真寺走去。我们弯腰躲过鸟笼,再左转,沿着摩尔大街往下走,最后来到一块由彩色砖块砌成、有尖塔耸立的巨型巴腾堡蛋糕前。对一个——在斯里兰卡大部分的历史里——往往潜藏在脚注中的群体来说,贾米-埃勒-阿尔法清真寺(Jumi-Ul-Alfar-Jummah)是一栋异常大胆的建筑。即使是在血腥的莎士比亚戏剧里的那些时刻,他们也只是作为商人和买卖人,充当次要角色出

---

1 莎士比亚的《奥赛罗》中的主人公就是"威尼斯的摩尔人"。——编者注
2 阿比西尼亚为埃塞俄比亚的旧称。

现。大多数时候，他们很高兴无人注意自己。

当然了，除了他们在售卖珠宝、高保真音响或者一匣一匣茶叶的时候。

✽

城镇的另一头是佛教的天下。

我花了些时候才明白这一点。穆斯林的科伦坡很容易辨认，泰米尔人的神明也一样显眼，他们敬奉毗湿奴和湿婆的寺庙大得像山一样。这里当然有舍利子塔，偶尔也能见到身裹橙色僧袍的人，但佛教似乎更细微一些，不那么体现在建筑上，也更难从一个人的外表看出来。只有当我了解了这座城市，了解了僧伽罗人的时候，我才发现佛教遍布各地，也许是所有宗教里最执着的。

我首先注意到的是一些细节，然后才看到了更宏观的景象。人们会在办公室和家里安置神龛，举行净化仪式，公交车上会留出空座位给僧侣。接着，我一整周的安排要被迫调整，因为一系列节日来临，到处都关闭了。没有任何地方像斯里兰卡一样有如此多神圣的日子，或有如此纯净的心意。这是一座少男少女仍然需要躲在雨伞下才能亲吻的城市，一座封杀了《达·芬奇密码》的城市。就算男女之间握握手的想法也隐约是一种禁忌。

在这样纯洁的社会体制下，性是一个难以启齿的话题。很少有人谈论性，广告中没有身体，也不会把女性的肉体公开展览。如果一本杂志曾经刊登过那种"如何给你的爱情生活增添趣味"的专题，它通常是在推荐一个新的发型或一个女主人的手推车。同时，对外来者而言，常常很难调和这两个明显相悖的事物：一边是对人类自我展现的恐惧，另一边是身材性感的提婆罗仙人（Devala）塑像。一位方丈曾经对我说："西方人永远理解不了肉欲与神圣是可以同时存在的。"

不过，就仿佛哲学的杂木乱丛理解起来还不够困难，前方还有另一种错综复杂的东西：种姓。斯里兰卡人往往觉得种姓很难解释。有些人甚至对我说，种姓已经不存在了。但是，我只需要瞅一眼报纸上的私人消息栏，找工作的和规划家庭生活的，就会看到种姓仍然是存在的。有一次，我去和一位小说家喝茶，我叫他埃尔莫（Elmo）。对着杯盘狼藉的茶水和咸饼干，他和他的朋友试图向我解释。

"我们这里不像印度，我们没有种姓——"

"没有婆罗门，也没有贱民——"

"全被佛祖否定了……"

"但是还有残存？"

"就一些事物而言，是的。比如婚姻……"

"如果广告上说，'种姓无关紧要'，不要相信，好吧？"

"也许意味着他们迫不及待想结婚。有可能是离过婚的——"

"或者是破了产的！"

"或者是岁数老的！'年龄五十岁，人显年轻……'"

我问他们还有哪里存在种姓，结果很快发现，很难找到种姓不存在的地方。一个人之所以是他自己，是因为他的祖先就是这个身份。这可能会导致他永远都是个剥肉桂皮的工人（*salagama*）或者打鼓的鼓手（*berawaya*）。历史的长长的手臂总是一路摆弄政治，就连马克思主义者都没能解决这个问题。在这个国家独立后的六十五年里，国家领导人里除了一位以外，其他全部都是从地主阶级（*goyigama* 种姓）当中选出来的。你曾经是谁，或者说，几百年前你的祖先是谁，这影响着你与别人关系的方方面面。埃尔莫说，哪怕是去别人家里做客，一度都与种姓有关：

"在这个家里，pariyahs 从来不能跨进大门——"

"低等种姓的可以走到游廊那里——"

"他们会从花园招呼我们——"

"再往上升一个等级，他们就能到这个露台上来。"

"只有最高等的种姓才能去看楼上的套房！"

大家围在桌子边哈哈大笑，但他们心知肚明。在这个古老的、紧密配合的社会里，我们都有自己的位置，就连外国人也是。那天下午喝茶的时候，我置身于一位熬糖人、一个挑水工人和一名制箭匠中间。

❈

虽然有这些限制，我新交的僧伽罗族朋友仍然在外面玩得很愉快。

在城里的那几周，有很多人可以带我见识一个休闲玩乐的科伦坡。除了穆罕默德和埃尔莫，还有几位建筑师、一位律师和一个总穿着网球服的调查记者。我还遇到了几位议员、一位专治地雷炸伤的外科医生、一位与妹妹一起经营连锁旅店的人，还有几个大富翁，他们富到不知工作为何物（其中一个对我说，"过去三百年来，我们家族一直拼命努力什么也不做"）。此外，还有一个男人在内战期间参加过特种部队。他对我说，如果我们调整一下呼吸，就能减缓新陈代谢，什么都不吃也能活下去。

所有这些人都按照他们特有的斯里兰卡方式生活得很愉快。如果经济上承担得起，他们会穿着精致的牛仔裤，开着四轮驱动汽车各处兜风。稍稍标新立异一点总会引人赞赏——也许是一顶帽子或一辆外国派头的车（虽然人群拥挤，路面又总是高低不平，但科伦坡已经有第一次兰博基尼大爆发）。另一方面，出于宗教原因，养外来品种的狗和炫耀性地吃肉都是不被提倡的。较为富裕的人一上来就讲英语，随着夜幕的降临，他们才不知不觉地滑向"僧伽罗语式的英语"。不过，人人都喜欢扎堆，两性之间从不发生接触。一位英国医生曾特别提道："僧伽罗人都是喜欢社交的人，很爱闲聊八卦，如果不是非常忙的话，走亲访友、说话聊天就是他们主要的消遣。"有关这一看法，唯一奇怪的是它写作于1821年，至今却几乎没有发生任何变化。

生活似乎一如既往地令人眼花缭乱，闲聊八卦也一如既往地充满恶意。你只需提到一个名字，就会有人兴致勃勃地掏出一把刀子捅进他们的后背。"他们想告就告去吧。"人们在揭邻居的老底之前会这样宣告，然后把人家的老底掀个底朝天。在这些故事里，威权赫赫的大人物往往被攻击。埃尔莫告诉我："一则好笑话三天可以传遍全岛，而一条政治丑闻只需要三小时。"

这里的日子仿佛充满了消遣娱乐。虽然赌博被禁了，赛马场也关了，但一直都有板球运动，而且科伦坡还是一座列队表演之城。这样或那样的乐队常常沿着大街慢悠悠地行进，旁边跟着挤满歌唱队的敞篷卡车。他们的小象身着绸缎，还有数百个小孩戴着假胡须。对群众来说，这些都是令人着迷的盛会。有时在观众当中，我会看到有游客露出困惑不解的表情。

面向"精英人士"（人们这样称呼他们）的活动是派对。这些活动通常都很奢侈，而且略显混乱，总有一些东西被耗尽，常常是酒水。女人和小孩围在这头，丈夫们聚在那头。对男性而言，喝醉（只要不是亚力酒或棕榈酒）是可以接受的，甚至还显得很时髦。到了午夜，就看不见孩子们了，只有iPad的屏幕发出微光，他们脸朝下，脑袋抵在桌子上。我参加过一个派对，是一些空军军官举办的，食物直到凌晨两点才送来，我记得餐饮员工在混乱的人群中寻路，寻找用餐的客人。在呼呼大睡的人中，有我的那位特种兵朋友。"恐惧能杀人，"他一边打瞌睡一边说，"犯错才会死。"

没有人喜欢逛夜店。

"有很多毒品，不是吗？大家观看大屏幕……"

有一个在这里待了很多年的西班牙人告诉我，几乎没有女孩上夜店。

他补充说："这就是为什么男孩往往会找男孩。"

一天晚上，我和朋友们在肉桂大酒店（Cinnamon Grand）见面。对于那些腰缠万贯但没有豪宅的人来说，大型酒店（或"五星级酒店"）是仅次于官殿的最佳过夜场所。其中肉桂大酒店是最高大、最耀眼的一家，富丽堂皇到灯罩都有三十英尺高，花瓶看起来就像喷漆装饰的粮仓。每天晚上，酒店大厅会出现一列乌黑闪亮的帕杰罗汽车，一直排到加勒大道上。

我来早了，坐在一个巨大的喷泉旁边，泉水从大理石里喷涌而出。当晚，酒店正在举行两场舞会、一场时装表演、一场选美大会。水流像尼亚加拉大瀑布似的咆哮着，我只能听到上方传来昂贵的高跟鞋咔嗒咔嗒的声音：身着纱丽的选美皇后和初入上流社交界的富家少女、全身黑衣素裹的瓦哈比派的女子、娇小玲珑的情妇和人高马大的妻子。谁知道在那些香艳十足的、声名狼藉的人当中还发生了什么？科伦坡的一家报纸最近指出，五星级酒店里的东西甚至比人们看到的还要丰富，一个人只要花一万卢比就能要什么有什么。

等大家都到了，我们去了游泳池，保镖们站定在阴影里。天气依然炎热，但空气柔和怡人，蝙蝠在黑暗里弄出声响。我们都点了饮料，不是杜松子酒就是茶，然后菜单被拿了过来。我旁边的是一个叫罗梅什（Romesh）的股票经纪人。他说："食物是我的一大爱好。"然后点了奶油蔬菜汤。

某一刻，我问到了《星期日导报》（Sunday Leader）上的那篇文章。

桌子周围，有人义愤填膺，但也有人饶有兴趣。

"一万块听起来不算很多……"

"我听说去玩的都是俄罗斯人。"罗梅什补充道。

"在科伦坡，万事皆有可能……"

"邦巴拉皮提亚的按摩服务从来不仅仅是按摩。"

我们都已经看到了小广告："性感迷人，充满活力，干净卫生。"

听起来像是一个不完美时代的新咒语。

※

外国作家一直不知道如何准确地描述科伦坡的生活。

有的作家觉得科伦坡一点也不具有东方风情，但对马克·吐温来说，科伦坡的亚洲特色到了极致。还有安东·契诃夫，对他来说，这是一个恣情纵欲的地方，充满了机会（"我和一个黑眼睛的印度人暧昧了一番，"他写道，"在什么地方？在夜晚月光下的栗树林里。"）巴勃罗·聂鲁达 1929 年也碰到了机会，尽管按照他的描述，邂逅的过程是笨手笨脚、沉闷冷淡的（"一个男人和一座雕像的结合"）。他作为智利领事，常常很孤独，因此他描绘了一个"可爱而狡猾"的世界。与之相反，另一个美国人马克·梅多斯认为这个城市是一个丑陋的老妪，真拿人来类比的话，就会是一个"刻薄的、世俗的、满嘴脏话"的中年人。

早些时候，有些英国人倒是更宽宏大量一些。阿瑟·C. 克拉克在母国常被视为恋童癖，在这里却不是。很多斯里兰卡人认为他是唯一一位真正理解过他们的作家，因此授予他奖章，与他推心置腹，并为他建造宏伟的陵墓。与此同时，阿瑟·柯南·道尔爵士对这里的喜爱没有那么复杂。1929 年，他宣称他对加勒大道的生活充满热情。也许，在牛车时代，交通堵塞更具有异国情调。

体验了几周的派对、赛会、豪华气派的装饰和华冠丽服的大象，以上这些情感全都不再符合我的心境。也许我最喜欢的还是伦纳德·伍尔夫的一则评论，出自 1904 年他写给家人的信。"一切的不真实，再加上一点威士忌，让我半醉半迷了，"他写道，"我觉得自己仿佛是在冗长的滑稽歌剧里扮演小丑……"

享受这座城市的不仅仅是富人。一位人称威杰尔博士（Dr Widger）的英国人类学家教导我说，即便是穷人，也可以过得很快活，这让人觉得不可思议。

汤姆·威杰尔记录了这座城市的习惯，他是个很奇怪的人。他身材高大，面色苍白，富有活力，而且可以看出来他很害羞。我们去的每一处地方，他都盘根问底，揣测琢磨，我一直都不太确定到底是谁在研究谁。兴趣似乎往往都是相互的。"我是作为教师来到贫民窟的，"他告诉我说，"结果现在我反而在研究我的学生。"

他说，他对他们知晓得越多，就越有更多的东西有待理解："僧伽罗人是全世界自杀率最高的群体之一，但他们也是最快乐，以及最慷慨的人。虽然很贫困，但他们捐的款却比其他任何地方的人都要多。"

至于他们的快乐，部分是因为青枝绿叶。在这个颠倒的城市里，仍有大量的密林丛莽深藏其中。哈维洛克公园（Havelock Park）、坎贝尔公园（Campbell Park）、肉桂花园（Cinnamon Gardens）都是大英帝国送给其包装工和剥皮工的礼物。在一个事物常以"社会主义"或"灿烂辉煌"的名字换面重生的国家，以上笨拙的维多利亚时代的名字也许较为罕见，但这些公园十分特别。对蜗居在公寓房里的穷人来说，这些开阔的公共区域为他们提供了仅有的私人空间。每天晚上，昏暗处全是情侣，在巡逻车经过的间隙，他们相互之间急切地乱抓乱摸。公园是欲与爱的场所。很长时间以来，人们认为维多利亚公园（Victoria Park）的战争纪念碑是一个生育的象征，总有妇女在那里祈祷求子。

就连贫民窟也以花园（*wathtes*）著称。

汤姆说："科伦坡有一半多的人居住在这些地方。"

他先带我去了马拉达纳（Maradana），它是这些人造花园里人群最吵闹、最稠密的一个。这里几乎没有草本植物：黑色运河宛若一条柔滑的织带，天空布满天线和绿色水泥。有几个街区本来是马克思主义的设计，但20世纪70年代以来，更贫穷的人来到了这里，又填满了其中的空间。我们抛下三轮车，徒步挤了过去。

"我喜爱这个地方。"汤姆出人意料地说。

但也许居民们也是如此。每条小巷都被冲洗、清扫得干干净净，生活围绕着水龙头徐徐展开。整个村庄都在垂直方向上复活了，而且，只要有阳光照射的地方，就会有万寿菊的盛放和色彩的迸发。在某个时候，我们被村长（*gama niladhara*）给发现了，他拍拍我们，带我们来到他的家。这是一个用混凝土盖的单间房，一端用帘子将他的女儿们隔开。由于家里一无所有，村长就向我们展示他的伤疤。1994年，他失去了脾脏，一只眼睛也失明了。"能从炸弹中死里逃生是很幸运的。"他说着，乐呵呵地笑个不停，直到茶壶端上来。一起端来的还有糯米饭。一只硕大的橘猫也来了，它叫布蒂（Booty），很快就在我的腿上睡着了。在一个全然荒谬的瞬间，我似乎觉得他是我见过的最快乐的人。

依依不舍地道别之后，我们探出一条出去的路，来到了贫民窟的边上。

"有没有人离开过这里？"我问汤姆。

"很难，"他说，"事情通常不是那样发展的。"

又一辆三轮车摇摇晃晃地进入了我们的视野，汤姆招呼它停下来。

"我想带你看一项工程，是协助这类事情的。"

我们穿过破旧的铁路调车场，向的黎波里路（Tripoli Road）上的机车库出发。到处都是小房子，有的嵌在路堤上，有的搭在树上。它们都是非法的，或者用汤姆的话说，是"侵占"的。在科伦坡的部分地区，这些侵占行为是如此大胆，你从火车上俯下身去，几乎就可以拍到一家的房门。仓库工程（Warehouse Project）的人也是擅自占地者，目无法纪，胆大包天。汤姆解释说，这是一个简单的概念：把穷人塞回社会体系中。"他们为他们提供给养，供媒体报道，然后指引他们工作。"

但我们已经太晚了。

当我们到达旧机车库时，屋顶已经没有了，军队控制了这里。到处都是士兵。还有一排排卡其色的行军床。汤姆耸了耸肩。生活可能是复杂难料的，总有障碍横亘前方：金钱、荣耀、历史和种姓。根据他的描述，我想象无论一个人多么努力地攀登他的花园的藤蔓，都常常还是有一座堡垒压在头顶，或者是巨人的统治。在这个"杰

31

克与豆茎"的世界里,扮演斧头作用的常常是自杀。

汤姆说:"杀死自己很少是一种绝望的姿态。"

相反,这是为了使自己称心如意,因为一切已经走到了尽头。

几周后,我发现这是怎么回事了。

❀

在康提,一个年轻的女医学生自杀了。我在火车上遇到了她的朋友们。他们正在赶赴葬礼的路上。不过,他们说,她的死因并非药物过量。她本来正在从药性中慢慢恢复过来,当她男朋友出现的时候,却给了她一杯毒牛奶。然后他拿出针管,吸满胰岛素,扎进了自己的体内。让她的朋友们疑惑的是,为何这个男生觉得自己也要死呢?难道不是他抛弃了她,从而杀死了她两次吗?

当我把这个詹姆斯一世时期风格的故事告诉威杰尔博士的时候,他并不感到十分奇怪。他曾写道:"自杀行为是下级对上级的错误行为做出间接反应的一种合法手段。"自杀似乎是一种完美的报复。甚至只要以死相威胁,就能使债务一笔勾销,就能让爱人回家,或者就能消除种姓的限制。每年,对十多万斯里兰卡人来说,自杀未遂是愤怒的一种表达。自杀的原因也许不过是对成年人生活的失望懊丧,可能是妻子厨艺不精,或是她的兄弟太过霸道。对比之下,每年死亡的人数大约是六千人(主要是饮用除草剂或家用漂白剂)。杀死自己就是杀死别人,至少在某种程度上是一样的。曾经有一段时间,如果敌人是自杀的,自己活得比敌人长就会被视为一种刑事犯罪。"根据他们的法律,"一位英国军官在1803年写道,"如果任何人造成另一个人的死亡,他自己的生命就会被剥夺。"

这对人类来说必定是一项首创:自杀是美德,活着是犯罪。

✺

科伦坡的巨人不必是吃人的恶魔。当一支小部队停在我的酒店门口时，我发现了这一点。车队里有两辆越野车，全黑色车身和黑色玻璃，其中一辆车里跳出了四个光头大汉。他们的衬衫下都有枪。当我看到他们当中有一个身穿橘色T恤和刺绣牛仔裤的年轻人时，我才意识到他们是来找我的。那是瓦桑塔·森纳那亚克（Vasantha Senanayake）——我在伦敦认识的一位政治家——和他的私人护卫队。

"上车。我们去稍微逛逛。"

我的下巴一定都给惊掉了："所有车队都跟着吗？"

瓦桑塔不好意思地笑了："这是他们的工作。"

就这样，我们出发了，呼啸着汇入车流。我很难忘记生平第一次坐装甲车旅行的经历。如果前面的路堵了车，领头的那辆车就会开始鸣笛，士兵们会从车窗里挥舞出巨大的拦车棒，把别的汽车赶到边上。到了夜晚，拦车棒亮了起来，所以看起来好像我们长着短小、愤怒的翅膀一路飞驰。瓦桑塔似乎没有注意到急转弯和哀号声，以及停止的交通的屈从。在斯里兰卡，随行人员的阵仗往往是伟大的体现。森纳那亚克家族从来没有哪个时期是不伟大的。这个名字的意思就是"人民的领袖"。几百年来，也许是几千年来，他们一直领导着这个国家，常常走在宏伟的骑兵队伍的前面。因此，对瓦桑塔来说，当议员几乎是一种特权，或者说，是一种先天条件。

在加勒菲斯绿地，他在一尊巨大的雕像脚下止步。

"我的曾祖父，D. S. 森纳那亚克。"他说，好像是在介绍雕像。

从那一刻起，我觉得科伦坡突然变小了。也许是因为看到了那双巨大的青铜制成的脚。也可能是感觉到，无论这个城市有多大，

33

它的伟大永远不会超过这里最大的家族：森纳那亚克家族、贾亚瓦德纳家族、班达拉奈克家族以及当今那些狡猾的南方人——拉贾帕克萨家族。自 1948 年独立以来，仅仅四个家族就垄断了几乎所有的权力。这些年里，瓦桑塔的直系祖先掌管了斯里兰卡十一年，而他与所有其他领导人几乎都沾亲带故。同时，森纳那亚克家族产生了两位总理，其中一位是"D. S."，即唐·斯蒂芬（Don Stephen），可能是所有总理中最伟大的一位。他被称为"丛林吉姆"（Jungle Jim），是一个体形巨大的拳击手，全身上下与他的雕像一样威武。就连英国人也被削弱了（"村里的恶霸"，一位官员抱怨说，讲的是"泥浆水牛的语言"）。到了 1948 年，他已经把英国威胁走了，森纳那亚克家族产生了他们的第一位总理。

"这就是他去世的地方，就在这片绿地上……"

即使以 1952 年的标准来看，他的死也不是十分锡兰式的。在一个晴朗的日子里——与我们的日子没有什么两样——他去外面骑马消遣，从马背上摔了下来。就连 D. S. 也没能顶住市政草皮的撞击。科伦坡失去了一位捍卫者，悲痛欲绝。一百万人参加了他的葬礼。

那一天剩下的时间，是雇用杀手与伟大人物的奇特混合。

保镖们迅速带我们去了各个地方，激起了一阵阵的恐慌，接着，他们退到一边，好像不在场一样。某个时刻，我们在一个水疗中心停了下来，芳香四溢的接待厅里塞满了不协调的粗壮肌肉。还有一次，我们参观了一家锡兰后印象派画家的画廊。我不知道那些人是怎么看待这些画的——带有佛教色彩的布卢姆斯伯里，以及热带虫子的野蛮攻击。瓦桑塔很喜欢这些画，也许是因为它们在他所受的英国教育和他要履行职责的世界之间架起了一座桥梁。他有一项特殊才能，那就是创造联系，把人们集合起来。

那一天，我时不时地认为自己觉察到了伟人的源起。瓦桑塔步态僵硬，举止温和，就像一个只有四十岁的老练的政治家。但他对周围的气氛也非常敏感，他说的每一句话似乎都显出某种精练和老到。就连政府也看中了他在劝慰缓和方面的卓越能力，就在几个月前，政府派他去伦敦寻找朋友。我有一种很糟糕的感觉，觉得他只找到了我。但也许，这也是他的聪慧之处，因为他发现，虽然斯里兰卡常常会让我困扰，但最终我还是会来到这里，爱上它的山川风物，或许也会爱上它的人民。

我有一次问他，是否想过要当最高领导。

瓦桑塔摇了摇头："我的名声太大了。"

"可这是有利条件啊，不是吗？"

"与人民打交道的话，家世门第是个优势。与政客打交道则不然。"

那一天，当这些士兵带着我们四处飞驰时，一个不值得羡慕的家世零零碎碎地浮现出来。"我有一个挥霍无度的祖母，她把我们全部的家族文件都弄丢了。她会去埃普瑟姆（Epsom），一个下午就能赌输几座房子……"

至于他自己的经历，瓦桑塔描述了他在贵族群体里孤独的生活：遥远的庄园，没有兄弟姐妹，父亲在他年幼时就去世了，而他总有一种霸道的恩惠气派和对他人的责任感。在他祖父的房子里，也就是他被抚养长大的地方，有五十多个仆人。"这还不包括从外面进来的洗衣工（*dhobis*），也不包括来清扫厕所的低等种姓。我的祖父去世后，仆人们减少到了三十人。他们都是服务多年的家仆，不好解雇。每个花园前前后后都有园丁，还有一个司机头领负责指挥其他的人。我也不知道为什么……"

黄昏时分，我们来到了一个观赏湖边。

当保镖们在食品摊位间散开时，瓦桑塔走了过去，寻找爱心蛋糕（*Bolo de Amor*）[1]。湖水对岸，在一个树丛茂盛的小岛上，矗立着新的议会大厦。据说它是来自日本的礼物，我只能辨认出长长的斜脊屋顶和一个巨大的圆柱形钟。这一切让我想到了什么东西，但到底是来自历史还是童年呢，我弄不清楚。这是一个太空时代的卡美洛[2]吗？还是《雷鸟神机队》（*Thunderbirds*）中的总部，大约在1340年？

瓦桑塔回来了，他坐下来，递给我一个盒子。我没有告诉他我在想什么。我突然觉得，他刚刚创造了一个完美的场景：一座宏伟的亚洲宫殿，一群古代骑士组成的宫廷随从，一种新兴的责任感，和几块丰盛的葡萄牙蛋糕。

✺

正如我所怀疑的那样，议会大厦的情况不仅仅是我所看到的东西。我了解到，它根本不是军阀们的杰作，而是另一个人的创意。他曾经是一位出庭律师，烟瘾很大，坐着劳斯莱斯到处兜风，放肆玩乐。这座岛屿的全部故事都写在杰弗里·巴瓦（Geoffrey Bawa）的祖先身上了，他们当中有苏格兰人、僧伽罗人、德国人、泰米尔人和摩尔人。这使议会大厦看起来更偏离亚洲格调，而有更多的斯里兰卡风致，这一点是任何人都想象不到的。

未来几周里，我会看到许多巴瓦的杰作：酒店、大学和住宅。虽然巴瓦在三十八岁时才成为一名建筑师，但他留下的遗产是令人生

---

[1] 指斯里兰卡爱心蛋糕，源自葡萄牙殖民时期的葡式蛋糕。

[2] 卡美洛（Camelot）：传说中亚瑟王的宫廷和城堡的所在地。

畏的。从 1957 年开始,巴瓦式的现代主义就将惊动新的锡兰:民主的超级宫殿、海滩上的空间站以及栖息在山巅的未来主义堡垒。对一些人来说,这是建筑师的建筑,是抽象理论的,是冷酷粗暴的。但对其他人来说,这是对生命予以肯定的自信的尝试,证明锡兰既不是真正的社会主义,也不是真正的封建主义,而是介于两者之间的。

我问瓦桑塔是否知道有哪些住宅是巴瓦设计的。

"肯定知道啊,"他说,"我们一起去看看克洛艾姑母(Auntie Chloe)吧。"

斯里兰卡的住宅有着无穷无尽的奥秘。我一直不太确定人的性格是否真的体现在了居室里,不过,我们的家似乎常常能反映出我们认为自己应该成为的人。在这一点上,科伦坡也不例外。对于旧时代的精英们来说,住宅有时是对他们身份的唯一确认,因此他们住在巨大的时间胶囊里,里面有奏不出旋律的钢琴和陈旧破损的印花棉布。我曾经去过一栋房子,墙上还挂着许多鹿头,尽管它们的耳朵早已不在了。

但对其他人来说——如果钱不是问题的话——住宅仍然是一个可以愈发豪奢的处所。虽然他们对房子的外部(布满密密麻麻的带刺铁丝网)不太能做什么,但内部常常会装修得富丽堂皇。我去过的大多数房子都显示出无可挑剔的品味,不过,所谓的坏品味也是不存在的。有时候仿佛什么都是可行的:粉红色的游泳池,床下的灯光,或者一个放着镀了铬的仙女的庭院。在其他地方,像科伦坡卡萨酒店(Casa Colombo,一本旅游指南曾说它像是"从前印度大佬们的妓院")这样的酒店会被认为是不宜述说的,但在这里,它是一项巨大的设计成就。

但是，以前有段时间，克制与古怪一样时髦。

克洛艾姑母的住所就是一个典型的例子。

"一座简约的房子，一位直爽的女士。"瓦桑塔保证道。

对于一位如此花哨的设计师来说，这个地方真是庄重得奇怪。我记得有金属的窗、粉刷的墙和一组陡峭的混凝土楼梯。但是，在一层[1]，我发现花园不知不觉地和我们一起上来了，仿佛充满了整个房间。从这片光线和绿色植物中，走来了身材高挑、骨骼纤细、性情直爽的姑母德·索伊萨夫人（Mrs. de Soysa）。尽管岁月不饶人，她已经八十多岁了，但她那火红的纱丽和俏皮的红宝石般的头发似乎只是为这个场景增添了更多色彩。

"快坐下，我亲爱的孩子们！"她欢快地说，随着轻轻的一声拍手，一个女仆出现了，端来了瓷茶杯、黄瓜三明治和维多利亚海绵蛋糕，我们用银叉子吃了起来。

不一会儿，我们就谈起了她的朋友杰弗里·巴瓦。

"我想要玻璃，让外面的世界能够进来。"

"所以杰弗里很棒吧？"瓦桑塔说。

"是啊。我感觉住在森林里。有时候鸟儿会飞进来。"

很快，克洛艾姑母的故事开始自由自在地倾泻而出。她的家族曾拥有八十多座庄园和锡兰的第一辆汽车。这些故事里几乎每个人都上过剑桥大学，包括巴瓦和她的曾祖父（竟然还是工会主席）。她还说，杰弗里在三天内就设计好了这所房子。这一定是一次重量级的相遇。德·索伊萨夫人曾经一手掌管两万四千英亩[2]的橡胶林，出

---

[1] 这里的一层是我们所说的第二层。在斯里兰卡和一些英联邦国家，紧贴地面的楼层称为地面层，再上面的称为一层，依次类推。

[2] 1英亩约等于4046.86平方米。

了名的坚忍顽强。同时,巴瓦身高六英尺七英寸[1],同样不屈不挠。

"你们一直是朋友吗?"我问。

"是的。一直都是好朋友,直到 2003 年他去世。"

最后的五年是最艰难的。在一次严重的中风之后,巴瓦失去了语言能力,他所能做的就是画画。那时,他的工作又有了新的紧迫感,就好像他还没有着手做他已经启动的任务一样。更多的概念出现了,有时得到的是半成品:岩石堆砌的酒店、丛林官能和工业风格。这些可能看起来只是富人的装饰品,但其中也蕴藏着灵感:纯粹的斯里兰卡式的天才。这种土生土长的聪明才智会给人们带来勇气和希望,这是他们在未来的艰难岁月中迫切需要的商品。

❀

不是每一位斯里兰卡女性都能以拥有土地的面积衡量她的影响力。

在巴瓦住宅喝茶之后没几天,我去拜访了我的记者朋友。他仍然穿着白色的网球服,但那次拜访完全出乎我的预料。楼梯井里住着一户无家可归的人,从隔壁的公寓里,我可以听到吟唱和打鼓的声音。与此同时,我的朋友很是闷闷不乐。"我觉得我已经走得太远了。"他说着,陷入了沉思。我不知道自己是不是该告辞了,最后和他的妻子聊了起来。

我谈到了克洛艾姑母和她的橡胶林。

"她是个例外,一个有权力的女人。"

"我想斯里兰卡对女性是很友好的?"

---

[1] 1 英寸约等于 2.54 厘米。

"游客总是跟我们这么说。"

"出了两位女性总理吧？"我试图解释，"还有一位女总统？"

"都是贵族！这些统治集团只管自己的利益。"

我又追问了一点，结果不知怎么的，拉开了一道遥远的门闩，释放出冲天怒火。

"请注意，我们仍然生活在一个非常古老的社会里，不是吗？约翰，你猜怎么着？女人在这里什么也不是。只有我们生来就有权力，我们才能是强大的！对精英阶层来说，这不成问题，但是对其他人来说，这行不通。大多数女人的价值仅仅在于她们的嫁妆，而那份嫁妆也是微薄的。在乡下，我们只是产量单位，是廉价劳动力和生孩子的工具！一个女孩最好的出路就是去中东，找一份家政工作。她们中的大多数甚至从来没有见过微波炉，更别说一套公司账目了！她们会被殴打，被坑骗，被关禁闭，但她们寄回家的钱能有十亿多美元。是这些钱维持着这个国家的发展！但你觉得有人在乎吗？至于尊重什么的，算了吧！在偏远乡村，每九十分钟就有一个女人被强奸。这听起来像是总理和总统的待遇吗？"

❈

在科伦坡欢乐的气氛之下，总有一种挥之不去的紧张感。

一开始，我几乎无知无觉。路上当然会有暴力行为，但其他地方的冲突更为微妙。每个人似乎都在使出浑身解数表现得一切正常，甚至畅快欢愉。但热闹的派对和尽情的享乐让我很困惑。为什么现实总是被如此严格地否认？我还注意到，很少有人了解自己的国家，因为他们从来没有真正看到过这个国家。富人甚至经常告诉我，在他们童年的时候，度假就是开车几英里，去韦拉瓦特（Wellawatte）

的海滩。然后就有了路障,以及突然爆发的愤怒。有一天,我读到一个故事,说的是一个男人,几十年来一直忍受邻居把垃圾倒在他家的墙里,然后——突然之间——这一切让人忍无可忍,他过去把她打死了。

我料想所有这些事情都存在某种关联,我觉得这就是一个城市被围困的感觉。"过去的三十年是难以想象的,"穆罕默德曾经告诉我,"直到现在我们才开始慢慢恢复。"

一个城市永远不会忘记它最严重的爆炸事件。据说爆炸声会回荡好几年,虽然只有受害者还能听到。我记得有一次看到一些醉汉,这种声音仍然在他们的脑子里嗡嗡作响。他们聚集在奴隶岛那边的一个酒馆里,在桌子旁挤成一团。城堡酒店(Castle Hotel)兴旺的时候曾经担当过各种用途,包括印刷厂,如今却是一个酿酒厂和一家廉价旅馆,按小时出租房间。

我只去过那里一次,但它给我留下了沉重的印象。古老的外墙被涂成了令人痛苦的灼烧的橙色,里面却是粉白色和蓝色。经理很乐意让我四处看看,于是我爬上了一个巨大的、分叉的楼梯,上面挂着缆线和蜘蛛网。吊扇已经锈住了,显然,在1910年左右,时间停在了这里。爬楼梯的过程中,我经过了一幅描绘拿破仑在流放路上的版画。对于那些在情欲里苦苦挣扎的人来说,这一定是一幅引人深思的画面。在楼上,我从一个卧室逛到另一个卧室,经过夜晚的折腾之后,现在全都一片寂静,凌乱不堪。污秽放荡——至少在这里——是一种略带恶心的鲑鱼肉色。

回到楼下,空气中浸淫着棕榈酒和汗水味。醉汉们似乎都没注意到我在他们中间。这里的人喝酒是为了忘记他们为什么要喝酒。经理说，他们中的大多数人时常光顾这里，已经好几年了。周围喧闹嘈杂，但似乎没有人在说话。每个人都只是坐在那里，呆滞麻木。也许在 1995 年 11 月 11 日那天，一切正如此情此景一般，那一天，墙壁爆裂，灰烟弥漫，碎玻璃如暴风雪般侵袭而下，将房厅瞬间吞噬。

这是一个整座城市在频频重述的故事。

在一些地方，我仍然可以看到伤疤：混凝土上被炸出的弹坑，或者大块砖石的残缺。即使是现在，代希瓦勒（Dehiwala）火车站也没有外墙。其他地方的情况要好一些，记忆被淹没在车水马龙或熙熙攘攘的通勤人群里。但是，爆炸规模之大令人难以理解。从 1983 到 2009 年，爆炸成为科伦坡日常生活的一部分，形成了一种反景观[1]，导致数百人丧命。此前，如果我尝试从一个爆炸现场走到另一个爆炸现场，需要花去几个星期的时间，而现在——只是把它们列出来——就会写满几页纸。

没有什么能够幸免，特别是有人的地方。一些车站刚刚重建，就又被炸得面目全非。与此同时，在 1984 年 10 月，主要的汽车站在一天内经历了八次炸弹袭击。据说，人群从一簇飞溅的弹片跑进另一簇飞溅的弹片里，在逃命的过程中乱作一团，被炸成焦土。如果这已经很可怕的话，更可怕的还在后面。1996 年 1 月，轮到了中央银行。它虽然算不上一座漂亮建筑（一座巨大的混凝土鸽子笼，向天空伸展），但绝不应该遭此厄运。十二座建筑在爆炸中被摧毁。炸弹的威力是如此巨大，以至于放置炸弹的人就像刺青似的被刺进

---

1 反景观是景观的对立面。如果景观是美丽的、和谐的、有用的，反景观就是丑陋的、混乱的、无用的。

了沥青里——确确实实就是这样。同时，爆炸造成九十一人死亡，一千四百人受伤。我遇到了这次暴行的一个幸存者，她当时和那些死在地下室的人在一起。她说她一直没有办法忘记他们。

"他们是窒息而死的，"她告诉我，"我每天都能看到他们。"

另外，几乎没有人看到过袭击者的样子。巨大的爆炸在科伦坡遍地开花，但几乎没有一个敌人出现在视野里。在整个内战——亚洲时间最长的一场内战——期间，该城市只是偶尔瞥见过袭击者的身影。有一次，在2001年7月，十四具尸体出现在机场，但他们毙命前已经摧毁了二十六架飞机和国家航空公司三分之一的力量。还有一次，袭击者自己乘坐小飞机——比农用撒药飞机大不了多少——出现，把炸弹丢到下面的街道上。每当这种情况发生时，政府会关闭电路，高射炮会发射曳光弹照亮天空。就像一个大型通宵派对，只是没有人知道是要庆祝还是要哭。

但是，在所有这些灾难中，最恐怖的是人体手榴弹。在斯里兰卡之前，世界上从未见过自杀式炸弹，但到了20世纪90年代初，它们已经悄悄潜藏在科伦坡的人群里了。这一次，人们终于看到了炸弹袭击者——在他们死前的那一纳秒。不出所料，炸弹袭击者是年轻的女性，而且明显有孕在身。曾有闭路电视拍到了这样的一次袭击，我记得在YouTube上看过一次。一个身穿纱丽、身态轻盈的黑皮肤姑娘站在一张桌子前，然后突然向后弹射，离开了镜头，同时屏幕也变成了白色。我刚刚看到的是勇敢吗，还是一种新的愚昧？

我意识到，这座城市已经被这种面目不明的袭击改变了。到处都是浅色荆豆似的尖利铁丝网，富人都退到了堡垒里。年复一年，据说城墙也变得越来越高。高层官员仍然有护卫犬和哨所，在每个主要路口总是有一个枪支的秘密藏匿点。内战已经成为一种习惯——长久地等待已经消失的敌人。也许，这也是为什么这个城市是里外颠倒的，因为政府已经逃到了郊外。甚至美国大使馆看起来也像一个坚固的鸡舍，而英国方面则住在一个地堡里。我常常讶异于这些地面景观是多么不情愿回归正常。

有一天，我去维吉塔·亚帕（Vijitha Yapa）商店找一本关于冲突的书。

"很抱歉，"售货员说，"这种书还在写呢。"

❁

人们常常谈论发生在家门口的可怕的战争。

瓦桑塔的大多数朋友当时年纪太小，除了战争，别的什么都不记得。有一个戴着巨大粉红色领带的电视节目主持人，两个表亲（也是议员），还有一个光彩熠熠的可爱女孩，名叫茵迪。他们都与政府有某种联系，每当瓦桑塔召集聚会时，他们都会把自己的配偶丢在一边。这些晚宴与我所知道的其他盛会不同，是深入思考，冷静持重的。只有一位客人与众不同：维杰辛哈（Wijesinha）教授是个未婚的中年人，但我看得出他很享受年轻态的言辞，而且总是嬉笑着验证他的新想法。

一天晚上，我们在森纳那亚克家族为他们的医生建造的一座房子里见面。

在开场白环节，茵迪一言未发。

"我讨厌政治。"她甜甜地对我说。

她后面的话让我措手不及。

"我父亲是位部长，他是被炸弹炸死的。"

桌子周围响起了愤怒的低语声。

"还有战争——我憎恨它对我们所做的一切。"

每个人都把这句话掂量了一下,决定表示赞同。

"我们永远不知道下一个遭殃的会是谁。"瓦桑塔静静地说。

"我们都很害怕……"

"我父母出行的时候,甚至要分开乘坐巴士……"

"感觉我们似乎已经失控了……"

"发生了严重的抢劫案,不是吗?几乎每天都有!"

每个人都有他们列队行进、出殡送葬、天幕黯沉的故事。

"一切是怎么发生的呢?"我问。

桌子周围,他们互相凝视。

"这个问题,"瓦桑塔开口道,"很难回答。"

教授有一套说法,将责任归咎于他的竞争对手。

"好吧,可是有没有哪个时刻是错误的开始?"

对于这个问题,大家莫衷一是。不过,有一点,他们都很认同。

那就是我需要跟班达拉奈克家族的人谈一谈。

在20世纪的大部分时间里,条条大路都能通达班达拉奈克家族,所以不难找到他们。"给苏内特拉(Sunethra)打个电话吧。"人们说。于是我打了这个电话,一周之后,她就开车带着我,去了家族位于浩拉戈拉(Horagolla)的宅邸。"我的祖先从19世纪30年代以来,一直居住在此,这还要感谢英国人呢……"

我的反应肯定听来十分惊讶。

她笑了。"是啊,真的!他们花钱雇我们密切注意本地人!"

我们开了一个小时的车,在广告牌和突突车之间择路而行。

"这条路曾经是去往康提唯一的路,使得我们很富有……"

苏内特拉总是这样说话。她就像大家保证的那样活泼敏捷、叛逆不羁。看到她的波波头短发和男孩般的身材,不难想象她曾经的样子:牛津大学的美女,20世纪60年代的野孩子,天生的伦敦人,专栏作家,永远的叛逆者。似乎没有人征服过她,尽管有一两任丈夫曾经这么尝试过。她甚至对她的祖先都不抱敬畏之心;她喜爱他们,也厌恶他们,而且不欠他们什么。在她的故事中,他们就像某一出残酷假面剧的演员:一些珠光宝气的地主;一个被周围的愚蠢行为弄得习惯性愤怒的祖母;一个跑到英国、开始公路旅行的姑妈(当她的大篷车被发现时,她已经死了差不多一个星期了)。"我们的家族,"苏内特拉说着,叹了口气,"是天才和疯狂的混合体。"

最后,广告牌越来越少,椰子树出现了。

"这里以前全是我们的,"苏内特拉说,"是英国人给予我们的报偿……"

开了几英里后,我们转入一条大道。在树丛中,出现了一座错落有致的白色豪宅,然后,在它的后面,是苏内特拉的房子,这是一座更古老的建筑,设有回廊,铺着波形瓦片。在房子里,我们的脚踩在石头上,咔咔作响。这就是原来的班达拉奈克庄园别墅——直到祖父所罗门(Solomon)把它改造成了他的马厩。"他一直嫌它不够宏伟,所以他建造了新的房子,并在这栋房子里放满了马匹。你仍然可以在墙上看到马儿的名字。"

我们的上方有一些简洁的、涂绘的标记:达勒姆夫人(LADY DURHAM)、野玫瑰(WILD ROSE)……

"他还在这里建了一个动物园,有老虎和其他动物。"

"那他是一个什么样的人呢,你的祖父?"

"你自己看看。"苏内特拉说。

在她的桌子旁边，有一幅所罗门爵士的画像。画里的他是一个蓄着胡须、大腹便便的人，身着 1895 年首席本土翻译官即幕得利首领[1]的着装。除了饰带和编织的上衣制服，他还穿着一件长大衣，佩戴着几枚堪比茶碟的硕大奖章。苏内特拉若有所思地端详着这幅画。"傲慢无礼，自视甚高，"她说，"他总是去白金汉宫旅行。这对孩子们来说一定很艰难……午饭后我带你看看他的新房子。"

我们在凉廊下用餐：咖喱和撒了胡椒粉的菠萝。

苏内特拉还在想着老虎和奖章。

"他总是穿戴整齐去吃晚饭，"她咯咯地笑起来，"以防英国人突然驾临！"

"他们会偶然来访吗？"

"实际上，会的。大约 1920 年的时候，威尔士亲王在这里吃过一次饭……"

在女仆们清理完盘子后，我们穿过矮树丛，来到下面的新宅院。虽然它闪烁着氧化镁的白色光芒，但并没有家的感觉。阳台上有一些无法使用的大椅子，所有东西都处于关闭状态。最后，仆人出现了，伴随着一阵钥匙的哗啦声，我们进入了幽暗的室内。防尘布被掀开，吊灯昏昏沉沉地亮起来。我注意到，房子里有四座富丽的大楼梯，却几乎没有地方可以落座。多么所罗门式的风格啊，我心想，气势如此恢宏，内部却如此轻简。

苏内特拉一定看出了我的想法。

"所罗门爵士喜欢每个人都站在他面前……"

我们穿过灰泥装饰图案和金色镀层往上爬。

---

1 幕得利首领（Maha Mudaliyar）：锡兰殖民时期设立的一种官衔，主要负责殖民政府与当地民众的联系。幕得利首领从众多幕得利中选任，主要为锡兰总督提供翻译服务并就本土事务建言献策。

"所罗门。姑姑。母亲。"经过一幅幅肖像画的时候,苏内特拉大声介绍着。

然后我们来到一张小男孩的照片前,时间是1904年。他只有五岁,但他的眼神看起来已经很深沉,很悲伤,他穿着滑稽的制服,戴着羽毛帽子,配着剑。这正是我要寻找的人。

"这位就是我的父亲,"苏内特拉说,"S. W. R. D. 班达拉奈克。"

S. W. R. D. 对斯里兰卡影响之大,无人匹敌。在浩拉戈拉的宅邸里,全是卓越显赫的迹象,但也有几分灾难降临的征兆。

"我的父亲总是很孤独,"苏内特拉说,"尤其是在孩童时代。"

这所房子也不曾为他缓解孤独。它的面积太大,气势逼人,必定是一个令人生畏的家。除了两个姐妹外,他的童年没有别的伙伴。在浩拉戈拉的信仰中,如果当地的男孩调皮捣蛋,就会被鞭打并被送走。因此只剩下一连串凶恶的英国家庭教师。其中一位认为他可以通过在厨房餐桌上杀猪,来使这个孩子强悍起来。这里唯一的体育运动就是用所罗门爵士的猎枪把香槟酒瓶从阳台上击落。这一切似乎只是激怒了孩子们的母亲,她嗤之以鼻,并逃回了自己的娘家。

楼梯的顶端是1919年牛津大学的照片。

基督堂学院(Christ Church)对治疗 S. W. R. D. 泛滥的特权感没有起到任何作用。在当时的群体合影中,他看起来很有乡绅派头,文绉绉的,一副胸有成竹的样子,很唬得住人。他后来写道:"我之于牛津,与其说是一个唯命是从的、心怀感激的儿子,不如说是一个征服者。"他用蟒蛇皮和浩拉戈拉花豹的皮毛来装饰他的住所,而且——作为一个辩论家——他气势汹汹、所向披靡。就连伊夫林·沃(Evelyn Waugh)也注意到了他的才华,尽管这种钦佩并不是相互的。S. W. R. D. 提到,沃是"一个身材矮小、面庞通红而且很不负责任的年轻人"。

我们走下楼梯，经过那个戴着羽毛帽子的男孩。

"我总是觉得他看起来很迷茫。"苏内特拉说，一边抚摸着相框。

很多人会说的确如此，而且他一生都是迷失的。从牛津大学毕业后，他既有些反感英国，但又比英国人还要英国化。他从未找回自己的位置，在政治生活里，总是被四面八方的势力撕扯。甚至他的全名——他从未用过——也充满了矛盾和敌对：所罗门（犹太人）、韦斯特·里奇韦（West Ridgeway，一位英国总督）、迪亚斯（Dias，葡萄牙人）、班达拉奈克（僧伽罗人）。

在大门口，苏内特拉停了下来。

"对我父亲来说，这座房子一直是个艰难的处所。我觉得它诠释了他这个人。"

当我们沿着大道往回走时，我在思考这个问题。这是一座漂亮的庄园，有绿油油的田野和弯弯斜斜的椰树丛。为了向 S. W. R. D. 致敬，这条车道曾经有两次站满了人。第一次是在 1925 年 2 月，他从牛津大学回来的时候。所罗门爵士安排了一个由大象和舞者组成的三英里长的欢迎队伍，结果 S. W. R. D. 宣布他打算"为人民服务"，把这一天给毁了。就这样，他回到科伦坡，并放弃了此前生活中标志他身份地位的所有物品：软呢帽、鞋罩、基督教、香槟酒和常礼服。从那时起，他就成了甘地式的人物，影响了僧伽罗族圣人的讲话和装束。到最后，他身上的英国性只剩下他的袜子、几根霍索恩风笛和一只名叫比利·马考伯（Billy Macawber）的灰狗。

第二次的行进队伍更让人难以忍受，没有大象和舞者。

"我记得很清楚，"苏内特拉说，"当时我十六岁。"

这一次，她的父亲是被抬回车道上的，他满身是血，已经死了。

我们驱车离开的时候，我想起了所罗门爵士的动物园。

"你祖父的动物们后来怎么样了？"我问道。

苏内特拉苦笑着说："哦，对呀，那些野生动物……"

没有人知道老虎怎样了，但其他动物都以某种方式撑过了整个20世纪30年代。对所罗门爵士来说，那一定是一个奇怪的时期，也许对他的孩子来说也是如此。S. W. R. D.不再是那个瘦弱的双眼沉郁的小家伙了，而是一个挑动政治争端的人，面对人群时从来没有这么开心过。为了撼动旧的秩序，他愿意做任何事情，甚至将英国比作纳粹。但这很难收到成效。正如一位历史学家所说，锡兰本土的资产阶级"只是沐浴在爱德华时代帝国主义的阳光下，自满地模仿着它的主人"。如果不是因为战争和瓦桑塔振臂狂呼的曾祖父，关于独立的话题可能会慢悠悠地唠叨好多年。然而，1948年2月，英国人离开了。

这对所罗门爵士来说，实在难以承受。几个月之后，他便与世长辞了。

"至于他的动物，我的父亲把它们全放了。"

自由，似乎并不适合它们。所罗门爵士的野兽不再有追求自由的勇气，或许也没有追求自由的本事。据说，它们在庄园周围徘徊了一阵子，但不出几星期，大多数野兽就都死了。

在科伦坡周围仍然潜藏着英国人的气息。

在我看来，最明显的地方一直是学校。十几所小伊顿分布在全城各处。有圣托马斯学校、主教学校（1875年成立）和圣约瑟夫学校，它们都在批量培养满腔热忱的假英国人。与此同时，皇家学院（校训：*Disse aut discede*，即"不学习，就离开"）看起来就像从伯克郡空运过来的一样，所有的塔楼和四方庭院都很齐备。人们永远不会忘记这些地方，校友竞技赛会吸引数以千计的观众。这种教育也许是维多利亚式的（"冷水浴、体罚、柑橘酱"），但它能让人联想到一个不那么混乱的时代，哪怕不是一个黄金时代。

然后，如果有人无法完成从学校到现实生活的巨大跨越，他们可以参加俱乐部。这些俱乐部除了有威士忌，其他都跟学校一样。这里一直有游戏，有关于袜子的规定，而且没有女人，让人放心。穆罕默德已经带我去过游泳俱乐部（该俱乐部在1965年之前一直设法将所有"非白人"拒之门外），但还有一个东方俱乐部（Orient Club，该俱乐部将白人拒之门外），以及一个非常沉闷的伯格人联盟（Burgher Union）[1]。但最厉害的是科伦坡皇家高尔夫俱乐部（Royal Colombo Golf Club），它就像萨里郡的一只美丽的曲线球，消失在这个喧嚣的城市中间。

记得有一次，在僧伽罗人体育俱乐部，我仰望着往届俱乐部主席的肖像。我突然意识到，这些费工夫巩固英国文化的人，也是让这个国家摆脱英国，获得自由的人：D. S. 森纳那亚克、J. R. 贾亚瓦德纳（J. R. Jayewardene）和约翰·科特拉瓦拉爵士（Sir John Kotelawala）。在诋毁英国多年之后，他们接着培养起自己的小英国。难怪共产党人会对国家独立满腹怨言：对他们来说，独立只是统治阶级用自己来取代自己。许多年来，一切都没有改变；米字旗仍然飘扬，即使到了20世纪50年代，当一个佛教徒罪犯被送上绞刑架的

---

1 伯格人：斯里兰卡的一个欧亚混血小族群，是葡萄牙人、荷兰人、英国人和其他欧洲人与斯里兰卡本土妇女结合的后裔。

时候，临终祷告仍然是"愿上帝怜悯你的灵魂"。正如斯里兰卡最伟大的历史学家金斯利·德·席尔瓦（Kingsley de Silva）所说："独立的过程太过平淡，那些没有直接参与的人几乎感觉不到。"

这种顽固的英国禀性常常会激怒美国作家。他们鄙视一些小团体仍然用英式口语道着"珍重"（cheerio），以及对皇室成员的过分关心。难道没有人注意到英国人已经离开了吗？那么吉尔福德新月街区和托灵顿广场，还有所有那些名为"阿尔弗雷德王子大厦"和"温莎塔"等的豪宅又是怎么回事？威廉·麦高恩认为，是精英们太过浮夸了，而且"他们的模仿能力是非常强大的"。但这是模仿，还是滋养？我在伦敦曾向一位斯里兰卡教授请教过这个问题。

"浮夸？"他笑了，"不，我们是棕色的英国人！"

S. W. R. D. 也被独立的平淡所鼓舞。他在其中看到了一个机会，一个功成名就、成为真正的僧伽罗之父的机会。这其中的关键在于语言，在于僧伽罗语的复兴。这个议题已经在整个南方流行开来。对于被称为"沙文主义者"的新一代政治家来说，英语是不体面的；它仍然是法庭和法规所使用的语言，但很少有人讲英语。他们说，这也是对本岛宗教的冒犯。曾经，世界上有三分之一的人信奉佛教，而现在，这里是最后一个堡垒。僧伽罗人是天选之民，保卫他们的语言关乎宗教信仰。这种浪漫言辞让 S. W. R. D. 难以抗拒。他声称，锡兰已经成为"梵蒂冈的东部前哨"。佛教必须通过僧伽罗语的媒介重新得到确认。

尽管 S. W. R. D. 说得头头是道，他却没有预见到危险。如果将僧伽罗语定为官方语言，泰米尔人将在自己的国土上沦为外来人口。当然，这正是沙文主义者所希望的。在英属殖民地时期，泰米尔人占据了三分之二的公务员职位，但他们只占总人口的 15%。现在要轮到僧伽罗人主政了。S. W. R. D. 没有做任何事情来抑制他们的期许，因此，到了 1951 年，这个问题已经成为一个聚众集结的焦点。只需几年，锡兰就将分裂为"他们"和"我们"。

至今，人们仍在谈论着铸成大错的那一天。那是 1955 年年底在波隆纳鲁沃（Polonnaruwa）的一次选举集会。S. W. R. D. 一直捉摸不定语言问题的走向，但他还是情不自禁，走嘴失言："在二十四小时内，僧伽罗语将成为唯一国语！"不到几个月，他就掌权了，而他疯狂的想法已经失去了控制。

❉

在科伦坡，班达拉奈克家族在一座名叫廷塔杰尔（Tintagel）的豪宅里主持国政，这个名字没有任何明显的讽刺意味。[1]

豪宅就像一块华丽的婚礼蛋糕，所在街道上的建筑物也如同糕点一般。但其他的房子都不像廷塔杰尔那样洁白和肃穆。房子前方有几扇铁门和一个鹅卵石铺成的院子，更远处的阳台和栏杆就像一层层精心裹制的糖霜。整个外观当时都装饰着灯笼和小盆栽。据说这一切是由 20 世纪 30 年代的一位妇科医生委托建造的，我只能想象，这样一副婚礼气派对房子交易有好处。作为一座欢庆性质的创造物，此外唯一的用途就是做一家精品酒店，而这恰恰是它现在的功用。自然，我在这里预订了房间。

我觉得自己对提升它的格调没有多少贡献。几周后，廷塔杰尔将会是查尔斯王子及其随行人员的下榻之所。相比之下，我自己的行李搬运车很不起眼：一辆突突车，装满了书和脏衣服，还有半公斤

---

[1] 廷塔杰尔与英国康沃尔郡的一个小镇同名。——编者注

班达拉奈克的演讲稿。在门廊下,我瞥见金黄色大理石上自己的身影,看起来乱糟糟的,还有几分惊惧。

玻璃门转动打开,一阵典雅的味道扑鼻而来,接着是更多的帕拉弟奥式的豪华气势。然而,当我不知不觉地平静下来,突然觉得自己早已错过了来这里的良好时机。对 S. W. R. D. 来说,这一切都太过异域风情了:暗红的色调、粗重的银器、丰满的西班牙家具饰品、来自加德满都的地毯和来自德国的巨大的苔藓球——这些球体悬在头顶,如同神秘莫测、寸草不生的行星。某个时候,我脏兮兮的行李被卸下,几小时后,衬衣重新出现在我的房间里,焕然一新,散发着清香,还打着硬纸领结。这一切都难以与这位伟大的改革家、教育家和苦行僧相匹配。不管是什么激发了出色的帕迪土地法案(Paddy Lands Act),但一定不是苔藓球。

但这里仍有一些班达拉奈克时代残留的痕迹。大部分的叶形装饰保存了下来,楼梯上的镶板也得以保存。在木制品中,我可以看到家庭生活的所有印迹:滑板车的标记(或许是);婴儿车、爪印或航空玩具(除了苏内特拉,还有另外两个孩子和比利·马考伯)。然后,我发现这个酒店仍然没有酒类营业执照,吧台那些彩色瓶子里全部只装了水。一个伟大的禁酒者的幽灵,似乎仍在辛勤地工作。

旁人永远无法说服苏内特拉在廷塔杰尔逗留,尽管这里仍然归她所有。有一天,她带着一些书顺道拜访我,我询问有关她父亲和这所房子的事。她犹豫了一下,抬头盯着天花板上的灰泥图案,仿佛是天花板困住了他浑厚的声音。"他不是一个照顾孩子的男人,"她说,"他会不耐烦,然后大喊大叫,而且,大多数时候我都很害怕。"

我房间下方的前院在当时即将到来的流血事件中扮演了一个不愉快的角色。

事实证明，语言问题是一场豪赌。尽管 S. W. R. D. 具有改革的天才，但他短暂的统治将永远以其疯狂的头脑和燃烧的商店而被铭记。作为一场赌博，他所承诺的立法——将僧伽罗语作为唯一的官方语言——与其说是扑克牌游戏，不如说是斯里兰卡轮盘赌。通过剥夺泰米尔人的语言和生计，S. W. R. D. 往手枪里塞进了一颗子弹，让弹膛旋转起来。谁也猜不到第一枪会打中谁。

三年来，犹豫不决和惶恐不安的声音回荡在廷塔杰尔。1956 年，新法律的第一份草案引发了僧伽罗人的绝食抗议，而强化了的版本则激起了泰米尔人的反叛。次年，S. W. R. D. 被迫与泰米尔人的领导人达成协议，几天之内，数百名愤怒的比丘（*bhikkhus*）在廷塔杰尔的前院（当时是一片草坪）安营扎寨。在当时的照片中，这座房子被带刺铁丝网层层盘绕，S. W. R. D. 看起来不再温文尔雅，而是瘦骨嶙峋，担惊受怕。

"我记得他走到草坪上的那一天……"苏内特拉说。

S. W. R. D. 撕毁了一个协议，那并不是他最伟大的时刻。

"他告诉众人：'无论发生什么，都是你们的错……'"

S. W. R. D. 再也没能从随后的骚乱中恢复过来。以前的自信消失了，他开始涉足占星和神秘学。据说，当麻烦在贫民窟中蔓延开来时，人们可以在东方俱乐部里找到他，他迷失在了台球的世界里。

最终，和恺撒一样，他死在了朋友的手里。

颇具讽刺意味地死去，是 S. W. R. D. 的典型做派。他的死出自一位和平人士的指令：科伦坡地位最高的高僧。其动机并非信仰受到了冒犯，而是不光彩的丑闻（这位高僧与卫生部部长有染，因此事暴露，对政府怀恨在心）。谋杀使用的左轮手枪是英国的，而被派去开枪的人是个和尚。S. W. R. D. 从英国国教皈依了佛教，他将被一个佛教徒杀死，而这个佛教徒随后又将皈依基督教。

对大多数斯里兰卡人来说，1959 年 9 月 26 日至今仍然是一个艰难的日子。那天早上，那个和尚把左轮手枪塞进他的长袍里，然后去了廷塔杰尔。在那里，他混入善意的人群，一起在铺有姜黄色地板的门廊下排队等候。当 S. W. R. D. 转身时，巨大的子弹飞旋着穿膛而过，碾碎了他的胰腺、结肠、肝脏和脾脏。那天的遗留物——枪、扭曲的子弹和带血的披肩——至今仍然受到崇敬，现在还有了存放它们的博物馆。我记得我注意到，总理的手表被砸成了碎片，时间停在了十点二十分整。

当时，这个血腥场景的演员们已经四下奔散。S. W. R. D. 被一辆凯迪拉克送往医院，在那里他口述了死前最后一段演讲——和其他任何演讲一样优雅。他的最后一程是回到浩拉戈拉，化身为菩萨（*bodhisattva*）。与此同时，那位高僧及其情妇被拖进监狱，而那个和尚被送上了绞刑架。确信死神就要来了，他表达了对自己命运的始料未及，然后吟诵着《福音书》落入绳套。

❀

我在廷塔杰尔的第二天，早期的季风悄悄攀上了我的房顶。巨大的水柱在外面的阳台上爆裂，里面的房檐开始泪雨涟涟。不一会儿，我就有了一个自己的、不太能增加风致的小池塘。自然，这引得穿黑制服的服务员一阵忙乱。最后，在拖把和水桶，以及一大盘巧克力布朗尼蛋糕的帮助下，一切恢复了秩序。

但是，由于某种原因，那晚我没有睡好。也许是因为最后的水珠滴落在灰泥墙体上的声音。或者也许只是因为这里经历了太多的历史动荡，至少是在我的脑海里百转千回。我起身，泡了点茶，又小口小口地啃了一块布朗尼。苏内特拉说，这曾经是她妹妹钱德里卡（Chandrika）的房间。我想人们应该认不出什么来：没有平板电视、鸭绒被或装饰品，一切平平淡淡，令人安心。那些了解钱德里卡的人（包括两千一百万斯里兰卡人）知道，富丽精致实在不是她的风格。

就在黎明前，我下了楼，在班达拉奈克家族空荡荡的房间里徘徊。门廊下的谋杀应该标志着他们的时代的终结，然而，在某些方面，这只是一个开始。这个家里将有两位女性继续成为国家元首。一位是 S. W. R. D. 的遗孀西丽玛沃（Sirimavo），她会担当他的角色，成为世界上第一位女总理。另一位是他的女儿钱德里卡，她在 1994 年当选总理，几个月后又成为总统。她们两人总共管理了这个国家近二十三年。

来到外面，我听到了清扫的声音，这是斯里兰卡新一天的标志性声音。也许过去的日子在廷塔杰尔从来没有多大意义。我突然意识到，在整座房子里，没有一处提到班达拉奈克家族：没有书，没有牌匾，没有照片。鉴于世界上没有任何建筑产生过这么多当选的国家元首，这一点很令人惊讶。也许世族不喜欢有东西让他们联想到生命的脆弱？不管是什么原因，科伦坡的白宫只是又一座恰巧是白色的房子而已。

"我痛恨政治对这个家造成的影响。"苏内特拉有一次告诉我。

他们都付出了高昂的代价。S. W. R. D. 最终背负了一代人的杀戮，而且——即使在他自己的人里——他也只是获得了尊敬，并未多么受到爱戴。他的遗孀西丽玛沃将有两届任期，分别开始于 1960 年和 1971 年。在她的任期内，青年起义，经济崩溃，锡兰先是变成了斯里兰卡（Sri Lanka，"辉煌之岛"），然后又变成了"民主社会主义共和国"（通常是一个陷入自由困境的确定标志）。只有在一切——

包括茶叶——都被国有化之后,西丽玛沃才被打败,并被剥夺了公民权利。她的女儿钱德里卡的政绩更为出色,但对她来说,政治是无尽的残酷。政治不仅使她在十五岁时失去了父亲,而且还让她成了寡妇(她的丈夫在她和孩子们的面前中弹身亡),此外,在她担任总统期间,她被诽谤,遭背叛,遇轰炸,还弄瞎了一只眼睛。在废墟残骸中摸爬滚打了一辈子之后,她现在才获得了某种沉稳自若。她总是出现在报纸上,略微有些桀骜不驯。她姐姐担心有一天,钱德里卡会再次竞选公职。

"我们再也不想失去什么了,"苏内特拉说,"死的人已经够多了。"

"关于你们的父亲,钱德里卡是怎么想的呢?"我问。

苏内特拉笑了。"这个嘛,"她说,"你一定要自己去问问她。"

※

钱德里卡现在还住在附近,这里看起来就像一个巨大的密林盒子。她的住所正是我所想象的总统之家:高高的围墙和铁门,有一个眼球照相机镶嵌在夹缝里。院子里,枪手在来回转悠,还有一排排黑色的SUV。那天下午,络绎不绝的访客被迎进迎出。我预约的时候,被告知会分配给我半小时的时间。库马拉通加·班达拉奈克夫人(Madame Kumaratunga-Bandaranaike)将在午餐和印度高级专员公署来访的间隙会见我。

这座房子更令人惊讶,如果只是因为它平淡得有些容易让人遗忘就好了。当然,这是一座豪宅,可在我的印象里,它褪去了全部的光彩。进来后,我被安置在一间大客厅里,那里所有的东西似乎完全不搭调。有一个老式的荷兰梳妆台,几把竹座椅,一幅绚丽的僧伽罗舞者的现代画,还有几盆各不相同的蕨类植物。我有一种感觉，对我的东道主来说，家只是一个碰巧居住的地方，一个存放传家宝和家庭礼品的仓库罢了。我怀疑廷塔杰尔在还没有设计师入驻的时候，就是这景象。

"她现在可以见你了。"她的私人助理说着，带我来到一间餐室。

这里的家具同样是漫不经心、稀稀落落的。当我听到楼上传来的餐具声时，我才意识到，这儿根本不是餐室，而是班达拉奈克宫廷的一个外部的接待室。我想象有多少外交时间浪费在了这里，又有多少双伟大的手在这张桌子上敲打。众所周知，K-B 夫人总是姗姗来迟。

二十分钟后，传来了一阵丝绸的沙沙声。

"吉姆雷特先生，"她说，"你能来真是太好了……"

她和我预想的不太一样。我一定是依据她的总理父母——父亲高高瘦瘦，西丽玛沃则看起来凶强好斗、体态笨重——不知怎么建立了一幅遗传图像。但钱德里卡夫人没有这些特征，她的生活里也没有任何暴力的迹象。她温雅端庄，仪态高贵，身着丝绸上衣，有一头乌黑油亮的头发。她看起来多么年轻，这让我感到惊讶。现在距离她卸任总统职位已近八年，她已经六十岁了。

"我听说你是从伦敦来的？"她说。

在随后的寒暄中，我们发现，在当年的一段时间里，我们是近邻，而且我们都讨厌开车。"我的一只眼睛看不见，"她说，"所以我没有胆量在伦敦开车。"

"我的两只眼睛都看得见，但我却没有胆量来科伦坡。"

气氛稍稍活泼了些，但正式性始终都在。然而，不喜欢钱德里卡夫人，或者，不对她感到些许敬畏，是不可能的。我和喜欢苏内特拉一样喜欢她，尽管很难相信她们是姐妹。苏内特拉是个娇小刁顽、具有煽动性的人，而钱德里卡似乎总能在宏大崇高和阴谋算计

59

之间找到平衡。我们很快就确定,她不喜欢新的廷塔杰尔。"我觉得它有点花哨。"她(无甚必要地)补充说。

不过,对于班达拉奈克家族的灵魂,不能窥探得更深了。与苏内特拉对她们父母的描述不同,钱德里卡的描述是娴熟的、政治化的;牺牲和责任的主题反复出现;S. W. R. D. 是一个温柔深情的男人,他感情敏锐,对周围的人非常体恤;同时,西丽玛沃是一个精明老练的政治家("伟大的政坛女神""铁娘子")。听着这一切,我不禁被钱德里卡的忠诚所感动,但我也一直在想:如果她是对的,怎么会出这么大的乱子?我把话题转到了泰米尔人的问题上。

"你认为你父亲的统治带来了难以遏制的恶果吗?"

钱德里卡迟疑了一下。外面,我听到她的下一批访客过来了。

"是的,的确,虽然他也不知道事情会怎样发展。"

❁

在科伦坡,就算事情变得再糟糕,也不会破坏一场精彩的板球比赛。

这种运动能产生如此大的力量,对我来说是前所未闻的。不仅大街上和每一片碎石地上都在进行这种运动,而且它还充斥着报刊亭、电视节目表和广告牌,并招贴在巴士的车身上。几乎所有在售的商品都有三柱门守门员或国家队队长桑加卡拉(Sangakkara)先生的某种俏皮的代言。板球运动的面孔随处可见——似乎都是靠拉格啤酒、糖果和美禄(Milo)麦芽乳而发展兴旺。经常有人告诉我,他们希望自己的儿子能打板球,这是快速实现种姓和阶级爬升的一个途径。事实的确如此;板球运动员有时会发现,他们自己在经营这个国家。瓦桑塔曾介绍我认识过发型精致的迪郎格·萨姆迪帕拉

（Thilanga Sumathipala）。他不仅是板球委员会的主席，也是赌注经纪人之王和政府议员。

"在这里，板球是一种宗教。"他愉快地说。

有一段时间，这让我很烦恼。为了了解斯里兰卡，我真的需要弄懂板球运动吗？这个想法让人备感压力。对我来说，板球的诱惑力一直都是难以理解的。每当我在观看板球比赛的时候，我都会感到焦躁不安和心烦意乱。它就像一场从未完全开始的战斗，或者没有节奏的芭蕾舞。儿童是如何被鼓励从而发现它很有趣的？为什么成年人似乎从来没有因为长大了成熟了而不再热衷于此？

有很多东西需要学习，于是我开始读书。板球是英国军队于1832年引进的。所有响当当的人物——如W. G. 格雷斯（W. G. Grace）和唐·布拉德曼（Don Bradman）——在去澳大利亚的路上都会经过这里。斯里兰卡人在板球测试赛方面一直很出色，但直到1982年，他们才拥有了正式资格。1996年，他们赢得了板球世界杯。当印度球迷发现他们成了小邻居的手下败将，就放火烧了座位。板球是唯一一项人人喜闻乐见的运动，但民族体育项目却是篮球。一个板球场有二十二步长，这与佛教传统中步行冥想的长度相同。

我仍然迷惑不解。"人们喜欢板球什么呢？"

我的朋友们说法各不相同：仪式、球速、户外性。

几乎可以说，在板球运动里，他们找到了一段真正的佛教的午后时光。

"非也，"小说家埃尔莫说，"这全都和命运有关。"

我很好奇。"什么？是命中注定要打板球吗？"

"不，是普遍的命中注定。你看，斯里兰卡人认为我们生活在不存在的边缘，他们对这一想法很是着迷。前一分钟我们还在这里，后一分钟我们就什么都不是了！砰——消失了！板球就是这样。在其他运动中,你可以从你的错误中重整旗鼓,而且你还有其余的比赛时间来振作精神。板球则不然,伙计们。你们的冠军上场了,他表现得很出色,结果——砰——他即将报废!出局了!斯里兰卡人喜欢这个想法:你的命运推迟降临了,但从来不会被阻止!不管我们有多么优秀,我们都会被打倒,而且我们永远不知道什么时候会被打倒……"

还有另一个问题困扰着我。

板球让斯里兰卡人更团结,还是更分裂了呢?

为了回答这个问题,我争取到了两位大人物的帮助。第一位是西达斯·韦蒂穆尼(Sidath Wettimuny),他是这个国家最早的板球测试赛运动员之一,从1982到1987年一直担任开球手。他是如此银光熠熠,魅力四射,很难想象他猛击六分球的样子。一天下午,我们坐在他的阳台上,一边喝着茶,一边听着夜莺和画眉鸟喧闹的鸣叫。西达斯告诉我,他出身板球世家,上的是一所板球学校,那时还远远没到板球能够赚钱的时代。如今,他在做服装生意,与玛莎百货(M&S)合作,成吨地生产织袜。

"板球现在更民主了,"他温和地说,"更多穷人家的孩子可以加入。"

我遇到的另一个人是阿拉温达·德·席尔瓦(Aravinda de Silva)。他虽然不完全是穷人,但他是新派民主精英的一部分,也是1996年的自组团队的一员。人们至今仍然认定"疯狂的麦克斯"(Mad Max,席尔瓦的绰号)是这个国家有史以来最好的击球手。他现在是一名汽车经销商,在廷塔杰尔附近有一个办公室。一个星期天的清晨,我在那里见到了他。他身材魁梧,性情急躁,穿着短裤和T恤衫,看起来就像一只肌肉发达的麻雀,只不过微微有些困倦。人们更容易想到他激烈搏斗的样子,然而他却是个非常彬彬有礼的人。

他也喜欢新的民主。

"现在大多数球员是从边远地区来的。他们还更强悍……"

"那所有种族的人都有吗？"

"一直都有啊！穆拉利塔兰（Muralitharan）是泰米尔人，迪尔尚（Dilshan）是穆斯林……"

和西达斯一样，他看到板球使国家团结凝聚。只要英雄身着白衣，他可以是摩尔人、马来人或其他任何人种。阿拉温达甚至认为猛虎组织也是球迷，而且在测试赛期间，内战也偃旗息鼓了。这是一幅令人陶醉的图景。我一度开始相信，斯里兰卡人在这个荒谬的游戏里抵达了最心平气和、宽容大度的状态。

可惜的是，这场板球太平梦撑不过几次旅行。

几周后，我在贾夫纳问了泰米尔人同样的问题。对于被板球招抚的说法，他们大为震惊。"我们喜欢这种运动，"人们说，"但我们讨厌国家队。"我遇到的一位老师是这么说的："他们穿的衬衫上画着那只狮子。在街垒上，在士兵身上，在轰炸我们的飞机上，都是这个标志。我没法佩戴那个标志，也没法举起那面国旗。以前，谁跟斯里兰卡打，我们就常常为谁助威，逼得士兵朝空中开枪……"

就连因板球而停火都不是真的。2007年4月29日，在巴巴多斯板球世界杯期间，猛虎组织对科伦坡发动空袭，天空又一次亮起了火光。但这一回，板球球迷不知道他们是遭遇了袭击，还以为他们赢得了比赛。

所以，这几周下来，我学到的是我已经知道的道理：板球是为别人而打的，它诱惑力强，让人分心，并且它只是一种游戏。

对泰米尔人来说，生活很少是一场板球游戏。

在英国，很容易辨认出那些跟随"第一次浪潮"来到这里的人。他们中的大多数人现在已经上了年纪，尽管他们的言语仍然风趣而多彩。他们就像一代迷失的贵族，穿着法兰绒和粗花呢的衣服，使用特罗洛普（Trollope）的词汇，并对英国人的英语水平如此之差感到惊骇。他们往往是一些专业人士——工程师、测量师和医生——任何能买得起出国车票的人。他们常常途经西非而来。在帝国末期，他们在西非将英国官员取而代之。那位记者乔治·阿拉加（George Alagiah）的父母于1961年在加纳落脚，而且再也没能从移民的冲击中完全恢复过来。"他们是胆小的旅行者，"他后来写道，"驱使他们的更多是逃离的需要而不是到达的渴望。"

早期来英国的泰米尔人最后常常从事了别人不愿意做的工作：在斯肯索普（Scunthorpe）、斯托克（Stoke）和威德尼斯（Widnes）。[1] 医生们发现自己的病人弄不清团团纠缠的辅音，于是他们缩短了医生的名字，帕拉贾辛加姆（Parajasinghams）变成了辛加姆（Singhams）医生，而钱德拉库马（Chandrakumars）变成了钱德拉（Chandras）医生。可以说，他们的整个生活都降级了。有一次，我作为一名初级律师，拜访了这样一位简化了的医生，在他位于布莱克浦（Blackpool）附近的外科诊所。我注意到，他为数不多的财产仍然堆放在箱子里，仿佛随时可能装车离开，回到科伦坡。"我在那里的某个地方还有一栋房子，"他告诉我，"虽然我已经四十年没看到过了。"

第一批到达者的子女成了下一代专业人士，比他们的父母更自

---

[1] 这三个地方分别有发达的钢铁产业、陶瓷业和化学工业。——编者注

信，但依然是泰米尔人。他们甚至继承了父母对被遗忘的恐惧。我有一个朋友是《独立报》(*Independent*)的记者，他曾经告诉我，做一个泰米尔人就像生活在一个钟罩里。"每个人都能看到你，也能听见你的叫喊，"她说，"但他们听不到你想说什么。"

但是，下一波到来的泰米尔人，不但没有财产，就连粗花呢也很少见了。

20世纪80年代来到这里的泰米尔人不全是谋求未来的专业人士。大多数人能活着逃出来就已经很高兴了。暴力行为一旦发生，就是突如其来、出人意料的。多年来，泰米尔人发现自己被悄悄地边缘化了。他们不知不觉地淡出了主流生活，被排除在大学门外，被驱逐出公务员队伍，也被军队弃之不顾。要不是1983年7月出现的四千多具被烧焦凌虐的尸体，这个过程可能会继续下去而不被注意。

没有人忘记内战是怎么打起来的，地点在哪里。

"坐上一辆去博雷拉(Borella)的巴士，"人们告诉我，"去公墓看看吧。"

❈

在科伦坡，名流巨子最后的归宿都在坎内特(Kanatte)。

这里丛林密布，无边无际，除了高度齐肩这一点外，很像这座城市本身。这里有漫长的林荫大道和十字路口，而且——和它活着的、生气勃勃的手足一样——已逝的科伦坡人也被划分进不同的区域。我发现了一个运动员区，一片已故诗人和歌手的墓群，一大片法官区，一块日本人区和一个为中等阶级死者准备的小而杂乱的边缘地带。同时，森纳那亚克家族有他们自己的迷你海格特[1]，班达拉奈克家族也是如此，还配有超大尺寸的天使，现在已经发霉变绿了。然后是一块英国飞地，看起来非常朴素，呈现哥特式风格。在安息者中，我看到了罗伯特·皮尔爵士（Sir Robert Peel）——英国政治王朝的后裔——他在1942年的空袭中烧伤太过严重，与另一名水手熔合，最后两人被葬在一起。

在所有这些去世多年之人的区域里，面积最大的无疑是佛教徒的区域。然而，就连这里，周围也没有一个人，只有白鹭。它们披着乱蓬蓬的白色袈裟，看起来很暴躁，很古板。一些墓碑上雕刻着大象和粗重的骷髅，或者有英文的铭文"愿他抵达涅槃"（May he achieve Nirvana）。我惊讶地发现，阿瑟·C.克拉克爵士不知何故也混入了这些信徒中（"他从未长大，"他的墓志铭写道，"但他从未停止成长。"），不过，我要找的不是他。其实我也不确定自己在寻找什么。这里热气蒸腾，杂草丛生，我突然觉得是好奇心让我失去了理智，这次游荡得太远了。

就在这时，一个瘦骨嶙峋的身影从墓地里冒了出来。我以为他是一个掘墓人，但他全身赤裸，体态瘦弱，很可能是长期驻守在这里的。他只在腰上缠了一块破布，整个身体就像一幅单薄的几何图形，只不过有一缕缕沾满灰尘的头发和火热的、微弱的脉搏。很明显，他想带我到处看看，因此，我花了几卢比，就有了自己的约里克[2]。

"士兵吗？"我设法交流，向他比画十三。

"哦，哦。"他说着。是的，是的。

就这样，我们出发了，在树丛中穿行。掘墓人走路的时候，我

---

[1] 海格特：伦敦最著名的墓地，埋葬着卡尔·马克思、赫伯特·斯宾塞等诸多名人。

[2] 约里克（Yorick）：莎士比亚戏剧《哈姆雷特》中的人物，是一个宫廷小丑的名字，在剧中以一个骷髅的形象出现。

能听到他的肺部发出呼噜呼噜的响声，他时不时地停下来咳出一块黄褐色的痰。我心想，用不了多久，他就要和他的客户肩并肩了。"士兵，士兵。"他不停地嘟囔着，然后，在主干道附近，我们发现自己正置身其中。这里是英雄区，有几十座结辫者和勇士的坟墓。这里的每个人都死于剧烈震荡：枪击、炮轰、被人体炸弹杀死，或者卷入汽车炸弹，被炸穿底盘。人们建造了一顶混凝土尖顶帽以纪念一位海军上将，而其中一位陆军准将的坟墓上整个安置了一个士兵，手持一把 T-56 步枪。这个人物脸上的表情在我看来很诚实：不是英雄主义的，而是满腹疑虑的。

近三十年前，1983 年 7 月 25 日，一群狂热的暴徒聚集在这里。

他们是来参加集体葬礼的：十三名士兵正待入土下葬。死者的遗体被包裹在聚乙烯塑料袋中从北方空运过来。他们都是"四四布拉沃"（Four Four Bravo）号巡逻队的成员。三天前，他们被派往蒂鲁内尔维利（Thirunelveli）；他们前一刻还在审视贾夫纳的干硬脆化的风景，下一刻就陷入了震耳欲聋的白炽金属引起的混乱中。不待他们睁开迷蒙的眼睛，弄清失去的胳膊和腿，枪手们就出现了，在滚滚烟尘中杀死了他们。就武装冲突而言，这是一个异常不英勇的时刻——内战中首先阵亡的十三名士兵甚至不知道敌人是谁。

伟大的领导层也许能够挽救局势，但这个政府似乎只是袖手旁观。在贾夫纳，军队被放任自流，杀害了四十一名平民。与此同时，在科伦坡，暴徒蜂屯蚁聚，拿着选民名册。他们带到公墓的名单上有该市所有泰米尔人的名字和地址。正如作家希瓦·奈保尔（Shiva Naipaul）在《未完成的旅程》（*Unfinished Journey*）中回忆的那样，"在挥舞斧头之前，在投掷汽油弹之前，在开始抢夺劫掠之前，必须做一些文书工作"。

带着他们的名单和棍棒,人们气势汹汹地涌进了博雷拉。"Rata jathiya bera ganna,"他们呼号着,"petrol thel tikkak dhenna!"(为了拯救种族和人民,添点油,加点火!)

✺

今天,博雷拉淡然地承载着这份悲惨。

商店都已重建,连泰米尔人也回来了。招牌上写着"真正的男装剪裁""时尚无止境"。店面的后方是迷宫般的小路。现在它们也许更像峡谷,有更高的墙和巨大的铁门。这仍然是一个受政治家欢迎的地区。我的朋友瓦桑塔举行政治晚宴的地方就是在这里,在一方森林深处。除了铁丝网,你永远不会觉得有什么不对劲。

但事实证明,精神上的伤疤更难愈合。对大多数僧伽罗人来说,"黑色七月"仍然是一个耻辱的时刻。就算是最顽固的沙文主义者,也认为这是一场"碎玻璃之夜"[1]。从博雷拉开始,罪恶行径向全岛扩散。一万八千处泰米尔人的房屋被摧毁,包括电影院和工厂。引人争议的只是死亡人数。是一万,还是两万,还是介于两者之间?没有人知道。

但是,如果数字遗失在了这场失忆的大潮里,总有照片还保存着。令我尤其惊骇的是,暴徒们在杀害泰米尔人的时候,看起来是那么兴高采烈。有抢劫邻居的快乐,有开枪射击的狂喜。一个赤身裸体的男人被殴打致死,显然颇称群众心意。人们要彼此憎恨多少个世纪,才会做到如此地步呢?还有被烧毁的小型巴士。据说暴徒

---

[1] 碎玻璃之夜(Kristallnacht):1938年11月9至10日凌晨,纳粹领导人下令袭击德国全境的犹太人,该事件因商店橱窗被砸碎的玻璃布满街道而得名,标志着纳粹有组织地屠杀犹太人的开始。

在放火前把车门堵住,然后亲眼看着乘客尖叫着死去。

要描述那几天的情形,或者理解所发生的事,没有任何容易之法。希瓦·奈保尔写到一个小男孩,被从一辆巴士上拖下来,一顿乱砍乱劈之后,"四肢尽失而死"。其他人被用瓶子砸死,被吊死,或被挂在轮胎上,放火烧死。奈保尔还回忆说,一个女孩被暴徒丧心病狂地轮奸,最后,她的身体已经不剩什么可以侵犯的了,才不再有人主动上前。即使是在伦敦,对幸存下来的泰米尔人来说,他们的恐惧仍然是难以言说的。有一位妇女,当时只有七岁,她告诉我,她所记得的只有自己颤抖的双手。她说,现在仍能感觉到,当暴徒们监视着她,索要她的一切时,她在拼命地抓着她的耳环。

在僧伽罗族百姓当中,也有许多仁慈的举动。

"我们家成了避难所,"苏内特拉说,"持续了几个星期。"

瓦桑塔的家也一样。"我们都非常害怕……"

就在那时,暴徒们正在一条街一条街地游走,寻找猎物。

"如果他们看到你的额头上有红点,你就死定了……"

"而且他们检查每一个人,命令他们说出高难度的僧伽罗语词汇……"

随着死亡人数的增加,政府显然陷入了沉默。总统朱尼厄斯·贾亚瓦德纳(Junius Jayewardene)就住在博雷拉,他肯定知道家门口发生的恐怖事件,但警察和军队都不见踪影。最终,四天之后,他出来广播。他没有谴责杀人犯,而是将所发生的事情描述为"大多数僧伽罗人民的群体运动"。他们只是对恐怖分子的暴行做出了反应,没有对泰米尔人表示同情,仅仅承诺要保障僧伽罗人的权利。

对许多泰米尔人来说,这是踏上不归路的一个转折点。

"我们知道,"他们说,"没有政府会保护我们。"

于是,由此开始了一场大逃亡,以及持续四分之一世纪的战争。

暴徒们已经使三十多万泰米尔人流离失所。尽管政府试图关停渡口，但其中一半以上的人还是逃了出来，大部分逃到了印度。这是另一个流亡种族的发端，他们如今已经壮大到了近一百万人。同时，在那些留下来的人当中，有的颠沛流离，又回到他们在科伦坡的家，回到一个动荡不安的未来。少数人甚至改名换姓，以便去除一些泰米尔人的特征。其他一些人则向北走，去到贾夫纳，那里人多势众，更有安全感。有的会加入分裂势力，寻找枪支，等待复仇的机会。

晚些时候，他们的时刻将会来临。

回到博雷拉，一种奇怪的常态又回来了。尽管海外义愤四起（"入侵斯里兰卡，即刻进军"的涂鸦遍布印度），贾亚瓦德纳却毫不在意。他封禁所有分裂主义言论，并把泰米尔人驱逐出议会。"我现在不担心贾夫纳的人怎么想。"他说。四个星期后，旅游部宣布："阳光灿烂，人民又露出了笑容！"

然而，随后到来的并非真正的常态。一直没有任何人因为"黑色七月"事件而受到惩罚，所以它一直悬而未决，挥之不去。如果科伦坡曾经有过清白，那就是在那个月里失去的，残存下来的只有顽固的否认的枝丫。即使现在，人们有时和我谈论战争及其原因的时候，仿佛仍然不明所以。"为什么是我们？"他们会说，"为何这种事发生在我们身上？"但其实，他们心知肚明。

❀

在离开科伦坡之前，我觉得自己瞥见了未来的景象。

瓦桑塔叫我和他一起去议会。

"所有人都会在那里。"他说，我们在车队的护送下，出发了。

从外面看，这座宏伟的殿堂看起来很不吉利，而且很有军事气息，但置身其中，却给人恍若来世之感。巨大的铜门引领我们层层深入，来到大理石结构的内部。自然光只从窄缝里透进来，每个人都身着白色服装。抛开盛着蛋糕和茶的托盘，就连管事员一瞬间看起来也宛若天人。我们遇到的第一个人是摩西，或许是好国王杜多伽摩尼（Dutugamunu）？他留着长长的白胡子，长袍拖地。很容易想象他分发法律文件的样子。但有人告诉过我，那现在是总统的工作。在这里，在东南亚最古老的民主国家，议会的角色已经变得异常静默。

瓦桑塔显然很受其他议员的欢迎，我们走到哪里，都会有人上前亲切地拍拍他。我们与政府的党鞭共乘一个电梯，他也是水利部部长。他在说话时，发出一阵低沉的笑声，他身后的人也迅速响应。我们不知怎么聊了起来，他问我想在内陆地区寻找什么。我想不出一个在电梯上一层楼的时间内可以讲清楚的答案，于是就说，"大象"。

"你会在这里发现很多。"他回答说，整个电梯都在欢笑中颤抖。

楼上更有一股整饬以待的气氛，仿佛可能要有什么大事发生。我发现了一群来自传统党（Heritage Party）的僧侣，还有一些警卫官，他们身上系着彩色饰带，显得忙忙乱乱，阵势宏大。有一个委员会办公室里挤满了人，我只能看到压在玻璃上的亚麻布。

"有一个中国代表团来了。"瓦桑塔解释说。

我能从一种氛围的缺失中看出，只有总统没来。在电视上，马欣达·拉贾帕克萨（Mahinda Rajapaksa）比其他每个人都白得更加耀眼，而且不知何故，他看起来不仅是选举任命的，而且是天意选定的。在信徒中，他被称为 *Vishva keerthi sri thri sinhaladheeshwara*，意思是"僧伽罗人举世光荣的领主"。对于一个涉足电影的演员来说，这是一段了不起的旅程。甚至他的家族也在天选之列。那个时候，

71

议会里有三兄弟：两个是部长，一个是议长。他们每个人都戴着自己的"库拉坎"（*kurakkan*），那种一尘不染的不可能属于农民的披肩。毕竟，这是一个长袍的时代，一个虔诚的议员的时代，一个以圣人的名字命名炮舰的时代。

也许，我想，这就是命运的样子：有点像过去，只不过是完美无缺的。

但是，曾经真的有过一个黄金时代吗？

"有，"人们说，"你会在寻找大象的过程中找到它。"

它将被埋葬在九个世纪的酷热和荆棘之下。

❀

前往内陆地区的路途将是疑虑重重的。

科伦坡了解该岛其余地方的存在，但从未确晓它们在哪里。人们当然知道自己祖先的村庄，但往往仅限于此。他们会发誓他们生活的国家是世界上最美丽的，但很少有人看见过它的样子。我没有遇到过任何一个曾经去到遥远的北部或最东部，或沿着西部海岸一路行进的人。偶尔会有前往康提的朝圣，但穆莱蒂武（Mullaitivu）、普内林（Pooneryn）和拜蒂克洛（Batticaloa）都只是战争里的名字。人们认为贾夫纳具有异国情调（如果有点不可言说的话），至于其他地方，只是一大片模糊区域，被称为"边区"。"请注意，"有人曾经告诉我，"这个国家可以分为两个部分：科伦坡和其他地方。"

甚至富人也对乡村存有疑虑。通常情况下，他们在乡下仍有房产，但那里并不适宜居住。不仅仅是因为昆虫，还有种姓问题、孤独情绪以及过度的寂静。等你听到青少年给家里打电话，乞求回科伦坡的时候，你就会相信这一点。有时，一想到内陆地区，人们就会大量购置物品：网罩、冷藏箱、便携式厕所和四驱车。即使是一个长周末，有时也像是一次穿越亚马孙的探险。

  对于我可能需要的东西，抑或会如何丧命，我得到了很多建议。在灌木丛中，有蝎子、地雷、狂犬病毒、四处劫掠的大象，当然还有蛇。如果说科伦坡的人们喜欢告诉你一件事，那就是，偏远地区被毒蛇咬伤而致死的人比世界上其他任何地方都多。

  前路漫漫数百英里，以上这些都不太令人欢欣鼓舞。

第二章

湖波浩壮，俱寂无声
ALL QUIET AMONG THE RESERVOIR GIANTS

人们崇拜偶像，而且不受其他任何国家的影响……他们的食物是牛奶、大米和肉，他们饮用从树上提取的酒。

——马可·波罗

锡兰人……特别喜欢洗澡，经常一天跳进水里好几次。然而，他们的惬意享受常常被鳄鱼扰乱。

——罗伯特·珀西瓦尔，《锡兰岛纪行》，1803 年在我的地图上，没有黄金时代的痕迹。

在我以为会发现富庶王国的地方，除了一片绿褐相间的光秃秃的旷野，什么都没有。图例上写着"干旱区"，实际意思是"灌木丛"。虽然有蓝色的凹洼处，但这里几乎没有人类生活的迹象，而且道路都是可疑的直路，仿佛迫不及待地想要出去。我还可以看到一条铁路，在周围蜿蜒绵亘，寻找城镇。这片区域甚至没有一个合适的名字，只有一个位置表述："北中省"。

这样的稀疏贫瘠一定会让古希腊人感到惊讶。到了公元前 300 年，亚历山大大帝已经知悉在这里，在塔普拉班，可以找到的所有无与伦比的财富。他的印度使节麦加斯梯尼（Megasthenes）发回了关于乌龟的报告，称这些乌龟大到可以在它们的龟壳里盖房子。同时，亚历山大的将领奥涅希克里图斯（Onesicritus）指出，这里是战象的地域，此处的战象比其他任何地方的都要凶猛。

所有这些读起来引人入胜，但塔普拉班仍是一成不变的褐色。不是曾经有数百万人生活在这里吗，在这个杂草丛生、幅员辽阔的反乌托邦之中？回顾此行，我觉得自己从未完全接受过古代王国的说法。在斯里兰卡的那几个月里，我会有几次出行，其中最令人难忘的大约是一个叫普利尼提·赫瓦盖（Prinithy Hewage）的司机。就像我的地图一样，他从来没有让我了解事物的全貌。虽然他常说英语，但他只会使用名词。

当我们抽身离开科伦坡的时候，我需要点时间才能习惯。

"交通，交通。快人。坏家伙。事故。"

✲

普利尼提开起车来一直是这样，对人的词汇和神经构成了有力的考验。

我注意到,他只往前看,从不看两侧。人们常常告诉我,只盯住前方的空间,无视其他一切,这是斯里兰卡人开车的绝技。不管是真是假,在向北行驶的过程中,各类事件层出不穷,动词则微弱贫乏。起初,除了货品陈列室和煤烟,似乎没有什么变化。但后来出现了一座大桥,桥下面可以看到一些游泳者和一个细若木棍的人正在挖沙子。之后,各类景物越来越快地奔来,普利尼提·赫瓦盖慷慨激昂地一一宣布:泡菜店、美丽女孩、猴子、腰果、汽油棚。

有一次,我们甚至因为一场没有发生的事故而被警察拦下。两只大肚子出现在车窗前,它们紧紧裹在卡其布警服和银色纽扣里。这些警察显然用不着动词,但他们要了钱。我们选择向蒙代尔(Mundel)的警察局行进,在那里我向马瑙杜警官(Inspector Manawdu)阐释了我的困惑。他露出和悦的微笑,祝愿我们后面与大象的相遇一切顺利。

随后,普利尼提愈发飞驰前行,以免再被拦下。不出几小时,卡车和人力车已经散去,我们发现自己置身于草地和椰树林形成的一片闪闪发光的壮阔海景中。棕榈树是铜绿色的,再往远处,海洋看起来就像一条细长的紫水晶缎带。我想知道,第一批来到这里的人看到这一切时,有何感想,这是否激起了他们的解脱感或贪欲。

僧伽罗人知道答案。下面的故事讲述了这一切的缘起。

维阇耶王子(Prince Vijaya)是一个凶狠残忍、冷酷无情的恶棍,来自印度北部的某个地方。严格来说,他不是人类,因为他的祖父——此时已经被家人杀死了——是一头狮子。但王子很幸运,他有七百个和他一样惹人讨厌的朋友。维阇耶的父亲感觉到了这些肆无忌惮的年轻人的危险,于是让人为他们剃发,然后把他们塞到船上，流放出海。

这群不守规矩的流氓随后向南航行，直到公元前 543 年来到了这片珠光宝气的海岸。维阇耶注意到树木的斑斓色彩，于是把这个地方称为"铜色棕榈"（Tambapani）。但他也惊讶地发现，这里没有人，只有夜叉（yaksas）和蛇（nagas）。他对大蛇束手无策，但他和他的朋友很快就开始对付小夜叉。然而，夜叉女王比他们想象的要聪明。当她把自己变成一个漂亮少女时，维阇耶难以抵挡她的魅力。然而，一旦她开始生孩子了，王子就抛弃她，转而追求一个潘地亚王国的姑娘。这个伟大的夜叉女首领最后失望而死，但她的孩子们幸存了下来，并在森林里安了家。

这并不是一个很有教益的故事，但是，从所有这些兽性和背叛中，出现了一个新的种族：狮子的子民。

❀

过了奇洛（Chilaw）之后，我们转向内陆行进，一切看起来就没那么珠光宝气了。

首先，很难适应这里的一马平川和烟尘弥漫。前面的路就像一条穿过灌木丛的隧道，尽头有微光闪烁。路牌上写着"小心大象"，有些地方的矮树丛看起来团团缠结，又被踩得粉碎。有一会儿，我们没有看到任何人，只有一个孤独的身影扛着一条巨大的鱼艰难前行。然后我们遇到了孔雀和鸟类的狂欢。这里的一切似乎都在庆祝着什么，可能是生存吧。就连它们的名字听起来都很欢快——白斑黑石鵖、伯劳、林莺、画眉和树鸭——我注意到所有的苍鹭都变成了沉郁豪华的紫色。似乎只有欧亚鸳误判了气氛。我们会在路边，看到它们把蛇绞成碎片，它们的眼睛是硫黄的颜色，它们的脚就像修剪花园的剪刀。

到现在,我们已经置身于巨大的水塘(wewas)之中。这些是地图上的一些凹点。有的很难发现,就像遥远天空的碎片。另一些则更近更大,从中长出了丝绸般光滑的阿江榄仁树,或者漫渗到树林里。少数几个是大湖,有自己的小船队。在帕拉马坎达(Paramakanda),我们有机会看到这片土地是多么坑坑洼洼。森林中出现了一处雄伟的鞍状岩石,于是我们停下车,爬上了岩顶。岩顶上有一座小寺庙(vihara),还有一个大约四层楼高的石球。我想象不出这个球是怎样到达那里的,或者为什么它没有滚动,不过,它给这个地方带来了一种智慧和平衡的气息。我们在它的阴影下坐下来,望着水塘沉思。

在我们的下方,银光闪闪的水塘向四面八方排列。我还可以看到水道和精美的沙拉绿色花束。刹那间,干旱区看起来不再是一片沙漠,而是一张巨大的餐桌,为午餐而设。人们曾经以为,这些伟大的水塘集群是天然生成的,而现在我们知道,它们是天才人物的壮举。

这里发生的事情在湖泊史上可能是无与伦比的。三千年前,此处几乎一无所有,也许只有欧亚鹭。但后来,一大群具有非凡眼光的技术人员来到这里。现在我们对他们知之甚少,只知道他们在物理学方面学识精湛。很快,他们就从南方一百五十英里的高地引水过来。他们的计算是如此精确,以至于这些水道(ellas)——有些宽达四十英尺——每英里的误差不超过一英寸。这一切都不是一蹴而就的,但到了13世纪初,兴修水利的国王们已经建造了五千多条水道,不仅改变了地面景观,还改变了植物群、动物群和气候。

一旦有了水,就有了更多的精巧设计。虽然土地很平坦,但还是有一些肉眼几乎无法察觉的天然盆地。古代的地形学家发现了它们,不过没有人知道是怎样发现的,他们的仪器没能留存。不过,他们的工程保存了下来。凭借对该地区地质情况的高超见解,他们用土堤堵住了盆地。这是一项复杂的工程,而且他们发现了溢水石、截沙坑和地下管道的科学,还能建造大小堪比房屋的巨型压力阀(*bizokotuwas*)。有些堤坝是用每块重达十吨的石头垒起来的。他们创造的内陆海中至少有一个周长超过二十英里,包含大约四千英亩的水域。但并非仅此一例。在水文时代,有18,387个"人工湖"或水库开始成形,平均每个的大小是现代奥林匹克游泳池的三百五十倍。

这自然催生了一个由灌溉设备决定的社会。某个人的地位取决于他所使用的水资源,而每个人都变得富有和阔绰。这不一定是一个美丽的王国,它也没有影响到外面的世界。很久以前,一位中国商人说过,这里的土地是"潮湿的",大米是"昂贵的",而当地人是"粗野的"。但到了公元前250年,水库之王们已经有信心接受一套新的、高深的思想,这些思想是基于释迦牟尼,也就是众所周知的佛陀的教义。四十年后,一支来自印度的朱罗国(Cholas)[1]的军队出现在这里,工程师们便把他们撵走了。

那天晚上,我们在托尼加拉(Tonigala)停了下来,在一个长满睡莲的人工湖旁边。

我从未见过这样一个喧闹、粉红的水塘。这里是一个很受欢迎的浴场,男人在一端(腰上缠着布),女人在另一端(全身裹着浴衣)。根据刻在花岗岩上的铭文,他们来这里至少有2249年了。根据1908年《普塔勒姆区地名词典》(*Gazetteer of the Puttalam District*)的记

---

[1] 朱罗国信奉印度教。——编者注

载,这些是锡兰最古老的文字。他们解释说,这片湖是由最伟大的水库之王杜多伽摩尼亲自建造的。在这里游泳就相当于与亚瑟王一起洗澡。

所有的生命都聚集在这里,在一片羽毛的烈焰里。这里有鸬鹚和朱鹭,还有那些小巧的蓝色的静电火花——翠鸟。不过,我所羡慕的是那些泡澡的人。每一个斯里兰卡人都认为一天应该是这样结束的,浸浴在石头般凉爽的水中。我现在发现他们讨厌淋浴和没有仪式感。洗湖水澡是一种沉思性的户外体验,就像每一天开始和结束时的洗礼。我记得,当时我觉得这种沐浴方式看起来十分高贵,于是突然有一种想要加入他们的冲动。然而事与愿违。看到我过来了,所有的青蛙惊恐万分,一齐浮出水面,然后蹦蹦跳跳地穿过睡莲跑走了。

❁

游览古代水库的这段时间,我住在泥房子旅馆[1]。虽然所有东西都是由黏土和树枝做成的,但却漂亮雅致,别具一格。我的房间是一个巨大的泥巴馅饼,铺着明亮的橙色地毯,挂着煤油灯。每天晚上会有精美的咖喱菜肴,散发着森林的风味。厨师看起来很像亚伯拉罕·林肯,二十七岁,熟知所有草药,能治疗从多毛到癌症的各类疾病。

黄昏时分,工作人员都踩着脚踏车去灌木丛了,于是我就去睡觉。这里的青蛙显然胆子更大,它们聚集在我的蓄水箱里,唱歌唱

---

[1] 泥房子(Mudhouse):一家私人运营的丛林旅馆,有一系列独立设计的小屋,提供乡间质朴住宿。

到入睡。我听见外面的树林里传来"砰、砰、砰"的枪声。有人告诉我，那是当地人在打野猪取乐。

※

这里的人在住房方面并不总是如此简朴。

半小时的路程之外有一座城市，它曾经是世界上最大、最浮华的城市之一。如今，已经没有多少外地人听说过阿努拉德普勒（Anuradhapura），但在罗马时代，穿过这座巨大的城市要花一整天的时间。它号称有五十多英里的城墙和两百万人口，或与今天的巴黎差不多。在超过1400年的时间里，这里一直是斯里兰卡的首都，是一百一十三位国王和王后的统治中心。世界上很少有城市能够被持续使用这长时间，即使有时候，它几乎隐没在了荆棘丛里。

普利尼提·赫瓦盖很喜欢这里，很快就开始匆匆忙忙地拼凑词语。

即使没有他，想要理解阿努拉德普勒也不是一件容易事。这座城市的新城区给人印象平平，但老城区却有一种壮观的晦涩感。我花了一天时间在废墟和树根上爬行，但到最后，这一切仍然让人感觉十分抽象。我想知道，一片总共一千六百根的十英尺高的石柱林是如何发挥建筑功用的？为什么所有的郊区都有中空的巨型基座？我料想，创造出别人不理解的东西，也许是一个城市所能给予自己的最高褒奖。

有一次，我发现自己头顶上有一些巨大的石檐，还有几千只果蝠，它们集体发出讨厌的尖叫。另一些时候，警卫让我脱掉鞋子或帽子，以便更好地感受太阳从我的脚底向上灼烧，或者像头皮上顶着炽热的灯丝。也许这就是为什么我从未真正理解这些事物。大家都住在哪里呢？在所有留存下来的建筑中，几乎没有一个看起来有门或窗，甚至没有可以辨认出来的内部结构。这很奇怪，因为现代编年史《大史》(Mahavamsa)描述了一个功能丰富的城市。这里为医生、拾荒者、异教徒、外国人和流浪的苦行僧各自划分了不同的区域。国王也为寡妇提供了土地，还有牛车运送残疾人。这里也有一些人类最早的医院，就连城市里的动物都有自己的医生。

更加神秘的要数佛塔。它们遍布各处，就像巨大的白色手铃，从密林中拔地而起，新颖得仿佛来自外太空。其中一座是祇陀林佛塔（Jetavanarama Dagoba），其辉煌的抛物线轮廓似乎能够遮天蔽日。它的基座几乎是特拉法尔加广场的两倍，建造的时候正值罗马帝国分崩离析。在很长一段时间里，它是世界上最大的砖砌建筑，而且——在英国殖民时期——有人计算出来它使用的砖头超过九千三百万块，足够建造北安普敦市。是什么起源行为激发了如此规模的土木工程呢？

更令人费解的是鲁梵维利萨亚佛塔（Ruwanweliseya Dagoba）。虽然规模稍小，但它是那位伟大的水文专家杜多伽摩尼的另一项创造，而且——也许在人们意料之中——它的灵感来自水面上的气泡形状。在他于公元前137年去世时，佛塔已基本完工，是一座令人眼花缭乱的建筑，其规模仅次于吉萨的胡夫金字塔和哈夫拉金字塔。也许是天气太热的缘故，我突然觉得，与黄金时代相比，现在的一切变得多么三心二意、花哨俗丽。杜多伽摩尼的城市不仅享有三个巨型水库，而且还有由环卫工人组成的一整个新型阶层，其中每个人生来就与水渠为伴。

要是大树能说话，我的日子就好过得多了。

在阿努拉德普勒的中心，有一棵菩提树，据说源自佛祖悟道的那棵菩提树的一个分枝。它已经在这里存活了二十三个世纪，因此不仅是人类所知最古老的树,也是最古老的生物之一。它那修长的、多节的枝条现在被厚重的黄铜托架支撑着,但没有托架的时候,它已经很好地坚持了几个世纪的时间。有时它担当着故事的核心,被斧头砍,或是——有一次——被炸弹炸。但它也会记得那些国王、数不清的入侵者、僧院之城,甚至可能还有奇怪的罗马人。

罗马帝国的钱币总是出现在这个城市的废弃杂物里。我记得在斯里兰卡国家博物馆看到过一盘盘的硬币。一想到这两个大国在丰富的神话的激发下,对彼此都有一定的了解,我就很欢喜。奥维德对塔普拉班了如指掌,尽管他认为那是"世界的最后一个前哨"。普林尼也在忙着收集关于一个不可能的帝国的故事,这个帝国没有奴隶压迫和诉讼纠纷而延续了下来,这里的每个人都能活到一百岁。

同时,公元 45 年,这棵菩提树可能为岛上的第一个欧洲人提供了片刻的阴凉。安尼乌斯·普洛卡穆斯(Annius Plocamus)是一位罗马税务官,他的来访完全是偶然的。他在红海的港口辛勤地收税时,船被吹离了航线。在塔普拉班登陆后,他在此停留了六个月时间,欣赏了巨型钟、大象、中国的奇珍异宝和一个头顶打着发髻的国王,然后才返回故国。他必定向上司好好解释了一番。

菩提树会看到这一切,甚至更多。它也会知道黄金时代是如何结束的,而且,只要有黄金,麻烦就会随之而来。前方是长达四百年的随意弑君和精心制造的恐怖。这一切始于公元 477 年达都舍那国王(King Dhatusena)被谋杀。他刚刚又建成了一个宏伟的水库,有一堵三英里长的花岗岩墙,这时他被他的儿子迦叶波(Kasyapa)擒住,活埋在了他最喜欢的墙里。

随后,迦叶波沿着曾经的阿努拉德普勒大道(Anuradhapura Road)逃走了。于是,十五个世纪之后,我们自然而然地前往追寻。

❋

在阿努拉德普勒大道上，到处都是成群结队的油亮漆黑的乌鸦。

普利尼提·赫瓦盖经常会把车朝着它们开过去，但我觉得他从未想过要伤害它们。只要激怒它们，让它们像一窝蜂的愤怒律师一样扑动乱窜就行了。乌鸦在僧伽罗人的秩序里扮演着模糊不明的角色。在斯里兰卡，做一只乌鸦（kaputu），既会被公开鄙视，又会被暗中敬仰。它们卑劣可恶、携带疾病，但如果没有它们，就不会有神圣的树木，圣木的种子只在乌鸦的肠胃里发芽。它们还是清道夫，但也是一种祸害。在寺庙的艺术作品里，罪人正是从乌鸦那里乞求怜悯，同时肉体被乌鸦啄食。没有人会忘记这样的鸟。尽管法律禁止将它们作为宠物饲养，但每个人都喜欢取得它们的一点欢心。普利尼提总是从午饭里省下些米饭，然后偷偷溜出去喂乌鸦。

再往南走，榕树长得越来越茂盛，越来越威武，在道路上方合拢。它们看起来就像巨大的烛台，滴下滚滚倾注的熔蜡。很难把它们想象成扼死亲近之人的凶手。迦叶波途经这里时，他的担心是正确的。他知道，王位合法继承人——他的弟弟目犍连（Moggallana）——很快就会追上来，意图复仇。但他也为自己不可挽救的罪孽惶惶不安。在斯里兰卡的传统中，一直有一种比死亡（只是一个暂时的阶段）可怕得多的惩罚。当然，那就是转世成为一只乌鸦。

在前方由美丽女人组成的工作队当中还有更多模糊不明的地方。

我一直无法习惯这种景象：身穿纱丽的超级模特们破开道路，满身尘土。这种工作有时是由士兵或中国施工队完成的，但一般都是妇女。我不知道是该感到钦佩还是惊骇，外人经常有这样的感觉。有偿劳动，伦纳德·伍尔夫在 1906 年写道："与民族性格相互排斥……几乎是奴役。"另一位英国旅行者在 1681 年也说过类似的话："因受雇而工作被认为是非常可耻的；很少有人会这样工作。"当遇到低薪活计时，僧伽罗男人往往会找一个借口，或者至少打发妻子替自己去。对女人来说，情况就不同了。只有其他一切都失败后，她们才去干体力活。

普利尼提几乎没有注意到这些妇女，她们的地位是如此低下。

"她们赚取什么报酬？"我坚持问。

"收入不错。"他说。每天一千卢比，或五英镑。

但这与钱无关。工作的概念本身很令人钦佩，只是工作的职责显得如此不自然。曾经有一段时间，整个社会都被召集起来一起行动，开凿水道，雕刻基座。但是，随着水库之国的破产，封建制度（*rajakariya*）以及劳动结构也随之失败。在很长一段时间里，每个人都成了小皇帝，为别人劳作的想法似乎隐隐约约令人厌恶。即使是现在，斯里兰卡人也在与有尊严的劳动这一概念苦苦抗争。我想，这就是为什么这些妇女在这里，横贯平原铲出她们的路。

最后，道路开始上升，出现了一个巨大的熔岩岩颈。

这是迦叶波国王暴戾恣睢的最后凭借：锡吉里耶（Sigiriya）。

※

锡吉里耶必定是有史以来最美丽的战场。

从屠杀开始的那一天起，它可能就没有发生过太大变化。中心部分仍然是一个高耸的、怪异的地壳构造：火山其余部分被冲走后，留下凝固的内部结构。其橙红色侧壁从远处看起来光滑平整，坚不可摧，自丛林中崛起五十层楼的高度。底部周围是一些阶坪，每个大到足以可以做农场，再往外是巨大的外墙，消失在森林中。根据《小史》(Culavamsa)的历史记载，迦叶波花了十八年时间为他弟弟的到来做准备。一切都可以追溯到那个时期，即公元477—495年：宏伟的水路、承托起来的池塘和大片的菜圃。有了自己内部的植物园地，这个堡垒可以在围攻中永远生存下去。

我雇了一个名叫维恩(Vin)的导游，他的半边身体瘫痪了。

"野生大象，"他咧嘴笑了，"在这里它们是非常危险的……"

我们步履蹒跚地向上走，穿过迦叶波宏伟布局的外围。现在天气热得焦灼，空气在我脸上的感觉像火焰。生长在这里的岩石之间的东西让我感到惊讶：漂亮的六翅木(Halmilla)，开黄色花朵的长叶马府油树(Mi)，还有那种娇俏精致的阳伞——巨豆檀(Mora)。维恩告诉我，这位邪恶的国王费尽心思地赎罪。这里有医院、公共游泳池，甚至穷人住所的轮廓。内疚看起来可以那么和善，真是有趣。迦叶波还发了一个禁欲苦行的誓言(aposaka)。显然，他不想转世当乌鸦。

这使得我在发现他收藏的美女时更加感到惊讶。现在，我们已经抵达石柱脚下，正沿着岩石上的凹槽向上攀登。台阶是为中世纪的小脚丫开凿的，很是狭窄。有时，道路变成了锈迹斑斑的阶梯，但是——往上大约一百英尺高的地方——我们发现自己来到了一个大洞穴里，周围有十几个5世纪的美女。每个人都栩栩如生，半裸着身子，以如此精致和专业的方式被描画在岩石上，几乎让我们觉得好像是不知不觉地悄悄溜进了皇室的后宫。

或许，这只是国王的藏品，一个正在崩溃的暴君的色情巢穴？这些少女确实散发着令人怀疑的严谨和灵妙气息，但这里有一种远比色情更伟大的东西。现在人们认为，这些图案曾经覆盖了上上下下整块巨岩，甚至可能是有史以来最为宏大的壁画：五百个美女，覆盖了两个足球场大小的区域。这根本不是什么偷窥秀,而是一场横踞整片风景的令人慨叹的展览。尽管场面令人瞠目结舌,但这些人并不是漂亮的摩登女郎,而是天上的仙女(apsaras)。在即将到来的战争中,这些惊人的美女将会施展魔法,或者——就像路上的施工队一样——甚至可能提供武力。

再往高处,是迦叶波的一些不那么精神化的防御设施。通往山顶的路只有一条:沿着槽道,穿过两只五十吨重的爪子,然后顺着钉在悬崖上的窄长的金属楼梯上去。岩壁上凿有壁架,供哨兵使用,按照这种设计,哨兵如果打瞌睡,就会跌落几百英尺,栽到下面的花园里。我们还发现了一个抵御攻城的器械,一千五百年之后仍然可以弹出,随时可供使用。它是一块卡车大小的石板,由两个小的花岗岩球固定。轻轻拍打几下,它就会启动,在人群和森林中砸出一条路。

在岩顶上,除了迦叶波的宝座和一些管路设施,我们什么也没有发现。宫殿早已不复存在,只留下一片像月球表面似的荒凉场景,斯里兰卡中部地区在我们脚下蔓延。岩石王座上有一条标语,写着"勿坐宝座",但这个诱惑太大了。我们坐下来的时候,维恩闲聊起他生活中七七八八的事情。他的女儿在迪拜做女佣。从前他们每天晚上都在寺庙里祈祷。有一次,一个算命先生告诉他,他会拥有一辆小汽车。因为天已经黑了,他没能看到那只折断他的脊背的动物。

"但我过上了好日子,对吧?"他说,"我觉得自己挺有福气的。"

弟弟到来的那天,迦叶波可能也以为自己有神明保佑。

难以料想他为什么还要离开精心准备的堡垒。他骑上战象,在下方的平原上迎战目犍连。但他的大象被绊倒了,他的军队以为发生了最坏的事情,于是惊慌失措,四下逃散。意识到一切都完了,迦叶波把头往后一仰，横刀自刎。就这样，目犍连不得不在别处宣泄怒火。经过认真考虑，迦叶波的一千名追随者被碎尸万段，而他的堡垒也被弃置给僧侣。

这是锡吉里耶作为皇室宫殿的终结，但不是皇室谋杀的结束。黄金时代的下一章很有一种昆汀·塔伦蒂诺的感觉——二十八位君主被谋杀，大部分死于继承人之手（包括公元 523 至 648 年的十四位）。另有四位国王自杀，十三位国王战死，十一位国王直接失踪。混乱之中，成千上万的僧伽罗人仓皇逃亡，回到北印度，这里是他们祖先的发源地。

我身边，坐在巨大的宝座上的维恩突然躁动起来。

"我们走吧，好吗？"他说，"太阳一落山，我们就不想待在这附近了。"

那天晚上大象来了，虽然——跟维恩一样——我没有亲眼见到。

当太阳冷却下来，沉入森林时，我们周围的动静发生了变化。白日的尖叫变成了夜晚的呼啸。只是有时候，一切会戛然而止，仿佛有谁正在倾听，但接着又都会再次活跃起来，爆发出工业化的热情：带锯机、虫子驱动的车床、汽笛，甚至还有像工厂喇叭似的生物。不过随后，又传来另一种声音，是树枝碎裂、树苗被连根拔起的噼啪声。我还能听到巨大脚掌那沉闷笨重的步伐。

这是夜间战斗将要开始的信号。此时，我在距离狮子岩几英里远的一间平房里，工作人员说向来如此。很快，我就会听到他们用锅碗瓢盆拉响的警报。透过百叶窗，我什么也看不见，但树丛里有声音。然后是烟火和一连串轻微的爆竹声。有一阵子，还有更多的叫喊声和金属声，但最终，树木的碎裂声渐渐远去。随后，我听到服务员们蹑手蹑脚地踱回小屋，生活又回到了昆虫的呼啸里。

"没什么新奇，"厨师说，"几个世纪以来我们都是这样做的。"

这种小型的、无止境的战争甚至有专门的名字：人象冲突。

我经常读到这类消息。冲突的后果总是被绘声绘色地报道在报纸上。前一天，一百五十头野兽突然袭击西亚姆巴韦瓦（Siyambalwewa），毁坏了许多树木，洗劫了三个村庄。同时，每个星期都有大象抬起脚掌，或农民被压死在稻田里的照片。维恩能活下来真是走运。我的那位外科医生朋友告诉过我，很少有病人能从这种搏斗中生还。他常常无能为力，只好把遗体拾掇干净，等待殓棺。他说，每年有大约八十名农民死于这种冲突，同时，也有约二百五十头大象赔上性命。

但是，正如厨师所说，这一切没有什么新奇。或者说，这种冲突的存在至少与水库本身一样古老。在兴修水利的国王们的时代到来之前，岛上的大象很少。它们是体型矮小、性情羞怯的动物——与非洲象完全不同——大多生活在中部高地的森林中。但当国王们改造了干旱区，变化就太大了。人类已经把这片土地变成了一块巨大的大象沙拉，很快它们就在这里繁衍生息，数量疯涨。国王们对此并不介意，因为大象温驯听话，而且很容易出售。于是，它们充当了那个时代的拖拉机，以及战马、豪华轿车和刽子手。甚至在17世纪，罪犯被大象撕裂，或者野生象群驻守领地，都是很常见的。

虽然大象很有用，但是对大象的恐惧也一直存在。巨型石质基柱在城市里效果很好，但若想在路上运输它们，则需要一支军队。穿行在各个水库之间，格外令人恐惧，即便黄金时代过去很久了也是如此。1679年，一个英国人旅行至此，发现有人住在树屋里。那人警告说，面对大象，抵抗是不可能的，"最好的防御就是逃跑"。

在英国殖民期间，这场古老的冲突呈现出新的局面。一时间，大象被视作有害动物，就像蚜虫或飞蛾一样。于是射杀开始了。它们的数量从一万五千头降至三千头。这可能是最让斯里兰卡人讨厌的英国统治的一个方面。区区几个运动员就能杀死高达一千头大象。在爱德华时代的全盛时期，这里大名鼎鼎的人物是T. C. 威金斯（T. C. Wiggins）。他决定去追捕"亚库雷的恶棍"（Yakkure Rogue）的时候，已经有了几百个奖杯的荣誉。这本应是当地人喜闻乐见的，因为那头大象刚刚"把一个男孩捣成了肉酱"。但这样就忽略了当地人是如何对待大象的。这头公象挨了九颗子弹，才鼓起力气，做最后的猛冲。威金斯把它惹毛了，被碾平在一棵树上。

当我把这个故事讲给厨师的时候，他并不惊讶。

"那头象真是个聪明的浑蛋，它知道谁是坏人。"

※

在平原对面有一个废弃的小城，安卧在高耸的岩石中。

在黄金时代的所有创造物中，里提格勒（Ritigala）极其异乎寻常。它最狂野，最神秘，也最虔诚。普利尼提劝了我好一会儿，试图说服我不要去。"太高了，"他说，"太多大象。"最后，我们商议他可以待在车里，就这样我们穿过稻田出发了。

一小时后，我们离开稻田，进入森林的包围。这里很昏暗，只有阳光的触须闪闪烁烁。道路开始爬升，走了几英里后，一个巨大的石阶出现在我们眼前。底下是一片空地和一个看守，他赤着脚，双眼通红，眼里流出了亚力酒。"三千块钱。"他咕哝道。但当我要求看门票时，他只是低吼了一声，然后一摇一摆地走回去，回到阴凉处。前方，我看到阶梯如散开的涟漪铺在上山的路上，于是我开始往上爬。

一开始，周围空无一物，只有台阶。这些台阶让我想起了儿童积木，它们是如此厚实，如此完美地拼接在一起。但后来，我发现自己来到了一个丛林密布的峡谷边缘。台阶现在扩散开来，沿着边缘，一直延伸到底部。然后我注意到，边缘和台阶都绕着树的后面继续延伸，围出一个大约有田径跑道大小的坑洞。虽然它看起来像一个体育场，实际却是最宏伟的水库之一班达－波库纳（Banda Pokuna）。直到它爆裂的那一天，它已经容蓄了两百多万加仑的水，神秘地悬在山的侧翼。

上面还有更多孩童般的精巧技艺。沿着楼梯，我来到了一间医院，里面有巨大的石罐，还有许多精心设计的水池，这些水池甚至有自己的小岛，全都装饰丰富，雕梁绣柱。但这并不是普通的水库城市。它是由"褴褛之人"（*Pamsukulitha*）建造的。这是一个在7世纪的混乱中发展壮大的苦行者群体。他们拒绝世俗的财富，只穿别人扔掉的衣服或从去世的人身上收集的衣服。他们鄙视其他城市，在石砌建筑中，我发现了一个阿努拉德普勒形状的小便池。褴褛之人甚至排斥住宅的概念。相反，他们住在山洞里，这就是为什么他们的城市只是一排阶梯。

在即将到来的停滞中，这个衣衫褴褛的世界处境堪忧。

混乱过后，是一段死气沉沉的时期。直到9世纪，水库城市群没有新的成就问世。阿拉伯商人描述了一个放纵堕落的王国，那里的人们除了斗鸡，对其他事物全无热情，"甚至连手指尖都搭进去，如果他们输了，就会在当时当地被砍掉"。北方的朱罗国已经嗅到了软弱的气息，一直派兵侵扰，同时还有潘地亚王国和帕拉瓦王国

（Pallavas）。993年，里提格勒被洗劫一空，几年后，阿努拉德普勒也遭劫掠。两者作为伟大之地，均终结于此，在接下来的九个世纪里被杂草覆没。

❀

在那之后，水库中只有最后一次巨大的生命痉挛。

普利尼提·赫瓦盖的最后一项任务是把我带去那里，去波隆纳鲁沃。对此，他毫不掩饰自己的悲观无望。这不仅仅是因为大象，也是因为对即将失业的忧虑。虽然我告诉他我必须要回去了，但他总是向我提议新的水库或更多的失落之城。我想，他是希望我们能够永远这样开着车到处转悠（或者至少要等到完成了一笔财富交易）。他甚至找到了一种用英语填补沉默的方法。他拨动收音机上的拨盘，找到了一个轻松悦耳的电台。"穿越翡翠之岛，"DJ用英语柔情地说，"音乐让你的灵魂放飞自由……"要不是普利尼提做好准备调高了音量，这种空洞的絮叨很容易让人将其忽略。到最后，我们像喷气式飞机一样在稻田里翱翔，发出多莉·帕顿[1]式的危险轰鸣声。

我们驶入了一个满是士兵的城镇。"波隆纳鲁沃！"他喊道。

随后，道路突然走到了尽头，一个小型海洋浮现在眼前。我已经很久没有看到海浪了，而此刻海浪就在这里，欢快地拍打着树木。我甚至发现了一只鱼鹰，它羽毛竖立，看起来很残暴，脸色就像星期一的早晨。普利尼提把一切都关掉，我们就坐在那里发呆。一座最伟大、最湿润的古代工程横亘在我们和地平线之间。在这里，雄踞于城市边缘的，是五千六百英亩的水域，整个儿被一条十英里

---

[1] 多莉·帕顿（Dolly Parton，1946— ）：美国歌手、词曲作者、演员。——编者注

长的护堤托住。建造这项工程的人,他的祖父曾从阿努拉德普勒的废墟中逃出来,而他就是著名的波罗迦罗摩大帝(Parakrama the Great)。在 1153 年和 1186 年之间,他不仅征战至印度(和缅甸),还建造了另外 1470 个水库,其中就包括这一座规模最大的水库。

鱼鹰懒懒地站起来,拍着翅膀沿堤岸飞走了。

"好了,是时候去看看这座大城了。"我说。

普利尼提一脸疑惑,但还是跟上了我。沿湖岸分布着波隆纳鲁沃被点点蚕食的遗迹。从空中看,它一定很像散落在灌木丛中的一盒饼干:松脆的大唱片圆饼,黄油条柱酥饼,甚至还有古怪的姜饼人。但从地面上看,这里很明显又是一项天才智慧的迸发。我们所到之处,石头栩栩如生——大象蕴含着真实的敦厚感,舞者摇曳身姿。甚至连朦胧睡意也被梦幻般地呈现在一尊佛像上,这尊佛像有一辆巴士那么长。然后还有一个莲花池,花瓣层层递减。类似的复杂几何构造就连画起来都难,更别说要在花岗岩上雕琢了。

"曾经有三百万人住在这里,"普利尼提不大确信地说,"而且城墙有八十英里长。"人们总是会抛出类似的数字。但即便此刻置身于庞大的断壁残垣之中,这些数量也很难想象。我倾向于认为,尽管波隆纳鲁沃没有阿努拉德普勒规模宏大,但它在细节上更胜一筹。有一次,我看到了这里出土的一些物品:中国瓷器、一个液压马桶和几把外科剪刀。就像是对过去的回眸一瞥,却发现了当下。

然而,时间却是波隆纳鲁沃缺少的一项资产。

它可能是水库之城中最精巧的,但也是最短命的。波罗迦罗摩去世后,境况很快江河日下。卧佛将是最后一项伟大的公共工程,这也让城市精疲力竭。接着又发生了一连串谋杀,然后,在 1293 年,入侵者又回来了。波隆纳鲁沃建成仅 223 年,就被摧毁得支离破碎,黄金时代也随之消逝。那年晚些时候，当马可·波罗来到这里时，已经不再有伟大城市的说法，只有吃大米、喝"树酒"和穿纱笼[1]的人们。三十年后，修士鄂多立克[2]将会几乎什么都记录不下来，除了一只长着两个头的鸟。这也许纯粹是树酒的缘故。

❀

现在，大象大多将水库据为己用，而人们又一次住到了树上。

在回来的路上，我们在明内里耶（Minneriya）停留。在那里，我们雇了一个开卡车的当地向导，然后开始穿越坚硬、多枝节的灌木丛。这里荆棘之茂密，我前所未见，我们很快就钻进了黑暗中。但突然间，白日再现，随之而来的是一片浩瀚、澄澈的蓝色。据向导说，这个水库建于1800年前，虽然已经被废弃了，但却总是能熬过每年的干旱期。这无疑就是附近仍然生机勃勃的原因。沿着水岸，有犀鸟、孔雀以及更多的鱼鹰，然后还有白羽翩翩的整个合唱队，预备一场隆重的芭蕾。

起初，我们没有看到很多大象，只有几头零星的公象。但随后，影子渐渐拉长，绿色越来越浓郁，荆棘开始活跃起来，很快，很多大象从荆棘中蜂拥而出。它们以夫妇、家庭团体、戏班子、马戏团和军队的形式过来了。仿佛世界上所有的大象都会聚于此，出席一场被称为"风云集会"的定期大型仪式。有的停下来采掘草丛，有的则跑到水中嬉戏。用看似快乐或悲伤来形容动物是很可笑的，但

---

[1] 纱笼：一种服装，形态类似筒裙，由一块长方形的布系于腰间，盛行于东南亚、南亚、阿拉伯半岛、东非等地区。——编者注

[2] 鄂多立克（Friar Odoric of Pordenone，1286—1331）：意大利修士、旅行家，著有《鄂多立克东游录》。——编者注

这些野兽的确是欢天喜地。巨大的象群,有五十多头,大象们拍打着耳朵,挥舞着象鼻,在周围跳起舞来,几近纵情狂欢。

对于水库城市群的幸存者来说,可不会有这样的水边派对。如果混乱时局没能把他们赶走,蚊子也会。仅在这个省,就有一千六百多个蓄水池被遗弃,这是非常危险的。疟疾完成了朱罗国的事业,使这个王国内部爆发混乱。从此以后,该岛形成了小王国政权林立的拼接版图,直到1815年才再次统一(有人说此时仍未统一)。与此同时,东南亚最广大的稻田又恢复了它们一直以来的面貌:野生草原(talawas)。

至于那些遗迹,则很快就被遗忘了。葡萄牙人掠夺了部分砖石砌筑,但他们永远无法理解其全貌。对他们来说,这些雕像展现了一个令人反感的、沉湎于爱欲的社会,人们身上戴的珠宝比穿的衣服还多。从此以后,荆棘蔓没,其根部强行撬开了一切。波隆纳鲁沃直到1820年才被重新发现,而阿努拉德普勒要到1823年才被发现。那时,能见距离已降至二十码[1],清除乱丛杂草要花费近一个世纪的时间。至于锡吉里耶,第一个看到它的外来者是乔纳森·福布斯少校(Major Jonathan Forbes),时间是1831年。然而,他完全遗落了那些美丽少女(因为她们的洞穴里住着一只豹子)。

一开始,为这些再发现兴奋不已的主要是英国人。英国人拥有研究古罗马和其他已经消逝的文明的悠久传统,对他们来说,发现另一个远古文明令人激动。考古学家们很快就上路了。但他们所发现的东西会对僧伽罗人产生不可预料的影响。沙文主义者认为水库城市群是僧伽罗人伟大成就的证明,也是其他人异族身份的证明。

---

[1] 1码约等于0.9144米。

即使是 S. W. R. D. 班达拉奈克，一提到阿努拉德普勒，也会变得异常情深意切。对他和他的支持者来说，这里将会成为他们精神王国的耶路撒冷或香格里拉。

即使是现在，这些想法也引人入胜，也许比以往任何时候都更有吸引力。他们解释了长袍、前中世纪的议会以及盛气凌人的特权感的存在。对许多人来说，暗示这个岛屿是僧伽罗人之外的其他人的，就是对古老秩序的侮辱。然而，这些城市已经沉寂了五百多年，城里的国王也多是泰米尔人，他们的军队亦是如此，但这些都无关紧要。遗传学家甚至不确定是否有独特的僧伽罗人种，也不确定那些自认为是僧伽罗人的人是否是其他所有人的光荣混合体。但是，无论真相如何，神话仍然围绕古老的水库流传盛行，就像大象依傍水库生生不息。

过了明内里耶，还有很多迟来的大象。

沿着 A11 公路，我们遇到了一头长牙象、几头母象和一头幼象，它们正在剥树皮。这没有什么值得大惊小怪的；斯里兰卡的大象只有三分之一生活在国家公园里，其余都是野生的。母象们带着一头新生的小象，小象看起来很滑稽，毛茸茸的，像一只超大的小鸡。如果她没有被车辆轧死，也没有被农民杀死而幸存下来，她可能会踩着这条道路前进，一直会持续到 21 世纪 80 年代。大象喜欢固定的道路，她的祖先很可能从罗马覆灭以来就一直在走同一条路线。它们不会走太远。这里的大象不迁徙，它们的活动范围只有二十平方英里左右。但是，在这个范围内，它们不停地移动。当你的身体每天需要五百五十磅[1]的树叶，以及二十二加仑的水时，生活就是持续不断的觅食。

---

1 磅：英制质量单位。1 磅约合 0.4536 千克。

天色逐渐黯淡，我们发现自己又回到了稻田里。对于一头饥肠辘辘的三吨重的"胡佛"[1]来说，这是一份诱人的奖品。我们不时地发现树上有小火苗，那是农民在为前方小规模战斗做准备。普利尼提·赫瓦盖打了个寒战，汽车瞄准科伦坡方向，扬声器以每声道五十瓦吼叫着轻音乐，我们一头冲进了夜幕。

※

人与象在森林里一决胜负的画面在我的脑海里挥之不去。于是，几周后，我又回到了湖区。我想知道，与一种体形堪比装甲车的害人野兽共享农场，并且生活在树梢上是什么感觉？

这一次，我是坐火车去的。

铁路是斯里兰卡生活中一个顽固的古老特征。虽然有崭新的德国引擎和中国车厢，但整个铁路系统仍有一种笨重的维多利亚式的感觉。我是在科伦坡的要塞（Fort）站上的车，该站自1867年以来就一直有火车喷着气驶出。我觉得至今也没有什么变化；车站仍然有女士候车室和在路德盖特圆环[2]制造的硕大车站时钟。它的铁桥连接着月台，让我想起了切斯特或纽卡斯尔，只不过所有东西都锈迹斑斑的。也许是因为人群总是熙熙攘攘，没法刷油漆。据说，这些铁路每年运送八千多万乘客，他们的旅程——如果首尾相接铺展开来的话——可以绕地球七万七千圈。虽然在现代化方面这里也有过一些勇敢的尝试，但旧的方式常常还是取得了胜利。我发现，虽然可以在

---

1 胡佛（Hoover）：胡佛公司生产的真空吸尘器，这里将大象比作胡佛吸尘器。

2 路德盖特圆环（Ludgate Circus）：伦敦市的一个十字路口。——编者注

网上订购车票，但仍然需要排队取票。

那一天，时间被以一种美丽的方式打乱了。在维多利亚式的开端之后，几个世纪迅速翻滚浮现。一开始是贫民窟和巨大的机械指示灯，以及挤满了渔民和农民的三等车厢。小贩们会提着一篮子糕点出现，里面还有撒上辣椒粉的菠萝片。然后我们就进入了丛林，在黑暗中穿梭。我们经过了拉加马（Ragama），库鲁内格勒（Kurunegala）的岩石，最后是马霍（Maho），在这里，一个没有腿的人设法上了火车。接着，地貌突然萎缩、后退，我们又回到了干旱区。那些小棚舍在旅程开始的时候是铁轨边上的贫民窟，现在则栖息在树上。

当我的车站——帕鲁加斯维瓦（Palugaswewa）——出现的时候，周围的景象看起来稀疏零落到了极点，仿若来到了侏罗纪。

我的身边很快就有了两个熟悉的面孔：毛利（Maulie）和马哈图恩（Mahathun）。

我是之前来这里的时候认识他们俩的。毛利·德·萨拉姆（Maulie de Saram）在一个十英亩的蓄水池边上开了一家小旅馆。这个地方非同寻常，完全是由废料建造的。我的房间用树干和铝管做成，没有外墙。从远处看，加尔卡达瓦拉森林旅馆（Galkadawala Forest Lodge）就像一个被拆除了观众席，并把内部翻转出来的詹姆斯一世时期的剧院。秘境生灵很容易被吸引到这座建筑里来。因此，日出时分，我可以躺在床上，喝着茶，被猴子团团包围。总有某个地方会出现一队蚂蚁，或者镜子后面传来青蛙的二重奏，偶尔还有艾鼬登门造访，在屋檐上搜寻鸟蛋。我当然很喜欢这里，十分乐意在这里待上几个星期。

我也很喜欢毛利，尽管，不同于她的房子，她从不透露太多自己的内心。她提到自己曾经干过销售，父亲曾是一名学者，但除此之外，她对自己的过去绝口不提，而且，她和许多僧伽罗人一样，笑容里似乎流露着悲伤。但她对待周围的人总是慷慨大方、无懈可击。我常常想，这样一个宽容仁厚的人最终是如何来到这个宿怨仇深之地的。她有一次告诉我，她是在战争期间来到这里的，当时头顶上还有喷气式飞机在呼啸。这恰恰使得毛利其人比此前更加显得扑朔迷离。

"能做什么呢？"她会说，"这不是我们可以掌控的。"

马哈图恩是个农民，是她的邻居。但他看起来不像农民，他体格扭曲，很有股学究气。他上哪儿都骑一辆自行车，这辆自行车太老旧了，骑起来吱吱扭扭。他有十头母象，像对待孩子一样对待它们。它们都有自己的名字和专有的稻田，每天他都会给每一头洗个澡。不会有人屠宰它们，它们死后会被埋葬，就像家人一样。"所有的动物，"他说，"都应该尽心尽力地爱护，哪怕是野生动物。"如果他能伸出援手，任何东西都不会被杀死。这就是为什么，每当他烧掉旧草时，都会为那些即将死去的生物祈祷。

我们每天都跑到周围的灌木丛里。有时，我在水库里游泳，在睡莲以及大叶合欢树和阿江榄仁树巨大发白的枝干之间划水。这些古老的残骸上经常有鸬鹚出没，它们停在上端的树枝上，挤作一团，就像某种邪恶的宗教集会。马哈图恩不擅游泳，但他通常会带上一大块香皂，在边缘区域泼泼洒洒。而毛利从来没有来过。起初，我以为是和水温有关。

"不是，"她说，"我觉得鳄鱼太多了。"

但是，如果说湖水有点不可预测，那么灌木丛就是一个迷宫。荆棘像一片片街区在街道间铺排开来，又像某种巨型植物大脑的泡囊。我们沿着其中一些通道走了几英里，在灌木丛中曲里拐弯越走越深。马哈图恩把这些通道叫作"大象的道路"，这对缓解我的忧虑毫无帮助。然而，他不知通过何种方法，能够知道什么时候出去是安全的。其他农民却不知道。有一次，我们差点撞上几个牧牛人，他们瞪着惊恐的眼睛，挂着猎枪。马哈图恩很讨厌枪支、烟火以及偷猎者设下的圈套。这些圈套大到可以炸断一只脚。"它们无处不在，"他说，"千万不要偏离路线。"

小径时不时会变宽，出现一片草地。马哈图恩为这些草颇感自豪："伊鲁克"（*iluk*）可以用来铺屋顶，"勒乌"（*lewu*）可以喂牛。大象也很喜欢。我们会发现泥水浴，被瘙痒的皮肤磨得滑溜溜的水翁树，还有被彻底糟蹋了的柚木树苗。虽然这些看起来就像顽童的杰作，但马哈图恩总是恭恭敬敬，而且从不直呼这些大型野兽的名字。大象是"大布尔"，豹子是"祖母"，而懒熊是"验光师"，因为它总会去抓人的眼睛。

过了这些空地，我们就又回到荆棘丛中。它似乎无边无尽，只有一连串阳光下的中断。我现在意识到，这片荆棘沼泽向北延伸了几百英里，一直抵达从前的贾夫纳王国。水库之城崩溃后，一条凶险的植物带将该岛一分为二：泰米尔人在北方，僧伽罗人在南方。在接下来的五个世纪里，锡兰的和平即归功于这一道巨大的树篱。

❋

在加尔卡达瓦拉旅馆那些难忘的日子里，只有两个想法困扰着我：还有多久吃午餐？以及，晚餐是什么时候？这并不是因为饥饿，而是出于一种不寻常的渴望。我小时候曾在一所学校就读，那里的食物寡淡无味，而且煮得过熟，从那以后，吃什么都成了一种享受。但这也意味着，在我眼里，食物的地位很低，从未摆脱无味糨糊的印象。然而在斯里兰卡，就连我也认识到，这里的饮食与众不同，

101

功用也并非我一直所以为的。对僧伽罗人来说，食物是鲜美的、仪式性的——甚至有些让人痴迷——而这一点没有别的地方比毛利这里更为确实的了。

她有两个厨师，分别叫维拉辛哈（Weerasinghe）和索马西里（Somasiri）。我经常去观看他们备饭，也许是希望这样能让进度快一点。他们的厨具大多是由黏土和竹子制成的，然而，一旦到了热气腾腾、汤水鼎沸的时候，他们看起来就像炼金术士在忙活。甚至食材也不同凡响，仿佛更像是从灌木丛里找来的灵药。毛利曾经说过，斯里兰卡遍地都是食物，而我们的午餐大多都是老维拉辛哈在外出散步时找到的。他和索马西里随后会着手处理它们的根茎和叶子：研磨、削皮、提纯和滴定，或者任何必要举措，以便施展他们的烹饪魔法。

有些菜品有英语名称，比如咖喱菠萝蜜，但大多数都是我前所未见的。有堆成建筑似的脆片、滋味丰富的甜菜肉汤、一桶一桶的米饭、大蒜和菜根做的甜美的蔬菜杂烩、薄煎饼、切丝薄饼、柠檬香草和秋葵烹制的迷你咖喱菜、包着茴香和黄油鹰嘴豆的馅饼、烤得又薄又精巧像女帽似的煎饼，还有精致的南洋山椒，它看起来像一片叶子，但吃起来却有椒辣和酸橙的香味。不过，这一切组合起来产生的化学反应是如此诱人，还有斑斓色彩、陆域风景以及完美口感带来的感官刺激。我希望有一天还能再品尝到这种味道，但恐怕这种滋味是被施了魔法的树篱所特有的。

❋

在这里的最后一晚，我是睡在树梢上的。

马哈图恩很高兴为我找到了一个瞭望小屋（*massa*）。那天晚上，我们穿过稻田,一直走到一棵孤零零的铁线子跟前,树上大约三十英尺高处有一间树屋,大约有一张双人床那么大,覆盖着茅草屋顶,一条长梯顺着树干歪歪扭扭地垂下来。马哈图恩说,虽然他不能留下来,但很欢迎我待在这里。他爬上高台,点燃了一小堆火,好把蛇驱走,我则铺好了我的床垫。我需要一段时间来适应这种摇摇晃晃的感觉,但对马哈图恩来说,这里就是家。他通常每年有六个月的时间睡在树屋里,以便保卫他的稻田。

天色渐晚,他解释了一下树屋生活的运作方式。这与劝导有关,得让大布尔知道哪里是你的地盘。你不能重新安置它们,因为它们根本活不下来。电铁丝网管用,可是太贵了。因此,你必须让大象知道你在这里,为它们制造些许顾虑。有些人使用爆竹,但大布尔慢慢会见惯不惊,接着就得上枪。所以,还是老办法最好——瞭望小屋。

"但要是有大象来了,应该怎么办呢?"

"哦,这个时候你就唱歌,可以吧?"

一个离奇的夜晚突然变得有点超乎现实。马哈图恩有一整套吓唬大象的歌曲,很快就一首一首地唱起来。这些都是令人神经紧张的颤音歌唱,介于葡萄牙民谣和伊斯兰教的祷告呼号之间。更令人惊讶的是,这些歌曲引来了远方一些大树上的回应,很快,整片稻田都在一起歌唱。这时,萤火虫出现了,树屋里满是它们闪闪烁烁的光芒。我仿佛置身于一架小小的茅草飞机的驾驶舱。

午夜时分,马哈图恩离开了,去和他的母象待在一起。有一阵子,我在想如果大象来了该唱什么。也许比吉斯乐队的曲会让它们知道谁是老大,只要我能不跑调。住在树上,沐浴在漫天繁星之中,真是令人振奋。我曾希望这个夜晚忙碌繁乱,好不要错过什么。要是没有大象,肯定会有野猪和豪猪。但最后,由于摇晃得太厉害,等我醒来时，天已经亮了，我身上沾满了稻草。在我的下方和周围，水稻已经变成了淡青色，孔雀发出阵阵尖叫。

然后，一只豺狼出现了，在稻田里跳来跳去。

就是这样顽固不化：经过两千四百年的城市变迁，他仍然没有成为狗。

豺狼一定是听到了我的想法。它抬起头，看到了我，然后——露出像狗一样的讥笑——猛然蹿入了古老的灌木丛。

❀

在返回海岸的路上，我乘坐的巴士因为一群大象被迫停了下来。它们被钢链锁住脖子，背上驮着水泥管。挡在它们和原始森林之间的只有一个象夫。这个人像一具行尸走肉，有一头白色的网球绒毛似的头发，一张空洞、粗糙、皮包骨头的脸。他拿着一根杆子，杆子顶部装着一枚小小的尖钉。他时不时地冲大象咆哮怒喝，大象就会连连退缩。

它们的顺从让我十分疑惑。它们如有豺狼的心智，早就把象夫踩成肉泥，陷在草地里了。为何它们没有这么做？

我曾带着这个问题去请教科伦坡的那位教授，他毕生致力于大象研究。在他的答案里，当然有科学的成分，但也有一种难以抑制的钟爱之情。他说，人们常常误解大象。它们记不住人，也没有复仇的观念。它们读不懂文字，也不会安排谋划，只听得懂十五个字的命令。但它们对情绪很敏感，能分辨信心、主宰、爱、虚弱和恐惧。它们也会去调整适应。由于它们体形太大、数量太少，所以必须这样做。这就是为什么，如果被俘获了，它们就会接受自己的处境已经改变的事实，不得不适应劳动和铁链，以获取需要的食物。

这是事关生存的问题。因此，斯里兰卡大象可以在任何年龄段被训练，哪怕是三十多岁的时候。这种训练残忍且冷酷，但到最后，你就能获得一头看似温驯的动物。当然，它们并非真正驯服，只是投机取巧地顺从而已。关于驯象，仍有许多我们不明白的地方。

那象夫呢？

这一次，大家众说纷纭。

普利尼提·赫瓦盖觉得象夫全都是醉汉。

"喝醉是万不得已，"小说家埃尔莫说，"毕竟要生活在风险之中。"

其他人却认为，正是酗酒让他们丧命的。

"大布尔总能知道，"马哈图恩说，"人有没有失控……"

"只要有一次行为失检，"教授说，"象夫就死定了。"

我想，这就是为什么那个头发像网球的人跟行尸走肉一样。

❊

在这场巴士旅行的终点，我被带回到大约 1480 年，身处"塞伦迪布的戈布"[1]之中。

沿着西北海岸，大面积的泥沙铺陈开来，一片接着一片。有些地方的沙子拱出海面，将岛屿和礁石包围起来，并在浅滩——或戈布——里填满淤泥。这些岛屿中有一座是一块修长的、粗糙的石灰岩板层。它叫马纳尔（Mannar），是斯里兰卡最大的岛屿。从地图上看，它的大小和形状与曼哈顿差不多，只是看起来有种拉长和紧绷

---

[1] "塞伦迪布"（Serendib）是斯里兰卡岛的一个古称，源自阿拉伯语。"塞伦迪布的戈布"意指沿海岸分布的一连串潟湖。

的感觉,仿佛一端被钉住,另一端被拽向印度。还有一些别的奇怪事物:有一排"垫脚石",也就是沙洲,从一个国家慢慢延伸到了另一个国家,跨越了二十四英里的水域,就连名称听起来都很奇怪:亚当桥。

我在马纳尔岛做的第一件事就是前往这些沙洲。在小岛的远端有一个近四分之一英里长的突堤码头,但现在已被弃置不用,上面布满了粪便和盐渍。码头下面是一个小型海军基地。那些水手告诉我,他们在那里是为了阻止印度渔民把海洋搜刮殆尽。他们现在扣押了二十一艘拖网渔船。但如果没在逮捕渔民,他们就会把船出租出去。于是,我租了一艘汽艇和两名船员,我们就这样向着浅滩出发了。船员们的T恤上写着"斯里兰卡海军""在天使群岛之中跳舞"的字样。

男孩们很乐意出海,我也一样。天空蓝似翠鸟,沙洲银光熠熠。我们保持行驶在沙洲的右边,这些沙洲常常是海床上隆起的圆丘,有时只有一小块。这里应该有十六座小岛——其中一半属于斯里兰卡——尽管它们总是在不断地移动。一小时后,小岛似乎全部散去了,我能在迷蒙的雾霭中依稀瞧见印度的痕迹。我们差不多已经到了保克海峡的中间点。

"有没有船曾经从这里通过呢?"我问。

男孩们高声大笑,司机熄灭了引擎。

"哼!好,印度想在这里建航道……但是你看!"

说着,他从船上跳下水,海水只漫到他的膝盖。

我们一起涉水返回,来到其中一个沙洲上。这个沙洲比我想象的要大,一直延伸到视线所及。它的空旷让人感到不安,就像一个处在草创阶段的星球。男孩们找到一个旧的威士忌酒瓶,翻了好几个跟头。我们没有发现太多其他的东西:一些紫色小花,一条长着大牙的鹦鹉鱼,以及一圈塑料瓶。这些也许是新的海贝壳,潮水消化不了,就吐了出来。但即使是印度的垃圾,也无法在这全然的虚空之上创造些许印象。在海底漫步,肯定就是这种感觉吧。

曾经,人们可以沿着这些沙丘一直走到印度城市拉梅斯沃勒姆(Rameswaram)。印度教教徒相信罗摩就是这样带着他的猴子军团来到斯里兰卡的[1]。对于摩尔人来说,是亚当步履蹒跚地走过了大桥。[2]但是,不管过桥的是谁,它已经不再是一条从印度到马纳尔的通道了。大约在1480年,一场猛烈的飓风穿过海峡,切断了绵延的沙丘,使小岛变成了大致今日的样貌。

❇

从那以后,马纳尔对改变不甚在意。

我从码头乘巴士,往小岛南部前进,返回马纳尔镇。很明显,现代生活的新兴事物在这里很少发展起来。不仅码头弃置不用,灯塔、客运终点站和一条雄伟的爱德华时代的铁路也都衰败了。铁轨现在又只是一排排的煤渣,车站也在疲惫地自我解体,抖落了屋顶,重新变成石块。同时,在外面的灌木丛中,我看到成群结队的狗在捕食,旧车厢停在沙土里。这里也有士兵,他们生活在废墟和锈迹

---

[1] 罗摩是印度教崇奉的神,是印度史诗《罗摩衍那》的男主人公。传说,他的妻子悉多被魔王掳至兰卡岛,幸好有神猴相助,帮他修建了一座连接印度与斯里兰卡的桥,他得以顺利抵达兰卡岛,救回妻子。印度教教徒认为,这道石灰岩沙洲就是罗摩桥的遗迹,并将其视作宗教圣址。

[2] 罗摩桥被西方人称为亚当桥。在亚伯拉罕神话中,亚当通过一连串石灰岩沙洲形成的桥梁抵达了亚当峰(Adam's Peak),他在峰顶单脚站立,忏悔了一千年,留下了一个类似脚印的巨大凹痕。亚当峰位于斯里兰卡中部,又称"圣足山",是犹太教、基督教等教信徒心目中的圣地。

之中。战争总是可以让时钟倒转。

我旁边的男人说,印度人想要复兴轮渡。

"还有火车!但是怎么会有人想到这里来呢?"

城镇的情况要好一些,只不过是因为它有令人振奋的中世纪风格。从这里伊始,有一条狭长的堤道,穿过浅滩,通向大陆,形成了与现在的一个脆弱联系。城际巴士在这一头停了下来,同时,大片的时间也中止了。第一次到这里,我刚踏上一条沙子铺成的街道,就立刻被驴子淹没了。然后,商贩出现了,他们身穿长袍,留着长胡子,带着一盘盘的荔枝和生发剂。某个时候,我还遇到了一棵巨大的猴面包树,是阿拉伯商人在1477年种下的。它的灰色皮肉皱皱巴巴,积成山一般的褶层,看起来并不美观。我觉得它可能是世界上最臃肿的树,最起码堪比《一千零一夜》中的食人魔。

这里很难不让人为之着迷。尽管存在种种困境,马纳尔还是坚定地保持着活力。皮拉沃斯酒店(Pilawoos Hotel)里所有的服务员都染着橙色的胡须,把食物甩来甩去,好像在玩冰壶游戏。标示牌上写着"不得在此做生意",但在这个无人从事其他事务的小镇上,这是一条不可能有效的禁令。当一个竞选人出现时,他突然发现有一队驴子随行左右。他的海报刚贴上去,就被驴子啃下来吃掉了。我决定必须留下来,所以我在邮局街(Post Office Street)附近的一栋薄荷绿色的大别墅里找到了一个房间。房东是一位老药剂师,他正在慢慢地从头到尾整理一本残破的《不列颠百科全书》。

"马纳尔,"他会这样说,"是一个大型商业中心,为古人所熟知……"

四处闲逛的时候,我常常想到这一点。

我曾半怀着希望,期待能找到大块的几何体,或者是一个巨大的基座。有一种理论认为,这些东西都存在于某个地方,只待被发现。这个想法并不简单,但在科伦坡,天才的罗兰·德·席尔瓦(Roland de Silva)博士曾经向我解释过这一想法。他是一位亲切友好的学者,住在一座没有玻璃,也没有油漆的房子里,这是水库之王的做派。他描述了马纳尔位居古代商业中心时的情形;船只是如何被迫离开保克海峡,并穿过马纳尔的潟湖的;水道最窄处是怎样形成了一个转口港,并开始赚取财富。各色人等途经此地:中国人、罗马人和阿拉伯人。随着时间的推移,马纳尔变得繁荣富足,开始建造自己的城市,其中就包括阿努拉德普勒。

这个理论耐人寻味,只是缺少基石。

同时,在砖石建筑出现之前,马纳尔肯定只有阿拉伯人。他们不仅在这里种下猴面包树,还带来了宗教、长袍、胡须、亚当和驴子。随着波隆纳鲁沃的消亡,这个海岸便归他们所有了。等到阿拉伯世界的马可·波罗——伊本·白图泰——于1344年到达时,这座岛屿已经让他感到非常熟悉,它甚至有一个阿拉伯语名称:塞伦迪布。这里还很富裕,富裕到普塔勒姆的苏丹正在一把一把地分发珍珠。对伊本·白图泰(他此前刚在马尔代夫与三个妻子一起生活了十八年)来说,这里富足得令人兴奋。他登上豪华的轿子,带着三十一名随从,沿海岸线往南出发了。他会爱上马纳尔的,特别是那些像胖小子一样的大树和打破偶像崇拜的驴子。

※

在马纳尔之外,塞伦迪布的遗迹所存无几,除了一个传说。

它始于一个在世界范围内流传了四百年的童话故事。这个故事首先出现在波斯,时间是1302年。然后于1557年又出现在威尼斯,当时名字叫《塞伦迪波国王的三个小儿子的朝圣之旅》(*Peregrinaggio di tre giovani figliuoli del re di Serendippo*)。接着，它从那里向北传播，曾短暂引起伏尔泰的注意，然后来到了英国，被霍勒斯·沃波尔大加利用。沃波尔有感于这个故事的傻里傻气，将其改编成英文的《塞伦迪普三王子》(*The Three Princes of Serendip*)。如今，没有人记得这个故事，但大家都了解一个反复出现的概念：意外获得幸运发现的本领，也就是我们现在所说的机缘巧合（serendipity）[1]。

❋

在滨水区域，有一块永久的暗影。它源自一片废墟，废墟面积很大，阻断了海岸线，耸立在海峡上。马纳尔对其堡垒一直持鄙视姿态，现在却似乎在它面前萎缩了。它是一处冷酷的灰色断壁残垣，很明显是外来物。在内战的大部分时间里，这是岛上军队的最后一个立足点，它经常受到挑衅，飞弹四溅。虽然城墙陡立，宛若峭壁，但仍有岩屑碎石从墙内喷出，落入护城河。

我时常走这条路，但堡垒一直大门紧锁。然后，在我停留的最后一天，我发现大门开着，就溜了进去。一开始，我站在那里，目瞪口呆。一个被严密环绕的小城镇被彻底炸毁了。有几处，除了沙石碎砾和瓷器残片，什么都没有留下。我花了好一会儿，才在头脑中把物品重新拼凑起来，呈现在我脑海里的是欧洲：纹章、公用厕所、火药库、墓碑、钟楼和浴缸，这些东西是塔普拉班和塞伦迪布的人从未见过的。欢迎来到接下来的五百年，我想。

---

[1] 英语中的 serendipity 一词是英国文学家霍勒斯·沃波尔（Horace Walpole）在 18 世纪发明的，灵感来自波斯童话《塞伦迪普三王子》，童话的主人公经常获得偶然的发现。

周围没有人，只有士兵在铲除瓦砾。他们看到我时，就停下工作，走过来盯着我打量。他们的下士是一个体态笨重的人，他的意图让人难以捉摸。令我不安的是他斜瞅着我的眼神。那是贪婪吗？还是情欲？甚至可能是创伤？或者也许只是惊讶于在他的堡垒里再次看到一个白人（*Suddha*）。

当晚，我把这一切告诉了我的房东，那位药剂师。

"那座堡垒于1560年开始修建……"他开始说。

他从未进去过，但他常常通过书籍这一稳妥的手段，研究这座堡垒。

对于建造这座堡垒的人，他是如何看的呢？

"浑蛋，"他说，"贪酒无度、嗜血成性的蠢货……"

沿着荒芜的西部海岸登陆定居的，是葡萄牙人。

第三章

肉桂堡垒
THE CINNAMON FORTS

这个地方周围的乡村格外荒凉；因为有许多野兽出没，也许岛上没有比这更危险的路了。

——罗伯特·珀西瓦尔,《锡兰岛纪行》, 1803 年

葡萄牙人作为征服者可能是最令人讨厌的种族，他们发现了权力的秘诀。

——哈里·威廉斯,《锡兰：东方明珠》, 1948 年

在这个岛屿的所有入侵者中,葡萄牙人是最竭力战斗的,结果也是最遭到憎恨的。

在绘画、戏剧、雕塑和肥皂剧里,愤怒似乎无处不在。即使在宗教艺术中,葡萄牙人也总是穿着铁衣,拖着血迹出现。每个人都有他们最喜欢的故事,关于被挑在尖钉上的囚犯和被做成烧烤的婴孩。通常在周末的时候,有一家报纸会复现一些古老的暴行。这类文章很受欢迎,因为知道今天的生活不再像以前那么残酷总是令人欣慰的。在这一点上,葡萄牙人作为愤怒之源令人满意。有几次,我找到一座寺庙,却发现我晚来了四百年,他们已经把它推下悬崖,或者毁成瓦砾了。

但这种仇恨仍然让我感到困惑不解。毕竟,葡萄牙人并不单单是掠夺了这个地方就销声匿迹。他们还在身后留下了很多自己的东西。不仅是蛋糕、花边制作技艺和一种精巧的新式舞蹈(*bailá*),还有一尊新的神、一些新的圣徒,甚至一个新名字:锡劳(Ceilão)[1]。但是,比以上还重要的,是葡萄牙最经久不衰的遗产,它出现在电话簿里:一页又一页的萨尔加多(Salgado)、罗德里戈(Rodrigo)、费尔南多(Fernando)、德·席尔瓦和德·索伊萨。就好像征服者从未完全离开一样。

语言也已经被深入侵占了。今天,如果你要画画(*pintura*)、吃面包(*paan*)或驾驶采珠捕鱼船(*batel*),嘴里总会突然冒出葡萄牙语。从衣柜(*almariya*)到游廊(*estopo*),它无处不在,遍布每个房间(*camaraya*)。甚至僧伽罗语的"谢谢你"(*bohoma istutiy*),听起

---

[1] 在古代,兰卡岛的名称有很多,例如希腊地理学家所称的塔普拉班或阿拉伯人所称的塞伦迪布等。葡萄牙人是兰卡岛的第一批欧洲殖民统治者,他们称该岛为"Ceilão"。"锡兰"(Ceylon)一词是英国人在1815年接管该岛时从"Ceilão"的音译过来的。

来也有拉丁语的嫌疑。然后，还有 1507 年以后融入当地语言的所有葡萄牙语技术用语。其中有些新奇的小玩意儿，比如衬衫（*camisa*）、按钮（*butoma*）和时钟（*oroloso*）。

只是基础设施已经荡然无存。葡萄牙人的堡垒大多被摧毁和改造，或者湮没在市政厅和混凝土建筑之下。根据雷文－哈特[1]的说法，除了坟墓之外，仅有少量他们的铭文尚存。宫殿、奴隶场和兵营也都消失了。那么，我在哪里能找到葡萄牙人的印迹呢，如果只是在精神上？

答案就在这里，在他们开始的地方，在西部的荒原地带。

❀

我沿着海岸线往南走，有一个人同我一起，他十分熟悉这条路，曾经参加过这里最卑鄙的战争。

拉维·维拉佩鲁马（Ravi Weerapperuma）一直后悔离开海军，他对重温自己的过去兴致勃勃。但他也是一个在战争故事里显得非同寻常的人物。虽然他身材高大，体格健壮，具有高贵的、罗马式的风范，但他身上却同时有一种神秘主义色彩。他曾告诉我，只要我们可以停止与大自然互动，并且停止对情感的感应，我们就能使自己完全消失。我是在科伦坡经人介绍认识他的（他是特种部队的顾问），虽然我不是总能理解他对冲突所持有的业力观，但我们成了好朋友，而且我们的友谊一直持续至今。我对他说了自己的目的地，他说我需要一辆四轮驱动的汽车，很快，我们就约在马纳尔碰头。

---

1 罗兰·詹姆斯·米勒维尔·雷文－哈特（Roland James Milleville Raven-Hart，1889—1971）是一名工程师、独木舟运动员和英国军队的少校，他出生于爱尔兰的格伦阿拉，从 1947 到 1963 年居住在锡兰，曾勤奋翻译了许多历史文献。

我们即将开始的旅程有一副远征探险的派头。拉维不仅开来了一辆小型铜色卡车，还带着他的儿子。特贾拉（Tejala）虽然只有十二岁，但他全然继承了父亲的刚毅自持，甚至也带有些许神秘主义的色彩。我们驱车赶路的时候，他就坐在行李箱上，沉稳地规划着路线。他以前从未了解过他父亲的故事，但现在得以尽悉聆听，充分领会，仿佛它非常有意义。

"我们从不谈论战争，"拉维说，"我没有那个时候自己的照片，我也不戴奖章。我热爱海军，但不喜欢杀戮。没有人愿意杀人。战争的目的就是无论如何使用最小的武力。我服役了二十二年，目睹了许多恐怖的事情。太可怕了。所以我想教人们如何生存。没有人需要丧命。死亡就是犯错。求生是一种心理状态。"

在马纳尔南部，柏油路走到尽头的时候，路面开始崩碎溃散，沙子出现了。

现在的树林低矮衰颓，长势脆弱。空气炎热，又因为盐分而变得燥涩难耐。有的地方，一切都被烧焦了，山谷里出现了猩红色的池子。簇生的荆棘枝条看起来就像后来用墨水添上去的一样，乌黑且粗陋。这个地方自有它的干涩枯燥之美。我讶异于这里的生物：我们看到了小鹿、朱鹭，还有一只獴，它身披毛茸茸的偷猎者外套，在漫无目的地游荡。有一次，一只栗鸢低空俯冲下来，评估我们的营养价值。它有一双焦橙色的翅膀，臀部下面有树枝似的肉钩子，整齐地藏着。

这里所有的地名都是泰米尔语的：范卡莱（Vankalai）、坎坎库拉姆（Kankankulam）、普瓦拉桑坎达尔（Puvarasankandal）。但有时，这些地方已经不复存在，只留下门梁或水泥板。林地恢复得也很缓慢，常常被剥离到离公路数百码的地方。"这就是我们，"拉维说，

"我们不得不把一切都砍倒。我们从未见过敌方的人影,但他们在树上安装了阔刀地雷。这是一种残暴的武器,可不?当它被引爆的时候,会发射出数百个小钢珠。我们在这一带损失了很多人。"

只有少数几个农民回到了这里。我们可以看到荆棘丛中有他们的小屋,都是些颤颤巍巍的构造,在贫瘠的自然地貌面前显得畏缩不安。拉维说,这里有两种类型的屋顶:波纹铁皮或卡迪安[1]。选哪个都差不多:要么被活活烤死,要么被蚂蚁吃掉。

❄

面对斯里兰卡较为狂野的地域,凡夫俗子可能会望而却步,但葡萄牙人不会。

15世纪的里斯本爆发出一股势不可当的旅行热潮。部分原因是要攫取真正威尼斯式的财富。但葡萄牙人也是受到了马可·波罗的鼓舞,他们的航海家很快就向四面八方进发了。15世纪末,他们已经到了巴西和好望角,1497年,瓦斯科·达·伽马已经偶然发现了印度。八年后,他们首次登陆"锡劳"。

起初,僧伽罗人欣然款待了外来者。直到后来,他们才意识到这些访客是多么凶恶。以下是对第一批葡萄牙人的描述,摘自《拉贾瓦利亚》[2]:"他们穿着铁制的外套,戴着铁帽;每到一个地方,他们

---

1 卡迪安(cadjan):用椰树叶编织的席子,可以用于铺设屋顶和墙壁。在印度、斯里兰卡等少数亚洲国家的乡村地区可以看到使用卡迪安盖成的房子。

2 《拉贾瓦利亚》(*Rajavaliya*):斯里兰卡的一部古代编年史,被认为是斯里兰卡历史的最早记录。它包含了从维阇耶国王到维马拉·达摩·苏里亚二世(Vimala Dharma Suriya II)国王的历史,是唯一一部以僧伽罗语书写的包含斯里兰卡连续历史的编年史。

一刻也不停歇；他们四处走来走去；他们大嚼石块（面包），啜饮鲜血（酒）；他们为了一条鱼或一颗酸橙能付出两三锭金子银子；他们的大炮的通报声比雷声还大……他们的炮弹能飞出数英里，把花岗岩堡垒击得粉碎。"

相比之下，这些东道主在葡萄牙人眼里则很不起眼。据里贝罗（Ribeiro）的日记记载，僧伽罗人"体格强健，皮肤还算白皙，多数人大腹便便……他们既不懂武器也不持有武器……他们彼此间不怎么残杀屠戮，因为他们都是些孬种……"。

本地人如此这般，搜刮油水就很容易了。

葡萄牙人便从西海岸的这里开始，从珍珠下手。

❋

刚过阿利普（Arippu），我们就发现自己已经被垃圾堆包围。

蚌壳堆得像房子一样高，沿着海岸到处都是。叮当作响的雄伟山丘在海岸上隆起，滚入树林。蚌壳堆得太过深厚，我们简直是在一团团堆积物中行驶。谁也不知道人们是何时开始在这里潜水的，但伊本·白图泰知晓珍珠的事情，古代中国人也知道。1905年是采珠业的鼎盛时期，潜水工一年可以捕捞八千万只软体动物。

我们下了车，涉水越过这些垃圾堆。向海的一面是一个由树枝搭建的小村庄，散落着鱼骨、塑料和粗糙的鲨鱼残骸。采珠场早就没有了，潜水工也随之消失。曾经有五千多人来到这片海岸，他们大多来自波斯湾。每年有几个月的时间，这里会变成一个树枝的城市，充斥着杂耍艺人、小贩、魔术师、珠宝商和钻工。珀西瓦尔在1803年指出这样一派景象，"其新颖性和多样性几乎超过了我所见过的任何东西"。这一定也是最臭气熏天的场景之一，堆积成山的软体动物腐败溃烂，招来苍蝇，空气污浊腥臭。由于这里太过肮脏，有害身体健康，士兵们在此驻扎的时间从未超过四个月。

当我们缓缓穿过这些鱼类垃圾时，我向拉维询问了珍珠滩的情况。

"它们在大约二十英里开外，大约六英寻[1]深的地方。"

"还有什么东西遗留下来吗？"我问。

"没有多少了。1925 年前后，一切戛然而止。"

在那之前，整个城市日日漂浮于此。有的潜水工每班下潜次数高达五十次，他们被石头拖住下沉，健康遭到损坏。这些恐怖的事情令人毛骨悚然，甚至被拍成了歌剧：比才（Bizet）的《采珠者》（The Pearl Fishers）。许多人死了，但没有人关心。潜水工有他们的魔力和魅力，而殖民地承担着赋税。即使是曾在这里履行过职务的伦纳德·伍尔夫，也无法在温和的厌恶之外再有更多的想法了。

回到岸上之后，一个人能否发财，纯粹看命。珠蚌没有打开，就以每只几便士[2]的价格被卖掉。有时买主运气好，但往往不会这么走运。每三吨珠蚌中，可能只有三到四颗珍珠。对于数以百万计的空蚌壳来说，死亡是徒劳的。它们不过是些废料，除了堆积成山供苍蝇享用，没有任何用处。这里现在看来也许没有多么起眼，曾经可是世界上最大的摸彩池。

※

这些垃圾堆的边上有一座庄严的小型宅邸，是由弗雷德里克·诺

---

[1] 英寻：海洋测量中的深度单位，1 英寻约等于 1.8 米。

[2] 便士：英国货币辅币单位，1 英镑等于 100 便士。

119

斯爵士（Sir Frederick North）建造的，他后来成了吉尔福德伯爵。

对这样一位珠光宝气的骑士来说，这是一座大胆的小豪宅。"多立克"[1]曾被称作"锡兰最美丽的房子"。但风早就把上面一层楼和他老人家辉煌的卧室啃蚀掉了。现在，宏伟的楼梯只能通到风暴里。大海也在对虚荣浮华进行报复。自 1804 年以来，它已经吸走了近半英里的沙子和贝壳，最后到达了地基。房子的前部已经被冲倒了，现在面朝下趴在下面的沙滩上。

拉维饶有兴致地观察着冲蚀现象。

"很有趣，对吧？斯里兰卡正在逐渐向东移动。"

※

在阿利普，葡萄牙人把他们的战利品更明智地用在了一座碉堡上。

四四方方的砖体还在那里，上面架着三角形顶棚。这里现在是一处牛棚。修长、光滑的树根在墙体里摸索探路。门已经陷在了沙砾里，但有些地方的墙壁上出现了奶牛大小的洞口，于是我们悄悄地走了进去。相比于堡垒，这里更像是一座保险库。在葡属"锡劳"的早期，人们所需要的就是一座保险库。僧伽罗国王看到现代战舰，已经吓呆了。为了换取一点保护，1505 年和 1517 年的条约规定，这些访客可以随心所欲地搜刮掠夺。

在黑暗和恶臭中，不难想象那些新兵蛋子（reynols）的处境。正如一位历史学家所说，"这些士兵是葡萄牙贫民窟里的垃圾和渣滓"。

---

[1] 这座建筑名叫"多立克别墅"（Doric Bungalow），因其建筑特色（多立克是古希腊建筑中的三大柱式之一）后来又被称为"多立克"。

随着帝国的发展,人力需求也越来越大,很快就有罪犯夹杂进来。被放逐到东部殖民地是一个人可能遭受的最严重的惩罚。据说,在绕过海角时,他们纷纷把勺子从船上扔到海里,因为他们知道,往后余生将只用手指吃饭。只有一半的人能够在航行中幸存下来,而且他们甚至也不能保证可以工作。士兵们在不参加战役时是没有工资的,因此,在科伦坡,大多数人日日偷窃,不择手段地过活。

等他们到了阿利普,就在高温和荆棘里过着尊严低下的生活,衣不蔽体,食不果腹,情况比牛群好不了多少。军队每年只发两次工资给他们,分别是在圣诞节和圣若昂节（Festa de São João）。其余的时间,他们的工作是当小贩（chetties）。普通士兵变得如此安于宿命、残忍暴戾,这并不令人惊讶。他们很快就会与当地人发生关系,搅乱基因库,这也不足为奇。女人与珍珠、羽毛和象牙一样,只是战利品的一部分。

但是,所有这些东西与森林深处的大奖比起来,都不过是小菜一碟。肉桂（kurundu）只是一棵小树,但它将会改变每个人的生活。

❀

丛林很快变得茂密,出现了越来越多的午餐。

起初,我们沿着一条宽大的橙色疤痕向南走。它看起来就像某艘巨大的外星飞船冲进树林,猛地把一切撞到了一边。但这不是外星人的杰作,而是政府所为,推土施工了几个月之后,政府早就撂下不干了。之后,树木在我们周围膨胀起来,大地水汽蒙蒙,散发着甜腻的味道。大道现在缩成了一条小路,在这肆意疯长、缠绕盘结的植物之中弯弯曲曲地延伸。拉维知道所有植物的名字：铁线子,有钢铁般灵魂的破斧者；硬果槛藤,粗大的藤蔓从树冠上盘旋而出,好似巨型床垫弹簧；还有杧果，它的树干是晦暗的银色，果实像李子一样小巧玲珑，呈现可怕的实验室黄色。据拉维说，这些可口的果子对熊来说难以抗拒，它们会痛快地大吃一顿，然后踉踉跄跄好几天，双眼昏花，精神错乱。

我们自己的午餐几乎同样出人意料。那天的餐食很丰盛。拉维曾在这个海岸线上一路作战，他仍然知道所有原来的海军哨所。通过提前打电话，他确保我们所到之处都会有人接待。旅程开始时，我们在西拉瓦图赖（Silavathurai）就着亚麻桌布吃了一顿鸡肉，旅程结束时在卡拉河（Kala Oya）的河畔使用专用瓷器用了餐。还有一次，一个水手很机灵地从森林里走出来，给了我们一个盒子，里面装满了切丝薄饼。在灌木丛里看到他的战时老领导维拉佩鲁马中校，他惊讶得张大了嘴巴。消息很快就传开了。有一阵子，两个穿着斑驳的绿色套服的摩托车护卫伴随我们左右，他们背上挂着 T-56 步枪。到了分手的时候，拉维注视着他们离开，消失在树林里。

"我们的错误，是误解了敌人的恐惧。"他说。

在某个阶段，我们进入了"十湖"区域（Wilpattu），并来到了国家公园。一切极其壮观，正是我所喜欢的斯里兰卡的样子。这里的湿地位于古老水库国度的西部边缘，与其他水库一样，只是更加荒凉且偏远，更具泰米尔人的特征。鳄鱼看上去个头也更大。每一个池塘和每一片淤泥沼泽似乎都有穿戴铠甲的暴徒。就算有"歹徒"之称，也不足以说明它们的恶行。它们龇牙咧嘴起来，就像树干上设了一个四英尺的诱捕陷阱。1797 年，一只二十英尺长的巨型标本被挂在两辆马车之间，带回科伦坡。珀西瓦尔描述说，当这头野兽被切开时，人们发现里面有一个当地人，已经处在被高度消化的状态了。

当我把这件事告诉拉维时，他惊得皱眉蹙眼。

"它们现在依然是一大杀手，洗衣服的妇女尤其危险。"

几个世纪以来，这些生物似乎一直在勉力维护其凶恶残暴的声誉。17 世纪的朝圣者在"大象、野水牛、老虎和其他野兽"的夹击下前进，要花六个月的时间才能从科伦坡抵达西海岸。花豹尤其喜欢柔弱的旅行者，特别是在霍乱时期。本土探险家 R. L. 斯皮特尔（R. L. Spittel）讲到一个人夜里醒来，发现他的帐篷里有一只豹子，正在啃食他的同伴。不过，珀西瓦尔认为所有野兽中最危险的是水牛——特别是对欧洲人来说。"它们对欧洲人的服饰和肤色最为反感。猩红色的外衣是它们憎恨的主要对象……"

我们虽然从未遇到过花豹杀手或偏执的水牛，却发现大象明显很急躁。有一次，我们碰到一群在湿地里洗澡的幼象。虽然我们离它们有四分之一英里远，但我们的出现显然吓到了它们。随着一阵慌乱的吼叫声，它们轰隆隆地跑进了森林，一边呼喊，一边咆哮，掀起滚滚灰尘。就连葡萄牙人也被它们所施展的力量深深震撼，很快就开始以每年大约四十只的速度围捕出口它们。第一只大象于 1507 年运回欧洲。人们叫它"安农"（Annone），可怜的安农最后到了罗马，在那里它被喂饱了面包和蛋糕，结果消化不良而死，埋葬在梵蒂冈花园（Vatican Gardens）里。难怪现在西海岸的大象看起来如此警觉。

但是，急奔寻求庇护的不仅仅是大象。所有散布在我们眼前的东西都在蜿蜒流窜，跳跃奔走，隐秘潜行，踉跄游荡，一一遁入暗处。在过去的三十年里，这里一直是土匪的天下，任何暂时停留的东西，都会被击毙，然后洗劫一空。《象道之路》（*The Road From Elephant Pass*）一书的作者尼哈尔·德·席尔瓦（Nihal De Silva）说，在内战期间，"十湖"区域是"一个中立区，政府军和叛军都在那里，但相互并没有真正对抗"。更不用说偷猎者、土匪、非法伐木工

123

和逃兵了。公园里大多数工作人员都被谋杀了，秘密弹药库仍然不时地出现。由于这个地区太过危险，德·席尔瓦的小说被拍成电影时，不得不在马来西亚拍摄。甚至小说家本人也没能逃过这场浩劫。2006 年，他在游览公园时，乘坐的车碾过了一个压力地雷。那天的遗骸——发红金属的扭曲残段——在高高的草丛里仍然可见。

没有什么能像肉桂那样对这些邪恶横行的土地如此受用。肉桂应需发展起来。据说，在健康的土壤中，这些树需要七年才能成熟，但如果给它们贫瘠的砂质砾土，五年就能成熟。这使得斯里兰卡西部成为世界上最富饶的地方之一，至少就出产这种气味刺鼻的树皮来说。

我们只是偶尔看到肉桂在野外生长。这是一种很朴实的灌木，甚至有些呆板。一开始，那些生活在海岸边的人还没有认出它就是肉桂的来源，他们完全依赖漂浮在下游的神奇木材。很快，这种树皮具有非凡特性的消息传到了遥远的中国和罗马。阿拉伯商人马上发现，只要加上一点神话色彩，他们就可以收取更高昂的价格。就连希罗多德都信服了，认为肉桂树枝是人大着胆子，从凤凰的巢穴中收获的。

但正是葡萄牙人将肉桂从珍奇之物变成了一种商品。他们起初是以提供保护的名义敲诈勒索。僧伽罗人每年进贡二十五万磅肉桂，作为回报，葡萄牙人支持他们抵抗泰米尔人。但是，不久之后，这种约定就全然变成了恐吓强夺。在 16 世纪上半叶，葡萄牙人抢劫得极其出色，僧伽罗人几乎毫无察觉。到 1551 年，王国已经一分为二，在这种衰弱的状态下，产生了一个温顺驯服的继承人。他的雕像被运回里斯本，被加冕为"唐·若昂·达摩帕拉"（Dom João Dharmapala）。

虽然分离出去的王国偶尔会发动攻击，但葡萄牙人现在可以自由地掠夺森林了。当时还没有人想到肉桂是可以种植的，于是就以工业生产的规模大抢特抢。当然，野生动物并没有为之提供便利。每四百名被派去寻找肉桂的剥皮工，必须配备二十五名士兵。士兵们走在前面，又是敲鼓，又是鸣放火枪。

然而，获得的利润却大得惊人。英国人认为，这种贸易对其殖民统治者的价值超过了波托西的银矿对西班牙人的价值。即使到了1803 年，在其他殖民地也开始生产肉桂的时候，它每年仍能带来相当于三千万英镑的收入。

果不其然，这样丰厚的财富让葡萄牙人很不安。一位将军写道："肉桂的香气，会把别人引来锡兰。"由于他们人手太少，无法将这块土地占满，因此需要修建一连串的堡垒，每隔一段距离就设置一个，相互间隔不超过一天的行军里程。

"下一个堡垒就是卡尔皮提亚（Kalpitya）。"拉维说。

在那里，我们会和他的老同学待在一起，那个人肯定是最后的一位征服者。

※

佩雷拉（Perera）副部长是一个法尔斯塔夫式的喜剧人物：圆圆的肚子，性情和悦，臂力强劲，喜欢大放厥词。他穿的饱满的马球衫和宽松的短裤，很容易让人联想到他身穿紧身短上衣和紧身长裤的样子。他走起路来健步如飞，仿佛是在密密麻麻的障碍物中间横冲乱闯。我很难想象他是拉维的朋友：一个含蓄微妙，耐人寻味，另一个则喧嚷聒噪，打嗝都气势磅礴。部长总是冲别人大吼大叫，然后停下来开怀大笑。他的肤色较为明亮红润，这使得所有在他周围来来去去的人都显得朦胧模糊，形同幻影。大多数时候，他有一批庞大的荷枪实弹的随从，这些黑衣警卫足够装满两辆SUV。"总有人企图谋害我们，"他嘲笑道，"但生活还得继续……"

佩雷拉家族在卡尔皮提亚半岛崎岖不平的颈部有一个庄园，乍看并不起眼：一片广阔荒凉的盐田和一片细长的棕榈树林。至于祖屋，只有大门富丽堂皇，其余都是水泥和波形铁皮打造的复合建筑。里面的房间很热，发出一股霉味，所以我们都坐在外面的盆栽植物中间，这些植物也是难民。佩雷拉家的园丁座椅让我们不得不向后躺靠着，摆出一副不自然的冷漠姿态。时不时地，一个女仆会端着一盘奶油薄脆饼干出现。过了一会儿，我才意识到这里是一个商业中心。整个晚上，有卡车碾过沙地，往外搬运椰子和盐。"这些是全世界最优质的椰子，"部长吹嘘说，"能酿出最好的棕榈酒、最好的亚力酒，能烧成最好的木炭，用来制作防毒面具。"我还得知，蛇是永远不会爬过椰子垫的，而且用椰子勺子吃饭永远不会中毒。

但最令人惊奇的是佩雷拉夫人。她名叫克里桑塔（Chrysantha），是个华丽阔绰的人物，总是戴着精致的珠宝，身着绫罗绸缎，仿佛是在抵制那么多的盐和椰壳。有时，当她穿着璀璨绚丽的豆青色衣服，或光彩耀目的柠檬色衣服，绸衣沙沙作响地进入大家的视野时，整个世界都静止了。她告诉我，在科伦坡，她每天都和一个私人教练在一起，但在这里，她要去参加葬礼。"每天都去！你永远也料不到谁又死了！"

在葬礼间隙，她会坐在一堆闪着光亮的手机之中。由于她的孩子们拒绝到这座庄园里来，她必须满世界追踪他们的足迹。她告诉我，她可能整晚都在发短信（"几乎一宿没睡！"）。而且，来自孩子的信息总在她旁边叮叮响个不停。

她有没有想过要去看看他们呢？我问。

她思考了片刻。

"也许会去谢菲尔德吧——但不去美国。嗨哟！太远了！"

她的丈夫尼奥马尔（Niyomal）和妻子一样厌恶美国人。

"他们怎么这么无能？"他大肆责骂，"把一切都给搅浑了！"

我当时肯定是显得很疑惑，所以他又举了一连串的例子，从猪湾讲到阿布格莱布。要不是他作为东道主顾及礼貌，英国人也会被猛烈抨击（作为一位政府部长，总会有一种反英的情感冲动，就潜藏在表面之下，蠢蠢欲动）。他转而把矛头指向了斯里兰卡的板球运动员，指责国家队自满，怠惰，一无是处。但他讲的所有这些话只是想把注意力从其怒气的主要源头——盎格鲁-撒克逊的西方——转移到别处。这个话题让他兴奋不已，以至于他几乎忽略了他的孩子们身在何处，也似乎不再能听到他们持续不断的短信声了。

那天晚上，部长有一个派对要参加，坚持要我们同他一起去。

"只能是男的。"克里桑塔恨恨地冷笑道。

我们留下她与她的电话机做伴，整装列队出发了。派对是在当地空军基地的一个树屋里举行的。对其中一名高级军官来说，这是他有生以来离地面最高的一次。他告诉我，他一想到飞行就胆战心惊。另一位军官拿出一套夜视镜，我们可以看到在绿色的暗夜里吃草的鹿（"视野很不错，对不对？"他说，"对射击恐怖分子很有帮助！"）。大家在树枝间落座，喝着尊尼获加，吃着辛辣的野猪肉片。"我的选民总能给我找来一头肥美的猪。"部长自豪地说。

整个晚上，他大发议论，众人如同众星捧月。他的大部分想法都是用僧伽罗语表达的，虽然——为了我着想——也有某些宽宏大量地讲英语的时刻。这是一场要求很高的表演，我数不清我们吃了多少盘野猪肉，又喝了多少瓶威士忌，才把那些野猪肉冲下肚。其他人都没怎么说话，当地医生也是一言不发，我都怀疑他是不是哑的。到了一点半，两个从奇洛来的穿长袍的政治代理人依偎在一起，已经酣然入睡。到了两点，部长宣布他打算给所有渔民发鸡，把他们变成农民。到了三点，他才结束了高谈阔论。这是佩雷拉权力的一次伟大展示，我想，在过去的五百年里，几乎没有什么变化。

✻

几周后，我前往卡尔皮提亚半岛的尽头，来到葡萄牙防御工事的外缘。

有时候，很难想起他们在保卫什么。

半岛像海床一样平坦，褪成了骨头的颜色。几个月没有下雨了，棕榈树看起来像被盐灼烧过，很松脆。那些山羊要不是戴着巨大的A形项圈，就会在一个星期内把全部景观吃光。对于居住在这里的人来说，平日里狂风肆虐，生活过得很艰难。我从巴士上俯视，可以看到树枝和树叶搭成的民房里的情景。有一个女孩从井里汲水，每次一杯的量，还有一个小贩在护理一篮子长须鲶鱼。一切都罩着铁丝网。大多数当地人都是战争中的难民，他们定居在这个满是沙子和贝壳的盐水口中，无人注意。

也许它并不像表面那么了无生气。斯里兰卡人总是坚持认为，"卡尔佩蒂"[1]的人喜欢他们的天空和沙子，而且他们乐于摆脱财产拖累，自由自在。旅游部声称，终有一天，淡水会出现，随之而来的是花园和高尔夫，这里将成为新的巴厘岛。渔民无疑已经等不及了。同时，他们有美丽的残酷，也许老卡尔皮提亚半岛就是这样。就像

---

1 "卡尔佩蒂"（Calpetty）：荷兰人对卡尔皮提亚的别称。

肉桂需要恶劣环境，椰子也需要盐。

路的尽头聚集了一大群破渔船，可以看到葡萄牙湾（Portugal Bay）的景色。一个老木匠有着贾科梅蒂式的瘦长四肢和一个皱巴巴的大脑袋，他正在锯掉一艘小船的船头。大多数船看起来好像已经被锯断，或者被撞毁，或者是从风暴里拖曳出来的。令人惊讶的是，人和狗仍然生活在这些残骸之中。偶尔会冒出来一些小木筏，摇摇摆摆地穿过淤泥。它们被称为 *theppama*，是将树干和黄铜钉在一起制成的。自葡萄牙时代以来，这些都没有太大变化，臭味也没有变。卡尔皮提亚半岛已经晾晒了几个世纪的鱼干，空气一如既往地刺鼻。

然而，要想参观葡萄牙人的堡垒，我就来得太晚了。荷兰人已经把它拆毁殆尽，换之以更阴森可怖的东西。虽然这里仍是一个海军基地，但多亏拉维的一封信，指挥官很高兴让我进去。只有无线电报务员会说英语，所以他被指派带领我参观。在第一个院子里，我们见到了一副蓝鲸的骨架，布置得像一场空难。在它的后面是荷兰坚不可摧的炮眼，渐渐被风蚕食掉了。这里几乎没有葡萄牙人留下的痕迹，除了一座小小的耶稣会教堂——更像一座神圣的碉堡——和一些通往堡垒下方的深邃地道。就在我准备进一步探索的时候，我突然注意到，悬在前方的并非幽幽暗夜，那分明是激烈搏动着的蝙蝠黑丝绒啊。对住在这里的炮兵来说，执行这项任务一定令人无所适从，就像被派到了地球的尽头。

葡萄牙人的卡尔皮提亚半岛可能已经无影无踪了，但其精神仍然流连于此。

在整个半岛上，卢西塔尼亚人的神仍然占据着主导地位，连同它所有的神迹、天使以及尘世幻象。斯里兰卡很少有哪个地方能有如此密集的罗马天主教教徒。据说，葡萄牙人从在这片海岸上捕鱼

129

的苦命人当中很容易就找到了皈依者。在佛教教义下,渔民被视为杀生之人,一直遭到唾骂,并被发配为最卑鄙的种姓。他们甚至没有资格参加寺庙仪式。因此,在1543年,当方济各会修道士出现,带来了游行、朝圣、圣水、盛宴、斋戒和为逝者的祝祷时,渔民们便纷纷皈依了。

我很快就发现,这个天主教世界里鱼类资源最丰富的前哨站,其中心就是塔拉维尔鲁(Tallaivillu)。这个地方一直有一种神迹光环,即便只是因为四周的青草闪耀着奇异的碧绿。这片充满鲜艳色彩和多汁嫩芽的凉爽空地,很快就长出了木麻黄,然后消失在沙地里。它一直以来所需要的只是来自天堂的眷临,而在17世纪初,它终于得偿所愿。

圣安妮(St. Anne)的到来恰值最佳时机。葡萄牙人对"锡劳"人宗教信仰的改变并不顺利。事实证明,原住民作为新皈依者都有些不情不愿;傀儡国王唐·若昂·达摩帕拉(1541—1597)不仅是他们的第一个天主教君主,也是最后一个。此后,葡萄牙人变得更加咄咄逼人,他们禁止了其他所有宗教,这一法令很快就演变成屠杀。接着,里斯本又下了一道命令:"在我的王国里,不得有任何佛塔,如果有,也要毁掉。"每座神像都要被击得粉碎,四处散落。人们希望,与圣安妮的接触能更柔和一些。

在她曾经出现的地方立着一个巨大的石质十字架,现在仍在那里,矗立在木麻黄树下。它仍然是一个希望的宝库,上面密密麻麻点着蜡烛,挂满了病人和垂死者的衣服。在它的后面是一个无人居住的小城市,有集体宿舍和水井,设在滚烫沙砾铺成的街道上。每年两次,会有大量巴士出现,火盆被点燃,五万名朝圣者挤满这些小房子。部分人会停留好几天,祈求神迹。有一家人决定待上两星期,所以仍在树下扎着营。

"就连沙子也是神圣的。"他们一边告诉我,一边把沙子舀到罐子里。

"你们总会带一点回家吗?"

"那当然,"他们说,"它能保护我们免受蝎子的伤害。"

宿舍群中出现了一座小教堂。在里面,我只能听到苍蝇声和沙沙的脚步声。一切都恢宏豪壮,光灿鎏金,有翻腾着的天使和叶形装饰。这不仅表明了虔诚,更展示了宏伟,有一丝唯我独尊的意味。在这里,即使是经文也更具胁迫之威,绘画更加血腥,雕像更加强健。这里是最气势逼人的罗马。

众人顶礼膜拜的焦点就是罩在玻璃里的圣安妮本人。有的人以腹贴地敬拜她,另一些人跪在地上,一边匍匐,一边吟诵。据布告上说,这座神像有四百二十五年的历史,由此推断,神像建立的时间是在西班牙无敌舰队组建和傀儡国王倒台之间。但是,她所施行的神迹似乎是无穷无尽的。妇女为她们的孩子祷告,或者把画像摆在大理石上,为逝者、病人和伤心之人祈求。来这里的不全是天主教教徒。我发现,佛教徒也来此请愿求子,泰米尔人和摩尔人也一样。葡萄牙人会多么喜欢这景象,他们的臣民终于心甘情愿地热衷于求取一点神力了。

✺

回到佩雷拉家,克里桑塔夫人正要出发,开始一段神圣之旅。

她告诉我,出于对上帝的虔诚,或是由于操心她丈夫的议会席位,她经常要出远门。有几次,她穿越全国,去寻找卡尔皮提亚的渔民,并把他们带回家。她说,他们每年会在季风时节出发,环岛航行,到亭可马里的平静水域捕鱼。这段旅程往返下来大约有一千英里。对克里桑塔来说，只有在选举年，才会有这个麻烦。"他们都走了，而我丈夫需要他们的投票，对吧？哎哟！我们可怎么办呢？所以我出发去接他们。我带着四十辆巴士，把他们全部载回来！这就是民主，不是吗？甚至打仗的时候我也照去不误。我的孩子们都求我别去，但我还是去了。就连我丈夫也不愿意去。哈！他怕得不行⋯⋯"

那天下午，她正在计划一次更为低调的旅行：到荒原里去朝圣。她说，要经过五小时的车程，穿过灌木丛抵达马杜（Madhu）。"每个月我都来来去去。但马杜是一个非常神圣的地方，供奉着我们自己的小小天主，不是吗？万福圣母（Blessed Virgin）已经四百岁了，她能保护我们不受野兽的伤害。在战争期间，恐怖分子试图偷走她，但圣父带走了她，并把她藏在了森林里。他与上帝直接沟通，并施行按手之礼。在你还没有见到他的时候，他就知道你的电话号码和你住的地方！这件事神乎其神，在上帝的天国里。"

❀

过了卡尔皮提亚之后，肉桂之路（这是我对它的想象）变得更加甜美和葱茏。水稻重新出现，一派绿意盎然。

对拉维来说，这些地方不再是他曾经的战场，我能感觉到他的情绪得到平复。他不同于我以前遇到的任何战争老兵。我认识一些美国的老兵，他们告诉我，战争是他们人生中最美好的时光，但也是最糟糕的时候，这两者往往并存。对拉维来说，却是两者皆非。以前，战争确实填满了他的生活，至少是他二十二年的光阴，但他对战争的感受似乎不能简单判定为痛苦或快乐。反而，那是一种常态，而且这意味着我肯定无法辨别拉维是性情冷淡，还是纯粹受到了创伤。我知道,如果有机会,他还会再次投入战斗,这一次也许会更成熟,更有人性,也更加反叛,但仍然矢志不渝,决心不减。在随后的旅程里,我会对他的战争有稍微更恰切的理解,不过,就目前而言,能够认识到这一点就足够了。

当我们再次踏入日常生活的外边界时,我发觉拉维很反常地变得平常起来。他对稻谷和牛,以及只制作刀具的小镇产生了父亲般的兴趣。虽然在接下来的几周里,我还会对他和他儿子有更多的认识,但拉维似乎再也不是先前的样子了。他曾经希望海军会再次需要他,就像他需要海军一样,而现在他只是徒然神往。也许,随着我们旅行的结束,他终究会与过去的陌生感妥协,与这场艰难的回归之旅和解。

在尼甘布(Negombo),我们告别,各自踏上不同的路途。

拉维知道我讨厌这里:一个病态的城市,一个及时行乐之地。

❈

每一个被海环绕的国家都有一座水波粼粼的蛾摩拉城[1],而斯里兰卡有尼甘布。

起初,我觉得它没有那么糟糕,这很出乎我的意料。海滩宽阔而庄重,海面上常常有帆船比赛,全部扬起褐色的风帆。同时,渔民都很机警,身上油光水亮,他们大摇大摆地走来走去,像在执行纪律。白天,小玻璃柜被推到沙滩上,里面装满了大虾和肉饼、炸螃蟹、鱼肉包及其他一些连胡须都浸在面糊里的生物。这些小吃在

---

[1] 蛾摩拉城:《圣经》记载中的城市,因为城里的居民违反了耶和华借摩西颁布的戒律,城市终被天火毁灭。——编者注

售卖时总是附带着一丝信仰。招牌上写着"一切都是安拉的旨意",或者"耶稣的力量:热气腾腾的特色瓦达"[1]。这是当地人最快乐的时候,他们满口嚼着鱼肉,将一顶华丽的新风筝放飞天际。

但是,在这个社区中,有一个小镇实在格格不入。那里的一切似乎都是外国的:牛仔酒吧、霓虹灯、深壁固垒的五星级酒店、四轮出租车、冰沙和全身按摩。一些商店甚至起着"特易购"(Tesco)和"阿斯达"(Asda)之类的名称,虽然它们卖的还是同样的陈旧小饰品,这些饰品被浸在尿液中老化,或者用别针固定在一起。很难想象会有人欣赏玩味这些东西。许多人来到这里只是为了行使身体机能——调整陈旧的身躯,填充和释放。他们说,在尼甘布,一个欧洲老奶奶可以从容地雇一个年轻小伙子过夜(根据一个非政府组织的说法,岛上有五千名沙滩男孩,专为女士服务)。这是世界上为数不多的能够这样做的地方之一。在这里,你总是能分辨出谁是老手,从前就来过这里。她们耷拉着眼皮,看起来颓唐失意,有种茫茫然的冷酷无情。

我订了圣拉赫兰酒店(St Lachlan Hotel)的房间,原因记不清了。这里有一间豪华大厅,里面铺排着人造镶板,挂着塑料鹿角。这种清冷的苏格兰主题显然没有被尼甘布的常客们所接受,因此,在大部分时间里,都由我一人独享一切。

尼甘布有着漫长而不健康的堕落传统。在古代,总有迹象表明这里有蛇。后来人们发现,这里稀薄、贫瘠的土壤非常适合种植肉桂,而且比其他任何地方的肉桂都长得好。就这样,外国人像出疹子一样纷纷定居在这里:先是摩尔人,然后是葡萄牙人。这不是什么

---

[1] 瓦达(Wada):一种风味油炸小吃,在斯里兰卡的街头十分流行。

好兆头。

我经常想,尼甘布是不是征服者走上绝路的开始。到了17世纪初,肉桂财富已经使这个殖民地变得腐化堕落到令人害怕。此时,军队招募起九岁的孩子,因为其他人都在忙着中饱私囊。几乎没有什么是神圣不可侵犯的。里贝罗在他极度阴郁的回忆录《锡劳岛的历史悲剧》(*Fatalidade Histórica da Ilha de Ceilão*)中指出:"国王的国库就像一只猫头鹰,所有的鸟儿都从它身上啄取羽毛……"全部的理想早已凋零。当初,在1514年,教皇派遣葡萄牙人去收罗灵魂。一个世纪过去了,他们的远征除了锲而不舍地抢夺劫掠之外,没有更多的神圣的虔诚可言。总督杰罗尼莫·德·阿塞韦多(Jerónimo de Azevedo)在他的秘密报告中描述了一个处于崩溃边缘的道德堕落的世界。他写道:"我们葡萄牙人是非常糟糕的基督徒,对上帝毫无敬畏……"

在私人生活中,殖民者也在涣散瓦解。从葡萄牙过来的女人全是些罪犯和淫妇,而性爱让社会变得疯狂。法国游客皮拉德·德·拉瓦尔(Pyrard de Laval)注意到,凡是有许多葡萄牙人的地方——比如尼甘布——都是法纪尽失,放纵无度的。"性病蔓延肆虐,"他警告说,"至于梅毒,在这里也不是什么可耻的标志。他们甚至引以为傲……"

惨淡瘠薄的土壤和贪得无厌的罪恶——这一切让我思考。

也许尼甘布一直没能从过去中恢复过来?

❋

今天,发生在尼甘布的事情已经不是秘密,但是,你一旦问起什么人在做什么事,这个行业就会在一片否认声中销声匿迹。

情况并非一直如此。曾经有一段时间，人们会公开炫耀他们侵犯儿童的事迹。维阇耶王子的船员不是一上岸就奸污了一名男孩吗？西方人渴求男童的行为也放浪得令人咋舌。虽然阿瑟·C.克拉克的所作所为可能仍然存在争议，但其他来访者也有惊人的轻浮举止。来锡兰探险的雷文－哈特就是一个著名的同性恋情追求者，他赤身裸体地划着独木舟到处游玩，身边总有男孩陪伴。即使是维多利亚时代的将军也可能极其放纵无度。有"战斗的麦克"之称的锡兰英军指挥官赫克托·麦克唐纳爵士（Sir Hector MacDonald）是第二次阿富汗战争、第一次布尔战争和恩图曼（Omdurman）战役的英雄。1902年，有人发现他与四名僧伽罗族男孩在一节火车车厢内纵欲享乐。正如他的传记作者所说："锡兰让麦克唐纳处在一种致命的混合状态里，一边是死气沉沉、枯燥无味的军事指挥生活，另一边是饶有风趣、生龙活虎的翩翩少年。"虽然他躲过了科伦坡的丑闻，但回到欧洲后，他被公开羞辱，最后，在巴黎的一家酒店里，他拿起手枪，打爆了自己的脑袋。在锡兰恋童癖的漫长历史里，这种悔罪行为实属罕见。

不过，这一切都发生在摧残儿童的罪行发生产业化的转变之前。

我在科伦坡的时候参观过一个名叫"和平"（PEACE）的儿童保护慈善机构。其负责人穆罕默德·穆胡鲁夫（Mohammed Muhuruf）毕生都在调查性侵犯事件。虽然他现在像个和蔼可亲的圣诞老人，但他从未输过战斗。把虐待事件曝光在公众面前是一场持久战。因为我有机会帮助他，所以他同意让我坐下来，把来龙去脉细细讲给我听。是的，他说，我可以去尼甘布，花上几天时间，找出我所能找到的东西。他甚至能为我找一个可以联系的人。但是，在去之前，有一些事情我需要知道。

"这是一个美丽的国家，"他开始说，"但也很贫苦。你知道的，这种性侵犯大多都是贫穷造成的。尼甘布可能有 90% 的童妓都来自棚户区家庭，生活在社会边缘。他们实在是被贫穷打垮了。不过你知道，儿童之所以卷入其中，是有很多原因的——毒品，酒精，或者他们的母亲在中东打工，而他们的父亲把她的工资全部喝光了。又或者，那个孩子是被强奸了，然后遭到街坊邻居的排斥。所以，一切就是这样开始的。可这是个大问题，对吧？政府说只有一千名童妓，但我们认为这个数字不准确。大多数非政府组织认为大约有一万五千名。其中一个组织甚至认为那都是保守估计，实际应该有三万五千名男孩和五千名女孩。而且这还只是儿童。如果你再算上十八岁以上的，可能还要再多五万人。你想想。这是个'行业'啊，对不对？"

"那么这个问题是不是越来越严重了？"

穆罕默德点了点头。"毋庸置疑。其整体规模可能比 19 世纪 80 年代扩张了十倍。部分原因是战争结束了。我们现在看到更多来自北方的孩子。但是，你知道吗，其实还是怪互联网。斯里兰卡儿童全被挂在网上，特别是男孩。他们现在是出了名的容易到手而且价格便宜，许多欧洲网站毫不掩饰它们可以提供的东西。德国很坏，英国和瑞典也一样恶劣。他们创造了性侵犯的热点区域，如尼甘布或芒特拉维尼亚（Mount Lavinia）、乌纳瓦图纳（Unawatuna）和马特勒（Matara）……这就像一场看不见的瘟疫。

"而且，毫无疑问，造成的伤害是不可估量的。我们往往能帮到女孩——男孩却不行。可能仅有 5% 的人能恢复过来。已经发生的事情深深地烙在了他们的记忆里。当然，有些人死于艾滋病（我们每年大约有六十个案例），而其余的孩子都变得孤立无援，他们往往错过了上学的机会，开始涉足毒品和犯罪。你可以说他们这是在向社会复仇。但我觉得,他们是活在噩梦里。你以为那些有恋童癖的人会在乎吗?那都是些非常变态的人。为了进入那种把他们带到这里来的网站,他们往往需要证明自己是可信的。而你知道这意味着什么吗?就是要展示和讲述,把他们跟儿童共处的照片发布上去。他们丧心病狂到了如此地步。你可要小心啊。你确定还想去吗?"

不太想去了,我想,但三周之后,我还是到了这里。这是一座守备森严的豪华别墅的大卧房。我旁边有一个僧伽罗族小伙子,他只穿着短裤,头顶梳着一个发髻,喉咙里喃喃低语,催促我躺到床上。

前面几天不太顺利。

刚开始,我以为追踪恋童癖者会很容易,以为这仍然是一个在光天化日之下进行的行业。当时,我还怀着英雄主义的想法,觉得我作为一个作家,可能会有一番作为,觉得我很快就会打入皮条客中间,拉拢有恋童癖的人。但我不知道近年来发生了多大的变化,从"战斗的麦克"和雷文-哈特的时代到现在有何不同。不过,其他人也不知道。今天,斯里兰卡再也找不到恋童癖者了,即使找到了,也不知道该拿他们怎么办。每年只有少数罪犯被绳之以法,其中的西方人通常被驱逐出境。他们很少被起诉。尼甘布最臭名昭著的恋童癖者维克多·鲍曼(Victor Baumann)有长达十五年的侵犯史,但还是在1996年获准回国了(虽然一回到瑞士,他很快就镣铐加身)。至少从那以后,斯里兰卡提升了惩罚力度。在此之前,侵犯儿童的最高罚款几乎不足以支付一顿体面的早餐。

我花了好几个小时四处奔波,寻找这种交易。从海滩开始,我走了几英里,但人们向我售卖的除了贝壳和蟋蟀,再也没有别的了。然后我转向了酒店。有人说所有酒店都参与其中,在勤杂人员使用的楼梯上会有童妓。我把范围限定在我在新闻报道中发现的那些酒店，但这次冒险并不成功。那些酒店里有肥美的蛤蜊、精致斑斓的色彩，还有被折成交颈天鹅形状的毛巾，但此外别无其他。服务员总是柔媚可人，却散发着天真无邪的气息。我甚至告诉他们，我是独身一人，没有结婚，来这里住店，正在寻找一个长期租住的地方，但这并没有引来一丝罪恶。就连三轮车夫也不感兴趣。"风月之事在哪里呢？"我说，"我想来点与众不同的体验。"但是，什么都没有。一个庞大的、卑劣的行业，似乎已经彻底消失了。

这时，我的联系人出现在了圣拉赫兰。我叫他拉利特（Lalith）。他追捕恋童癖者有十五年了。我一直不知道他的正式工作是什么，但他有一件绿色的长外套和一个捕鼠人的包袋。我把自己努力的经过告诉了他，他什么也没说，但黄色的眼睛泛起了笑容。"你在外面是找不到他们的。现在没有人公开卖淫了，不像以前。如今是有网络体系的：移动电话、短信、互联网小组和旅馆协同作业，私人住宅只接受会员。整个行业销声匿迹，凭空蒸发了……"

"在这一切之中，警察去哪儿了？"

"他们经常试图威胁我。"

"你？为什么？"

"说我败坏了斯里兰卡的名声。"

"可这是个严重的政治问题啊，不是吗？"

"理当如此。不过，你也知道，政治和这种事搅和在一起，难分难解。全国至少有五十位政客背负着性侵指控。是的，五十个人。至于其余的人，他们似乎看不到问题所在。来，我给你看样东西……"

拉利特从包里掏出了一本厚厚的、破旧不堪的相册。

"几个月前，我们从一个瑞典男人身上找到了这个……"

我快速翻了几页：一个又一个小孩，茫然无措，一丝不挂。

"该死的浑蛋，拉利特，这是毒害身心的东西……"

"没关系，没关系。这是一本非常重要的册子，是政治的一部分。不然我还怎么让人们了解真实的情况呢？上周，我把它带到一个议员研讨会上。'你们看，'我说，'制作这本书的人还制作了二百九十个小时的电影。你们想知道在你们的国家发生了什么吗？'然后我让他们看了几幅照片和一小段影片，其中一个女人恶心到想要呕吐。没错，这是一桩罪恶滔天的生意，但愿人们会知道……"

"你所说的私人住宅是在哪里？"

"我们知道少数几座。安着大铁门，设有严密的安保。"

"有没有可能去看看呢？"

拉利特犹豫了一下，草草写下一个地址。

就是这样，没多久我就来到了这里，身边是那个头顶梳着发髻的男孩。

"我想找一个朋友，"我说，"我觉得他住在这栋房子里。"

我心里一沉：从大门进来也太容易了吧。也许警察是对的，也许这些故事并没有什么可以追究的，一切都是人们臆想出来的游戏？屋子里空气清新，平平淡淡，顶髻男孩似乎和其他家仆一样，活泼伶俐，热情洋溢。我估计他大约有十八岁，他留着很长的拇指指甲，跟瓢似的。"过来看看吧。"他说，仿佛我们会在里面找到那个我瞎编出来的朋友。我跟在他后面，轻快地编着谎话，回答他的所有问题。是的，我没有结婚，而且独身一人。

走到里面，我们在书籍和现代艺术作品中间停了下来。顶髻男孩解释说，主人不在家，回欧洲去了。经常有德国和英国来的人在这里暂住。我想看看卧室吗？

"看看也无妨。"我说，于是我们踏入了黑暗里。

就在这时。顶髻男孩突然摇身一变,我仿佛看到爱丽儿蜕变成了凯列班[1]。也许是因为看到了一张巨大的空床,他前一刻还是那个憨态可掬的家仆,下一刻就成了一个成熟干练的职业老手。"摸摸我的蛋蛋,"他咕哝着说,"我想吮吸你。"

我花了点时间才得以脱身。淫欲的洪流难以阻遏,我不得不落荒而逃。但我已经看得够多了,也听得够多了。甚至当我扭来扭去从大门里钻出来的时候,还接到了铺天盖地的邀请,它们现在是尖锐刺耳、急不可耐的。所有这些证明不了什么,但我至少确信了一件事:他们所说的关于尼甘布的最糟糕的事情也许是真的。虽然现在招嫖可能转移到了虚拟平台,但古老的罪恶仍然污染着这片海岸,侵蚀肆虐,一如既往。

※

此后,我放弃了寻找,只是在海滩上闲逛。一旦远离霓虹灯,沙子就变得宽阔、空寂,我能感觉到我的思绪变得清澄,顶髻男孩和凯列班也渐渐消散了。走了几英里后,空气变得浓郁而刺鼻,我发现自己置身于叽叽喳喳的卖鱼妇和早晨的渔获之中。各种各样的海洋怪物被摆放在渔网里,突然间,这似乎是安适如常的,我又感到了愉悦。

更远处,一排巨大的壁垒从沙滩上拔地而起。那是一座古老的葡萄牙人的堡垒,现在是一座监狱。我记得,当时我在想它是多么具有对称性:这座建筑在几百年的时间里把僧伽罗人拒之门外,然

---

[1] 爱丽儿(Ariel)和凯列班(Caliban)是莎士比亚名剧《暴风雨》中的角色。爱丽儿是一个善良温驯的精灵,为米兰公爵普洛斯彼罗(Prospero)效劳。凯列班是半人半兽的丑陋土著,被普洛斯彼罗征服后成为他的仆人。

后,在接下来的几百年时间里又把他们关在里面。女朋友和婴儿在外面排列成队,所以至少这一点没有改变。我从狱卒的食堂买了一片炸鱼,爬到外面的城墙上吃了起来。在石头和金属的叮当声中,不难想象这里早先的占据者的样子。

从这里,葡萄牙人派出了他们最后的,也是最荒唐的远征探险队。之所以说它们荒唐,是因为它们必然会失败。打发劫掠队去搜寻肉桂是一回事,派遣军队将高原地区纳入麾下则是另一回事。葡萄牙人曾多次向脱离出去的独立王国进军,但无论是1594年、1630年还是1638年,入侵均以失败告终。康提人或者斯塔瓦卡人(Sitavakans)会把侵略者放进来,让他们在峡谷里游荡,任凭疾病摧残他们,或任由他们被劈头盖脸从天而降的石块砸死。等他们实力削弱,士气低落,开始寻找出路的时候,高原人就会成群结队地赶来,把他们一举歼灭。最后一次在甘诺鲁瓦(Gannoruwa)交战的时候,六千葡萄牙人里只剩三十三人活了下来。

葡萄牙人从来没有承受过这样的损失。他们已经把罪犯和孩子都补充进军队里。有一段时间,他们还试图用非洲奴隶来充实队伍。起初,"卡夫雷"(*kaffres*,他们对非洲奴隶的称呼)是个很有威慑力的前景,吓得亚洲人瑟瑟发抖。

但即使如此,这些奴隶也无法拯救殖民政权。在他们统治的最后几十年里,葡萄牙人诉诸他们手中仅剩下的唯一武器(也是所有人都刻骨铭心的武器),当然,那就是恐怖统治。那都是些不光彩的故事,有被砍断的手和被屠杀的婴孩。即使是曾经声称葡萄牙人亵渎神灵的总督杰罗尼莫·德·阿塞韦多,也有残忍不仁的时候。他发现,婴儿能够传达强有力的信息,于是婴儿经常在他的长矛末端挣扎扭动。"听,"他说,"小公鸡叫得多欢!"

在所有这些故事里,出现了一个主题:一个曾经辉煌的帝国气数已尽。

到了 1656 年，一个新敌人来到了科伦坡。

✺

多年来，人们一直在避开要塞区。它曾经是这个城市的心脏和灵魂，并有"科伦坡一区"之称。在其鼎盛时期，它也曾是亚洲贸易的中心。伊本·白图泰来过这里，托勒密也在他的地图上标注过这里。这里也曾是最宏伟、最坚固的堡垒（*fortaleza*），尽管葡萄牙人的痕迹早已全部消失，只留下了一个名字。

随着时间的推移，这个区将成为科伦坡我最喜欢的地方，但当我第一次走过这里时，我不知道是该感到着迷还是沮丧。装饰艺术正在剥落，银行正在抽枝发芽，宏伟的红白条纹图案的嘉吉百货公司（Cargills，成立于 1906 年）虽然开着，但里面几乎是空荡荡的。以前，殖民者能在这里买到圣诞拉炮、鱼子酱等各种各样的东西，但现在，曾经摆放陈列柜的地方是幽灵般的长方形印迹。要塞区不仅是一个辉煌退去的实例，它还显现着所有死气沉沉的迹象。

从尼甘布回来后，我住在约克街。我入住的东方大酒店（Grand Oriental Hotel）有三分之二处于弃置状态，其朴素的接待服务集中在一端。曾经，这里是著名的下榻之所。1890 年，契诃夫在这里待了六天，他当时正从西伯利亚库页岛的一个监禁地回来，当时他一定有一种从地狱走到了天堂的感觉。他在这里安顿下来，拈花惹草了一番，并着手创作一个新故事《古塞夫》（*Gusev*）。几年后，马克·吐温顺道至此，但由于来得太晚没有房间，只能满足于享用一顿晚餐。事实上，贝拉·伍尔夫（Bella Woolf）曾写到，如果你在大厅里闲逛足够长的时间，你最终什么人都能见到。放到现在，我怀疑她会想在这里逗留。服务员们穿着略显滑稽的水手服，幽暗处传来柴可夫斯基低沉的乐曲。东方大酒店唯一值得称道的是餐厅的景色：一派真正的维多利亚式的场景，有海船和蒸汽，还有中国拖网渔船的船队。

那么，到底发生了什么？这颗东方的珍珠是如何变成东方的哈瓦那的？"恐怖分子，"人们解释说，"以及长达二十六年的内战。"满城爆裂的炸弹在要塞区找到了汇聚点。1984年的一天，有五枚炸弹在这里爆炸。此后，没有人可以在这里泊车，要塞区开始被众多检查站堵满。商业贸易首先撤离了，接着是政府，要塞区开始衰亡。唯一留下来的是售卖格罗格酒和旧钱币的小贩，还有因为太穷而无法搬走的人。

在最初的震惊之后，我对慢慢复兴的生活气息变得更加适应。大多数检查站已经被拆除，光彩也在逐渐恢复。每天，旧的人行道被拆毁，再铺上新的，甚至还有几家时髦的新酒吧开业。最令人惊讶的是一家建于1681年的老军事医院。这里先前是一个破旧的警察局，后来突然变成了科伦坡的考文特花园[1]，到处都是乐队和露天咖啡馆。外科医生的旧营房现在是一处温泉疗养地，曾经流行过霍乱和水肿的地方现在是一个"螃蟹部"（Ministry of Crab）。

我喜欢这一切，但不是人人都满意。有些人就偏爱要塞区原来的样子，沉沉欲睡，了无生气。环境保护主义者担心会有灰泥和塑料大炮，电影制片人则会怀念这里的灰尘和衰败［甚至杜兰杜兰乐队（Duran Duran）还在这里的一些腐朽的茶室里录过像］。至于醉汉，他们会怀念科伦坡最古老、最乌烟瘴气的几家酒吧。在那里，

---

[1] 考文特花园（Covent Garden）：位于伦敦西区圣马丁巷与德鲁里巷之间，是伦敦一大特色商品市场。——编者注

花二十五分就可以啜饮一杯亚力酒，让你忘记你所知道的一切，也许还有一些你不知道的事情。

但是，无论这里发生什么，我觉得这些细节都不会改变：带着眼镜蛇的吉卜赛人、街头板球、标有"斯里兰卡大军"（SL ARMY）字样的卡其色小突突车。在这个充满惊喜的奇妙城市里，要塞区永远都会是故事的核心。

在 1656 年上半年，要塞区经历了一次难忘的军事争夺。

守在里面的是葡萄牙人。他们的整个城市都被压缩在围墙内，包括儿童、总督、大象和摩尔人。历史学家若昂·里贝罗（João Ribeiro）就混在拥挤的人群中，他当时是军队的一名上尉。他将会描述在未来的几个月里，被围困的人是怎样不仅吃掉了所有大象，连鞋子也拿来充饥。殖民地的大部分地区已经沦陷，很明显，"锡劳"已经完蛋了。对葡萄牙人来说，除了自尊，没有什么好争夺的了。他们为此拼尽了全力。

城墙外是新的敌人：荷兰人。他们是一个可怕的对手，已经如野火燎原一般席卷了葡萄牙的旧属地，势力似乎不可阻挡。在 1580 年之前，荷兰自己还是一个殖民地，但现在它的属地从南美到爪哇都有。荷兰人甚至成立了一个公司来收集战利品，那就是荷兰东印度公司（Verenigde Oostindische Compagnie，VOC）。它将会创建世界上第一个私营帝国。在其营业的第一年，即 1602 年，该公司就将目光投向了肉桂，而大约三十年之后，荷兰东印度公司的军队就已经兵临要塞区的大门口。

围攻持续了七个月。葡萄牙这样一个油尽灯枯的民族居然还在垂死顽抗，荷兰人怒不可遏。但是，最终在 1656 年 5 月 12 日，葡萄牙人投降了。正如里贝罗所说，残余的幸存者走出了要塞区，"看起来就像死人"。仅仅剩下七十三个人,全部满身血痂,瘦削不堪。

看到欧洲人掐架,康提人肯定感到困惑不解。罗阇辛伽二世（Rajasinha II）国王同意帮助荷兰人实施围攻,以换取对沿海地区的一些堡垒的控制权。然而很快,荷兰东印度公司就明摆着不想再履行承诺了。国王大怒,放火烧了周围的乡村,然后返回康提。他可能已经摆脱了一个敌人,但现在又有了另一个敌人,这次是面色苍白、趋商重利、黑衣素裹的新教教徒。

※

读了这些内容之后,我一直在寻找葡萄牙人最后的痕迹。我所找到的只是一个钟楼,叫作凯曼门（Caiman's Gate）。它充其量是一个石头桩子,有一段不太可爱的历史。几个世纪以来,它的钟声每天晚上都会响起,作为结束饮酒和酒馆关门的信号。这算不上什么遗产。斯里兰卡最犀利的历史学家 P. E. 佩里斯（P. E. Peiris）一直声称葡萄牙人没有留下任何公共设施,唯独留下了一层宗教的"虚饰"。

令人惊讶的是,他们竟然消失得如此彻底。你本来还期待能在一个满是德·席尔瓦的城市里有更多发现呢。

第四章

永久假日的国度
A STATE OF PERPETUAL VACATION

　　总是同样的景象：修长的棕榈树在洁白的沙滩上倾身哈腰；海浪破碎在近岸的礁石上，在温暖的阳光下闪耀着粼粼波光；配有舷外托架的渔船在海滩上高高拉起。只有这些是真实的；其余的只是一个我很快就会醒过来的梦。

——阿瑟·C. 克拉克，
《大礁宝藏》(*The Treasure of the Great Reef*), 1964 年

　　在锡兰的人尚且保留着最早的荷兰人的主要性格特征，那就是对杜松子酒和烟草的喜爱。

——罗伯特·珀西瓦尔，《锡兰岛纪行》，1803 年

僧伽罗人描述他们的世界时说，它没有心脏，只在边缘地区有脉搏。而在南部沿海比在任何地方都更能强烈地感受到这种脉搏。

岛上的大部分人都住在这里。在谷歌地球上看，此地就像一个细长的城镇，绵延一百多英里。这里还是佛教徒的"宝典地带"，也是这个国家唯一从未被泰米尔人攻克的区域。再往东走，连英语听起来也很稀罕，很有异国风情。也许这一切使得这里的僧伽罗人与众不同，他们自己的方方面面都被放大了：更富有、更贫穷、更冲动急躁、更热情洋溢。他们在其他地方持有的任何想法，在这里更加坚信无疑。

然后是游客。自20世纪60年代以来，这里一直是欧洲人的人间天堂：有一条沙滩带和一长串酒店。如今，几乎有一百万人年复一年地蜂拥至此。这也许是一个物理学问题。阿瑟·C.克拉克曾经坚持认为，这里的地球引力比其他任何地方的都要强。

它作为天堂很容易让人忘记外面的世界。满足感似乎像气体一样在游客间弥漫。往北仅几百英里的地方燃起的战火，甚至也被愉快地忽略了。一位朋友曾经告诉我，这是他人生中最放松的一次度假："虽然我们坐在游泳池边上时，真切地听到了炸弹声。"就连醉生梦死的人都没有显得这般若无其事。同时，在战事最为激烈的2007年，世界旅游奖提名斯里兰卡为"亚洲一流旅行目的地"。这就是南部海岸以及它海妖般的魅力。

有几次，我发现自己又回到了这里。我有一次走的是中国新建的高速公路，这条路翻山越岭，空寂坦荡。对大多数斯里兰卡人来说，通行一次要花四英镑，这太过奢侈了，所以他们选择在海岸公路上奔走兼程，而我通常也会加入他们。在这里，沙砾和柏油并排延伸，一望无际，它们之间挤满了塔楼、别墅和炎热的小镇。不知何故，我从未觉得这一切像其他人所感受的那般平静。

乘坐火车的那一天要好多了。我决定跳过大部分的天堂区域，直奔安伯朗戈德（Ambalangoda）。

✺

火车摇摇晃晃地驶出科伦坡，很快就到了一些锯木厂中间。铅笔味的微风从窗外吹进来，车厢里终于开始凉爽起来。马克思主义者已经清查了木制品，把所有东西都贴上了贴纸。我旁边的人是个治疗师，带着一只装有药膏和石头的手提包。他什么也没说，直到外面的锯屑里出现了一个人，正在殴打一条狗。

"不幸的场景，对吧？不过，我们这里的狗很脏。"

"不能把它们选择性地宰杀吗？"

治疗师皱起眉头："宰杀？那会违背我们的信仰。"

我转移了话题："跟我讲讲你的灵丹妙药吧。"

在接下来一百英里的旅程里，浮现出一幅有关南方生活的奇特画面。生姜是最好的感冒药，野百合能治秃头。万事万物各得其所，人也一样。一个人绝不能在上司长辈面前披头散发，或拉起自己的纱笼。征兆无处不在。你如果听到壁虎呱呱叫，就不能离开家。也不能在黄昏时分游泳。被附身的人需要用油炸食品（puttu）和公鸡血来献祭。科伦坡的人很害怕这里的巫师，却也不愿意另择他人。

✺

我之所以决定去安伯朗戈德，是因为我读过有关面具的资料。在斯里兰卡，没有什么比面具更能显示一个人的想法了。

我还没走出车站，就被假面舞会吞没了。五颜六色的俏皮鬼脸堆积在摊位上和陈列室里，悬挂在街道上。游客们往往认为这些是粗劣庸俗的艺术品，但安伯朗戈德这个地方总是值得囤储一些小饰品或一对木偶。这些滑稽画作不仅是戏剧的一部分，而且侵入了现实，重塑了当下。我认出了其中的一些人物：康提士兵，他的脸被砍得血肉模糊；青蛙眼的村庄书记员（一个臭名昭著的变态）；然后是日常生活中的许多潘趣和朱迪[1]。围绕这些面具有很多故事，而欺骗是这些故事的共同主题，暴力是活跃的，欲望是灾难性的。在这里，潘趣不只是一个酒鬼和打老婆的人，而且可以剥夺人的青春，拥有他或注视他，就能让你复仇。

其中一个地方自称是博物馆，我花了几卢比，就得到了一次恶魔之旅。带我参观的女人很瘦，很机警，显得冷淡疏离。"有些人仍然相信魔法。"她试探性地说道，然后我们来到了许多萨尼（sanni）面具之中。她告诉我，总共有十八个魔鬼，掌控着关节疼痛、精神失常等各种身体状况。他们是邪恶肮脏、歪牙破齿的小恶魔，长着一簇油黑的头发，灿烂绚丽，带着疾病。在驱魔仪式（sanni yakuma）上，相应的魔鬼会被召唤出来，一个戴着他的面具的人将会被安抚，被责骂，最后被驱逐。我的导游说，如果我想要面具，最后有一家商店可以买。

不知为什么，想到有游客将"天花小姐"（Miss Smallpox）带回家，或许还有她的同事"霍乱精灵"（Deva Sanniya），我就感到很好笑。

回到火车上，已经是中午了，我的车厢里坐满了外国人。很难

---

[1] 潘趣和朱迪：英国传统木偶剧《潘趣与朱迪》（Punch and Judy）中的主要人物。剧中的潘趣先生与妻子朱迪经常争吵打闹。

分辨出谁是来度假,谁是在此定居的。在接下来的几周里,我发现,有人即使已经在这里生活了多年,看起来也仍然像是游客。那都是些贪图安逸、乐不思蜀的人,他们现在正以度假的节奏过着生活。

在定居者中,从来没有多少工作。有些人已经退休,并把养老金投资在一块沙地上。其他人画画,或涉足酒店。其中有几个人在写作或者维护网站,但他们的文字无一例外是幸福欢愉的,以至于我开始怀疑,这种快乐里是否有一丝焦虑。也许只有在这里开心快乐地生活,并且处在一种永久的度假状态,他们才能感到安心。

英国人以一种奇特的方式在这一切之中生存下来,恢复到他们的典型状态。他们从不善于融入当地,于是就创造了自己的小英格兰,社会界线纵横交错。在一端,在希卡杜瓦(Hikkaduwa)和本托特(Bentota)周围,是那个古老的政权,是那些从未继续前进的自由精神者。他们说,东边的事物处在"艺术和工艺"圈里,更加豪华时髦。当然,他们指的是加勒(Galle),这也是事实——那里的英国人常常不是在聚会狂欢,就是在吟诗作乐。与此同时,明智的投资还在更远的坦加勒(Tangalle),在那里抢购岬角或者带有海滩的寓所。我曾经遇到过一个新近成为本地居民的人,他的口音就像6月4日[1]一样圆润、清新。"格洛斯特郡(Gloucestershire)有一半的人都在这里,"他告诉我,"你没注意到所有那些黑色拉布拉多猎犬吗?"

僧伽罗人是如何看待这一切的,谁也说不准。外国人的原始词语是 *parangi*,这是一个波斯语词汇,暗含外貌损毁和梅毒的意思。即使是现在,据传一些僧伽罗人在白人来访后也会擦拭椅子,并且

---

[1] 6月4日:英国伊顿公学的传统节日之一,主题是庆祝乔治三世的生日。乔治三世是该校的伟大支持者。这一天会举行盛大的节日活动,例如演讲、板球和游船游行等。

要戴着手套清理餐具。但是,当真可能这样吗?白人和僧伽罗人发生不洁的关系已经有几个世纪了。在19世纪初,僧伽罗族贵妇人会自豪地吹嘘她们的女儿与一个白人男子上过床。珀西瓦尔写道:"哪怕是地位最高的妇女,也不认为与欧洲人发生关系就是自贬身价。"

当然,此后情况发生了很大变化。斯里兰卡人已经意识到,白人常常给他们的岛屿带来工业生产,却很少带来财富。如今,白人只是海滩男孩和长期绝望者中的一个经济救星。对于像作家雷文-哈特这样的老家伙来说,这让人有些震惊。1963年,在锡兰的最后几个月里,他得出结论说,现在僧伽罗人对白人的存在完全是漠不关心的,他们几乎不会对白人有任何想法。我对此存疑。虽然人们并不经常问我问题,但下面几个是他们问的:

"你们英国有些什么样的蛇?"

"雪会伤人吗?"

"你们都是自主择妻,是真的吗?"

"你们的手掌在太阳底下晒得黑吗?"

❀

过了一会儿,顺着轨道无尽延伸的村庄开始分崩离析。有些房子只是被剥去了木建部分和电线,留下豁口朝向海洋。其他房屋则发生了更为根本性的变化,墙壁上被施加了巨大的压力,里面的东西透过墙洞全部被吸了出来。有几座房子整个儿被卷走,只留下一处混凝土轮廓和一些管道的桩子。每个人都记得这一切发生的时刻:2004年12月26日上午9点33分。

虽然海啸已经过去九年了,但长长的前滩看起来仍然是破碎的,散乱的,所有生命被冲刷殆尽。在一些地方,整个村庄都消失了,取而代之的是一片乱坟岗。我偶尔会发现一些驶往内陆的船只，它们在稻田中遭了难。人们会描述海浪快要袭来时的情景，那时，海洋似乎被掏空了，出现了一片巨大的湿沙漠。然后，水浪迅速回卷而来，立刻就像一座横亘天际的山岭。直到此时，它一直在以每小时六百多英里的速度向前行进，但当它到达浅滩时，水浪陡然拔升，巍峨挺立，海床、海滩、前滩、道路、村庄和水稻被一应席卷。如果从高处往下看，椰子树一定像是在仓皇逃离，它们接连不断地没入大海，而海岸线正在逐渐萎缩。

即使是在高高的铁轨上，巨大的深厚的水浪也已经猛烈地在此冲击扫荡，现在漫延到了乡村的长度，升到了房子的高度。汽车、突突车、水牛、房屋、年轻人、老年人、渔船碎片、马桶、凹凸不平的铁板、整个餐馆以及所有坐下来吃早餐的顾客全部葬身在海潮里。如果水浪没有把人杀死，那么浮渣也会杀死人。其中一些残骸，如船只，被摔到了内陆两英里处。这是空前绝后的一天，但无可庆祝。这是我们星球上最高级别的地震之一，震中就在苏门答腊岛附近，它释放出了比广岛原子弹大 5.5 亿倍的能量。地球自己都振动了一厘米。不出九十分钟，冲击波就袭击了斯里兰卡，给它带来了历史上最致命的一天。政府军控制的地区大约死了 3.5 万人，叛军控制的北部有 1.9 万人丧生。

我发现，密林丛莽早就恢复了，而且又一次聚拢到了铁轨上。人类的复杂工事则需要更长的时间才能修复。在前方的海岸上，我会习惯眼前被挖空的城镇和七穿八洞的房屋。有人仍然生活在油布下，或者由废料残骸搭建的棚屋里，这并不罕见，特别是在东海岸。在一些地方，许多长长的海岸地段看起来像被彻底遗弃，仿佛一切都被刮走了。五十多万人流离失所，数百口水井被盐污染，数千英亩的稻田将在数年内贫瘠无收。

所有事物无一幸免，甚至火车也不例外。当天，"海洋女王"号列车在海岸上鸣叫着，驶到森尼伽马（Seenigama）的时候，海水形成的巨型陡坡朝着树木冲泻而下，无助的火车就像一条长长的钢鞭一样被挥打着。车上有 1700 名乘客，他们中的大多数人都在这次袭击中幸存了下来。他们有的爬上车顶，有的在向陆一侧躲避。但是半小时后，第二波海浪来了，比第一波浪潮更大。它把火车撞到树上，火车后面的人被压死了，然后海水咆哮着从窗户里涌入。车门打不开了，人们被淹死在天花板上和座位下。很长时间，没有人知道这列火车变成了什么样子，救援人员花了几个小时才找到它。当他们找到时，他们只发现了几十个幸存者，官方只寻回了九百具尸体。其余的都被他们的亲属运走了，或者被冲到了海上。

我向列车员询问那列火车怎么样了。

"哦，我们让它再次运行起来了。很可能就是这一列。"

一周后，我乘坐出租车回到森尼伽马，去见一个名叫库希尔·古纳塞克拉（Kushil Gunasekera）的男人。

他对悲恸的转化一直让我着迷。我已经习惯性地认为，在许多斯里兰卡人看来，海啸的灾难太大了，是哀悼不过来的。人们会告诉我，他们失去了配偶，或者孩子，但他们说的时候总是带着一种疏离感，就好像在海啸发生之前他们过着一种日子，而现在，他们则过上了一种完全不同的生活。死去的人"不复存在"，他们去了"沙子的国度"，就是这样。当然，人们也经历了丧亲之痛，但只集中于一段时间：痛彻心扉的五十天，随之而来的，是奇怪的平静。只有欧洲人公开延续他们的悲伤。据说，在加勒，只有一个纪念死者的年度聚会，就是那些格洛斯特郡的人举办的。在一片宁静之中，它看起来一定像是一场狩猎集会。

对库希尔来说也是一样，曾经的世界已经失落，但他设立了一个神圣的构想作为替代。他带领着自己的小型慈善帝国——"善良基金会"（Foundation of Goodness）从这一切之中崛起。我们是在科伦坡通过我的板球熟人介绍认识的，有一天我去他的办公室看他，办公室里供着一尊闪烁着彩灯的小佛像。库希尔与我想象的不太一样；他皮肤光洁，一头蓬松白发，脸上有某种少年式的脆弱神色，非常有误导性。有一阵子，我们愉快地聊起了将他团团围住的许多板球纪念品。他早年曾是一名经纪人，负责管理出众的穆拉利塔兰等运动员。

库希尔面对事态的发展似乎总是波澜不惊。1999年，他放弃了板球，回到森尼伽马和家族庄园，去照料他的人民。即使是海啸也没有让他触目惊心，曾经拥有的一切皆毁于一旦也没有让他惊恐万状。我注意到，那一天没有留下什么纪念物，只有接近屋顶的一条线，标示着水的高度。悲伤没有笼罩未来的事务。库希尔的基金会已经重建了一千多所房屋，费用由社会名流和板球俱乐部承担。布莱恩·亚当斯[1]贡献了一个游泳池，千禧年挑战公司捐助了一个计算机中心。萨里[2]甚至建立了一个和自己一样的板球俱乐部，现在正忙着把孤儿打造成明星。"所以你瞧，"库希尔说，"我们已经把这场磨难变成了福祉……"

这种疏离的气氛仍然使我感到困惑。我甚至开始怀疑，当大浪袭来时，库希尔是不是真的在这里。不过后来，随着我对他的了解逐步加深，他真切地告诉了我那天的情景。

"9点33分的时候，人们都往内陆跑，说大海要来了。我不知道他们是什么意思，但我们急忙沿着小路奔走，边跑边接孩子。然

---

[1] 布莱恩·亚当斯（Bryan Adams）：加拿大歌手、作曲家、摄影师和慈善家。亚当斯热衷公益事业，东南亚海啸发生后，他成立了以自己名字命名的布莱恩·亚当斯基金会，助力灾后重建。

[2] 这里的萨里指的是英国的萨里郡板球俱乐部（Surrey County Cricket Club）。

后——哎哟！——我们来到一道铁丝网栅栏前，被海浪席卷。之后，村子里全是尸体。到处都是。在这一小片海岸上，有七千多人丧生，其中有这个村子里的一百二十五人。我们努力不去细细回想那一天，但这谈何容易。当时要做出一些艰难的抉择。一切都失控的时候，你会救谁：母亲还是孩子？"

※

从铁轨再往上走，加勒已经修复了。所有事物几乎都复归原地；被砸坏的巴士的废料被清理掉，车站也得以重建。甚至连板球场也被打理得焕然一新，现在像豆绿色的绸缎一样光洁平整。只有堡垒完好无损地逃过了水难，高高矗立在岬角上，俯瞰着大海。而整个城镇的其他地方，七千人于此丧命。

在板球场后方，城墙像悬崖一样耸立。我发现了一个小拱门，有一条通道通向里面。这里不同于我见过的其他任何堡垒——没有什么味道，而且被摧毁了。加勒是一座强壮有力的建筑物，大到足以抵御海啸。它占地八十九英亩，四处弥漫着各类气味和声音，坐拥自己的小镇。我很快发现，在城墙上散步的最佳时间是黎明时分，那时天色微暗，还比较凉爽、潮湿，大海泛着刀子一般的颜色。每当小镇居民爬上城墙，他们会放眼凝望大海，仿佛以前从未见过这样的景象。但是，在大多数的清晨，除了士兵以外，周围几乎没有人活动——或许偶尔有新婚夫妇，拖着一队发型师和摄影师，以奇异的拥抱姿势紧紧依偎在一起。

堡垒的居民喜欢讲述有关他们的城墙的故事。人们都觉得，这里还藏有足够的火药，可以把整个堡垒炸到太空中去。一位导游还告诉我，这些巨大的珊瑚块是由莫桑比克奴隶砌成的，那些奴隶非常凶猛，必须戴上口套才能防止他们吃掉主人。她说，他们的后代一直存活到 1990 年，像穴居人一样生活在西部的壁垒里。但是，无论这些故事听起来多么夸张，里贝罗上尉的故事总是更好一些。他报告说，在 1640 年，葡萄牙人为了保住这个堡垒进行了无比惨烈的战斗，后来，非洲人花了三天时间才把他们所有人的尸体拖到坑里。即便如此顽抗，也是徒劳的。硝烟散尽之时，这座堡垒已经归荷兰人所有了。

于是，这就是为什么每天早上都很有荷兰的感觉。如果动作快的话，我可以在早餐前搞定所有十四个堡垒。大多数堡垒仍使用笨重的日耳曼式的名字，如茨瓦特（Zwart）、克利彭贝格（Clippenberg）和阿克斯洛特（Akersloot），而拱门上方是荷兰东印度公司的纹章，日期为 1697 年。很明显，不管此前这里是什么，荷兰人都用胸墙和最先进的装置把它扼杀掉了。这里有枪械的铁制滑道，哨兵站立的地方有巨大的胡椒罐，火药库就像大型保险箱，是用石头凿出来的。我甚至发现了一条防范围攻的阴沟，每天被潮水冲刷两次。

荷兰人努力把这一切据为己有。

这并不容易。首先，他们试图用礼物来拉拢康提人。1602 年，他们向国王赠送了几样小玩意儿和两名乐师。也许看起来不算厚礼，但国王被迷住了。在当代肖像画里，维马拉·达摩·苏里亚留着山羊胡子，穿着蓬松的马裤，戴着蕾丝围领。葡萄牙人已经试图对他施洗，并给了他"唐·胡安·德·奥地利"（Dom Juan de Austria）这个称号（尽管他不知道奥地利是什么）。然而，他更喜欢荷兰人。国王给了他们的大使一把伞，并承诺将岛屿改名为"新佛兰德[1]"（New Flanders）。

---

1 佛兰德（Flanders）：西欧历史地名，对应今天比利时的佛兰德省、法国的诺尔省（Nord）、荷兰的泽兰省（Zeeland）等地。

第二次会议安排得很不成功。这一次，双方在拜蒂克洛会面。不幸的是，在这次会面中，荷方代表塞伯特·德·韦尔特（Sebalt de Weert）海军中将酒至微醺，拿国王的妻子开起了玩笑。这也许不是他打趣打得最好的一次，但肯定是最后一次。"把那条狗绑起来！"国王吼道。接着，康提人的剑把海军中将劈成了两半，而且——稳妥起见——他的四十七名同伴也惨遭屠杀，国王只留了一个活口（尽管有几个人逃了出来），把他送回了船上，用磕磕绊绊的葡萄牙语写了一张便条："饮酒的人不是好东西。上帝是公正的。你想和平，就和平。你想打仗，就打仗。"

荷兰人很知趣地没再追究这件事。

然而，在那之后，他们对利益诱惑的依赖稍有降低，转而秀了一下肌肉。康提人意识到一场杀戮正在酝酿，于是同意休战。但荷兰东印度公司并不打算分享它占领的地盘，因此，在1656年，罗阇辛伽国王放火烧了海岸，返回了康提。然而，荷兰人也打不起另一场战争，因此他们又诉诸礼物。能疏通麻烦的东西真是令人惊讶。一份礼物清单中包括"两到三匹上等波斯马和波斯货品、一些茶叶、瓷器和印度蜜饯"。另外还注明国王喜欢"图片、绘画、肖像、表现战争场面的图画和鼻烟"。

但荷兰人知道，仅靠酸辣酱是无法拯救帝国的。需要修建堡垒以备不时之需。当然，这也解释了加勒的雄伟壮观。

城墙内仍有一个荷兰小镇。

一切就在那里，和以前一样，在一片网格状的有荫蔽的街道上。仿佛有一小段历史时期——荷兰时代——被剪裁下来，并精心地保存起来。旧时的医院可能已经破碎瓦解了,但教堂仍然巍峨耸立、风姿高雅,彰显着革新。里面是那些伟人和善人——监工、司库、船长、孤儿院的院长、教堂负责人和上校——在骷髅和骨头的奢华布景中被后世纪念。他们的家——那些由波形瓦片和柱子建造的大而笨重的房子——也会和他们记忆中的一模一样,只是现在有一个陌生人在门槛上睡觉。

甚至连荷兰东印度公司的仓库自 1669 年以来也没有什么变化,仍然是以前那种红色的大仓房,在热浪中打着哈欠。只要花上几卢比,我就可以在里面闲逛:沉船的碎片、像工业串肉扦一样的巨剑、烟草盒、贝拉明罐子[1]和黄铜痰盂(据说荷兰人很喜欢吐痰,每家都有"妇女的吐痰盆")。我记得当时在想,这一切看起来多么实用,似乎重要的不是机巧,只是财富。

这些东西大部分仍然可以买到,就在堡垒周围的某些地方。小贩们大多是穆斯林,他们的袖子里总是有一些奇怪的古董,也许还有一盒荷兰东印度公司的钱币。同时,只要是乔治王朝风格的物品,你在商店里都可以买到。通常是一些灭烛器或锈迹斑斑的绿勺子之类的东西,但偶尔会有更令人惊异的老物件从灰尘中浮现出来,比如一顶轿子,携带着几个世纪的蛀虫。想到所有这些家具终于又回到了欧洲,让人觉得很有趣。在荷兰人到来之前,僧伽罗人从来没有见过这样的椅子,直挺挺的,像骨架似的,完全不符合他们的休息理念。就连英国人也不喜欢这种东西("沉重而笨拙",1803年,一个新来的人这样抱怨),而现在游客们来到这里,准备把它带回家。

---

1 贝拉明罐子(Bellarmine jar):一种装饰盐釉的石器,在 16 世纪和 17 世纪产于欧洲,常见形式是各种大小的壶、瓶和罐,用途广泛,包括储存食物或饮料、醒酒和运输货物。

在其他地方，人们仍然享受着他们可爱的荷兰习俗。城墙上，女士们在制作蕾丝花边，而在法庭上，律师们正引用罗马法唇枪舌剑地彼此辩论。几种美食也流传至今。直到最近，佩德尔街老面包店的拿破仑烤炉每天都会烤出一千多条面包。即使是现在，我也可以埋头享用一盘撒了糖粉的 *poffertjesen*（油炸小饼）或 *breudher*（一种令人兴奋的黄油蛋糕，配上一块埃丹干酪食用）。如今，这种古代的饕餮盛宴唯独缺少了女郎和格罗格酒。僧伽罗人从未跟上荷兰人饮酒的步伐。他们说："酒对白人来说，就像牛奶对孩子一样自然。"至于女郎，曾经有一段时间，有三百名士兵驻扎在加勒，而且"不乏名声不好的地方"。但所有这些都已过去，现在——即使在它最热闹的时候——堡垒也是昏昏欲睡的伊斯兰格调。

在首次造访期间，我住在一个 17 世纪 80 年代的旧军官食堂，现在是阿芒格拉酒店（Amangalla Hotel），但我的门上仍涂着军队编号。楼下有一幅画，画的是一位欧洲女士坐在贵妃椅上，人们把她从船舷放进下面的驳船里。黄昏时分，我坐在一个巨大的拱形餐厅里，这里有光亮的硬木地板和高耸的烛台，感觉就像伦勃朗作品中的场景。啜饮着杜松子酒和酸橙汁，我不禁想象，三百年前，军官们的夜晚也是这样的。旧荷兰的一个小角落完美地重现了，而现在缺少的只是荷兰人自己。

虽然我在加勒没有发现荷兰人，但在其他地方经常会遇到他们的后裔。

无论在哪里，他们都被称为"伯格人"。有一些是我在英国遇到的；他们是白人移民，但血管里流淌着亚洲的血液。虽然有些人仍然以锡兰为祖国，但他们从不承认这一点。即使他们的家人在那里生活了几百年，现在公开表现出思乡怀旧之情也是不受欢迎的。在这个新的、被削弱的角色中,他们只有积满尘土的照片和不断缩小的故事库。有一个现在住在富勒姆区[1]的人告诉我,他的母亲把他的乳牙给了一只松鼠(这样其他的牙齿就会长得强壮而均匀),以及在他第一次刮胡子的时候,她举行了一个派对。僧伽罗人称他们为 natumarayo,因为他们总是在跳舞。但是,在伯格人当中,真正重要的是你的荷兰血统。每年的重头戏总是朱莉安娜女王(Queen Juliana)的生日,那时他们都会赶到会社热情地歌唱"亲爱的祖国"(Het Lieve Vaderland),并享用蛋糕和咖喱的盛宴。

"一切似乎都是很久以前的事情了。"那个富勒姆区的伯格人说。

"你仍然有外来者的感觉吗?"我问,"甚至是在这里?"

"我们不管走到哪里,都是外来者。"

我在斯里兰卡遇到的其他伯格人里,有一位是导游,虽然大家都以为他是传教士。另一位是在一个人权方面的非政府组织工作,总在躲避政治弹片的袭击。还有一位来自卡尔皮提亚的酒店老板,他的兄弟曾经偷了一架直升机,独自一人去执行打击泰米尔猛虎组织的任务,后来再也没有人见过他。

我意识到,伯格人的历史里充满了这类人物。有德·黑尔家族(De Heers)、洛家族(Loos)、布罗耶家族(Brohiers),他们都是诺曼人胡格诺派的后裔,还有收集蛇的威利·格拉蒂埃(Willy Gratiae)。在艺术方面,莱昂内尔·文特(Lionel Wendt)的电影经常陷入古怪的沉默,而卡尔·穆勒(Carl Muller)的小说则探索出堕落的新高度。然后还有林·鲁道维克(Lyn Ludowyck),他经常演唱没有人听过的歌剧里的晦涩片段,以及杰西卡·坎特利(Jessica Cantley),她的爱情

---

[1] 富勒姆区:全称哈默史密斯-富勒姆区(Borough of Hammersmith and Fulham),英国西伦敦的自治市。

生活徒然复杂,曾在一场槌球比赛中被人用猎枪击中。同时,在所有的醉汉中,最有名的是翁达杰。他的儿子迈克尔在回忆录《世代相传》(*Running in the Family*)中,精细地——而且常常是痛苦地——描绘出了他父亲的愤怒。也许伯格人总是在错误的时间出现在错误的地点,是地理形势和冲动心态的受害者。另一个令人难忘的事件是威尔弗雷德·巴索洛梅兹(Wilfred Batholomeusz)在外出打猎时被枪杀,因为他的朋友好像把他当成了一头野猪。

伯格人一直很喜欢加勒。这是一个符合他们自己形象的城镇,既不是纯正的亚洲风格,也不是纯正的欧洲风格。英国人一直不知道该如何看待他们。伯格人肤色太白,不像本土人,但又太过本土化,不像是白人。甚至到了19世纪70年代,他们还被视为混血儿,被排除在俱乐部之外。七十年前,珀西瓦尔曾写过他看到这些荷兰人的厌恶之情,因为他们在东方的生活经历使他们发生了奇怪的变异。男人穿着长袍,总是蓬头垢面,酩酊大醉。至于女人,她们和奴隶在一起待的时间太长了,已经变得残忍和粗野。英国人从来没有见过这样的杜松子酒,也没有见过这么多的老鼠,他们的本土防卫义勇军要花几个星期的时间才能把城镇清洗一番。

但现在,就像老鼠一样,伯格人基本都走了。现代社会并不适合他们,尤其是社会主义和森林中的尸体。但真正让他们感到恐惧的是暴乱,他们害怕会成为下一个。然而,与大草原上的布尔人(Boers)不同,他们没有退路。大多数人逃到了澳大利亚,而少数人去了西方。对许多人来说,这是一种永无宁日的生活。有些人,如迈克尔的哥哥克里斯托弗·翁达杰爵士(Sir Christopher Ondaatje),从未完全安定下来。他不断地赚取财富,然后继续前行。也许那个富勒姆区的人说的是对的,荷兰人现在的命运就是永远是外来者。

※

如果要为孩子计划一个完美的假期,需要有海滩、城堡、一点魔法、某种吓人的东西和几只怪物——而这些,概括来说,描述的就是加勒。

在我所有的游览经历中,最精彩的无疑是和家人在一起的时候。我的妻子和女儿露西飞来与我会合。我们在堡垒里踏实地住了几天。有孩子在,这个地方便获得了一种新的奇异的虚构特质。当我急急忙忙地努力向她展示一切时,我突然意识到这一切是多么不可思议:配着音乐的售卖面包的货车;挂着猴子的乔治六世邮筒;围着白色缎面裙摆的灵车;在夜晚收缩、早晨张开的雨树,它们微微爆发出自己的寒冷气流。很难知道八岁的露西是怎么看待这些的。也许,在威利·旺卡[1]的想象中,所有这些都是正常的,但我更欢喜认为这一切是有魔法迹象的。

我们住在一座荷兰大楼里。这里曾经是印刷厂,有倾斜的地板和弯折的楼梯,前门只能用一把三磅重的大钥匙打开。每天早上,猕猴会跑到屋顶上,弄得啪嗒作响,接着,巷子里出现了小商贩。我们的房东说,有一百多个小商贩,每天都会骑着车在堡垒里转悠,出售内裤、牛奶等各种东西。每个人都有自己独特的吆喝。"Kiri! Malu!"("牛奶!鱼!")一些自行车上挂满了货物,而另一些则整个儿架上了玻璃柜,柜里堆满了三角炸饺和蛋糕。与此同时,渔人在他的自行车上焊接了一对巨大的秤盘,因此,每次他出现,看起来就像个移动的法官。

---

[1] 威利·旺卡(Willy Wonka):英国作家罗尔德·达尔(Roald Dahl)的儿童小说《查理和巧克力工厂》中的角色。

在那之后,一切又恢复平静,就像《睡美人》中的城镇。有一段时间,我们试图弄清自己往回穿越了多长时间,最后——根据汽车的情况——认定是 1948 年。在炎热的天气里,周围没有人,你能找到的东西真是令人惊讶。我尤其记得一大堆突突车,已经生锈了,车身布满了子弹窟窿。在这样一个不可捉摸的地方,发现有文学节也稍稍没那么讶异了。加勒以前经常有这些活动,虽然最近停滞了,但这些活动向来充斥着各种名人逸事。戈尔·维达尔(Gore Vidal)出了名的暴躁易怒,尤其是那一次他的全部行李都被弄丢了,而且一个星期都没有找到。维克拉姆·塞思(Vikram Seth)的情况也好不到哪里去,他被误当成了泰米尔人,还因画乌鸦被捕。

到了下午茶时间,咒语就会缓解,加勒在吆喝声中重现生机。一辆古老的巴士出现了,带走了当天所有的罪犯,每个人都带着一点米饭的野餐。然后,雨树下传来愤怒的号叫,三场紧密联结的板球比赛在争夺树荫。这时,一切都会变成尘土飞扬的古黄色。英国人有他们的派对,而摩尔人有他们的祷告。是时候向城墙进发了。

到了日落时分,大家都聚集在这里:僧侣、教士、小贩、拉布拉多犬以及新婚夫妇,他们穿着饰满亮片的紧身短上衣,佩戴着匕首,看起来仍然非常危险。这就像一场谢幕,为一出漫长而又炎热的哑剧画上了一个神秘可怖的句号。稍后,驱魔人将开始工作,但现在只需追寻风筝,或仅仅看着太阳美味地滑入大海就够了。花上几卢比,就可以让旗岩碉堡(Flag Rock)上的男孩们从城墙上表演跳水。我想知道,是否有那么一瞬间,他们想象自己是鸟,直到印度洋升起,拍打在他们的脸上。在这个场景中,似乎每个人都在酝酿某种幻想。有一次,一位观景者告诉我,在海啸期间,海水倒流,出现了一个大峡谷。

他是亲眼看到了吗,我问。

"没有,"他承认道,不自信地笑了,"我现在住在多伦多。"

***

最后一天,我们雇了一个船夫,沿着凯普埃拉河(Kepu Ela)出发了。

要不是有怪物的话,这本来会是河上泛舟的古雅一日。我们像水鼠和鼹鼠[1]一样,带着三明治和扁壶出发了,不知道要去哪里,也不知道会被什么吃掉。有一阵子,一切看起来比较熟悉,让人很安心,甚至露西也这么觉得;有芦苇、鸽子、穿着破旧长礼服的苍鹭,以及闪闪发光、像飞镖一样飞过的翠鸟。但后来我们转到一条边道上,亚洲随即重现在一片光辉灿烂的稻田里。突然,船舷上缘出现了一只巨大的黑曜石般的眼睛,还有急促的呼噜声。我们都跳了起来,船夫咯咯笑了。"水牛!"他咧嘴笑道,于是我们坐回座位。在那之后,这些真实的怪物似乎没有那么凶恶,尽管它们就在我们头顶上晃来晃去。每棵老树都有它的龙,有些和露西一样长。但这些圆鼻巨蜥(kabaragoyas)令人不安却也无甚妨害,虽然它们有武器——能咬断钢丝的下巴、护身铠甲和匕首。数百万年来,它们看起来就像恐龙,而现在已经安定下来,开始了长眠。

有几小时,我们摇摇摆摆地在水稻中穿行。我们来到了一座木头搭建的小农场,六个小孩从泥滩上溜下来,露出惊讶的神色。船夫说,我们现在是在肉桂之乡。水道分出更多岔道,没多久我们就愉快地迷路了。从地图上看,这条水系网就像方格呢披肩一样覆盖在海岸上,而这一切都始自荷兰人。这里曾有一个完整体系,源源不断地涌出香料和财富。这样的土地让鹿特丹富得流油。投资者的股本可以预期得到 40% 的回报,甚至荷兰东印度公司在 1670 年已经

---

[1] 水鼠和鼹鼠:英国小说家肯尼思·格拉姆(Kenneth Grahame)的儿童小说《柳林风声》中的动物角色,曾结伴畅游。

成为全世界最富有的公司。它拥有两百艘船和一支超过三万人的私营军队,并让运河覆满它的地盘。斯里兰卡人经常告诉我,荷兰对他们无所遗馈(除了蛋糕和法律)。但真相也许是,这些馈赠太大了,以至于斯里兰卡人看不出来。在这里的滨海地区,风土景观就是荷兰人的礼物。

神奇的是,黄昏时分,我们翻身出来的地方正是从加勒出发的地方。一段插曲结束了。露西和杰恩快乐地,至少是意犹未尽地,飞回了家。

与此同时,在东部,斯里兰卡的故事发生了丑陋的转变。

❁

我回到自己的旅行里,接下来去了马特勒。我希望能寻找的是一座巨大的象舍,但最后遇到了一场反抗现代的叛乱,其倡导者在高尔夫球场上殉难了。

关于大象的想法一直有点半生不熟。这都怪菲利普斯·巴尔达厄斯(Philippus Baldaeus)。他与弗美尔(Vermeer)同时代,来自代尔夫特(Delft)。1655 年,他作为传教士出现在贾夫纳。泰米尔人对他的加尔文主义印象不深(他们已经被一百万个神以及圣母玛利亚弄得手忙脚乱),但他写了一本日记。其英文版本是《关于最负盛名的东印度海岸马拉巴尔、科罗曼德尔以及锡兰岛的真切纪实》(*A True and Exact Description of the Moft Celebrated Eaft-India Coafts of Malabar & Coromandel and also the Isle of Ceylon*),是一本记录该岛暴行的 X 级[1]指南,读来令人毛骨悚然。但巴尔达厄斯还描述了一次

---

1 X 级:一个限制性级别,该级别的影视和书籍不适宜未成年人观看或阅览。

大象大围捕,就发生在这里的海岸上。围猎者先让它们口渴得发狂,然后把它们驱入围栏,每次多达一百头。但后来,更妙的是,它们被带到马特勒并被送进了训练所。

我有相当的把握,这所大象学院现在就是政府的小型客栈。这是城墙内留存下来的为数不多的建筑之一,是一座用灰泥和岩石建筑的大平房。一个服务员允许我逐个房间地闲逛,一直走到洗衣房。虽然一切看起来有点像被压路机压过,但对于九十五头大象来说,地方实在太狭窄了。我决定去接待处碰碰运气。接待员仔细听我解释关于狩猎与荷兰人、饥渴、牲口棚、巨型城墙以及出口印度等情况。当我说完后,他悲伤地看着我,然后笑了。

"没有,先生,我很抱歉。我们这里不养大象。"

叛乱更难解释,那么历历在目。

在马特勒发生过两次起义,并沿着海岸线蔓延开来。在 1971 年的第一次起义中,尸体随处可见:在路边,在树上,或在海滩上。这些尸体有时会被烧掉,但很少被掩埋。人肉篝火成了常见的景象。人人都知道谁是叛军。他们大多数是当地的僧伽罗族男孩,跑去参加人民解放阵线(Janatha Vimukthi Peramuna, JVP)。他们怒气填胸,又没有工作,于是就求助于马克思。他们的反抗是基于斩断清除这一理念;由于不断受到精英阶层的阻塞,只有流血才能让他们获得自由。"宁死不屈!"——标语这样写道。他们的第一批炸弹是用炼乳罐做的,但很快就开始了更为强势的残杀。到了 4 月,整个地区都落入他们的控制,至少在夜里是这样。那个阶段,吊死在树上的是政客。

那次暴乱期间,科伦坡惊慌失措,派士兵进入森林。这支军队自第二次世界大战以来就没有作战经验,士兵们心惊胆战,形势岌岌可危。在随后的逮捕行动中,军队把所有不守规矩的人都抓了起来:叛乱分子、寻衅滋事者,也许还有零星的瘾君子和皮条客。与此同时,一项古老的维多利亚时代的卫生法也恢复了,该法允许警察未经审验火化尸体。在政府的许可下,那时任何人都可能消失——有一万到一万五千人失踪,其中大多数是十几岁的男孩。

虽然这可能不是"对无辜者的屠杀"[1],但斯里兰卡从那一刻起再也不复从前。这是大失忆的开始,此一时期,社会上的某些群体可能全部销声匿迹,却没有任何记录、起诉或调查。今天,暴动甚至很少被提及。我曾试图在一些儿童历史书中寻找,但一无所获。斯里兰卡故事中的一大块几乎彻底消失了。

另外,人民解放阵线仍然存在。我曾经参加过一次他们的集会。在体育场周围,每个人都穿着印有切·格瓦拉的 T 恤衫,大多数男人都戴着贝雷帽,留着一绺绺胡子。我遇到了一名医生、一名厨师和一个海关官员,他们都叫我"同志",并描述了他们对"斯里兰卡式古巴"的想象。我不确定他们是怎么看待我的,但至少我不是间谍。那一天,间谍们都化装成运动场管理员,大约有五十人,聚集在阴影里。"特种部队,"医生低声说,"就是在等着应对麻烦。"

我询问新古巴会是什么样的。

"我们会把帝国主义斩草除根……"

"清除所有西方思想……"

"关掉茶叶种植园……"

"回到自给自足的状态……"

---

[1] 对无辜者的屠杀:据《圣经》记载,残暴的犹太国王希律王曾命令屠杀伯利恒的所有男童,以图将耶稣扼杀在襁褓中。

"拥有像古巴一样的教育……"

"而且住房免费……"

"医疗保健免费……"

"还有行刑队？"

医生皱了皱眉："不，这个也许不需要……"

"但你们要使用武力呢？"

"上一次我们是迫不得已。"

"那要是有人不情愿革命怎么办？"

这个问题是厨师来回答的：

"同志，有时候是需要把邪恶清除出去的。"

曾经，这种想法在马特勒是被广为接受的观点。现在，环顾四周，它似乎就像斯里兰卡任何其他伟大的城市一样，文字、果皮和咬碎的金属混乱回旋，使人眼花缭乱。很难想象有哪个地方比这里更不像哈瓦那，然而，到1987年，它已经准备就绪，要发动第二次革命。马特勒甚至有了自己的切·格瓦拉，这位领袖连每绺胡须都复刻了原版。只有一个区别——他的名字。他的名字将唤起人们对本土鲁胡纳（Ruhuna）王国的记忆，这也是一个支持僧伽罗人的抵抗、镇压泰米尔人的地方。他就是罗哈纳·维杰维拉（Rohana Wijeweera）。

虽然这一切听起来并不像古巴，但马特勒还是深陷其中。僧伽罗人命中注定的想法从未失去吸引力，维杰维拉承诺要回到黄金时代。茶叶要换成殖民时代以前的庄稼；所有超过两层楼高的建筑都将被拆除；斯里兰卡将回到以"蓄水池、寺庙和稻田"为中心的苦行僧式的简朴生活。就连共产党人也愤慨万分，警告说要倒回"牛车时代"了。但没有人听。维杰维拉为年轻人、营养不良者、反感现状

169

者和空闲失业者带来了振奋人心的讯息。到了1987年11月，几乎一半的南方区域都支持人民解放阵线。那时，富人遭到憎恨，雇主也被嫌恶。甚至像"拯救儿童"（Save the Children）这样的外国慈善机构也被视为"新殖民主义"，成为打击目标。印度维和部队在北部的存在让他们特别恼火。"打击印度佬，"公共场所胡乱涂写着这样的文字，"打击猴子！"

一种狂热的、野兽般的兴奋已经笼罩了整个海岸。

"Pavathina kramaya varadity！"人们高呼，意思是"一切都是错的"。

接下来发生的事情才让人难以理解。在科伦坡，那些记得1987年的人仍然认为那是他们生命中最恐怖的时期。

"就算是战争，"瓦桑塔说，"也没有那么可怕。"

"到处都是尸体，"埃尔莫说，"横在路上的，钉在树上的……"

与1971年的杀戮不一样。这一次，没有事态的逐步升级；人民解放阵线一上来就发起了一场势不可当的恐怖狂潮。这就像一场夜晚降临的大屠杀。没有人看到过杀手，他们总是像鬼魂一样消失得无影无踪。每天一开始，人们就像置身战场，四处散布着死尸。起初是政客，后来是教师、巴士司机和任何破坏罢工的人。传说，在马特勒这里，第一个受害者被胡乱塞进烤箱，活活烤死。在被炙烤的最后时刻，他嘟哝着说出了能想到的任何人的名字，然后那些人全被悄悄拉走，带到森林里射杀。

但屠杀并没有止步于马特勒，而是很快向外扩散，蔓延全国。

经过五年的内战，北方不乏逃兵可以用来训练游击队。平均每晚有二十五人被暗杀。最严重的一天是1988年12月21日，有两百人死在这片海岸上。总共有八千多个平民被屠杀，还有一百零六名政客和六十二名学者。康提大学里出现了十二颗被砍下的头颅，被整齐地排列在校园池塘周围。

钱德里卡夫人的丈夫维贾雅（Vijaya）也是死者之一。

"他被枪杀了，"她告诉我，"当着我们孩子的面。"

在南方的部分地区，秩序崩溃了。人民解放阵线宣布世界重新开始。税收被废除，监狱被打开，旅馆关门歇业。橡胶厂烧毁了，所有人被迫罢工。医生们被迫无偿工作。阅读政府报纸成了非法行为，要被处死。他们甚至规定了如何处理死者，有多少哀悼者和多少僧侣，以及坟墓可以建多高。

只有一个方面与1971年相同，那就是政府的反应，沉重且残酷。时任总统朱尼厄斯·贾亚瓦德纳说，他跟那些在南方发疯的小子没什么好说的。"我们不能把他们当人看。"他说。

于是大恐惧时期（Beeshana Kalaya）开始了。与人民解放阵线一样，军方的杀手小队总是在夜间行动。有时，他们会对杀掉的人的尸体进行展览，就像坦加勒的大学讲师一样。其目的是使抵抗的想法在心理上无法持续。"以眼还眼"，一张他们的海报这样写着。另一张海报上画着一大堆尸体，上方的标题是"我们一个人要你们十二个人来换"。士兵们总是知道在哪里能找到游击队，因为这里也是他们的家。到了1989年7月，反杀行动每天夺去多达一千条性命。在高原或丘陵地区，许多死尸最后漂到了马哈韦利河（Mahaveli）上。我曾经遇到一个住在河边的人。"我们不能再在里面游泳了，"他告诉我，"我们再也不吃鱼了。"

我经常问人们被屠杀的数量是多少。

和以前一样，没有人知道。"三万？六万？"

一想到国家买凶杀人，他们仍然心惊肉跳。

我的记者朋友认为，这就是邪恶习惯的开始。

"我们如果对自己的孩子都能做出这等事,对待其他人还得了?"

与此同时,切·格瓦拉们的头目维杰维拉还没有落网。他是个伪装高手,总是突然冒出来,然后又杳无踪迹。有一次,他被短暂拘留了,他冷冷地挑衅。"抓了我,你可能会赢得一枚奖章,"他告诉警官,"但你全家都会死。"几天后,他就消失了。直到 1989 年 11 月,他才终于被抓获。这一次,有人发现他在一个茶叶种植园里,当时正在刮胡子。他在电视上短暂露了一下脸,宣布革命结束,然后就被杀死了。处决地点众说纷纭,有人说是科伦坡皇家高尔夫俱乐部的第八球洞处,他是在"试图逃跑时"被枪杀的。

肃清残敌的工作持续了几个月,至今也没有完全结束。截至 1990 年,已有七千名嫌疑人被拘捕。其中最著名的一个也许是理查德·德·索伊萨(Richard de Zoysa)。我有几个在科伦坡的朋友认识他。他有一头飘逸的长发和一辆摩托车,曾在同性恋权利等无甚妨害的问题上大声疾呼。一天晚上,一辆白色面包车出现在他家门口,他被推推搡搡地赶了进去。几天后,他再次出现在芒特拉维尼亚的海滩上。病理学家说,他的尸体受到重创,可能是从飞机上扔下来的。

"难道没有追究谁的责任吗?"我问道。

人们看着我,好像我什么都没听明白。

"那些白色面包车还活动着呢。"他们说。这个话题便就此打住了。

✺

离开马特勒之前,我到访了僧伽罗世界的尽头。

镇外几英里处是一个海角,角上浓翠荫蔽,在海盐和泡沫的绚丽雾气中突然塌陷。海水是一片沸腾的午夜蓝,整片海滨惊涛拍岸,海啸轰鸣。这里是印度洋最浪潮澎湃、汹涌狂暴的地方。经过这样一番洗刷，海滩看起来洁白无瑕，也就不足为奇了。东面是前方的旅程，一缕狭长的淡蓝色的沙地。站在这里的岩石上，整个斯里兰卡似乎就在我身后，从某种意义上说，确实如此。这里是岛屿的最南端，是思考命运脆弱性的最佳地点，古代鲁胡纳的国王们正是这样做的。伊本·白图泰报告说，他们甚至设立了一尊用黄金铸造的真人大小的佛像。以前还有一座寺庙——在某个地方——直到葡萄牙人把它推倒了。现在只剩下一座灯塔。

付了一小笔费用后，看门人让我进去。我就像在爬一艘尾部被掀翻的船。站在船头，我俯瞰大海，下面的海水潮起回旋。看门人出现在我的肘边。

"那边有什么？"我问他。

"什么也没有，嘘；这里就是尽头了。"

是的，没错：除了海水，空空如也。

一直到南极洲，到西冰架（West Ice Shelf）封冻的冰柱。

※

马特勒往东就没有铁路了，也不再有任何福地乐土的感觉。

一连串安全、自信的城镇和寺庙已经到达尽头。荒野再次围拢上来，即使是在灌木丛中蜿蜒爬行的主干道也让人感到陌生和脆弱。从现在起，我得指望巴士或者任何能够搭乘的便车了。这里似乎每个人都是潜在的马车夫，乐意出个价。不管森林有多深，路途有多远，他们总会找到我，然后我们就坐着某种老式货车上路了。这就像在一辆单人座的巴士上旅行——除了没有乐队。（政府的红色客车上总是有许多音乐家。他们尖声叫嚷，对着乐器一顿猛击，直到所有人都付钱才罢休。迈克尔·翁达杰曾经说过,僧伽罗人的音乐听起来就像试管里的蝎子,或者青蛙在卡内基音乐厅里唱歌。在密闭的巴士上,它成了一种听觉勒索。)

水也变得更加稀缺。过了马特勒之后,有一段时间,我看到水稻勾勒出大地的曲线。我们好像在这片绿色的海洋里颠簸行进了几小时。远处的椰子树在热浪中摇晃,然后融解消失。仍然还存留着少数池塘,其中一个里面,有个男人正坐在一只旧内胎上,四处漂浮,采摘睡莲。但是,随着水分的减少,景观发生了变化。稻田成了松脆的黄色,底下长满了荆棘和稻草,露出的岩石上冒出坚硬、多节的树木。渐渐地,这进一步演变成一大片噼里啪啦的乱丛棵子,在风中嘎嘎作响。据说,最终毁灭古老的鲁胡纳王国的正是干渴,在1780年的一天。此前一场暴雨冲走了护堤,毁掉了全部的水库,于是——当旱季再次来临时——这个王国就干脆萎缩了,灭亡了。

沿途有一些城镇,但现在也感觉萎缩了。甚至荷兰人在这里建堡垒也小心翼翼的。坦加勒的堡垒只剩下一个门阶,是1773年雕刻的。而且,镇上的狗号叫起来仍然很像豺狼,牛群侵入了板球场,饥肠辘辘地舔着稻茬。不过,我确实发现了一座小小的钟楼。英国人总是用钟楼来估量文明。在东海岸几百英里外的拜蒂克洛灯塔出现之前,这将是最后一座。一位早期的、乔治王朝时期的殖民者指出:"在这两个地方之间的乡村地区,呈现着最具野性的地貌。很少有僧伽罗人敢住在这些区域,因为这里很危险,会频频被无数野兽袭击……"

我小心留意,在雷卡瓦(Rekawa)附近住了几天。生活在这里的野兽是地球上最狂躁的,无疑野性十足。白天,广阔的海滩发出空旷的轰鸣声,海面上波澜起伏,一片碧绿。但到了晚上,沙滩苍白而朦胧,海浪在我脚边低声细语。就在这时,海龟出现了。它们看起来就像翻倒了的小船,使劲从碎浪里挣脱出来。在过去的一年里,它们一直在海洋中旅行,没有人知道在哪里。但产卵的任务是如此基本且紧迫,它们来不及顾及人类。它们笨拙地划着桨,从我身边经过——痛苦地,缓慢地——爬上海滩。在一个美好的夜晚,沙子看起来就像被谢尔曼坦克犁过的一样。

再往远处走,一个村民正在看守一串沙坑。

他告诉我:"每个巢穴里可能有两百个蛋。"

其中一个大船体还在忙活,在洞口划沙。

"你需要看守多长时间?"我问道。

沙子里的蛋看起来很像乒乓球,上面沾着黏液,浮现光泽。

"等到它们孵化。六十天……"

"它们一定很值钱吧?"

"味道不错,是的。每个蛋二十卢比!"

我想,一窝巨兽的价值,相当于在麦当劳一晚的花销。

我向看守人表示感谢。"您一直干这行吗?"

"不是,咳。我以前是个小偷。"

✺

在这样一片荒野中,我惊讶地发现了一座中国城市,几乎是崭新的。

第一个迹象是道路的变化。路上突然增设了防撞护栏、匝道和另外四条车道。但自然景观几乎没有任何改变。有些人认为,汉班托特的腹地在史前时期曾被陨石击中,因此这里是不毛之地,土壤是鲜红色的。这显然对往来交通没有什么鼓励作用,公路上一直是空荡荡的。车道上躺着大坨大坨的象粪。我想,至少有些事情是不会改变的：野生动物宣示它们威吓道路的古老权利。

前面出现了更多的中国式风格。首先是一家十层楼高的医院，从印度苦楝树上方探出头来。然后是一个建筑营地，由"中国港湾"（China Harbour）经营。那就像一个蚁巢，里面的工人都穿着蓝色衣服，一窝蜂拥进卡车里。对面橘黄色岩石和树桩构成的山脊上，矗立着一座巨大的、形状不规则的会议中心，那是他们的早期作品之一，也是东南亚最大的会议中心。现在，起重机正在吊起成熟的树木放到树洞中，似乎是在捍卫会议中心的存在。

政府一直在夸耀对汉班托特的规划。拉贾帕克萨总统宣称，整个城镇最终将会搬到这里，搬到山脊上；它将成为"亚洲的奇迹"，而且——有一天——还会成为首都。他似乎并不担心这里没有水或工作，也不担心人口居住在西边一百四十八英里的地方。总统的肖像现在被贴在公路两旁，他的脸上洋溢着圣洁的喜悦。

与此同时，他的新城市正在从灌木丛里一点一点冒出来，遍布各处。在老村子待了几天后，我找到了一个名叫萨姆的司机，让他带我去那里游览一番。有一阵子，除了密密麻麻的荆棘和木苹果，以及长长的银色柚木树苗，我们什么也没看到。一个穿纱丽的女人从矮树丛里出现，她的手臂又细又黑，像鞭绳一样。她头上顶着一个水壶，穿过六条空无一物的小巷。到处都是仓库和佛塔，还有骑着自行车的快乐的工厂工人，很难想象这就是"亚洲的奇迹"，也许是我搞错了。

但随后，一个体育场突然从树林中钻了出来。那是一幢十分气派的混凝土建筑，像是由巨型瓦罐拼接起来的。四周没有人，我们就走了进去。从最高处的座位上，可以俯视下方一个小小的圆形三柱门场地，目光越过远处的荒野，也可以看到岛屿中部的山峦。从记者席上的废弃物来看，这里已经一年没有大型比赛了，球场上的草皮明显可见地疯长起来。

"这个打板球的地方很有趣。"我漫不经心地说。

"嗯,"萨姆说,"至少这里永远不会下雨。"

几英里外是一个更加宏伟的空荡荡的杰作,是以总统的名字命名的:马塔拉·拉贾帕克萨国际机场。这座机场耗资 2.1 亿美元,和所有雄心勃勃的机场一样,它的停车场有摩纳哥那么大,而且和陵墓一样,喜欢用大理石。所有东西都光洁明亮,吱吱作响。当主门滑开时,伴随着一股嘶嘶声,气温瞬间凉爽下来。这里甚至有全国最长的飞机跑道,还有身穿淡蓝色短上衣、头戴药盒帽的女值机员大军。制服很下功夫,飞机却掉了链子。停机坪上空空如也,航班信息显示屏上也没有任何信息。姑娘们说,不行,你没法飞科伦坡,实际上,今天也没有任何航班。我得知这里一个星期只有十四趟航班,而且没有国际航班。有些时候,唯一的访客是巴士旅行团,他们来到这里,凝视着空荡荡的行李传送带,惊叹于这么美丽的地方竟在白白忙碌,无人问津。

"有一天,这里会成为印度洋的中心枢纽。"萨姆淡淡地说。

也许吧,我想,或者是送给考古学家的小礼物。

和机场一样,我住的酒店也是为尚未到达的人群修建的。酒店名叫孔雀海滩(Peacock Beach),自开业以来,大部分时间一直处于关闭状态。地下室的商店积满灰尘,早就不营业了,酒店的双层巴士也已数月未曾开动。除了翠鸟和一只经常出现、会像小狗一样划水的乌鸦,我通常都是一人独占整个游泳池。每天早上,我会被猴子的声音吵醒,它们在走廊上把茶杯碰得哐当哐当响。然后是豪华的自助早餐——咖喱、鱼、鸡蛋和粥——这些都会悄悄冷掉,最后没有吃就被拖走。出于某种原因,我发现这一切都很迷人,这让经理也略感惊讶。

我从酒店房间里可以看到地平线和一连串无穷无尽的船只。其中一些船看起来就像小岛，笨重的淡紫色船体在悄无声息地向前滑行。到了晚上就形成一整片灯光群岛，不断改变形状和颜色。我现在意识到，几乎所有往返于远东的船只都必须在这条路上滑行。世界地图上所有的航运线路在绕过印度次大陆时似乎都在这一点上汇合。从我酒店房间的床上，只要八英里的路程，就能进入这条水上高速公路之中，而这条水道每年有三万六千艘船在使用。最后一晚，我躺在床上，思考着这个问题。有人告诉过我，黎明之前，会有一百五十多艘散装货轮驶过。那会是多少个芭比娃娃？多少吨赞比亚的铜？我一边琢磨，一边打起盹来，最后酣睡过去，进入一个沉沉的工业梦乡。

第二天早上，我和猴子们一道起床。船舶也起床了。我发现它们大多来自中国。中国人认为，这里是通往西方世界的门户，或者说是咽喉。1410年，他们第一次来到"锡兰"。当时，海军将领郑和带着一支由五十六艘船组成的舰队出现了。虽然他很喜欢这里的景色，但并没有留下来，而是很快便扬帆回国了。

居留的最后一日，我问萨姆能否带我去那边看看。

我在公路上的时候，就看到了港口。从那个距离看，海船就像在灌木丛中徐徐穿行的高楼大厦。我还看到了正在作业的翻斗车。数百万吨的泥浆需要被运走。这个港口没有什么是自然的。汉班托特的潟湖与花园池塘差不多一般深，但新的散装货轮要吃水达五层楼的深度。中国人现在正在挖一个足够大的海港，要能容纳三十艘这样的船。

萨姆开车下了高速路，来到了港口公路上。路的尽头是一个大港池，有伦敦的公园那么大。这是第一个完工的项目。那天有一艘日本运输船停在码头，从船上吐出了三千辆二手汽车。

"为什么是这里？"我问萨姆，"为什么要在这里建码头呢？"

"不要问我。"萨姆耸耸肩，"我们去跟工地经理谈谈吧。"

在开发办公室，女孩们咯咯笑着跑回自己的工位。

"我给你两分钟时间提问。"经理坐在一块巨大的柚木桌后面说。

"为什么是这里？"我开始问。

"我们正处在船运航线上。我们是一座服务型港口。"

"那是不是有点太原始了？"

"什么？"

"就是让船舶停下来补给水和食物的想法。"

"一点也不！我们也承接物流业务。你看这些汽车……"

"可是从这里到科伦坡还有八小时的车程啊……"

经理轻轻敲了敲手表："两分钟到了。"

"那石头呢？是真的吗？"

"只是政治而已，人们玩着有趣的游戏。"

走在回去的路上，我还是感到很迷惑。

"谁会想跑到这里来提一辆车呢？"

"实际上，很多人会来，"萨姆说，"因为有卡塔拉伽马（Kataragama）。"

"那是什么？寺庙吗？"

"没错，他们希望接上新车，让新车得到神灵的庇佑。"

❀

前往卡塔拉伽马的旅程预计会很痛苦。

一路上，旅行者暴晒灼伤、形容枯槁、浑身起疱，就会明白向神明祭献的是什么。我是乘坐面包车到达的,这已经把自己置于不可理解的境地了。我看到许多人是步行去的。有些人走遍了全岛,这段旅程可能有八十天。每年都有少数人在丛林丧生,那一周,大家议论说有个女人被豹子杀死了。那些安全抵达的人,看起来也疲惫不堪,饥肠辘辘。徒步朝圣(*pada yatra*)已经把他们折腾得无精打采。他们蜷缩着身体,精疲力竭,一排排地躺在那里,就像亨利·摩尔[1]作品里的人物。有的地方有数千人散布在树林里。这种痛苦与希望交织的景象,我仍然觉得难以估算。但是,自公元前137年以来,卡塔拉伽马几乎对其他一无所知,现在它凭借赎罪的承诺,每年吸引一百多万人前来朝圣。

不是每个人都徒步前来,但他们都要以某种方式吃些苦。我前往卡塔拉伽马的那天,那里正在举行马哈·德瓦拉亚寺庙(*Maha Devalaya*)最后的游行活动。超过十五万名朝圣者将前往这座建筑。有的人开着水稻耕作机,赶了一夜的路;有的来自丘陵地区,是攀扶着拖拉机下山来的。巴士挤得严严实实,密集的身体连一丝光线都透不过。堵塞的交通像某种笨拙的、喧闹的爬行动物,在灌木丛里缓慢移动。所有东西连鸣带唱,车辆大多装饰着青枝绿叶,这是朝圣的标志。在蒂瑟默哈拉默(Tissamaharama),这个鸣响着的巨大树篱停了下来,容许大家下车,一头跳进湖水里。这么做可能会消解一点宝贵的痛苦,但至少神灵可以从臭味里解脱了。当朝圣者们沉浸在睡莲中时,大家集体发出了愉悦的呼声。

我把行李丢在一家小型旅店,剩下的路坐三轮车走。车夫名叫萨曼(Saman),他在车内装饰了一些照片,照片上是一些凌乱的女

---

[1] 亨利·摩尔(Henry Moore,1898—1986):英国雕塑家,斜倚的人物造型是其典型的雕塑样式。

孩子，穿着厚厚的黑色比基尼。我本来还希望能有稍稍更具忏悔性的东西，好保佑我通过路障，看来我的担心是多余的。在我周围，痛苦暂时停止了，取而代之的是一种富有感染力的节日精神。路边出现了一些小摊，出售西瓜、香蕉和成捆的柴火。再往前走，他们售卖塑料机枪和坚果。现在，奶牛在车流中吃草，吟唱声越来越响亮。两个卖香的人在路边打架。一条大鱼出现在门口，寻求买主。标识牌上写着"请勿醉酒进入"，但在这样一个精神迷醉的地方，这是一个无望的要求。1642年，葡萄牙人的足迹也远至此地，只不过在他们的向导疯疯癫癫、满口胡话的时候，他们又被迫折返了。

随后，卡塔拉伽马出现在一簇耀眼的电灯之光里。仿佛夜空被拖到了地上，并且接到主干电路上运行。也许天堂就是这个样子，如果他们负担得起电费的话。我还没下三轮车，就被卷入一股信仰的浪潮。这在斯里兰卡的精神轮回里，总是一个重要的时刻。突然间，两个伟大宗教在同一个敬拜的焦点上联合在一起。虽然双方从不乐意分享岛屿，但他们愿意共同敬拜一个神灵。对佛教徒来说，他是卡塔拉伽马之神，是一个守护者的形象；对印度教教徒来说，他是湿婆的儿子穆卢干（Murugan）。但这还不是全部。具有讽刺意味的是，泰米尔人也以他为塞犍陀（Skanda），是铁面无情的多臂战神。朝圣者正是向他献上了自己的痛苦。对卡塔拉伽马的神明，人们的畏惧似乎胜过敬爱。在人群中，颂歌的声音响起，听来却如呻吟一般："哈罗—哈拉！哈罗—哈拉！"

我现在被裹挟在拥挤的人群里。幸运的是，我可以看到萨曼在后面晃来晃去。汹涌的人潮带着我们冲荡，穿过更多的玩具摊、糖果帐篷和一家专卖彩色绳子的商店，然后冲上一座横跨绿河（Menik Oya）的桥。我看到桥下有一个大型浴场，数百名朝圣者正在洗头发。然后我们进入了寺庙建筑群。因为大象和象夫的加入，人群愈

181

发变大了。我记得什么声音也没有听到，只有令人窒息的咕噜咕噜的祈祷声。最后，萨曼设法游过纷乱纠缠的手臂，把我拖到树林里。

"抄个近道，老板。这边走……"

一下子没了灯光，我什么也看不见，跌跌撞撞，很不舒服。我还感觉到冰冷、瘦削的手指抓着我的衬衣。当眼睛慢慢适应了黑暗后，我才意识到为什么除了我们没有别人从这片树林里抄近道。这里是赎罪失败的人的聚集地：残疾者、疯子和乞丐。他们中的大多数人睡在烂叶枯枝里。其中一个得了象皮肿，双脚肿大，像腐烂的水果。另一个老妇人，脸像麻雀似的，当我们经过时，她的外衣敞开了，露出皱巴巴的皮肤，乳房全是抓痕。萨曼似乎没有注意到这个断体残肢的群体。一直以来，卡塔拉伽马上演着一幅受苦受难、禁欲苦修的惨烈壮景。要是上个星期，他说，我将看到有的人吊在钩子上，还有的人胳膊被扦子穿透。"他们非常虔诚。塞犍陀佑护他们……"

我觉得是不是有点太过火了。

萨曼皱着眉头："你是说死了的人吗？"

"嗯，对，我认为是这样……"

"每年都是如此。有人想穿个小洞，然后——哧！——他割断了自己的喉咙！"

回到光亮处，我才松了一口气。我们已经走到了游行队伍的中心，我可以听到鞭子在头顶上发出嘶嘶声和噼啪声。鼓手在人群中横冲直撞，大象紧随其后，蹒跚而行，它们的眼睛在巨大的丝绸罩袍下半睁着。杂技演员在他们中间俯冲飞旋，孔雀羽毛和银色盔甲呼啸而过。然后是舞蹈演员，女孩们身着蓬松长袖和灯笼裤上场。其中有些人受不住炎热的气流和刺眼的灯光，她们被捞起来，从人群头顶上抬走了。

观众后面，疲惫的人在睡觉。那就像一块由人体组成的拼图：泰米尔人和僧伽罗人紧紧契合在一起，没有任何东西可以动摇。小小的火苗在他们中间闷烧，从这堆熟睡的人里升起腾腾热气，其中夹杂着樟脑香和木头燃起的烟火味，闻起来令人愉快。明天他们都会回家，也许会感到浑身酸痛，但也可以说是赎免了自己的罪过。他们也会回到各自的生活中，无论是佛教的生活还是印度教的生活。他们可能还是邻居，但彼此之间总是存在着思想的鸿沟。每年只有一次，他们的生活会真正联结在一起。卡塔拉伽马也许很古怪，甚至很极端，但它也是最完满的斯里兰卡。

❋

过了蒂瑟默哈拉默，道路到了尽头。树林渐渐消失，变成浅浅的绿色盐水湖。下一个城镇在五十英里开外，一个名叫雅拉（Yala）的半干旱区的另一边。没有官路可供穿行，而且，那里虽然是个国家公园，但大部分区域都是禁区。当然，那里仍然有寺庙，通常是高高坐落在凸起的岩石上，但没有人确定是何人在何时建造的。内战期间，雅拉变得杳无人烟，被世界遗落，这吸引了叛军进驻，他们在此逗留多年，一直没有被发现。僧伽罗人说到雅拉仍然心怀畏惧，只有朝圣者才试图从中穿行。我似乎别无选择，只能回过头，沿原路折返。我的南方之行适时地结束了。这次旅途刚开始的时候，人类使周围的空间充溢着丰茂和狂闹，而现在它却缩到了边缘。

我没有立刻离开，而是在边缘地带徘徊。我找到了一个准备在公园里露营的人，他在绿河河畔搭了几顶帐篷。那几日我浸在河水里，坐着吉普车闲逛，真是令人难忘的时光。这片草地起初看上去干涸而死寂，但后来会出现绝妙的生命的闪光：一团黑脉斑粉蝶，或

183

者一支突然出现的鹳鸟合唱队，甚至一大家子排长队的獴，组成了一条毛皮小溪。有一次，十几只孔雀从灌木丛中冒了出来，鸿羽翩翩，鸣声浩厉，好不壮观。博物学家一定有一个词来形容这样一幅奇景，也许是"孔雀匪帮"。

营地的经营者是一位前炮兵少校，他细腻敏锐，举止优雅。由于前半生密集经历了太多噪声，现在他要用后半生的时间收集静默。大多数时候，他隐入暗处，但在黄昏时分，他会把一顿稀奇古怪的晚餐端上餐桌——汤、烤肉、布丁、凉拌菜丝、干酪拼盘和蛋糕。我独自一人注视着所有这些食物，头顶上的树冠爬满了猴子，而少校则在附近的阿江榄仁树下巡查。虽然他对人亲切体贴，但我觉得他很担心被人注意到。他曾经告诉我，他最喜欢的生物是印度冠斑犀鸟，这种鸟在树上打一个洞，爬进去，再用灰泥把门堵上。不过，没有什么事物是他叫不上名字的，他喜欢那些简单朴素地生存下来的东西：金合欢树、铁木、牡荆、古柯、耐盐灌木、虾子花和那种老无赖——牙刷树。

最精彩的是花豹时刻。少校说，这个小地方的花豹数量比世界上任何地方都多。循着叶猴歇斯底里的尖叫声和足迹，很容易找到花豹。我总是很喜欢遇到花豹，一想到有那么一大只华丽的东西蹲在树上，我就很欢喜。有一次，我们碰到一只正在回家的花豹，它顺着树干径直往上走，仿佛爪子带着黏性。我们总共发现了五只，都懒洋洋地倚在树枝上。它们的表情很熟悉，似乎在某种程度上反映了我自己对目前已经走过的这段旅程的感受：困惑与快乐两相交杂，妙秘无比。

第五章

空中花园
THE GARDEN IN THE SKY

岛屿腹地有许多巍峨陡峭的山脉,上面覆盖着茂密的森林,处处都是难以穿越的密林丛莽。树林和山脉完全包围着康提国王的领地,仿佛大自然注定要保卫他。

——罗伯特·珀西瓦尔,《锡兰岛纪行》,1803 年

这条伟大之路……是使节们所走的路线,军队沿着此道雄赳赳气昂昂地出发,又仓皇崩散,溃败而归。

——雷文-哈特,

《锡兰:石头上的历史》(Ceylon: History in Stone),1964 年

在科伦坡，提到高原总是会激起一丝矛盾心理。

人们经常向我讲述高原地区的高贵文化和宏伟壮丽。每个斯里兰卡儿童都知道，古老的康提王国是一个天然的堡垒；那里的动物比低地区域的任何动物都更庞大，更凶险，那里的人民也更粗野，更苍白；高原是所有气势磅礴的大江大河的发源地；它坚强抵御欧洲人的进犯，三百年来几乎坚不可摧；它的贵族阶层比其他任何地方都更纯正，更难得。所有这些即使不是完全讨人喜欢，也颇令人惊叹。有人甚至告诉我，想在政界有所作为，需要有康提血统才行。如果没法掌控祖父的出身，那么至少要找一个康提妻子。

这个古老的王国在地理实体上也很有气势。对大多数低地人来说，它的景象时时刻刻高悬于头顶：山巅之上的五块领地（*Kanda Uda Pas Rata*）。在斯里兰卡，没有任何地方离海超过七十公里，因此——往内陆走——很快就会出现一顶紫色的"华盖"。从近处看，花岗岩的城墙似乎密不透风，大多数沿海地区的人只能想象上面会发生什么。这使得中部的高地看起来超然独立，陌生而神秘，就像某个悬浮在云端的巨型花园。

攀登的历程从来不是容易的。1820年以前，从科伦坡攀爬到康提需要四个星期。上山的唯一途径是一条林间小路，由专人看守，而且有荆棘编织成的大门挡着。康提人把这条泥泞的小径称为"伟大之路"——这实在太好笑了，以至于此名称一直沿用至今。为了防止强敌来犯，他们的国王规定，拓宽道路、建造桥梁甚至砍伐树木都是违法的。珀西瓦尔提到，"僧伽罗人和康提人"之间的所有沟通被"完全切断了"。

即使是现在，人们也会高看千里迢迢来到科伦坡的康提人，认为他们很不一般。他们当中很少有人取葡萄牙人的名字，而且几乎没有天主教教徒。但大家都认为不仅如此，康提人还很做作，爱摆派头，喜欢用华丽的辞藻装点语言。没多久，甚至我也学会了辨认他们。他们总是急于撇清与海岸地区及其所有事务的关系。他们更喜欢把自己的身份建立在历史深处，携着战功赫赫的家族史。一有机会，他们就要端出虚伪和浮夸的做派，特别是在婚礼上。只有康提人才会穿民族服装：奶油色头巾、珍珠色背心、尖头拖鞋、银色胸铠和巨大的丝绸腰带。低地人一直不清楚该如何看待这些——不过，他们要是喝足了威士忌，可能会笑得前仰后合。

为了把一切弄个明白，我决定，一定要找到伟大之路不可。

很快，我就发现我给自己定了一个荒谬的任务。我要寻找一条泥泞的小路，它几乎没有大象宽，而且两百多年前就被废弃了。政府的地图上什么都没有，城市地图册中也没有。少数几个朋友听说过伟大之路，但仅限于学生时期。即使在它还是通往康提的唯一道路的时候，它的路线也是作为秘密被严格保守的，而且路线在不断变化。康提人自己都需要获得许可才能通行，而且还需要黏土制作的小通行证。他们从未绘制过地图，至少没有人见过或有所了解。

"那条路早没了，"人们告诉我，"被杂草吞没了。"

我确实没有多少可以探索的东西。但我有巴尔达厄斯和朋友们，至少有他们的地图的副本。在路上奔波了几个月之后，这一大厚本三明治似的笔记现在变得气味刺鼻，毛毛卷卷的，但我仍然可以查看地图。一开始，我很难找到我想要的。巴尔达厄斯贡献的地图（1672年）上画满了虚线，但没有一条是通往康提的。荷兰历史学家瓦伦泰因（Valentijn）的地图（1724年）画得比较好，特别是在哨所方面，但他的图上到处都是山峰，一个个看起来像小小的狗屎。

最糟糕的是珀西瓦尔的地图（1803年），该地图显示伟大之路长驱直入，直抵山里，仿佛是一条高速公路。

在我正要放弃的时候，我重读了戴维医生（Dr Davy）的一大段文字。约翰出生于著名的戴维家族——他的哥哥是矿灯的发明者汉弗莱爵士（Sir Humphrey）。他有着仔细严谨的习惯和不动声色的幽默。他的游记首次提供了对锡兰的细微观察，探索了土壤、毒蛇咬伤以及动物死亡的原因。他还描述了1817年攀登伟大之路的情况，当时距离这条路关闭仅三年。那是一次荒唐的远征。虽然康提人那时刚被平定不久，而且只是暂时的，但英国总督还是觉得他需要度假。他带着妻子、三头大象、戴维医生和一队潇洒的骑兵。这些欧洲人被装在轿子（*Tomjohns*）里抬着走，那种感觉肯定很像躺在床上爬山。自然，他们周围很快就出现了叛乱，又过了十五个月他们才全部回家。但幸运的是，戴维医生已经记下了每一步的行程。我所要做的就是找到这些地方，把它们在地图上标出来，然后把这些点连在一起。

我从康提倒着往回探索，很快就有了一个漂亮的"之"字轨迹从山里跌跌撞撞延伸出来。但在低地区域，情况要更棘手一些。科伦坡显然已经向外扩张，与山峦相接，厚厚的工业沉积物和沥青覆盖了一切。没有轿子能够穿过那片土地，哪怕是一路纵队。我决定跳过一段，再一次从要塞区开始寻找。

要找到进去的路应该是很容易的。荷兰人建造了八座巨大的堡垒——叫作莱顿（Leyden）、哈勒姆（Haarlem）和霍伦（Hoorn），等等——并且这些堡垒与护城河、城墙和三个大门相连。一定有什么东西留存至今吧？但是，要塞区已经不是一座要塞了。因此，有一段时间，我一无所获。然后有人跟我说到代尔夫特。主门不知何故幸存了下来，被压在几家银行下面。如果"伟大之路"有起点，是否一定是在这里,在要塞区的前门处?

我匆匆赶到银行区。现在这里虽然洁白耀眼,挺立着座座摩天大楼,但确实就是代尔夫特。我甚至可以辨认出哨兵站岗的地方。我拉开了相机包的拉链。

"你不能这样做,咳!"

三个体态臃肿的大老粗出现了,他们穿着黑色的西装,配着步话机。

"我不明白……"我说。

"不能拍照,咳。这是国防部的命令。"

我更加不解了。"可这是 1658 年建造的……"

没有用。我被带去了保安室。

"我们需要给国防部打电话……"

他们嘀嘀咕咕了几分钟,然后,西装大汉们挂断了电话。

"你可以拍一张照片,拍完必须离开。"

在我照相时,他们三个人都虎视眈眈地盯着我。我紧张得发颤。好像我已经触动了一条古老的神经,因此,显然正在取得进展。

✺

荷兰的总督们经常在思考伟大之路的事情,想知道这条路另一端的情况。

我发现,他们的旧宅第就在东方大酒店后面。这座建筑一直使用到 1680 年,毫无美感可言,与其说是一座官殿,不如说是一座经过细致构思的仓房。不成样式的巨柱撑起屋顶,里面的房间高大又平淡。建造这座建筑的人是商人,他们的心朝向上帝,眼睛却盯着财务盈亏。从肖像上看,总督们总是事务繁忙、苍白清瘦。他们头戴盖伊·福克斯（Guy Fawkes）式样的帽子，鞋子上饰有蝴蝶结，从头到脚一切都是黑色的。这座建筑也许能让他们保持沉静，但优雅就免谈了。

我跑了好几趟才终于得以进入。如今，这里是英国圣公会教堂的驻地，而且大多数时候，为了抵御高温，都被关得严严实实的。但有一天早上，门是开着的，我便溜了进去。周围除了一个身材瘦小，只穿了一条短裤的人之外，没有别人。他正跨坐在诵经台上，用亮光剂和破布擦拭老鹰。这是一个奇怪的暴力场面，擦拭完成后，他又去跟布道坛作战。

与此同时，荷兰人几乎没有留下他们自己的东西，也许只留下一种悲哀的感觉。在墙壁周围，殖民生活的危机险恶被铭记在大理石上。珀斯郡人尤其不幸，他们在服役期间损失了四十三名士兵，却连一场战争也没有看到。

让总督们担心的，不是这条路通往哪里，而是它可能带来什么。康提人是谁，他们想干什么？他们有多少人？他们的武器装备如何？军事远征是不可能的（葡萄牙人已经犯过这个错误了）。此外，到1658年，荷兰人已经在沿海地区愉快地安定下来，而且他们将长踞于此。锡兰一直只在其边缘地带才是殖民地，这一点从来没有困扰过他们。

不过，他们确实担心，在他们中间仍然存在一个野蛮的异教徒国王。他们与罗阇辛伽二世的接触并不顺利。国王还在因为被骗取了港口而怒不可遏，于是时不时地在海岸地区搞突袭，把几个荷兰人钉死在树上。荷兰东印度公司给他送去了越来越多的豪华礼物，但还是没能安抚他。有一次，法国人甚至试图超过他们，送去一批"波斯马、老虎、灵猫，以及装在镀金笼子里的短尾鹦鹉和凤头鹦鹉"。然而，国王却不以为然。他叫人把路易十四的特使抓起来，制伏他，迫使他担任"黄金盔甲守护官"（Keeper of the Golden Armour）。

罗阇辛伽本人仍然是个谜。在肖像画中，他秃头，留着胡子，肚子圆滚滚的。人们都知道他喜欢动物，是个游泳健将和优秀的骑师，他的妻子是马拉巴尔人，也就是泰米尔人，他的人民视他为神，连他的脏衣服也受到崇敬。也有传言说，在康提人当中，只有他有资格穿长袜和鞋子，只有他可以坐在有靠背的椅子上。但除了这些以外，他和他的王国仍留存有不为人知的危险。

究其原因，一方面是伟大之路无法使用，另一方面是任何人只要进了康提王国，就再也走不了了。国王热衷于扣押欧洲人。他们被当成人质，这点毋庸置疑，但也被视为珍奇物种。罗阇辛伽喜欢让他们在宫廷里活动，负责监管他的亚麻织品或照理他的瓷器，就像那位法国使者一样。截至1672年，他的"人类动物园"里已经有了五百到一千个样品，包括逃犯、迷路的猎人、葡萄牙牧师、"波斯商人"号的全体船员（在卡尔皮提亚被冲上岸）和六名攀行至此谋求休战的荷兰外交官。但是，做俘虏并不总是让人讨厌的。有些被俘者酿造亚力酒，有些经营酒馆。其中一名荷兰外交官娶了个僧伽罗族女孩，并成为铁匠长。同时，普莱西（Plessey）先生和布卢姆（Bloom）先生照料国王的马（不过，马老死以后，他们被放逐到了山上），一个名叫理查德·瓦纳姆（Richard Varnham）的酒鬼负责管理九百名士兵。然而，很少有俘虏能够回家。

回到总督官邸，所有这些情况都让生活变得艰难。在很长一段时间里，总督们不知道他们的殖民地的安全性如何，也不知道康提人在做什么。后来，在1679年11月2日，一个奇怪的人出现在这里，出现在那些不像样的柱子中间。他浑身脏兮兮的，抓痕遍体，

191

胡须及腰。他虽然赤着脚,穿着僧伽罗式样的衣服,但明显是个伦敦人。他说他被康提人俘虏了将近二十年,刚刚逃出来。荷兰人简直不敢相信他们有这么好的运气。他们一直想要了解伟大之路的另一端的生活,现在一切近在眼前。此人名叫罗伯特·诺克斯(Robert Knox),是温布尔登的一名商人。以下是他的故事。

✺

罗伯特和他的父亲,老诺克斯船长,一直在印度海岸航行。1659年11月19日,他们的商船在一场风暴中受损。在前往锡兰海岸的途中,他们父子以及十四名船员被康提人俘虏。然后他们被押上了一条狭窄的丛林小道,那是与伟大之路相对等的东部小路。俘虏们穿着高筒橡皮靴和礼服大衣,走得很辛苦。五天后,他们终于到达了王国内部。

在那里,国王把他最新收获的人类样品分散到各个村庄,让他们暂时安顿下来。逃跑似乎绝无可能。王国里到处都是间谍,伟大之路被严厉把守,一直有人监视,逃跑的人要是被抓到,就要接受难以想象的死法——也许用钳子将其夹成碎片,或被大象踩烂。大多数英国人接受了他们的命运,有些甚至结婚了。但罗伯特·诺克斯没有。他是作为清教徒被培养长大的,因此坚决抵触与信奉异教的女人婚配,也万万接受不了享福作乐的生活。他也是一个相貌丑陋的人,而且脾气性格可能比较粗暴和沉闷。1661年2月,当老诺克斯船长罹患疟疾而奄奄一息时,罗伯特发誓他会"杜绝烈酒和淫乱行为,努力设法回家"。

又过了十八年,他才看到自己的机会,往海岸方向逃亡。在此期间,他的胡子越长越长,衣服全都烂掉了。最后,他采纳康提人的生活习惯，用香蕉叶子吃饭，做辛辣的咖喱，穿着纱笼，通过"四点钟花"[1]来判断时间。劫持他的人带着他不停地四处走动，但无论走到哪里，他都会建造一个新的农场，重新开始做买卖。他甚至自学了编织，开始经营帽子生意，给村民们戴上清教徒式的无檐小帽。

他与劫持者之间的关系从来都不轻松。彼此都对对方抱有无尽的蔑视。在康提人看来，诺克斯是一个外国人，因此属于清扫工种姓。在诺克斯看来，"钦古莱人"[2]"诡诈且阴险"，他们天生就是骗子，卑劣残忍，荒淫无度。男人总是把自己的妻子和女儿借给别人，社会鼓励年轻妇女吹嘘她们在性方面的征服成果。只有卖淫是禁忌。被定罪的妓女，她们的头发连同耳朵会全部被砍掉。

但是，尽管诺克斯满怀鄙视，他却从未忘记在高地的时光。多年以后，在回顾这段经历时，还会有一些遗憾。他回到伦敦之后，把脑子里的书搬到了纸上，并于1681年出版了《锡兰岛史述》（*An Historical Relation of the Island Ceylon*）。这是一部关于僧伽罗人生活和习惯的编年史，其价值从未被超越，至今仍然为我们了解康提提供参考。诺克斯同时代的人也很喜欢这部作品。它被翻译成德语、荷兰语和法语，还引起了另一位作家丹尼尔·笛福的注意。虽然笛福的流浪者鲁滨孙·克鲁索最终会在世界的另一端孤独终老，但从语气和狡猾程度来看，他无疑就是罗伯特·诺克斯。

历史没有讲述我们的主人公如何看待那个小说里的自己。在笛福的书出版后一年，即1720年，诺克斯就去世了，被埋葬在他的一生开始的地点——温布尔登的教堂。

---

[1] 四点钟花：一种紫茉莉，花朵在下午晚些时候和晚上开放，早上闭合，因此俗称"四点钟花"。

[2] "钦古莱人"（Chingulays）即僧伽罗人（Sinhalese）。"Sinhala"一词早期在英语中有不同的拼法。罗伯特·诺克斯在其作品中将锡兰人写作"Chingulays"。

* * *

诺克斯逃跑的机会终于在 1679 年 9 月来临了。那时,他已经是一个受人尊敬的帽匠和旅行推销员,对这个国家非常了解。他和他的助手斯蒂芬·拉特兰(Stephen Rutland)很快发现,要出去只能选择穿过干旱地区。他们在背包里装上大蒜和梳子,开始了一生中最重要的销售旅行,一路漫游流浪,走出了康提王国。

即使在今天看来,这次长途跋涉也未免太草率了。诺克斯和拉特兰此行花了一个月时间,启程时穿着拖鞋,最后打着赤脚。他们首先穿越了"人象冲突"的地区,和我一样,他们在那里发现人们住在树上,河流里"全是鳄鱼,数不胜数"。然后,他们绕过阿努拉德普勒的一些"废墟",进入了不毛之地,皮肤被荆棘划伤,"浑身是血"。最后,在 1679 年 10 月 18 日,他们来到了阿利普,这里是荷兰东印度公司的根据地。他们就出现在我参观过的那座小小的建筑里,现在是一个牛棚。然而,这些逃亡者现身的情景更让人无法忘怀。荷兰人从未见过如此令人恶心的、毛发蓬乱的东西,便把他们驱赶到一艘船上,驶向科伦坡。

对诺克斯来说,历经十九年零六个月,他的囚徒生涯终于结束。但是,这位温布尔登的商人此时还没有到家。前方还有持续五十二天的前往雅加达(当时称为巴达维亚)的航行,接着是为期七个月的到肯特郡埃利斯(Erith)的航行。当然,在开启上述所有行程之前,他要在这里的官邸与荷兰总督进行长时间的会晤。

每当住在要塞区的时候,我每天早上都会在海军基地散步,以此开始一天的工作。我喜欢这里,因为繁忙的交通永远不会越过路障,城市的喧闹也渐渐消散了。我还被海军晨起的景象所吸引,他们派出浩浩荡荡的跑步队伍，后面跟着一辆救护车。那些马刀和锃亮的骑兵靴是干什么用的？我一直不确定，按照规定我是否可以看到这些，但每个人都用洪亮的声音对我说"早上好"，甚至还有一家咖啡馆出售海军早餐和蓝色丝绸领带。

基地后面有一座没有窗户的大型白色掩体。它看起来就像新粉刷并上过浆的，这与其评级相符。荷兰东印度公司如果曾有过垂直起降喷气式飞机，就会让它们停放在这里。这是一个像飞机库一样的地方，有高高的拱形天花板、防爆墙和石板铺成的地面。如今，它应该是一个海事博物馆。但很长一段时间里，那两个长着肥下巴的老看门人就是不让我进去。他们就像斗牛犬一样，一旦有人靠近，就会愤怒地躁动起来。与他们周旋几乎比观览展品更激动人心，不过我在展品中发现了一个将大象抬到船上的便利装置，也很令人兴奋。

老荷兰兵营——在其存在期间——从来没有过愉快的历史。

多亏了诺克斯，荷兰人在很长一段时间里一直避免冲突对抗。1761 年，康提人横扫海岸，把所有东西砸得粉碎，这才搅得荷兰人不得不采取行动。三年后，一支小军队迈出飞机库大门，打算给他们一点教训。但这次行动没有策划好。他们还没踏上伟大之路，就在铺天盖地的巨石和箭矢中落荒而逃了。

第二年，一批更威武的部队在麾下集结。这是一个猎兵军团，有六百精锐，大多是德国人或瑞士人。军团由一位英姿勃勃的新长官范埃克男爵（Baron van Eck）指挥。士兵们不带刺刀，而是带着大砍刀，他们穿着干净利落的帆布军装，戴着防护帽。他们还得到了一千二百名马来人的增援，这些马来人异常勇猛凶悍，因而被招募进来。这支军团十分强大，只不过因为马来人坚持带上他们的妻子和斗鸡一同行军，才使其实力稍稍受到损伤。当康提人看到这支军队翻山越岭，呼啸而来时，一定很想知道是怎么回事。他们放任对手一路走到康提，然后才猛然逼近，展开杀戮。几年前，诺克斯曾警告过荷兰人，康提国王一转眼工夫就能召集三万多名战士。看来他的劝告被忽视了。

离开八个月后，范埃克的猎兵队伍回到了军营，士兵们满身是血，疾病缠身。他们中几乎有一半人已经死亡。荷兰人再也不敢在伟大之路上冒险了。

❀

现在，我自己的攀登之旅需要一个司机。这时，一个康提人和我一起，他会使我的旅程既喧闹又拥挤。尽管萨纳特（Sanath）是由一家机构推荐的，但我一见到他就十分沮丧。他有着粗胖的脖子、结实的前臂、满脸胡茬的小脑袋，以及咧着嘴的肥硕的笑容。他还穿着儿童服装，像香肠一样紧紧地绷在他的波派[1]式的身材上。好像他全身都要鼓爆了。

他很快就对着车流大吼大叫起来。我用了好一会儿来解读他的愤怒，并弄清楚他是谁。我觉得从来没有见过这么喧嚷聒噪、触目张扬的人，但萨纳特却以秘密特工自居。战争期间，他是军队的人，在机场做便衣工作。不难想象他在乘客中间逛荡的样子，耳听八方，却什么也听不懂。镜面太阳镜和耳塞估计就成了习惯标配吧，我想。也许这也解释了他的开车风格，转弯时总是发出叽叽喳喳的声音，而且总是开到路缘上，就像有施密尔舒[2]或老虎队在我们身后穷追不

---

1 波派（Popeye）：又称大力水手，是美国漫画家埃尔兹·西格（Elzie Segar）创作的卡通人物，吃完菠菜就会变得力大无穷。

2 施密尔舒（SMERSH）：苏联的反间谍机构。

舍。我真希望此时已经走完伟大之路了。

"滚一边去！"当我们东倒西歪穿过贝塔区时，他咆哮道。

"喊！肮脏的浑蛋，总是很野蛮……"

女人也搞得他紧张地看向窗外。我不知道这是为了给她们方便还是顾及我。萨纳特知道自己是个怪胎——四十二岁，未婚——而且总是在找借口。据说他在阿努拉德普勒有个女朋友，但听起来不像是真的。然后还有个年长一些的女人，他经常和她通电话，对方会把他气得哼哼乎乎。"这些人，"他说，"就像井底的青蛙！"我猜想，他说这话应该是在怪罪所有女性不会欣赏他的肌肉魅力。

但是，跟所有波派式的人物一样，他的内心也住着一个小男孩。在我们相处的几个星期里，他经常哭，每天早上都有新的疾病——轻微的咳嗽和小疼小痛——都需要人同情。他对要充当不同的角色，以及必须睡在司机房里感到不满。可是叫他到旅馆里来不是很好。他一坐在餐桌前，就又是剔牙，又是打嗝，还在工作人员面前作威作福。我们一出来，在稻田间飞驰的时候，他又会变回本来的样子。他每每大张旗鼓地停下来，在稻田里撒尿。"整个世界，"他放声吆喝，"全是男人的厕所！"

这就是萨纳特的一贯作风。在最初的几天里，我不确定我是不喜欢他还是厌恶他。不过，他至少看起来似曾相识，很可能是从诺克斯的书页中跑出来的人物。

❀

离开科伦坡之前，我们在狼谷（Vale of Wolves 或 Wolfendahl）停了下来。这里曾有豺狼聚集，从山顶上看，这个城市似乎仍然有丰富的油水可捞。不过豺狼早就跑了，那个时代留下的只有一座大型多立克教堂。铁门上有三个巨大的字母：VOC，即荷兰东印度公司。我让萨纳特停一下。我们把车泊在一小群牧师和总督中间，他们现在都被稳妥地安置在巨大的石床上了。萨纳特毫不掩饰他对这一切的反感。对他来说，没有什么事情比基督教的羔羊、圣母，还有那个被折磨致死的大家伙更荒唐可笑的了。

甚至教堂内部的气氛也无法抚慰他。走在里面，就像畅游在弗美尔的脑海里。这里有同样的宫殿式视角，有同样的粉质感和珠宝气质。丰富、细腻的米色光线铺满了整面墙壁。空气里弥漫着石头的味道，空中悬挂着一大簇一大簇的蜡烛和黄铜纪念牌。我找到了总督的座席，一只专门供他挂帽子的帽钩还在。这里还有为奴隶准备的长椅，椅背很高，根本看不见里面那些苦命人。这座建筑赶上了一个特殊时刻。1749 年开始建造的时候，荷属锡兰的发展正如日中天。八年后，当工程完工时，它已走到崩溃边缘。

教堂司事出现了，像一只甲虫，很敏捷。

"我们什么都没改动，"他欢快地说，"一切都是原来的样子。"

他给我展示大门周围的许多奇特装置，明显是锁具。

"在举行宗教仪式的时候，它能防止犯人跑出去！"

外面的小礼拜室里挂着多幅总督肖像。

"他就是最后一任总督，约翰·范安吉尔比克（Johan van Angelbeek）……"

这是一个古怪的形象：一个萎靡颓唐的浮华青年，头戴假发，华袍加身，双眼迷迷瞪瞪地凝视着远方，愉悦自若，对即将发生的事情浑然不觉。

最后，荷兰人因为一块奶酪丢了科伦坡。

英国人觊觎这里已经很多年了。他们要的不是肉桂，而是一个可以停泊舰队的地方。东印度没有合适的港口；很遗憾，马德拉斯既无遮无蔽，又易受攻击；而加尔各答要沿胡格利河（Hooghli）上溯一百英里。但是锡兰有亭可马里，英国人需要的只是一个入侵的借口。当荷兰支持美国叛军的时候，机会就来了。1795年，一场全面的登陆行动发动了。到次年2月，除了科伦坡，锡兰岛已全部落入英国人之手。

科伦坡的夺取是由圣安德鲁斯大学的一位教授策划的。度假期间，克莱格霍恩（Cleghorn）教授与德默龙伯爵（Compte de Meuron）会过面。这位伯爵的兄弟，正巧是荷兰东印度公司的瑞士卫戍部队的指挥官，就驻扎在科伦坡。克莱格霍恩与伯爵约定，只要四千英镑，雇佣兵就会倒戈，需要做的就是把消息传给他的兄弟。这则消息必须以某种方式，通过城市的外围防线偷偷送进去，于是，这个故事里有了一块中心被挖空了的奶酪。

计划成功了。瑞士人拿了钱，可怜的范安吉尔比克惊恐万状，拱手投降。英国人缴获了三百门大炮和大量战利品。他们的首相小威廉·皮特（William Pitt the Younger）豪言宣告："锡兰是全球最有价值的殖民资产。"与此同时，范安吉尔比克再也没能缓过来，第二年就去世了。他现在被砌在狼谷教堂的地板下面，在他女儿的坟墓里。

于是，斯里兰卡的故事翻开了新的篇章。英国人通过贿赂和奶酪，让权力更迭显得轻而易举。他们用弗雷德里克·诺斯爵士（就是那个在牡蛎壳里建造豪宅的人）取代了范安吉尔比克。他是一位古典学学者，只有三十二岁，因而有充足的时间来试错。他的第一个任务是与康提王国打交道。他决定在斯塔瓦卡（Sitavaka）举行一次伟大的和平盛会。这将是一场类似"金帛盛会"[1]的活动。

当然，这场盛会是在伟大之路的半途中举办的。

✺

走在乡野小路上，我们的旅程很快就充满了令人愉悦的中世纪风格。科伦坡最终消失不见了，我们进入了层层叠叠、郁郁葱葱的崇山峻岭之中。这里是肌肉发达的乡下。每个人都在外面与淤泥搏斗。一个农夫正拿着一把斧头，把百合花的旧枝砍掉扔到后面，显现出一个陶土色的、英雄般的身影。我们一停下来，就会听到森林的尖声长叫，以及水牛破泥前行的吸吮声和扑通声。我们偶尔会遇到一座13世纪用石头搭建的小棚舍（*ambalama*），供旅行者投宿。那里现在仍然是睡觉者的群落，是男人们在朋友中间咀嚼甜菜、瞌睡打盹的地方。但是，旅行这件事却似乎让他们困惑不解，当我们经过时，他们一直盯着我们看，睡眼惺忪中透露着惊诧。一个村子里，道路全封闭了，用来作为手推车赛跑的赛道。

走到汉韦拉（Hanwella）附近，我们在一大群库拉瓦尔人（Kuravars，即吉卜赛人）中间停了下来。这些人在凯勒尼河（Kelani Ganga）河畔扎了营。他们的营地是一种反村落的存在，全是没有人要的东西：树枝、尘土、细长干瘦的狗和黑色塑料残片。据说库拉瓦尔人最早来自印度，他们只讲泰卢固语（Telagu），是泰米尔语和印地语的一种混合体。无论走到哪里，他们都是被排斥者和入侵者。R.

---

[1] 金帛盛会（Field of the Cloth of Gold）：1520年6月英法两国举行的一场皇室峰会，地点在法国的巴兰盖姆（Balinghem）。两国国王在会上大肆炫耀各自的财富，进行奢华的较量。因为帐篷和服装大量使用丝绸和金线织成的昂贵布料，这次峰会也被称为"金帛盛会"。

L. 斯皮特尔在 1922 年描述过他们猎杀老鼠和鬣蜥，并在旧煤油罐里煮青蛙的情形，也许到今天也没有什么变化。他们仍然出生在边缘，被埋葬在边缘。从任何意义上讲，他们都是住在路上的。

没有人对我们感兴趣。妇女们正在整理一堆破布烂衫，男人们则躺在吊床上。最后，萨纳特找到了两个讲僧伽罗语的人。他们说，他们靠算命和炫耀他们的蟒蛇为生。他们还可以卖给我一块蛇石（*nagatharana*），这是一种具有魔法的石头，可以吸出蛇毒。他们说，他们很快就要走了，往内地方向去。

"他们从不久留，"萨纳特解释说，"是虫子的缘故。"

"虫子？"

"是的，土地上寄生虫横行肆虐。这是他们遭受的诅咒。因为虐待蛇类。"

斯里兰卡具有悠久的路居者和无家可归者的传统。

每个有一定年龄的人都记得罗迪亚人（Rodiyas）。很难想象有某个群体比他们更容易遭受诅咒。作为一个种姓，他们在两千多年前就出现了，并且受到永久的惩罚。他们所犯的罪行是用人肉假冒鹿肉卖给了国王。经历了四十代人之后，他们仍然遭到虐待和唾弃。罗迪亚人不被允许进入村庄和寺庙，也不能乘坐渡船或使用公共水井。他们的触摸足以污染人的肉体。诺克斯报告说，对康提的贵族妇女来说，最严重的惩罚是被送到罗迪亚人那里接受仪式性的强奸。许多人宁愿选择另一种方式：在河里溺死。

果然，罗迪亚人成了岛上的捕鼠者，作为道路上的生物而活着。在很长一段时间里，杀死一个罗迪亚人也不算是刑事犯罪。即使在戴维医生的时代，他们仍然是"卑鄙之人中的最卑鄙者"。像吉卜赛人一样，靠训练猴子和蛇赚钱。因为他们无法被拘捕，所以必须远距离射杀。这一切在维多利亚时代才有所改变，因为人们的注意力转移到了女性身上。她们被认为是野性的、高贵的、不受约束的。她们成了受欢迎的摄影对象。罗迪亚人噘着嘴，七扭八歪，而且当然是近乎赤身裸体地迈入现代。

这种古老的惩罚在 20 世纪 60 年代才正式结束。那时，大约还剩下八千个罗迪亚人，尽管发生了暴乱，他们还是重新被社会接纳。在两千多年的时间里，他们第一次可以住在自己想住的地方，把自己的子女送进学校。大多数人改名换姓，消失在了人群里。很少有人会想起他们，除了像萨纳特这样的人。他还是小孩子的时候就信服他们的炼金术和性爱魔法。"他们有魔力，"他激动地说，"能让女孩爱上你。"

❁

第一天，我们只走到了汉韦拉和堡垒的外缘。几个世纪以来，这里是康提和其他地方之间的前线。所有强大的政权都在这里建造堡垒，其中大多数都被砸得稀烂或烧成了灰烬。虽然汉韦拉只有一个足球场那么大，但它矗立在河边，显然是一个兵家必争之地。很少有地方经历过这么多的战役，或者见证过这么多的军队蜷缩在土里。这种人类护盖物显然很适合康提的植物群，城墙现在形成了深深的裂缝，莽草蔓生，令人沮丧。

英国人似乎从不在意堡垒，他们把原来的要塞刮除之后，建了一座休闲别墅。不知道他们是不是还计划建一个板球场，哪怕只是一个看台。爱德华七世在这里住过，并留下了一张大石凳。所有这些对萨纳特来说，太难以理解了，于是他去执行一项十二小时的洗车任务。他走之后，我一个人享受这里，只不过周围还有辉煌的群鸟赛会。在餐厅里，所有的椅子上都装饰着金色大蝴蝶结，我坐在里面，就像一场一个人的婚礼。菜单上只有一样东西，那就是Chopsey。它实际上是一种幼儿咖喱，味道和番茄酱差不多。在我用餐的时候，服务员在我身边打转，等我吃完了，他问我能否在英国给他找份工作（并借给他五十英镑）。

回到1800年3月，诺斯勋爵的代表团当然已经取得了相当可观的进展。

走在队伍最前面的是海伊·麦克道尔少将（Major General Hay MacDowall）。他是个看起来粗野而蓬乱的勇士，巨大的下巴布满凹痕。他受命要组建一支"尽可能壮观……以便在康提人的心目中留下深刻印象"的队伍。他的上司不会失望的。这位将军带了1164名士兵，一队孟加拉炮兵，两门榴弹炮和四门发射四磅重炮弹的大炮。然后还有三十二箱送给康提国王的礼物，里面有玫瑰水、糖、平纹细布、金银布、一辆装配齐全的六匹马拉的马车和一个槟榔盘——曾经属于有"迈索尔之虎"（Tiger of Mysore）称号的蒂普苏丹（Tipu Sultan）。

他们花了八天时间将这么多东西从科伦坡转移到三十多英里之外。到那时为止，他们只损失了两个人。一个是中暑死的，在气温高达三十多摄氏度的情况下，这并不奇怪。另一个是在凯勒尼河里冲洗马裤时被鳄鱼咬死的。更令人担忧的是，这段路只是平地，伟大之路还没有开始上坡呢。

如今，在斯塔瓦卡没有地方举行盛会。森林再次包围了这里，

203

城镇消失，堡垒更像是一个杂草丛生的采石场，而不是最后的防御阵地。斯塔瓦卡曾经是首都，比康提还大，现在却在地图上都没有标记。萨纳特沿着乡间小道一路猛冲，在橡胶林中辗转，费了番工夫才找到它。当我们终于抵达时，我们都很失望；萨纳特不敢相信荷兰人逃离时带走了这么大的一座堡垒，我也不敢相信它变得这么狭小。根本停不下两支大军，也没有地方可以布置金帛。

我们在堡垒上四处攀爬了一会儿。一只獴在砌块中跑动，穿过一个摇摇欲坠的门洞消失了。每一处砖石建筑都被缓缓蔓延的树根撬开了。在1675年的鼎盛时期，这个地方有一个"白兰地"仓库和一个装满了"火药、手榴弹和警铃"的巨大军械库。它就是那个时代的溪山[1]，一个深入敌方领土的火力基地。越过它就是一种战争行为。

从树冠上传来一阵邪恶的嘎嘎声：一只鹊鸲。僧伽罗人确信它的叫声是凶兆，我看到萨纳特的脑袋歪向一边。"听！"他咧嘴笑道，"听这声音！这是僧伽罗语……"

我凝神细听，但听到的只有嘎嘎声。

"它在说什么？"

萨纳特幸灾乐祸地号叫："死亡！死亡！死亡！"

要是麦克道尔将军听取鹊鸲的建议就好了。

一开始，事情似乎很顺利。1800年3月19日，他那庞大的、华丽的随行队伍跟跟跄跄地走出丛林，在堡垒下面搭起帐篷。其中包括写日记的珀西瓦尔上尉，他写道：尽管斯塔瓦卡几乎已经成了一

---

1 溪山（Khe Sanh）：位于越南西北部广治省境内，是美军军事基地，在越南战争中具有重要战略地位。

片废墟,但它"呈现出与锡兰任何地方一样美丽和浪漫的景象"。第二天,温度计几乎达到三十七摄氏度,将军的使团带着给国王的礼物爬下了山。

在河对岸,康提人惊讶地注视着这一切。他们从未见过像英国人这样奇怪的东西。不仅仅是他们精美的制服、手表和他们的图案,还有马车。它是用来做什么的?在他们的整个王国里,只有一条足够宽的道路可以容纳它,那就是康提的高街。让他们稍微还要震惊的是"重金属"。如此数量的火炮以前从未走上过伟大之路。国王还算明智,他让他的欢迎队伍——大约七千名士兵——的主体部分隐没起来不要暴露,以防万一。

与此同时,作为对英国人挑逗之举的回应,他手书信函一封,着一位信使去送。信使好像携着一件圣物,把信用白布包裹着,举过头顶。信里邀请来访者继续向王国内部行进。

※

我现在才知道,伟大之路和以前一样凶险。我起初以为,我能徒步走过大部分路段,还幻想自己兴高采烈地攀登巨石,稳稳当当地爬到康提王国。当然,我知道这是很困难的,可是如果麦克道尔将军携着大炮——用套拉绳拉着它们,一棵树一棵树地往前走——都能成功行进,那么我肯定也能做到?也许我会找到古老的路标,或者各种样式的棚舍。我甚至可能遇到那些向荷兰人投掷前寒武纪锡兰大石块的人的后代。在乡野徒步旅行的历史上,我的旅途会是一次胜利之旅。

然而,事实并非如此。首先,我仍然在艰难地寻找一段小路。现在,低地地带各种道路纵横交错,小路和小径,丛林足迹和水牛道，全都纠缠在一起。到底哪一条是伟大之路？所有这些路都有可能。诺克斯曾告诫说，出于安全考虑："道路会发生变化……经常会有新路开辟出来，而旧路会被封住。"这还不算植被因素，如果放任草木疯长，几周内就会把一条路吞噬掉。

然后我想起，根据戴维医生的记录，阿维萨韦拉（Avissawella）和鲁万韦拉（Ruwanwella）之间的道路是沿着凯勒尼河岸走的。我想，我们就在这里，这是一条绵延十英里的古道。在地图上，这两个镇之间有一座公路桥，我们就从那里开始。

或者，这起码是我一个人要开始的地方。萨纳特看了一眼丛林，宣称他带错了鞋子。于是，我独自一人，有些趾高气扬地踏上了伟大之路。一开始很容易——间距很大的棕榈树、巨石和带刺的野草——而且我身边的河水看起来很诱人，让人昏昏欲睡。走了大约五十码[1]，我来到一个小岬角，从这里可以看到茂密的丛林从山上倾泻而下，蔓至河岸。但是，往上游方向，我可以看到一片空地，一条小路，还有渔民或者是洗衣服的人。鉴于我雄心勃勃的计划现在正逐渐萎缩，我便决定以此为目标。我在幽深的林下灌木丛里摸索着前进，几乎立刻就一头栽进了一道深沟，最后掉进了沟底的小溪里。一对咬鹃飞到树冠上，高兴地大叫。我把自己从沟底解救出来，回到了桥上。

我记得在那里看到一个当地人，坐在一个摊位前。他光着身子，只在腰上缠着布，正在拿野生木棉填枕头。我向他问路，结果我还没反应过来，他已经摇摇晃晃地走进了丛林，招手让我跟上。这一次，我们更有尊严地走过了深沟，只是在更远处的象草丛里迷了路。我们兜兜转转，徘徊了半小时，在黑暗、白蚁以及巨大而松软的腐

1　1码约0.91米。——编者注

烂树桩里穿行。最后,我们还是回到了同一个深沟里,稀泥漫到了膝盖。这个时候,我已经被蚊虫和抓痕弄得全身湿漉漉、黏糊糊的。那个做枕头的人看起来也已经精疲力竭,于是我给了他几个卢比,然后我们踱步回到路上,感觉很挫败,也很愚蠢。经过几周的研究,我只在伟大之路上走了一百五十码。

然而,麦克道尔以每天四英里的速度走完了这条路,这个速度令人费解。

我不知道在这个时候,他是否已经在计划下一次的惨败了。1800年的大集会的问题不在于它是一场灾难,而在于没有人意识到它可能有多么悲烈惨重。就算没有弓箭和石头,丛林旅行也险象迭生。珀西瓦尔描述过一小支乔治王朝的军队被虱子和蚂蟥侵袭的情景。"如果一个士兵由于醉酒或疲劳,躺在地上睡着了,他一定会流血过多而死。"然后还有"山地热",英国人将其归因于潮冷的"湿气""白天闷热的蒸气"以及"浓密的森林"。对他们来说,唯一的解药就是大量烟草和亚力酒。但是,就连印度兵也苦不堪言,"腿部感染象皮病""脚气病""腹泻、痢疾和高烧"让他们格外煎熬。治疗方法是"用牛粪、油、酸橙汁给病人擦拭……再把他埋在滚烫的沙子里,一直埋到下巴"。

了不起的是,这一队臭气熏天、吞云吐雾的醉汉大军真的抵达了康提。四个星期后,他们来到了这座小城市,却被告知不能进去。即使是麦克道尔,也只能在天黑时进入,而且必须在黎明前离开。那里一个女人也看不见,每当英国人走近时,村庄就会被清空。接下来是两个星期令人难以忍受的无聊恭维和空洞谈话,然后外国人班师离开,沿着伟大之路步履蹒跚地回去了。三年之后,不明智的麦克道尔再次来到这里,这一次没有带礼物。

207

过了鲁万韦拉,地貌在垂直方向上发生了急剧变化。我们此前游荡的地方海拔只有三十米。曾经有一段时间,任何人只要抽出四天时间,就可以拖着一艘驳船逆流而上。麦克道尔曾把那些患痢疾的人从这里送下去,他们一路猛冲,八小时就能回到科伦坡。

"这个地方好,"萨纳特狡黠地笑道,"有许多服装工厂……"

"你这样说是什么意思?"

"所有那些'缝纫女孩'啊!在机器上工作……"

"也许你应该在这里生活?"我提议。

"算了吧。麻烦太多,活儿太多。"

再往上走,水岸地区的炎热和喧嚣似乎已经消散了。我让萨纳特走小路,大部分时间我们都在森林里,在岩石间环绕上行。我们经过一棵满是狐蝠的树,巨大的黑色团球垂在树枝上,像耶稣会士洗好的衣服。村庄都不大——更多的是零零散散坐落在一些阶地上的小屋。在一个村子里,人们正在举行滑竿比赛,这在苹果播放器的时代是难得一见的场景。萨纳特看到后大笑起来,开始鸣喇叭,驱散了人群。此时我比任何时候都更希望自己是步行着的。

然后,在悬崖峭壁的最顶端,我有了一个想法。从一个方向看过去,我可以瞧见科伦坡,现在它是如此苍白,几乎像是在天边。我们已经到达了巴勒内(Balane),葡萄牙人管它叫"单向关"(One Way Pass)。他们的军队总是浩浩荡荡地从这里经过,然后再也回不来。在1594年的远征队里,只有五十个人活了下来。他们被送回路上,被阉割,削掉耳朵,每五个人只留一只眼睛。康提人对独立可是认真的。

从另一个方向看过去,我可以看到康提王国的天然壁垒在向南倾轧。这些山峰看起来像狮子的脑袋、像书（"圣经岩"），像食人魔。但那里还有一样我几乎忘记了的事物：一条路，它与伟大之路一样古老，每年仍有成千上万的人行走。虽然这条路只是一个劲儿往上，并没有其他方向，但它也很狭窄，很陡峭，而且滋生了大量蚂蟥。它还是一条名副其实的古代名人大道。每个人都曾在某个时期来过这里，包括马可·波罗、波罗迦罗摩大帝、伊本·白图泰、巴布·库兹（Babu Khuzi，一个虔诚的流浪者，被蚂蟥吸血致死）和埃塞俄比亚女王坎达丝（Candace）的皇家太监。这还不是全部。根据14世纪的《约翰·曼德维尔爵士的游记》（*Voiage and Travaile of Sir John Maundevile*）一书的记录，亚当和夏娃"在被赶出伊甸园的时候"也曾到过此地。我只要追随前人的脚步就好了。

然而，萨纳特十分讨厌要费那么多力气的想法。"喊，一条步道。唉！"

"好。那就这么定了。我们要去亚当峰。"

凌晨两点刚过，我就开始爬山。前方，遥远的螺旋状灯光缭绕上升，直抵云霄。老人们已经出发，他们渴望在黎明前到达山顶。我的登山同伴大多是老太太，带着花瓶和塑像等献礼给佛祖。许多人赤着脚，有些人由家人背着。这在他们将来的记忆里会是一次"登天之旅"（*Svargarohanam*），而横在他们面前的是八千五百多级台阶。他们认为我很疯狂，很奇特，不带任何明显的精神目的而去攀登一座山。很多人要求给我拍照，然后高唱着"萨杜！萨杜！"（"哈利路亚！哈利路亚！"）向前行进。亚当峰海拔2243米，也许不是全岛屿的最高山峰，但肯定是康提之最。

萨纳特没有一起来，这让我感到如释重负。他的借口是一个名叫贝齐（Betsy）的丰腴的澳大利亚人，他是在我们的小型客栈里瞄到她的。尽管她的父母明显在场，萨纳特却还是觉得他有机会，而且，为了逃避登山，向少女求爱是一个很显示男人气概的借口。因此，我在附近的纳拉坦尼亚（Nallathanniya）村雇了一个向导。我本来预期找一个当地人，但蒂米（Timmy）是一名从科伦坡来的学生，而且胖得惊人。不过他也是一个温柔体贴的男孩，过来的时候背了一个装满蛋糕、奶酪、奶茶、饼干和四升水的背包。我央求他把这些东西都留下，但他不愿意。我是他的第一个客户，他显然觉得，我每走一百步就为我提供一次早餐，是一种荣幸。没过多久，他就气喘吁吁要休息，结果我们共同攀登了一小段路就完全失去了联系。

我很快就被一股信仰的热潮带动起来，精神振奋，阔步向上。到了三点，有数百名朝圣者在台阶上爬行。大家挤在一起，肩并肩行进。我很惊讶他们的气味是那么令人愉快，那是檀香木和烟火的味道。感觉我们好像在一起度假，互帮互助，追逐星辰。在山上，几乎每一步都有一家茶水铺（*te kade*）。这些地方让人欢欣鼓舞，我们可以吃到棕榈糖、面饼、煮熟的玉米棒、鹰嘴豆和薄煎饼。只有僧侣们抑制着自己，因为他们必须要乞讨。我注意到，有一个僧侣的碗里有几枚硬币，还有一块费列罗餐后巧克力。

大家偶尔会停下来聆听布道。这是一些半明半暗的美妙时刻；数百张脸孔仰面朝天，环绕在一只灯泡周围。我有几分钟的时间可以独自欣赏这条伟大的阶梯，四周可以听到蟋蟀鸣叫，野猫打架以及青蛙彻夜欢唱的声音。伊本·白图泰说过，有两条通往山顶的路：这条路叫"麻麻"（*Mama*），还有一条更难走的路叫"巴巴"（*Baba*）。他从"爸爸"那条路上去，又从"妈妈"那条路下来，没有台阶的话，需要走三天时间。他还发现这里的野生动物更让人头疼。有长着络腮胡子的"狮尾猴",它们总是攻击人,并且"骚扰"妇女。更糟糕的是,有一种超强蚂蟥,"一旦有人靠近,就会跃到他身上"。很幸运,我没有受到侵扰,也没有被吃掉,可能是因为它们有更多气味芬芳的食物可以选择。

几小时后,山顶出现了,紧迫感骤升。灌木丛现在散发着酸苦味,弥漫着人类的气息,悠长、颤抖的圣歌震破了漫漫长夜。有的朝圣者跪在地上,吟唱着走完最后几百英尺。在埃萨拉驿站(Esala Post),老太太们起誓绝不沾染不洁净的行为,于是我也匆忙咕哝了一段自己的誓言。然后我们抵达了山顶,数百人挤在一座网球场大小的平台上。起初,我觉得很尴尬,因为没有长袍,也没有可以供奉的礼品,感到无所适从,但似乎也无人注意。这时,朝圣者们要么匍匐拜倒在神龛前,要么已经滑到地上,睡熟了。一个戴着粉红色毛线手套的警察在他们中间走来走去,拍拍他们的帽子,戳戳他们的鞋子。

黎明时分,一个完美的等腰三角形——幽郁而鬼魅地——出现在了西边的云层里。那是我们的影子,经由第一缕寒冷光线的投射。看到这一幕,朝圣者们拥到了栏杆前,集体满怀敬畏,喃喃低语。这也许证实了他们一直以来的信念,也就是斯里兰卡是天选之国,这是冥冥之中的定数。我还在想,马可·波罗是不是也看到了这一景象,以及是否因此萌生感慨,从而大胆地(尽管略微草率地)评价这里是"世界上最美丽的岛屿"。

但是,在信徒中间,有一样东西要比雾瘴缥缈的三角图案神圣得多:一个脚印。它现在有壁龛保护着,就像一座12世纪的碉堡。我们被允许参观的时间只够给它投些硬币。对于是谁在这里种下了自己的足迹,各大宗教从未达成一致。找到一个完美的适配好比中世纪后期的灰姑娘大追寻。穆斯林宣称这是阿丹的印记;基督徒认为是圣托马斯(St Thomas);婆罗门教徒认为是湿婆;中国人则认为是

211

盘古,他是世界上的第一个人类。只有朝圣的人才知道真相;这是"圣足"(Sri Pada):是佛祖曾经踏入斯里兰卡岛屿的中心地带,并把这里作为他的精神基地的证明——假如需要证明的话。"我不管别人是什么说法,"一位朝圣者告诉我,"这里是我们的国家,每个人都应该知道这一点。"

下山路上,我想了很多:神圣的堡垒、艰苦的道路以及坚忍顽强的品质,依然如故的康提人。现在天亮了,我可以看到下方三英里处的村庄。一个穿着迪赛(Diesel)牌凉鞋的僧人在我的手腕上系了一条橙色的丝带,告诉我在接下来的三个月里会交到好运。扩音器正在播放《大史》里冗长的、惊心动魄的论断,而在远处的山谷里,我可以看到一座新的白色舍利塔,从森林里漂亮地探出头来。这又是一个神秘的概念,我沉思着,造化使然,它在过去的几千年里没有受到任何损伤。

下到大约一半时,我遇到了蒂米,他带着我的第七份早餐迎接我。他仍然在为职业生涯里突如其来的上坡路感到惊恐不已。我看得出来,当天下午,他就会坐上巴士,回到海岸。在其他四名向导的帮助下,我们扶着他下山,回到了村子里。

"我不适合在内地待,"他讨人喜欢地说道,"我觉得是空气的缘故。"

回到酒店,我还发现萨纳特在沙发上睡着了。他没能见到那个姑娘。她和她的父母也在前一天晚上动身离开了。"喊,"他嗤之以鼻,"跑那么多路。"

❄

我们再次进入这个古老的王国,没有走巴勒内,而是去了一个更险恶的关口。我们绕着东北方向前进，来到了加勒盖德勒（Galagedara）的峡谷。这里没有水果摊，也没有看起来像狮子和圣经的景观。这里十分昏暗，让人身上瘙痒，树林封盖了道路。在最狭窄的地方，我们遇到了一个像赫拉克勒斯一样的人物，他半裸着身子，长着一头狂野的钢铁色的浓密长发。他还拿着一根粗重的棍子，向汽车袭击。萨纳特加快了速度，巧妙地避开了这些击打。奇怪的是，他什么也没说，仿佛这次遭遇是完全正常的。

在我们上方，透过树冠，我可以看到加勒盖德勒山。

"我们有没有机会上到那里？"我问。

萨纳特想了一下，点点头："我们试试。"

我知道他喜欢这种挑战，或者说喜欢这种展望使命的感觉。虽然萨纳特在与人结伴或步行的时候可能别别扭扭的，但他喜欢驾驶汽车一头扎进隧道或者在丛林里冲刺。没过多久，他就找到了一条森林小径，我们在巨石间螺旋式上升。这里远离公路，十分安静。在很长一段时间里，我们没有看到一个人。然后，一些割胶工出现了，正在一个瀑布里冲洗。他们都停下来盯着我们，仿佛我们是一群龙，或是一艘正在经过的宇宙飞船。再往上走，出现了更多的农民，正在一棵波罗蜜树的树杈上歇息。他们抽着烟，嚼着槟榔，牙床水润鲜红。珀西瓦尔上尉曾提到，在康提人中间，牙齿朽烂并不丢人，"因为他们认为洁白的牙齿只适合狗，对人类来说是耻辱"。当我们经过树上那一伙人的时候，他们张开了嘴巴，是三个黏糊糊、湿漉漉的"O"。

经过橡胶林之后，森林变得更加陡峭，小路渐渐消失了。最后几百英尺的路程我们是步行走完的，在萋萋野草和花岗岩中往上攀爬。两个小男孩出现了，想给我们看看他们的小母牛、一只电视天线杆和一个由紫色岩石垒成的石堆。然后，我们都爬到了悬崖边上，从边缘向远处眺望。斯里兰卡的大部分地区似乎都在我们的下方了：皱缩在雾霭里的山峰，银色的水岸线，像镜子碎片似的水稻。男孩们说，他们有时可以看到大海，不过自己从未去过那里。

他们的叔叔出现了，邀请我们去家里做客。虽然房子很现代，但除了一张塑料桌和一盘米粉糕，并没有别的家具。一大家子人都过来看我吃东西。他们说对山下的世界了解不多，但有一件事他们很确定：康提的最后一位国王曾把他的旗帜挂在这里，就架在那个紫色的垒石堆上。

麦克道尔将军没过多久就回来了，铿锵有力地行走在伟大之路上。自上一次的大集会以来，他花三年时间组建了一支超过一千九百人的庞大部队，里面有孟加拉人、马来人、"苦力"、亚洲民兵（或本土辅助军）、第五十一步兵团（约克郡人，但主要是"老人和男孩"）、第十九步兵团的部分人员和少数掷弹兵卫队的老兵。这并非英国军队的精英力量，但军乐激昂，士气十分高涨。1803年1月底，士兵从科伦坡出发，管笛齐鸣，锣鼓喧天，"充满了欢乐和喜悦"。军官们对胜利如此有信心，他们甚至把队伍停在了"椰果俱乐部"（The Coca-nut Club）外面，坐下来吃了一顿丰盛的晚餐。

如果说麦克道尔从早前一次的大集会中学到了什么，那就是要避开巴勒内。这一次，他要前往加勒盖德勒，向关口进军。在其他任何方面，他的入侵与前两百年以来所有其他对康提的侵略行动一样：高地人将从上面倾泻火力，虽然气势汹汹，但收效甚微，然后他们会消失得无影无踪。这一次，要由第五十一步兵团翻越加勒盖德勒山去追击他们。

不难想象老约克郡人喘着气在林间跋涉的情景：红色的毛料军服，帆布小背包，厚厚的筒状军帽拉到眼睛上，头发拢到后面，用焦油打成辫子。到目前为止,锡兰岛的体验使他们一会儿被烈日暴晒,一会儿浑身湿透,还被蚂蟥咬得血肉模糊。但他们是一些老练的步兵,1803年2月19日,他们以惊人的速度登上了山岭。但康提人早已离去,只留下了紫色的垒石堆。他们已经班师回朝,并准备把都城烧掉。

❀

在悬崖顶上,一个美丽的世界似乎在我们面前浮现。天空一片碧绿,茂林苍翠,水瀑奔流,远处是山峦,像烟雾一样飘移开去。低矮一些的山坡精致地镶嵌在稻田里,其余的则还是大自然的手笔:梯级棋布、装缀点点、树木葱茏和绿草如茵。我从未见过哪个地方能有如此巧定天合的山川风物,或是如此偶然自成的创意。"这无疑是世界上最精雅的国家,"一位英国人在1803年写道,"它配得上天堂的称号。"

上面比较凉爽,而且更加宁静。我们经过了一个陶工的村庄和一片小红牛的田野。现在连萨纳特都显得心平气静了,他回到了让他难以置信的故乡。我记得看到一个人在一条小溪里清洗大象,好像它是一辆家庭轿车。

❀

我们环绕着康提行驶,它被包在一条环状的河流里。远处,马哈韦利河在山丘上切出了一条宽阔的沙沟。现在河水水位很低,但仍像蛇一样骤然回转。树木和杂草已经爬到了河岸,正在空阔的淤泥上小心翼翼地蔓延。雨水一来,它们全会被冲走,一条大河便恢复了。古代康提人一直相信这是一条通往来世的路。他们死去国王的骨灰会由一个蒙着脸的船夫载到这里,这个船夫的工作就是划着船,把它带向永恒,再也不回来。

我们停在了勒韦拉(Lewella)的桥上。在我们下方,河水在淤积的沙丘中蜿蜒流淌,鸬鹚在水流中俯冲又腾起,两个渔民带着一罐棕榈酒安卧在一根浮木上。几只骨瘦如柴的狗在桥上集合,好像有什么事情要发生。萨纳特很喜欢这个地方,他说,那时候他还是个学生,总来这里洗澡。我问他有关"勒韦拉"这个名字的事情。这个词语最后一部分的意思是"沙子",那其余部分呢?

"血。"他咧嘴笑了,"这些是血之沙。"

曾经,这里有一个人知道关于勒韦拉的一切,以及它的名字是怎么来的。

亚当·戴维(Adam Davie)是经过充分预演的一个生活的失败者,他随麦克道尔的远征队来到康提。可怜的戴维少校只有一项技能,那就是掩藏自己的不足之处,直到需要勇挑大梁的时候才暴露出来。到那时为止,他很幸运,还没有被注意到。但在1803年2月20日,探险队到达康提城,发现城市陷入一片火海,所有人都走了,剩下的只有流浪狗。没有可以掠夺的物品,没有赏金,也没有地方可以住。戴维是第一批在发黑的树桩和稀奇古怪的宫殿及寺庙建筑群中游荡的人之一。在一个院子里,他们发现了那辆被烧焦的马车残骸。麦克道尔立了一个新国王,是个名叫穆塔萨米(Muttasamy)的倒霉蛋。

然后,随着形势的自然发展,命运开始向戴维逼近。痢疾和脚气病很快在英国军队里流行起来,把士兵变成脓包。康提人只需要静待时机。他们悄悄地在山上集结,逮住落单的人,割下鼻子,砍断四肢。最终，麦克道尔在胜利抵达后仅三个月，就决定弃城离开。他慌慌张张地返回伟大之路，身后只留下几百名士兵，由戴维指挥。

这是亚当一直害怕的时刻，他的反应是歇斯底里的。他号叫着，哭泣着，祈求解除他的指挥权，但他的请求被拒绝了。"只有上帝知道，"他写道，"我们在这里会落得什么下场。"他的恐惧是正确的。现在有多达五万名康提人包围着这座城市，而只有二十名英国人能够给一支三磅枪安装弹药。

随后发生的阴谋诡计不能责怪到戴维头上。康提的首席大臣（adigar）也是英国人的间谍，所以相信他也不是没有道理。他承诺说，如果戴维的人放弃他们的阵地，他就会照顾他们的病人。但事实并没有依照这个表面的协定。体格强健的分遣队刚刚离开，康提人就冲进了宫殿，当时宫殿正在作为医院使用。他们把那里的病人殴打致死，总共有一百四十八人。只有一个人逃了出来，他是一个坚强的德国炮手，叫西昂中士（Sergeant Theon）。

与此同时，其余的人还不知道在康提发生的事，他们在勒韦拉整队集结。由于过不去河，戴维首先交出了穆塔萨米国王，然后交出了他所有的枪。傀儡国王立即被斩首，他的仆人也被割去了鼻子和耳朵。然后，真正的国王维克拉玛·罗阇辛伽（Sri Vikrama Rajasinha）下令杀死欧洲人。只有戴维和另外两名军官得以幸免。其他三十三人每两人一组被带离，并被捣进泥潭。只有一个名叫巴恩斯利（Barnsley）的老骑兵逃脱了。几天后，他再次出现在一个英国堡垒里，带来一个令人刻骨铭心的消息："前往康提的军队全盘溃败了，大人。"

戴维被纳入了国王的"人类动物园"。虽然他的同伴不是死了就是逃了，但他从未离开过康提，甚至可能活到了1812年。据说他最后几年的时间大部分是在这里，在血之沙上度过的。他的样子一定

217

格外孤苦凄凉：光着脚，佝偻着腰，精神涣散，穿着一身华丽的破衣服。他的信是塞在鹅毛笔和棕榈糖块里偷运出来的，信里讲述了一个人逐渐发疯的过程。开始的时候，他催促再次入侵康提，但没有人来。他的句子开始变得支离破碎，然后他乞求鸦片。到最后，只有鸦片才能抚慰他的心魔，而他余下的信则完全成了讲不通的胡言乱语。

第六章

康提
KANDY

> 康提的下午有一种鬼魅朦胧的气质,夜晚却是光辉灿烂的。
>
> ——伦纳德·伍尔夫,约 1904 年

> 我在康提的大部分时间似乎都花在了这样的短途游览上,事实上是想要逃离它;它是一个完全没有吸引力的城市。
>
> ——雷文-哈特,《锡兰:石头上的历史》,1964 年

康提总是自称拥有世界上最大的树。我到达后首先做的一件事就是去参观这棵树。

它是一棵巨大的榕树，应该生长在植物园里。这种雄伟的植物，我以前见识过一棵。仅仅走到树枝下，就像是进了一座剧院，或者一座由树叶搭建的宽阔礼堂。康提人说他们的树比其他任何人的都要枝叶浩繁。它应该很容易找到，可是我在雨里似乎奔波了很长时间。我唯一看到的人是一个农民，身上只缠了一块腰布。他也在跑，但他所追赶的牛不想被抓到。它们正在劫掠它们所见过的最美丽的食物储藏地：一片肉质叶的兰花和边上的花坛，还有千奇百怪、神秘超凡的果子。

最终，我找到了榕树本该在的地方，惊愕地停了下来。这里只剩下一个巨大的树桩和几堆鲜红的锯末。在我扒拉这些残渣的时候，一个老态龙钟的长者出现了，好像蒙蒙细雨里闪现的精灵。他意味深长地端详我，然后笑了。"你很不走运。"他亲切地说。

我点点头："但这棵树比我更不走运吧？"

"没错，不过它已经在这里存在了许多个世代了，而你恰恰晚来了一天。"

❀

我为此苦恼了一会儿，觉得我到达康提的时间太迟了，已经错过了所有意义非凡的事物。这里现在有近两百万居民，每个山谷里都沉淀着厚重密集的建筑和街道。一条铁路弯弯扭扭地爬进了群山，现在有了天线和隧道，飘浮的污染物像一顶粉红色的小帽子。它最终变成了康提人时常描述的样子：伟大的城市（*Mahu Navara*）。很难把这些与戴维少校所认识的那个虚妄荒诞的地方联系起来：满目焦土，城池尽弃，野狗乱窜。

除了乘高居险以外，康提在别的方面是否也成其为一座山地堡垒？几个世纪以来，这里是僧伽罗国王最后的屏障。1592年，他们第一次在这里藏身，在接下来的222年里，让欧洲人一直不得逼近。这里没有必要修建复杂的防御工事，通常一道隔墙就够了，剩下的就交给山峰，或者交给浩浩荡荡的马哈韦利河。尽管现在河水变浅，也不是那么难以控制，但它仍然迂回环绕，精心守护着这座城市。很少有地方能被地理环境保护得如此严密。甚至在第二次世界大战期间，康提也被视作一个天然的堡垒，是盟军东南亚战区司令部显而易见的绝佳选址。我参观过古老的瑞士酒店（Hotel Suisse），当时所有的海军将官和将军都住在那里。酒店连一片椅子背套都没有移动过，藤条家具也和他们离开的时候一模一样，好像整个事件可能会重新开始似的。

我很快意识到，康提顽强地保留着一切，尤其是过去的东西。本质上，它仍然是一个庙宇和宫殿的城市。有时候让人觉得，好像律师和裁缝有他们自己的小区域，其余都是僧侣的地盘。所有神圣气氛的焦点是一块小小的人体组织，人们认为它是佛祖最后的遗骨，有两千五百多年的历史。它是一颗牙齿，被深深包裹在一个由寺院、保险库和宝匣组成的复合设施里。康提人经常告诉我，谁拥有这颗牙齿，谁就握住了全岛的权力。

这座复合建筑的前面不是广场，而是一个巨大的皇家湖泊。从这里开始，山谷向外辐射，像一系列相互连接的房间。但一切总是会回到湖边。这个湖泊让整个城市为之着迷。我偶尔会绕着湖岸走完两英里。有一个供王后沐浴的地方，还有一个皇家船库，但没有船。从来没有人碰过这里的水，也没有人敢去碰。人们说他们畏惧这个湖，而且在湖水深处，有一个更古老的康提已经淹死在那里。

萨纳特也相信这一点。

"湖水很饥饿。"他说。

由于有这么多饥肠辘辘的水,城市被迫向上攀升,延伸到了山谷的谷壁。从寺院和庙宇的边沿往上,逐次排列着更多的世俗阶层:首先是神学院和法院,然后是大人物的宅第和几家贵族酒店,然后才是其他建筑,逐渐消失在丛林里。只有野生动物无视这种等级制度,一直在城市上空涌现。每天晚上,成千上万只乌鸦会出现在湖边的合欢树上,所有人仓皇逃离。到了夜里,就轮到豹子了,它们会从山上下来,喝酒店池塘里的水,并吃掉所有的狗。然后,在黎明时分,每天的战斗都会开始,康提人对战野禽和果蝠,进行鸟粪和冲天炮的激烈交火。

不仅是野生动物和僧侣,似乎每个人都被吸引到康提来。也可能只是因为它从未允许任何人离开。诺克斯能认出所有的大姓,而且——如果有合适的场合——他们都会盛装打扮,就像他们在1679年那样。有些人甚至有相同的头衔,如"佛牙保管官"(The Keeper of the Tooth),而他们周围的世界也和当时一样:镂金铺翠,虔敬恭诚,整洁有序,皇家气派。对我来说,康提的真正乐趣永远在于一种幻觉,幻想这里仍然是一个伟大的王国,至少在精神上,而它所缺少的只是一个国王而已。

※

回到自己的城市,萨纳特便狡猾地端起了贵族的架子。当我在皇后酒店(Queen's Hotel)预订房间时,他怒气冲天,因为他特别讨厌酒店的司机房。此后,他总是迟到半小时,说是蚊子害的。

但就算我给他安排一间套房,他也还是会不高兴。他鄙视皇后酒店和关于它的一切。对于骄傲的康提人来说，这家酒店仍然是一个蹲在湖边的外来生物。它甚至都不是在这里建造的，而是成套成套从维多利亚时代的英国运过来的建筑装备。你仍然可以看到叶形装饰和黄金层层包裹下的纵梁。还有一个金色的电梯，无数的镀金的镜子——全都布满斑点而不太反光——还有几英亩的缅甸柚木地板，现在凹凸不平，松动起伏，有点像大海。在我的房间里，我发现了一份菜单，敦促我"体验殖民地的味道"（很明显是洋葱圈和鸡块）。我想，在舞厅、布屏风扇以及欧仁妮皇后来访的时代，这一切都曾十分壮观。但是，随着时间的推移，酒店开始慢慢萎缩，其中一部分已经关闭了。僧侣们现在已经收回了停车场，并试图关闭酒吧。对于康提人来说，这个地方哪里都是错的：错误的感情，错误的风格，错误的皇后。

有一段时间，我尽量避开萨纳特。这在白天很容易，但晚上就难了。康提人直接踪影全无，我一直搞不清他们去了哪里玩。这里没有夜总会或酒馆，而湖边的区域还在受到鸟类的攻击。同时，街道上空无一人，公园也都以体面和秩序为由大门紧锁。然后我听说湖对岸有某种舞蹈表演。康提人以其虔诚的宗教信仰和盛大的庆典活动而闻名，这次活动也没有让人失望。我觉得几个世纪以来一直没有变过：号角和海螺声此起彼伏；穿着银色盔甲的杂技演员；翻着筋斗的鼓手和美丽动人的女孩，她们舞姿婀娜，轻盈如飞蛾。有时，这种活动看起来就像伴着音乐进行的战争，或者是一场致命的竞技。晚会结束时，变戏法的人"痛饮"煤油，然后喷出华丽的焰火。我离开的时候，耳朵里听到的全是游客在惊骇中心醉神迷的声音。

对于康提人来说，这当然只是即将到来的佛牙节（perahera）的一次预热。每年，整座城市都会在熊熊燃烧的火炬、叮当作响的盔甲和气势显赫的大象组成的壮观景象中升起飞腾。在十天的时间里，这些魁梧的猛兽在人群里穿梭，直到一个群情鼎沸的瞬间，最为雄壮的一头大象盛装打扮，闪耀出场，而在它背上驮着的，就是佛牙。几百年来，这一直是数百万人生活中的巅峰时刻。但不是每个人都能欣赏这种活动。第一个见到这一场面的英国人认为它是"来自异教地狱深处的某种东西……一种十足巫毒的迷幻"。佛牙节还使D. H. 劳伦斯显露出他最糟糕的一面。"我不喜欢那些愚蠢的黑种人，"他写道，"也不喜欢他们乌泱乌泱的人潮以及他们丑陋的小庙……什么都不喜欢。"

我想我一定会很享受这种活动。问题是还有几个月才到佛牙节，而我无法忍受那么多的洋葱圈了。

我最终妥协了，给萨纳特打了电话。接下来我们就在酒店的吧台里喝啤酒。萨纳特现在兴高采烈，热情奔放，而就在这一瞬间，我感到一阵惋惜。啤酒并没有让他少一些粗暴，但实实在在让他变得更傲岸了。那天晚上，他谈论康提的最后一位国王，就好像他认识他一样，而且仿佛过去两百年的历史并没有真正发生过。

"一个非常强壮的男人，"萨纳特坚持说，"总是有很多女孩……"

"不过，她们不是要来干活的吗？"

他轻蔑地哼了一声："才不是，他可是龙精虎猛的。"

我一定表现得很怀疑：维克拉玛·罗阇辛伽是出了名的胖子啊。

"你等着瞧吧，"萨纳特说，"我们明天就去他的后宫。"

※

到了早上，萨纳特对国王的雄力不大有把握了，没再提起这个话题。但我们还是出发去了后宫（*palle vahala*）。它就在佛牙寺的后面。令我惊讶的是，它现在的名称是国家博物馆。

我以前从未去过什么深宫闺阁，但我觉得这里应该是个储秀藏娇的好地方：一座单层大宅，围绕着一连串庭院而建，有波形瓦铺设的屋顶。虽然几乎没有迹象可以推断这座建筑的功能——或其主人的所作所为，但这里明显是他舒心愉悦时候的居所。在他的一幅肖像画中，这位胡须整洁的国王穿着一件狂放的轧光印花棉布上衣和一条红色条纹的裤子，头戴一顶巨大的金帽子。见过他的英国人总是对这些装束感到困惑不解，常常不由自主地拿他同时与亨利八世和伊丽莎白一世做比较。和他们一样，维克拉玛·罗阇辛伽决心要给人们留下深刻印象。1797 年，他作为一个无名小卒登上王位，后来的十七年里，他一直在追求伟大，从衣着绚丽、满身珠宝开始。

这些服饰中有一些留存至今，我现在发现自己正盯着这些缝制品，想象穿过它们的那个人的样子。细小的珍珠片用银线缝制固定，整套衣服熠熠生光。要是欧洲人知道康提人这么精致，可能会更加尊重地对待他们。尽管与世隔绝了几个世纪，康提还是生产出了极其精美的物品，其中一些物品最终就到了这座女人的宫院里。其中有图案雅致、釉面匀润的巨大陶罐；按照奇彭代尔[1]精度标准制作的轿子；像珠宝一样的箭镞和像餐具一样的戟。然后还有国王的匕首，全部用金银细丝装饰，凿刻奢华。被这样一把匕首杀死都是一种荣幸，就像被一根法贝热[2]的棍子打死似的。

只有医疗图表显得很不相称。18 世纪的康提人对自己身体内部的情况一无所知。人的尸体是一个令人恐惧的对象，因此他们对人体解剖学没有探索。大家所知道的就是，人的肺看起来像一对红花

---

1 奇彭代尔：托马斯·奇彭代尔（Thomas Chippendale），18 世纪英国的著名家具工匠。
2 法贝热（Fabergé）：俄罗斯珠宝品牌，是世界上最知名的奢侈品牌之一。

菜豆，心脏是一个圆球。

如果可以看到这一切复活，我愿意付出任何代价。维克拉玛·罗阇辛伽的宫廷将是一座令人难忘的剧院。

舞台中央就是国王本人。珀西瓦尔说，他自视为"全世界最伟大的君主"。不管他走到哪里，前面都有吹笛和打鼓的，还有人甩着鞭子，鸣枪致敬。只有首席大臣可以站在他面前，其他人都得爬着走。即使这个时候，他们也要不停地齐声奉承，无休止地重复一长串国王陛下的头衔，或赞美他的脚的芳香。无论是官员还是职业乐师，在他们眼里，国王都是神。

朝臣们被赋予了稀奇古怪的角色。戴维医生用华美的文辞对他们进行了细致的描述。众多人员之中，有国王的槟榔果的保管官，负责国王的餐刀和餐叉的宫廷内侍（*batwadene nilami*）以及管理皇家梳洗如厕事宜的长官。后者负责为国王陛下梳理头发，他手下有二十个小头目和五百多名额外人手。然而，只有最出色的家族才能为国王洗脚。

围绕着这个童话故事般的宫廷活动的，还有所有的小角色：杂技演员、验尸官、诗人、巫师、王室指定的魔术师和皇家剑客（被雇佣与人击剑，越血腥越好）。最忙的是律师。正义可能是痛苦的报偿。被戴绿帽子的丈夫有权砍掉竞争对手的耳朵，而债权人可以奴役他的债务人。整个王国大约有三千名奴隶。

至于这里的后宫发生了什么，很难说。虽然国王有一个最喜欢的宠妻兰格玛（Rangamma），但他娶妻的数量没有限制。康提的王后通常是泰米尔人，是从印度精心挑选来的。在皇家婚礼上，国王和他的新妻子都会被剃光头发，在那一天互相往对方身上喷洒芬芳的水。随后，客人们会被送上柠檬水，以及一盘巨大的三百小份的咖喱饭菜。无论这听起来像什么，都不是萨纳特所想象的纵欲狂欢。

※

从后宫出来，我小心翼翼地穿过寺庙建筑群去了皇宫。我到达时，看守正在用冲天炮驱赶猴子。噼里啪啦的爆炸声让每个人都心惊肉跳，一群惊慌的面孔出现在一个炮口处。这座建筑跟后宫一样，只不过更大一些，而且坐落在一个巨大的基座上，以防止大象进入。在里面，我感觉自己呼吸着石头的味道，凉爽的感觉沿着旗帜向上渗出。馆长很不高兴，因为把他从酒劲里弄醒了，水肿的眼睛厌恶地望着我。也许他认为我会偷走国王的浴缸，或者偷走几座重达数吨的雕塑。我们尴尬地从一个房间走到另一个房间，他总是紧紧跟着我。其中一个最大的厅室里散落着炮弹，里面有一个巨大的盥洗室。

我凝视着墙顶的雕饰图案，捕捉到朝臣们手舞足蹈的瞬间。正是在这里的某个地方，在这些房间中，那些英国病人被乱棍打死。不可思议的是，那是康提王朝一个十分短暂但辉煌璀璨的时代的开始。她的士兵涌向了全岛。突然间，诗人和杂技演员随处可见，他们爬上堡垒，把一切烧光烧尽。英国人的反应是绝望的，甚至连总督诺斯勋爵也被迫报名去当二等兵。但是，秩序最终得以恢复，康提人觉得他们的姿态已经亮明了，便收兵返回。此后是前所未有的十年和平时期。在那段时间里，维克拉玛·罗阇辛伽将重塑他的城市，创造出今天这样一个雕栏玉砌、金碧辉煌、水泊充盈、光彩夺目、载歌载舞的地方。

即使是现在,康提的朝臣也可能像做戏似的耐人寻味。来这里的前几个月,我建立了一个长长的联系人名单,想必它能让我跻身大人物之列。但是,跟在科伦坡一样,这些联系很快就崩散了。人们都很忙,或者有要务在身,或者外出去他们的庄园了。有一个人告诉我,他那个月尽量不吃任何东西,还有一个人说他被蜘蛛咬了。

就算我见到了人,体验也并不总是舒服的。在康提,我常常更有外来者的感觉,而且感到自己稍微有点不受欢迎。有一次,我拜访了一位当地的政客,他向我介绍他的两只涎水涟涟的大藏獒。"那只还行,"他冷冷地说,"但那一只,你永远都摸不准。"

还有一次,我被带到康提俱乐部吃午饭。这家俱乐部从前颇受鄙视(根据伦纳德·伍尔夫的说法,它是"英国帝国主义的中心和象征"),现在看起来疲顿无力,灰头土脸。做东的是一位金融家,他同时也是个素食主义者,而且是"佛牙保管官"的远房表亲。服务员能找到的他唯一可以吃的东西是一盘生菜和薯片。这对他的愠气毫无助益。整个午餐时间,他指点世界,阔论高谈,搜寻批评他的国家的人。"列强喜欢贬低我们,"他告诉我,"叫我们安守本分。"

我在阿玛尔·卡鲁纳拉特纳博士(Dr Amal Karunaratna)那里的运气比较好。他是一位学者,脸长长的,留着络腮胡子,总在蹙眉沉思。但是想到要见客人,他的眉头很快就舒展开来。一天早上,他带我参观了他们家族的豪宅,就在湖的上方。他说他的祖辈一直是共产党员,但这所房子更像一座寺庙。当他从一个房间走到另一个房间,拉开窗帘时,巨大的佛像会从黑暗中赫然耸现。最终,我们来到了餐厅,这里还有一张罗望子木雕刻成的长桌。"那是蒙巴顿坐过的地方,"他告诉我,"这是丘吉尔夫人的椅子。"

在所有这些朝臣中,有一个人就像一出自己的假面剧。她在当地被称为"库伊拉·德·维尔"(Cruella de Vil),这是因为她的一对达尔马提亚犬和她的冰皇后风格的时装。但这个称号很是恶毒,因为她明显是个十分文雅的人,而且一生中跌跌撞撞地走过了一个又一个悲剧。再说了,她的真名更有表现力,也充满了戏剧性。她就是海尔加·德·席尔瓦·布洛·佩雷拉夫人(Madame Helga de Silva Blow Perera)。

一天下午,我爬山去拜访她。那座房子是她父亲建造的,位于丛林的边缘,高高矗立在湖面上。那里现在是一家酒店,车道尽头有一个标志:"海尔加富丽酒店,世界上最别具一格的酒店"。起初,这种非凡性并不明显,除了强烈的色彩冲击:一栋在两次世界大战之间建造的大型别墅被漆成了红色,走廊是泡泡糖般的粉红色,接待处是明亮的、跳动的绿色。墙上挂着巨大的卡通蝙蝠、康提武器和圣诞装饰大圆球。记者们总是蜂拥而至,嘲笑这一切的奇怪之处。海尔加夫人会告诉他们,这是她的"反酒店",但这常常等于对牛弹琴,所以它再次出现的时候,就是"费尔蒂旅馆"[1]的形象。

我向接待员解释了我的身份,他打了个电话。

"海尔加夫人将在六点见你。"他说。

我在客厅里等着,那是一个长长的、散发着柠檬香味的房间,散乱而漂亮地堆放着传家宝和古怪玩意儿。我莫名其妙地发现自己坐在一本书上,这本书和扶手椅大小相当。瀑布似的蜡水从枝状烛台里涌了出来(对康提人来说,这是海尔加富丽酒店最奇怪的特征。"如果能打开灯,为什么要用蜡烛?")。但是,这个房间也像一个家

---

[1] 来自英国情景喜剧《费尔蒂旅馆》(*Fawlty Towers*),剧集主要围绕旅馆老板巴兹尔·费尔蒂(Basil Fawlty)和他尖刻的妻子西比尔(Sybil)的经历而展开:巴兹尔想要努力提高他的旅馆的格调,却因许多复杂情况和错误的出现而越来越沮丧。

庭记忆库,源源不断地倾泻在三维空间里。伟大的德·席尔瓦们和布洛们随处可见,出现在肖像、海报和《尚流》[1]的剪报上。他们之中有大使、作曲家、编辑、科伦坡国会议员、大律师、时尚达人和业余艺术爱好者。我甚至看到了一位南斯拉夫的公主,以及勒·科尔比西耶(Le Corbusier)陪伴在米内特姑姑(Aunt Minette)身边(他与米内特姑姑有过一段短暂而骇人的恋情)。海尔加也无处不在:1950年左右的女学生海尔加,在伦敦为迪奥做模特的海尔加,还有与命运悲惨的布洛先生私奔的少女海尔加。

"这都是我父亲的主意。他说:'把你的生活贴在墙上……'"

我转过身来,容光盛放的海尔加夫人就在这里,正仰头凝视着她的过去。她来得如此轻巧,以至于我一开始都在怀疑她是否真的需要走在地板上。但是,只有丝绸才让她完全脱离了声音——一件修长的中国式袍子,奶油色短上衣,腰间一段粉红色。她还携着一根手杖,顶端有一个巨大的银色骷髅头,我现在注意到,她正是用这根手杖轻巧地走来走去。她从剪报中抽出身来,向我伸出了手。这几乎是没有重量的。

"是的,'痛苦必须释放出来,'他说,'把它贴在墙上吧……'"

她带着我飘到一只宽大的绿色丝绸软垫上,高脚杯出现了,杯沿上结了一层盐。我们喝酒,她说话。有时,我不确定她是否知道我的真实存在。我从来没有看到她的眼睛;整个晚上她都戴着墨镜,墨镜就像一对电视机填在她脸上,毫无生气的棕色。她谈论了一会儿来过这里的人——尼赫鲁、奥利维尔、费雯·丽和格利高里·派克——然后谈到她其余的生活经历,基本是以零碎片段浮现的,我想,这多半也是当时的情形。

---

[1] 《尚流》(Tatler):英国高端社交杂志,面向社会上流人士介绍时尚精致的生活。

在她说话的时候，来了更多的客人，于是我们去吃晚餐。

大家吃得都不多。其中两个女孩是素食主义者，只是看着食物。

"我也不怎么吃。"坐在我旁边的人说。他是个艺术家，但是穿着流浪圣贤的长袍。他是和女儿一起来的，他的女儿也是一名画家，他们耳鬓厮磨，仿佛深深爱着彼此。我发觉很难弄清楚这其中的情感。

我们听着海尔加夫人的故事。这些故事并不阴暗沉郁，但不知为何，她几乎失去了所有她曾经爱过的人，他们常常是亲手了结自己。到最后，我开始怀疑，海尔加自己是否理解她自己的生活及其后来的结局。也许这就是为什么她的父亲提议把这些东西都放在墙上，做成一张地图，以便她能在其中找到自己的路。或许她已经学会避免过多接触现实，并建立了一座伟大的布景，把这一切当作一出戏。

※

最后，是朝臣们自己葬送了王国。

为了更好地了解康提王朝最后时期的情况，一天早晨，我四点起床，在整个城市里穿行。交通尚未骚动起来，天光依然柔和而青蒙。雨树上都是毛毛虫，树冠里，一团团果蝠正慢慢地挣脱束缚，在森林里扑跳翻飞。周围没有人，只有守卫，以及撑着黑伞，抱着几捆经文，从寺院里啪嗒啪嗒走下来的比丘们。就在那一瞬间，康提似乎又一次成为其最杰出的国王的最后归宿。1804 年，随着英国人的逃离，维克拉玛·罗阇辛伽开始了他最伟大的工程，这些工程充溢了整个山谷，创造出一个战士与僧侣的城市。

我先是沿着湖边走了一圈，波浪褶的低矮护墙就像一层蕾丝边。

沿途，我在为王后们建造的大浴室那里停了下来，它的水上走廊现在音波环绕，爽快清凉。然后，我进入了寺庙群，走过一条穿墙而入的隧道（ambarāva）。我的头顶上耸立着一座八面佛塔（Pattiripuva），波形瓦片铺就的塔顶现在在初升的太阳下变成了粉红色。最后一位国王不仅修建了湖泊和花边护墙，还建造了这一切：隧道、八角塔楼和后面的大部分宫殿。

这里正是他想象中的样子，是他的思想堡垒。我漫步在巨大的石头走廊里，穿过足够容许大象和象轿通过的门。每一个细节都设计得令人惊叹，或者令人敬畏。一道宽阔的阶梯通向楼上，登至顶部，我发现自己来到了国王的图书馆，那里满是经文，层层叠叠一直堆到天花板。在这些经书中，我发现了一本一英寸高的书，里面有"五百多个故事"。真奇怪，在康提，我遇到了我所见过的最大的书，而现在这本是我见过最小的——介于两者之间的则没有很多。

拂晓时分，数以百计的朝圣者出现了，连同他们的先知和圣人。我尾随他们走进一个更古老的建筑，一座被包裹在亭台楼阁之中的巨大木质构造。这里就是储藏佛牙的圣殿（digge）。从里面看，它很像一艘大帆船，巨大的木料肢体被华丽地拼接在一起。然而，这可不是一艘船，它本身就是目的地，是一个中心节点，近一千三百万名斯里兰卡佛教徒被不可阻挡地、欢欣鼓舞地吸引到这里。

慢慢地，我们接近佛牙。一些朝圣者现在已经匍匐在地，或跪下来向前挪动。但我们当中没有一个人能够看到我们所企盼的东西。如今，佛教世界这件最伟大的圣骨被包了六只匣子，还裹着钢甲。从前的旅行者能够透过这些像洋葱一样的防护层，窥见佛牙真貌，但他们对于自己看到的东西一直莫衷一是。戴维医生描述了一个"狗的犬齿"，贝拉·伍尔夫说它有三英寸长，而伟大的历史学家坦南特（Tennent）则一直认为它"更像是鳄鱼的东西而不属于人"。但是，无论它是什么样子,每个人都想拥有它。当英国人最终得到它时,他们做的第一件事就是再用几层铁皮把它包起来。

回到外面的时候,太阳已经升起。寺庙和外部神殿之间的一长片开放空地——德瓦桑金达(Deva Sanghinda)——呈现出灿烂的草绿色。小贩们在阴凉里晃来晃去,售卖凤眼莲和燃香,而且,时不时会有一支猴子突击队从建筑石雕上跳下来,抢走他们的花。但似乎没有人为此气恼。天气已经很热了,顾不上在意这些。

正是在这里,在这片高城深池的平地上,维克拉玛·罗阇辛伽的梦想化为泡影。等他完成了建设大业的时候,康提已经被耗尽。没有了财富,他不再显得神圣不可侵犯。少数几名朝臣起来造反,国王竭尽他仅有的力量予以回击,那就是恐怖。1814年年初,就有四十七名叛乱分子被钉死在削尖的木桩上。但是,国王实在找不到他们的头目——一个名叫鄂勒波拉(Ehelepola)的鲁莽急躁的臣子——他便命令找到他的家人并将其带到此处的广场上。国王就在那座八角塔楼上,在他的注视下,幼童首先被斩首,然后他们的母亲被逼着把孩子的头放在石臼里捣碎。然后她被带到湖边,挂上石头,淹死献祭。甚至康提也惊骇不已,在悲痛中挛缩,一连一个星期没有点火,也没有烹煮任何东西。

在沿海地区,英国人正在观察和等待。由于拿破仑还没有被打败,总督奉命先别管康提的情况。但是,当鄂勒波拉出现在总督家门口,乞求一支军队时,一切都改变了。在接下来的六个月里,他们制定了周密的计划。这一次,不会在伟大之路上作战;入侵行动会从敌人内部扩散开来。他们筹集了一大笔行贿资金,用于稳固康提的盟友。当英国人在1815年1月出发之时,战争几乎已经胜利了。没有一名士兵死亡。有一种说法是,"因蚂蟥流的血比因康提人流的

233

还多"。

一个月内,2762名士兵正在包围康提。崩溃的国王现在发现自己已经众叛亲离,而且——这一次——是他的朝臣们引狼入室的。

❀

在经历了之前的一切之后,接下来发生的事情感觉很像吉尔伯特和沙利文[1]作品里的情景。在这一幕里,有间谍和弓箭手,装饰着羽毛的将军、杂技演员、僧侣,穿着珍珠色紧身短上衣的贵族,还有一个让所有人发笑的小机械钟。

布景依然在那里,如今被称为观众厅,只有演员不见了。但即使没有他们,也很难接受这一切:长长的宫廷屋顶,由一百根细柱支撑着。近距离观察,我看到这些柱子有复杂的凹槽和雕刻。进入其中就像置身于一片桌子腿的森林。但除此之外,舞台现在是空的。回到1814年,朝臣们就是在这里签字放弃了他们的君主政体,以及2357年的独立地位。这是该岛历史上第一次由统治者治理,康提人——在经历了一百六十七位君主之后——将破天荒地没有国王。

在隔壁的寺庙里,我发现了关于这个最后场景的一些绘画。在其中一幅画中,我看到了总督罗伯特·布朗里格爵士(Sir Robert Brownrigg),他戴着一顶饰有羽毛的帽子,也看到了鄂勒波拉,他坐在马上。鄂勒波拉因为没有被加冕为王大失所望,他的新头衔("英国人的朋友")没有让他十分感动。他旁边是一个脸色苍白、有些阴险的人物。约翰·多伊利(John D'Oyly)曾是大间谍头子,他脸上

---

[1] 吉尔伯特和沙利文:指19世纪英国剧作家威廉·S.吉尔伯特(William S. Gilbert)与英国作曲家阿瑟·沙利文(Arthur Sullivan)。两人珠联璧合,共同创作了许多歌剧作品,在全球获得了成功。

面无表情,却意味深长。据说他能讲七种语言,每户人家都有他的耳目。是他策划了这场战争,也是他起草了《康提条约》(Kandyan Convention)。那只钟也是他的主意,是送给"佛牙保管官"的礼物。一旦启动,它就会发出洪亮而愉悦的声音,于是每个人都忘记了这是多么至关重要的一天。

这些照片中唯独少了一个人,那就是国王。他逃进了深山,一直躲在一个山洞里。后来,他被贵族们发现了,他们剥去他高雅华丽的衣服,用藤蔓把他五花大绑。直到多伊利突然出现解救了他。他把国王撑到科伦坡。后来,1816年2月,国王乘坐一艘宏伟的战舰"康沃利斯"(HMS Cornwallis)号驶离,从此走出了这个故事。在船员们的记忆里,这个乘客心情愉悦,但有些蛮横。某一刻,他用斧头砸碎了自己的床,因为一个仆人在上面睡过,而且至少有一次,别人不得不要求他不要殴打妻子。但最终,经过四个星期的海上航行,船到达了马德拉斯(Madras)。国王从这里被带到了韦洛尔(Vellore),囚禁在荣华富贵的环境里,这样度过了接下来的十七年。他没有再回到锡兰,而是大吃特吃,最后死于水肿病,时年五十二岁。

在研究这个关于惊险流浪的传奇故事时,我碰巧遇到了总督的一个后人。锡兰从未完全挣脱布朗里格家族,而亨利现在是伦敦的一位亚洲艺术品经销商。他犹豫不决,深思熟虑,对祖先的角色总是很谦虚。"真的,"他说,"值得关注的人是多伊利……"

我好奇罗伯特爵士是否也这样说话。在他的画像中,他似乎被艺术家的目光弄得窘迫不安,仿佛宁愿去别的地方。1812年,他在到达科伦坡时已经步入中年,并不打算打仗。他和索菲娅夫人(Lady Sophia)喜欢游览乡村,而且——和现在这位布朗里格一样——总在收集一些艺术品。当时想必掠夺了很多皇家战利品,我问亨利这些东西后来怎样了。

"它们现在分布在世界各地,"他说,"大多数回到了伦敦……"

我们花了好一阵子才把大致情况拼凑起来。国王的珠宝到了考文特花园的拍卖行,被成批卖掉。他的皇家旗帜最后被送到了切尔西医院,挂在小教堂里。1915 年,它还在那里,当时它被两个早期的捍卫独立者发现了,并迅速采纳为新国家的旗帜。与此同时,国王的王座——曾经是康提唯一的座椅——还要几度辗转。首先,它随布朗里格家族回到了英国,后来他们把它赠予英国王室。它在温莎城堡里放了很长时间,在那里作为皇家仪典的一部分,直到 1934 年,格洛斯特公爵才把它送回了家。"你应该能在科伦坡找到它,"亨利说,"去国家博物馆看看吧……"

我照做了,看到它就在那里:一个小王国的巨大的银制宝座。

❂

我花了很多时间在康提寻找英国的痕迹,并没有找到多少,只有皇后酒店、几个邮筒和一座荒唐的英国教堂,这个教堂莫名其妙地坐落在一些寺庙中间。在其他地方,任何遗留的英国气息都被巧妙地剔除了;街道标志现在都是僧伽罗语,屋顶是斜脊的、褶皱式的,跳舞的人都穿着盔甲。看到这些,我理应不感到惊讶。戴维医生一直告诫说,英国人不会给康提留下什么印象。"我们拆毁了很多东西,"他指出,"但建起来的却很少。"截至 1818 年,英国唯一值得注意的贡献是一座监狱。

博甘巴拉监狱(Bogambara Prison)依然健在,经过了很多扩展和重建。我每次爬上鄂勒波拉路(Ehelepola Road)的时候都会经过它。它的板条窗户和矮墩墩的、有锯齿状垛墙的堡垒看起来不太有英国风格，据说是仿照巴士底狱建造的。从山顶上看，它就像一个盛着罪犯沙拉的硕大调菜盆。这里有果树、佛塔和几百名罪犯。他们似乎总在外面刷牙和擦洗短裤，但每次看到我，他们都会抬头挥手。康提人曾以坐牢为一种不堪言说的惩罚，比砍掉四肢还要糟糕。他们是那么惧怕监禁，甚至不能忍受自己被关在马车里。这座建筑便是英国人野蛮冷酷的证明。

朝臣们没过多久就开始厌烦他们的客人。英国人就算不能说是鲁钝无礼，也起码是一无是处。只有多伊利知道怎么用手指吃饭，懂得如何作诗。其他人对种姓或宗教一无所知，也没有神圣的概念，对卫生只有模糊的认识。他们还在八角塔楼设立了一个军事哨所，而且总是穿着靴子在寺庙里四处践踏。

更糟糕的是，他们似乎对庆典活动不感兴趣，并把政府体制从壮观盛景变成了死气沉沉、官僚主义的烦琐苦差。就连老盟友鄂勒波拉也不高兴了。但揭竿而起的是他妻子的哥哥凯佩蒂波拉（Keppetipola）。他是个衣着豪奢的魁梧大汉，以前是王国的大臣（*dissava*）。他宣称，必须把英国人赶回海岸地区。

历史很快重演。在整个古老的王国里，英国人的头颅开始出现在木桩上。一万六千名战士下了山。他们把摩尔人当作叛徒吊死，并在森林里埋下伏击枪和陷阱。然后，他们关闭了道路，农田开始荒废。从1817年10月之后的一年，没有任何农作物生长，多达一万人会被饿死。康提照例变得荡然一空，驻军也病倒了。第三次康提战争和其他几次战争一样，与其说是一场兵刃的拼杀，不如说是一场与疾病的抗争。只有四十四名英国士兵是战死的，然而，在整座岛上，每五个欧洲人里就有一个殒命。

值得赞誉的是，布朗里格浑身是疮，却坚持留在康提，掌管康提的防御工作。每天早上，他必须被人从床上抬起来发布命令。可是，面对寥寥可数的军队，他能做的并不多。他试图维持秩序，但战斗很快就变得残暴狠毒，丧失理智。小分队的士兵们四下进发，焚烧房屋，把任何有异议的地方都扫荡廓清。戴维医生称这是"游击战"——由于这一年在他一生中太过凄惨，他甚至拒绝描述。他一定在想，到底什么时候是个头，这个美丽的国家难道要人烟绝迹了吗？

接着传来消息，有一支劫掠队被困住了。麦克唐纳少校一直守着帕拉纳加马（Paranagama）的一个小山头，而凯佩蒂波拉正带着七千人逐渐逼近。

❀

几周后，我和萨纳特来到乌沃省，赶到了那次叛乱的地点。这是一次心情很坏的旅行。萨纳特现在已经厌倦了开车，也厌倦了我的19世纪的方向指南，而我也受够了他的情绪。他闷声不响地使劲开着车翻山越岭，进入长长的乌沃-帕拉纳加马山谷。我们从山脊上穿过松树林盘旋而下，很难不感到一阵舒畅快意。我们在近三千英尺的海拔上所经过的东西也非常有趣：荷兰牛，一个只穿着内裤的男人，接着——半英里后——一棵挂满衣服的树。但萨纳特似乎没有注意到这些，当我们走到一辆翻倒在路边的巴士旁边时，他才兴奋起来。"看到了吗？"他哼了一声，"英国的道路。"

最终，我们到达谷底，那边有一个小丘从稻田里冒了出来。我之所以认出它是基于我见过的一幅水彩画：《帕拉纳加马，约1818年》。它当时是光秃秃的，现在被一小片乱蓬蓬的树丛所覆盖。萨纳特沿着一条小路穿过稻田,然后我们下了车,爬上了小丘。丘顶附近有一座小庙,一位老和尚从里面走了出来。他和萨纳特站在一起交谈了很长时间。

"他说什么?"我问。

"说在英属时期,他们把这里叫作麦克唐纳堡(Fort MacDonald)。"

"那他知道在叛乱期间,这里发生了什么吗?"

"非常糟糕的事情。他们把人绑在那棵罗望子树上。"

我很不解。"可是当时没有那棵树……"

萨纳特耸了耸肩。"那位尊敬的比丘就是这么说的。"

"但他也不是亲眼所见……"

这不是什么好事。尽管不符合水彩画上描绘的样子,但一棵酷刑之树已经扎根生长了。那棵罗望子伫立在一所学校的院子里,就在它上面,山坡变得平整,形成了一个足球场。我们攀过一些巨石,爬到球场上。这个足球场只是刚刚适合这个空间,场地边线从陡峭的岩壁上掉落下去。当我们站在边缘观看时,一位年轻的老师出现了。

他说:"你也许会对这个感兴趣。"

场地中间散布着支离破碎的轮廓,是砖块构造。

"可能是一座老房子。"老师说。

"那你还找到其他东西了吗,你或者孩子们?"

"没有,"他说,"不过他们有时会听到声音。"

麦克唐纳的头颅本来会是一件相当体面的战利品。几个星期以来,他一直在蹂躏乌沃,砍掉面包树,烧毁稻谷。"杀鸡儆猴。"他说。因此,当凯佩蒂波拉在1818年2月28日追上他时,不乏自告奋勇者想要了结他的性命。这本该是件容易的事。少校只带了六十名士兵，防守帕拉纳加马附近的一个小疙瘩。

但是这位大臣很不走运。事实证明，英国人是个顽固的刺头儿，他们燃起熊熊大火，火焰奔泻而下，烧到了稻田里。烧了八天之后，康提人开始慢慢散去，凯佩蒂波拉也撤走了。这是他犯的第一个错误，让英国人得以建立一个永久的要塞，外加一个残酷无情的新住户——麦克唐纳堡的麦克唐纳。没多久，这里就有了一座精美的砖砌住宅和岩石建造的壁垒。

凯佩蒂波拉的第二个错误是变得好高骛远。就在他应该退散到山里的时候，他与一支大军对抗，那是一支刚从马德拉斯赶来的军队。对抗的结果是一败涂地。在随后肃清残敌的战斗中，乌沃被彻底摧毁。即使在七十五年后，人们描述的它的样子仍然是残破不堪和萧条沉滞的。"细想这场叛乱，"戴维医生悲伤地反思道，"几乎让人为我们当初进入康提国而感到痛悔。"

到了 1818 年 10 月，凯佩蒂波拉已经戴着镣铐，回康提去了。

❀

这个故事中所有伟大的参与者都留下了某些东西：一位美女，一座方尖碑，或者一个被砍掉的头。

美女属于布朗里格，是塞在他的行李中带回家的。叛乱平复后，罗伯特爵士又在锡兰待了四年，收集财宝，恢复健康。在他发现的物品里，有一个艳丽丰满、真人大小的金色美女——女神度母。她已经一千岁了，但仍然焕发着青春的光彩。她和布朗里格夫妇在蒙茅斯郡（Monmouthshire）住了一段时间，但是，当这位老总督在1833 年去世后，他的遗孀做的第一件事就是把她打发到了伦敦。

度母最后被安置在大英博物馆，我有一天去那里瞧过她。许多年来，她被认为不适合放在众目睽睽之下观赏，因为太过撩拨人了，但现在她还是被展示出来，惊动了人群。看到那些曲线，不可能没有污秽之想，然而度母也是一个谜。没有人确切知晓她被铸造的过程，也没有人知道她是如何幸存下来的［博物馆的馆长尼尔·麦格雷戈（Neil MacGregor）认为，她是定义我们的世界的一百件文物之一］。布朗里格是如何看待她的，谁也说不准。但我倾向于认为，通过度母，他开始领会其创造者的复杂性，以及宏伟和混乱之间的细微界限。

另外两件物品——头颅和方尖碑——都还在康提。

我在寺庙后面一座古老的乔治王朝风格的公墓里看到了方尖碑。这里阴暗潮湿，树林荫蔽，有点像《呼啸山庄》中的墓地，只不过这里的每个人都是死在热带。当我在众多墓志铭中间择路而行时，发现这些人的死因千奇百怪，有的被大象压死，或被倾倒的房屋压死。其中，詹姆斯·麦格拉申上尉（Captain James McGlashan）活过了滑铁卢战役，到了这里，却被凶猛的季风夺去了生命。但是，哪怕他们已经死了，也没有得到多少安宁。有很长一段时间，公墓雇用了一个疯子，谁经过这里，他就向谁扔石头。幸运的是，现在这里有一位善良和蔼、温文尔雅的女士，尽管——她告诉我——她仍然必须应对山体滑坡和野猪的威胁。

多伊利的方尖碑不知怎么经受住了这一切，现在看起来庄重而冷漠。他从未与其他欧洲人打成一片，也许他对自己可能开始促成的事情感到后悔。1821年，在他去世前三年，他被授予准男爵的爵位，但这对他没有用。他把自己大部分的钱都捐给了当地的孤儿，靠种大蕉为生。据他的老同学说，他成了"一名僧伽罗隐士……一个按照自己的习惯生活的本地人"。有一段时间，他的兄弟们尝试把

241

他劝回家。据亨利·布朗里格说,他们甚至安排了一队般配的新娘子,组成引人向往的阵容。

"这还不足以引诱他吗?"

亨利顿了片刻,似乎在想该怎么说。

"是啊,他可能不是想结婚的那种人。"

那颗被砍下的头颅,当然是凯佩蒂波拉的。他的脑袋是在这里的湖岸上丢掉的,现在埋在人行道下面。但是,在人头落地和入土安葬之间,这颗头颅还进行了最后一次激烈的旅行,几乎绕过了半个地球。

它首先去了科伦坡。凯佩蒂波拉的一位老朋友马歇尔医生(Dr Marshall)参加了他的死刑,他问剑手是否可以允许他拿走凯佩蒂波拉的头颅。然后,医生带着这位大臣的脑袋乘船返回了英国。后来,马歇尔被任命为苏格兰的"军队外科医生",这颗头骨也跟随着他,并最终被爱丁堡的颅相学学会(Phrenological Society)收藏。在学会里,它被用来研究它的叛逆特质,直到最终颅相学本身走向衰落,凯佩蒂波拉就被转移到了解剖学博物馆(Anatomy Museum)。它在那里一直待到锡兰独立,当时,有人呼吁带它返家。于是,这颗脑袋再一次出动,回到科伦坡。它将被装在一辆炮架上重新进入这个古老的王国,前面是敬慕它的人群。

现在,这段旅程结束了,终止在一块大石头下面。但仍有一些人认为,这颗头太伟大了,不能埋在坑里。2011年12月,科伦坡议会就这个问题进行了辩论。有人认为,凯佩蒂波拉应该重新站起来,来到他的人民中间。但是这一切都没有发生,所以头颅仍然留在它原来掉落的地方,或者说,在它掉落的地方下面。

※

　　这种崇敬之情不再让我感到惊讶。回顾过去，我现在意识到，其他任何地方的斯里兰卡人都没有像古老的康提人那样善于敬奉。这是一个当国王的好地方，也是一个在崇高事业里丢脑袋的好地方。康提人什么都不会忘记，也宽恕了许多，他们恭恭敬敬得令人发腻。我在康提俱乐部的朋友说，即使是现在，那些大家族也都小心翼翼地珍藏着他们的皇家遗物：苍蝇掸、匕首和珍珠色短上衣。"不是为了炫耀，"他坚持说，"人们只是需要拥有这些东西。"

　　虽然敬拜的核心并不总是宗教性的，但康提本质上仍然是一座寺庙的城市。尽管往来交通闹闹嚷嚷，城郊也在山谷中杂乱无序地蔓延，但总是有一种残留的寂静。湖水似乎散发着平静安宁的气息，所有人的目光一直集中在康提湖以及湖岸上的庙宇上。果然，我经常发现自己沉浸在小规模的敬拜活动里。有一次，一辆巴士满载一车的女人，带着沉甸甸的水果。"她们要去见帕蒂尼女神（Pattini），"萨纳特说，"祈祷多生宝宝。"其他时候是出租车，它们高声播放经文，仿佛是由祈祷驱动的。过了一段时间，我开始在各个地方看到人们的祈愿，甚至是广告牌上。一个广告牌上写着："利特罗天然气，让你的生活光明普照"。

　　最后一晚，我坐在湖边，看着这个城市在咻咻哽哽的车流声中睡去。我断定，这里的一切都更加神秘莫测，包括交通高峰时段。卡车被绘成像伟大的守护神的样式，突突车呼啸而过，整个湖泊开始旋转起来，好像一轮闪耀夺目的白光。偶尔，某种古老的机器会自别处脱身，从往昔走来：也许是一辆漆成青苹果色的莫里斯迈诺轿车。

243

很遗憾我要走了，要离开这座空灵缥缈的城市了。自从来到这里，我就迷上了康提，或许是着了它的魔。但早前的旅行者不总是这样觉得。J. B. 普里斯特利（J. B. Priestley，他在20世纪70年代来过这里）宣称，康提的"令人憎恶的残酷"在某种程度上"毒害了空气"。还有人认为是康提把迈克尔·翁达杰的父亲逼得酗酒，或者把费雯·丽送上了绝路。但是，无论真假，英国人在这里从未感到轻松。对他们来说，康提太具宗教性了，太不方便了，太安静但也太吵闹了。他们更喜欢山地的开阔，尤其是那些被他们刮去森林的山丘。

想去丘陵地区，萨纳特没有提出抗议。每个康提人的内心深处都有一个披头散发的、大腿像岩石一样结实的乡野莽夫，他们渴望走出去，扑向祖辈们的高地山峦。萨纳特甚至表现出一种奇怪的欢快。"你会喜欢的，"他说，"那里就跟英国一样。"

第七章

希望与茶的土地
LAND OF HOPE AND TEA

风刚刚把整片努沃勒埃利耶（Nuwara Eliya）山谷扫得清澈明净。我看到，锡兰全部的崇山峻岭层层堆叠，形成了威武的障壁，碧蓝深邃，浩瀚无际……

——赫尔曼·黑塞，
《印度之旅》（*Aus Indien*），1913 年

随着时间的推移，丛林浪潮将再次摇荡。然后，那些关心财富之外的其他事物的人将漫游并回到季风线的潮湿一侧。当大象在现在采摘茶叶的地方吃草时，研究古文物的人将会发掘英属锡兰时期的古老平房。

——约翰·斯蒂尔（John Still），
《林潮》（*The Jungle Tide*），1930 年

萨纳特眼里的英格兰很快开始显现。

山丘在我们前方隆起,碧翠而清凉。一蓬蓬毛茸茸的灰色云彩挂在山谷上空,我记得有杂树林和石墙,还有一簇一簇的小房子。这些地方的名字往往是"沃雷"(Warleigh)或"萨默塞特"(Somerset),而且附近总有某个地方有一座乡间别墅——也许是一座"梅尔福特"(Melfort),或"薰衣草之屋"(Lavender House)。我们越往上爬,一切越修剪得整洁,显得井井有条,直到最后,我们视野里全部都是周围升起的花园。大丛大丛的红色和黄色美人蕉现在从路边草地上喷涌而出,有时——在远处的灌木丛里——会出现一座小小的石头教堂,仿佛这里就是苏塞克斯(Sussex)。河流的形态也可以很像埃文河(Avons)和斯陶尔河(Stours),至少有刹那间的神似。这一刻它们还在树林里如梦似幻地滑动,而转眼间,它们就会撞到岩石的边缘,起起伏伏,离开这片风景,消失在一缕水汽中。

这里尚且算是英国吧(除了有猴子和香蕉树):一个侧翻过来的、浸染在斑斓色彩里的英格兰。

❈

我是在终点开始这次高原之旅的,这或许是一个新的起点。现在英国殖民者离开已经很多年了,但我不知怎么找到了一个才刚刚来到这里的人。大卫·斯旺内尔(David Swannell)是个非同寻常的开拓者。从牛津大学毕业后,他成为一名金融家,四十岁时已经有了私人司机,还在海德公园有了顶层豪华公寓。在某个阶段,他甚至在康提山区购置了一座宏伟的乡村别墅,并将其更名为"阿什伯纳姆"(Ashburnham)。当他那金碧辉煌的世界在责难和离婚纠纷中开始分崩离析时，这里将成为他理所当然的避难所。2008年，大卫·斯旺内尔跳出他本来的生活，重新出现在这里。

我曾问过他，当初是迅速做出了理智的抉择，还是一时冲动来这里的。

"两者都有，我觉得。我是心血来潮买的这座房子，但我过来了，而且现在还在这里。"

"也许你一直想要这样的东西？"

"也许吧。我小时候梦想拥有一家银行、一头大象和一座岛屿。"

"实现了吗？"

"没能拥有岛屿。不过，我确实在这里养过一头大象，至少养了一段时间……"

重新开始并不总是那么容易。阿什伯纳姆只是表面上是英国风格。它看起来就像托贝（Torbay）的一栋20世纪30年代的大庄园，被移去了前门。别墅周围有巨大的鹅掌楸（"永远是英国人的一个标志"），但在更远处，山峰呈阶梯状倾斜消解。再往下是名为"汉普郡"和"威尔特郡"的山丘，现在是一片轻软朦胧的银绿色合欢树。大卫花了几个月时间才劝说给山区通上电，并探索他买下的那块地。虽然这里差不多是一处世外桃源——一个长满高大青草和木棉树的狂放不羁的岩石花园——但它野性的爆发仍然让他吃惊。他的狗遭了最严重的灾，她的脑袋被炸飞了。"那是因为有偷猎者，"他说，"他们制作小炸弹，拿米饭包着……"

但最终他找到了幸福，或者说找到了他所需要的平静。他还给这栋别墅加建了一座巨大的垛口式塔楼，然后遇到了一个在银行工作的漂亮女孩。"茵迪（Indee）和我不到一个月就结婚了。"他告诉我。现在他们有了孩子，门廊上还零散地停着几台拖拉机。大卫也开始接待客人，突然间，他从前的生活变得杳无踪迹，除了停在车

247

道上的那辆捷豹。

"我带你去看看瀑布吧。"他说。

我们花了一个小时才穿过梯田爬下来。不过,我很享受这次散步,也很喜欢大卫的戏谑,以及他略微狂野的想法。他告诉我,将来有一天英国会非常寒冷,而椰子油就是健康的关键。他还很擅长挑出水蛭和在岩石中找路。他说,在过去的五年里,他至少发现了三个大瀑布。

"你觉得你会继续留在这里吗?"我问,"目前的情况理想吗?"

"是的,"他说,"没错,一切都是最好的,除了野猪啃我的香蕉树的时候。"

在丘陵地带安家的外来者总是有这样的感受。听到最近定居的人的经历,让我想起了最早的一位定居者的故事。

塞缪尔·贝克(Samuel Baker)这样的人要定居下来,让人觉得很奇怪。他晚年在非洲四处游历,发现了艾伯特湖(Lake Albert),探索了尼罗河,最终成为赤道大区(Equatoria)的总督。但在1846年,二十五岁的他来到了锡兰,寻求十二个月的狩猎(或"运动")体验。他关于那段时间的回忆录是一部棘手的读物,其中充斥着对作者的溢美之词,而对本地生活则充满了蔑视。没过多久,贝克就朝大象连续开枪(一场"大规模的娱乐活动"),并殴打他的轿夫。曾经,所有这些内容会让维多利亚时代的读者感到心潮澎湃,但经过这么多年之后,这些已经变得野蛮粗鄙,令人痛苦。

但是,尽管有种种缺点,贝克确实很勇敢。虽然也曾有其他人前往高地,但没有人走得这么远,也没有人有这么大的劲头。放到现在,贝克会有自己的电视节目,正在弹弄蠕动的小爬虫,用长矛扎刺猬。那时,他做的事情与此相当,那就是试图在某个荒谬的地方建立一个小英格兰。他花了一年时间来收集他所需要的东西，于是，1848 年，他和他的弟弟以及一伙奇特的随从回到了锡兰。在向高地前进的过程中，他们带着三只公羊、一头公牛、一头好得足以得奖的奶牛、一群猎狐犬（它们大部分会被豹子吃掉）、一辆马车和几匹马，以及十二个英国乡巴佬。后者包括一名铁匠、一名庄园管家和一个名叫亨利·珀克斯（Henry Perkes）的醉醺醺的马车夫。据说珀克斯看起来像一只斗牛犬，还戴着一只独眼罩。贝克说："虽然外表有缺陷，但他一直在向女仆们献殷勤。"

很快就出了乱子。有望得奖的奶牛在路上死了，而马车由于无法应付山路，不得不被丢弃。后来，珀克斯被派回去取马车，但酒精对他驾车毫无帮助。这是他送回给贝克的信。

> 尊敬的先生，我很抱歉地通知您，马车和马遇到了意外，从悬崖上翻了下去，我没有一起掉下去，场面一片狼藉。……马儿已经弄上来了，但情况很糟糕——马车仰面躺着，我们怎么也翻不动它。X 先生人很好，借给我们一百个黑奴，但他们抬东西比猫还没用。先生，请您来看看应该怎么办才好。
>
> 您卑微的仆人，H. 珀克斯

不知怎么回事，他找到了一头大象。珀克斯以前从未骑过大象，但在喝了一小杯白兰地后，他爬上了大象的背。然后，用贝克的话说，"他驭象前进"，就跟骑马一样。了不起的是，珀克斯设法这样骑了七英里，直到什么东西突然爆裂，大象死了。贝克似乎并不在意这次挫折，也不在乎损失了马匹和他大部分的狗。他和他的新村民们只是继续拖着沉重的步伐往山里走（后面，我们的路线会再次交叠)。更奇怪的是,他似乎没有注意到,他周围的乡村又一次陷入了叛乱后期的状态。

✺

我从阿什伯纳姆可以看到下面的山丘上有微弱的光芒。那应该是一个叫马塔莱(Matale)的小镇,位居该岛的正中心。在往南出发之前,我和萨纳特开车穿过一片桉树和松树林,去了那里。妇女们正在树下捡柴火,用粗麻布扎成一捆一捆。我们一停下车,就会被鸟鸣声笼罩。不知不觉中,马塔莱开始出现在树丛里。即使在我们到达镇中心的时候,我几乎也没有发觉到了一个城镇。一切都是那么绿,那么暗。也许这就是为什么我记忆里的东西看起来如此不相关联:一只与实体动物一样大小的霸王龙,一辆装着白胎壁轮胎的希尔曼明克斯汽车,还有巴登·鲍威尔(Baden Powell)的雕像。我们几乎就像不慎跌入了1958年的"迷失的世界",或许年代还要更早一点。

在所有这些东西里,有一个方尖碑立在路中间。很明显,很多人都撞到了它,撞破了它的边缘。他们不会轻易忘记1848年的起义,专家学者也不会忘。这个故事经常被重复讲述,被重拍成影片,其中英雄人物的声望也在不断提高。这次起义也让他们发现了英国人最不可爱的一面,多达两百名叛乱者被逮捕并绞死。这一次的应对非常残忍,连英国人自己都感到震惊,他们将所有主要参与者解雇并遣送回国。这毕竟不是1817年,马塔莱的人民有真正的冤苦悲愤。殖民政府一直在对所有东西征税,包括马车、劳工、狗和枪。当有谣言传出,说他们还要根据乳房大小对妇女征税时,这个省的人就纷纷起义了。

这次叛乱只持续了三个月,到 1848 年 9 月就结束了。在塞缪尔·贝克像挪亚一样,开始向荒野挺进之际,正是围捕残余叛军的时候。英国人发现他们在阿什伯纳姆附近的艾尔卡杜瓦(Elkaduwa),像瀑布一样藏在巨石之中。

叛乱的结束没有什么值得庆祝的,但至少这是最后一次。锡兰人得到了教训,要学会对英国人漠不关心——这些人可能粗暴强横,麻木不仁,不讲民主——但他们也会迎来一段前所未有的变化发展的时期。条条大路将在全岛铺展开来,不再有任何潜匿隐秘或与世隔绝的地方。封建主义将会消失,取而代之的是工厂、法院和庞大的公务员队伍。这些可能并不总是适合锡兰人,但至少大部分事务是由他们自己经营运行的。甚至还出现了一个新的贵族群体,他们为自己取了类似"托蒂"和"乔蒙德利"这样的名字,养成了英国式的习惯,但内心永远是锡兰人。更美好的是不列颠治下的和平。从 1848 年开始,将会有一个多世纪几乎未曾中断的和平时期。不说别的,就这一点也必定值得竖立一块方尖碑了。

今天,这些山脉仍在吞食交通工具,它吞噬掉了许多汽车和卡车。报纸每天都会刊登空难遇难者和遭遇惨重事故者的故事。有一次,在德文瀑布(Devon Falls)附近,我们遇到几辆突突车停在深渊边缘。萨纳特把车停在他们中间。"我去看看是怎么回事。"

几分钟后,他回来了。

"是突突车,"他说,"肯定是没拐过弯。"

我发现有一些红脸蛋的猕猴,它们觉察到了好奇,也在瞪眼瞅着崖边。"下面有多深?"

"他们说有两百米。"

"是刚刚发生的事情吗?"

萨纳特摇摇头。"可能是三天前……"

"那司机……"

"樵夫刚刚才发现他。"

"情况可能不太好,我估计……"

"是的,"萨纳特说,"野兽已经把他的脸吃掉了。"

我们都陷入沉默。

萨纳特先说话了:"我们能下去吗?"

从下面的树林里传来说话声。

"不要,萨纳特,让别人处理吧。"

"好吧,"他说,"我就是想过去,看看尸体。"

萨纳特没能去察看那个被吞噬一半的人,这次与永恒的擦肩而过,丝毫没有影响他。他仍然像战斗机飞行员一样开着车,每当找不到路的时候,就开始责怪英国人。

在某种意义上,他是对的。大量的道路是英国人建的,而且其中许多出自同一个人的设计:托马斯·斯金纳(Thomas Skinner)。他于 1820 年开始修建公路,当时他只有十六岁。总督曾说:"锡兰第一需要是修路,第二需要也是修路,第三需要还是修路。"在接下来的四十七年里,斯金纳就在践行这个理念,用三千多英里的道路覆盖了全岛。这些路沿着岩架缓缓潜行,在山上盘旋爬升,钻透岩石,摇摇摆摆地越过四十七座桥梁。现在,每年有几百名斯里兰卡人,他们生前看到的最后的东西就是斯金纳的某一件艺术作品。

"看!到处都是该死的白痴!"萨纳特咆哮道,此时我们绕着康提飞驰,然后向南猛冲。我很快就被关于火车的想法所嘲弄了。

每当走到最艰难的时刻——碰到沟壑和峡谷时,总会有一条山区铁路出现。在这座巨大的假山花园里,它就像一套小巧的霍恩比(Hornby)玩具火车,五颜六色的车厢在弯道上叮当作响。我很羡慕车窗前的那些面孔,他们梦幻般地凝视着山沟。要是塞缪尔·贝克还能再等二十年,他就能加入他们的行列(到 1867 年,一切已经完工并开始运行)。这是一个特别抚慰人心的画面:一截满载着猎狐犬和羊的车厢。我向自己保证,有一天,我要和它们一起坐在那边的火车上。

但是,我现在要面临的是"U"形急转弯、"之"字形盘山道、空虚寂寥的心情,以及我的司机,一位康提的比格斯[1]。

❀

在康提以南约二十英里处,我们在一个壁炉腔前停了下来,它孤零零地矗立在丛林边缘。

整个上午,我们都在 camellia sinensis 里穿行。这种树跟我以前见过的树木造型一样:顶端扁平,呈蜡质光滑的深绿色。但现在它长得漫山遍野都是,从山壁上浪涌而出,漫过山顶,进入更远处的山谷。中间夹杂着较大的树木——刺桐、合欢树和粗重的银桦——但势不可当的总是那种铺天盖地的感觉。这片宏伟的、密密匝匝的水平树篱将遍布七百平方英里的山地,从现在开始,无论我身在何处,视野所及全都是它。当然,它就是茶。[2]

我们之所以在那个壁炉腔前停下来,是因为根据茶人的说法,一切是从这里开始的。虽然此处仍是一块孤寂之地,只有黄鹂和林

---

[1] 比格斯(Biggles):一位虚构的飞行员和探险家,是英国作家、一战飞行员 W. E. 约翰斯(W. E. Johns)创造的比格斯系列探险书的主人公。

[2] camellia sinensis 即山茶树的学名。

鹏居住，但是从这里看过去，其他丘陵都小小地低伏在周围，看起来俯首帖耳的样子。1852年以前，没有人知道该拿卢勒康德拉庄园（Loolecondera Estate）末端这块杂草丛生的地做些什么。但后来，一个身材高大的苏格兰大胡子出现了，好像要把树林清除掉。人们对詹姆斯·泰勒（James Taylor）知之甚少，只知道他重达246磅，他的手下管他叫神主大人。他的小屋只剩下壁炉了，其他的东西已经全部风化殆尽。然而，这里的生活很是简单纯粹，没有妻子、邻居或教堂。四十年来，他在这个壁炉旁居住和工作，越来越身宽体胖。在他最终去世时，出动了二十四个人才把他抬到康提。

从那时起，他种下的茶苗就从未停止过扩散。到1940年，已经有超过一千两百个茶园，每个茶园有多达四百万株茶树。它们产出的茶叶将改善锡兰的经济，使其成为世界上最大的茶叶出口国。山区也发生了转型，不仅获得了重峦叠翠，而且还产生了两个新的人群，并出现了一支美丽的劳动妇女大军。

❀

周围的山丘全部开始了热火朝天的工作。到处都在采摘、攀爬、修剪、装袋、堆积和称重。但是，在这片天地里忙活的，从来只有女人。她们整体看起来十分优美雅致：山坡上布满了彩色纱丽的斑斑点点。但靠近了看，她们就显得很执拗、很警惕。大多数人光着脚干活，腰上别把刀，额头上挂一个篮子，鼻子上穿着一枚金鼻钉。作为年轻女人，她们可能像雕塑般庄严优美，但生活很快就让她们身材皱缩，关节发黑，脸庞干瘪。我们经过的时候，几乎没有人抬头看，都在急切地赶工，没有任何表情。为了获得一天的报酬，每个采茶工都必须爬上山坡，采摘大约相当于她的一半体重的嫩茶芽。

这样的话，可以赚到三英镑左右。

我很惊讶，萨纳特似乎没有注意到这些妇女。她们不可理解，粗蛮不化，还是外地来的，不应归入高地人的行列。她们不仅把钱寄回印度，还崇拜数以千计的神，她们的语言——泰米尔语——听起来就像夜莺在叫。但她们跟斯里兰卡北部的泰米尔人可不一样。这些"茶工泰米尔人"——萨纳特这样称呼这些人——大多是首陀罗（sudras）。这是一个非常低贱的种姓，几乎生活在底层。萨纳特也不在意她们是全国收入最差的群体之一，而且许多人其实连国籍都没有，无法投选举票。

"她们不乐意的话，大可以回家去。"

"家"对茶工泰米尔人来说，是一个复杂的概念。虽然她们已经在这里生活了许多世代，但从来没有获得真正的归属。她们知道，她们的祖先曾经历过一次海上航行，有一个发端的源点。长期以来，她们把印度称为"海岸"，仿佛她们刚刚离开似的。而她们目前还没有抵达其他地方，但这一点似乎无关紧要。她们是出了名的听天由命，生来就贫穷卑贱。唯一重要的是把今天熬过去，明天自有明天的活法。这使她们在金钱上挥霍无度。就像她们说的，"不欠债的人就是没脑子"。

这种斯多葛主义的心态让她们即便颠沛流离，也能泰然应对。起初，是咖啡种植园主发现她们流动性强，工钱还低。在此之前，种植园主很难花钱雇到工人（康提人至今仍然很反感"有偿劳动"这个概念）。但是，到了1840年，英国人开始在印度招工。于是，在接下来的十年里，有一百多万劳工来到了这里。对于种植园主来说，这并不是一个值得骄傲的时刻。泰米尔人是在肮脏恶臭的条件下被船运过来的，然后被逼着从海岸地区走完最后一百五十英里的路。几乎有三分之一的人死在了前往做工的路上。种植园主很快就吸取了教训,订购工人的数量是他们实际需要的两倍。"这就是为什么我们如此顽强,"一个泰米尔人曾经告诉我,"因为我们是在这样的旅途中活下来的。"

在 19 世纪剩余的时间里,她们源源不断地来到这里。当一种被称为"灾难埃米莉"(Devastating Emily)的疫病把咖啡彻底摧毁之后,茶叶取而代之,但这一次的雇主更加贪婪。许多茶园需要多达一千五百名工人,平均每英亩一个。到 1900 年,茶工泰米尔人占到了总人口的 7%,但这里仍然不是她们的家。僧伽罗人把她们当印度人,国家独立之后,还剥夺了她们的投票权。从那时起到 20 世纪 60 年代间,大量人口被"遣送回国",哪怕锡兰是她们唯一的家。奇怪的是,与她们同语言的表亲——斯里兰卡的泰米尔人——却没有提出什么异议。连他们也认为,茶工泰米尔人太具异域性——当然,种姓也不好。

❀

有一次,在安贝维拉(Ambewela)附近,我打破老规矩,去了"排屋"[1]。在茶业发展的全盛时期,欧洲人从来不会这样做。他们认为,不仅工人的窝棚不健康,坚守与他们保持距离的传统也很重要。这对泰米尔人和其他人都好。白人在茶田里也许是大老板(*periya dorah*),但也生为贱民种姓。让他到你家里来,在精神上是不洁净的。

情况也许已经有所改变,但前去参观仍然是一个新奇的想法。

---

[1] 排屋:斯里兰卡茶叶种植园地区的采茶工所居住的一排排简易住房。

"还没有人对我提出过这样的请求。"我住的小旅馆的老看门人说。

这一天来临了,他戴着干净的头巾,大衣领子里夹着一把雨伞来接我。虽然离排屋有一英里远,但村里的声音很快就穿过茶树喧喧嚷嚷地响了起来:平底锅、水桶、烟花、一套噼里啪啦的大喇叭、某些嘶哑的咒语,以及一对精疲力竭的肺。看门人告诉我,这些排屋有一百二十年的历史,这里的人是善良的印度教教徒,而且每个人都患有咳嗽病。

"下周,我们有一个节日,年轻的男孩们要吊起来。"

"吊起来?"

"这是我们的传统。他们要被吊在钩子上。"

他掐起手臂上的一团皮肉向我演示。

"但那一定痛苦极了……"

"他们会祈祷的,湿婆会保护他们。"

老人笑了笑,好像一切都很明白易懂,我们继续往前走。终于,我们到达了村庄,以及这个陌生的男人领地。奇怪的是,在古老的康提王国里,消失的是女人,而现在,消失的是男人。看门人解释说,他们通常在茶厂上班,或者在山上的小工队里干活。他说,这些工队是由他们自己管理运行的,在工头(*kangani*)的领导下。

"那他们是如何选出工头的呢?"我问。

看门人看起来很疑惑。"不是选的。这取决于种姓。"

排屋里的男人要更多一些,他们在照顾孩子。这就像一幅古老的达盖尔银版照片中的场景:两排砖头搭的茅舍、露天的排水沟、脏兮兮的婴孩、穿过淤泥的踏脚石和古怪的悲痛欲绝的山羊。但看门人对他的家十分自豪,并邀请我进去。这里有三个小房间,然而在潮湿昏暗的环境里,除了烟雾和明火,我什么都看不见。不过,我

257

可以听到水泥地上有细微的踢踏声，但我一走过去，他们就轻快地溜到那边的黑暗里去了。我猜测这是老人的卧室。

"不是，"他说，"我们哪里都睡。这里有我们九口人。"

要理解这一切并不容易。我感觉自己仿佛走进了一个缺失了许多片段的故事，它的开头和结尾毫无关联。茶叶曾使斯里兰卡富裕起来，并支付了高速公路和无人机的费用，然而我所在的这里——这些种植茶叶的人的居所——却是他们顽固不化的维多利亚式贫民窟。

✻

身处老种植园主的住宅，仍然可以感觉到他们曾经过着迷人的生活。这些宏伟的英国豪宅有许多现在为科伦坡的富人所拥有。他们都在热切地怀念着一种自己未曾拥有的过去，因此耗资数百万让古老的植物园重现生机，铺设柳树图案，在楼梯上装回武器，并让特怀福德卫浴设备（Twyfords）再次发出汩汩的水流声。结果可能营造出令人毛骨悚然的英国气息。这些地方经常接待客人，待在那里就像回到了伊妮德·布莱顿（Enid Blyton）的时代。但著名的五位伙伴[1]早已离开，其他人也都走了。我常常一个人待在一整座大宅子里。

在这些地方里，其中一个叫作"泰勒山"（Taylor's Hill），位于卢勒康德拉庄园的边缘。那是一座漂亮的房子，有一条长长的碎石车道和层层叠叠的草坪。在门口迎接我的是"厨师"和名叫希尔瓦拉杰（Silvaraj）的管家。他们带我从存放家庭日用织品的壁柜看到

---

[1] 著名的五位伙伴（Famous Five）：英国作家伊妮德·布莱顿（1897—1968）创作的儿童探险系列故事书中的五位主人公，讲述五位青少年结成伙伴开始惊心动魄的冒险之旅。

仆人大厅，把一切参观了一遍，然后把我留在一个巨大的房间里。房间里有一张四柱卧床，有跟我祖父母的房子里一样的绳绒厚窗帘，然后还有金属窗和一个小小的砖砌壁炉。我打开行李，突然感到很孤独，很空暇。也许是因为看到这么多来自家乡的琐碎细节。也可能是想到以前住在这里的人，不确定他们曾经过得幸福安宁还是被上帝遗忘了。

我走下楼，想去解解闷。不管是谁创造了这个小英格兰，他忽略了照片、狗篮子、《皮尔斯百科全书》(Pears)和成堆的《乡村生活》(Country Life)杂志。不过，餐具柜里杂乱地塞满了玻璃器皿和烛台，五点，希尔瓦拉杰端出一托盘饮料。想到所有这些东西都被装在牛车上，和抽水马桶、大钢琴、爪脚浴缸一起吱吱嘎嘎地运进山里，就让人觉得很好笑。希尔瓦拉杰不够年长，没有经历过牛车，但他记得所有的仆人。

"这些房子里有二十个呢。可能是三十个！"

"他们都做什么？"

"我不知道，"他咪咪地笑着，"厨师，厨师的助手，厨房小工⋯⋯"

"然后是所有的女仆⋯⋯"

"是的，她们，还有做针线活儿的女士，以及全体园丁⋯⋯"

"还有一位管家？一位司机？"

"没错，没错——有他们。甚至还有一个男孩专门遛狗！"

希尔瓦拉杰哐哐啷啷走过门厅的时候仍然笑个不停。

我把我的饮料拿到了外面。蜥蜴横七竖八地躺在露台上，享受着最后的温暖，而且，我听到下面的排屋里传来诵经的声音。吟诵停止时，有一个非常短暂的瞬间很像赫里福德郡(Herefordshire)。但随后太阳下山了，在赤道以北六度的地方，天色一如既往地突然变得漆黑一片。我在那里坐了一会儿，看萤火虫在周围旋转飞舞，宛若失控的宇宙。然后我站起身来，回到屋里。希尔瓦拉杰已经点起了所有烛火，很快把我安顿在汤锅中间，准备享用一顿由蘑菇汤和花椰菜咖喱组成的丰盛大餐。

并非人人都欣赏这种孤独的、人满为患的生活。1948年，一位老种植园主哈里·威廉斯试图理解他在山区的日子。他的书《锡兰：东方明珠》很奇怪地把种植园主的世界描写得十分乏味。他说，英国人从来只是寄宿者，等履行完合同就回家了。他们几乎没有留下自己的东西：没有剧院、没有歌剧、没有芭蕾、没有管弦乐队，也没有值得一提的图书馆。他们甚至没有弄明白所在岛屿的状况。旅行很困难；可以铁路出行，但没有出租汽车，而且人力车贩子"完全是坑蒙拐骗"。

对妻子们来说，生活就是围着仆人或区域俱乐部团团转。她们从不工作，往往孩子也不在身边。那些英国小孩在七岁时就被送回"家"，留给他们的母亲一个艰难的抉择：是跟随孩子，同时离婚，还是眼睁睁地看着他们离开。少数人通过搞外遇来寻求安慰。威廉斯提到，配偶们"在优美迷人的环境的刺激下，很容易拈花惹草"。但是，要找个后备情人却很难。与锡兰人结合被认为是不可想象的，而整个乌沃省（面积相当于约克郡）只有两百名种植园主。这些男人在亚洲生活多年之后，眼光也变得挑剔起来。以伦纳德·伍尔夫为例，他的口味在短短几个月内就发生了变化。在1905年写给利顿·斯特雷奇（Lytton Strachey）的信中，他说，欧洲女人"慢慢吞吞的腔调"和"干枯的脸"现在令他作呕。"我的天哪，"他写道，"她们让我心里发毛。"

对男人而言，性生活更加丰富，但同样复杂。一个从本国移居锡兰的小伙子不能指望白人女孩，但是——如果他按规则行事——

他也许能找个当地的美女。伍尔夫说，他的雇主从未阻碍过这种情况："根据锡兰政府的规定，你可以发生性行为，但不能与对方结婚或订婚。"另外还有两条重要的规定。首先，所有酿成的错误都必须得到赔偿，支付赡养费和提供房屋所带来的赔偿费用都是毁灭性的。其次，白人主管（Durai）绝不能与公司的采茶工上床。他如果触犯了这条，就会被解雇并遣返，而她会被剥夺种姓。

但是，在这些规则范围内，任何事情（或者说大多数事情）都可以进行。在这一点上，泰米尔人可能出奇地慷慨。据威廉斯说，他们认为白人男人禁欲独身是违背自然规律的，而生育是男性的职责所在。有人把自己的女儿献给白人主管做小老婆的情况并不罕见。有些白人从未脱离过这些安排，而像考古学家 H. C. P. 贝尔（H. C. P. Bell）这类男人，总是主动在采茶女里面给自己物色对象。即使是现在，也有一些体面的泰米尔家族声称他们的家谱里有贝尔的影子。

对一些人来说，这种邂逅——悄无声息且不带感情——无疑是很好的消遣。但是，对大多数人来说，尽管有女孩在侧，还是同样的孤独。

❄

在所有我住过的房子里，最远的一座在霍顿平原（Horton Plains）附近。

这里的地势如此之高，有时我觉得自己仿佛在苏格兰。高原上有沼泽和瀑布，还有一片参差不齐的黑色森林，飘着几缕薄雾。在一些地方，巨大的蕨从矮树林中拱出，像蕾丝质的绿伞，往下滴着凉意。然后，随着森林的倒退，道路渐渐消失在一片涤净了雾气的山地草原上。萨纳特把车停在苔藓上，过了一会儿，一只巨大的黑鼻子出现在车窗外,但更让人惊叹的是鹿角,有一种我们马上就要被苏格兰峡谷之王刺穿的感觉。然而,幸运的是,萨纳特的思维还停留在正确的国家,他认出了一种比较温驯的动物:水鹿。"人们怎么能射杀这些动物呢?"他愤怒地嚷道,给了它一块巧克力饼干。

但是,对于维多利亚时期的人来说,这块广阔的海绵状大平原太像家乡了。等他们射杀了所有大象,就把这里当作苏格兰,甚至还加入了一些他们自己的东西:欧洲蕨、野兔、鳟鱼、狩猎小屋和西方物种里最具侵略性的荆豆。斯里兰卡人需要花几代人的时间去苏格兰化,清除这些杂草,但至少水鹿已经回来了。我还发现了另一群幸存者,它们穿着毛茸茸的衣裤套装围坐在一起,这就是熊猴[1]。我只能假设,这是因为它们从来没有出现在狩猎记录里,而且应该不太好吃。有一天,它们会成为少数几种看着这里的苏格兰出现又消失的生物之一。

那座房子就在平原下面,在安贝维拉。它仍然比全英国的任何地方都要高,如果本内维斯山在那里,我就可以俯视下方大约一千五百英尺处它的山顶。晚上,我们都围在壁炉旁(除了萨纳特,他正在食品储藏室里接受万众瞩目)。如我所料,这所房子是一个苏格兰人建造的,他了解火。但他的苏格兰住宅在后英国时代没有得到很好的维护,成了废墟。最后,我在科伦坡的一个朋友希兰·库雷(Hiran Cooray)修复了它,把它变成一家小旅馆。他说:"很难找到愿意在寒冷环境下干活的工人。"

第二天,草坪看起来像是被轰炸了。

"是野猪干的。"男仆罗伯特说。

哦,我想,这可不太苏格兰。

"我们经常被动物侵扰。"

---

[1] 熊猴:斯里兰卡中部山林里的特有濒危物种。

"我听说灵猫会来抓山羊。"

"是的,"罗伯特说,"而且花豹吃掉了村里所有的狗。"

"为什么总是吃狗?"

"被拴住的狗?那就如同盛在盘子里的晚餐。"

❀

在离皮杜鲁塔拉格勒山(Mount Pidurutalagala)还有几英里时,我们又遇到了塞缪尔·贝克,或者至少是遇到了他的胡萝卜。

在回忆录里,贝克并没有提到皮杜鲁塔拉格勒。它是岛上最高的山,这样一座庞然大物不可能注意不到。我想说我们爬了8281英尺到达山顶,但实际上我们是开车上去的。军队在山的侧翼修了一条路,现在就驻扎在山顶上。到达山顶并不难;士兵们看到萨纳特,笑着向我们挥手("是些老朋友。"他咕哝道,说得很难让人信服)。山顶上有厚厚的一片灰色天线和电线,毛毛刺刺的。我不知道还有没有别人正在聆听这些电子设备的振音,但青蛙们已经在收听了。整座山似乎都在震动着两栖动物的电话铃声。

一个携着轻便手杖的军官出现了,向我展示这里的风景。过去的三周现在都散落在我的脚边:亚当峰、霍顿平原、茶叶之乡、一个伟大的王国和里面的小帝国。但是,在南边,我们还可以看到一块烟草色土壤的小丘,名叫马哈加斯特塔(Mahagastota)。正是在那里,贝克建立了他梦幻中的乡村。

后来,我们开车去了那里,但是——跟梦境一样——它没能经受住白天的严酷光线。贝克的一半土地现在已经消失在喧闹嘈杂的一片片石棉瓦之下,那便是共和国际学校(Republican International

School），其余的土地被分割成像蛋糕一样的小块。每一块都是如此的富饶和美好，要播种的话，农夫只需把手指戳进土里。

贝克要是看到他的蔬菜还在，会很高兴，鉴于别的东西都已经消亡了。我还是很难对他有好感（尤其是在读到他用领带勒死一只垂死的花豹，以免破坏它的皮毛之后）。但他至少在其他人都尖叫着跑回科伦坡的时候，坚持了下来。先是他的马死了，然后是公羊、他的二十六头公牛和庄园管家的妻子。同时，蛴螬吃光了他的土豆，他的大麦被鹿和猪洗劫一空。七年来，他坚持到底，最后只能依靠胡萝卜和韭菜。1855 年，他终于放弃了一切。

但这一切并不是徒劳的。马哈加斯特塔的象鼻虫将给世界带来一位伟大的探险家，而他所发扬种植的蔬菜将在山谷里广泛扩散。马哈加斯特塔可能已经失败了，但隔壁的村镇努沃勒埃利耶会因其蔬菜而繁荣，成为胡萝卜之都。

※

凭借其根深蒂固的蔬菜财富，努沃勒埃利耶现在是山地生活的中心。大雾里出现了一座模仿都铎王朝的大城镇。它就像温德米尔（Windermere），但几乎是它的五十倍高，三倍大。这里有钟楼、公园、亭子、维多利亚时代的别墅［取名"芬克里夫"（Ferncliffe）和"斯宾塞公园"（Spencer Park）等］、战争纪念碑、茶水亭、几英里长的铁栏杆、一所哥特式邮局、至少一座圣三一教堂、一片湖以及可能是这片土地上最后的赛马场。据说只剩下十五匹赛马了，但努沃勒埃利耶并不介意，仍然喜欢看它们跑了一圈又一圈。

半露木结构似乎覆盖了一切，甚至包括波纹铁皮。我不知道人们如何称呼这种风格（也许是新亭阁主义？或者是仿热带样式？），但富人对它情有独钟。他们总是从科伦坡飞过来，在湖边降落。对他们来说，雾气和寒冷是新奇的。想到其间仍有最后一丝英格兰的气息，在与世隔绝中魔法般地保存下来，同样让人觉得新奇。在月圆节的美好日子里，他们不仅住满了所有别墅，而且还住满了几家塔楼式酒店，包括格伦多尔酒店、温莎酒店和阴郁华丽的格兰德酒店。

我很惊讶，连萨纳特都似乎很高兴。

"我要来这里生活。"他宣布。

"你要做什么呢？"

"收租，看美女。"

"那么你要寻找合适的房产吗？"

"当然，"他说，"比如一套公寓或什么的。"

说完这话，他大模大样地走了，接下来两天时间没见着人影。

留我一个人，我很快就融入了努沃勒埃利耶的生活方式。商店保持着英国的营业时间，出售的东西从黄油蛋糕到金色穗带，应有尽有，但主要是蛋糕。中午时分，穿马球衫的警察骑着马小跑着穿过镇子，好像他们要去打几场球。然后，庞大的泰米尔人家庭会带着他们的野餐到维多利亚公园，孩子们都穿着开襟羊毛衫和短袜。人们一直告诉我，这里的一切有多么英国化，我想在某种程度上确实是，除了袒露胸膛的僧侣、装扮成马儿的舞者、拿着鼓的乞丐和在高尔夫球场上乱拱的野猪。

有一次，一个老人拦住我，给我讲他儿子的事情。

"他死在伦敦了。长了脑肿瘤。"

"很抱歉，"我说，"这太糟糕了……"

"但不也很有趣吗？生在小英格兰，死在大英格兰。"

某些下午，我去了湖边。瓦哈比派教徒很喜欢这里，身穿黑袍的妇女会大量拥来，租下所有的脚踏船，然后在水上出发游玩。有

265

一次，我坐在一片雪松树下，旁边是一对正在野餐的年轻夫妇。对他们来说，这显然是一个特别的时刻——至少在一具尸体落在他们的米饭上之前。原来，那是乌鸦掉下来的一团消化不了的老鼠残体。这对夫妇很快从这次侵扰事件中恢复过来，但这一突发性事件把我们聚在了一起。

"湖水就像一个舞台，"我表示，"让人挪不开眼。"

"他们曾经打算把水排干，然后把淤泥浇在胡萝卜上。"

"哎哟！可别再讲那个故事了，西旺（Sivan）！"女孩说，"他是来旅游的……"

但西旺没管她。"军队反对……"

"哦，"我说，"是担心污染？"

"不是，他们不想让我们看到那么多尸体。"

✺

旧日的鬼魂仍然在努沃勒埃利耶会面，在山丘俱乐部（Hill Club）里。

一切正是他们喜欢的样子：宽阔的草坪，有男爵特色的俱乐部会所（当然是新都铎式的，但也有一丝菱形风格），燃烧在每个房间里的炉火，一个放湿雨伞的象脚，两张台球桌，挂在墙上的各种野生动物的木刻画——猪、脱了毛的花豹和一条又长又细的蟒蛇薄片。还有一个叫作"季风室"的图书馆，里面全是陈旧破碎的杂志。每天晚上，一个热水瓶会出现在我的床上。旧的规则也保留了下来。不准养狗，不准在房间里做饭，不准女人进入酒吧。在某个时候，有人悄悄地告诉我，我住在这里需要一件夹克衫。由于我没有带任何种植园主样式的衣服，有人从一个大衣柜里拿出了一件哈里斯粗花呢的衣服。

俱乐部的生活仍在继续，仿佛从前的英国人都还会回来。甚至每天晚上都有为他们准备的晚餐。桌子会铺上亚麻布，摆上银盘。一小队服务员——梳着辫子，穿着白色纱卡材质的制服——在他们中间来回走动。食物总是上好的种植园主的美食：也许有挪威三文鱼，配上烤土豆，然后是维多利亚海绵蛋糕。当我吃完后，我的咖啡会被摆在女王的画像下，画像里她大约二十岁。虽然明显只有我一位客人，但服务员还是会匆匆忙忙地走来走去，把餐具弄得哗哗响，再把盘子收起来。也许种植园主真的在那里，只是我看不见罢了。

❂

晚上，我在睡梦中听到跳舞声。这声音有时是真的，从树林那边飘过来。但大多数时候，它只是来自白天的回响。

"小英格兰"的生活经常会在宗教仪式中迸发激情。有一天，三辆大型双轮敞篷战车被拖过市镇。它们是一些屹然挺立的构造，一件件多层设施，上面点缀着花环和灯泡，车上载着僧侣和眼睛鼓鼓的巨型木马。据说，以前的妇女会冲到车轮下，献身宗教。现在情况比较平和了，但热烈程度不减。当每一辆"泰鲁"（Teyru）轰隆轰隆地经过时，所有工作都停了下来，甚至连护士都会带着水果供品拥到街上来。这里几乎每个人好像都以某种方式参与其中。与斯里兰卡泰米尔人（其中四分之一是基督徒）不同，茶工泰米尔人几乎全是印度教教徒。在这里，不信教的人就是没有种姓的贱民，不能结婚，不能赴宴，也不能住在排屋里。

另一天，我跟着一支游行队伍来到了悉多安曼（Sita Amman）神庙。在某些方面，这里看起来都很熟悉，就像伦敦的某个寺庙。

267

同样是以破坏神湿婆为核心,同样是密密麻麻的小神,同样是色彩的爆发,同样有阳具和"尤尼"(阴道)象征提醒人们全部的生殖责任。但也有一条用熏烧的木炭铺成的长路和一些乐人,他们仿佛让空气中既充满了忧虑又洋溢着狂喜。当人群兴奋地发出叹声时,我旁边的老妇人开始甩动手臂和头发抽打空气。只穿着纱笼的火行者被推到前面,在人群的呼号和悲叹中,他们开始一个接一个地在木炭上行走。夜里萦绕在我的梦境里的就是他们的舞蹈,他们的脚踩在余火未尽的炭块里。但是,他们最后总能顺利走过而没有大碍,毫无疑问,在成千上万的崇拜者中,他们再次证明了强大的魔力。

今天的我们可能不太会为了自己不理解的东西而烦扰,特别是当我们意识到有那么多东西需要理解的时候。但种植园主们曾与这一切,与他们生活中芸芸众生的信仰进行过艰难的抗争。在哈里·威廉斯这样的日记作者看来,崇拜湿婆尤其难以理解。一个"毁灭者"怎么能是人类存在的缔造者?既然他自己似乎是在"醉生梦死"中度过一生,他怎么能要求别人禁欲?毗湿奴能好到哪里去?他不是也过着沉湎淫逸的生活,既不尊重他的姐妹,也不尊重他的母亲,还娶了一万六千个妻子吗?威廉斯对生殖器的崇高意象也感到困惑。对泰米尔人来说,生殖器似乎并不起眼,然而——正如他所说的——"人体的粗鄙让他们畏缩"。

这个谜团从未解开。尽管英国人会对茶工泰米尔人产生好感,但他们始终是陌生的。现在看来,这样生活了一个多世纪是很奇怪的:上床睡觉,听着舞蹈声,却什么也不理解。

一天晚上,我和克里斯托弗·沃辛顿(Christopher Worthington)

共进晚餐,他是最后一个种植园主。我们在高尔夫俱乐部那边见面。在过去的七十年里,这个地方和其他地方一样,都是他的家。他的名字在漆器上随处可见。他也是俱乐部最引人注目的会员,一个高大的驼背男人,身穿哔叽材质的套装,颜色像调了奶的格雷伯爵茶。虽然他很和蔼——天性快活——但他也十分严苛。那天晚上,他叫了两次管家。"怎么芥末酱还没上来?"他责问,"还有,你的鞋怎么嘎吱响?"

有时他会突然用泰米尔语叫嚷,让所有人目瞪口呆。全世界现在能流利地讲泰米尔语的白人男子肯定也是屈指可数。当他说起泰米尔语时,听起来就像倒着听丘吉尔的演讲。后来,我拿这事揶揄他。

"你说得不太有亚洲味。"我说。

他笑了。"我太过殖民化了,做不到亚洲味。"

晚上,他讲述了下面的故事。

"1946年,我第一次来锡兰,与母亲和继父一起(我总是很幸运,什么都有两个;两个母亲,两个父亲……)。我的第一所学校山丘之屋(Hill House)就在那里,在湖的另一边(现在全都没了,只有一个军营)。然后我被送回英国,去了海隆沃特预备学校(Heronwater)、赛德伯中学(Sedbergh)以及都柏林的圣三一大学。嗯,接着又服了一下兵役。在班加西。咳!但后来,1958年,我进了一家伦敦公司,回到了锡兰,所以我现在在这里……

"是的,这里的生活很不错,至少我喜欢。刚开始时,你被称为爬行者(Creeper)。这是一种学徒制,你要花六个月时间住在经理的平房里。有极其多的东西需要学习——泰米尔人的习俗和语言。我们每天必须学二十个新词!但是,你知道,我们从来没有学过如何写,他们也不会写。我也没学过僧伽罗语。几乎不会说一个字。但是，我不太关心沿海地区，只关心山地这里。

"的确，生活可能很孤独。那六个月结束时，我们得到了自己的小屋，那是泥砖砌成的一个处所，在'田野'上。我们每个人都有一个年轻男仆，但他晚上就回排屋了。所以，是的，这里可能一片寂静。有一个地区俱乐部，每周活动一次，当然，我们也有一些假期。在头五年结束时有六个月的假。我喜欢英国，但总是很高兴能回到这里……

"是的，一种美好的生活，但我觉得它不可能持久。茶叶被国有化后，大多数人都离开了。1958年，这里有四百个种植园主，但到1976年，只有两个。我留下来是因为我真的不了解别的地方。想想就觉得好笑，我曾经管理着一千英亩的茶园，现在我只有十五英亩。而且签证状况也总是不太妙。也许他们会把我赶走？我的终点可能会是富勒姆的一个兼做起居室和卧室的出租间……"

有少数英国人在锡兰发了财，目前仍有豪宅四散分布在山上。其中之一是艾迪沙姆（Adisham），据说是仿照肯特郡的利兹城堡（Leeds Castle）建造的。它现在是本笃会修士的隐居地，但是——通过一位天主教牧师的信——我获得了准许，可以过来住下。

这是一个很不寻常的肯特郡。一大群猴子围坐在门口，车道一直通到了一个深峭的山崖的边缘。大片黏腻湿冷的云从下面的丛林中分离出来，在山上翻卷，倾泻在花园的院墙上，把一切浸润在冷气里。这座房子看起来也不像利兹城堡，尽管它是许多角楼、花岗岩和哥特式拱廊的庞大堆砌。还有一扇安装了饰钉的正门。排水管上布满了纹章，可以由此确认这是托马斯·维利尔斯爵士（Sir

Thomas Villiers）的房子。1887 年，他来到锡兰，时年十八岁，名下仅有十英镑。四十年后，他变得如此富有，甚至需要一座城堡。一支工匠队伍从印度赶来，开始为他建造。

接待我的主人终于出现了——修道士们。他们都是僧伽罗人，惯常穿着白色衣服。他们告诉我，他们的生活要奉行一整套严格的祈祷活动，但也制作果酱。"我们保留了所有的老果树。"祖德修士（Brother Jude）说。

"这里就跟另一个艾迪沙姆一样。"

他好像有点不太确定。"那是在苏格兰吧，对吗？"

等我们把所有的艾迪沙姆归入正确位置之后，他就带我去看我的房间。那是在一个旧的食品贮藏室里，里面堆满了架子床，几乎让人无法进去。我将要在隔壁的托马斯爵士的车库里吃饭。车库有很大的推拉门，空间可供停放两辆豪华轿车。"其中一辆是一台戴姆勒。他们说是亮黄色的。"祖德修士说，然后他就消失了，我再也没有见到他。

"别信他。"萨纳特说。

我差点把萨纳特给忘了，他闷闷不乐地跟在后面。他十分讨厌这里的异域性：长袍、雕像和流血的心。"小心点，"他满怀敌意地说，"一定要锁好你的门……"

"你觉得他们会偷我的东西？"

"各个方面。我不在这儿待。我要住到村子里去。"

现在，独自一人，我可以听到这座房子所有的细微之处：沉重的门关上的声音、老钟的嘀嗒声、凉鞋踩在石头上的声音以及钥匙插进锁里的刮擦声。置身于这座房子的主体部分，我不确定自己是否受到欢迎，这样想了一会儿，当我听到尖细的集体晚祷的声音时，我悄悄沿着走廊来到了托马斯爵士的住所。我很惊讶，这里几乎和他曾经布置的一模一样——壁炉架上的钟和炉膛里的烙铁。餐厅里贴着原来的红绸壁纸，客厅里仍然挂着维利尔斯夫人的水彩画，垂着泛黄的锦缎。甚至连书房墙壁上的祖先画像也保留了下来——伟大的公爵和杰出的贝德福德（Bedford）家族，以及至少一位长着连鬓胡须的首相。这对夫妇唯一的孩子在战壕里丧生了，对他们来说，这是一座持久得出奇的家族府邸。

修道士们从未使用过这些房间。书房里的扶手椅用骆驼皮包裹着，看起来几乎是新的。但是，这些台面上没有一点生气，巨大的玻璃灯罩上满是飞蛾。大多数的书都是关于第一次世界大战的，我突然想到托马斯爵士消磨晚年时光的情景，他在书页里寻找他失去的儿子。维利尔斯夫人已经在 1938 年去世了（她死在从欧洲回来的漫长航途中，被葬在海上）。托马斯爵士又挣扎了十一年，才把房门关闭，乘船回家。1959 年，他进行了最后一次伟大的旅行，去了帕特尼谷（Putney Vale）的火葬场。但是，在这里，他的画像仍然挂在晨间起居室里；一个伟大的人，伟大到能够在错误的地方重建世界，但却没有运气去享受它。

"这些眼睛时时刻刻跟着你，对吧？"

是迈克尔修士（Brother Michael），这些修士里最年长的。

"可能是在监督你们料理这里的一切。"我说。

"五十多年了，我们没有动过一样东西。"

"再过五十年，艾迪沙姆还会是艾迪沙姆吗？"

"会的，"修士说，"除非豪猪吃光了我们的树。"

✽

离开艾迪沙姆之后，我与萨纳特分道扬镳。我已经暗暗计划了好几天，但我需要一条铁路和自己的车。对于事情发展到这一步，我是有些遗憾的。我一直希望，我们在相处的几个星期里，能够达成理解，最终成为好哥们儿。但这并没有发生。不仅仅是因为他想在哪里撒尿就在哪里撒尿，嘲弄女孩子，还把所有的餐叉都偷走。萨纳特的怒火太过旺盛了，而且在大多数时候，连他自己都找不到解决的办法。他可以激烈地热爱一些东西——比如树木和林鹬——然后对穆斯林、泰米尔人或所有美国的事物大发雷霆。在这两个极端之间，有一个更细微的反感的范围，但全部让人无法理解。当然，他厌恶"英国的"道路，但也有对卡车、狗、服务员、政治家和咳嗽的女人的蔑视。经过几周的时间，我已经受够了。尽管我从不认为萨纳特是典型的僧伽罗人，但我觉得我以前见过他，这经常让我感到困扰。然后我想起来是在哪里了："黑色七月"的照片上。萨纳特那欣喜若狂的愤怒，似乎就出现在那些暴徒的脸上。

❀

不列颠治下的和平没有受到多少干扰。但有一件事搅扰了安宁，那就是 1900 年 8 月，五千名战俘来到锡兰。

布尔人曾居住在艾迪沙姆下方几英里的宽阔山谷中。迪亚塔拉瓦（Diyatalawa）气候寒冷，空气干燥，山坡上长满草，经常被比作非洲的大草原。也许这就是为什么它被选定作为营地，收纳从克留格尔总统那里俘虏来的军队。迪亚塔拉瓦仅用五星期就锤打建成了。因为锡板在阳光下闪闪发光，它被称为"银城"。但实际上，它是两个城镇：德兰士瓦人（Transvaalers）的克留格尔镇（Kruger's Dorp）和为从奥兰治河殖民地（Orange River Colony）来的人准备的斯泰恩镇（Steyn's Ville）。刹那间，它仿佛就是另一个荷兰世界的缩影：兵营、茅厕、商店、零星的弧光灯和一圈铁丝网。

虽然我知道这些东西不可能在一个世纪雨水的冲刷和白蚁的蚕食中幸存下来,但一想到有个南非小镇高踞于群山之中,我还是感到十分好奇。唯一的问题是,它现在属于军事学院,正好位于山脉中间。天真的我没有退缩,大量写信围攻国防部,然后有一天,一位上校打来了电话。他说:"赫拉特上尉(Captain Herath)将在车站与你见面。"

从考古学的角度看,这是充满惊喜的一天。银城虽然没有再次出现过,但也没有完全消失。附近的一个爱德华时代的驻防小镇仍然欣欣向荣。这里有一座士兵教堂,一片由墨绿色锡板搭盖的城郊,还有一排商店,出售正装剑、迷彩袜等警官学员可能需要的各种东西。与此同时,赫拉特上尉优雅娴熟,干练利落,还带着一根短皮鞭。他虽然才刚二十五岁,但已经是一名退伍军人。他还带着一叠深褐色的照片,这使他与我志趣相投。我们首先在司令员的房子前停了下来,那是一座波纹铁皮建成的平房,长长的,咯吱咯吱响。在这里,上尉安排了"一块大巧克力蛋糕"。

"这地方过去是一艘船。"他说。

"一艘船?"

"是的,海军在布尔人之后弄过来的。给它取名'乌沃'(HMS Uva)号"。

"设想深山老林里有一艘战舰,很有趣……"

"不止一艘,"赫拉特说,"这里有一整支舰队呢。"

发掘完蛋糕之后,我们开车穿过巨大的金属船体,来到学院大门口。马球场出现了,士兵们看起来就像被浆在军服里,然后又被按压、熨烫过一样。他们的冲锋枪有明亮的琥珀色枪托和枪柄,每当他们跨步立正的时候,就会发出类似折断树枝的声音。有人——

也许是他们——把所有路沿石都刷白了，现在这些路沿石在松树间盘旋上升。接近山顶时，树木分开了，狙击手从稻草中走了出来，他们身着乱蓬蓬的迷彩长袍，没有形状，如同恶魔。

"这就是山岭了。"上尉宣布。

在上面，他的照片开始活了过来。照片里有一棵树，我现在可以看到它深深掩藏在碧波荡漾的草丛里，还有布尔人洗澡用的水泥池，以及守卫们——格洛斯特人和伍斯特人——在上面架枪的小土堆。曾经，这个场景中会有一些小人物，一些穿着碎片制服、戴着表链和破帽子的伶仃孤子。他们大多是农民，是忙于宗教敬奉的虔信之人。但这里也有俄国人和挪威人、一位数学教授、二百五十名儿童（是与他们的父母一起被俘虏的）、克留格尔的儿子、一伙爱尔兰裔美国人、三十二名工程师、一名魔术师、一名拳击冠军、一名殡仪服务员和一名叫奥赖利上尉（Captain O'Reilly）的幸运战士。这些与帝国对抗的异见分子，被杂七杂八地会聚在一起。

响起了一连串噼噼啪啪的炮火声，但赫拉特丝毫没有畏缩。

"这里，"他说，"我觉得这就是原来棚屋所在的地方。"

现在这里是一块空旷的橙色土地。我们沿着营地的老路走了出去，如今路上散落着子弹。布尔人在这里住了两年。他们制造的东西有时仍然在科伦坡出现——烟草罐和裁纸刀。他们还办了几份报纸，名为《普力克拉德》(*Prikkelraad*，意思是"带刺铁丝网")和《达姆弹》(*Dum-Dum*)，有些人还自学了板球并学习英国人的习惯。少数人甚至加入了一个修路队，每天赚取一卢比，开挖前往班达拉维拉（Bandarawela）的路。

"路还在，"赫拉特上尉说，"我们叫它布尔路（Boer Road）。"

过了平原，森林又开始蔓延。很少有囚犯试图逃跑，而那些逃跑了的人又被饥饿和蚂蟥给逼回来。只有两个人成功回家了，他们在科伦坡港口跳海，爬上了一艘俄国船。如他们所想象的，这段旅程把他们带到了遥远的北方，经过亚丁湾、黑海和圣彼得堡，然后向南经过柏林、阿姆斯特丹和德属西非。在南非人中，他们获得了神话般的地位，永远获得了"水游者"（The Swimmers）的称号。

我问赫拉特知不知道去世的人埋在哪里。

他点点头。"在那边，千米山脉的尽头。"

我们开车到了射击点。现在我们周围都是机枪火力，但灌木丛里有两根石柱。一座是格洛斯特人的纪念碑，他们已经在尼科尔森峡谷损失了一半的人数，而在锡兰又遭到重创，这次是"肠炎"。另一座纪念碑是为布尔人建立的，他们在1900年12月的流行病中的遭遇更为悲惨。在这些名字中，我发现了一个十六岁的男孩，还有一个男人，他肯定自以为是先知以利亚（Elijah）本人，给出的年龄是一百四十四岁。

除了这座纪念碑和那些小玩意儿，布尔人几乎没有留下什么东西。1902年年底，战争结束了，他们带着所有的猴子、鹦鹉和雕刻品被押回车站，开始回家的旅程。爱尔兰裔美国人被运往波士顿，奥地利人被运往的里雅斯特。其余的人都回到了非洲的故乡。小克留格尔直到最后也在抵抗说英语的诱惑，现在迫不及待地想要离开。他跳上了他找到的第一艘船，消失在前往桑给巴尔的路上。

这也是银城的结局。随着布尔人的离开，它很快就腐败生锈，几年内就再次化为荒草地。

✹

我的这段旅程也要结束了。我乘火车前往巴杜拉（Badulla），这是令人难忘的几小时，就像在看一部老电影，里面有我领略过的一切，茶乡以每秒几帧的速度流逝，风景被修饰成难以置信的绿色，而泰米尔人的生活被永远定格在全景影像里。但是，在巴杜拉，所有这一切似乎从卷轴上松脱了，铁路突然走到尽头，同时消失的还有山峦、小英格兰和茶。过了城镇，就只有一条丛林茂密的山岭，然后地势一落千丈，抵达沿海平原。

我想，巴杜拉就跟所有处于路线终点的地方一样。让人觉得一切都来到了这里，却没有任何东西离开。康提人带来了他们的堡垒和寺庙，英国人带来了他们的姜饼三角屋，而这一切都还在那里，凌乱地堆积在一起。即使是现在，圣马克斯（St Marks）的墓地里还有新鲜的鲜花，教堂里也飘出赞美诗。我的酒店从外面看起来很新，但里面却挤满了历史的喧嚣。不仅仅是留声机和大象的脚；这里还汇聚了世界各地的餐具，都是些航空公司的老库存。似乎从来没有扔掉过任何东西。酒店老板的父亲曾是英国军队的一名膳务员，所以酒店还坚持主打军用三明治——配着芥末和奶酪的巨型物体。然后，每当我出去的时候，他都会去阅读我的所有文章，以确保我的工作是正确的。

"约翰先生，"他抱怨道，"你对我的酒店说的不多啊。"

在我离开的前一天，巴杜拉举行了一个狂欢节，把所有人从过去拖了出来。这应该是为统一国民党举行的游行。如果有哪个政党是英国统治的继承者，那必然是统一国民党。虽然他们已经很多年没有掌权了，但仍然打着大象的旗子到处游行。那天，他们召集了整个旧王国里能召集来的所有力量：喇叭手、采茶人、魔术师、酒鬼、一些跳舞的小矮人、几个康提杂技演员、一个打扮成骷髅的人和一架用硬纸板做成的全尺寸飞机。我注意到，无论他们走到哪里，都会留下一溜破鞋。他们还设法笼络了十几个英国女孩加入他们的队伍。我在酒店里认出了她们，她们是某个大象保护区的志愿者。

其中一个女孩的肚脐上有个文身,我旁边的男人在饶有兴趣地研究这个文身。

"妓女。"他得出结论。

"没错,"他的朋友说,"那个统一国民党的家伙绝对跟她们都有一腿……"

"那这些人呢?"我问。

我们前方是五个灰白色的、半裸着身体的斧手。

"维达人(Veddas)。住在森林里。"

"在东部边陲,"另一个人补充说,"那边有点疯。"

第八章

狂野的东方
THE WILD EAST

这些不宜人居的森林,是岛上最荒芜、最干旱的地方。食物短缺,只有历经艰难困苦才能获得。在这里,维达人就是王。

——R. L. 斯皮特尔,《狂野的锡兰》(Wild Ceylon),1924 年

我并不为前方的情况发愁，但确实感到心里没底。在岛上的所有区域里，东南地区似乎总是最神秘、最偏远的。古代志书里几乎没有提到它，在早期的地图上，它只是一片空白，上面有几点灌木丛的标记。对它的定义是它所没有的东西——尤其是雨水、水库和河流。维多利亚时代的地图绘制者把这里的大块地区留为空白，或者标记为"未知山区"。在出现名字的地方，这些名字好像起得仓促而无能，例如"威斯敏斯特教堂"或"修道士的兜帽"（Capello de Frade）。即使在 20 世纪 20 年代，R. L. 斯皮特尔等访者也倾向于把自己视为探险家，因为不确定会有何发现。

这片区域至今仍有杳无人迹的感觉。如果把锡兰岛看作钟面，那么在三点到六点之间的区域，几乎没有可以停靠船只的地方。同时，内陆地区的道路比其他地方都少，只有一条铁路，转向北方去了。似乎任何东西都可能出现在那里，潜伏在灌木丛中。1924 年，那里有一只正在吃人的豹子，但在近几年，那里有几伙躲在山洞里的游击队。此外，这片区域还有当地神话中的各种生物。有一种叫"加瓦拉"（Gawara）的动物，据说头像水牛，舌头粗糙得可以舔掉肉。更可怕的可能是尼塔沃人（Nittaewo）。他们是一个体形矮小的食人族，大量聚集起来发动群体攻击，用长长的指甲把当地人切成肉片。对于计划前往的人来说，这些信息都不是特别鼓舞人心。

但是，不友善的条件也使这片土地成了一个避难所。在那里的某个地方，住着斯里兰卡的最后一批原始居民。他们是维达人，也就是我所见到的在巴杜拉荡来荡去的斧手。然而，他们在这里是猎人，或者，在某些情况下，是猎物。我努力思考如何接触到他们，然后我想起了一个老朋友，阿努鲁达·班达拉（Anurudha Bandara）。他与维达人有过接触，而且经常去旅行。我问他是否有机会带我一起去。

"好吧，"他说，"我们在马希延格讷（Mahiyangana）见。"

这是一次漫长的、梦幻般的穿越东部山麓的旅程。整个上午，巴士一路呼啸着下山，随后，在紫气流云的华美布景里高地再次出现在我们的左边。现在，森林又炎热起来，我们回到了树枝搭建的村落里。走到一个村庄的时候，一条狗冲出来向我们挑战，然后英勇地消失在我们的车轮后面。还有一次，我们经过一台挖土机，三个中国工人在铲斗里睡觉。这条路一直试图把我们震下去。有时，它猛然扎进一大片快要干枯的水稻，其他时候，它直接消失了，我们发现自己在沙地上涌动，或者在河床上颠簸。

但最终，这条路找到了它的节奏。随着呼啸声渐渐消失，我掏出我的笔记，开始阅读。

近两千五百年来，维达人一直被认为是混血儿：隶属皇族，但流着恶魔和蛇的血。这是一个他们从未真正摆脱的侮辱，然而并不是一直这样。在之前的一万五千年里，他们可能已经独占了全岛，部落发展得繁荣兴旺。他们甚至可能受益于泰米尔人和僧伽罗人的到来，在他们的大城市崩塌时吸收了其幸存者。但新来者也带来了一个危险的想法。他们说，维达人是岛上最初的夜叉女王的后裔，是她与王子维阇耶过夜的结晶。这立即使维达人变得既厉害又邪恶，成了皇族祸害。

在接下来的两千年里，几乎没有任何变化。维达人生活在僧伽罗社会的边缘，学会了他们的语言，但没有形成他们的行为习惯。诺克斯报告说，到1681年，他们作为受人尊敬的亡命之徒生活，打劫旅行者，发动自己的小争斗。晚上，他们会把肉留给铁匠，如果到了早上，铁匠还没有交出箭镞给他们，他们就会杀了他。但维达人也很受信任。外敌来犯期间，他们会照顾康提王后，照管皇家财宝。在所有的大战役中也能看到他们的身影，让漫天箭雨射向欧洲人的脑袋。但这些都没有改变他们。1821年，戴维医生描述他们是"孤独的动物……习性更像猛兽，而不像人"。此前两千年当中的任何时候也可能写下同样的话。

在英国人看来，维达人是惊心动魄的。这些人不知道自己的年龄，没有时间观念，还没有学会如何哈哈大笑和微微含笑。他们穿着树皮做的衣服，携带着一片人的肝脏，好让他们自己变得更加凶残。在维多利亚时期的人眼里，他们最终似乎与新石器时代的人挂钩了。一位作家将维达人的存在描述为一段"插曲"，并补充说他们"就要灭绝了"。这种认为维达人在某种程度上是来自另一个时代的意外族群的想法，至今天仍然很流行。在科伦坡，至少有一家旅行社在提供"石器时代"的旅行观光。

维达人还留有可以参观的东西，也许这已经很幸运了。20世纪是极其残酷的。1911年，有5342名维达人，然而一百年后，勉强才够500人。他们有的在西班牙大流感中丧生，但其他许多人仅仅是失去了土地，在与其他民族的混局中消失了。维达人的活动范围——曾经延伸到海岸地区——几乎立刻就缩减到一无所有。最糟糕的一年是1983年，大片土地被水电项目吞噬。大约在同一时间，内战开打，维达人被剥夺了枪支。经过了大概一万八千年的狩猎，维达人现在无事可做，也无处可去。他们中的许多人流落到宾登（Bintenne），也就是僧伽罗人所称的马希延格讷。这个城镇现在正逐渐显现在前方的平原上。

接下来的几天感觉就像一出戏,所有演员不知怎么都深陷其中。仿佛有一个故事情节进入了他们的生活,并占有了他们,而现在他们能做的只能是让演出继续。阿努鲁达警告过我这一点。"我要带你去丹巴纳(Dambana),"他说,"那边距离马希延格讷几英里,大约住了三百五十户人家。我们给他们一些钱,然后他们向我们展示他们的生活。他们要是不想参加,就不用牵涉进来。好吧,我知道,这并不完美,但这是一种生计。维达人不能再打猎了,又没有耕作的传统。他们仅有的东西,就是表演。"

在这出戏中,要演绎的事件的顺序似乎并不重要,因此我们就从谢幕开始。那天晚上,一伙维达演员出现在我们的宿营地,好像是要过来说再见。他们有六个人,看起来就跟维多利亚时代的人所拍摄的人物一样:大胡子的赤脚男人,只在腰上缠了布,每个人都提着一把斧头。他们在岩石上站成一排,鞠躬跳舞,为我制作一件树叶礼物。接着,奇怪的事情发生了——也许是因为那么多灯笼搞得烟雾缭绕——我一阵恶心狂呕。他们的剧本里没有提到观众呕吐并跑进树林里的情况,所以维达人只是继续鞠躬、跳舞并展示他们的树叶。等我回来的时候,他们已经悄悄离开,消失在黑暗里。

"他们看起来很强悍。"我向阿努鲁达说道。

"以前还要更强悍。他们能把正在打架的熊分开。"

第二天早上,那些维达人中的三位又出现了,从草丛里走了出来。他们把斧头钩在肩上,像猫一样悄无声息地移动。最年长的那个大约七十岁,最年轻的那个在头顶扎了一个圆发髻。但第三个人的体格是最健壮的,他的胡子狂野奔放,乌黑银亮,恍惚间,我甚至以为他的脸覆满了毛发。他也是唯一一个有弓箭,有刀,有名字的人。他

283

的名字是乌鲁·瓦鲁奇·苏杜班达（Uru Waruge Sudubanda），简称"苏达"（Sudda）。维达人以前认为名字对他们没有什么用处，人人就是他们自己的样子——比如胖子，老头，或者男孩。

起初，他们好像没有注意到我，只是扮演着他们的角色。苏达射出了他的箭，其他人在树林里散开，去追赶一头想象中的猪，然后他们在一阵狂热的尖叫和咯咯笑声中杀死了这头猪。后来，一名翻译出现了，他长得獐头鼠目，因为酗酒显得刁恶凶狠。我们出发了，向森林深处走去。走了一英里左右，维达人突然停下来开始听。我什么声音也听不见，但他们都在腐叶土里蹑手蹑脚地走，最后来到一棵老树下。在那里，男孩又听了起来，然后伸手用他的斧头砍下来一大块蜂巢。现在他们的胡子上沾满了蜜蜂，他们给了我一团，并且很惊讶我居然喜欢。我是否还喜欢他们吃的其他东西呢，比如鬣蜥和猴子？他们告诉我，犀鸟很受欢迎，还有小金丝雀，你把它们放在火上时，它们会发出"吱吱吱"的声音。

"那豪猪呢？"我试探地问。

维达人全都面面相觑，一脸惊恐。

"呕，"他们说，"那些是给狗吃的。"

蜂蜜之后，情况发生了变化，我们的相处又重新开始了。每个人都伸出指节表示欢迎，我们紧紧挽住彼此的手臂。苏达甚至重新做了一遍自我介绍，讲了一串故事，但都没有讲完。他说他用象牙做符咒，说许多妇女离开去当女佣了，说现在打猎很危险，说他有一些朋友中枪而死，说嚼槟榔导致他得了癌症，还说——在胡子底下——他的半个下巴都没了。他提议，也许我想要一只猴皮鼓？或者他可以给我做一张弓和一些箭？

我尝试解释，维达人的弓太大了，带不上飞机。

"好吧，"他说，"那现在是时候去见大王了。"

* * *

见大王，这是一个很冷峻的想法。这场表演的中心人物会是谁呢？一个有趣的人物，一个缀满珍珠的国王？或者是某个半疯半癫的亚洲李尔王，忙着安排自己的灭亡？

但乌鲁·瓦鲁奇·万尼亚（Uru Waruge Wanniya）不是这些人中的任何一个。他住在一间小茅屋里，在那里编篮子，给蜂蜜装瓶。他是一个"王"，因为他是最伟大的维达人提萨哈米（Tissahamy）的儿子。他同他的父亲一样，也成了原住民权利的捍卫者，墙上挂着他与重要人物握手和会见将军们的照片。除了一张席子和一块砧板，这些照片是他仅有的家庭陈设。他也没有穿天鹅绒和貂皮的衣服。虽然他的胡须更整齐一些，眼里流露着疲惫，但他的衣着跟猎人没有什么两样。

他们在一块低矮的泥墙上给我找了个座位。

"我了解您去过日内瓦。"我说。

这句话先被翻译成僧伽罗语，再翻译成维达语，然后大王点点头。"我外出了一个月，"他说，"在联合国讲了话。他们此前从未听到过丛林人民的声音，但在那之后情况有所好转。我父亲以前说过，我们要是被转移到社会人群里生活，就会变成乞丐，但我们还在这里。有些改变是好的，有些不好。对于学校，我们还拿不准，但我们不喜欢衬衫和短裤。"

"那游客呢？"我问。

"他们还好，只要他们别试图改变我们。"

我们谈了一小时，大王现在看起来更加疲惫了。

我起身准备离开。"还有一个问题。您觉得日内瓦怎么样？"

"我知道我有多幸运，"他说，"不用忍受那些吵闹。"

* * *

在旅程的最后一天,我们的营地里来了几位客人。

首先是两条蛇,它们从桌子中间滑了进来。一条是滑鼠蛇,另一条是金环蛇。苏达已经把驱蛇的东西给我了:一颗种子(cacuna),形状像蟒蛇的头。尽管它有魔力,我还是吓得跳了起来。但阿努鲁达笑了笑,继续写作。"害怕蛇的人就会看到它们。"他说。

下一位访客更令人愉快一些:古纳瓦德纳(Gunawardene)先生,他是一位老师,有一半僧伽罗族血统,穿着衬衫,打着一把伞。他在胳膊下夹了一些他写的书。这些可能是第一批用维达语出版的小说。古纳瓦德纳先生为我朗读了其中一个故事,听起来就像森林活了过来。他说,这是一种美丽的语言,但它缺乏可以描述我们时代的词汇。鞋子——总是被人讨厌的东西——就是"容器",而飞机变成了"在上面行驶的机器"。不过,一些即兴表达也可以让人喜欢。摩托车是"呼突呼突",英语被称为"鸟的呼叫",因为它听起来就是这样的。

最后一位访客是苏达本人。我在离营地不远的地方发现了他。他蹲伏在草地上。当我走近时,他为我举起了一个东西。那是他做的一张弓,正好是可以带上飞机的大小。

走到莫讷勒格勒(Monoragala),我终于离开了山区。在那里,我换乘另一辆巴士,它声音更大,是更深的棕褐色。这辆车就像一个游荡的工厂,喷着灰尘和胡椒味的烟雾。某个时候,一个年轻的和尚上了车,他是个还不到十五岁的男孩,我周围的人都从座位上缩了缩,好让他坐下。他的脸上没有任何表情,他似乎都没有注意到非洲风景何时出现,至少是非洲的一片大草原。当我看到稻草中的一个斑点时，我能够观察它很久，直到——某个瞬间——它变成了一头大象和小牛，然后它再次消失了，畏缩在后面的窗户里。

出于某种原因，我去了阿鲁甘湾（Arugam Bay）。原因我现在记不清楚了，或者说，没法合理地解释。也许我当时认为，如果东海岸从一块空地开始，那必定会是阿鲁甘湾。它曾经有一个成为小阿卡普尔科的光明前景，惊涛拍岸，万丈峰波。不料海啸来了，卷走了一切。海滩上仍有几处基座，是曾经的酒店。再往前走，在岬角附近，海盐在空气中嘶嘶涌动着，噼啪爆鸣着，愤怒的幽灵从沙地上旋转腾升。远处，除了大海悠长而空洞的呻吟，什么也没有。

只有吃苦耐劳的人回来了。他们大多是冲浪者——身材高大、轻快滑稽、有着猪皮似的黝黑皮肤的男孩。我惊讶于他们的旅行中有这么多的噪声：讲电话、播放电子屏幕、发表豪言壮语和玩吉他。人们在如此忙碌地创造着另一个地方，置身于他们中间让人晕头转向。我的小旅馆——木麻黄下面的一组棚屋——也是如此，那天晚上，我被淹没在泰克诺音乐（techno）和瑞典语之中。周围也有很多以色列人，据说他们人太多了，村子里现在都有售卖合乎犹太教礼仪的食品。不过，我发现了一对和我一样矮小苍白的夫妇。他们是波兰人，并且承认这些声音让他们感到安全。他们说，对于东欧人来说，斯里兰卡可能是一个令人困惑的地方。每当他们看到那张巨大的令人悲哀的笑脸时，就会立刻觉得自己要被抢劫了。

我无法面对早餐的吵闹，于是退房了。但是，在离开阿鲁甘湾之前，我去拜访了一些穆斯林。他们是朋友的朋友，是兄弟俩，一个是司机，另一个——我叫他 H 博士——是个学者。和他们坐在一起，喝着咖啡，我感到我的状态很奇妙地恢复了。

他们说，游客让这个村子深受其害。第一批冲浪者——大多是西方人——在 20 世纪 60 年代来到这里，他们把森林当作厕所，然

287

后用两卢比的纸币把自己擦干净。但他们至少比80年代来到这里的人善良些。这些人当中有男有女。虽然没有穿制服，但他们向农民收取税费。人们向他们挑战，但通常都活不下来。这些来访者携带着氰化物胶囊，带着刀子。他们也有让别人理解他们的方式。H博士说："其中一种方式是点燃一个塑料袋，把燃烧的塑料滴到你的耳朵里。"

这些人属于泰米尔猛虎组织，他们正在划定领域的外部边界。

泰米尔人拥有这座岛屿的部分土地的想法是相对新近才产生的。

几个世纪以来，他们和僧伽罗人一直你中有我、我中有你地生活在一起，没有明确的边界。甚至在遥远的南方，也发现了泰米尔人的手工艺品，时期可以追溯到公元前2世纪。他们的语言也遍及各地，甚至可能是他们引进了水坝。但泰米尔人并不只是随处可见；现在人们认为他们已经成为僧伽罗人生活的一个不可或缺的部分。他们的基因惊人地相似，而他们的家、他们的服饰以及他们在亲属关系、种姓和表亲婚配方面的习俗也是十分相像的。即使在宗教问题上，他们的共同点也让人吃惊。类似度母——一位被佛教徒所接受的印度教女神——这样的艺术作品可以表明，至少在7世纪，这两种宗教信仰之间便存在着活跃的对话。

事实上，在这座岛屿的故事里，处处都有泰米尔人的身影。1410年，他们在加勒与中国人打交道；他们为康提人供给了新的王子和王后；他们的国王扶植佛教发展，并将其置于他们自己的信仰之上；甚至有证据表明，在1100年，是泰米尔族士兵在守卫佛牙。诚然，泰米尔人得到了入侵者的增补加持，意图主宰北方［13世纪，北方形成过一个很小的王国，名叫贾夫纳帕坦（Jaffnapatam）］，但在其他地方，他们与僧伽罗人是融合在一起的。

在民主制度出现之前，这种模式一直运作良好。中世纪的国王和殖民强国只需要一个总体的共识，所以每个人只是被粗略地征求意见。但是，到了20世纪，只有多数人的意见才是最重要的。1931年，锡兰实现了普选制，从那时起便明确了泰米尔人是少数族裔，因此只能服从僧伽罗人的意愿。与此相伴随的是独立的进程、蓬勃发展的民族主义以及——在佛教徒当中——愈发甚嚣尘上的岛屿为我独有的认识。

距离泰米尔人要求独立建国还有很长一段时间。他们中受过英式教育的维拉拉种姓[1]的精英们，仍然相信一切都能够以一种彬彬有礼的方式解决。但是，1948年的独立只会让他们更脆弱，而接下来的三十年也远非一团和气。1956年，僧伽罗语成为官方语言，等到一定时候，泰米尔人纷纷失去工作和在大学里的位置。20世纪60年代，贾夫纳的一伙强硬分子开始要求独立，但直到1976年，主要的泰米尔政党才采纳了这个想法。

在地图上，独立派主张占有的领土就像一只螃蟹的钳子夹住了整个岛屿。从阿鲁甘湾下方开始，他们所要建立的国家将沿着东海岸一路往上，穿过顶部（拿下贾夫纳半岛），再下到西海岸，几乎一直延伸到尼甘布。他们会给这个国家取名为"泰米尔伊拉姆"，国土将要吸收该岛几乎一半的海岸线和三分之一的土地面积。鉴于泰米尔人只占人口的12%，这始终是一个雄心勃勃的主张。

但是，如果极端分子真的得偿所愿，他们就会独霸泰米尔伊拉姆，把僧伽罗人赶得一个都不剩。在他们的意识形态里，泰米尔人是这座岛屿的原住民，是伟大文明的继承者，其根源在摩亨佐达罗

---

[1] 维拉拉种姓（*vellalar*）：贾夫纳半岛及毗邻的瓦尼地区的主流种姓，约占斯里兰卡泰米尔人人口的一半。传统上主要从事农业，但也有商人、地主、寺庙赞助人等，也构成了流散海外的斯里兰卡泰米尔人的一部分。

和哈拉帕[1]。他们的祖先发现了美洲，而贾夫纳曾经是东南亚的雅典。某些版本的故事甚至说，有一个贾夫纳泰米尔人曾经作为东方三贤士之一，在基督诞生时出现。至于僧伽罗人，他们是一些后来居上者。他们的史书《大史》纯粹是幻想出来的，他们不是来自北印度，也不是来自其他地方。他们只是一些泰米尔人在成为佛教徒后采用了另一种独立身份。如果僧伽罗人不能理解这一点，那么只有一场战争才能让他们明晓事理。

"那穆斯林呢？"我问 H 博士。

"我们不想成为少数族裔中的少数。"

"所以你们夹在中间，左右为难？"

"是的，就像一只亚克鼓（yak bera），两面挨打。"

❁

经过了一个穆斯林式的开端，随着我向北走，每天的时光变得越来越有泰米尔风情。

一开始，我只能看到灌木丛中的宣礼塔。沿海岸分布的村庄大多都被冲走了，但有些已经重建。有一个村庄似乎是超现实主义者的杰作，每个人都住在混凝土茶壶里。我可以看到在他们中间的山羊，还有裹在黑色衣服里的蹒跚身影。坐在公交车上，大家都默默地看着。我身后是一个满脸粗硬胡子的老陆军中士和他十几岁的妻子。他们是僧伽罗人，正准备回家休假，很高兴见到我。中士告诉我他不喜欢这里，因为这里太陌生了。对此，我并不惊讶。在东海

---

[1] 摩亨佐达罗和哈拉帕：两座早期古代城市，著名考古遗迹，是印度河流域文明的重要代表，均位于今天的巴基斯坦。

岸，每五个人里只有一个是僧伽罗人，其余是穆斯林和泰米尔人各占一半。

再往前走，海水开始向内陆渗透，寺庙出现了。这些潟湖上有独木舟，不时有一圈薄薄的罩网从船上升起，盘旋片刻，然后轻轻落在水面上。路边常常有售卖的大虾，它们银色的小身体仍在颤抖，充满生机。酒品商店也出现了，还有卫理公会教堂。但我们所能见到的生活景象也就这么多了。村庄现在都设有路障，每座房子都被马口铁皮或卡迪安围着。这些东西离地面几英尺高，与其说是路障，不如说是围屏。僧伽罗人乐于被人看到和欣赏，而泰米尔人似乎更愿意消失在自己的世界里。

四十年前，微小火焰的喷发已经开始出现在这幅伟大的湿三联画中。起初只是一点轻微的盗匪劫掠，但后来，在1987年1月27日，一场巨大的战争爆发了。

❂

在离拜蒂克洛还有几英里时，我下了巴士，坐上一辆三轮车往内陆走。

司机很好奇我为什么想在潟湖中间行驶，但他的英语不足以来探问究竟。他只好高速行驶在堤道上，在湖群之中飞驰。二十分钟后，路走完了，出现了一条又宽又矮的小渡船。守卫它的士兵拿着一把特大号的突击步枪，他那又长又尖的大拇指指甲贴在扳机上。从现在开始，处处都是警卫，包括这条歪歪斜斜、锈迹斑斑的大筏子。它只是刚刚达到适航条件，挣扎着向远处的岸边游去，小小的船外机在水里翻搅，仿佛搅动的是混凝土。在另一边，土地更加平坦，更加空旷，但地平线上披着一层薄薄的棕榈树的锦缎。

291

"科卡迪奇科莱（Kokkadichcholai）。"司机。

那边的树林里就是我们的目的地，另一个神秘村庄。我可以看到卡迪安上面铺着波形瓦片的屋顶，但周围没有人。然而，走了几英里，我们遇到了一位老人，他正推着自行车沿堤岸走。"是的，"他点了点头，"这里是塞伦迪普虾场（Serendip Prawn Farm），就在我们站着的地方。"

我问他1987年1月他是否在这里，并写出了日期。

他点点头。"是的，很多人死了。"

"发生了什么？"我问，"是猛虎干的吗？"

他摇了摇头，打着手势，表现桨叶遮蔽天空的样子。

"直升机。"他说。

一开始，泰米尔人对杀戮没有表现出什么兴趣。1972年，他们成立了一支游击队，叫泰米尔新猛虎组织（Tamil New Tigers），但遭到了人们的普遍鄙视。三年后，当他们用几颗子弹射穿贾夫纳市市长的时候，大多数泰米尔人感到胆战心惊。1977年，三百名泰米尔人在暴乱中被杀，1981年，警察放火焚烧贾夫纳图书馆（当时这里收藏着世界上数量最为庞大的泰米尔语书籍），就连这些时候都没有人冲过去拿起武器。

这并不是说没有反抗。各类组织开始四处涌现，很快泰米尔人的社会就成了一片缩写字母的天下。主要的组织有EROS、TELO、PLOTE和EPRLF，但也有三星组织（Three Stars）、革命战士组织（Revolutionary Warriors）、解放眼镜蛇组织（Liberation Cobras）和泰米尔伊拉姆流血运动（Tamil Eelam Blood Movement），更不用说其他二十个名称缩写了，包括IFTA、TEEF、RELO、TESS、TELC、TERO、TERPLA和TPSO。但是，在这场字母的交锋中，有一个团体比其他所有团体都要强大和残忍。它就是新改名的泰米尔伊拉姆猛虎解放组织（LTTE）。

当然，随着1983年的"黑色七月"事件，一切发生了改变。科伦坡死了数千人，僧伽罗人主导的政府显然既不能，也不愿保护泰米尔人。这个政府随后严令禁止所有分裂主义言论，甚至把温和派驱逐流放。这时，许多泰米尔人转向猛虎组织，开始诉诸武力。虽然他们的人数一直不多——至多不过两万人——但到1987年，猛虎组织已有四千七百名游击队队员预备行动。就像一位泰米尔族僧侣曾经告诉我的："这一切都是为了平衡，为了保护我们不受僧伽罗暴徒的伤害。"

支持力量来自一个令人惊讶的地方。印度自己就有六千万泰米尔人，所以它从来没有想要激起独立思潮的意愿。但这是一个羞辱科伦坡的机会。斯里兰卡人跟印度的老对手巴基斯坦走得太近了，现在需要尝尝他们邻居的厉害。1983至1986年期间，印度人向猛虎组织运送了大量武器，开设了三十二个训练营地，培训了约一万五千名武装人员。他们甚至还训练了自杀式炸弹袭击者达努（Dhanu），有一天，她会回来炸死印度总统。德里玩的游戏就是这样危险。

起初，猛虎组织让暴动看起来很容易。他们可以选择战斗的时间和地点，而斯里兰卡军队不可能马上出现在所有地方。对于将要到来的斗争，军队所做的准备也是无望的。1983年以前，它在很大程度上一直是礼仪性的存在，刻意保持小规模，以防止发动政变。在接下来的三年里，它将从一万一千人增加到五万六千人，但这根本不够。正如我的朋友，那位陆军外科医生所说："那时，军队没有规划。主动权总是在猛虎手里，我们只能被动应对。我们会再次夺回领土，结果没几天，就被赶回来，一切又要重新开始了。真是浪

293

费生命啊！士气也很差，装备也很薄弱。没有防雷措施，许多人被炸瞎了眼睛。最后，我们从南非搞到了防爆车——名叫水牛——猛虎就换用威力更大的炸药……"

很快就发展成一场真正的战争，一切都乱了套。有一段时间，军队采取了正义的路线，但在东部，没有人理会。如果敌人能够遵守战斗的章法，情况也许会有所不同，可他们没有。天真单纯、半文盲的士兵会在这一点上挣扎，眼看着他们的同志融化在座位上，或者脸被炸飞。而这会酿成丧心病狂，使得对抗暴行的唯一方法只能是爆发出冲天怨恨。当谣言传出，说敌人在塞伦迪普虾场有朋友时，这里似乎正是复仇的完美场所。堤岸上发生的事情将确保此后的战争只会更大；会有更多的志愿军，更多的暴行，更多的愤怒，以及另外二十二年的战斗。

事情的经过与老人告诉我的差不多。袭击者突然发起猛攻，杀死了八十七人。根据一些说法，虾农在被枪杀之前，眼睛都被挖掉了。然后，死尸被堆在轮胎上焚烧。事后，军队会声称实施屠杀的不是他们，但直升机总会让他们暴露。

❀

我到达拜蒂克洛的时候已经很晚了，不得不顶着夜色在这个城市里缓慢穿行。有些地方的照明系统完全失效，我发现自己在柔和而陌生的朦胧影像里艰难跋涉。我不知道，一个在夜间完全消失了的城市，有可能给人享受吗？尽管我发现，白天的"拜蒂"可能美得惊人——一座潟湖上的岛屿之城——但到了晚上，总会疑虑重生。我对其他斯里兰卡城市从未有过这样的感觉，但这种模糊性很快就会玷污一切。即使是现在，我也不太确定拜蒂克洛是真的很可怖，还是有点古怪而已。

我找的酒店在泰米尔区，滨水而立。要去这个酒店，我必须走过一条长长的满是醉汉的窄巷。当我跌跌撞撞地在那些酒瓶里穿行时，他们全都一动不动。其中一个身体只穿了短裤。他身上每一个部分都失去了知觉，只有嘴里还在教导训诫或发号施令。在他身后，小巷通向一方庭院，那里有一座水泥建筑的小旅馆。据说，周边环境保护苏巴拉杰酒店（Subaraj Hotel）躲过了炸弹和游过潟湖的枪手的袭击。在拜蒂克洛近三十年的内战中，它是唯一一家始终开放营业的酒店。

工作人员都在大堂的垫子上睡觉。这些男孩里面年纪最小的那个起身为我找了一块香皂和一个房间。他说他的父母卖过酒饮和早餐，但不再卖了。登记簿显示，近两个月只有二十二位客人。"你想住哪间房子就住哪间。"男孩说，于是我选择了靠近大堂的一间。到了早上，我发现窗户已经被刷上了油漆，所以——与拜蒂克洛的其他地方不同——这里从来没有白天，只有漫长的、深不可测的夜晚。

虽然我还是酒店唯一的客人，但每天都有一个名叫孔苏埃拉（Consuela）的西班牙人来访。她个子很高，长裙飘逸，骑着自行车到处跑。她以前是一家咨询机构的成员，提供旅游以及如何在和平中生存的建议。但这个非政府组织早就不在了，只留下做了一半的工作和孔苏埃拉。据我所知，她没有生计来源，一直独来独往。她说，泰米尔人的圈子很难混进去，因为他们的女性很少在外面闯荡。更严重的是，拜蒂克洛人常常认为白人是不可接触的贱民，他们的妇女都有艾滋病。一个合格的女人应该在童年时就定下亲，应该把头发扎成马尾辫，穿得再少也不能少于纱丽的尺度，应该多生儿子给丈夫长脸。在她生出男孩之前，别人会认为她"没有生育能力"（地狱里也会有专门的一席之地留给她老公）。

我说:"看来你给自己安排了一项相当艰巨的任务。"

孔苏埃拉笑了。"漆成紫罗兰色的酒店……不配套的床单……"

"没有窗户的房间?"

"是的,有这个。然后还有酒精。"

"怎么?禁得太狠了吗?"

"不,是太泛滥了。人们认为那是政府试图杀死他们。"

这座城市在光亮下总有不同模样,而且可能古朴得令人不安。潟湖上,一些有舷外托架的小船悬停在熠熠波光里。人们经常称这里是"亚洲威尼斯",但是,无论这种说法听起来多么愚蠢,拜蒂克洛在某些方面总要好一些。它有椰子、翠鸟、一座漂亮的堡垒和世界闻名的深水光蟾鱼群(它们可能是软体动物?似乎没有人确切知晓)。自行车上有面包卖。早餐时,我在孟买甜食屋(Bombay Sweet House)吃了草莓冰激凌。这里还有一个水滨广场和一个精致的小茶馆,是为乔治五世加冕而建的。甚至连地名——摩尔街、曼宁夫人路和爱情巷——听起来都是快乐而团结的。

但是,那种模糊不清的感觉一直存在。无论走到哪里,我都不太确定自己是受欢迎的,还是被鄙视的。人们可能很配合,但也小心警惕。服务员的笑容特别冷漠,而在堡垒里,一个拿着步枪的老警察坚持要带领我去参观。他是在帮助我,还是在监视我呢?这里的孩子也不一样,他们会毫无表情地审视我。过了一阵子,我连它的古朴性也无法确定了。每当我觉得滨水地带漂亮到了极点,截肢者就会出现。这些人总是最棘手的病例——断手断脚或被炸飞了脸的寡妇和乞丐。没有别的地方遭受过这样的痛苦。拜蒂克洛提供的游击队队员是所有城市里最多的,损失也最大。约有两万七千名妇女成了寡妇,而且——直到现在——还有八千人的命运是未知的。

***

拜蒂克洛的扑朔迷离，印度人体会最深。

1987年7月，在巨大的欢呼喝彩声中，一支军队来到这里。自虾场大屠杀以来，已经度过了残酷暴虐的六个月。6月，猛虎组织在城南截下一辆满载僧侣的巴士，像宰羊一样把他们全部屠杀了。与此同时，军队在北部试图收复被叛军控制的土地，结果在贾夫纳陷入困境。一种新的武器出现了：自杀式炸弹。第一例发生在一辆卡车上，咔嗒一声就杀死了一百二十名士兵。它还发出了一个绝望的、坚卓的悲凉讯号。当印度开始向猛虎的领地空投食物时，科伦坡暂停了行动。七周后，两国签署一项协议。于是，1987年7月30日，一支新的军队出现了：印度维和部队。

接下来发生的是这场战争中最怪诞的事情。在拜蒂克洛这样的地方，印度人一开始是被视为解放者，是前来拯救印度教教徒的救世主。起初，这次行动就像一次购物旅行，印度士兵购买他们在本国找不到的东西：威士忌、外国电子产品和进口香烟。但是，到了1987年10月，印度人与猛虎组织闹翻了，于是一场三方混战开始了。这里会成为印度自己的小越南，尽管他们当时还没有预见到。接下来的三年时间，世界第四大军队要与泰米尔猛虎组织进行殊死搏斗，而科伦坡的军队则被限制在军营里。

印度人惊恐地发现，一切并非他们以为的那样。他们的第一批伤亡者是派往贾夫纳的突击队员，这些人被俘虏后，被施以绞刑，或者吊死在肉钩上。当时，维和人员努力夺取该城市，他们只有两天时间完成这项任务，然而，行动却持续了几个月。由于没有地图，情报也很少，印度人连自己在哪里都不知道。他们的应对方法是投入更多人力，直到最后他们在斯里兰卡有十万士兵，每天花费三百万美元。他们的人数常常远超猛虎组织，以七十对一，但即使这样,他们除了控制道路什么都没做到。其他一切都在猛虎手里,而且猛虎们可以像水蒸气一样凭空蒸发,还学会了如何击溃一架 T-72 坦克,以及如何重新安置房屋的电线,从外面看可能很正常,但一开灯就会全部爆炸。

随着战争越来越疯狂,印度人开始忘记他们为什么在那里。看不到敌人,他们就炮轰一切。他们的传单上写着"保障你们的安全是我们的首要任务",但没有人相信。贾夫纳有一千四百多个平民死于炮击。其他地方,士兵们沉迷于购物无法自拔,而且能偷什么就偷什么。这是拜蒂克洛人永远不会忘记的,他们也不会忘记在路障处,从香烟到手表是如何被洗劫一空的。有个人告诉我,他曾亲眼见到印度人把山羊往他们的装甲车上赶,并且狼吞虎咽地喝食用油,吃成串的香蕉。但他们劫掠的不仅仅是物品,还把魔爪伸向女人。我的朋友,外科医生古纳蒂拉克(Goonetilleke)说,通常都得请医生来清理残局。"那些印度兵是禽兽,为性爱而疯狂……"

在泰米尔人里,结果跟杀人无异。

"要么受害人自杀,要么由她们的丈夫杀死她们。"

这种丧心病狂的状态最终确实结束了,但却出现了一个极其错综复杂的转折。1989 年 4 月,科伦坡背着印度,与猛虎组织达成了一项秘密协议。他们决定并肩作战,摆脱维和部队,这样的话——不可避免地——他们就可以继续互相争斗。根据该协议,政府不仅要向敌人提供资金,还会为其提供武器。十辆卡车的手榴弹、T-56 步枪和迫击炮被送到猛虎组织手里,等到内战重新开打时,所有这些东西必然会再次出现。猛虎组织的伤员也将由斯里兰卡海军偷偷运出印度的封锁线。船上的人里就有拉维,他当时的头衔是维拉佩鲁马中校。"太疯狂了。"他告诉我,"我们在帮助敌人打击维和人员。"

所有这一切对德里来说简直难以置信，一年之内它就把部队撤走了。它监管这一地区的首次尝试在精心策划的混乱中结束，死了数千人，还有一笔超过 12.5 亿美元的账单。同时，随着印度兵的离场，拜蒂克洛恢复了和平，至少是恢复了一种模糊矛盾的状态。

✺

有一天，我去寻找一个来自新奥尔良的人，他一生中大部分时间都在为和平打补丁。哈里·米勒（Harry Miller）的名字在骚乱不宁的东部故事里出现了很多次。在各种和平会谈中，他经常代表那些不敢以自己的名义出现的人。他还建立了一个失踪者名单索引，成立"和平委员会"以便寻找他们。但我发现，这并不是他本来所计划的生活。1948 年，他来到锡兰，是耶稣会派来传教的五位美国牧师之一。他们其余的职业生涯都在从事这项工作，把篮球（以及别的事物）介绍到拜蒂克洛。然而现在，只有米勒神父留了下来。其他三人已经回家，而赫伯特神父被游击队绑架了，再也没有人见过他。

我首先走到了这个城市的小梵蒂冈——几条巴洛克风格、响彻着祈祷声的街道。核心建筑是一座长方形的天蓝色大教堂，里面有专门栖息在这里的一群猴子。在祈祷的间隙，我走了进去。一些乌鸦栖息在灰泥装饰上，整座建筑里弥漫着它们扑动翅膀的声音。大教堂以前常常在艰难中求生存。在过去的六十年里，它遭遇了洪水、飓风、暴乱和战争带来的普遍不满。至少有一名牧师被谋杀，而在 2005 年圣诞节那天，更多的枪手冲进了大门。那次，他们杀死了约瑟夫·拉贾辛加姆（Joseph Rajasingham）先生，他的侄子现在经营着我所住的苏巴拉杰酒店。

"我们不知道是谁干的，"他们告诉我，"也不知道为什么。"

马路对面是另一个伟大的幸存者——圣米迦勒学院（St Michael's College）。它和大教堂一样，也是一座由拱门和基座构成的外国风格的大型建筑，但石膏上有许多小树。学院里面昏暗且吵闹。回廊周围有一排排侧面敞开式的教室，每个教室有四十个男孩，生龙活虎，喧喧嚷嚷。最终，我找到了校长的办公室。"是的，"她说，"米勒神父还在这里。"然后她给我找了个男孩带我上楼。上去的路很长，我们爬过了许多层固定在墙上的旧楼梯。当我们到达阁楼时，粉刷的白色涂料已经剥落，地板上落满了软软绒绒的灰尘。男孩指了指一扇门，然后离开了。

"进来吧。"传来微弱的声音。

一时间，我只能勉强看到从天花板上垂下的树根。难怪那个男孩逃走了。在任何对《哈利·波特》略知一二的孩子眼里，这一切都是不堪忍受的：树根、霉旧的电话、遭了海难的破败家具、晾衣绳以及成堆的苍白枯燥的书籍。米勒神父现在从一间凹室里走出来，连他身上也有一些霍格沃茨魔法学校的教授的气质。他已经很年迈了，亲切和蔼，戴着一副眼镜，眼镜片厚到仿佛他的眼睛要游出来和我对视。只是他的装束不像是巫师——卡其色T恤衫和短裤。

做过介绍之后，他招手让我坐到一把藤椅上。

"很高兴找到您，"我说，"我以为您可能已经回家了。"

米勒笑了。"家？ 1970 年，我尝试回到了美国，但我什么都认不出来了，所以我回到了这里。后来我又试了一次，那是 2009 年，战争刚结束的时候。我在一个耶稣会的居所里住了一段时间，但我已经不知道该对美国会众说些什么，所以我再次返回。同时，他们卖掉了我所有的东西，所以我只剩下这里。这就是我所知道的，我觉得这里就是家。当然，我已经八十八岁，没有什么机会了，但是眼下，我仍然可以爬下楼，去和平委员会，或者去吃每天的餐食。"

"那么，三十年了，您仍然处在最紧张的时候？"

"我想是的。战争从未消失过。甚至有几颗子弹打到过这里。过去常常有很多人前来寻求庇护。当然，我们不能收留他们，但我们总是确保他们能安全地继续上路。"

"给我讲讲那些失踪的人吧。"

老神父略有踌躇，好像不知该从何说起。"对于有多少人失踪，我们没有确切的了解。八千人只是我们所登记的数字。但是，每个人都有失去的亲人，这种创伤是无法想象的，不仅仅是对家庭，也是对于这个城市而言。人们不知道如何忘掉过去，也不知道如何信任他们的邻居。当然，有些失踪的人是去了国外，或者逃跑了，加入了猛虎组织。也可能加入了政府军？但大多数人是被绑架的。在某个五年时期里，我们这里失去的人口比尼加拉瓜和萨尔瓦多曾经失去的人口还要多。"

"是谁绑架了这么多人？"

"谁知道呢？"米勒说，"任何人都有可能。"

"猛虎？"

"是的，他们，但也有可能是敌对群体，穆斯林和军方。"

"有没有希望再找到某个失踪的人？"

一阵沉默。远处传来教室里的喧哗鼓噪。

"一定要怀着希望，"米勒说，"这是我们仅剩的东西了。"

在所有的绑架事件中，最严重以及最有野心的一次就是从外面天蓝色的大教堂里开始的。自从 1990 年 3 月印度人离开以后，猛虎组织就一直在谋划他们的下一场表演。尽管本应停火，但他们一直在悄悄地挖掘掩体，囤储枪支。到了 6 月，他们已经准备就绪，突然出现在拜蒂克洛中部。他们虽然只有二百五十人,但成功地抢劫了该市四千五百万卢比,并围捕了警察部队。一些警官被带到这里,监禁在这座巴洛克风格的建筑里。

接下来发生的事情是那么冷漠麻木,人们几乎不愿提起。也许每一个记得这段历史的人都能感受到那一天的耻辱——一个省束手就擒以及随后的无意义的耻辱。之后,我会见到下令实施这场暴行的人,他甚至会就此高谈阔论,仿佛这只是一场梦。我后面再来谈他,现在只要知道发生了什么就足够了。这并不复杂。大教堂里的警察被从天蓝色的牢笼里带走,用卡车运到了森林里。来自该省周边地区的其他警官被捆住手脚,和他们扔在一起。没有人能说清楚事情发生的经过,但有一点是清楚的:要杀死七百个人,一个一个射穿他们的脑袋,一定需要时间和忘我的投入,而且不能想太多。

在这些旅行中,我经常遇到认识猛虎,甚至可能理解他们的人。有些是住在伦敦的泰米尔人。他们当中有记者和募集资金者,偶尔也有步兵——现在茫然无措,让人觉得不可思议,其存在可能还是非法的。也有一些是我在斯里兰卡遇到的,而我一再保证不会说出他们在哪里,或者他们是谁。不过,有三个人很突出。一个是神父("Z 神父"),一个是医生,还有一个更复杂的人,我叫他"特瓦尔"(Thevar)。

我一度认为,在他们的帮助下,我会找到通晓猛虎心理的方法。起初很容易。每个人都描述了一种节欲苦行、自我牺牲的生活。新征募的成员,也就是"干部",要宣誓效忠,并携带一枚氰化物胶囊作为献身使命的标志。饮酒和吸烟是严令禁止的,并且要断绝与家人的所有联系。据医生说，女性必须服役五年才能结婚，男性则是八年。性行为被认为是一种干扰，一般不予鼓励。通奸就要受到惩罚（有一位在伦敦募集资金的人坦言，他的小外遇导致他被开除了）。但Z神父坚称，这跟宗教绝对不沾边。"猛虎组织是一个世俗组织，"他说，"它建立的宗旨就是要纳入所有泰米尔人，包括天主教教徒和印度教教徒。"

但特瓦尔不同意，他所描绘的是一个更复杂的景象。在猛虎组织的最后几年，他一直是个宣传员，负责写博客，做网上工作。"我们一直有一个精神世界。我们跟其他组织不一样。EPRLF只是马克思主义者，而PLOTE背叛了我们去跟印度人合作——"

"于是你们把他们全消灭了？"

"我们必须让自己强大。"

似乎没有人对其他泰米尔人的死亡感到惋惜。温和派和敌对分子一定要被扫清，这里同样包括泰米尔族公务员和警察。超过一百六十名泰米尔族议员遭到暗杀，还有泰米尔族主要政党的领导人。人们有时候说，在整个战争期间，猛虎组织杀害的泰米尔人比政府军杀害的还要多。确实，20世纪80年代，猛虎组织杀死了一千七百多名顽抗人士，吞并了其余的全部力量，把其他竞争者一举根除。

"我们传达一条很简单的讯息，"特瓦尔说，"跟我们并肩作战，否则就去死。"

"那自杀式炸弹是怎么回事，还有被滥杀的无辜人群？"

"印度教认为，你可能是需要杀人的。这取决于能够从中成就什么。"

"那自杀行为呢？"

"我们信仰解脱（*viduthalai*）这个概念。这个词还可以指灵魂摆

303

脱了束缚，或者死亡。我们现下的存在是虚无的。被生活禁锢的灵魂要得到解放。"

我当时的表情一定困惑极了。

"我们都处在一段旅程当中，约翰，要走向更高级的世界，抵达自由。"

※

我常常想起特瓦尔的话，还有他的多重层级的人生观。猛虎们在层层上升的过程中是否看到了美？而生命发生了转移的那些地方又变成了什么样子？它们是不是也获得了一种美？有一天，在拜蒂克洛，我得到机会可以去看看这一切是如何发生的。我从资料里读到，1990 年 8 月 3 日，在处决完警察之后一个月，一队猛虎成员向郊区出发，前往卡坦库迪（Kattankudy）。他们已经命令所有的穆斯林离开镇子，现在他们要前去对一些生命进行重新建构。近四分之一个世纪后，我雇了一辆三轮车，跟在他们后面出发了，我很想知道他们的成果现在变成了什么样子。

走了几英里后，汹涌的人潮和布匹让我们无法前进。这里的妇女们戴着黑色的尼卡布面纱，只能看到外形轮廓，而交通已经缓慢到了信步溜达的程度。我给司机付了钱，小心翼翼地穿过许多陌生的商品——无檐小圆帽、地毯和马甲背心——经过真主党大厅（Hizbullah Hall），向清真寺走去。卡坦库迪仍然是四万穆斯林的家，是岛上最大的穆斯林集中地。在那一天的事情发生之前，这里的穆斯林还要更多。

最终，我要寻找的东西找到了：一座看起来空荡荡的水泥建筑，被刷上了粉末质地的紫红色。正面写着"米拉大朱玛清真寺"（*Meera*

Grand Jummah Mosque），下面的入口被一道可伸缩钢铁栅栏封着。我走到旁边，踢掉鞋子，走了进去。

眼前的景象让我措手不及。我知道那些持枪的歹徒是通过栅栏进来的，但我没有想到，时间在这里停滞了。长长的立有圆柱的大厅与那天早上 8 点 25 分，经过了十五分钟射击的样子一模一样。我周围全是弹孔。这些洞孔向外张着，布满墙壁，越过柱子，爬上台阶，穿过高台、座席、讲坛和伊玛目的椅子。从建筑石膏上炸出了几百块，也许是几千块碎片。在红色混凝土地板上，手榴弹落下的地方留下了更大的坑洞。只有死者不见了：一百零三名礼拜者，或者说——按照一块大理石碑上的描述——殉教者。

"但是为什么要这样？"我问，"为什么一直没有修缮？"

"这是一种纪念。"伊玛目简单地回答。

我好奇特瓦尔会如何看待这里。这里没有多少美丽可言。也没有任何解脱的迹象。每天，这种暴行都会重演，在密密麻麻的弹坑和碎片里复活再现。这里是一处提醒，提醒人们注意傲慢自大的凶残，生活的丑陋，以及行凶作恶者可能仍然在这里，在周边地带生活的事实。

✼

在离开拜蒂克洛之前，我去了新的前线。从某些方面来说，前线无处不在，这座城市按照宗教和种族被分割成了若干部分。我不需要走很远就能找到憎恨的情感。我下榻酒店的男孩们说，没有人信任穆斯林。还有人说他们在囤积武器。与此同时，穆斯林差不多也说了同样的话，只不过是反过来的。他们确信泰米尔人比以往任何时候都更加暴力，尤其是对妇女。人们说的那些话总是让我吃惊，好像我不在那里一样。

但是,要触及这个可爱的、内部关系破裂的城市的核心,我需要帮助。幸运的是,我在科伦坡的一个朋友穆罕默德·阿比德利给了我一个名字——特伦斯牧师(Reverend Terrence)。"他领导着当地的卫理公会教徒,"穆罕默德说,"是一个非常勇敢的人。"

为了寻找这位牧师,我花了一些时间,但是,一天下午,他出现在我的酒店里。他与我见过的其他所有泰米尔人都不一样:身材魁梧,穿着牧师领,面容坦荡,态度直率。起初,我感觉到他很高兴,但我很快意识到,特伦斯牧师跟其他人不一样,从来不说不必要的话。他一旦觉得有人在偷听自己说话,就什么都不说了。"这是一个让人疑心重重的社群。很多人都失踪了。你会看到的。我的摩托车在这里。你坐在后面可以吗?有几个地方我想让你看看。"

半小时后,我们行驶在一条鲜红泥土铺成的大街上,就像在一条下水道里骑行,两边的墙壁是用铁皮敲打成的,高过了我们的头顶。牧师放慢了速度,停了下来。"这是贯穿全城的一条断层线。泰米尔人在街道的一边,穆斯林在另一边。你看,他们之间没有门。他们从不一起活动。我可以让人们握握手,但也就这样了。"

"那孩子们呢?"我问,"他们是不是好一些?"

"好一点。但这里的小孩在战争期间有点兴奋得发狂。"

"听起来好像要花许多年时间才能解决这个问题?"

"一代人的时间,也许还要更久。我带你看看别的。"

我们继续往前骑,一直到了路的尽头。

"这里就是我们要建教堂的地方。"特伦斯说。

四下里全是被烧毁的房子,荒草蔓没了屋檐。

"可是这里没有人啊。"我说,很纳闷。

"人们害怕这里,我们想把希望带过来。"

我们两人举目凝视，满眼碎石瓦砾，荒烟蔓草。

"怎么了，特伦斯？他们为什么害怕？"

夜幕降临了，远处的潟湖闪烁着烛火般的黄色光芒。

"因为，他们说，这里是埋尸体的地方。"

✺

我在这里的最后一天，有消息传来，说军队重新开放了一个曾经的山区藏匿点。大家都知道托皮加拉（Thoppigala），又名"男爵的帽子"（Baron's Cap）。它总是在政治宣传中出现，看起来像一块墓碑，突起在平原上。甚至一千卢比的纸币上还有它的照片，上方有一圈直升机和喷气飞机。但是，尽管它的样子太熟悉了，近二十年来，除了士兵，还没有人去过那里。不过，只有出了城才能走上通往那边的小径，而我发现，在我此行向北的路上会经过这个岔路。要走完最后二十英里的灌木丛地带，我需要的只是一辆三轮车而已。

当那个西班牙人孔苏埃拉过来的时候，我问她是否能联系到一辆。

"可以，"她说，"我也想一起去。"

一上路，我们就形成了引人注目的三人组。孔苏埃拉从不错过任何便宜货，所以三轮车上很快就堆满了水果。她突然变得热情洋溢，让人觉得奇怪。我之前有一种感觉——她在逃避某种东西，不管那是什么，孑然独处总要更好些。但现在，她挤在木瓜和柑橘中间，似乎又高兴起来，像一位狂欢女王。"斯里兰卡人喜欢游行，"她大喊，努力盖过发动机的隆隆声，"因为这个我才喜欢他们！"我们的司机名叫阿洛伊修斯（Aloysius），他的眼睛鼓突突的，面色苍白，说话尖声尖气，跟小狗似的。孔苏埃拉告诫我说，他从来没有学会区分感情和生意,所以总是爱上他的客户。在我们去托皮加拉的长途旅行结束之后,他一连几周每天都要给我打电话。"就是确认一下,"他哇啦哇啦地说,"你永远不会忘了我的。"

出了城,出现了军营,还有更多的废墟。

阿洛伊修斯回过头喊道:"住在军队附近,绝对不安全!"

"你的房子会被烧毁的。"孔苏埃拉解释说。

通往托皮加拉的小路上没有了那么多破坏毁灭的痕迹,但其他东西也变少了。我们周围的土地十分开阔;前方的路是红色的,地平线呈现锯齿状的一片蓝,森林现在只是草丛中的岛屿,模糊在热烘烘的气流里。我们很长时间没有看到任何人,只有伐木工人,砍来的木头一捆一捆地堆在他们的自行车上。但后来有两个女孩从灌木丛里走出来,我们停下车,逗得她们咯咯直笑。她们从来没有见过这么多水果,也没有见过这么多白人,她们还给了我们十个柠檬。我们还在一个满是水牛的池塘边停了下来,一群野兽在里面洗澡,发出舒舒服服的呼噜声和泼溅声,我们听了一会儿才走。

这里几乎没有战争曾经来回肆虐的迹象了。其中一个村庄已经用美国人的钱重建,但其他村子还是支离破碎,白茫茫一片,像贝壳一样四处散落。在一些钢树铁枝和锈迹斑斑、乱丛缠绕的野灌木里,战争也留下了它的植物群。这些东西有的已经二十多岁了。1990年的大屠杀过后,这片乡下土地上火光冲天。白天,士兵们四处排查,把有叛乱嫌疑的村子烧成灰烬。但随着夜色渐笼,他们会退回自己坚固的营地,叛军便开始出没。

从这里往后,泰米尔伊拉姆就开始成形了。一开始,它并不像一个分离出来的国家,而只是一个郁积着仇恨的反乌托邦,白天是僧伽罗人,晚上是泰米尔人。但再往北部,他们已经占领了大片森林,并于1990年7月控制了贾夫纳市。军队尝试了无数次想要赶走他们，但猛虎组织的地盘还是在持续扩大。到1994年，政府军在贾夫纳半岛只有一个据点，而在向南三百公里处的这里，他们悄悄地撤退了。猛虎们登上托皮加拉，在接下来的十三年里，山顶上飘扬的是他们的旗帜。

"看！"阿洛伊修斯尖叫，"就在那里！"

没错，是那块巨大的墓碑轮廓，填塞在森林里。托皮加拉从灌木丛中升起近一千五百英尺的高度，它的天然壁垒在黑色和橙色岩石的巨大侧翼里渐渐消解。基地周围散布着一些小军营，还有士兵为他们自己建造的一座纪念碑。迎接我们的是一位兴奋的少校和一群沉默寡言、脸色像柚木一样棕亮古板的炮手。

"为什么他们都在给我们照相？"我问。

少校扑哧笑了。"你是我们见过的第一个外国人。"

我们甚至可能是二十年来第一批登上托皮加拉的外来人员。一个连队的士兵奉命为我们带路，穿过巨石往上走。其中一个士兵带着一只野兔，像抱婴儿似的轻轻抱着它。攀登的路十分陡峭，一段时间突然下起了大暴雨，我们不得不在岩石间避雨。猛虎组织时期，这个地方曾被认为是斯里兰卡的托拉博拉[1]。它是一处由洞穴和地堡组成的综合体，这些洞穴和地堡取了类似"贝鲁特"的名字。但现在所有的痕迹都被文字淹没了。军方的涂鸦覆盖了一切，特别是有一句反复出现的标语：突击队（COMMANDO）。最后，军队花了近三个月的时间才把猛虎从这块大石头上清除出去。

最后几个峭壁架的是钢梯，然后我们就到了山顶。很难想象这是泰米尔猛虎组织的香格里拉，泰米尔语称为 *Kudumbimalai*，意为

---

1 托拉博拉（Tora Bora）：一个复杂的山洞群，位于阿富汗东部的斯平加尔山（Spin Ghar）中。20世纪80年代曾是阿富汗穆斯林游击队队员的据点。"9·11"事件发生后，基地组织领导人本·拉登曾潜藏于此。

发髻石（hair-knot-rock）。他们的要塞只剩下一座很小的庙宇，现在上面留下了很多名字。庙里还有一个满脸胡子的印度教的神龛和一些无线电设备。托皮加拉之战是否像学童们想象的那样壮烈呢？也许是，但有一点是肯定的：猛虎组织获得了一处惊人的绝佳视角。很难想象哪里的视野能比这里更有统帅全局的效果：下面是草地，森林里阡陌纵横，仿若橙色的精细丝饰，水稻闪耀着浅淡光芒，海水形成了一长条薄薄的污斑。

在 20 世纪 90 年代的大部分时间里，猛虎组织在此定坐，看着这片海岸逐渐变成叛军的红色。虽然他们在 1995 年失去了贾夫纳，但在其他地方，大片大片的丛林落入他们的掌控。他们现在可以摧毁整个军营，屠杀数以千计的士兵，再把他们的炸弹直接带到科伦坡和康提的中心。20 世纪 90 年代末，他们几乎控制了全岛四分之一的土地，政府军则在连连败退。

❉

回到红色的路上，阿洛伊修斯突然停下车，尖叫起来。"瞧见这个了吗？是塔拉瓦伊（Tharavai）！但是你们看，什么都没了！"

我们都下了车，往草丛里窥探。他是对的；那边什么都没有，只有一头矫健有力的牛和建在木头堆里的一个小型军事哨所。等阿洛伊修斯平静下来，他才开始解释。"人人都知道塔拉瓦伊。那是猛虎组织埋葬他们的死者的地方。我听说那里非常大，有坟墓、鲜花、小路和所有东西。但是现在……全都不见了！"

我当时对塔拉瓦伊的规模还没有什么概念。但几个月后，我在一张老的卫星图片上发现了这个墓地。它显然就是猛虎世界里的阿灵顿国家公墓。他们对待死亡总是十分认真。我的联系人特瓦尔告诉过我,他们最初是按照印度教的传统,把死者遗体焚烧火化。"但后来,我们建造了这些伟大的墓地。你知道,是为了纪念我们的英雄,并且激励其他人。"

现在面对塔拉瓦伊,我放眼望去,却只能看到一丛丛野草。

"军队,"阿洛伊修斯说,"他们把推土机开到上面。"

"他们说这些坟是空的,"孔苏埃拉说,"不过是做给人看而已。"

他们可能是对的吗?几乎没有人这样认为。泰米尔人相信仍有一支小部队长眠于此,而那些死者又死了一遍。这就是战争,我想。胜利者可以改写敌人的故事,贬低他们的动机,在他们的寺庙上乱涂乱画,并且——如果心情好的话——连他们的坟墓都给铲平了。

❀

在前往亭可马里的路上,有一只猴子全程趴在车顶上搭便车。巴士售票员告诉我,这位逃票客经常跟着他们一起旅行,而且,到了下午,它还会再搭四小时的车回来。我感到惊奇,这只猴子喜欢那条路的什么呢?也许是那些停在海滩上的渔船,就像维京海盗船一样。也可能是渔民自己,以及他们的渔网落在水面上形成一圈波纹状玻璃的景象。也可能是那些沿着海岸一路窃窃私语的松树。孔苏埃拉曾经告诉我,虽然当时种下它们是为了保护海岸,但现在它们被认为是阴暗邪恶、勾人情欲的,是不道德的地方,应该被摧毁。

或者,也许是那种改变更新的感觉。马路新铺了柏油路面,海岸上盖起了新的房子。虽然其中大部分是为外来人和僧伽罗族定居者建造的,但至少有东西站起来了,而不是倒下去。有一天,建筑工作可能会过量(政府已经谈到要在这些空旷的海滩上再建三百家酒店)。但是眼下,能够促生出一种生命回归的感觉也就够了。在其他任何方面，这里仍然是一片动人心魄的、没有被破坏的荒野，有七零八落的潟湖、拇指形状的山峦、沼泽、脑袋像碎布头似的棕榈树以及空旷的水田，偶尔还会有在矮树丛中漫步的孔雀。

快要抵达亭可马里的时候，我们穿越马哈韦利河。现在它如同一碗壮丽的汤水，浩荡奔流，滚滚向前。河水波浪起伏，大量稠密植被卷入其中，仿佛它们是岛屿，正在游一趟泳。从亚当峰开始，这条河已经走了两百多英里，环绕过康提，汇流了该岛五分之一的区域。它曾经保护了康提，抵御欧洲的侵扰，随后，它又来拯救亭可马里。两千年之前，只有河水才能挡住猛虎，不让它们进入这座城市。现代的猛虎可以搞袭击，把炮弹高高扔过海湾，但他们永远无法真正占领它。这条伟大的、神圣的河流总是挡在他们面前。

不过，要不是"9·11"事件，就算马哈韦利可能也救不了亭可马里。那时，一百多万斯里兰卡人成了难民，贾夫纳陷入绝境，科伦坡烽火连天，猛虎组织无处不在。他们虽然不可能赢得这场战争，但可能很容易把战事永远拖延下去。但发生在曼哈顿的事件改变了这一切。突然间，世界对自由战士好感全无，猛虎组织发现自己在一个又一个国家遭到封禁。他们别无选择，只能提出和解，于是在2002年2月签订了协议。

经过十九年的残酷内战，一种不祥的平静降临在这座岛屿上。尽管道路重新开放，贾夫纳缓过了一口气，但人们知道这并不是终局。虽然目前局势平定，但他们不知道未来会发生什么，他们所能做的就是观察和等待，有点像那只车顶上的猴子。

第九章

亭可，亭可，小星星
TRINCO, TRINCO, LITTLE STAR

几乎没有什么能够超越这个港口的热带美。

——塞缪尔·贝克，
《在锡兰的八年》（*Eight Years in Ceylon*），1855 年

地球上最有价值的殖民财产。

——小威廉·皮特，1802 年

我并不常常想要成为一只海鸥,然而亭可唤起了我内心的鸟儿。

如果我是一只海鸥,我不会坐在一辆冒烟的巴士里颠簸向前,而会在这片壮美的水上迷宫中展翅翱翔,掠过海湾、小岛和树林丛生的岬角。从高空中看,一切不是天蓬华盖的绿,就是幽邃沉郁的蓝,我会从福尔角(Foul Point)开始,一路往里,穿过七个有豁口的海湾。起初是一些大型海湾——谢尔(Shell)、科迪亚尔(Koddiyar)和坦巴拉甘(Tambalagam)——但很快就有了湾中湾,以及里面的更多小港和小湾。置身其中,仿佛是在内耳的构造里飞翔,海洋是如此遥远和安静,我甚至忘记了它的存在。但随后,我会看到小小的油轮、堡垒和街道的闪光。我会一直追随着这点人类的光亮,直到它变成一只厚重的绿色海角,在迷宫的入口处舒展开来。即便以我软弱无力的鸟的脑子,也会把它认作一只阻挡住大海的手臂。

但我还能有什么更多的理解,那就很难说了。外来人经常为亭可马里头疼,纠结它到底是什么。雷文-哈特称其为"分叉的海星",就连伟大的历史学家坦南特在将其与迦太基[1]相比较时,也有点浮文巧语。对地理学家来说,它是我们星球上的第五大天然港口,但这样的说法对其他人来说意义不大。我更喜欢霍雷肖·纳尔逊的评价,当时他只有十七岁。1775年航行经过这里时,他宣称这是"世界上最精美的港口"。他怎么会知道呢?(当然,除非他有过海鸥时刻。)

※

在亭可马里的老城区,游客仍然是一个新鲜的概念。大多数人觉得我有任务在忙,尽管他们琢磨不出是什么。有些人认为我是个传教

---

[1] 迦太基:腓尼基人在北非建立的古城。

士，尤其是当他们看到我那圣经风格的黑色笔记本时（"你是宣传耶稣的？"他们会问）。另一些人认为我的兴趣更多是在肉体上，于是，第一天下午，一个在酒店上班的男孩鬼鬼祟祟地来到我的房门口，东遮西掩地低声说要给我按摩。我把他打发走时，他似乎由衷地感到惊讶，仿佛世界不在他的预料之内。就连交通警察也拿不准我的身份——我还没走到街道尽头就被拦了下来。但是，他们对我迷路了的想法兴致勃勃，坚持要跟我交换电子邮件地址，并给我买了一张地图。

在亭可马里很容易迷路。虽然滨海地区清风习习，但这之外的市区就像一个原本大得多的城市遭到了挤塞和扭曲。在市中心，小巷、死胡同、人群、思想、色彩和金碧辉煌的展示物挤成密密麻麻的一团。有一次，我走进一家浴室大小的网吧，里面几乎也跟浴室一样热气蒸腾。那些用英语出售的东西也让我感到惊讶。我可以在"你喜欢的零售店"（YOUR LIKE RETAIL）里购物，把自己塞进"奶油屋"（The Cream House）或"酷点"（Cool Spot），但人们从来听不懂我说的话。四处堆砌着英语词汇——一箱箱的柠檬蛋糕（Lemon Cake）和法雷家干面包（Farley's Rusks）——但没有人知道它们是什么意思。我尝试说过一点泰米尔语（"*Nan England. Eper dee sugum?*"，意思是"我是英国人。你好吗？"），但这只会让人们发笑。它明显是一门非常精微的语言，有247个字符和32种表达"山"的词语，显然不适合外国人浅尝辄止。

泰米尔人希望，有一天，这里会成为他们的香港，然而——目前为止——亭可马里仍然顽固地保持着它的幽僻。这不仅仅是因为它的语言和乱糟糟的街道。从市中心往外走几个街区，竖立着包裹着卡迪安的高墙篱障。人们经常谈论"卡迪安帷幕"（Cadjan Curtain），那是泰米尔世界和其他人之间无形的墙。这里的女孩从来只在自己的社区内部结婚，土地也从不卖给外人。在这里生活，就要抵御外界的一切影响。亭可马里的泰米尔人与印度的泰米尔人甚至也没有多少共同之处,如果他们走到一起,那就像是一场英国人与盎格鲁人的会面。

但是,所有这些并没让亭可马里烦恼。街上总是弥漫着节日欢庆的气氛,仿佛有什么盛大的表演即将开始。男人看起来胖墩墩的,衣服浆洗得干干净净;女人则穿着纱丽列队行进,她们的头发从中间分开,拢到后面梳成一条泛着光泽的长马尾辫。我经常会在人群中发现一群鹿,它们跟着一起游荡,好像也有什么要庆祝似的。有时,我跟着人流走,最后会到达一座寺庙或者一场板球赛的赛场。但大多数时候,人们只是随便闲逛,很高兴能出来活动。我想,任何城市在被围困了近二十年之后都会是这种状态。拜蒂克洛打的是内战,而在这里,纷争却来自外部。猛虎组织到处活动,政府军则躲藏在海角远端的旧英国基地。正如写博客的特瓦尔曾经告诉我的:"在战争期间,来往出行并不多。"

这就解释了为什么即使是现在,像我这样的游客也会给人隐隐约约的新奇感。

在这样一座幽僻的城市里,我不得不格外努力才能交到朋友。有一次,那些交通警察过来找我喝茶,但他们是僧伽罗人,不了解这座城市。("太热了,"他们说,"太远了,我们想回康提。")照理说,海军那边会有人和我联络,但在等待期间,我已经无人可以接触了。由于没有人作为锚泊地,我的白天开始向夜晚漂移,我在黄昏时睡觉,四点钟起床。随后的几小时里,城市还在紧张地抽搐,空气清凉,我渐渐喜欢上了亭可马里。我会在海滩上散很久的步,回来的时候,持续不断的短号声和钟声驱散着夜晚的睡意。

这样过了几天后,我很感激能有人做伴,哪怕是斯蒂芬先生。他听说我在找向导，于是一天早上，就出现在了我的旅馆门前。旅馆的人嫌他模样太丑陋，不让他进去，我便被带到了街上见他。这下我明白是什么吓坏了厨房的帮工。斯蒂芬先生的皮肤像一只旧轮胎，他的半张脸在某个时候被融解、刮除了。本应是脸颊的地方，现在只是一处斑驳的凹陷，还有从上面淌下来的下眼睑。我假装没有注意到这些，这让斯蒂芬先生很不解。他脸上破败的结构试图拼凑出一个微笑，却只挤出一个斜睨的表情。

"你想知道是怎么回事，对吧？"

"没有。"我撒着谎，感激这个问题被提出来了。

"猜猜看。"

"跟战争有关？"

"不是！"斯蒂芬先生说着，笑了。"是熊！真的，一只懒熊！我当时在外面打猎。那是 1975 年。我杀死了第一只熊，但没有发现另一只就在我身后。然后——老天爷！——它把我的脸撕掉了。我在外面冻了三天！又在医院躺了六个月！我的胳膊和腿上被咬得到处是伤口，但它还不放过你的眼睛。"

我的农民朋友马哈图恩是不是说过熊会抓人眼睛的事？

"眼科医生……"我喃喃地说。

"那么，你知道了！"斯蒂芬先生尖声叫道，用他那双伤痕累累的手拍拍我的手。就在那一刻，我成了他的生计来源，至少在接下来的几天时间里。虽然斯蒂芬先生说他有一份看守的工作，但很快我就看出来，他实际上是靠讲故事、说英语和报销费用生存的。我并不介意，他的收费从来没有超出一个酒客的需求，而且他讲的故事总是很好听，尽管有点恐怖。我甚至不介意我们其实没有去任何地方，只是开着突突车兜圈子，凑够雇用时长。

在斯瓦米岩（Swami Rock）底部，仍有一座堡垒。人们认为它的墙体是由一座伟大神庙的残垣断壁建成的，这座神庙可能就是一座"千柱殿"（Hall of a Thousand Columns），葡萄牙人把它从岩上推了下去。但神圣的石块做不成好的壁垒。也许这就是这些墙体从来无法阻挡任何人进入的原因。它们曾八次易手，其中六次是在炮火之下。如果有人将战争比作音乐椅游戏，那就是在这里。从1624年开始，该堡垒先后被葡萄牙人、康提人、法国人（两次），然后是英国人或荷兰人（各三次）占领。只有在拿破仑时代，乐曲才最终停止，留下英国人坐镇。他们把这个地方重新命名为弗雷德里克堡（Fort Frederick），并在大门上挂了一块新的牌子：*Dieu et mon Droit*[1]。

堡垒内，一座狂野不羁的热带花园长势正旺，还有一点乔治王朝时代英国的特色。虽然这里仍是一个军营，但似乎没有人介意我四处闲逛。头顶上的榕树树冠像一块巨大的绿色屋顶伸展开来，但在黑暗中，我可以勉强看到所有旧的眼镜堡和通廊、棱堡、炮台和一些披满青苔的绿色营房。大炮懒洋洋地躺在草地上，还有许多陪伴士兵跑步的鸣钟。甚至旧的军官食堂也在巨石和竹林中留存下来。它刷着一层新鲜的白漆，看起来几乎是崭新的。

这座小规模半闭塞的小宅第从未改变过历史进程，但它曾把历史往前轻推过一把。1800年年末，一位韦尔斯利上校[2]来到这里，住了几个月。当时，他患了严重的"马拉巴尔瘙痒症"，堡垒给了一种

---

1 Dieu et mon Droit：意为"我权天授"（God and my right），是英国皇家徽章上的一句格言。

2 韦尔斯利上校（Colonel Wellesley）：阿瑟·韦尔斯利，第一代威灵顿公爵，后为英国第21位首相。——编者注

用硫黄和猪油调和成的药剂。不出所料,这药并不能祛除瘙痒,因此,上校错过了他的下一场战役,一场前往埃及的远征。但是,因祸得福,他要出海的那艘船——"苏珊娜"号——后来连船带人全数沉没了,根本没能航行到红海之上。我忍不住想象,要不是亭可马里的"药方",英国就不会有她的威灵顿公爵,而19世纪剩余的年月就会被更多地法国化了。

斯蒂芬先生身上常常带有乔治王朝时代的人的影子,尤其是在出游的时候。无论我们走到哪里,似乎都会落脚在一个早期的英国,由于多年的阳光灼晒而发生了奇怪的变化。那里仍然有一条学校巷(School Lane)、一座火药岛(Powder Island)和一个死人湾(Dead Man's Cove)。但斯蒂芬先生看待自己的城市,也与贺加斯和罗兰森[1]看待他们的城市一样:一个满是廉价酒馆的昏迷麻痹的地方,一个充满乐趣、荒淫以及混乱娱乐的城市。大选期间,人们日复一日地喝酒,然后成群结队地出现在公共灾难现场。他说,这些小骚乱甚至都上不了新闻报道。上周,他工作的酒店来了一伙欢腾的暴徒,那里的服务员都是僧伽罗人。结果双方大打出手,砸椰子,摔椅子,闹了近一小时。

"有人受伤吗?"我问。

"没有,只有两三个人的头被打破了,仅此而已。"

在这些短途旅行里,乔治王朝时代的庞然大物经常出现在我们面前。除了堡垒之外,海边还有一座新古典主义的白色大楼。虽然它自称是一个博物馆,但我们还没走到台阶上,就被持枪的警卫轰

---

[1] 贺加斯和罗兰森:英国画家威廉·贺加斯(William Hogarth,1697—1764)和托马斯·罗兰森(Thomas Rowlandson,1756—1827),他们以描绘大都会街景和市集而闻名,揭露和讽刺社会问题。

走了。还有一次,我们从老旧的公墓围墙上的一个洞里钻了进去,在乔治王朝时代的人中间散步。如果他们伟大的、破碎的坟墓能够作为依据的话,那么可以判断,他们曾经过着无忧无虑的生活,而且死得惊天动地:从堡垒上跌落的,"在丛林中迷失"的,还有被自己的枪炮炸死的。我曾希望能在他们当中找到简·奥斯汀的弟弟查尔斯。他一直战斗到1852年,最终在缅甸战死,享年七十三岁。出于某种原因,他的墓设在这里,但似乎早就被野草吞没了。

"这里都是鬼魂,"斯蒂芬先生说,"我们得走了。"

墓地围墙上聚集了一小群人。我半信半疑地想,他们是不是以为我们才是鬼魂——我太白了,而斯蒂芬先生脸庞融化、肤色黝黑。我们赶忙从洞里钻出来,回到三轮车上。很快我们就上路了,和往常一样,这一天在一座巨大的门楼前结束,它也许是所有门楼中最厚实的一座。密密匝匝的桩子和铁丝网从那里展开,铺满了整个海角,有些地方还装饰着从船上搬下来的旧大炮和螺旋桨。虽然外面的地区被称为船坞,但我只能看到两条被丛林覆盖的雄伟山脊。我一时觉得,这就是我离旧英国基地最近的地方了。但是,第三个晚上,我接到了地方指挥官的电话。

"你很幸运,"他说,"我是拉维的一个老朋友。"

他的人次日会来接我。

※

距离那个天空轰隆震响、巨大的山岭在冲击中颤抖的日子,已经过去七十多年了。那天早上,轰鸣声响彻森林,空中和地面一样都让人透不过气。一支浩浩荡荡的航空舰队出现在海洋上空:九十一架轰炸机和三十架战斗机。这片巨大的机械群在移动中几乎填满了十五平方英里的天空。那是日本人，把第二次世界大战带到了亭可马里。

从某些方面来看，这个海角仍然是那天的样子。我的小护卫队——一名军官和两名士兵——开车先把我送上山岭，两座山的名字分别是奥斯坦伯格（Ostenberg）和大象。这里很安静，猴子在树顶踱步，地上胡乱丢着咬了一半的果子。在这些山脊的顶部，灌木丛被清除，出现了巨大的掩体，看起来就像一套巨型混凝土茶具，特大号茶杯和茶碟埋在悬崖上。里面的这些炮台正是它们该有的样子，只不过发了霉，脱了漆，附着了斑斑锈迹。它们的六英寸大炮仍然朝向大海，一个小小的弹药升降机仍可以用手摇动，伴随着嘎吱嘎吱的尖叫声，从山岭深处升起。在一捆捆腐烂的织带和标有"皇家海军锡兰"（RN Ceylon）字样的陶器里，甚至还留有当年住在这里的人的印迹。仿佛一切已准备就绪，只待一场大战，但这场战争没有真正发生，或者说，没有以大家所期待的方式到来。

这一切让我身边的军官深深着迷。蒂拉塔（Thilata）少校佩戴着一排勋章，头发毛毛爹爹的，小腹平坦紧实。"很有趣，是吧？"他说，"他们料到海上会有麻烦，却把空中忽略了。"

下面码头上是 20 世纪 40 年代一个普通日子的典型景象。我们沿着弗农路（Vernon Road）行驶，经过舒伯里（Shoebury）、牛津广场（Oxford Circus）和滑铁卢路口（Waterloo Junction）。在我们周围，水兵们打起精神，大声喊道"早上好，长官"，然后迅速齐步走开了。一种古老的海军语言随处可见。标牌上写着"焊接－手工钨极氩弧焊"（WELDING W/S），还有"初级水兵食堂"（JUNIOR SAILORS' MESS）。一个身穿钴蓝色制服和骑兵靴的瘦瘦高高的军官正在主持阅兵式，他拔出剑，在热气流里砍劈。大簇大簇的万寿菊从路缘石上喷涌而出，六艘炮艇紧紧依偎在码头。这一场景中，

321

唯独缺少红扑扑的脸蛋[1]和朴次茅斯式的幽默。其他任何方面都与1942年4月9日[2]一模一样。

最后,我们来到了司令官的办公室,发现他坐在一排电话后面,一次接听三个电话。过了一会儿,电话铃才停下来,一只厚重的手向我伸过来。库马拉中校(Commander Kumara)已经知道我在寻找什么,他对曾经停泊在近海区域的庞大舰队很感兴趣:五艘航空母舰、四艘战舰、两艘重型巡洋舰、十一艘驱逐舰和三十七艘潜艇。这正是那支侵袭了珍珠港,从夏威夷回来的舰队。

"带他四处转转,蒂拉塔先生,"他说,"特别是地道。"

他话音刚落,电话又响起来了,我们被铃声赶了出来。"地道,"蒂拉塔解释说,"就是我们存放弹药的地方。"

只需走一小段路,穿过武器区就到了。这里每个人都穿着干净的白色工作服,仿佛是厨师。但这里不像厨房,更像一座花园。我们经过闪闪发光的子弹堆,一束火箭弹,一大簇就像某种野生金属树丛的机枪,还有一个维多利亚式的大仓库,里面是空的,只有一块不祥的大木箱。然后出现了一条微型铁轨,穿过几扇锻铁门通往远方。在这里,武器军官接待了我们,把我们带到了山峰深处。我记得当时在想,身处这些导弹和一箱箱炸弹之中,是多么酷啊。我们没有走到被刷白的墙壁的尽头,而是在28号和29号隧道的交界处停了下来。

"日本人过来的时候,"蒂拉塔说,"这里就是大家躲藏的地方。"

一支庞大的舰队正在赶来,这在那时已不是什么秘密。亭可马

---

[1] 脸色红润是英国人的常见特征之一。

[2] 1942年4月9日,英国海军"竞技神"号在锡兰岛亭可马里海军基地附近被日本海军机动舰队的舰载机击沉。——编者注

里只能硬着头皮抵抗即将到来的暴风雨。

自日本舰队离开夏威夷，已经度过了疯狂的五个月。1942年2月，日本人在爪哇海击溃了英国和荷兰的海军，正把注意力转向西部。他们的计划并不难猜——追捕印度洋舰队，将其一举摧毁，然后向印度进发。在这项宏大的图谋里，英国人将要遭受他们自己的珍珠港之难，就在亭可马里。面对这样的威胁，伦敦已经尽其所能地做出了反应。印度的飞机被清空，所有力量全部派往锡兰。然后印度洋舰队转移到马尔代夫，掩藏在一处环礁上。当日本人到达亭可马里的时候，那里除了几艘辅助舰和一艘装载着弹药和威士忌货品的老式蒸汽船"实皆"（Sagaing）号，已经没有什么可以轰炸的了。

这一切并没有挡住一场猛烈的攻击。那天早上，刚过早餐时间，一百二十九架飞机从天空倾泻而下。其中大多数飞行员就是参与袭击珍珠港的老兵，包括指挥官渊田美津雄。四天前，他们对科伦坡进行了一次类似的袭击，导致半个城市惊慌逃散。他们将同样的狂暴带到亭可马里，从八千英尺高空落下，几乎直入港口。他们狂轰滥炸了四十分钟，码头燃起大火，弗农路上的平房被炸得粉碎。本地空军中队根本挡不住这种突击行动，他们缓慢庄严的战斗机像鸽子一样被一个接一个地打中。其中一架战斗机一头栽进了丛林里，十八个月后才被发现。

突击行动结束时，日本人只损失了十一架飞机，他们把这一天描述为一场"烟花盛宴"。海湾里，最后的船只在燃烧。其中就有"实皆"号，它无助地往外喷着威士忌和子弹。

"但是它没有沉，"蒂拉塔说，"走，我带你去看看。"

于是，我们驱车前往海滨，当然，他是对的。那就是"实皆"号，或者至少可以说，那是它的轮廓。水位线以上几乎没剩下什么了，它看起来就像一幅巨大的设计图，全身浮肿，锈迹斑斑。我们跳了下去，沿着其中一个结痂的舱壁一步一步走过去。透过水面往下看，依稀可以看到熔化的管道和下面变形的舱板。它的幸存和毁损震撼人心，相当于船舶界的斯蒂芬先生。

❀

我经常问我的残疾朋友，他是否认识这场突袭的幸存者。这个问题似乎总会引起他的不安。看得出来，斯蒂芬先生在机会和诚实之间纠结，但最后，他的本能反应胜出了，他为我找到了一个"叔叔"。当然需要预付费用，但这位叔叔最终没能出现，他只给我带来了一封信。信的开头是"在尊敬的文森特·丘吉尔时代……"结尾是日本人击沉了一切，包括"玛丽王后"（Queen Mary）号。

"我觉得我需要见到目击者本人。"我说。

"你不相信我吗？"

"这个……"

"我这条舌头领受过圣餐。它要是说谎了，你可以把它拔出来！"

所幸不必再制造伤残了，因为第二天早上，他想出了一个名字。阿方索先生有一半非洲血统，住在城里一片荒地上的棚屋。他没有请我们进去，而是爬到了我们的三轮车后面，肚皮上松松垮垮的赘肉高兴地晃动着。起初，他的故事听起来还算可信：一个十六岁的男孩，在码头上工作，那些飞机每六架组成一排飞了过来，水兵们躲在隧道里。但后来阿方索先生似乎觉得他的故事缺乏魔力。于是，伤亡人数突然开始数以千计地增加，一家银行被炸毁，每个人头上都下起了钱币雨。

我没有打断他。这时候强调尊重历史似乎是不合适的。亭可马里遇袭已经变成了神话，这么多年来持续不断的暴力更让它深陷泥沼。黄昏时分，英国人的炮弹开始落在小镇上，我展开了几张钞票，让阿方索先生下车离开。

❀

那支庞大的航空舰队离开了，但日本的袭击还没有完全结束。其中一架轰炸机向内陆飞去，穿过巨大的迷宫，前往中国湾（China Bay）。我问蒂拉塔，可否带我去那边看看发生了什么。"当然可以，"他说，"我们需要去看油罐公园（Tank Park）。"

离开基地比我想象的要麻烦得多。我们不仅需要更多的海军士兵，而且士兵们还需要枪。然后还有相机。除了T-56步枪，水兵还带上了他们的苹果手机，什么都拍，就像是出来一日游似的。然而，这是他们唯一表现出来的自发行为，其余时间他们都是机警而严肃。同样令人不安的是，我发现，大门外面人们的目光发生了变化——不再是诧异，而是漠然。海军在这里仍然不是解放者，不过是一群兵卒中间又多了一些骑士。

我们开着卡车绕过小海湾，直到抵达中国湾。在那里，出现了一条狭长的柏油路，划开雾霭，边上是大草原。这里曾经是世界上最大的机场之一，有飞往亚洲各地的航班。就在它的上方，在高处的丛林里，存放着维持一个帝国运行所必需的全部燃料。那是一座布满巨大油罐的山丘，就是所谓的"油罐公园"。从远处看，它们就像一些奇怪的外星实验品；一百零一颗巨型橙色药片——每一颗都有一座办公楼那么大——竖在树丛里。但走近了看，橙色是铁锈，而公园已经废弃了。门口的警卫看到这么多枪和制服，便挥挥手让我们进去了。

我们首先在 74 号油罐旁边停了下来，爬上绕着罐体搭建的长长的钢梯。爬到一半时，我通过一个巨大的阀门往里看，感觉里面的空间有几个舞厅那么大，在高温下呻吟、弯曲。我还能听到上方金属板传来的靴子声，那是士兵们在匆忙走动拍照。20 世纪 20 年代，当这座庞然大物被铆接在一起时，它服务的是世界上最大的海军。要是我们当时在这里，坐在山顶上，就会看到四周的海湾密密麻麻地停泊着很多船只，每天都是一场斯皮特黑德大阅兵[1]。但现在这些都没有了，我们可以再次享受虚无的感觉，还有下面的密林。

蒂拉塔打破了我的幻想。"好了，我们需要去找 91 号了。"

我们继续前进，穿过广阔的钢铁郊区。道路在油罐中曲折上升，每个油罐都有一个编号和自己的小空地。那架孤零零的日本轰炸机也在寻找一个油罐，尽管它不在乎找到的是哪个。这架飞机已经冒起了浓烟，机组人员——渡边重则、后藤时矢和岁良勉——显然已经决定赴死。他们将目标锁定 91 号油罐，举机身之力向下猛冲，剩下的就听天由命了。

油罐还在那里，就像一块已经融化和坍塌的巨型奶油蛋白甜饼。大片厚重的铁褶层滚落在地，流淌出超过一万五千吨的燃油。据说它烧了一星期，只留下了这些主梁和板条的融浆，把周围的土地变成了又硬又脆的黑色玻璃。大多数水兵从没见过这个油罐，现在全都惊恐地盯着它。几个月后，我的桌子上还放着一大块已经化作玻璃的山林，提醒我注意人类疯狂的激情。

---

[1] 斯皮特黑德大阅兵（Spithead Review）：1897 年 6 月 26 日，维多利亚女王钻禧年庆典之际，英国海军在斯皮特黑德举行了盛大的舰队检阅。据称，所展示的舰艇总数比其他大国的海军力量总和还要多，成就了历史上一次伟大的海军军事奇观。

❋

日本人没有返回亭可马里，至少没有以武力返回。但是，杀戮的战果太小，确实让他们很气恼：只击沉了两艘巡洋舰、一艘小型护卫舰和二十三艘商船。他们希望至少能摧毁一艘航空母舰，紧接着，他们就在距离福尔角一百英里处发现了一艘。那是"竞技神"号航母，正在疾速向南行驶。舰长知道它被发现了，于是转向西边，往内陆驶去。"竞技神"号几乎就要到达拜蒂克洛了，在离海岸仅五英里的地方，航空舰队发起了袭击。

如今很少有人记得那些飞机追上来的时刻，但我曾经遇到过一位：他叫普林斯·卡西纳德（Prince Casinader）。他后来当了校长和拜蒂克洛的议员。但在1942年4月，他还是个十六岁的学生。听到零式战斗机的声音时，他"慌不择路"地跑向堡垒。他告诉我："我们从壁垒上可以看到飞机正在穿来穿去。"

"我听说总共有七十五架？"

"是的，跟蜜蜂似的！它们成群结队地盘旋，然后又兜回来……"

卡西纳德先生描述了一次毁灭性的袭击。他看到了日本人最残忍暴虐的一面。他们先从相对安全的九千英尺高空对"竞技神"号进行骚扰式攻击，然后——趁着纷乱嘈杂，局势混乱——派出低空轰炸机。正如一位幸存者所说，有"一条源源不断的轰炸流，当一批炸弹爆炸的时候，后面飞机上的下一批炸弹已经在空中飞过来了"。这艘老航母已经到了承受的极限。首先，炸弹把救生艇炸成了碎片，钢板被震落，然后它们轰开了船楼，任海水漫灌。不出半小时，一切全完了，"竞技神"号喷着大量黑色浓烟，坠入了海浪之下。舰长、十九名军官和近三百名船员亦随它而去。

"有些人活了下来,"卡西纳德先生说,"有几个甚至游上了岸。但是,第三天,我们开始在海滩上发现尸体。我们把尸体集中起来,为他们举行正式的葬礼,能来参加的人都来了。但到那个时候,尸体的状况很糟糕,已经严重腐烂。我特别记得两个人,瓦彻先生和托马斯·刘易斯……很奇怪,不是吗?有些事情你永远不会忘记。"

有一段时间,我以为我已经尽可能地接近了"竞技神"号,没有什么可以找的了。我在英国追踪到了最后一位幸存者理查德·格鲁姆(Richard Groom),结果发现,我来晚了几个月,他已经在2012年10月去世了。他的女儿告诉我,那一天的细节只在最后几年才浮出水面。在那之前,他对这一切缄口不言:炸弹、烧伤、倾斜的甲板和在船油里四处漂浮的许多个小时。也许我没有找到他,没有一起再回伤心地是对的。

此后,我试图不再去想这件事,但有一天我在亭可马里遇到了一个潜水员。在这种与水打交道的职业里,找到费利奇安·费尔南多(Felician Fernando)这样一个教授风范的人物实在难得。他戴着半月形的眼镜,生活在尼勒韦利(Nilaveli),坐在一组电脑后面。我一直觉得,在他那恬淡的、气定神闲的五官中,有葡萄牙人的影子,也许他对大海的理解就是从那里来的。很少有人能跟费利奇安潜得一样深,我很快发现,他在下水旅行的过程中,曾经遇到过"竞技神"号。有一天,我到他的店里去看他拍的照片。

"你是第一个发现它的人吗?"我问。

"不是,渔民们在20世纪60年代就知道它的存在,然后在内战中它迷失了踪迹。2001年,我们再次发现了它。它带有三条船,拖着锚,在五十米深处一个环境恶劣的地方。你一定要明确潜水下去的目的。那里急流汹涌,能见度很低。人们从未意识到它有多危险,有一两个人还因此丧生。但我觉得,这也保护了它,让劫掠者不得近身……"

深蓝色的图像出现在屏幕上。

"我从来没有看到过它的全貌,每次只能看到几米。"

这些照片看起来就像夜晚拍摄的快照,只不过有须须绕绕的枪和大片珊瑚的闪光。我可以看到一架架炮弹,纠缠在海草里,还有甲板,上面溅满了粉红色斑渍,像破布一样被撕碎。

"你简直无法相信这种毁灭,"费利奇安说,"这艘船被直接击中了四十次,有很多地方全部粉碎了。我时常想到里面的人,我从不碰任何东西,也不拿走任何东西。在七十周年纪念日那天,我们带了一个花圈下去,然后我试着想象那最后的几分钟。有一次我发现了一只机翼,是日本飞机上的,所以我猜想他们应该设法击落了几架。但对所有死去的人来说,这算不上多少安慰,对吧?"

遇难者中有一些就埋在这条路上。

对僧伽罗人来说,战争公墓(War Cemetery)仍然是一个奇怪的概念,因为他们倾向于把死者带回家。公墓里长排的碑文也说明这是一支异国海军。死者中有穆斯林、缅甸人、非洲人、爱尔兰人、孟加拉的司炉、十七岁的男孩们和中国来的洗衣工。我甚至发现了瓦彻先生,那个最初被普林斯·卡西纳德埋葬在拜蒂克洛的纽芬兰人。

如果这些人还活着,他们即使不会欢呼雀跃,也会为自己所扮演的角色而自豪。正如丘吉尔所说,在锡兰,日本人的侵袭已经深入骨髓。要不是因为舰队不知所踪,这本来会是英国海军历史上最大的一次失败。这次惊险逃过一劫。丘吉尔还声称,日本人袭击锡兰,浪费了宝贵的资源,也许他是对的。两个月后,日本航母舰队在中途岛全军覆没，二十四小时内就损失了四艘航母。在袭击亭可马里的飞行员里，只有队长渊田美津雄最终幸存下来。他后来受洗成为一名基督徒，他的孩子也成了美国公民。

✻

在亭可马里的最后几天里，有几件事提醒我前路漫漫，形势难料。

我离开了古老的城镇，住到了更北边的一个海滩上。那时，我几乎忘记了亭可马里是一个避难所，出城以后，就是一片无人区。几十年来，这些穷乡僻壤一直被争夺，荒郊旷野已经变成了无主之地。20世纪70年代宏伟的海滩酒店现在大多密林丛生，野木穿破了屋顶。但其中一座幸存了下来，我称它为沙滩旅馆（Sand House），是伦敦的一位老朋友经营的。我上一次见到德布（Deb）时，她兴奋得喘不过气来，正准备要嫁给一个年轻的僧伽罗人。"我们会一起经营家族酒店。"她告诉我，而这就是她的未来：伴着交替更迭的日落，在海滩上生活。

但海滩没有顺遂人意。

德布现在看起来既倦躁又绝望。"我恨这里。他把我当狗屎。"

很难想象沙滩旅馆曾经是令人愉快的。我只住了两个晚上，在一个没有窗户的房间里，里面有一段神秘的楼梯，直通天花板上。外面有一个空荡荡的水泥池子。这里的一切都像是事后规划的，添置了更多的水泥设施。这家旅馆是靠组织卖淫，以及给印度军队做临时营舍，才在战争中幸存下来的。即使是现在，老板一家人也很少洗床单，而且从不允许斯里兰卡人入住。"外国人没有什么期待，"德布说，"而且从不抱怨。"

晚上，海滩上有狂欢舞会，士兵们被雇来阻止渔民靠近。围在边缘的流浪汉总是比中间的舞蹈演员多。我从不久待，唯一和我说过话的人是罗德，来自肯特郡的杂耍艺人。他有时会表演杂技，然后第二天早上，他会把自己赚到的所有小费送给清洁工。据他说，她是个寡妇，有三个孩子，每天靠两英镑过活。

与此同时，德布的新郎官坐在吧台前，注视着客人们。苏尼尔衣冠楚楚，相貌英俊，但他的目光是掠夺性的、死寂的。"我已经不重要了。我在这里就是个该死的仆人，"德布愤怒地叫嚷，"他现在跟所有的游客鬼混！而那些欧洲人根本不在乎他是什么人。他们只想找个当地人，搞个昏天黑地。他们把这称为假日浪漫！但他们还不知道他的真面目……我该怎么办呢？家人也不帮忙。他们觉得我就是个妓女。一切都搞砸了。这地方真他妈的见鬼。我要怎么办？"

如果德布曾经试图逃离这里，她不会是独自一人。在东海岸，我经常听到贩卖人口的故事。澳大利亚政府甚至沿路贴出了海报："不要到澳大利亚来"（DO NOT COME TO AUSTRALIA）。但交易仍在继续。"一张单程票，"德布说，"大约要花五千英镑……"

在海滩上，就在酒店下面，有一艘沉船嵌在沙子里。我一直以为那是一艘渔船，后来，有一天早上，斯蒂芬先生前来道别。"不是，"他说，"那是人贩子的船。"

"看样子他们没走多远。"

"他们就是些骗子。在海上漂一阵子，然后被海军追到岸上。你看到巡逻队了吗？已经没有人可以随便离开了。海军会追捕他们，人贩子告诉乘客，那是澳大利亚的海军，他们已经到了！于是每个人都往外跑，躲到森林里，但他们还是在斯里兰卡！根本没有去任何地方！真是倒霉，对吧？白白损失了一大笔钱，也许是他们的全部积蓄了。"

"为什么不去印度？"

"因为他们最终只会被关进集中营。"

"那为什么要不顾一切地离开？"

在斯蒂芬先生面部深处，一些伤疤不自在地移动着。

"你下一站去哪里？"

"沿海岸往上走，"我说，"去瓦尼（Vanni）"。

"好，那你会明白的。"

第十章

爱的多管筒推进器
MULTI-BARREL LOVE ENFORCER

> 瓦尼亚人……不穿金戴银,唯恐被偷。
>
> ——C. S. 纳瓦拉特南,
> 《瓦尼与瓦尼亚人》(Vanni & Vanniyas),1960 年

> 僧伽罗人和泰米尔人之间从来没有任何实质性的冲突……没有需要克服的历史敌意,而是存在一个坚实的基础,可以建立起国民服务的精神。
>
> ——《给英国军人的建议》
> (Advice to British servicemen),1942 年

我坐车往北走。长期以来,前面的森林一直是一个凶恶民族的家园。有人认为瓦尼亚人是水库城市的幸存者。也有人说他们是来自印度的一支强大的泰米尔人军队的残余。或许两者都有。但不管他们是何身份,他们已把这片丛林变成了自己的地盘,过着打家劫舍的盗匪生活,抵制一切外来者。据说他们能够长途行走,耐力非常人所及,而且,只要有人死了,他们就会烧掉他的家。但通常情况下,他们是在战斗。即使晚至1803年,他们还会悄悄逼近定居点,大肆屠杀一番。

他们的土地看起来仍然狂野而混杂。我现在已经深入在北方蔓延的辽阔树篱之中。这里没有大城市,只有挤满人的驻防地,巴士常常在破碎的道路上颠簸前行。虽然我能看到灌木丛中有水,但它从来不在应该出现的地方。多数时候,稻田似乎已经开裂,里面空荡荡的,但突然间,我们发现自己正在环湖而行,湖里满是沉没的树木。更奇怪的是汹涌而过的大河,它们看起来惊慌失措,无所适从。这片土地从来都不是诱人的,在锡兰,它永远是野蛮和匮乏的代名词。尽管瓦尼亚人是活泼勇敢的农民,但除了象牙和毛皮,他们从来没有什么可卖的。他们广大空寂的世界——覆盖全岛的十分之一——被称为"瓦尼"。

我仍然希望能在周围的面孔中找到瓦尼亚人。有时候我觉得我在外面的荆棘丛中看到了他们:妇女们在地上削削凿凿,或在淤泥里忙得不可开交。这里的人仍然不重视距离和时间。我经常在那些连建筑物都破败坍塌的地方看到一些小小的人影。我已经避免在日记中使用"弹痕累累"一词,但看到人类场景还是要写上一笔。偶尔,巴士停下来,这些干瘪的灵魂中有几个会以贵族的姿态爬上车。现在大家都对他们很感兴趣,虽然没有人听得懂他们说话。据说,瓦尼亚人有他们自己的世界语,是泰米尔语和维达语的混合体,带有一丝森林的气息。

一连几小时，地面景观几乎没有变化。难以想象至今还有人在争夺这片土地。但独立派一直认为瓦尼是泰米尔人的天下。2002年，这里成了他们幻想的共和国。经过20世纪90年代漫长而无谓的战斗，僧伽罗人撤走了，出现了一个小小的"猛虎之境"（Tigerland），有自己的法律、自己的习俗、自己的税收，以及一个自诩为太阳神（Sooriyathevan）的领导人。除了自己的声音，他不允许有其他声音存在。

瓦武尼亚（Vavuniya）仍然有一种边陲小镇的感觉，处在未知之境的边缘。这里的每个人似乎总在忙个不停，或者正在囤积储备，以备未来之需。由于没有足够的建筑容纳这么多人，城市生活就在树下继续。合欢树底下，人们理发、修电话、补鞋、喂牛、算命，好像一个即将出发的大集会。在这一切中间，有一座古老的教堂以及一块法院和公务员的办公地，但它们早已湮没在营房里：军营、中转营、十一个难民营以及分布在湖周围的塑料和木棍的营地。有时，似乎所有人都是惊慌失措地来到这里，现在正急着冲出去填补空缺。

我从未见过如此躁动、灵活的小镇。许多商店都有轮子，可以走街串巷地叫卖，吹着喇叭展示蛋糕和冰激凌。偶尔，我还会在他们中间看到一个瓦尼亚老妪，带着许多干枯的玉米棒。对大多数人来说，时间似乎走得太快了。在小吃摊上，食客们大口喝着水壶里的水，匆匆忙忙地把咖喱堆到厚面包片上。同时，在宗教用品商店

335

里，伽内什[1]与《古兰经》、佛陀和遍体鳞伤的圣徒堆叠在一起，仿佛没有人确定他们的未来在哪里。就连猴子似乎都迷失了方向，分不清瓦武尼亚仍然是丛林，还是已经成了城市，它们就在缆线上做窝。

我的酒店就像一艘船，并没有缓解这种不安的感觉。酒店名叫奈莉之星（Nelly Star），里面是甲板而不是地板，每层都用镀铬的栏杆隔开，并且涂上了航海的颜色。楼下有一台巨大的电视在震动，仿佛是船的引擎，后面是一个黑咕隆咚、乌烟瘴气的货舱，酒鬼们在那里扎堆。到了晚上，这个房间被一台大冰箱照亮，就像天堂的大门一样闪闪发光。如果你喝多了白标威士忌（White Label），眼前也许就会出现更多的门，只一瞬间，就跟回家了一般。

我遇到的每个人几乎都是难民，要么就是希望自己身在别处。我意识到，瓦武尼亚几乎完全是战争的产物。一开始，只有三万人住在这里，有些时候甚至烟断火绝了。然而现在，这里充溢着从瓦尼地区蜂拥而来的人口，规模几乎是原来的十倍。我一直想找一位他们当中的首领，几个月后，我与罗西尼·辛加姆（Rohini Singham）取得联系。一进城，我就请他到我的那艘没有水的船上来。

人们叫他"辛加姆"，他头发灰白，形容憔悴，却有一种像灌木丛一样干涩的幽默感。在坚定信念和人道主义方面，很少有斯里兰卡人能有他的声誉。据说，多亏了他组织的 SEED，三千多个家庭重新发现了"家"的意义。那天下午，我们坐在巨大的电视屏幕下，抵挡着宝莱坞的冲击波，点了几盘薯片。下面是他对我讲述的——逃难记。

---

[1] 伽内什（Ganesh）：印度教里的象鼻神，湿婆和雪山神女之子，掌管智慧与财富。

"20世纪80年代初，杀戮开始的时候，我离开了贾夫纳。那时候通过东柏林入境德国很容易。我当时只有十八岁，还没有坐过飞机，连怎么出机场都不知道。但我还是设法到了西柏林，在那里被关了起来。他们花了四十天才找到一个泰米尔语翻译，而我在接下来的十年里一直在寻求避难。在此期间，我成了德国公民，住在柏林，做一些组织外来移民之类的事情……后来柏林墙倒塌了，周围的新纳粹分子突然多了起来，发生了因种族偏见而起的谋杀——有十三个人被活活烧死或者砸死……因此，我不得不决定：我要死在哪里？作为黑人死在欧洲？还是作为泰米尔人死在斯里兰卡？

"90年代，我回到这里。当时战争进入到白热化阶段，我又成了难民，却是在我自己的国家。开始很难适应。我已经学会了许多欧洲的习惯——比如守时……我在难民营里得了疟疾，出现肝脏损伤，病得很重，但我扛了过来，每天晚上都哭。在一个营里，有四万名难民，其中许多人已经无家可归二三十次了。就在那时，我开始组建SEED，从十个家庭和一万德国马克开始。人们说我疯了，果然，没过几个星期，我们就因战争而漂泊转徙，但我们努力坚持了下来。

"这件事仍然很艰难。在国内流离失所的人当中，有许多已经流浪多年，不少年轻人除了暴力什么都不知道。学习很容易，不去学习才是困难的。"

✺

对于生活中的种种风云突变，僧伽罗人也常常感到迷惑不解。如今，他们只占全镇人口的10%，我几乎已经忘记了他们那种喜怒无常的脾气。但是，有一天早上，我在甲板中间往上爬时，被另一位客人拦住了。虽然他只围了一条毛巾，拿着一块肥皂，但我有一种尴尬的预感——他要冲我大放厥词。演讲一开始还很平和。他告诉我,他是来探察他的庄园的,说我任何时候都不该喝冷水,还说薄煎饼只能用手抓着吃。但接着,一阵怒气冒了出来。

"你知道我们为什么会陷入这该死的混乱吗?"

"您继续说。"我说,他那不请自来的愤怒让我很好奇。

"因为美国人。那些该死的美国人!他们应该把他们的脏手从这个国家拿开!上帝会惩罚他们的,不是吗?还有英国人。他们抢劫了这个国家。他们没来的时候,我们是一个伟大的国度,而现在他们还在这里横抢武夺。王太后[1]去世那会儿,我观看了葬礼,然后我在想,是谁在为这一切买单?不是英国人。是该死的英联邦!你知道这场狗屎战争是谁发动的吗?印度!他们想让我们变成一个省。至于狗屁联合国,他们只想让这一切没完没了地进行下去!喊!人权?别让我恶心!我们又不是野蛮人。你觉得我们看起来像该死的浑蛋吗?这就是我们所听到的——人权。你知道是谁给我们食物,帮我们熬过这场战争?萨达姆·侯赛因!……"

我没有全部听完。部分原因是我被他肩膀上长出的一个手指状的囊肿分散了注意力,这个囊肿现在正愤怒地摇晃着。我在想,这就是愤怒最终的结果吗,从你全身各处迸发出来?但后来,怒气突然宣泄完了。暴怒的客人紧了紧腰间的毛巾,向我投来一个狂躁的笑容,宣布他愿意为拉贾帕克萨家族捐躯殒首,说完就趾高气扬地走去淋浴了。

---

[1] 王太后:英国的伊丽莎白王太后,是已故英国女王伊丽莎白二世的母亲,2002年去世。

从这里开始，一条细长的战争带在地平线上延伸开来。A9 公路仍然是通往贾夫纳的唯一道路，几个世纪以来，它见证了牛车、大象和许多军队奔赴战场，那是一条稳定持续的交通流。但是，在最近几年，它自己常常沦为战场。20 世纪 90 年代，人们经常可以看到科伦坡的部队威武雄壮、声势浩大地向北进发，然后——过了几周——又跟跟跄跄地全面南撤。在很长一段时间里，A9 公路上埋了地雷，有飞机低空扫射，设下了诱杀陷阱和埋伏突击，是世界上最血腥的公路之一。

我心里一直明白，前方的旅程需要一个司机。一想到又要来一个萨纳特或者说话颠三倒四的普利尼提·赫瓦盖，我就感到心有余悸。但这一次，我的运气比较好，旅行社派来一个叫库蒂的人。他不仅能说一口优美古朴的英语，而且还是科伦坡的泰米尔人，他几乎一直在努力融入那里的圈子。虽然我很喜欢库蒂，但即使是现在，我也很难描述他的样子。我记得他的胡茬、鬈发、凉鞋和奇怪且外翻的脚趾，但仅此而已。库蒂从不主动提出意见或发表评论，甚至没有出现在我的任何录音或照片中。看来他已经掌握了融化消失的艺术。

"我去过一次贾夫纳。"他告诉我。但是，如果他曾经在那里有过故事，他也从来没有讲给我听。

我们首先在向北几英里的奥曼泰（Omanthai）停了下来。这是一个铁路停靠的小站，现在地面被烤得硬邦邦的，到处都是油布和木头，在正午的阳光下一动不动。但是，回到 2002 年，这里就是斯里兰卡的终点。从这里到贾夫纳半岛之间全部都是"猛虎"的领土，也就是泰米尔伊拉姆。这个凶残的独立国家不仅吞并了瓦尼，还占领了全岛近五分之一的土地。尽管科伦坡仍然在登记这里的出生和死亡人口，还为其支付医疗费用，但其余方面都由猛虎组织管理。在这里，在政府领地这边，任何离开的人都必须出示护照并交出他们的汽车。

前面还有一个军事检查站。我现在对检查站已经习以为常了（有些检查站甚至有赞助商，上面涂着多乐士油漆或慕奇饼干[1]的彩色广告）。但这个检查站与众不同——一张巨大的罩篷横在路上。在里面，军队仍然在郑重其事地检查每一次出行。我们先是接受了审问["来干什么的？第一次？"（Papo sovisit? Fast time?）][2]，然后我们的表格在一排身穿迷彩服的文员之间传递，他们在上面签名、副署，在老式打字机上敲敲打打，然后捆扎起来盖章。我不知道这一切是要传达什么讯息，也许只能理解为前路陌生且艰险。

❀

一开始，猛虎们的世界似乎并没有什么不同。同样的干旱区，同样一望无际、干硬板结的大草原，同样粗犷强烈的红色沙土，同样瘦弱的牛群和焦渴的树木。有时会出现森林大火，噼里啪啦烧遍矮树丛，然后化为乌有。有一会儿，我们停下来，观看一大群栗鸢——总共十五只——从灌木丛中腾空飞起。我记得我在想，这是多么令人欣慰，大自然再次营造出奥妙无穷的生态秘境，即便是在充满杀伐之气的 A9 公路边。

但是，如果这条公路曾经有记忆，这些记忆现在已经被有力地

---

[1] 慕奇饼干（Munchee Biscuits）：斯里兰卡饼干品牌。——编者注
[2] 检查人员说英语发音不准，其实应为：Purpose of visit? First time?

抹去了。十年前,旅行者们写到路边建有防护墙,每根杆子上都插着猛虎的旗帜。所有的东西都被涂上了绿色的虎纹,甚至包括警察使用的车辆。那时的时间感觉也不一样:时钟往前调了半小时,公路上也有了新的限速,将生命节奏放慢到了低沉的四十码。没有什么是游击队没有控制过、测量过或者用标语覆盖过的。他们甚至有自己的海关,对任何进入泰米尔伊拉姆的人征税,离开时还要再交一次税。

所有这一切现在都消失了:被挖除,被烧毁,被推土机向后碾进树林里。

也是在这里,外来者第一次见到了猛虎,或者叫干部。这样的相遇令人不安。论凶狠残暴,猛虎叛军在全世界都是数一数二的,然而这些叛乱者就在眼前,只是一些少年儿童。我的一个朋友是住在伦敦的泰米尔人,她告诉我说,他们还不到十三岁,女孩子们会翻查她的书。作家威廉·达尔林普尔也有类似印象;他们虽然穿着虎纹军装,却不过是一些端着枪的孩子。他还看到他们在看《兰博》和《铁血战士》[1],并且以此为训练,他们的生活已经在某种程度上变成了电影。"猛虎们似乎真的很喜欢杀人,"他写道,"杀戮仿佛是他们的一种爱好,甚至是一种艺术形式。"一支由好莱坞训练出来的游击队,这个看法很有意思,但事情总是不止于此,这也许毫不奇怪。

那些更了解猛虎组织的人会对他们的献身精神——以及氰化物胶囊记忆深刻。这些年来,我的海军朋友拉维遇到过许多干部,他总坚持认为他们是"好人",然而,他说,他们只怕失败,却不怕死。他们接受了残酷的再教育,经历了全面彻底的训练,然后被分散到

---

[1] 《兰博》(Rambo)和《铁血战士》(Predator):均是以丛林游击战为主题的系列美国电影,于20世纪80年代拍摄上映。《兰博》又名《第一滴血》。

踪迹难觅的小分队。通常情况下,他们看起来就像在丛林中待了好多年一样,再次现身时,也许除了念珠或《兰博》的贴纸,几乎没有任何迹象表明他们曾经是什么人。大多数人已经习惯了艰难困苦,因为他们从未体验过其他生活。有一次,一群猛虎被空运到泰国进行谈判。他们是一些不讲技巧的谈判者,因为不懂怎么系安全带,以及在房间里点了很多冰激凌而给人留下了深刻的印象。

然而,回到战斗中,猛虎们变得冷酷无情、身手矫捷。他们从不戴头盔,经常穿着塑胶拖鞋作战。即使在进攻时,他们也尽可能轻装上阵,只携带必需品:水壶、几罐金枪鱼、一块奇巧巧克力、一个火箭筒和三百发弹药。"他们就是这样在丛林中战斗的,"拉维说,"我们有很多东西要学……"

虽然自称"男儿军团",但许多游击队队员其实是女性。她们把纱丽换成了战斗服,留着短发,扎着紧紧的辫子。这些女孩立誓要保持贞洁,她们给自己取名为"自由鸟"。在"007"电影的时代,外国媒体发现她们的形象很是激动人心:一支穿着紧身训练服的女战士军团。她们最出彩的时刻是在贾夫纳与印度人作战的时候。四分钟之内,她们就摧毁了六辆T-72坦克和一列装甲车,然后连续三天扼守阵地。但是,这些女性是否真正找到了平等,还是仅仅得到了跟其他人一样的死亡权利?煮米饭、烹木豆的仍然是她们。而且也常常是"自由鸟"在给叛军做家务:收拾行李、打扫清洁、缝补衣物、看护照料,或者——在这里的边境线上——搜查书籍。

❋

前方,一支庞大的军队聚集在猛虎组织的旧都。对瓦尼亚人来说,基利诺奇(Kilinochchi)仍然是"鹦鹉的村庄",尽管它们的小镇连同它们的嘎嘎声已经消失许多年了。如今，所有的东西都伏窝在铁丝网上，或是覆盖在混凝土建造的大营房下面。有一条长长的明晃晃的大道从中穿过，大道上坐落着商品展厅和银行，但在这些门面后面，驻军围拢了上来。科伦坡的一个朋友帮我与这里的一位指挥官取得了联系。我们找到他的大门，被护卫着进入军营，在里面走动。这里就像一个绿色的、规模庞大的卡车服务站，或者像是一座车轮上的城堡。准将住在所有这些硬件设施的远端，在湖岸上的一间小平房里。

"漂亮吧？"他说，"我很喜欢这里。连我的马也带了来。"

我很快发现，尼哈尔·阿马拉塞克拉（Nihal Amarasekara）总是这么乐陶陶的，泰然自若。一开始，他给我的印象是一个僧伽罗版的英国佬：体态圆润、和蔼可亲、轻快活泼。但是，随着那天的时间慢慢过去，一种更细微的性格显露了出来。虽然他知道他周围的世界是破碎的、空虚的，但他有一种工程师的本能，要把这个世界修理好。喝茶的时候，他给我讲述了拆除地雷和重建桥梁的事情。但他最近的工程项目是让人们恢复日常生活，让凡俗的人世得以修复。后来，他带我参观了他的万寿菊，这些万寿菊被装配在巨大的灰色槽子里，放满了整个小镇。不过，最让他高兴的要数和谐公园（Harmony Park），它建在一个旧塑料厂的场地上。猛虎组织曾在这里集装地雷，但现在，工程兵在这里种植花园。准将甚至还自己添加了一些装饰，包括一台老式蒸汽碾路机和一辆红艳艳的伦敦巴士。

"不错吧？"他笑道，"人们只需要相信我们就好了。"

但是，尽管有万寿菊和双层巴士，基利诺奇仍然弥漫着难以去除的军武气息。到处都是士兵，然而在这么多盔甲和沙袋背后，他们也很疏离淡淡。人员和机械规模庞大，气势浩荡得不可思议，就像某种未能前进下去的大入侵。几十年前，全部的斯里兰卡军队几乎填不满这条大街,而现在这些只是他们的一小部分,外溢到远处的灌木丛里。

虽然双方在 2002 年签订了和平条约,但每个人都知道,一场大战仍然悬在头顶。在接下来的五年里,斯堪的纳维亚人努力阻止他们双方大打出手,甚至派出了一小支北欧军队来监督停火。然而,炮火从未真正停息,一切最终变成了一场拒不承认的作战。这让僧伽罗人下定新的决心。正如我的那位记者朋友所说:"我以前经常参加反战运动,但后来我意识到,这座岛屿太小了,容不下两支没有被击败的军队。"

在局势缓和期间,僧伽罗人的军队不断壮大。没有征兵的必要;赤贫和宿命感通常就足以填补军队的空缺。到 2007 年,斯里兰卡成为南亚地区武装程度最高的国家,而且,自战争开始以来,军队人数已经增长了三十倍。政府军还获得了新的力量,来自一帮组合奇怪的朋友:以色列、伊朗和巴基斯坦。就连对战事极其拘谨的英国,也运送了一些手枪和两三辆装甲车过来。

但有一种武器比其他所有武器都更有威力:多管火箭炮(MBRL)。在统一战争中,多管筒火箭炮是一种不常见的器械。只要一次发射,就能释放四十枚尖锐刺耳的飞弹。这些导弹没有制导,无法准确命中目标,进行的是无差别攻击,它们会在一大片区域内四分五裂,把范围内的所有人杀光杀绝。如果这曾经是一场讲感情、动头脑的战争的话,那么以后就不是了。现在只求争夺领土,而爱——假如有的话——将要严酷地强制执行。

和平时期，猛虎们也没有闲着。

我仍然可以在基利诺奇周围找到他们的痕迹。除了地雷工厂，还有水泥建造的丑陋的镇公所，他们的政府曾在那里开会。我几乎可以想象他们还在那里，一个破败的政治局，由知识分子、渔民和教师组成。也是在这里，他们在 2002 年 4 月举行了唯一一次新闻发布会，邀请了两百多名记者，然后对他们进行了十小时的安检。有一段时间，附近的运动场上出现了一块小停机坪，来访的贵宾们被邀请观看迫击炮射击表演，然后用上好的骨质瓷器喝茶。甚至连餐巾纸都是穿过封锁线偷运进来的。英国广播公司的弗朗西丝·哈里森说，没有人知道在这些场合该说些什么——猛虎们倒是不介意。他们跟别的叛乱分子一样，十分享受这种关注和控制感。

在光彩华丽的新外墙下，仍有些许旧城的影子。其中一间新的展厅上，有广告牌在自由摆动，牌子下方可以看到一家老旧的店铺，像一块陈年蛋糕似的被蚕食着。这里从来不是庞贝古城，但——只是片刻间——它显得很像一座城市。这里有叛军的餐馆、叛军的商店，以及一个名为"猛虎之音"的广播电台，还有一家游击队银行：泰米尔伊拉姆银行（Bank of Tamil Eelam，即使到了最后关头，炮弹铺天盖地袭来，这家银行还在支出款项）。然后是那些官僚，以及所有的征税机器。对于许多泰米尔人来说，比如我的记者朋友，看到这些文书工作让人感到振奋。"如果你生活在有趣的时代，"她写道，"平淡无奇的日常生活是做梦才有的。"

但生活从未像人们希望的那样平淡枯燥。一位同情猛虎组织的牧师曾试图说服我相信，泰米尔伊拉姆就跟新加坡一样，每个人都能要什么有什么。但几乎没有人同意这一点。人们说，它充其量就像厄立特里亚：独裁专制、封闭自守、惊骇可怖、古旧陈腐。没有经济可言，没有电话，没有汽车，也几乎没有电力。科伦坡甚至连电池也不让运过来，生怕它们会被用来制造炸弹。妇女现在不得不在路边叫卖她们的农产品，很快，地雷变得比人还多。孩子们从小就能辨别来袭的炮火和外攻的炮火之间的区别，却从未见过火车或电脑。成为"首都"后，基利诺奇并没有变得更富有或更安全，仅仅是成为一个更大的靶子。

当年的伟大地标是一座混凝土塔楼，现在侧躺在那里。它曾经装过水，有十层楼高。倒塌之后，贯穿其底座的钢筋像小树根一样折断了。它现在懒懒地倒在沙地上，空洞而死寂，就像一棵穿越了星系的浩瀚大树。塔里的梯子现在是伏在地面上的，我曾经爬进去过，只是为了想象一下塔顶的视野。当老基利诺奇最终失势时，它遭遇了维苏威火山的爆发，这是它永远不该遭受的劫难。他们说，当爆炸声终于轰隆轰隆地消失远去，一种原始的、前工业化时期的宁静停歇在这片废墟上。

※

与此同时，在西边，猛虎组织已经挖好战壕据守。在这座鸡蛋形状的岛屿的尖上，他们期待中的小国家几乎已经消失了。我和司机库蒂花了将近两天的时间，一个洞接一个洞地四处乱闯，想要弄清楚他们都去了哪里。

似乎每个人都钻到地下，无影无踪了。以船务部长"苏西"（Soosi）为例，他表面上种了几棵果树，有一栋小别墅。但是，走进他的衣橱——就像纳尼亚[1]一样——一个迥然不同的世界出现了。那是由水泥和隧道组成的一处复合结构,从地面延伸到地下深处。"苏西"甚至不是他的真名。他们都有地下称号,通常是从电影或新闻里借用的。"迪斯科"是个很常见的名字,在这些居住在洞穴里的人当中,还有一个"里根",一个"卡斯特罗",一个"甘地"和一个"米勒上尉"[2]。

衣橱门口,一个僧伽罗族士兵在执勤。

"他们一直是这样生活的吗?"我问,"住在地下?"

"向来如此,唉。那些浑蛋从来没有停止挖地洞。"

我们费了一些工夫才找到猛虎首领的老巢。树林现在变成一簇一簇的,又有稻田出现,在抚慰这片土地。但战争从未完全消失;废墟还在,偶尔还会出现大片烧焦的器械。随后,我们抵达了维苏马杜(Visuamadu),树木从四周围拢上来,形成了一个由阴影、电线和亮橙色小径组成的迷宫。在这里的某个地方,我们找到了我们要找的东西:一座茅草顶的、黏土砖砌成的小农舍。它坐落在一个长形的、阴暗的花园中间,那里寸草不生,只有大团的军事废料。就堡垒而言,它实在比不上贝希特斯加登[3],尽管它曾是一位勉强算作雄韬伟略者的住所。韦卢皮莱·普拉巴卡兰(Velupillai Prabhakaran)几乎是一手策划了这一切:泰米尔伊拉姆、"男儿军团"和虎纹服。因此,当我们发现他的农舍下面有一个战壕时,并不感到惊奇。战壕

---

1 纳尼亚:英国作家C.S.刘易斯(C. S. Lewis)的儿童文学作品《纳尼亚传奇》中的奇幻王国,可以通过一扇衣橱的大门等奇妙方法进入。故事讲述一些小孩子通过英雄冒险揭开了纳尼亚王国的历史。

2 米勒上尉:美国电影《拯救大兵瑞恩》中的角色。——编者注

3 贝希特斯加登(Berchtesgaden):德国东南部巴伐利亚州的一个小镇,依阿尔卑斯山脉,因希特勒的山顶别墅"鹰巢"而闻名。

由许多混凝土庭室组成,参差错落,威严壮观。因为门是开着的,我们就走进去闲逛。

普拉巴卡兰的一生似乎总是支离破碎、神秘莫测,但是,随着我们往下走,在他的房子里穿行,一些碎片开始变得很好理解了。

房间表面乏味得令人吃惊。军方还在努力给他的家贴上"奢华"的标签,但这里没有金质水龙头或喷嘴式饮水器,也没有收藏丰富的鞋子。我只看到一张木床和一台旧电视,其他东西都漆成了桃红色。普拉巴卡兰从不贪图享受,也不爱敛财。他父亲是贾夫纳附近的一名公务员,这里很可以说是他父亲的家。他的成长过程平平无奇,尽管人们常说小韦卢皮莱是个奇怪的孩子——害羞,孤僻,冷峻淡漠,清心寡欲。有他在的地方,总少不了玩具弹弓、家庭自制的小炸弹和从漫画书中学到的暴力。对他的追随者来说,他是灾星和救世主,但对其他人来说,他是一个性情古怪且内向的人,从小就受到克林特·伊斯特伍德[1]和一本本《雇佣兵》[2]的影响。

他从来枪不离身。在肖像里,他看起来胖胖的,已到中年,但他总是穿着虎纹服,佩着枪套,而且——在农舍的后面——还有一个小小的手枪射击场。有一次,趁士兵们没注意,我用手指在弹孔上摸索,试着想象那种愤怒。普拉巴卡兰第一次杀人是在1975年,当时他才二十一岁。他杀的不是某个暴躁的僧伽罗人,而是他的泰米尔族同胞——贾夫纳的当选市长。没有人知道他的愤怒因何而来——有人说他亲眼看到一个叔叔被活活烹煮——但是,不管是什么原因,他的怒气从未消散,而是变得冷酷且精准。给每个人提供

---

[1] 克林特·伊斯特伍德(Clint Eastwood):美国电影明星,以硬汉的银幕形象著称。
[2] 《雇佣兵》(*Sodier of Fortune*):美国著名军事杂志,1975年创办,专门报道世界各地的战争。

氰化物就是他的主意。"我永远不会被活捉。"他发誓道。

在周围墙壁上的照片里，还有另外两张面孔。一个是他的妻子玛蒂瓦塔尼（Mathivathani）。她穿着蓝翠鸟色的纱丽，在她那体格健壮、奔波亡命的丈夫旁边，显得异常娇弱。普拉巴卡兰没有时间像平常人一样谈情说爱，对别人的脆弱也没有耐心，但对玛蒂瓦塔尼似乎是个例外。另一张面孔是他们的儿子，巴拉钱德兰（Balachandran），十二岁。虽然他穿着大学生的学位袍，戴着学位帽，但表情却很超然、很可爱，而且已经长出了和他父亲一样的宽厚下巴。他的玩具中有一辆塑料脚踏汽车，就停在外面的台阶上。

再往深处走，混凝土散发着新鲜的味道。第一个地下室里有空调、毛巾杆和一张旧的行军床。这是普拉巴卡兰的作战卧室，2004年建成。那时，他已经五十岁，管理猛虎组织超过三十年。在这段时间里，他变成了一个危险而神圣的人物。他最开始被称为"小兄弟"（Thambi），是一个勇敢刚毅的匪徒，让当权者头痛不已。他和他的团伙搞袭击，制造伤残，把温和派全部铲除，然后他会消失几个月，化装成教士或者卖花生的小贩。但每当他重新出现，总是比以前更强大。随着时间的推移，他手下的一伙人已经不再是一个匪帮，而是一支人数多达两万的民兵。然而，他的逃亡生活已经给他造成损失。当他掘洞钻入维苏马杜地下的时候，只有传说还在继续：普拉巴卡兰是太阳神，他的脑袋值一百万卢比赏金，他是一位朱罗国王的转世，还养了一只花豹当宠物。但实际上，他彻夜难眠，患有糖尿病，体重超标。我注意到，在他布满灰尘的个人物品中，有一台离心机和一只白色大冰箱，用来存放他的所有药物。

一段潮湿的楼梯通向下面更多的房间。里面的细节大致相同：防爆门、书架和虎纹小桌布。在这一切中，也许可以窥见行将失败的某种端倪。当斯里兰卡军队正在行进的时候，太阳神却找到了一把扶手椅并安坐了下来。

再往西走，一座巨大的堡垒——猛虎世界的歌门鬼城[1]——已经消失在落叶堆里。虽然它在森林之下延伸了四层之深，但普图库迪伊鲁普（Puthukkudiyiruppu）的这座建筑在战争期间从未被发现。即使是现在，它也被丛林和铁丝网笼罩着，排雷人员仍在仔细搜查表层的泥土。有一天，白蚁会蚕食掉地表上的简陋房屋，它会沿着混凝土竖井向内轰然塌陷，但是，它暂时还可以作为一个最后的根据地，并以自己的独特方式，成为一座格伦宅邸。

照例，军方现在看管着这里，我们见到了一位少校。

"我的人有手电筒，他们会带你们参观一下。"

和普拉巴卡兰的房子一样，这里表面上看起来并不起眼。有厨房、一条行车轨道和一摞旧炮弹。我们还被领着参观了停尸房，以及幸存的最后一件猛虎艺术品：一个铁栅栏，上面装饰着蜡烛和卡拉什尼科夫步枪。但走进去，在房屋的深处，还有更多气势恢宏的结构：又深又黑的楼梯井、地下停车场、防爆会议厅、装甲地图室以及巨大的铁门，现在铁门变得起伏不平，像被咀嚼过的熏肉条。

"这里设有陷阱……"士兵们说。

"我们在这里牺牲了四个人。"

除了青苹果色的油漆，没有多少猛虎的东西留存下来。空气中弥漫着蝙蝠的气味，它们的酸臭味凝结在更深处的黑暗里。我们从

---

[1] 歌门鬼城（Gormenghast）：英国作家默文·皮克（Mervyn Peake）的同名奇幻系列小说中的城堡。歌门鬼城是一座庞大的、腐朽的哥特式建筑，古老的格伦家族已经统领这座城堡几个世纪。主人公泰特斯·格伦是歌门鬼城第七十七代伯爵，他的出生打破了城堡的陈腐，他大胆反抗几个世纪以来的清规戒律，揭穿并击败了在这里为害作恶的叛徒，最后离开歌门鬼城，奔向自由世界。

一个房间走到另一个房间，手电筒的光束照亮了胡乱涂写在墙上的军人的戏谑之语。但其他东西全都不复存在——家具被洗劫一空，电线被拔出，所有地图都被撕掉了。

我抬头凝视那些以前用来固定地图的条板。曾经，这里是一支世界上最强大的秘密军队的神经中枢。其部队包括一个特遣队（"手枪帮"）、十一个师的士兵、一支海军（"海虎"）、一支空军、炮手、突击队（"黑虎"）和自己的盖世太保（被称为TOSIS）。猛虎们甚至还经营着一支商船队，称号"海鸽"（Sea Pigeons），有二十多艘船帮他们运送武器装备。即使在2002至2006年的大休战期间，武器也被源源不断地送来。据说，在局势缓和的时候，猛虎们不仅建造了这座地下堡垒，还收到了另外十五门大炮，外加四十万枚地雷、一万支突击步枪和近一百吨炸药。叛乱分子，或者说"恐怖分子"，以前从未运输过如此堆积如山的武器。

我们往高处走，来到阳光下。想到这座大堡垒在我们脚下伸展蔓延，有一种怪异之感。在这座遍地堡垒的岛屿上，有一瞬间，它显得异乎寻常，但很快就会被遗忘。有一天，人们会好奇它是用来做什么的，然后，他们或许会重新开始战斗。又或许，这座奇怪的堡垒会有自己的泰特斯·格伦，在"砌砖的拳头"[1]中英勇地生存。但是目前为止，它只是一片废墟：幽深昏暗，虫鼠肆虐，上下颠倒。

除了洞穴，猛虎组织遗留下来的只有他们奇巧的武器装置。军

---

[1] 此句引用出自"歌门鬼城"系列的第一部书《泰特斯·格伦》（*Titus Groan*），是对城堡塔楼的描述。

方似乎很喜欢这些小玩意儿，总是把它们堆积在一起。在普拉巴卡兰的家里，有一大堆牵引车，每台都有装甲，还有一辆安着大炮的三菱帕杰罗。过了普图库迪伊鲁普，这些设备更是占据了一整片场地：自制榴弹炮、临时炮艇和自助鱼雷（有一个给司机的座位）。甚至还有几艘当地生产出来的潜艇，看起来就像维多利亚时代的人梦想中的宇宙飞船。它们有鱼鳍、窗户、二冲程发动机和巨大的螺旋桨。在这些疯狂的机器中，有一艘甚至对控制装置进行了改造，可以让截肢者重新回来作战。

军队管这批收集来的怪胎叫作"战争博物馆"，然而，博物馆仅有的展品都是放在这里供人嘲笑的。这些东西让猛虎组织显得很可怜，很绝望。但是，他们不也让政府军陷入绝境近三十年吗？还有那么多船运货物，以及他们缴获的大炮和他们的多管筒火箭炮呢？一支凶猛的小军队，似乎正在被努力地遗忘。连它的即时创作也遭到了贬低——猛虎们是强大的设计师，他们一直在实验室里完善武器，加工零件，研究新的炸药。这些强大的头脑专心致志地发明出一些人类已知最残酷的武器装置，其中包括第一件——也是无可超越的——自杀背心。

但他们最雄心勃勃的一座装置还留存着，现在正躺在韦拉穆利韦克尔（Wellamulliwaikkal）的沙丘上。那是一艘潜水艇，但有九十英尺长。它有巨大的钢制结构，看起来很像正在建造中的一头鲸。有人告诉我，造潜艇对海军建筑师来说极具挑战性（一旦承压分布不完美，整个装置就会内爆），然而在这里，这艘大型机器自信地从沙地上升了起来。猛虎甚至为它建造了一个干船坞，里面铺着从沉船上掠夺来的钢板。我在这一切中看不到可怜，只看到精明和残酷。

❋

至于游击队队员们自己的东西,只有一个游泳池幸存下来。我很惊讶它们消失得如此彻底。多年来,他们将这片土地变成自己的地盘——把路障、壁画和丛林营地带到这里——而现在它们又消失了,如同战争之初一样。他们的小共和国又一次只在夜晚存在,或者只存在于少数人的想象里。

游泳池是一个惨痛的纪念。所有那些干部——曾经以他们的军事热忱和出色伪装而闻名——现在却被这样铭记:一个郊区风习的想象物,平淡无奇,瓷砖铺砌,呈现令人愉悦的天蓝色。甚至还有比赛泳道,以及一块供跳水运动员使用的高高的跳水板。他们是怎么想的呢?恐怖分子奥运会?猛虎领地上的大部分地方连电灯都不通,为什么要建造这些?只有游泳池的尺寸有些异乎寻常,几乎有十米深。"我听人讲,"库蒂说,"他们以前在这里训练潜水员。"但它整体上不是战争场所,只是一个可以平静安闲、如梦似幻浮水的地方。这里甚至有一张普拉巴卡兰的照片,他套着橡皮圈在水里摇摆。

也许,这个池子也在提醒我们,猛虎们已经变得多么像孩子。高层梯队里总有一些理想主义者,比如博客作者特瓦尔,而且从一开始,他们的队伍是由穷人、渔民和农民加入组建的。但是,这台战争绞肉机从未获得满足。很快,猛虎组织就开始把任何可能的人都征募入伍了。据说,某个时候,泰米尔伊拉姆连给男子理发的理发师都不剩了。所以,当他们把魔爪伸向儿童时,没有人感到惊讶。一份美国报告确认那些干部是年仅十三岁的小孩,一路小跑急奔战场。即使在休战期间,也招募了4347名儿童,其中三分之一不到十五岁。最糟糕的时期是在海啸之后,当时猛虎组织损失了大约两千人,所有这些人头都必须被补上。

我试着想象那些新兵，在最后的童年时光里游来游去。他们的更衣室还在，涂成同样娇嫩的苹果绿色，现在却布满了愤怒的弹孔。在休战期间，在这里作为一名少年是一种险恶的命运，有外来者谈到"牺牲的旋涡"，谈到孩子们被赶到拖车里，父母因为反抗而被殴打。但后来，在战斗重新开始时，情况会更加恶劣。猛虎组织要求每个家庭都必须交出一个儿子或女儿，三分之一的学龄儿童被带走。很多人都不得善终，他们的尸体被裹在旗子里送回给父母。到最后，儿童就是泰米尔伊拉姆最珍贵的商品。随着一切钻入地下消失，他们也不见了，躲进了阴沟和暗渠。

一群士兵坐在苹果绿色的荫凉下。

其中一个会讲英语。"你看到那些弹孔了吗？"

"是的，"我说，"那是游泳池之战吗？"

"没错。不打一仗他们是不会认厌的。"

猛虎们的规矩鲜少宽宏大量。

在离开瓦尼之前，我们在托蒂阿迪（Thottiadi）附近猛虎组织的旧监狱稍作停留。这座监狱现在已经荒废，它从来都不是一个舒适的处所，两排粉红色混凝土牢房矗立在一块沙地上。我们周围都是树叶下垂的木麻黄，它们似乎在窃窃私语，密谋着什么。牢房里面就像狗窝，或者说，是存放人命的混凝土盒子。不仅门上有沉重的铁栅栏，我还注意到，每个囚犯都曾被铐在地上。

从某些方面说，能在这里受折磨的人还算走运。猛虎很少抓俘房，他们一般倾向于把敌人杀死，哪怕是负伤的。他们随意屠杀的本事接连不断地刷新世界的认知。1993年占领普内林，三年后又占领穆莱蒂武之后，他们将僧伽罗族士兵成百上千地处死。只有那些有政治价值的人被留下来。但也没有给他们留条活路，只是延缓了他们的死期。没有一个人能在托蒂阿迪的这座监狱里活命。当战争接近尾声时,囚犯都被带到那片木麻黄树林里,在沙地上处死。

即便是对自己人,猛虎们也能做得心狠手辣。20世纪80年代末,他们已经铲除了大部分对手。但那还不够,反对他们的人经常遭袭,被打到丧失知觉,或被炸得粉身碎骨。有一份联合国报告提到,普拉巴卡兰跟异见者或温和派不相为谋,把他们视作叛徒,适时即可除掉。死在他手里的人有他的副手马哈塔亚(Mahattaya)以及几乎整个知识分子群体——大学教师人权组织(University Teachers for Human Rights)。普拉巴卡兰宣称:"只有一个党派。"他就像一个黑暗的地下忽必烈,变得越来越臃肿,也越来越专横。

但特瓦尔告诉过我,他爱戴他,人人都爱戴他。

"这是一种精神寄托。生活是虚无的,而他能告诉我们必须做什么。"

于是,那种怪异的爱又出现了,被严厉地强制执行。

❀

猛虎们的世界总是鲜为人知的,这让人感到沮丧,但至少我大概知道是谁在为这一切买单——我那些住在图庭的邻居们。他们是流散于四大洲的人数众多的泰米尔人的一部分,包括在瑞士的五万人、在加拿大的二十万人和在印度难民营的十万人。除了恐怖感和泰米尔族的自豪感之外,没有什么能让他们团结起来。许多流亡者憎恨普拉巴卡兰的暴政,然而,不知何故,他们还是会为他提供进款。

当然,这些不是猛虎组织的唯一资金来源。猛虎组织不仅拥有一家航运公司,还经营加油站、照相馆、商店和慈善机构。然后还有犯罪，这一直是一项可观的收入。蒙特利尔警方声称他们那里的海洛因贸易就是泰米尔人运作的，瑞士人也这么说。同时，在伦敦，最猖獗的诈骗就是盗用信用卡，图庭尤盛。然而，所有这些都是小事一桩。最大的资金来源仍然是海外侨民，他们每年捐款约2.5亿美元，占猛虎组织预算的90%。

在我居住的地区，捐款是这样进行的。首先，猛虎组织的代理人挨家挨户探访泰米尔人家庭。大多数人告诉我，他们很乐意捐款，认为支持"男儿军团"是没有问题的。每个家庭预期每年支付两百英镑，每家店铺支付两千英镑。随着战争的进展，金额不断增加，到2009年，英国的泰米尔人每月的捐款高达二十五万英镑。然后，这笔钱通过一个由经纪人、银行家和高街珠宝商组成的暗网流出去。每次我去图庭，都会经过这样一个地方，现在那里在正大光明地售卖大串的金绳。

不是每个人都能当即付钱。人们告诉我，猛虎组织有时候不得不施加一点压力。联合国曾指责猛虎组织在侨民中采取了"黑手党式的策略"，但在图庭，这种胁迫从来都不夸张。大多数人在贾夫纳或瓦尼都还有家人，通常只需提醒一下他们，那边是猛虎组织的天下就可以了。

我曾经问一个小商店的老板，有没有人去找警察。

"你是认真的吗？一旦去找警察，你就成了叛徒。"

图庭的泰米尔人常常表现得好像战争仍在继续。不仅仅是寺庙里的神龛，也不仅仅是商店里悬挂的普拉巴卡兰的肖像。有时，他们会一齐出动，去伦敦西区参加集会。有一次，我也跟着去了。那是一片黑衣素裹的壮观场景。泰米尔人的红色猛虎旗帜很快就飘满了皮卡迪利广场。虽然2001年以后，挥舞这种张牙舞爪、子弹闪耀的旗帜是非法的，但警察没有心思去干预。群众愤怒地发出哼哼声，教士和党派人士组成一个冷峻的联盟，怒气冲冲地发表演讲。偶尔，人群会分开，出来一个穿着虎纹军服的老兵。接着人潮涌动，还没等有人注意刚刚触犯了多少条法律时，他又消失了。

谁也不想多说什么，除了一位女士，她把她的旗帜给了我。

"我们千万不能违法，"她说，"我们在这里是难民。"

但他们并不总是遵纪守法。在战争期间，发生了威胁和盗窃事件，温和派的广播电台也被破坏了。但是，在所有这些冲突里，发生在文布利的一件事是最奇怪的，猛虎组织占领了这里的一座寺庙。在法庭上，寺庙受托人告诉法官，他们此前曾去过一趟斯里兰卡，在那里突然被猛虎组织绑架了。据他们说，他们在瓦尼（"一个黑手党的地方"）被关押了六个星期，还被迫签署了契约，把文布利寺庙的产权让渡出去。法官相信了他们的话，在 2005 年 4 月命令猛虎组织离开这座寺庙。猛虎这边的头目叫纳根德拉姆·塞瓦拉特南（Nagendram Seevaratnam），当我阅读判决书时，我突然发现我认识他。我们经常在当地寺庙里一起喝茶，他在那里被称为"精神领袖"。

那个周末，我就坐上巴士，返回图庭。

塞瓦拉特南先生见到我总是很高兴，会命令他手下的僧侣给我们端来一盘蛋糕（*iddlis*）和炸丸子（*vadai*），以及一壶溢着泡沫的"奶茶"。在他那些大腹便便、袒露胸膛的属下中间，他显得很瘦弱，他的眼睛周围有一圈煤尘般的大污斑，显出疲惫和衰老。有时，他身上强有力的特征会全然中断，说话声也越来越弱，让人感觉，他虽然身在这个世界，却也连通着别的什么地方。这里的每个人似乎都把他视为圣人。他的办公室里堆满了古老的经书和一罐罐酥油，他的长袍是黄色的，很有学者风范，他睡在屋顶某处的垫子上，这些

357

对他的形象都很有帮助。然而,神圣只在生命后期才出现,如果科伦坡的媒体是可信的,这种神圣则根本没有出现。对他们来说,塞瓦拉特南先生是"恐怖古鲁"(Terror Guru),他以"希瓦尤甘姆"(Sivayogam)这个组织为幌子单枪匹马地搞非法活动。

"那是真的吗?"我问,"你当真如此?"

但塞瓦拉特南先生并不急于回答,又经过几次拜访,他才给出答案。我也不介意。我很喜欢和他喝茶,也喜欢那些宗教仪式,对一种秘密生活的好奇探究也让我十分享受。你永远无法从塞瓦拉特南先生口中套出什么话,他会选择低声细语,娓娓道来他的故事,仿佛在变魔术,而且是按照他认为重要的顺序。这个故事就像一场疯狂的旅行,满世界急冲猛进。从他最好的朋友开始说起,他在 1977 年的骚乱中被殴打致死,之后,年轻的塞瓦拉特南永远地离开了这座岛屿。然后,突然到了 1987 年,他在伦敦巴尼特区,为议会做会计工作,并逐渐建立了希瓦尤甘姆。说完这个,我们又开始回补这中间的岁月所发生的事,其中出现了尼日利亚,还有塞满现金的大行李箱。他甚至还在巴布亚新几内亚待过一段时间,然后又出来在泰米尔人当中集资。在这种种经历里,我们偶尔回到贾夫纳、美国大学和他父亲前往仰光的船。然后是 20 世纪 60 年代,塞瓦拉特南在铁路部门工作,他与"男儿军团"打成一片,一切就这样开始了。某个阶段,他负责管理国际基金和十三个账户,但在后来的 1991 年因通奸罪被停职,普拉巴卡兰打电话告诉他,他被驱逐了。

"那么就这样结束了?你脱离了猛虎组织?"

老人迟疑了一下:"每个泰米尔人都是一员泰米尔猛虎。"

"那你也不例外吗?"

但这样逼问没有用,我的问题只会带来更多的茶水。然而,这个故事也不是那么容易按捺不讲,很快话头再被提起,我们又继续聊起来。塞瓦拉特南先生说,这些都是巨额账目,数额高达八十万英镑。"K. P. 负责买武器,不是我。你知道 K. P. 吗?就是采购人。他会打电话给我,传达一条消息,比如'给东边的人付三块钱',我当然知道他是什么意思。我会去巴克莱银行,给某个东欧人开出一张三十万英镑的汇票。就是这样运作的。"

"听起来挺容易。"我说。

是的,他表示同意。他在图庭的高街上购买卡拉什尼科夫自动步枪和火箭弹。

我问起文布利那座寺庙,以及 2004 年发生的事。

"他们没把事情处理好。是猛虎组织让我接管的。"

"这么多年来,你肯定跟人结过仇吧?"

塞瓦拉特南先生点点头:"你瞧见我们的黄金战车了吗?"

我看到了。它放在停车场,是烧得焦黑的一座高架子。

"有人想要杀我。"

"也许你应该报警?"

"我有马里安曼女神的佑护。"

可能他确实有女神保护,但一位女神能做的也只有这么多了。几周后,法院命令寺庙关闭,希瓦尤甘姆被赶了出去。此后,我只在克罗伊登(Croydon)见过塞瓦拉特南先生一次。他淹没在一堆法律文件之中,面色苍白如黏土。他说连他的僧侣都在起诉他。他不知道该相信谁了,也不知道他的神会变成什么样子。一个支离破碎的出逃的社群,似乎正在土崩瓦解。

✦

我们离开瓦尼时途经一个大陷阱。即使是现在,当我说起它的

359

名字——大象关口（Elephant Pass）——我就会想到雪、阿尔卑斯山和汉尼拔[1]的峡谷，不过这里并没有那些。大象关口美得别具一格：它是山峰概念的反面，地势过分平坦，毫无特色，陌生人很容易想象他从这里出发，却根本到不了任何地方。这里甚至也没有什么大象，即使有，它们也通不过去，因为这里当然是一个巨大的陷阱。

在关口的南端，我从车上下来，扑面而来一大股沙子和咸涩铅弹的气味。我能感觉到我的脸在风中发烫。除了卡车和大海的嘶啸，没有任何声音。这十足的虚空摄人心魄——只有一条细长的砂石路延伸到远处的雾霭里。几千年来，这条狭窄的、盐灼的、飞沙走石的堤道是连接贾夫纳半岛和锡兰其他地区的唯一陆地通道。对瓦尼亚人来说，这也是带野象来的最佳地点，把它们赶出森林，让它们做出选择：死亡、游泳还是学习干活。世世代代心灰意冷的野兽把它们的名字赋予了这个地方。

我走了一会儿，但景色并没有什么变化，只是汽车变小了。这里本来应该有一座荷兰堡垒，还有一个小火车站，但全都被炸毁了。大象关口是一切事物的陷阱，特别是人类。对所有的入侵者来说，无论是向北还是往南，这里都是决定他们命运的瓶颈。在过去的三十年里，大象关口常常是内战的熔炉，区区几百码的空地比其他任何地方都经历了更激烈的争夺。有三次全面的战斗从尘土中漫天卷地而来——1991年、2000年和2009年——而这就是六千多人有生之年最后看到的东西：坦荡如砥的平阔、烧焦的野草和水泥一样的大海。

在我周围，这些大战几乎没有留下什么痕迹。2000年4月的那

---

[1] 汉尼拔：迦太基将军和政治家，在第二次布匿战争期间指挥迦太基的部队与罗马共和国作战，于公元前218年率领部队和战象成功翻越阿尔卑斯山，创造了历史上的行军奇迹。

次战败让军方心有余悸，那是他们曾经遭受过的最惨痛的失败，所以他们几乎已经清除了这里的一切。只剩下一个怪物，现在已是弯曲变形，破破烂烂，装在一个基座上。它是一头别样的"大象"：一台老式推土机，钢制外壳就是它粗厚的皮肤。1991年，猛虎们骑着它从贾夫纳冲下来，向军队发起进攻。但他们没有料到康提人如此勇敢，一等兵库拉拉特纳（Kularatne）攀上"大象"，往里面扔了两颗手榴弹。两天后，我的朋友古纳蒂拉克医生也爬上了侧翼，发现里面的人员仍然坐在他们的座位上。"什么也做不了，"他说，"他们都被活活烧死了。"

我想知道，这具残骸会对那些缓速驶过的卡车司机说什么。

可能是："你就要脱离这个陷阱了。想想你有多幸运吧。"

抑或是："欢迎来到贾夫纳：一个功败垂成的首府。"

第十一章

贾夫纳半岛
THE JAFFNA PENINSULA

  这里的气氛似乎与岛屿其他地方不同；因为只有在佩德罗角和贾夫纳之间的那片土地上，养羊才取得了成功。

——罗伯特·珀西瓦尔，《锡兰岛纪行》，1803年贾夫纳这个地方经常被认为不太起眼，但它曾经几近伟大。

我一连几小时盯着地图，思索这座半岛岌岌可危的辉煌。如果把斯里兰卡比作一枚蛋，那么贾夫纳半岛就像一只瘦削的古代小鸟的脑袋，努力从蛋顶破壳而出。它头上悬着印度的大后背，虽然仁慈地一动不动，但因为距离太近，让人感到威胁。印度人很长时间都不知道该如何看待他们屁股后面这个怪胎，在他们的神话中，它被轻蔑地称作"沙堆"（Manatiddal）。

但两地之间有古老的船运航线。航运全盛时期，每个人都从这里经过，特别是阿拉伯人。13世纪，他们写到"黄金草地"和古怪的岛国国王贾贝（Jabeh）。到了1272年，航道上船只拥塞，据孟德高维诺（John of Montecorvino）说，每年有大约六十艘船被撞毁。如此备受瞩目，应该能让半岛变得富庶丰饶，有一段时间确实如此，直到接下来发生了入侵。

现今，地图上全是征服的区域，以及新来者的名字。从潘地亚人和朱罗人，一直到荷兰人，全都来到这里。在每一个新政权下，这块巨大的珊瑚板——大约有马恩岛（Isle of Man）那么大——变得几近伟大。有一段时间，贾夫纳是一个自主的王国，甚至今天它还有一位君主（不过他现在住在荷兰，在一家银行工作）。

然而，地图从来不能很好地展示地形的阻隔，它会抹平山丘，填平沼泽。这让人很容易忘记贾夫纳的阻遏隔绝，忽略了这里与南部僧伽罗人之间的巨大障碍。不仅仅是荒原恶地，还有巨大的树篱、沙坪、大象关口和现在的新障碍：一条几乎纵深一公里的地雷带。

✺

布雷区有其毛骨悚然的、脾气暴躁的美。

过了大象关口之后，有一阵子什么也没有，除了尘土和卡车，以及粗矮的白色废墟，上面布满了圆点。但随后，前面开始涌现出大片团团簇簇的绿色植物，我们知道，现在已经到达了前方防线（Forward Defence Line）。这里的草长得更高了，同时还有繁茂滋蔓的巨大灌木丛，像野生无花果一样。这些灌木丛中散布着红色的小牌子，只有明信片那么大，上面画着那种诡诞的骷髅头。牌子上写着："有雷危险"，或者"不要离开道路"。

卡车都暂停下来，于是我让库蒂停下车。

"可是，唉，这里不让停——"

"就几秒钟，把引擎熄了吧……"

库蒂照我说的做了。在那短暂的时刻，我们坐在那里听着周围的声音：人类到来之前的贾夫纳。这里有鸟鸣和寂静，还有一阵被称为"索拉卡姆"（solakam）的热辣辣的微风（库蒂解释说，这股风是从印度吹来的，同时还吹来了朱罗人）。但我们听到的主要还是昆虫的嗡鸣，以及空无一人的大地的声音。埋设地雷的人无疑在这一切之中发现了一种美；他们的装置就像缝在土壤中的哨兵——一旦有需要，就会化作一团收获的火焰。内战期间，双方都是收割者，他们在彼此之间埋下了一百五十多万枚地雷。这片小小的庄稼地不仅有一公里深，而且横跨地峡，绵延十一公里。

但这种原始的美总是无情的。没有什么可以幸免于难，几乎四分之三的伤残者都是战争无关人员。更糟糕的是，停战以后，屠杀仍然继续了很长时间。通常情况下，地雷布设在草原地带——就像这里——但有时它们也出现在有水或树荫的地方。其中一些地雷绘在地图上了，但另一些是找不到的，只有当地面剧烈咳喘一声，喷出一股残缺肢体的喷泉时，才显露出来。

我的朋友古纳蒂拉克医生曾经告诉我，他为幸存者处理伤口近三十年。"这些东西会造成毁灭性的伤害，"他说，"哪怕是小小的乔尼地雷。爆炸能把泥土、衣料、塑料和细菌深深嵌进人体组织里，破坏远离主要伤口的血管。知道吗，不管他们是士兵还是恐怖分子，总是令人心碎的。他们会哀求我把他们的腿保住。这些孩子大多数只是农民而已。"

突然，传来另一种声音：尖锐嘹亮的哨响。一个魁梧的身影从灌木丛中磕磕绊绊地走出来，他身穿有机玻璃和盔甲，正在挥舞手臂。这并不是一个值得骄傲的时刻；我意识到我们是在排雷的时候停下来了。我不出声地用口型道歉，缩到座位上，库蒂启动引擎，我们慢慢走开了。

这些是 HALO 的人，他们正在探测从地雷中穿行的路。我之前在基利诺奇到访过他们的场地，因此认出了他们的制服。那是一次奇怪的会面，置身于许多失效的军械当中。我特别要求看一下乔尼地雷，技术员斯坦从架子上取下一枚。它不过是一个木头盒子，大约有香烟盒那么大，装有电池。古纳蒂拉克医生过去常说，制造这样一个东西要花三美元，把它拆除要花一千美元，而处理每个受害者的伤口要花一万美元。

我问斯坦这些东西 HALO 找到了多少。

他在处理问题和地雷方面身手老练："15.3 万枚反步兵地雷和 562 枚反坦克地雷。"

"那是无数断肢残腿，和不少人命啊……"

他点点头。"我们有一千一百个人，在外面搜寻地雷。"

"你们觉得能全部找到吗？"

我们面前有一张瓦尼的卫星图片，上面布满了红色的疙瘩。人们常说，战争留下了超过一万五千公顷"被污染"的土地。这些年来，至少有十二个排雷小组已经开始行动，对土地一米一米地进行探测。HALO 现在是最大的团体，自 2002 年以来，他们已经完成了无比艰巨的工作，清理了 710 公顷或 710 万平方米的土地。但是，这当然意味着仍有工作要做，要在草原上翻翻捡捡，让树荫处得到安抚和平静。

"是的，我们会找完的，"斯坦说，"这不是一项可以半途而废的工作。"

※

过了布雷区之后，气氛发生了变化，眼前的景色突然充满了生机。仿佛我们洞穿某个门户，最终来到了一位亚洲的勃鲁盖尔[1]的世界。在我们周围，世界变得平坦，到处充斥着劳作者和伐木工，群情激昂。世界也有了色彩：一大片碧绿闪光的水稻，长条的生姜，和一排排鲜亮的茄子与辣椒。我甚至看到了从一切当中探出头来的教堂，以及身材宽厚的妇女，她们衣服垂及脚踝，灵巧地挥动着长柄大镰刀。

但这并非平常的比利时风光。既没有云，也没有影子，不见一滴水。整个半岛上没有天然的池塘或沼泽，也没有一条流动的河。这里的一切都围绕在深深掘入珊瑚的水井周围。一年中有四分之三的时间，连一滴雨也不下，大家只能眼睁睁地看着田地变成石头。接着，到了 10 月，季风来了，贾夫纳泰米尔人照例做他们每年以及每场战争之后都要做的事情：走出去，收拾残局，重新开始。最终，

---

[1] 勃鲁盖尔（Brueghel）：16 世纪尼德兰地区（包括荷兰、比利时等地）的著名画家彼得·勃鲁盖尔，以农村主题的艺术创作著称，绘画多表现民间习俗场面、农民生活方式以及质朴乡土风光。

他们的平川广野又开始欣欣向荣,每个人都会经历转瞬即逝的富有。这还可以算得上佛兰德吧,只不过是建立在一块饼干上。

再往北走,我们发现自己来到了豪宅之中。它们起初分布得零零散散,但总是宏伟到了极点。大多数宅子都被遗弃了,矗立在那里,跟周围的村庄一样破败不堪。我最喜欢的是部长大厦(Mandri Manai)。它建于15世纪某个时候,建造者显然曾在世界范围内航行过,因为它看起来就像许多纪念物的硕大堆叠。这座建筑上有小圆顶、希腊圆柱、哥特式拱门,然后,还有一座贯穿这一切的阿拉伯式门洞,呈钥匙孔的形状,很是气派。如今,这里唯一的住户是一群十分庄重的狗,它们慢慢站起来,环绕在周围,好像仆人一样。

这些豪宅里面有一个是马戈萨(Margosa),已经成了一家酒店,也是我住宿的地方。它就像一栋罗马式的别墅,从前有一个庞大的商人家族居留在此,就住在游泳池周围。现在这里更安静了,呈现精致的橙色。我甚至可以常常想象自己身处21世纪,但随后就会停电,我们全都再次沉浸到过去的时光深处。晚上,我和一位泰米尔人外科医生以及他的爱尔兰男朋友共进晚餐。外科医生来到这里寻找他的家人曾经逃离的庄园。但并不容易,那些大门迎着他的面关上了,这让他感到惊诧。

"我估计,他们觉得我们来这儿是想把房子要回去。"

"那你们想要吗?"

他的伴侣耸耸肩。"这些地方大多连屋顶都没有……"

"或者他们的厨房里住着士兵……"

"现在谁还知道谁是房主啊?"

半岛的尽头有更多的宅邸。维尔维特图赖(或称棉花港)也许散发着咸鱼的臭味,但那里有一长串微型宫殿。这些由石膏、锻铁、卡利卡特波形瓦和柚木构成的摇摇欲坠的高大建筑现在已经开始变得霉绿，逐渐崩裂破碎。建造它们的人往往出身于最低等和最污秽的种姓——渔民（karaiyar）——但多年来，他们通过运输布料发了财。一切都很顺利，直到印度独立，开始推行关税。最终，维尔维特图赖有一半人口逃到了图庭，成为我的邻居，但与此同时，他们靠走私为生——先是肥皂和摩托车，后来是枪。

"您有何贵干？"

一位女士的脸出现在孔雀图案的建筑装饰中间。

库蒂解释说我们是游客，于是她邀请我们进去。当我们走过门厅时，脚下发出了嘎喳嘎喳的声音。那位女士说，这所房子是按照切蒂纳德[1]风格建造的，柚木来自缅甸。她的姑姑早就出国了，只剩下了她。这所房子用来居住已经不安全了，所以她就睡在杧果树下一处有遮蔽的地方。

"现在，"她说，"你们是不是想知道领导人以前住在哪儿？"

在维尔维特图赖所有伟大的亡命之徒里，只有猛虎组织的首领从未拥有过豪宅。普拉巴卡兰出生在一条小街上，那天下午，这位孤独的侄女同意带我们去看看他住过的地方。路并不远。那里有一溜平房，每间都被漆成薄荷绿色。中间的那栋普拉巴卡兰家族的房子已经不见了，只剩下一片长方形的残砖碎瓦。人们常说，"小兄弟"憎恨商人，也许这就是他的战争开始的地方。但是摧毁他的出生地的是军队，他们用挖掘机把它碾成了渣。

我突然产生了拥有一个薄荷块的冲动，于是在口袋里塞了一个。那个侄女在旁边看着。

---

1 切蒂纳德（Chettinad）：地区名，位于印度南部泰米尔纳德邦接近中心的位置，具有深厚的文化和历史，以其独特的美食、农业和建筑而闻名。

"那些士兵就是这么做的,"她说,"他们把他当作先知。"

✺

沿着海岸,正在举行一场五千多人的盛大午餐会。

每当停战的时候,寺庙总是最先恢复的地方。葡萄牙人一直在勤勤恳恳地铲除庙宇及其塔门,结果发现,只要他们一走,就会有更多的寺庙冒出来。现在,这些红色条纹的大殿又一次从稻田里冒出头来,每个殿里都有一座山似的彩绘神明。我听说,经历了过去十年的炮火洗礼,尼古勒斯瓦兰(Neguleswaran)已经差不多变成了一堆碎石,但库蒂说,它现在正在修复当中。一天早上,我们决定过去看看,于是加入了一个庞大的游行队伍,缓缓穿越北部蜿蜒前进。这支朝圣队伍让我感到惊讶,其中有救护车和冰激凌车,还有一个男人带了一只跳舞的猴子。

最终,寺庙出现了,矗立在自己的残骸里。少数几个较老的神龛幸存了下来,被长满疙瘩的树根缠住,但现在,这些里面有一座高高的脚手架,朝圣者涌入其中。对于十亿印度教教徒来说,这里是地球上最神圣的地方之一,男人们脱掉上衣,跪在地上。这些天来,我第一次看到这么多人群,我很享受坐在那里,看着这些朝拜者,尝试分清谁是谁。曾经有一段时间,即使是一个外来者也能全部认出他们的种姓。旅行者,如 1803 年的罗伯特·珀西瓦尔,看到的不是"贾夫纳泰米尔人",而是各个种族和流氓的大杂烩:莫科阿人(Mokkouas)、莫普莱人(Mopleys)、马拉巴尔人(Malabars)、贝拉拉人(Belalas,"极其喜欢争论和吵架")、鲁巴人(Lubbahs)、潘尼亚人(Panias)、普利亚人(Pariahs,"地位最卑鄙")、纳劳人(Nallaus,"肤色最黑")以及所有那些奇维亚人(Chiviars)、科里亚人（*Choliars*）和奇提人（*Chittys*）。但我认为，他如果生活在今天的社会，就会完全摸不着头脑：廉价的牛仔裤和民主已经把所有人变得一般平庸。

在寺庙的另一边，我们曲折行进，去了朝圣者区域。这里的一位学者曾教过我的几个图庭朋友，出人意料的是，我居然找到了他。他穿着橙色长袍，戴着一块廉价的大手表，旁边围着厨师、印度薄饼和分量可观的热气腾腾的大米饭。虽然提鲁穆拉甘先生不太会说英语，但他坚持要让每个朝圣者都吃上一顿午餐。随即，人群中腾出一个空间，放上了勺子和香蕉叶。最早的"喂养五千人"[1]场景也像是这样的吗？也许吧，只不过是用几条小鱼，而不是一车咖喱。

库蒂走小路开车回家。这里甚至也有朝圣者在灌木丛中艰难行进。这片土地现在太神圣了，容不下教堂。也许，不同信仰混合在一起从来都不是明智的。"这里的基督徒被剥夺了种姓，"一位朝圣者在午餐时说，"不能结婚，不能过节，什么也没有！"1948年的时候，情况似乎还要更糟糕。根据《锡兰：东方明珠》一书的描述，一个异教徒只有在喝下大量牛尿，冥思沉想地走过一条滚烫的炭火道，并被打上火印之后，才能重新融入社会。

"那现在呢？"我问库蒂，"要怎么办？"

"没那回事了！"他尖声说，但他不想多说。

走了几英里后，我们遇到了一辆汽车，又亮又黑，与它在1956年被制造出来的那天一样光亮漆黑。车子旁边站着一个老圣人，只穿着腰布，身上沾着灰，我们停下来交谈。他和库蒂聊了片刻，然

---

[1] 喂养五千人：《圣经》里描述的耶稣施展奇迹的故事，耶稣用一个男孩手中的五个面包和两条鱼，分发给五千人饱食，而且还有剩余。

后那个老人拉着我的胳膊，带着我绕过他的车。他一直在嘟囔着他唯一会的英语："奥斯汀A50"[1]，我疑心这是不是他唯一拥有的东西。我们开车离开时，我向库蒂提到了这个猜想。

"有可能。他是非常低的种姓，做的工作别人都不愿意碰。"

"那是什么工作？"

"他是清理死尸的。"

❀

那几天置身于豪宅之中，我对贾夫纳社会产生了一种奇怪的印象，更像是一种拼贴集合，而不是全景画面。

人们描述了一个封闭而隐秘的世界。只有灰泥上装饰着丰富的孔雀，并将其展露在外面。在维尔维特图赖，那位女房主孤独的侄女曾说过，这里的一切都归女人所有，而且是以嫁妆的形式传递。这所房子永远不会出售，她告诉我，她宁愿拥有一座废墟，也不愿寄人篱下。马戈萨也是如此，那里几乎所有的窗户都是朝内的。"男人之间从不去彼此家里拜访，"她说，"如果有事要说，就约在寺庙见面。"外科医生也在重新发现他与世隔绝的过去。"我们就跟苏格兰人似的，"他说，"节俭又谨慎。女人围着丈夫转，男人围着工作转。"他还告诉我，他以前从未去过海岸区域。"我们是维拉拉种姓，一想到会碰上渔民和打捞沉船的人就觉得可怕。所以我们没有去过，从来没有。"

一天早上，外科医生给我看了当地报纸上的一个故事。一个已婚妇女被她从前的恋人敲诈勒索，后者威胁要去告诉她丈夫。这个故事的奇怪之处在于，在他们恋爱的时候，这个女人还是个少女，

---

1 奥斯汀A50：英国奥斯汀汽车公司在20世纪50年代开始推出的一款A50剑桥汽车。

都还不认识她未来的丈夫。看到我一脸惊讶，外科医生解释说，一个品行良好的泰米尔人没有复杂的历史，也很少与周围世界互动。"这是信仰问题，"他告诉我，"现世的生活是一个监狱或牢笼。我们要想逃脱，就一定不能跟它发生任何牵涉。"

这里有很多东西需要了解。出于某种原因，我决定，如果从边缘开始，然后慢慢往里走，可以更好地理解贾夫纳。我还意识到需要一个向导，因此，经过一阵忙乱的电子邮件往来，我找到了一个完美人选——小说家桑塔姆（Santham）先生。他的完美之处在于，他能以一个局外人的眼光看待一切事物，同时又能有本土人士的理解。"我们与僧伽罗人不同，"他告诉我，"他们过着他们负担不起的生活，我们过着我们无法享受的生活。"

我立刻喜欢上了桑塔姆先生，并且有一种一见如故的奇怪感觉。部分原因是他和他的妻子就像童书里那种老夫妻似的。他们住在一间小小的绿色平房里，有一辆非常古老的奶黄色福特 Prefect 汽车。我虽然没有迈过门廊，但可以看到室内是一幅《鲁滨孙漂流记》中的场景，所有的家具都是用漂流木和废品捆扎而成的。桑塔姆先生在英国文学里过了一辈子，他可能会很喜欢这个比喻，尽管他一直希望的是巴彻斯特大教堂[1]。"我生不逢时，"他半开玩笑地说，"我总是试图逃离这里，通过旧书和老车。"

我们驱车数英里，寻找可以开始旅程的地方。在西部，村庄逐渐消失，我们来到了一片巨大而干燥的棕榈树林，这里就像一块坚固防御的拖把。我们一边开车，我一边问桑塔姆先生现在情况如何，

---

[1] 巴彻斯特大教堂（Barchester Towers）：出自英国作家安东尼·特罗洛普（Anthony Trollope）的"巴塞特郡纪事"系列长篇小说中的第二部。巴塞特郡是特罗洛普虚构的英国一郡，郡首府和大教堂城是巴彻斯特。

他如此不情愿融入的生活是什么样子。他告诉我,所有人都离开了,现在他在英国的家人比在贾夫纳的还多,他经历了三场战争,幸而存活,但他一直觉得没有必要离开。他还格外宽容,把杀戮称为"局势恶化"。"我不再责怪任何人,"他说,"冲突就这么开始了,谁也不知道如何阻止。"

前方,一所小小的大学出现在棕榈林中。

"贾夫纳学院(Jaffna College),"桑塔姆先生说,"这就是我教书的地方。"

我们无意在此逗留,但不知不觉便穿过了小教堂的门,开始在里面游荡。远处的尽头有一排牌匾,纪念的是亚杜科代(Yaddukoddai)伟大的美国人:桑德斯(Sanders)、梅格斯(Meigs)和丹尼尔·普尔(Daniel Poor)。1814年,美国人在帝国内并不受欢迎,但似乎没有人介意他们在这里定居。他们创办的学院将成为锡兰的哈佛大学,在贾夫纳各地培养模仿者。"我们这里有照相机和打印机的时间比科伦坡早得多。"桑塔姆先生说。但美国人最大的馈赠是便利的英语设施,很快,贾夫纳的泰米尔人就开始在帝国各地担任公务员。只有在科伦坡,这种情况让人们感到愤恨,从而引发了20世纪50年代的怒火和1977年的骚乱。"我就是这个时候回家的,"桑塔姆先生说,"回到了这里,这个一切开始的地方……"

外面,库蒂正拿着地图等着。"好了,下面去哪儿?"

"那边。"我说,用手指着代尔夫特。

那是一座小岛,几乎快掉出地图了。

※

散落在我们周围的是一个微型爱尔兰帝国的遗迹:一座化成了废

墟的宅子、大约六十口井和一条沉积了沙子的运河。连岛上四处蔓延的干砌石墙据说也是爱尔兰人的想法。

严格来讲,它是一个帝国中的帝国,尽管它的创造者不太讲究英国的精致。1811年,诺兰上尉(Lieutenant Nolan)被任命为督察官,他把代尔夫特当成自己的小王国来管理。据说,他拥有"像牛奶一样白皙的皮肤",而且很快发现人们对他言听计从。他本来应该在这里种植亚麻,但他却建造马厩,驯服野马。十三年来,他一直这样生活,忙建设,做评判,搞破除,跟当地女孩做爱。即使在今天,他们说,许多代尔夫特人笑起来的眼睛都是爱尔兰人的。

至于诺兰的一人帝国如何能够存在这么久,答案必须是沙子。官府机构在数百英里之外,隔着沙砾和荆棘,而且,在1905年铁路建成之前,到贾夫纳都需要三天时间。从那里到各个岛屿,还有一段更为飞沙走石的旅程。虽然珊瑚可能会把所有的岛屿牵制在一起,但这里是一个沙丘的群岛,没有溪流或轮廓线。在十三个岛屿之间,海水往往只有几英尺深。这样的条件对椰子、迁徙的鸟类以及类似爱德华·诺兰(Edward Nolan)这样想当苏丹的人来说简直是得天独厚。

这些岛屿常常让我感到好奇,然而前去探访的话,情况不太让人感到鼓舞。我没有遇到去过那里的人,而且大多数人觉得,自从战争结束,那里就没有再开放过。至于岛民,他们通常要么被描述为奸诈狡猾的企业家,要么就是彻头彻尾的乡巴佬。再往前走没有多大意义。此外,也没有旅行指南,唯一的旅馆似乎是由海军经营的。几个星期以来,我一直在想这个问题,那些岛屿感觉是那般遥不可及,就像一处水上的世外桃源。连库蒂也不知道怎么去那里,所以桑塔姆先生坐在前面给我们指路。

然而，事实证明，大海的障碍比我想象的要小。堤道开始出现了，一路行进，直到岛屿边缘。桑塔姆先生说，它们连接着所有的大岛，其中一条几乎有三英里长。我很喜欢这些道路，还有开车行驶在海洋中的奇特感觉。这可能是我最接近成为一只鸬鹚的时刻，能够在五英尺的高度上欣赏浅滩。我们下面的潟湖里，渔民正在忙碌，湖水漫到他们的腰部，看起来就像农民在大海上收割。

前方，一个美丽的世界逐渐成形，更准确地说，是失去了形状。有一会儿，一切都缩成了一条条长长的蓝和沙，以及大片银白的盐洗地。只有最强悍的机会主义者生活在这里，它们是灰头鱼雕和栗鸢。但最终，我们又回到了植物群中：耐盐碱的灌木、夹竹桃和那些乱蓬蓬的拖把头——棕榈树。偶尔，农田会出现，在这片辽阔的珍珠灰色牡蛎壳般的天空下，仅仅显现一丛丛鲜绿。从一头到另一头，凯茨（Kayts）的人都是围绕着水井过日子的。

有一次，我们在杂草丛里的一家棕榈酒酒棚停了下来。

"有酿制的椰浆，"桑塔姆先生说，"你应该尝尝。"

酒棚里面，渔民十分友好，但他们迫不及待要痛饮一番。

"就要一点儿。"我说，结果倒了一品脱的量，装在一只旧塑料瓶里。

"味道怎么样？"库蒂催问。

"还不赖，"我撒谎说，"毕竟只要十二便士……"

其实，那味道就像腐烂的卷心菜，或者发酵了的袜子。

桑塔姆先生笑了。"那些人的生活离不开它。我觉得它能磨平人的棱角……"

过了一会儿，我们才找到定居点。历史上，很少有外来者知道该如何利用这些岛屿。早期的阿拉伯商人曾经来过，只留下猴面包树和镶有饰钉的前正门。马可·波罗可能也在这里停留过，水库之王们也是。某个时刻,我爬上了一个巨大的基座,它建得就像一个中世纪火箭的发射台。然后是葡萄牙人,在几处神圣遗迹上仍然可以看到他们的存在。从 1560 年开始,他们花了六十多年的时间才将半岛局势控制住。有一次,他们摸进纳卢尔(Nallur),结果发现了十二颗被砍掉的头颅。那是国王的大臣们,他们不明智地提出了投降的想法。

前方出现了更多宅邸。这些建筑比之前的任何东西都要狂野和古怪:印度-撒拉逊(Indo-Saracenic)风格的巍峨建筑,装饰着狮子、小猪和花哨的圆柱。在卡赖岛(Karaitivu)也是这样。几个世纪以来,岛民的生活过得蒸蒸日上,他们造船、在海外工作,或者与北方三十英里外的印度开展贸易。这个时候,他们交易的不是布匹,而是大象。所有这一切——别墅和巨型码头——都属于一个黄金(或者说反应迟缓的)时代。然而现在,几乎所有的东西都被荒废了。曾经用树苗种出来的篱笆,早已变得粗野凶蛮,像小森林一样向外迸发。

"是因为战争。"桑塔姆先生悲伤地说。

"什么?连这里也打仗吗?"

"恐怕是这样,到处都是战争。"

这里没有多少商客返回的迹象,但我们还是有所发现。那天晚些时候,我们参加了一个葬礼宴会,在那里喝了粉红色的奶昔,并向湿婆祭献了供品。送丧的人里有许多一直生活在马来西亚,这是他们三十年来第一次回来。有些人说他们打算留下不走了。("我们习惯保留所有东西,"他们提醒我,"泰米尔人从不卖地。")在他们对岛屿的规划里,没有其他任何人的位置:酒店、外来者或者政府。我可以预见到摆在眼前的斗争。

最终,我们走完了所有堤道,发现来到了蓬库杜岛(Punku-

377

dutivu）。路的尽头有一群人，还有一堆杂乱粗笨的旧船。有一些乘客是朝圣者，他们要前往佛陀第二次大巡游时讲道的地方——奈纳岛（Nainativu）。我们其余人被塞进一艘古老的渡船（180 名乘客，100 个座位），然后噗噗嗒嗒地送出了海。那一个小时过得漫长而炎热——海水现在变得松垂且灰暗——但这一切的回报是代尔夫特。

代尔夫特与其他所有岛屿都不一样，连战争似乎也与它擦肩而过。它的面积大约是泽西岛的一半，岛上仍然住着近六千名岛民、五千头牛和由一百匹野马组成的马群。似乎一切都不曾改变过，甚至葡萄牙人也把它称为牛岛（Ilha das Vacas）。桑塔姆先生说，在下雨的时候，大家会四处奔走，从沙子里挑出洋葱来。但是那天下午，不见任何奔忙，生活有一种梦幻般的古朴感：没有汽车，没有塑料，只有多个围场（seemals）拼贴起来的碎裂泛黄的土地，在珊瑚萎陷的地方布满了落水洞。

桑塔姆先生为我们雇了一辆突突车，我们沿着小路出发了。

"我爱这个地方，"他说，"我希望这里是我设计出来的。"

每个人都留下了自己的印迹。我们看到一个巨人的脚印，有四英尺长，还有一棵和房子一样大的猴面包树，几乎是空心的。然后还有桑给巴尔式的小门，建得如此之小，就像进入一个橱柜似的。另外，葡萄牙人不仅留下了一座堡垒——像一块吃了一半的巨型蛋糕——而且还留下了刚烈暴躁的马。（这是怎么回事呢？我纳闷，难道他们把那些马给忘了？）然后是爱尔兰帝国，还有诺兰建造的马厩，大得足以容纳一百头被驯服的野兽。1819 年，他终于因涉嫌滥用职权而受到审判，然后——在岛民的举证下——光荣地脱罪了。但他没有留下来，而是选择兑现退休金，返回爱尔兰。二十年后，他去世了，大约就是在马厩关闭的时候。

离开之前，我们去看了那些马。它们又一次放任自由了，在岛屿尽头吃着脆嫩的红草。尽管它们属于异域品种，但我想，它们身上有着这片岛群的精神：宏伟豪壮，桀骜不驯，倔强而狂放。

❉

这并不是我最后一次登岛之旅。几天后，库蒂开车送我返回卡赖岛，我在哈门海尔（Hammenheil）订了一个房间，那是一个为长期疗养的病人准备的度假村。

哈门海尔看起来依然像一艘停泊在海峡中的军舰。晚上，它在聚光灯的照耀下，跨坐在地平线上，泛着炽热的光芒。但是，到了白天，它是一座建在海上的矮小堡垒，灰暗又笨重。葡萄牙人称它为皇家堡垒（Fortaleza Real），发誓"流尽最后一滴血"也要保卫它。但他们没有料到，1658年8月，荷兰人出现在入海口。当一颗炮弹炸毁堡垒的蓄水池时，贾夫纳的斗争变成了一场干渴的战斗。由于视力衰退、舌头变黑，指挥官忘记了他的誓言，交出了驻地。不知不觉中，半岛就变成荷兰人的了。

堡垒现在还是由海军管理。几个海军士兵带我过去。

"我们第一位美国客人！"他们说。

"哦。不过，我是从伦敦来的。"

他们耸耸肩："也是第一位英国客人！"

我也是唯一的一位客人——城堡仅在夜里的主人。但从近处看，堡垒变小了，更像是从海浪中升起的一方庭院。这里只有两栋建筑，高高矗立在城墙里，下方的窗户都是拱形的，很潮湿。荷兰人曾经努力完善他们的新堡垒，把数千吨的珊瑚石沉入沙坝。他们一直很喜欢这片群岛，下定决心要保住它。也许这里让他们想起了自己国家咸腥的岛屿，以及过往乘风破浪的生活？过了些时候，他们甚至给这些岛屿起了故土的名字——鹿特丹、莱顿、阿姆斯特丹和哈勒姆——尽管只有一个名字留存至今，那就是代尔夫特。

同时，这座堡垒已经成为一家酒店，不过海军并非通常意义上的店主。这里没有什么吃的，只有一冰箱的墨西哥啤酒。某个时候，士兵们再次出现，装束十分离谱——戴着塑料质地和镶青绿色穗带的高顶军帽——仿佛我们受到了浪漫的攻击。他们显然正在新近承担的角色里艰难挣扎。仅仅在六年前，海军掌管的这个地方还是一个秘密监狱，那些窗户里仍然有一排排的水泥床。对于整整一代异见者来说，这是一个可以前来对湮灭消亡进行沉思的地方，不过——如果仔细观察的话——我仍然可以找到划在建筑石膏上的他们的名字。

置身这样的历史环境，我自然没有睡好。不仅仅是因为海风在窗口呜咽。我梦到自己很口渴，还有墙壁，以及躺在下面阴森森的冷石板上的人。有时候，空调也掺和进来，为这个游思怪想的地窖又增添了恐怖的咔嗒咔嗒的声音。接着，就在天快亮的时候，所有的光亮都闪烁着活了过来，房间里突然充满了眼睛：违反军规者、异见人士、猛虎组织成员和焦渴的葡萄牙人。

❀

我把夜里梦魇的事告诉了桑塔姆先生，他哈哈大笑。

"他们从不允许泰米尔人留下过夜。我们太可疑了。"

"我能把这一点写下来吗？"

"你想写什么就写什么！我一直都是这样……"

桑塔姆先生本性豪爽，但他说的也是事实。在他的小说《旋风》

(*The Whirlwind*)中,他的人物从不指责抱怨,只是寻求逃避。故事背景设定在 1987 年,贾夫纳市正处在水深火热的时候。它在猛虎组织的控制之下已经有六个月了,然后,当年 7 月,印度维和部队来到这里。他们的士兵,也就是印度兵,都是一些面目不明的大块头,很容易就被城里的战火变得残暴不仁。在寻找"恐怖分子"的过程中,他们用火炮一顿狂轰滥炸,还袭击了医院。因为没有发现恐怖分子,他们就把病人和医生共七十人全部杀死。然而,小说中的人物对这些暴行的反应不是愤怒,而是怀疑,仿佛他们的世界里出现了一些无法解释的错误。桑塔姆先生曾告诉我,这就是他记忆中的情形,我意识到他创造的不是一组人物,而是一座城市里生活着的许多个桑塔姆。

还有一次,我们从北边开车进城时,遇到了一个基座。它是 1990 年维和人员离开后建造的,本来应该是他们的纪念碑。但雕像早已消失,仍然有人在基座上乱涂乱画,投掷东西。对市里许多人来说,与他们的大块头邻居的初次相遇是一次粗暴的冲击。"我们以前把这个地方叫作小印度,"桑塔姆先生说,"但现在不这么叫了。"

这座城市也许不再是印度的了,但它仍然是一个缩微版的简陋的加尔各答或孟买。

这里也有同样的兴奋感,那种狂妄的反抗。一座巨大的堡垒封锁了大海,它是亚洲最坚固的,然而从它的后面出现了一个由华丽建筑群组成的巨大的杜尔巴[1]:亭台、尖塔、孟加拉式屋顶的穹顶亭、

---

1 杜尔巴:英属印度时期,由印度王子或英国总督举行的盛大的公开招待会。

塔门、宣礼塔、莫卧儿圆顶阁和一个洋葱形圆顶的维多利亚式钟楼。中间是图书馆,就像一个巨大的、戴着头巾的脑袋,而周围的街道都是色彩斑斓的。主干道叫作外国人街(*Parangi Theru*),是毛茛黄色的,劳力士酒店(Hotel Rolex)则是跳动着的柠檬绿。其他街道取了斯坦利和维多利亚这样的人名,尽管没有人知道他们是谁。冰激凌店立在荒地上。还有一个彻夜灯火通明的集市,跟其他集市一样,只不过所有东西都是印度的:纱丽、电影和一卷一卷的丝绸。但是,再往前走,城市似乎突然变空了,暗夜柔滑且迫近。这种景象没有持续很久,很快,自行车又出现了,或者说,是涌来了一股喧闹的人力车的洪流。"不要跟着我,"贴纸上写道,"找到真爱。"

然后,每天早上,人们会通过熏烧椰子壳来净化旧的商业区,在甜甜的业力的烟雾中开启新的一天。那些还没有摊位的人就在路缘石上工作,比如补鞋匠和打字员。有一个人卖的全是用盐腌制的长条剑鱼,而酒品商店看起来像个监狱。但是,在所有这些买卖人当中,最伟大的无疑是门把手修理匠。他正在制作一些大型器械装置,是莫卧儿时代的风格。这总是让我觉得,从房门开始重建一座城市,是多么有诗意。

似乎只有汽车毫发无损地幸存了下来。但这些并不是像印度的大使牌汽车[1]那样基于旧模型而生产的新车。贾夫纳的大部分交通工具似乎从20世纪50年代起就一直在路上行驶:希尔曼汽车、奥斯汀·剑桥汽车和萨默塞特汽车,还有那些古板、小巧的老处女莫里

---

[1] 大使牌汽车(Ambassadors):印度汽车制造商印度斯坦汽车公司(Hindustan Motors)生产的标志性汽车。该车型是基于英国莫里斯汽车公司于1956到1959年间出产的莫里斯牛津系列III车型。印度斯坦汽车公司于1956年取得莫里斯汽车公司的授权,1957年开始生产这款车,并命名为印度斯坦大使(Hindustan Ambassador),几十年来在原车型基础上不断改良,直到2014年才停产。

斯·牛津和迈诺汽车。在帕拉里路（Palali Road）上，有一整个果园都是这些老古董，它们全部被精心磨光擦亮，再次活跃起来。人们常说，这些车之所以获得贾夫纳泰米尔人的钟爱，是因为让他们想起了曾经几乎独立的年代。但是，不管这是真是假，他们并没有什么选择的余地。在近三十年里，这些就是他们仅有的汽车。"而且几乎所有的车都改烧煤油或食用油了。"桑塔姆先生说，"我的 Prefect 汽车仍然需要滴上一滴稀释剂才能启动。"

在楚迪库尔（Chundikul），仅有一丝王国的迹象尚存。这里也是贾夫纳市的天主教区，是一个分布着修道院和哥特式建筑的小城郊。但是，我们很快就在许多神学院里找到了我们要找的东西：一座被烧毁的大型建筑，像一排牙齿。虽然被破坏了，但我们还是能爬进去，在各个房间里转悠。桑塔姆先生说，这里是英国人建来用于行政办公的，这些就是他们的办公室和法院。以前，墙壁上涂着黄绿色磁漆（chunam），而这些彼此紧挨着的房子都太过敞阔，以至于包括躺椅和沙发在内的全部物品都需要两套。

在法院旁边，我们来到了一扇厚重的大门前，门上镶有钉子，深裹在尘土里。

"警察局的牢房。"桑塔姆先生宣告。

作家伦纳德·伍尔夫会对这些钉子和巨大的铰链记忆犹新。从1905年开始，他在这里工作了近两年时间。尽管伍尔夫从来不是一个鼓舞人心的官员，但他为我们留下了他对欧洲同胞野蛮而又生动的刻画。他描述当地法官是一个"公立学校出来的卑微的浑蛋……完全不懂女人"。与此相反，警察局局长吉米·鲍斯（Jimmy Bowes）总在外面嫖娼，喝醉了之后行径卑劣。（谁也躲不过他的侮辱，尤其是囚犯。"你这个下贱的黑婊子养的臭杂种。"他会说。）至于白人妇女,伍尔夫认为她们都是"妓女、丑陋的老女人或者传教士,抑或集三者于一身"。但更令人惊讶的是,总共只有二十个欧洲人,而贾夫纳很大程度上是自主管理的。至于法院,伍尔夫写道,他们基本上专注于处理鸡奸案件,审讯名单长得无穷无尽,都是一些"极其美丽的男人"。

在更近的时期,贾夫纳再次尝试自主管理,那座行政办公的建筑成了泰米尔猛虎组织的营地。但它的傲慢姿态让它付出了沉重的代价,在随后的战争中,它不仅没有了屋顶,还丢掉了庄重感,失去了全部的磁漆和几吨重的维多利亚沙发。

❀

似乎每个人都在忙着忘记过去。

这里没有死者的纪念碑,但我们不必走很远就能找到他们的家,还有断壁颓垣。在市中心附近,几乎没有一栋建筑没被啃蚀过。但医院路(Hospital Road)的情况更糟。那里的街道被大块大块地噬咬,所有的旧别墅现在都残破不堪,空空荡荡。主街(Main Street)的情况也一样,唯一显赫的生意是一家殡仪馆。"伊森家",招牌上写着,"昼夜持续服务。"

铁路也已经消失了,只留下杂草丛生的终点站。我看到一个女人在旧站台上晾她洗的衣服,她的身后是售票大厅,现在露天敞着。以前,高速列车从这里出发,蜿蜒前行不到八小时,就能抵达科伦坡,但在过去的十年里,这里没有火车,只有一条碎石铺就的蛇形小道。据说,铁轨是最先被毁掉的——被改造成了掩体——但后来厨师和年轻男仆们过来,砍掉了枕木。

我从来没有习惯过这种支离破碎的浩劫场景。小时候,我在利物浦看到过被轰炸的区域，但不像这里被粉刷得如此鲜亮清新。有些房子的花园还在，或者窗户上还挂着窗帘，而其他东西都被拿走了。假如房主还活着，很可能已经逃离了这座城市。在近三十年的战争中，贾夫纳曾三次易手，最后只剩下八万四千人，人口缩水近三分之一。"那些已经离开的人，"桑塔姆先生说，"也许再也不会回来。他们也不会卖房子，所以我们可能很多年都会保持现在的样子。"

不过，也有一些重建的设施。印度政府正忙着建设城郊，每个郊区都是由鲜艳的橙色砖块搭建起来的小玩具城。但是，在所有复活的建筑中，最像不死鸟浴火重生的是图书馆。它从残灰余烬中升起，如同一座新的泰姬陵，只是更小、更重，而且是极鲜亮的白色。书籍也回来了，一位图书管理员向我展示了一本用 13 世纪梵文写成的医学书。"泰米尔人崇敬书籍，"他说，"这个地方曾经是我们最伟大的图书馆，储藏着几千部古代文稿。"但后来，发生了 20 世纪 80 年代初的暴乱，有些僧伽罗族暴徒带着汽油和火柴。全部九万七千本书一直燃烧了许多天，又过了许多年，图书馆才得以重新开放。与此同时，图书馆成了愤怒集结的中心，1990 年，在烟尘和书架中出现了战壕。一场旧战即将再次爆发：堡垒围攻战。

那些在图书馆里掘战壕的人当中，就有为猛虎组织写博客的特瓦尔。他告诉我，他当时只是个学生，而战争似乎是一种令人兴奋的干扰。"这是一场解放斗争，"他说，"我们都很激动。"那年 3 月，最后一批印度军队离开，三个月后，停战到头了。突然间，贾夫纳到处都是猛虎，军队采取一切可能的手段进行反击——一般是用"粪便炸弹"，也就是从飞机上投下一桶桶排泄物。火炮还很稀少，每当有炮弹发射时，就会响起警报声。"那个时候没有什么武器。"特瓦尔说，但还是死了四千人。

最终，最后一批军队被困在堡垒里，于是开始了持续三个月的围攻战。在这一边，街道被整个夷为平地，以创造畅通无阻的火力场。然后图书馆被加固，孩子们开始把战壕往碎砖瓦砾里拓进。堡垒离这里仅两百米，填满了地平线。然而，双方都没有力量发出致命一击，彻底击败对手。整座城市电力中断，食品价格上涨了十倍。但是，在这个小小的斯大林格勒，至少每个人都有机会成为英雄。有一天，一个男学生在背上绑了一颗巨大的炸弹。虽然他只有十五岁，但他在战壕里迅速行进，把梯子搭在城墙上。就在他马上要爬上墙顶时，子弹找到了他，引爆了炸弹。特瓦尔告诉我，当时的爆炸声几乎在十二英里外都能听到。

"那是一种噪声，"他说，"我现在仍在努力忘掉它。"

❀

只有荷兰人懂得透视，并且知道，在足够多的透视下，人的精神会如何被击垮。或者说，这至少就是站在要塞前的感觉。要理解这里的一切并不容易：满是石头和平行线条的天空；巨大的五边形防御体，陡峭、宏伟且工艺完美无缺；二十二公顷的半月堡和斜堤，以及十米厚的壁垒。这些墙体是如此苍白寡淡、毫无特征，导致我一开始都找不到进去的路。我在荒地上徘徊，来到了护城河边。这是一条宽阔的平稳如镜的绿带，弯弯曲曲流向远方。只有沿着河岸爬行，我才抵达外围的堡垒，还有一条隧道。这里很凉爽，墙壁很像海床或者装饰着珊瑚浮雕。但是，在远处的尽头，还有更多令人泄气的东西：一条浩茫的水廊和一些消失的地角。这幅景象将是对所有入侵者的考验，三心二意的士兵将在此溃退折返。

一条狭窄的堤道涓流而出，横跨护城河。它是由沙子、瓦砾和旧弹药箱铺成的，通向堡垒的大门。在那个花哨的孔洞（ANNO 1680[1]）之外，还有一条隧道，它的旗帜被几个世纪的士兵的脚磨得滑溜溜的。照例，这并不是这个地方的第一座堡垒，有一座更早的堡垒，是从葡萄牙人手里夺来的。那一次的围攻——和1990年的围攻战一样——持续了三个月，也再次见证了一些不寻常的发射物；这次不是"粪便炸弹"，而是墓石碑，被打碎后扔过城墙。

从隧道里出来，我走到阳光下，深吸了一口气。堡垒内部的陈设已经不见了。剩下的只有断块残片和一层厚厚的、灰色的沙砾。它就像一只奇怪的、超自然的猫砂盆，规模向外膨胀，盛满了一堆猫砂。我读到的所有东西都不见了：老英国网球俱乐部、女王之家（Queen's House）以及1730年的荷兰大教堂（Groote Kerk）。我想，这里还是有历史的，只不过必须伏在地上筛出来。虽然我发现了几处教堂建筑的残块，但其他东西都被砸碎了，变成了粉末，只剩下黏土渣和代尔夫特陶器的碎片。城垛上的情况也是如此，现在正消失在新的混凝土涂层下面。然而，有一个堡垒尚未被修复，而且还有一个故事散落在沙地上。首先，我发现了子弹壳，都结了硬痂，而且是绿色的，然后——在它们旁边——有一个小药瓶，用来装吗啡的那种。

1990年的围攻战最终结束了，但是，是在变成怪异的中世纪风格之后才结束的。虽然一开始有武装直升机，但很快就被铺天盖地的导弹赶走了。这导致军队几乎一无所有：两百个人，武器寥寥，几近断粮。飞机投下了一些包裹，但似乎总是掉在海里，或者落在猛

---

1 ANNO 1680：贾夫纳堡垒主入口拱形门廊上的刻文，意为"1680年"，因为此堡垒是荷兰人于1680年在原葡萄牙人所建堡垒的基础上扩展建设而成的。

虎们手中。很快，被围困的人就开始吃起了还没长熟的木瓜和护城河里的小鱼。整整一天，迫击炮如雨点般落下，摧毁了建筑物，扯碎了部队。吗啡最先用完了，然后是其他物资。十四名士兵死亡，被埋在沙砾里。只有一次，来了一架直升机，运走了两名伤员。这两个人最后都是由古纳蒂拉克医生医治的。

"他们的状况很悲惨，"他告诉我，"有一个人失去了半边屁股。"

"他有接受过治疗吗？"

"没怎么治。没有盐水，没有止痛药，也没有血液。"

"另一个人怎么样？"

"一样的。只不过他被击中的是胸部，在两周之前。"

到围攻结束的时候，感觉就像一场古代战争。首先，又有四千名士兵出现，组成一支小型船队从群岛驶来，但很快就被击退。最后，一伙人划船过来，把还活着的人带走了。1990年9月26日晚，猛虎组织的旗帜在堡垒上升起，自此在那里飘扬了五年。

在整个斯里兰卡，人们对那段猛虎岁月的记忆仍然是各式各样的。

南方人依旧认为这是一段恐怖时期。人们告诉我猛虎们是如何把俘虏的血抽干，再重新使用的。然而在北方却是完全不同的说法。像特瓦尔这样的人认为那是一个快乐的时代，并且坚称，90%的泰米尔人都有同样感受。另一方面，桑塔姆先生似乎只记得生存之艰，他告诉我，为了维持生计，他卖掉自己所有的藏书（"洛瑞·李、奈保尔和海明威，他们都没了"）。但是，贾夫纳的穆斯林对那些年的记忆又是另一番模样。对他们来说，这是一个动荡不安、悲剧悬而未决的时代。猛虎组织做的第一件事就是宣布驱逐他们，四万六千名穆斯林必须在两小时内离开。即便到现在，许多人还住在营帐里，分散在荒郊野地，或者远迁马纳尔。"我们驱逐他们是正确的，"特瓦尔坚持说，"军队利用他们当眼线。转移他们也是为了他们的安全着想。"

但是，对我的老朋友拉维·维拉佩鲁马来说，情况又有所不同。在他看来，猛虎组织活跃的那些年是充满懊悔和顿悟的一段时期。那时，他已经入伍海军，在群岛服役。他是一支庞大而行将瓦解的部队的一员，他们当时正试图包围城市。"那些岛屿很美，"拉维说，"我还记得几句泰米尔语，比如'你叫什么名字？'和'你要去哪里？'。在那些日子里，我们烧毁了房屋，因为我们很害怕。我们的工作还包括阻止人们离开贾夫纳，穿过潟湖出去。我当时只是个下等兵，但部队的所作所为让我心神不安。有很多令人恐惧的东西。我们后来才变得更加自信。但是，就在当时，我们很害怕，而不幸就在这个时候发生了。"

在堡垒远端，工人正在重修西边的城墙。

有一长段墙体——几千吨沙子和珊瑚石——被猛虎们移除了。似乎他们一直知道自己时日无多。他们也知道军队会来夺回要塞，他们唯一关心的是要把堡垒的功能废掉。这一直是惩戒小组的工作。（有人曾告诉我，在猛虎组织的领导下，不存在犯罪。"罪犯要么被迫工作，要么被吊死在街上。"）这项拆毁工作一定进行得如同法老苦役奴工一般，而现在城里的工人又开始忙活，要把它复原。

在新扬起的尘土里，我发现了一件很特别的衬衫的碎片。这件衬衫棕绿相间，呈虎纹状，被撕成了两半，从肩部开始，穿过背部，一直撕到另一边的臀部。我想知道，穿它的那个人怎么样了？是他丢弃了他的衬衫，还是他和衬衫一起陨灭了？又或许，这是个女人，她一直在愤怒地战斗，直到爆裂的那一刻？当军队卷土重来的时候，

389

已经死了近两千名猛虎干部,尽管并非没有抵抗。七万名士兵花了五十天时间才走完从帕拉里的空军基地到贾夫纳的十二英里。然而,1995年12月1日,军队已经兵临城下,猛虎组织发布了一项新的命令,这是他们有史以来最特殊的命令:

> 弃守贾夫纳。只留下老人。带上别的一切,到森林里去。

几乎所有人都离开了,但没有人愿意就出走一事多说什么。在这座城市里,这仍然是一个让人感到恐惧和羞愧的话题。但记忆就在那里,偶尔零零散散地浮现出来。

首先,猛虎们把整个城市洗劫一空。连医院也未能幸免,所有的扫描仪都运到了瓦尼。普拉巴卡兰说,如果政府想要贾夫纳,他们会发现这里已经什么都没有了。接下来,轮到人了。一夜之间,半岛就被清空了。某个时候,路上有将近六十万人在行进,有些坐在旧汽车里,但大多数人是步行。"你根本无法想象那种场面,"有个人告诉我,"汹涌的人潮在大街上移动。有的人死在路边,我们便把他们就地掩埋,但其他人就被动物吃掉了……"桑塔姆先生没有看到死人,但他同意那种景象是十分骇人的,满城的丧家犬。

我只遇到一个留下来的人,就是我称为"Z神父"的那位天主教神父。他和其他人一直关心着那里的老弱病残。"人们认为这一切会在几天内结束,因此把老人丢在那里,什么也没留给他们。我们找到了九十七位老人,把他们带回我们的地方。但是,我们没有多少东西能供养他们,挨了几周,最后每天只能吃一顿饭,其中六十六个人死了。"

在接下来的几个月里,大多数贾夫纳泰米尔人萍飘蓬转,折返故土。但许多人——大概是二十万——留在瓦尼定居。现在,"猛虎之境"似乎有了它所需要的人口:年轻力壮,漂泊无依,一无所有因而无所畏惧。

现在,距离贾夫纳半岛被收复已经快二十年了。但是,大多数人仍然觉得,它不像一个行省,而仅仅是一块被占领的土地。"军队无处不在,"Z神父说,"仿佛每天都有新的入侵。"

每当我们外出时,这些话经常回荡在我脑海里。在我的旅馆周围,士兵遍布乡野。他们把持着每一个交叉路口,守卫着每一个变电站、无线电塔、水泵和公共建筑。他们还经常骑着自行车到稻田里去,或者伏卧在路边的掩体里。再往远处,较难注意到他们,但某个地方总有一个哨兵基站,即使是在盐度最高的洼地上。根据官方说法,他们只有一万三千人,但看起来往往不止这么多,也许是因为他们太过突兀和异类。"我不是说他们是坏人,"桑塔姆先生说,"但他们对我们讲僧伽罗语,然后听不懂我们的话。"

对Z神父来说,这很让人恼怒:"他们根本不信任我们。"

他说,连举办宗教祝典都需要获得许可。

"千真万确,"特瓦尔表示赞同,"我们尿尿都需要许可。"

"我们没有权力,也无法发声,"Z神父说,"服从命令就好了。"

不过,假如这些听起来像是没有尽头的童年,那么之前情况还要更糟糕。

"去看看HSZ吧,"人们说,"从前全都是那样的:禁止人们进去。"

高度警戒区（High Security Zone）始于酒店以北几英里处的电灯和铁丝网。我们从来没有越过这个边缘，许多年来，也没有其他任何人越过去。被封锁的区域几乎是海德公园的二十倍大，那里的居民全被驱逐了。农场已经坍塌，村庄和道路也逐渐破败。如今，那里全都属于帕拉里空军基地，也是禁区中的最后一个。曾经有十五个这样的区域，几乎覆盖了半岛的五分之一，迫使十三万人（与诺里奇[1]的人口差不多）离开家园。在这些禁区里，曾经散布着147个军营，军队人数是现在的十倍。桑塔姆先生说，在经历了这么多的流离失所之后，他经常疑心泰米尔人的文化是否还能振兴。

"有时候，我们几乎找不到归属感。"

但是现在，像布雷区一样，原来的高度警戒区也有一种病态的美。这里的杂草长得更旺盛和狂野，大多数房子仍然空着。我遇到过一个曾在这里有一栋住宅的人，但是，等她把房子拿回来的时候，它已经被拆卸得空无一物，连水槽都没了。我把这件事告诉了桑塔姆先生，他笑了。"政府有时会修缮弥补，花几百万建新路。但人们真正想要的，是自由自主地休养生息。"

除了公路和铁丝网，军队还带来了几样陋习。

1995年以前，在贾夫纳并没有"白色面包车"的概念，但是，从那时起，人口成百上千地失踪。根据联合国专家的说法，这里的例行程序与南方相同：穿军装的人驾着车夜里飞驰而去；殴打，电击，使用装满汽油的面具；然后一路返回，在草地上掘出坟墓。即使战争停止了，面包车也没有停止活动，他们仍然在那里，搜捕异见人士。

一天，我在马来人咖啡馆（Malayan Café）约见了一个学生。

---

[1] 诺里奇（Norwich）：英国城市名，英格兰东部诺福克郡的首府。

"这个地方谈话不错,"他说,"够嘈杂。"

他的名字叫拉普图尔(Rapture),至少他的衬衫上是这么写的。虽然他只有二十二岁,却给人感觉老气横秋。他说他在学法学,研究布莱克斯通[1]和科克[2]的作品。我点了木豆咖喱和一种名叫"阿帕姆"(*appam*)的脆皮厚煎饼,这些都是盛在香蕉叶里摆在我们面前的。但拉普图尔并没有碰食物。他快言快语,说了正好十五分钟,就匆匆走了。"他们一直在监视我们,"他说,"我们所有的记忆都被摧毁了。我们不能再歌颂泰米尔族烈士,也不能再祭奠他们。他们说我们这是在让猛虎组织的信条死灰复燃。我们甚至连灯也不能点,而且我们的集会,他们总要在场。我们每天都在遭受挫败,一次又一次。"

❂

很快就要离开贾夫纳了。最后几天,我搬到了城里,在伟大和善良的人中间安顿下来。

我没有见过多少伟大的人——除了他们的墙壁和哨所——但善良的人很容易看到。在纳卢尔寺(Nallur Temple)附近,有一片区域全是慈善机构,设立在一些宏大的混凝土庭院里。它们虽然名字缩写听起来很像坏人——GIZ[3]、WHO 和 SOS[4]——其实是非政府组织,它们频频发挥作用,维持着贾夫纳的运转。大家都认为最糟糕

---

1 威廉·布莱克斯通(William Blackstone),18 世纪英国法学家。
2 爱德华·科克(Edward Coke),英国律师,被认为是伊丽莎白一世时代和詹姆斯一世时代英国最伟大的法学家。
3 GIZ:德国国际合作机构(Deutsche Gesellschaft für Internationale Zusammenarbeit),隶属于德国联邦政府的非营利机构。
4 SOS:全称是 SOS Children's Villages,即 SOS 儿童村,主要为儿童提供援助。

的时候是 1995 年,但是,即使过了 1995 年,贾夫纳还是在挨饿。在接下来的七年里,没有通往南部的公路——由于瓦尼地区的存在——海上则有大批潜水员出没,水雷肆虐。那是 GIZ 和 WHO 的人开展活动的高峰时期。

我总是很喜欢在那些院落里待着。里面有浓翠茂林,荫蔽且清凉。日子是以交通小高峰来计算的,或者以当当嘟嘟的圣钟为准。交通高峰就是一波自行车的洪流。然后,在黄昏时分,光线会变成粗糙的橙黄色,大铁门辘辘地关上,这一天的善行就实施完毕了。

我的庭院与其他院落有所不同,它已经成了一家酒店。虽然这家名为"贾夫纳遗产"(Jaffna Heritage)的酒店仍然是有一栋混凝土楼房的院子,但它在"精品化"方面做出了大胆的尝试。所有的东西都被擦亮,或者粉刷成橄榄色,出现了一个小水池,露台上现在散落着雕塑和柚木。我遇到的每个人似乎都是经理,每天早上我都要花很长时间一只手一只手地握过去,才能走过酒店大堂。但是,尽管如此,事情总是不尽如人意:我的窗户关不上,房间里挤满了狂热的微生物,而且——不管我的早餐点的是哪种咖喱——我得到的总是某种美国式的苍白暗淡的食物。似乎仍然有骚动不安的灵魂在这里徘徊。但他们会是谁呢?

接着我想起来了:那些可怜的、深陷囹圄的挪威人。

挪威调解员们第一次出现是在 1999 年,七年后,他们离开的时候,受人鄙视,遭遇挫败,而且完全摸不着头脑。

那是一段混乱不清的时期。一开始,大家都有意和解,于是在 2002 年签署了伟大的休战协议。但没过多久,和平就变得像是披着否认外衣的战争。根据挪威人的统计,在接下来的四年里,军方有 351 次违反协议的行为,猛虎组织有 3830 次。调解员们肯定经常在想，他们在这里做什么，真的有人想让战争结束吗？每天，他们都会从这个橄榄色的院子出发，穿梭于交战双方之间。但猛虎组织总能为投放炸弹找到一个好借口。在协议实施的最后一年里，他们锁定的目标包括一个集市、一辆巴士和挪威人。

科伦坡总是更愿意给和平一次机会，或者至少耍点小花招。面包车一直在活动，准军事团伙也一刻没闲。将军们更学会了像游击队一样作战，往灌木丛里派出小部队。这些"微粒化的军事力量"进行了轻甲武装，处在弱监管状态，可以为所欲为，而他们常常也是这么做的。这虽然对猛虎们以及其他一些人进行了威慑，但还远远不够。然而，2005 年，出现了一位因好战而当选的新总统，事情发生了变化。

作为一个演员，马欣达·拉贾帕克萨可以把任何事情变得像电影一样。僧伽罗人似乎很喜欢他，以及他那古旧而宏伟的叙事。但他从来没有表面那么高尚。他让他的兄弟们担当主要角色。巴兹尔（Basil）掌管战争专款，戈塔巴亚（Gotabaya）领导国防部。"戈塔"是南加州大学的一名计算机经理，选他扮演这个角色可能比较奇怪，但是——早在 20 世纪 80 年代——他就已经获得了一个不宽容的上校的名声。此时，他放开施展自己的极客性情，让军队扩充至七万五千人，并且购买了所有最先进的小设备，包括无人机。他甚至制定了一个八点计划，一份能让奥斯陆大为震惊的文件。文件上说，决不动摇，决不谈判，无视公众意见，让军队随心所欲。戈塔巴亚还告诉记者，如果他们偏袒叛军，就会被逐出岛。

挪威人看到了事情的发展走向，最终遭人痛恨。政府指责他们庇护猛虎组织，军队里有些人甚至到现在都相信这一点。我在托皮加拉遇到的那位少校就是其中之一。他坚信挪威人一直在经营枪支。"看看他们在巴勒斯坦和巴尔干吃的败仗，"他说，"真是狗屁不通的人。"

到了 2006 年,挪威人已经听够了,他们的院子关门大吉。

我问过特瓦尔,在他看来,他们为什么没能成功。

"他们不理解我们,"他说,"也不懂我们本土那一套。"

※

猛虎组织也被"本土那一套"的一个坏例子给害惨了。2004 年 3 月,他们遭遇了战争过程中最大的一次震荡:一半人员叛变了。

在许多人看来,决定这场冲突走向的,是小规模战斗和屠杀,但我认为,是这次大背叛。一下子有六千名干部放弃了事业。有的回家了,有的去了国外,但许多人开始与军方并肩作战,成为另一支邪恶的武装兵。但最奇怪的是他们的领袖维纳亚加莫尔西·穆拉里塔兰(Vinayagamoorthy Muralitharan)——"卡鲁纳上校"(Colonel Karuna)——的命运。前一刻他还是猛虎组织的二把手,下一刻他就在科伦坡,效命于拉贾帕克萨家族。现在,他不仅是他们党的副主席,还是一名政府部长,每天晚上都在外面狂欢。"一个乡巴佬,"Z 神父说,"没用的花花公子。"

这场离奇的和解是怎么发生的呢,我感到好奇。

在科伦坡的几周,我已经问遍了所有认识的人。

"他被收买了,"小说家埃尔莫说,"五千万卢比。"

"标准价。"他的朋友赞同道。

"不是,"其他人说,"他跟普拉巴卡兰闹掰了。"

"企图控制东部。"

"他犯了盗窃罪被通缉。"

那另外六千人呢?他们为什么倒戈?

"他是他们的领袖啊,"埃尔莫说,"这个国家认的就是王。"

我找到瓦桑塔,想要听听智慧的森纳那亚克家人的看法。

"为什么不亲自问问他呢?"他说,"我给你安排一次会面。"

几天后,我们在议会大厦见面了。

"卡鲁纳上校"并不是我预想中的游击队队长。他身材矮胖,性情和蔼,穿着棕色西装,戴着一枚大金戒指,很高兴接受采访。服务员端上来一盘蛋糕和一只银色茶壶,我把我的小磁盘放在我们中间。在那天下午的录音里,我的声音听起来很业余,没有任何攻击性,部长却对他的逃亡生活侃侃而谈。"我在猛虎组织待了二十四年。"他说,我们从他父亲在拜蒂克洛的农场、他的 A-Level 考试[1]和印度的训练营开始说起。然后战争爆发了。"渐渐地,渐渐地,我当上了小队长,然后是辖区级,然后是地域级……"

我提醒他,在他掌控东部地区的时候,所有警察都被杀了。

"我没有参与……我当时在贾夫纳……"

"所以,是普拉巴卡兰下令干的,而你并不知情?"

"猛虎组织是非常注重保密的。"

我们把话题转到更为舒服的领域:大叛变。

这是为了正视现实,"卡鲁纳上校"说。首先,普拉巴卡兰是一个独立主义者,但在印度派军队进入斯里兰卡维和却尴尬收场之后,他成了一个"复仇领袖",还派人刺杀拉吉夫·甘地。此后,人们认为猛虎组织不再是自由战士,而是恐怖分子,最终,他们在世界各地遭到封禁。"所以,""卡鲁纳上校"说,"我百分之百知道这场战争我们绝不会赢,但普拉巴卡兰不同意。"然而,后来,这位"上校"

---

[1] A-Level 考试:普通教育证书高级水平考试(General Certificate of Education Advanced Level),由英国或英国海外属地教育部组织考试并颁发普通中等教育文凭,学生在完成中学教育或大学预科教育之后参加。

在奥斯陆看到了他的机会。他代表猛虎组织签署了一份新的和平条约。普拉巴卡兰暴跳如雷。"他说：'你犯下大错了。你这个叛徒。你出卖了我们的自由……'于是，那时我就脱离了他们。"

从磁带上，我能听到自己在这一切的怪异感里费力挣扎。

"那你知不知道，这将会是通向结束的开端？"我问。

他发出一声干巴巴的不愉快的笑。"犯错的是他。"

"他追捕你了吗？"

"死了五百个人，包括我哥。"

"但你每次都逃脱了？"

"是的，"部长说，"所以现在我才能在这里，成为最后一员猛虎。"

❊

最后离开贾夫纳的时候，我坐在一艘又长又窄、装着舷外托架的小船上，身边有两个渔民和一大罐巧克力饼干。

库蒂对我坐船离开的想法一直不赞同。如今已经没有人在潟湖上航行了，而且我还需要获得地区指挥官的许可。如果我想回普内林，为什么不坐巴士呢？但他还是努力想办法，拿到了许可，并且帮我找到了一位船长和一艘适合出海的船。然后他就离开了，开车回科伦坡去了。这是一次奇怪的离别；我和他相处了几个星期，但对他几乎一无所知。"小心儒艮。"他说，然后就走了。

饼干是事后想到才带上的。我想象着饼干可以代替语言，也许会很有用，但渔民并没有和我交谈的欲望。他们是宽下巴的矮个子男人，长着宽大扁平的脚板，对乘客没有什么兴趣。船长住在一个印度住宅开发区里，我们先在他家的橙色小屋那里停了一下，取了一壶汽油，然后步行到潟湖边，蹚过丝滑的黑泥出海了。虽然船已经离岸很远，但船长还是要把船开到更深的水域，再降下发动机。然后我坐在船头，两个渔民挤在船尾，身上沾满了饼干屑。

一小时后，贾夫纳缩进了地平线，刹那间，我们置身于一个巨大的水盘中间，边缘细密分布着丛林和沙丘。湖是那么浅，甚至有些地方，沙岸就像破水而出的巨兽利维坦。但是没有儒艮。据说，捕获一只"海猪"曾经能让摩尔人惊喜欲狂。因为宗教教义的关系，他们拒食"陆猪"，但他们会蜂拥到鱼市，抢购儒艮。他们说，划开它的肉，几乎就跟培根一模一样。但现在，摩尔人不在了，儒艮在潟湖里也很罕见了。

最终，瓦尼开始隆起，积聚在前方的雾气里——开始是棕榈树，但随后是一大块粉红色的沙粒蛋奶酥。船长现在不得不放慢船速，以便躲过长长的黑色的鱼笼棚，这些鱼笼棚里密密麻麻地挤满了鸬鹚，看起来就像写在海上的音乐。"我们在哪里？"我问渔民，但他们只是笑笑。不远处，我可以看到沙丘上的两个人影，正在沙地上小心地走着。此外，除了灌木丛和空荡荡的海岸，什么都没有，想到要回到这片被剥蚀了的土地，一阵兴奋的不安突然涌上心头。

第十二章

海岸上的鞋子

THE SHOES ON THE SHORE

穆莱蒂武的环境非常浪漫怡人。

——罗伯特·珀西瓦尔,《锡兰岛纪行》,1803 年

在斯里兰卡内战的最后阶段及战后,斯里兰卡政府和猛虎组织都存在大量违背国际人道主义法和国际人权法的行为,有些违法事件甚至构成了战争罪和反人类罪……

——《联合国报告》(UN report),2011 年 3 月

1543年圣方济各·沙勿略[1]探访斯里兰卡,葡萄牙编年史家奎罗兹(Queyroz)为我们留下了其中一个耐人寻味的片段。

这座岛屿已经走到了一个困难阶段。它的领导人变得更加珠光宝气和专制独断,而它的人民正在学习如何在暴力的阴影下存活。这个地方充满了诗情画意,但也已经变得怪异无比。那么,老圣人会如何看待它呢?沙勿略始终未发一言,直到再次上船的时候。根据奎罗兹的记载,这时,他脱下鞋子,把它们丢在岸上,"说这片土地是如此邪恶,他连它的尘土都不想带走"。

这是一个十分强有力的画面。虽然圣方济各没能领会这个岛屿的万般复杂与无上荣耀,但在接下来的日子里,我经常会想到他的话。

❀

回到瓦尼的第一个早晨,我吃了很多沙子。渔民把我扔在潟湖南岸的沙丘上。一开始,这个地方似乎是荒无人烟,但后来,我遇到了一些坚硬、黝黑的树木,树叶似乎像板岩一样咔嚓作响,树下有一所小学校和一个海军哨所。也许我被丢在了一个岛上?接着,一辆大卡车从沙丘上碾过。很好,我想,这里是大陆。事实上,这是斯里兰卡特有的地貌之一:一条长长的沙柱伸入大海,然后在离岸二十五英里处逐渐消失。我就在这条沙柱顶端的某个地方。

在这片飞沙扬砾的虚无中,水兵们认为没有必要穿制服,他们很好奇我接下来会做什么。我计划要去的地方叫玛尼特泰莱

---

[1] 圣方济各·沙勿略(St Francis Xavier):16世纪西班牙天主教传教士,耶稣会的创始人之一,曾在印度、斯里兰卡、日本、中国等地传教,16世纪40年代在印度传教时曾探访斯里兰卡。

（Manniththalai），但只有孩子们会讲英语。没有巴士，他们说，而且在抵达普内林之前也没有别的村庄了。"到那里有多远？"我问。

"二十五公里。"最大的那个孩子说。

那可要一顿好走啊，我想，特别是这种大热天。

"开摩托。"有个小朋友说，她不超过五岁，说完就跑开了。

过了一会儿，她和她爸爸回来了，带着一辆喷砂车面的旧本田。

"普内林，"她说，"一千卢比。"

她的父亲点点头，把我的包拖到车把上。然后我们就穿过吹积物出发了。走到一些地方，摩托车会在沙地上侧滑，车轮吱吱呀呀，愤怒地号叫。我现在感觉到，化作粗糙颗粒的瓦尼像灼热的小针扑到我的脸上，像碎石子一样磨进我的眼睛里。偶尔会出现很多的卡车，有那么一瞬间，我们被笼罩在漫天沙尘里，快要窒息了。但后来沙丘开阔了，我们发现自己在一条沟里翻腾，厚厚的白色灰尘在辐条中迸发闪耀。大海一直在那里——一条不相协调的冰山蓝色条带——也许这就是为什么，这趟旅途不能给人一点有始有终的感觉，就全是沙子。有时它是铜色的，有时是铂金色的，但味道都一样。

砂石地貌并没有在普内林结束，但它变成了红色。摩托车司机把我送到旧堡垒，我爬进去等巴士。我不是唯一一个在堡垒的荫蔽下避难的人；废墟里有一大群筑路工人，在荧光灯下睡觉。我们所在的这个小堡垒感觉就像一具死尸，各个关节相互连接，被啃噬得千疮百孔。在过去的二十年里，发生了两次普内林战役，都是一样的不光彩。1993年第一次战役期间，这里陷入"人人自保"的境地，两百多名水兵被杀害。那是瓦尼政府的终结。后续的十五年，这里是叛军的国度，或者说，是如我所称的"猛虎之境"。在大象关口以南，几乎整个斯里兰卡北部已经落入猛虎组织之手，他们的旗帜与这里的土地一样红。

403

巴士上没有座位，但我在台阶上找到了一处空间。车一开动，那片红色似乎从地上翻涌起来，很快，每个人都被涂成了闪闪发亮的猩红色。虽然我们看起来好像都要去参加同一个胡里节[1]，但彼此却没有什么交流。我试着与旁边的人搭讪，但只有一个人会说英语。他说他父亲曾是其中一个小岛上的渔民，后来海军把他们迁到内陆。按道理他们应该耕地种田，但他们不知道该如何驾驭这恶劣的红土。

"那你是要去哪里？"他问。

"穆兰卡维尔（Mulankavil）。"

对方怔了一下，流露出一丝厌恶的表情。"为什么呀，先生？"

我努力表达得含糊其词，因为我不太确定。在我的地图上，穆兰卡维尔是一个太过崭新的地方，是战后才出现的。据我所知，它只是绵延无尽的红色征程上的一个暂停点，而这段征程已经变成了 A32 公路。但我的朋友拉维告诉我，他认识那里的指挥官，他能帮我找个床位。通过一次短信交流，拉纳通加中校（Commander Ranathunga）解释说，他很乐意帮我，但出于安全考虑，我不能留在基地。他会给我找一个更合适的地方，也就是圣母教堂（Church of St Mary）旁边的孤儿院。

这些我一点也不想解释给那位被驱逐的岛民听。

"就是来看朋友，"我说，"而且我很喜欢瓦尼。"

但这话在他听来很没有道理，我们几乎没有再说话。

至于瓦尼本身，它早已在一大片牛血色的沙地里消失了。

---

[1] 胡里节（Holi festival）：印度教教徒的传统节日，又叫色彩节、洒红节，每年 2—3 月间举行。参加庆典活动的人会尽情欢笑打闹，向彼此身上泼洒五颜六色的颜料和粉末。

❇

在穆兰卡维尔的那几天，周围充满了奇怪和陌生的声音。当然，丛林和卡车的震颤总是作为背景音，但其他的声音更难忽略，赋予了这个地方一种深奥感，好像是由破裂的碎片组成的一幅伟大的听觉拼贴画。

破晓时分，传来一阵咚咚隆隆的爪子抓挠声，然后是一连串爆竹声。我的房间在教堂后面，在一间用水泥和波纹铁皮做的小房子里，经常被猴子袭击。每次出现这种状况，有个女孩就会敲打厨房里的一口大铁锅（thaachchi），然后点燃一串鞭炮。这会把叶猴震得从屋顶全速倒退，引得鸡飞狗跳、蛙鸣蝉噪，一切都不得安宁。

刚开始，我不太见到阿南塔库玛（Ananthakumar）神父，尽管我经常听到有拉丁语从教堂里飘出来。我也能听到孤儿们的声音——二十三个稚嫩的童声穿过了卡迪安围栏。"老麦克唐纳有一个农场。"他们唱着。花园里曾有一间他们的教室，但屋顶已经被白蚁吃掉了，现在又被掉下来的椰子砸得四分五裂。我一直无法习惯这种声音：椰子在一瞬间咻地飞下来，然后是果壳和果肉的爆裂。

随着太阳越来越热，喧闹声渐渐平息了，我溜达到大路上。音乐似乎无处不在，在大地上沉沉地轰鸣。虽然穆兰卡维尔发出的是城市般的声音，但它充其量不过是个村子——更像是稀稀落落散布在树林里的棚屋群。其中许多屋子仍然裹着从前的难民服：那些印有"UNHCR"[1]字样的大油布。我想，还要过多少年，穆兰卡维尔才能不再像难民营？说话声总是来自泰米尔人，而且是女性，那是一种快速的、连珠炮似的喋喋不休，然而，我一走近，她们立刻降低音

---

1 UNHCR：联合国难民署（United Nations High Commissioner for Refugees）。

量,变成窃窃私语。在这里,我觉得让人惊讶的不是噪声,而是先我一步而至的寂静氛围。

天色将晚时的声音又有不同。青蛙在半空中腾跳,当它们与坚实的大地重新接触时,会发出轻软的砰砰嘭嘭的声音。然后是从隔壁的见习修道士那里传来的笔尖的划擦声。我没有见过他,也从未见过拉纳通加中校,尽管他每天都给孤儿们送食物。他还会给我送一个简易便当盒,里面盛着米饭和咖喱,分量总是很足,够我们所有人吃:神父、见习修道士、厨房女孩和我。每次送饭来的都是同一个人,他叫赫拉特中尉(Lieutenant Herath),一年过去了,他还会给我发电子邮件,祝我顺利,并附上他的孩子们的照片。

在我住下的第二晚,出现了一种新的声音,很遥远——是一阵长长的、木头碰撞的咔嗒咔嗒,接着是连续许多声嘭嘭咚咚。神父看到我在听。"五十毫米火炮,"他说,"然后还有一些重型枪械。"

那是军队,正在重温那场造就了穆兰卡维尔的战争。

五年前,斯里兰卡战事所引发的昏昏沉沉的大灾难滚入了这座城镇。

在那之前,进展一直极其艰难和缓慢。2006年休战一结束,军方便把注意力转向东部。他们花了将近一年的时间才让最后一批忠诚的猛虎们伏法就范。现在轮到西部的瓦尼了。2007年12月,军队开始坚定地向瓦尼挺进。今天,从马纳尔到穆兰卡维尔最多需要几个钟头。而在当时,军队却用了近八个月的时间。

部分问题在于地雷,但也与军队的战斗方式有关。军方的特种部队足够灵活,但其庞大的正规军队伍只有在如飓风般侵袭的导弹的助攻下才能前进。此前一年,政府斥资3760万美元向他国购买军火,现在它降下一场风暴。灾难之下,一切都在落荒而逃:农民、修女、渔民和大象。没有什么可以幸免，丛林像地毯一样被掀翻，把所有东西都席卷其中。当军队到达穆兰卡维尔时，已经有两万瓦尼亚人流离失所，他们中的大多数人赶在炮火降临之前跑到了北方。"人们之所以需要噪声，原因就在这里，"神父说，"他们在战争期间已经习惯了。"

到了 2008 年 8 月 13 日，穆兰卡维尔已经人去城空，全部被士兵占据。大部分人口逃去了瓦尼，在后续的九个月里，他们被驱赶到更加遥远的东部。许多人逃到道路断绝，最终流落到岛屿远端的海滩上。有些人后来回到了穆兰卡维尔，但他们大多是寡妇和孤儿。在整个北部地区，战争导致大约八万九千人守寡，在穆兰卡维尔就有九十七名寡妇。

"在他们的文化中"，神父说，"被强奸是一件非常耻辱的事情，但没有人保护她们。如果有人来到她们家，她们不能喊叫，往往只能屈服。想想那种感觉，每看到一个男人，都要担惊受怕。"

他说，厨房那个女孩就是一个寡妇。

"她的丈夫是在这里被杀死的，所以她现在觉得自己再也没法离开了。"

阿南塔库玛神父对我讲这一席话的时候，脸上没有什么表情。虽然他只有四十六岁，仅胡子尖微微泛白，但他有时说话的神态有一种已经历尽世事后的沧桑感。他说，在他上学的时候，操场上有一个男孩被枪杀，死在他旁边，此后战争一直缠绕着他。"创伤总是存在的，"他告诉我，"潜藏在心底。我去过一次澳大利亚，去看我哥哥。但我受不了那种宁静，我开始心烦意乱，睡不着觉。我需要在这里，待在我的人民和他们的喧哗里。"

到 2008 年 8 月，一个庞大的乡镇群体在森林里逐渐成形。它恶浊污秽，只经历了短暂的存在。它虽然没有墙壁和屋顶，但确实拥有某种城郊。路上出现了整片区域的巴士和三轮车，还有大量手推车、挖掘机、拖拉机和卡车。里面填塞的是车轮上的瓦尼新市民：家庭主妇、游击队队员、教师、牧民、象夫、卡瓦迪（kavadi）舞蹈[1]演员、厨师、骗子、文员、工头（kanganis）和儿童。他们当中不仅有真正的瓦尼亚人，还有十年前所有从贾夫纳弃城而走的人。这支庞大而笨拙的队伍在炮火的驱使下向东移动，一路上有更多的人加入了他们的行列。到 2009 年年初，这样的交通大堵塞从太空都能瞧见。即使按照军队的估计，也有十五万国内流散人员在荒野里艰难挣扎。然而，联合国给出的数字比这还要多两倍。如果这一大批流民在某个时刻停下不动，就会形成斯里兰卡的第二大城市，仅次于科伦坡。

但是，和此前一样，事态进展几乎是难以察觉的。军队又花了三个月时间，才调遣至普内林，这段路程仅二十四英里。在那里，大炮——以及它们巨大的可悲的猎物——向西驶入猛虎组织设下的土垒和地雷的迷宫。现在这些已经全部消失，被雨水冲走了。当然，军队没有被吓退，他们持续射击火箭弹，同时继续前进。最终，在 2009 年 1 月 2 日，这个一路漂泊的混乱团体——一部分是战地，一部分是贫民窟——抵达了基利诺奇，猛虎组织失去了他们的小首都。几天后，整条血腥的 A9 公路在二十三年来第一次又回到了政府手中。

现在，叛军和他们四处游移的城市被围困在"猛虎之境"的最

---

[1] 卡瓦迪安塔姆（Kavadi Aattam）："负重之舞"，是印度教信徒在崇拜战神穆卢干时，通过背负重担进行的一种仪式性祭祀和供奉。

后一个象限里。他们一度控制着近一万五千平方公里的土地,而现在只剩下两百平方公里。他们也缺少战士,只剩下区区几千人。人人都知道末日来临了。他们料想有三百多门大炮和十六万军队聚集在一起,就要大开杀戒。接着,奇怪的事情发生了,拉贾帕克萨家族宣布设立了他们的多个"禁火区"(No Fire Zone)中的第一个。

"这些区域没有炮火,将会是避难所。"他们说。

⚜

现在距离那个承诺已经过去五年了,但我仍然感到好奇:这些禁火区是什么样子的?我在基利诺奇雇了一个新司机,向东出发前往穆莱蒂武。司机不会说英语,以前也没去过战场。但没有关系;联合国已经出版了一份发人深省的长篇战争报告,报告后面有一沓色彩鲜明的平面图。我把它摊开在膝盖上,只需要把各个点连接起来,沿着火线前进就行了。

首先,这意味着我们要开车回到叛军腹地,途经普拉巴卡兰的地堡和猛虎组织的全部废弃物。这片乡野与我记忆中的一样,平静而破裂。我们经过一群在柚木林里吃草的印度牛,以及一片被烧毁的汽车。瓦里普纳姆(Vallipunam)已经恢复了,但仍有一些街道看起来就像一堆碎饼干。起初,我并没有意识到这是 1 号禁火区的一部分——难民们也没有发觉。对他们来说,这里的感觉跟别的地方一样,空气中充满了油腻和焦黑,列车从天上冲撞而下。在 1 号禁火区设立的头十天里,这里的医院被作为攻击目标,大约遭到两千枚炮弹的袭击,联合国是这么声称的。当然,军队的说法是,没有发射过一枚炮弹。

我们像当时的流散人口一样,继续向海岸前进。虽然道路是新的，但边缘仍然是废墟。有一个地方，普图库迪伊鲁普，那里看起来就像被巨型泵机吸过一样，只留下地面、残骸以及较大的混凝土建筑的轮廓。甚至老医院也躺在那里断裂着、空张着，内部设施全都不见了。镇民为他们的忠诚付出了高昂的代价。这是猛虎组织据守的最后一个城镇，他们逐个商店地保卫它，顽抗了近两个月。

前方，土地愈发平坦，同时变成了刚硬的橙色。下雨时，这里洪水泛滥，但现在是一片尘土飞扬的平原，几乎一直延伸到海边。除了狂乱纷飞的尘垢，没有任何东西在移动，而且，在地平线上，我看到的不是我所期待的海浪，而是淤沙形成的一条长长的、薄薄的唇带。这个天然沙坝在任何两张地图上都不一样。但是，较远的一边是海洋，这一边是灰尘覆盖的平原，再往南就变成了一个潟湖：南蒂卡达尔（Nanthi Kadal）。至于沙带本身，则是狭窄、平坦、干燥和平淡无奇的：是困住暴民的完美场所。2009 年 2 月 12 日，拉贾帕克萨家族宣布，这里将成为新的避难所，即 2 号禁火区。

然而，猛虎并不那么容易被抓住，当我们逐渐走近，可以看到他们设在沙地上的掩体。他们沿着沙带的边缘，双向往前刮铲泥土，形成一个巨大的壁垒，然后架上棕榈木和小型炮台。即使雨水也没有对这一座最后的伟大工程产生什么影响。随着军队的逼近，猛虎组织让所有流民在堤岸上做工，甚至妇女和儿童也不例外。这种情景几乎就像他们在为自己挖掘坟墓，等挖好之后，行走在车轮上的最后一批泰米尔伊拉姆残余人员将湮没在沙土里。任何人都不许离开。炮台的存在不仅是为了防止军队攻入，也是为了把人困在里面。谁想投降就会立刻被枪毙。

我们在经过普图玛塔兰姆（Puthumathalam）的这处墙体时停了下来。

"这里有地雷吗？"我问。

司机跟附近站岗的几个士兵说了说。

"现在没有了，都清理了。"

我爬上其中一个掩体，向里面看去。这里没有留下多少战斗的痕迹：铁锈、绿色塑料的碎片和潮湿的哈喇子的臭味。我试着想象最后一批干部蜷伏在木头中间的样子。他们再也没有了那种战无不胜的气势。有的连军服也没穿，许多人身上长满了癣和疮。他们的火箭弹寥寥可数，火炮也所剩无几。叛军里甚至没有足够的人手执守炮台，炮台每隔一个就是空着的。他们也领教到，什么是他们的"保护民"——那些他们为了拯救而开枪射杀的人——所憎恨的。征兵组现在冒着生命危险在人群中搜寻儿童，至少有一个小队被人们乱棍打死。猛虎组织曾经颇致力于煽惑鼓动的愤怒，现在已经变成了令人忐忑不安的原始情绪。

然而，首领不在这里的堤岸上。普拉巴卡兰深深潜藏在流散人群之中。他没有任何计划，最多只能寄希望于"CNN效应"[1]，即传说中国际社会的怒火可以让文明世界前来救援。但是，地狱并没有封冻，救援人员也没有骑着他们的小飞猪[2]赶来。挪威提出要促成两方停战，但普拉巴卡兰拒绝了。他仍然想依靠愤怒，依靠在枪林弹雨并且满目疮痍的帐篷城里拍摄的残暴血腥的影视短片。

在满是灰尘的平原上，仍有一些沉默的大块废弃物。这些机器主要是掘土设备，但看起来就像在干涸的海洋中死亡的巨型甲壳动物。其中的一个伟大生物是一台液压挖掘机，是从贾夫纳偷来的，在争夺堤岸的战斗中阵亡了。它最后的动作十分扭曲，把生锈的大

---

1 CNN效应：政治科学和媒体研究的一种理论，认为在出现政治冲突或争端时，战时新闻媒体对政府决策具有重要的影响作用。CNN即美国有线电视新闻网。

2 英语俚语中使用地狱结冰、猪会飞的意象来表达某种不可能发生的事情。

臂拉到自己周围，似乎是为了抵御袭击。

然而，将军们打击目标很少失手，他们的无人机在混乱中盘旋，可以帮助他们进行实时侦察。但也有人在监视他们。卫星图片显示，所有的大炮很快对准2号禁火区进行了轰炸。地面景观再次变黑，空气被从空中吸走。从太空上拍摄的图像呈现的是一片炮弹乱飞、焚毁殆尽的土地。有的地方，一些人直接蒸发了——前一刻还在那里，接着就只剩下冒烟的沙子。没有什么可以免遭劫难，甚至红十字会的船只也被赶出了海滩。至于挖掘机，一丝脱逃的希望都没有。

但在随后的4月19日，局势突然缓和。在普图玛塔兰姆这里，军队的突击队攻破了堤坝，在流民中引发了一阵蜂拥奔散。数百人被地雷炸死，或被猛虎组织开火杀死，以示惩戒。但这些无法阻止他们，在接下来的两天里，有十七万人在这片烟尘弥漫的平原上奔逃。僧伽罗族士兵对他们眼前的景象感到由衷地惊恐，在那天的照片中，可以看到他们把自己的口粮让给灾民，把伤员背到安全地带。战争如果开始的时候就是这样，可能早在几十年前就结束了。

此时，一半沙坝已被夺回，只剩下南端、十三万平民、流散中的交通大堵塞、普拉巴卡兰及其泰米尔猛虎组织的残余势力。在他们周围，一切都收紧了，热金属如冰雹般再次袭来。但是，2009年5月8日，戈塔巴亚·拉贾帕克萨宣布了他的最后一个"禁火区"。3号禁火区将是最小的，也可能是最血腥的一个。

✿

我一直知道，要进3号禁火区会很难。在过去五年的大部分时间里，它完全被封锁了。这里到处都是地雷，军方说，必须要排雷。但是，和往常一样，实际情况总是不止于此。每当出现关于火炮的质疑,以及政府是否实施过炮击,问题的焦点似乎总是在3号禁火区。这很奇怪,因为证据无处不在:卫星图像、证人陈述、被炸毁的建筑物、空弹壳和人们用手机录的小视频。几乎可以说,3号禁火区是所有这一切的关键,看到它就等于揭开了重大国家机密,而这条机密其实根本也算不上什么秘密了。

官方说法是,到战争结束时仍然没有使用过大炮。最后几个月,拉贾帕克萨兄弟时常宣示他们宅心仁厚。平民不会流一滴血,他们坚称,所有重型武器都被禁用了。甚至当一切都结束时,他们也没有越界。总统说,没有朝普通民众发射过一颗子弹。他的弟弟戈塔巴亚说得更坚决:"每当遇到有平民居住的战区时,我们都会遵守自己规定的禁令,杜绝空中轰炸、火炮和迫击炮射击。"我很惊讶有那么多僧伽罗人仍然相信这一套说辞。事实上,与之不同的看法已经成为当下的异端邪说了。

政府一直在美化他们的说法。到 2014 年,外交部部长提出了一个看法,认为泰米尔猛虎组织肯定是昏了头自己炮轰自己。军队甚至发布了一份报告,题目是"人道主义行动事实分析"(Humanitarian Operation Factual Analysis)。报告坚称"几个禁火区都没有使用火炮力量",然后继续描述了一场标准模式的救援。附录里有一份清单颇引人注目,其中列出了从猛虎方面缴获的所有物品及其价值,包括十四件胸罩式自杀工具(每件 7.92 美元)和十一枚萨姆导弹(每枚 11,000 美元)。然而,没有一处提到平民伤亡的情况,无论是死了多少人还是埋在哪里。官方似乎已经把他们遗忘了。

我意识到,这一切都是在限制外人进入 3 号禁火区。它虽然名义上是开放的,但游客需要许可证,除此之外,还有繁杂的规定和约束。不过,有一个空子可以钻;我发现,如果我直接向军队预订一次短暂的度假,就可以避开这么多麻烦。这将是一次奇怪的旅行(需要预付现金,还有军队护送),但至少只有一条规则:我不能询问与战争终结有关的问题。

经过二十六年的战斗,军队已经成了一个殷勤热情的旅馆老板。它在南蒂卡达尔潟湖边上经营着两座小旅馆。这两座房子都属于"总部营地"(Headquarters Camp),是一个由锡铁皮组装,涂着绿色油漆的大型集合体,被柚木团团包围。营地里没有什么宏伟的东西,除了大门。它的外形是迪士尼式样的,上面安着两门大炮。对于一支仍在自辩清白的军队来说,这样的装饰显得很奇怪;每一门炮都能将相当于一个少年重量的物体发射到二十四英里之外。同时,曾经坐落在这里的村庄几乎没有留下任何痕迹,只有果树和水井,还有街道的轮廓在泄露着秘密。

两座旅馆似乎都与这里不太融合。第一座在岸边,部分像佛塔,部分像阿尔卑斯山的小木屋,而且全部涂着厚厚的清漆。记者们热衷于表达对这个地方的憎恶("地狱里的假日"),有一篇报道甚至说这家旅馆里到处摆放着令人毛骨悚然的纪念品。但这不符合事实,也许"潟湖边旅馆"(Lagoon's Edge)至多只是在过度追求细木工艺方面犯有过错。另一座旅馆,也就是我住的地方,更加格格不入。它像一个大金属盒子,自带氛围感:枯燥,苍白,无味,冰冷。我就像住在冰箱里似的,很快就对外部世界丧失了知觉。晚上,军团里的厨师会把咖喱盛在白色的骨质瓷器里端上桌,然后我们都围坐在一台小电视前,电视里在重播《老友记》,音量开得很大。这样过了几个小时,我很容易就忘记自己身在哪个大陆,更别说哪个国家了。

我有两个向导,都是战斗老兵。第一位是个神采飞扬的粗脖子少校,穿着一双十分气派的巧克力棕色绑带靴。他当了将近二十年的炮手,最后到了托皮加拉("对不起,这个也不能谈")。某个时候,他还去了新加坡，但他不喜欢那段经历（"一根香烟要二百五十卢比！而且泰米尔人太多了……"）。我们只出行了一次，是去芦苇丛中的瓦塔帕拉安曼（Wattapala Amman），那是瓦尼地区最神圣的印度教寺庙。当少校脱下他的靴子时，我突然发现他的身材很矮小。

"佛教与印度教之间几乎没有差别。"他说。

"那泰米尔人是哪里不好？"我问。

"忘恩负义的浑蛋。就会闹事。"

我的另一位监护人则比较宽容。伊苏鲁上尉（Lieutenant Isuru）不到三十岁，从头到脚都是迷彩装，说着可爱的教科书式英语（"我们在担心您的头部，约翰先生，尤其是在这么热的天气里。"）。他还是一个农民的儿子，来自马塔莱，对他来说，战争——就像种田一样——并不是什么特别罪恶的事，只是必须要做罢了。战争里甚至也没有好人和坏人，只有大家一起受苦。

我们相处的第一个傍晚，一起步行去潟湖边看日落。

"对面湖岸上就是3号禁火区。"伊苏鲁说。

湖水对岸，有一条长长的、苍白的棕榈树的饰缘。

"我们的人在这边，而他们在那边。"

那是一个令人不安的黄昏。起初，我以为只有我们自己，但后来我发现草丛里有哨兵，他们全都荷枪实弹，背着驮包，挂有军袋，戴着头盔，好像随时准备战斗。码头下也有士兵在撒网。他们告诉伊苏鲁，他们抓到了一只老鹰，正在给它找鱼。然后过来了一群野狗，想去咬一头在岸边吃草的小水牛的后腿。如果不是牛群出现，把那些狂吠尖叫的狗赶到暗处，它们就会弄死那头小水牛。这时，营地和潟湖远处的穆莱蒂武都亮起了灯光。但是，湖水对岸什么都没有。3号禁火区可能又被遗忘了一天，现在正笼罩在一片漆黑里。

※

　　过了一段时间，我的眼睛才适应了这种摧残破败的场景。第一个早晨的开始很像在北方的潟湖上：麦鸡停在湖岸边，水牛浸在淤泥里头。有时候，渔民——现在成了深灰色的小人——会出现在粼粼波光里，闪闪烁烁地行进，仿佛被拍摄在了胶片上。我记得我在想，这一切看起来多么宁静——也许我想说的是超现实？走了很长时间，路上我们唯一看到的车是一辆老式的莫里斯厢式货车，这辆车是在牛津制造的，距今几乎有半个世纪了，现在仍在叮叮当当地派送冰激凌。

　　但后来我们绕过潟湖的西北边，回到了长长的唇形沙带上。这里也有车辆，但这些车没有窗户或车轮。我们经过一辆停在草地上的救护车，还有棕榈树下的几辆奥斯汀轿车。突突车也有，在巴士和面包车之中扎着堆。从远处看，这些车好像是一日观光团，但当我们走近，我看到所有东西都是炸开的，所有座位都熔化了。我也开始注意到蒸煮罐，以及一长串破布、瓶子和小孩衣服。我这才意识到，我们赶上了那片浩浩荡荡的车轮上的贫民窟，而这就是它的余迹——褪色变白，疏落零散——遗留了将近五年。

　　和他们从前的路线一样，我们沿着沙带继续前进，跟着这一串人类废弃物一直走到3号禁火区。一路上，地面景物被大块大块地打掉。有些地方，金合欢树和滨刺草形成的树丛密密匝匝，几乎无法穿透，但在其他地方，沙地看起来光秃秃的，被横断截开，只是四下散落的一些残段。最让我困惑的是那些棕榈树，它们有的柔韧优美，宏伟壮观，有的却在肩膀高度处被斩掉了。我也记得拖拉机的轮胎像面包皮一样被撕开，还有一座用炸弹箱装饰起来的小寺庙。这片沙嘴上曾经有五个村庄，虽然现在仍有一些人住在废墟上，但几乎没有以前村庄的痕迹。我甚至看到一家小商店，在废物残渣里勇敢地做着买卖。

然后，就在快到维拉穆里瓦卡尔（Vellamullivaikkal）的时候，我们来到了一条长长的深红色陡坡前。然而，这并不是自然形成的陡坡，而是一座宽阔的金属堤坝，侧面挤满了数以千计的机动车和自行车，全部扭曲变形，形态怪异，被炸得不成样子。有一些巴士，看起来像是被重重地踩到地上，然后与拖拉机和皱缩成一团的面包车挤在一起。大火烧掉了大部分油漆和橡胶，只剩下铁锈和玻璃。近看，它就像一块邪恶的蛋糕，大量汽车被压得浓郁致密。他们说，到战斗停止时，散落在战场上的车辆残骸数都数不过来，仅摩托车就有一万辆，还有两万五千辆自行车。在这里，在这样一个巨大的红色破车堆上，瓦尼的交通大堵塞终于结束了，3号禁火区自此开始。

这块区域是沙嘴的最后一部分，大小与中央公园相当。

"最后在这里的有多少人？"我问。

伊苏鲁上尉抱歉地笑笑。"我不能说……"

"哦，当然。"我说，但我已经知道答案了。

"五千人。"总统曾经说过。

"一万。"几天后军方宣布。

但世界其他方面对此持有异议。按照联合国的说法，在2009年年初，沙嘴上仍然有十三万条生命，处境岌岌可危。

过了铁锈陡坡，碎片残骸变得更加惨重。

树桩上还绑着旧纱丽的破布条，沙地上散落着炊具。有一次，我们停了下来，我下了车，在那些早已被遗忘的生活琐物里徘徊：凉鞋、梳子、杯子、刷子——全都脆化、变白了——然后是破布、塑料碎片和书，这些书现在变成了厚厚的黄色纸浆壳。一个手提箱裂

417

开了，掉出了几个褪色的亚麻线卷，我还发现了一小套稀奇古怪的玩具，只是一些腿和轮子，还有一个没有头发的粉色脑袋。但最可怜的是那些壕沟，现在只有几英寸深。我注意到，战壕的两侧已经用家庭自制的"麻布袋"加固，它们披着愤怒的颜色，看起来就像沙地上的伤口。

旅行期间，我遇到过两个从这些糟糕的地方幸存下来的人。一个是维尔维特图赖那个孤独的侄女，另一个是伦敦的一个男人，我叫他"克罗伊德克斯"（Croydex）。其他幸存者向联合国专家作了证，他们共同提供了一份有关3号禁火区的证词，描述的几乎就是我们心目中地狱的样子。

炮击几乎没有中断过。相反，导弹越来越迅猛地倾泻到不断缩小的"避难所"里。发射物现在落入营地，飞溅的弹片割裂了油布，击穿了人体，轰倒了树木。那位侄女说，噪声似乎笼罩了一切，扼杀了所有。"你觉得你的眼球都要从脑袋里爆出来了，甚至当炮火停歇时，你都不知道自己是生是死。"除了一片刮拢的沙地，没有地方可以躲藏。价值数千卢比的婚礼纱丽被剪碎，做成华丽的绷带或麻袋。但即使如此，当大量炮弹汹涌而至时，他们还是不安全。有时，人被埋在他们的麻袋坑里，然后新的家庭搬进来，住在上面（在肢体暴露之前，至少可以住上一段时间）。这样过了几天后，一切都开始散发出死尸或塑料燃烧的恶臭。只有孩子们习惯了这种混乱局面，他们会从麻袋坑里出来乱跑，在金属的风暴里被砍断烧焦。"我在穆莱蒂武失去了两个孩子，"侄女惘然地说，"一个流产了，另一个死在海滩上……"

拉贾帕克萨家族承诺提供食物，但后来送了只够一万人的量。在3号禁火区的微型经济里，一袋大米的价格很快就超过了一辆汽车,而且,一旦流民吃光了全部的牲畜,他们就开始搜寻鸟蛤和草根充饥。到最后,每四个孩子中就有一个严重营养不良。但是,政府没有心情为这个包围圈提供补给,从而让国家久等。随着红十字会的离开,不仅敌人失去了最后的生命线,而且也没有了最后的见证者。戈塔巴亚·拉贾帕克萨从来不希望最后的时刻有人在场。所有的记者因为写的是他所说的"垃圾"而被禁止入内。现在——在谁也看不见的情况下——他可以完成他所发动的工作:把泰米尔伊拉姆最后的残余碾成粉末,把它饿得服服帖帖,烟熏火燎地把猛虎们逼出来。

※

关于政府为何会变得如此急躁,担任联合国发言人的戈登·韦斯为我们提供了另一个原因。根据他的书《牢笼》(The Cage)所述,战场上的士兵还在流失,而且,很快,军队逃兵的总数将达到五万人。其他消息来源认为这个数字只有两万九千,但意思是一样的:这仍然是一支年轻的军队,局势已经达到了他们可以承受的极限。韦斯说,将军们不得不在人群中间武力开路,趁他们还能这么做的时候。所有这些还有待调查,但与此同时,它提供了一个惨淡的解释,否则就没有什么可以说明的了。

如果还会进行调查,我的猜测是,这能揭示出军队意图的混乱模糊。这听起来可能是老生常谈,然而奇怪的是,没有人相信这种说法。在斯里兰卡,军队要么被视为一群英雄,要么被视为一伙暴徒。然而,肯定是两者都有的吧?毫无疑问,穆莱蒂武的士兵中会有英雄主义和人性道义;在一个有教养的和民主化程度较高的、基本善良人道的社会里,你不会别有预期(我从未想过我遇到的那些完全正直的人——拉维、伊苏鲁、基利诺奇的那位准将和雅拉的那位少校——是特例或者不常见的人）。但我怀疑，也存在一个阴深的恶的裂缝。军方的否认之词往往非常荒谬诡诞，连他们高层领导——例如丰塞卡将军（General Fonseka）——也偶尔会站出来，谴责他们的罪行。

然而，人们担心的是有罪不罚的现象。想到这是一支纵容邪恶的军队，人们也会忧虑。我一直认为，性暴力的统计数据是对此最有力的证明。根据政府自己的数据，在 2005 至 2010 年期间，没有一个士兵被指控犯有性侵罪，而且只定过一起强奸罪。这很奇怪，因为这些数字来自战区，那段时间，有几十万人被派驻到这里，他们大多年轻力壮，热血沸腾，而且浸淫在暴力之中。难道军队当时把自己包蔽在某种超凡入圣的美德光环中？或者，它只是不在意那些小恶魔做了什么。

今天，要发现一个恶魔并不难。每个士兵似乎都带着手机，他们的照片和视频在网上随处可见。镜头里的女性往往状况不佳。"我们已经杀了你们的首领，"YouTube 上的一个士兵唱道，"现在你们就是我们的奴隶！"猛虎女干部的情况更恶劣。经常有人检查她们的乳房和内衣，而且她们通常难逃一死。有一个画面尤其让我难以忘记。在视频镜头的边缘，有一个很瘦的士兵。"我想把她的奶子割下来！"他尖声说，但在他那张凹陷的、长满胡须的脸上，并没有色欲或刁顽，只有几个月来根深蒂固的恐怖。

※

与此同时，在这些沙丘之中，猛虎组织一直在忙着推行他们自己的暴虐。

"他们的战线在哪里？"我问伊苏鲁。

"到处都是，"他说，"这就是问题所在。"

现在仍然很难分得清家庭居住的沙坑和发射火炮的沙坑。

"但我可以带你看看他们在外围的位置。"

穿过卡莱亚穆里瓦卡尔（Karaiyamullivaikal）的鲜红色小道，只有一段很短的车程。在离海几百码的地方，我们停在了猛虎的最后一道防线前。没有多少遗留的东西；风已经把护堤吹平了，只留下一条宽阔的垄沟，沟里有一堆堆麻布袋，零星散落着破布和成堆的板块。在这些垃圾中，我发现了一枚细长的弹药筒，它一定是某个时候在火焰中爆炸了。

"是你们的？"我问伊苏鲁，"还是他们的？"

"防空炮弹，可能是任何一方的，我们都用过。"

到了那个阶段，猛虎组织已经在倾尽所有地投入战斗，甚至牺牲平民。几个月来，猛虎组织一直躲在他们中间，搜捕儿童。现在是时候把他们推入最后一场壮烈而徒劳的战斗了。虽然军队对叛军的人数是三十比一，但叛军仍然派狙击手把怯懦者一个个除掉。此前从未拿过枪的青少年在命令下豪壮悲烈、莽莽撞撞地往前冲，除了一下子丧命，几乎没有别的可能。还有一些人被装上炸药，派到军队的阵地上游荡。每个人都有自己的用处可以发挥，即使是受伤的干部。他们会在掩体里等着军队过来，然后一按开关，把所有人都炸死。这种程度的献身精神让士兵们害怕，随着时间的推移，会有很多类似那个YouTube视频里的士兵的人——野蛮、矫健、狂妄。

但是，求生的本能最终还是胜出了，哪怕是在这里的护堤上。慢慢地，对一切的绝望感开始在干部中蔓延开来。他们中的一些人甚至开始把武器堆积在一起，放火烧了起来（也许我的弹药筒就是火堆的一部分）。然而，这并不是一个具有启发意义的时刻，猛虎们

421

脱下虎纹军服、融入人群时的一幕也不是。现在只剩下解决死硬派和追捕普拉巴卡兰的问题了。

在那些脱下虎纹军服的人里就有神秘的克罗伊德克斯。

几个月后，我在伦敦见到了他。在那之前，我总是对那些自称是干部的人保持着警惕。突然间，似乎冒出了太多的英雄，特别是在西区的游行队伍里。但克罗伊德克斯不一样。起初，他否认自己与猛虎组织有任何关系，但他是那么奇怪、衰颓，很难把他想成别的人。他身材高大，骨瘦如柴，黝黑的皮肤紧紧贴在五官上。这使他的眼睛看起来硕大而焦虑，但脸上的其他部分却在微笑中剥离了。我注意到，他从不喜欢坐着，而是喜欢轻轻地四处走动，他的手指放在前臂上，抚平晃动的伤疤。

是塞瓦拉特南先生介绍我们认识的，他也同意帮忙翻译。但是，由于这个人属于非法入境，一切都必须保密。我们第一次见面是在西克罗伊登（West Croydon）的寺庙里，而且——因为我一直没有获知他的名字——在我的笔记里他被称呼为"克罗伊登的前战斗人员"（Croydon Ex-combatant），简称克罗伊德克斯。然而，连这也暴露了一个秘密。要是被人知道他是猛虎组织的一员，他将永远无法在英国或其他地方避难。塞瓦拉特南先生说，为了生存，也许他最好不要存在。下面的故事讲述了他的人生是如何消失的：

"我今年三十三岁，出生在维尔维特图赖附近的一个渔村。我的哥哥在1991年加入了'男儿军团'，四年后被杀。那时候我们和所有人一起，全部离开了贾夫纳。此后三年，我在瓦尼当渔民。因为有巡逻队，所以很危险，但我们夜里在潟湖上捕鱼。此后，我加入了猛虎组织，然后一直和他们待在一起，直到休战协议达成。我受过几次伤，但我已经习惯了这种生活。从我还是个孩子的时候，我们就四处迁徙，所以我不为这个烦恼。但是，那份协议削弱了我们的力量，因为大家都离开了。后来我结婚生子，去了贾夫纳生活。

"然而，2006年，一切又开始了，'男儿军团'向我们发出求助。于是我再次加入他们，但现在的情况更艰难了。直到最后，政府不断告诉人们要去安全区域，然后还是轰炸他们。我们在那里帮助那些人，保护他们免受军队的攻击。我看到的事情是你无法想象的。

"最后，我们意识到没希望了，便扔掉氰化物胶囊和制服，投降了。我和其他所有人一起被带到瓦武尼亚。我不知道有多少人。三十万？也许是二十万。接着，到了晚上，'卡鲁纳上校'的人过来鉴定干部的身份。我不得不离开，于是在第三天晚上，我逃了出来，坐火车到了科伦坡。从那里，我设法逃到了法国。我申请避难，但人家说我是猛虎组织的人，在被监禁了很长时间后，他们让我登上飞机，把我送回了科伦坡。我在科伦坡被捕了，被带到犯罪调查局（CID）的四楼，关押了三个半月。他们什么都问。我在猛虎组织做了什么？我还认识谁，我在巴黎见过谁？有时他们用钳子，有时用电击设备。我的背上和胳膊上现在还留有伤印。他们还把我翻过来，拿一个装满汽油的袋子放在我头上。我经常感到自己快被淹死或烧死了。之后我病了好几个星期。我父亲把我弄了出来。他花一百万卢比打通了关系，我又坐上了飞机。

"就是这样。我再也不想打仗了。我已经失去了一切。我再也不想看到另一把T-56步枪或者另一场战争。我已经受够了。我算是完了。"

有几个死硬分子已经沿着海岸站好了位置。他们庞大的钢铁要塞占据了海滩，乍一看很难注意到这是一块多么广阔的空间。这里的大海就像液化的暮光，大片银粉色的水浪往各个方向漫卷，消失在远方。这是一片白色炽热的沙漠，连接着另一片蓝色阴冷的沙漠。但是，在这一切中间，有一艘巨型黑色失事船：一万吨的舱壁和钢板，以及结了硬痂的起吊机。虽然只有十二辆双层巴士的长度，但它似乎在某种程度上裹挟了地平线，而海滩在它面前全然荡空。当然，这是我的幻觉，是我对一艘大货船向沙地猛冲时卡在半截的想象。

"海盗船，"伊苏鲁宣告，"法拉三号（Farah III）！"

虽然还隔着很长的路，但我可以看到，它的部分外层已经脱落了。有一些壳板被铺在沙地上，于是我们沿着这条金属道出发。还有一条锚链呈"之"字形延伸到失事船上。它看起来就像一条干枯了的巨蛇的脊柱，扭曲地、僵死地躺在沙滩上。现在，我能听到"法拉三号"在高温天气里轻轻呻吟、叮当作响，海水在她的船体周围翻滚叹息。在金属镀层剥离的地方，沙子大量涌入，形成了一个新的海滩，在黑暗中发出隆隆汩汩的声音。

对于这样一个人畜无害的老流浪汉来说，命运实在残酷。2006年12月，"法拉三号"从印度驶往南非，被海虎劫持，并搁了浅。虽然这并非猛虎组织第一次实施海盗行径（自1994年以来，他们平均每年劫获一艘船），但这是他们攫取利润最多的一次。人们经常告诉我，在整个"猛虎之境"都享受着掠夺来的赃物，有供应过剩的大米和水泥，还有用不完的摩托车。"男儿军团"一等清空货舱，就开始切割钢板，将其做成潜水艇和装甲车。如果不是军队在2009年5

月 14 日赶到这里,这些钢铁材料能让他们维系几十年。

靠近细看,我发现每一处表面都被炮火击穿了。

"这些弹洞得有几千个吧……"我倒抽一口气。

伊苏鲁耸耸肩。"你要攻击的是海虎啊,这是他们的最后一个据点。"

保留在钢铁上的这般凶猛残暴,令人触目惊心。许多弹药熔结在外层上,但随后飞来更大的子弹,把钢板横冲击透。在一些地方,猛虎曾试图用麻袋堵住洞口,结果看到更大的导弹炸穿了船体。据我判断,坦克的炮弹使铁皮有了烂苹果的质感——不仅是红褐色,而且是肿胀而破裂的。舰桥和船楼整个都被挖走了,很难想象有人能从这种劫难中幸存。到了第二天,"法拉三号"便已沉寂了。

✺

长长的沙嘴最终在污水里结束,3 号禁火区和内战也在肮脏中走到了尽头。

当我们到达瓦杜瓦卡鲁[Vadduvakallu,或名瓦杜瓦卡尔(Wadduwakal)]时,三面都是咸水:左边是海,右边是潟湖,前方还有一条宽阔的浅水道将两者连接起来。那里的水是结了块的米黄色高岭土,我可以看到两个渔民一动不动地站在他们的小筏子上,就像竖立在淤泥里的雕像。虽然水很浅,可以蹚过去,但还是有一条狭窄的堤道,从泥浆中穿行而出。尽管部分路段看起来斑驳而破损,但它仍然是向南走的唯一一条路。

我突然想起来,几年前,在几千英里之外,我看见过这个水湾。瓦杜瓦卡尔桥(Wadduwakal Bridge)的视频是从战场上拍摄的第一批、也是最令人难忘的影像之一。拉贾帕克萨家族之所以发布这段录像，是因为他们认为它看起来像是一场救援。但是，在我的厨房里，它看起来更像是一场溃逃，成千上万的人在泥浆中挣扎着逃离。在图庭，泰米尔人愤怒地起身抗议，他们密密麻麻地挤到议会广场。"停止屠杀"，他们打出了标语。可是为时已晚，这已经不是战争了，只是尚未绝断的战后余波。

我走上堤道，在弹洞之间小心翼翼地行走。鸬鹚们像一群祭司，从它们栖息的地方——浅滩上的一根金属枝条——注视着我。我想知道它们中有谁会记得那一天，记得那些在淤泥里苦苦挣扎的奇怪生物。那想必是一个无法忘怀的时期，即使对鸟类来说也是如此。2009 年 5 月 15 日，在"法拉三号"被围攻的第二天，猛虎组织命令他们的人放火烧掉武器，然后逃跑。随着沙丘在四周爆炸，巨大的贫民窟从阴暗的巢穴里升起。第二天早上，成千上万的幸存者蹚过淤泥，经由这段狭窄的空间而脱身。

与此同时，军队的两大主力在海滩上会合。斯里兰卡的整个海岸线几十年来第一次回到了政府手中。至于剩下的猛虎地盘，现在只有不到两百码宽，但那里仍然翻腾着怒火。几近覆灭之时，猛虎组织还在四处联络，为他们最后一千名干部寻求庇护。即使是猛虎组织的政策负责人纳代桑（Nadesan），似乎也没有理解遍地四起的残杀。他也没有意识到，在科伦坡，他的命运已经被决定了。在战争的最后一天，即 2009 年 5 月 18 日，他和他的副官们在一场机关枪清洗扫射中被杀死。当时他们正举着白旗，从被包围的处所走出来。他们最后听到的是疑惑不解的声音。那是纳代桑的妻子在枪林弹雨下抗争。"他要投降了！"她申辩道，"你们还向他开枪！"

这下只剩那个神出鬼没的"小兄弟"了。

"他人在那里吗？"我问，"那块被包围的地方？"

"没有，"伊苏鲁说，"我带你去看。他正想逃跑。"

***

我们掉过头,沿着潟湖边行驶,一直回到了鲜红的沙土地上。就像以前一样,这块平原看似被烧毁过,坚硬粗糙,但也更宽阔一些,散乱地扔着油桶和电线线圈。在远处的一侧,我可以看到一条微弱的淡紫色狭长地带,边上是牙刷树和零零星星的红树。

"我们就是在那里找到他的。"伊苏鲁说。

"所有人永远不会忘记的一天啊。"我说。

"是的,我当时离这儿只有几英里,但我立刻得到了消息。"

"还有照片?"

"的确。那些图片传疯了。"

关于普拉巴卡兰的消失,仍有许多不同的说法。士兵们拍摄的照片显示是在一处水边。当泰米尔伊拉姆的太阳神穿过欢呼的人群时,他们都纷纷拍照,使他成为地球上被拍摄最多的尸体之一。这些照片中总是有泥土。有时普拉巴卡兰躺在淤泥边上,或者躺在泥浆里,有时他又赤身裸体,全身涂抹了泥巴。接着,他又被穿上衣服,出现在电视上,泥土在远处。他十二岁儿子的照片同样令人困惑。巴拉钱德兰一会儿躺在土里,身上有很多弹洞,而在下一张照片里,他又被囚禁起来,啃着饼干。只有普拉巴卡兰的脸没有变化,他的颅骨被炸掉了。按照军方的说法,他是在试图逃跑时被击毙的,在随后的交火中,他的家人和所有手下也被杀死了。关于战利品,士兵说他们找到了一千二百万卢比、一罐汽油和一些糖尿病药片。汽油是普拉巴卡兰用来自焚的,以防他被杀,但事情发生得太快,根本没有用上。

"全是谎言,"博客作者特瓦尔告诉我,"那不是事实。"

照他所说,普拉巴卡兰是自杀的。

"他把枪伸进嘴里,然后'砰'!我朋友就在现场。"

"但他为什么要自杀呢?"

特瓦尔满脸怒容。"只有他死了,我们的事业才能继续。"

在图庭,这个故事有更多的版本。有的还说,他根本没有死。

"他坐着救护车逃走了。"有人告诉我。

"他化装成一个穆斯林妇女。"

"有一艘潜艇在等着他。"

"他还活着,"塞瓦拉特南坚持说,"我每天都为他祈祷。"

✻

离开战场之前,我在沙丘上散了最后一次步。我们停在维拉穆里瓦卡尔附近,战争的最后几小时就是在这里进行的。这一次,我把伊苏鲁留在车上,穿过沙地向大海的方向跋涉。这里生长的东西要么像鞭子般柔韧,要么布满了刺,草也纤细而苍白。仿佛爆发了一场脱发症,一直蔓延到视线的尽头。但同样有垃圾形成了一层薄薄的地毯,而且某个时候,出现了几个大而浅的坑,每个坑都有巨大的轮胎轨迹通向公路。似乎有人曾在麻袋和波纹铁皮中挖掘开采过一番。即使在当时,这也让我觉得很怪异,所以我拍了一些照片,就赶紧走了。

我在塑料和铁锈中探着路,走得很慢。我在想,几百年后,考古学家会如何看待这一切?他们会对这场战争持何种看法?会说这场战争是用勺子和聚乙烯的袋子打的?还是说这是一场毫无意义的战争,只不过是沙地上的一场灾难性的混战?

他们将如何看待这些尸体(如果他们找到了的话)?尸体是破碎的、四处散落的,还是深情地排成一排,就像是被自己人射杀的一样?如果拉贾帕克萨家族的话可信,这里会是一片整齐有序的墓地:只有"恐怖分子"和他们射杀的少数平民。如依军队所言,这片墓地则要稍大一些,不过还是不比一村庄的死人墓地大。他们总是说，在整个穆莱蒂武，有三千个平民被杀，但他们从未透露过他们是谁以及他们最终葬在哪里。

下面就只剩下泰米尔人和他们对沙地里的东西如同世界末日般的估定。在贾夫纳和图庭，经常有人告诉我，有 146,000 人失踪，其中大部分埋在这里的沙土中。多年来，僧伽罗人的新闻媒体一直在竭力否认这个数字，瓦尼的战争如今已经成为一场数学运算的战争。但是，在没有证据的情况下，一切都只是猜测。与此同时，联合国认为，泰米尔人所估计的数字还是太大胆了，尽管它自己的估算——多达四万人——几乎也是一样难以想象。如果是真的，这意味着陈尸在我脚下的有相当于 3636 个足球队的人口，或者四十辆挤满通勤者的火车，或者一个英国城镇的全部人口，例如多佛尔。

或者，也许这里根本没有人，而这就是那些沙坑的目的？在我去过那里之后几个月，一则新的故事在世界媒体上传开，说斯里兰卡军队被指控挖掘证据，将其装在卡车里运走。在澳大利亚，"公共利益倡权团体"（Public Interest Advocacy Group）声称，巨大的坟坑被挖开，搅扰了几千具尸体的安宁。即便在亡灵世界，瓦尼这座车轮上的大城市似乎也在启动和行进之中。

最后，长满尖刺的灌木丛开始稀疏起来，大海出现了。它仍然只是一道长长的、薄薄的蓝色刀片，远远地横在细筛过的平地上。那边也许有一个人影，也可能只是一片残骸。但真正吸引我注意的是潮痕，一圈黑乎乎的附着物正沿着稻草的边缘起伏扩散。它起初并不起眼，但当我走近时，我发现那里有很多鞋后跟和鞋底、人字拖、凉鞋和拖鞋。我突然想起了奎罗兹所记述的有关圣方济各·沙勿略的故事。就好像有成千上万的沙勿略来过这里，而这些全都是他们所遗留下的愤怒：海岸上的鞋子。

第十三章

碧绿永恒
GREEN AS EVER

锡兰万岁,碧绿的珍珠,岛屿的花朵,美丽的高塔!……我的思想和我的诗在很大程度上得益于这座岛屿。我熟悉并热爱它慷慨的人民。

——巴勃罗·聂鲁达,
科伦坡世界和平理事会(Colombo World Peace Council),
1957 年

生活的表层尽是安适与优雅,但其实是建立在深重的严酷和不可预知性的基础上……所谓的平静往往是一种假象,在这种假象之下,人们愤怒的情绪被深深地压抑……

——威廉·麦高恩,
《惟人邪恶:斯里兰卡的悲剧》(Only Man is Vile: The Tragedy of Sri Lanka),1992 年

我本来预期南下之时会满腔义愤，但实际上根本没有。斯里兰卡有一种颠覆良知的奇怪方式。我有时会想，是不是有一台巨型情感应答机深埋在这座岛上，扰乱了所有的信号。否则，怎么能一边进行血腥的激战，一边还维持着旅游业？在战争结束的那一天，我姐姐正在加勒拍摄时装。她给我带回一份报纸，里面当然有战争报道，但也有其他内容——关于温布尔登、迈克尔·杰克逊的鼻子，以及丢了手提包的康提女士。就算历史把自己炸得粉碎，生活也不可思议地保持着平常样态。

每个人都在忙着考虑他们不应该考虑的事情。我本以为泰米尔人会充满愤怒，但我发现他们只有充沛的热情。这场失败一直在他们的预期之中；他们履行了自己的职责，现在从毁灭中得到了新生。"循环往复，周而复始。"特瓦尔虔诚地说。甚至Z神父也对寻求正义或开展调查不感兴趣。"有什么意义呢？双方都遭了难。重新审视这一切只会把仇恨传递到下一代身上。"

僧伽罗人也有同样的矛盾心理。胜利让他们深刻反思、犹疑不定。无论我走到哪里，这一点总是让我吃惊。我本以为会有更多的自豪感和小欢喜，但我发现他们经常是迷惘的，似乎没有人知道该作何感想。这场战斗耗费了这个国家两千亿美元，持续时间是第二次世界大战的四倍，但仍有那么多问题没有解决。虽然僧伽罗人一直有忘记的冲动，但这段历史却很难被埋藏。拉贾帕克萨家族曾试图让他们感到大获全胜，但收效甚微。这场战争的起源是如此古老而晦涩，以至于四十岁以下的人甚至感觉不到这是他们的战争，而只将其看作生活的背景，是一种抽象的概念，是在树林里或在他们的脑海中进行的搏斗。

坐在返回科伦坡的巴士上，我琢磨着这一切。车上坐满了重新开始思考的人：僧侣、学童、几个十几岁的农民、一些玩手机的士兵,还有一位通过唱歌赚午餐的流浪乐人。想到他们不为战争所束缚,让一切重新开始,我就很高兴。在这个伟大的狂野的思想力场之中,谁知道他们会创造出什么样的未来?我肯定不知道,不过我至少意识到了这一点:只要再发出一声愤怒的嘀咕,我就会显得比以往任何时候更像外来者。

随着风景变得越来越碧绿,我的感情恢复了,又一次开始轻松地享受周围的世界。我仍然对此感到内疚,但这一切的优美迷人让我无法抗拒:微微发亮的水道;古老而多节的树林;掉在稻田中的粉红色鹅卵石,像巴西利卡[1]那么大;多才多艺的马戏团动物,而且到处都是它们的领班——穿着黑色长燕尾服的不知疲倦的卷尾鸟。

在斯里兰卡,正当你认为一切活物均已绝灭的时候,生命的迹象又显现了,这总是令人激动的。在穿越干旱区的那段回程里,我们途经一个穿着人字拖的筑路队,一个卖凝乳的小贩,一对背着木头的大象,还有一场自行车比赛。虽然自行车运动员看起来皱巴巴、湿漉漉的,但在他们中间开车的管理员却显得极其兴奋,仿佛是他们自己要取得胜利了。某个时候,我们都从一个加油站前飞驰而过,加油站的前院上贴着一张告示:"严禁烟火"。这句话在当时似乎很应景。我已经在"烟火"里走了很远:一路驶来,大脑一片空白,沉浸于他人世界的残酷之美,只因为自己是这里的过客而扬扬自得。

其他乘客没有做任何事情来舒缓这种不受干扰的快乐。男人们

---

[1] 巴西利卡:古罗马公共建筑样式,是带有半圆形后殿的大型长方体建筑,在古罗马多用于法院和公众集会场所。

彬彬有礼，很是腼腆，而他们的妻子——总是衣袍华丽，珠围翠绕——好像一动也不动。虽然涌进来的空气像吹风机吹出的一样燥热，但似乎没有人介意。我觉得自己在他们中间就像一头野兽，黯淡无趣，笨手笨脚。他们永远不会像我一样，肤浅地爱着这个国家。我在伦敦的一个泰米尔族朋友——那位记者——在博客中记录了她所难以忍受的渴望的感觉。她曾说："我向来是从侧面观察斯里兰卡的，这样过了一辈子，现在要写关于斯里兰卡的事情，是非常令人恐惧的。如果我完全正视它，就会觉得太可怕了，难以忍受……我是在红酒和巧克力的海洋中写下这篇文章的……必须要有可以分散我对现实的注意力的东西。"

我现在才发觉自己对这一点的理解有多么浅薄。也许对外人来说，情况总是这样。你对"现实"微微一瞥，就觉得它会困扰着你，但随后，这个国家卓越的辉煌涌现在周围，你又重新爱上了它。

在瓦武尼亚附近，我们经过了难民营，但我们没有看到那些营地。荆棘和青草已经将我们包围，除了可以看到前面和后面的道路像一条管道穿过森林，没有任何视野。我几乎可以感觉到，其他乘客在凝视着逐步衰没的线条时，思绪渐渐空茫。但是，这里并非一直都是一片虚无。曾经，这里有二十一个营地，每个营地都是一座聚乙烯筑造的大城镇，外围铺着铁丝网。它们总共收容了近二十九万人，包括几千名儿童和被截肢者，以及大约一万五千名伤员。这些营地中最大的一个叫梅尼克农场（Menik Farm），离瓦武尼亚只有一小段车程。在那里的时候，我曾问过辛加姆，是否有机会前去参观。

"不行,你还没靠近他们就把你抓走了。"

"谁?警察?"

"是的,也许是他们,或者军事情报部门。"

这种麻烦事不招惹也罢,所以我决定通过谷歌地球勉强进行一次虚拟探访。即使是从大气层之外,梅尼克农场看起来也很有农业特征,覆盖着人类的玻璃罩。塑料很耀眼,我可以看到它被分成越来越小的分配区,就像扎了许多帐篷的郊区,每个分配区都有自己泥泞的环形路。2009年,这里成了世界上最大的难民营。

我见过几个在这里坐过牢的人,包括辛加姆、克罗伊德克斯和那位孤独的侄女。他们都说到了同样的事物:臭味和灰尘,以及消失后的惊愕感。那位侄女说,最恶劣的是到达后,当着其他所有人的面被扒掉衣服。但是,即使在这之后,她也从来没有安全过,总是有士兵在一旁看着她洗衣服。据联合国披露,对一些士兵来说,光看是不够的,性成了生存和报复的原始通货。

克罗伊德克斯也记得那种恐怖,以及"卡鲁纳上校"的手下。

"准军事人员在夜里活动,戴着巴拉克拉瓦蒙面头套。"

"如果他们发现你,会怎么样?"

克罗伊德克斯抽搐了一下。"我不知道。有那么多干部失踪了。"

政府花了近两年的时间才找到他们想要捉拿的人,然后把其余人全部释放。但是,到2011年4月,这个过程几乎结束了,营地里只剩下最后的一万八千人。他们都是可怜人。有些人出生在猛虎组织,从未了解过其他事情。其他的是职业军人,需要下大力气改造。

那天,当我缓慢走过的时候,还有一些人在那里。没有人看到过他们,他们也从未被审判过。但他们就在灌木丛深处的某个地方:最后的四千名干部,正在学习不爱"小兄弟",而要爱"老大哥们"。

清除了猛虎组织之后，A9公路的其余部分常常让人有种"拉贾帕克萨之境"的感觉。现在，拉贾帕克萨兄弟似乎无处不在，他们眉飞色舞地出现在广告牌上，在各个城镇里喜笑颜开。不仅仅是总统马欣达，巴兹尔和戈塔巴亚也在其中，被崇拜的目光包围着，揽获一众赞美。我总是觉得他们看起来特别像水獭：油光水滑，长着胡须，愉快惬意，一脸饱满的富态。在高速公路和住房项目上，还有现在从灌木丛中隆起的灿烂辉煌的新佛塔上，他们的名字随处可见。通过国防部和发展部的强强联合，他们已经把自己变得势不可当。现在一切建造项目都以国家安全为名义。军队甚至有自己的建材商店，还经营着几家酒店。所有的钱都是借来的不要紧，这可是拉贾帕克萨家族古老世界的开端。

在科伦坡，这经常让我的朋友们觉得非常有趣。

"他们甚至雇来一些考古学家，要为瓦尼地区赋予一段佛教史。"

但是，在公路上，赫然耸现的总是马欣达的身影。他现在是一个中世纪的人物，常常有一座房子那么高。广告牌上写着："兰卡的勇士，无畏的领主！"我好奇泰米尔人会如何看待这个，还有出现在路口的那些险恶的颂歌。"你是太阳和星星，"一首歌赞美道，"你永远是总统。"这并不是空无根据的威胁。在斯里兰卡历史上，没有一个人手握如此重大的权力。拉贾帕克萨不仅让政府里充斥着他的家族成员，还把他所有的竞争对手都拉入伙，给他们提供工作。斯里兰卡的内阁现在是世界上最庞大的，有一百三十位部长，每个人都有一辆气派的豪车和一小帮暴徒。

但是，当我们开车穿行在马欣达的王国里，看到的不全是荣耀。一路上，有很多东西在提醒人们记住那些死去的人。通常，巴士停靠站会成为汇聚悲痛的中心。站台被涂成空军的颜色或迷彩色,里面陈列着鲜花和遇难士兵的肖像。这些地方的民主,以及有关等待和未来旅程的想法,总是让我深受感动。政府似乎从来没有理解过这一点,他们自己建立的纪念碑总是臃肿粗笨、扬扬自得。每个城镇都有它的黄金战士,那是一个玩具似的巨型塑像,矗立在城镇的环岛上。然后还有戈塔巴亚的所有奖杯,是一些巨型混凝土筑造物,从废墟中冒出来。"太愚蠢了,"小说家埃尔莫说,"它们会永远提醒我们白白糟蹋的东西。"

然而,对我来说,最令人不安的纪念碑是在贾扬提普拉(Jayanthipura)。这里就在科伦坡的边缘,有胜利的土地和十吨重的狮子,是拉贾帕克萨式的辉煌之作。在我去参观的那天,有两个女战士在执勤,她们穿着皇家蓝色纱丽,完美无瑕,一言不发。她们护送我走到纪念墙前,墙上按照逝世的顺序呈列着死者的名字。我们从1983年开始,走过五面墙之后,结束在第27,745个名字。这是一次令人警醒的散步,但真正让我担心的是那一长片空白的大理石,以及为更多墙体预留的空间。是何用意呢?难道是要说明,这并不是结束,而只是开始?

✺

我很高兴回到科伦坡,呼吸到它的叛逆气息。

我花了一天左右的时间才适应这里的混乱,但后来,我突然意识到我是多么地想念这种状态。这里又有汹涌的人潮,全把规则扔到一旁。我已经忘记他们是如何旁若无人地开车的;他们是如何随心所欲地盖房子的,以及他们是如何随时随地打板球的;日子是如何变得越来越狂热,直到最后太阳坠入大海,以及每个人如何在黑暗中消失得无影无踪；夜晚是如何让人感到顽皮而切近，而只要有霓虹灯的地方，就有一尊提婆罗仙人或者一座不幸的圣塞巴斯蒂安（St Sebastian）的雕像，像一只飞蛾一样伸展开来。我也忘记了科伦坡无可救药的热情，即使是现在，在这个纯洁的时代（Age of Purity）。这里的每个人要么在做买卖，要么在欠债，要么被当场捉奸，要么在谈恋爱。还有哪个城市会花这么多时间来惩罚它的恋人，但又收效甚微？到处都有一丝杂乱无序的气氛，甚至在火车上。人们会为了上车拼命厮打，而一等上了车，大家又突然成了朋友。

拉贾帕克萨家族在这里并不崇高尊贵，尽管他们有那么多的宫殿。这里没有硕大的水獭，即使有，也会埋没在喧嚣之中。科伦坡没有时间关心权贵兄弟，就连富人也会激烈地站在反政府的立场。巴兹尔在这里的绰号是"百分之十先生"[1]，而小道消息里也总会涉及一点戈塔巴亚的疯狂行径。如果努力寻找，我甚至可以找到准备刊登这类故事的报纸。有一次，《星期日导报》刊登了关于一只小狗的故事，讲的是戈塔巴亚命令飞机改道把它从苏黎世带回来。部长读到这篇报道后很不高兴，他给记者弗雷德丽卡·扬兹（Frederica Jansz）打了电话。"你们这种新闻记者，就是吃屎的猪！"他对她说，"狗屎！狗屎！狗屎记者！"

"希望您能听到自己说的话，拉贾帕克萨先生。"扬兹说。

但是，戈塔巴亚已经失去理智，在一阵污言秽语中挂断了电话。

❁

我像往常一样四处走动。有一天，我沿着加勒大道出发，穿过

---

[1] 百分之十先生（Mr Ten Per Cent）：巴兹尔在负责国家财政工作期间涉嫌贪污，每个政府项目上他都要求收取百分之十的回扣，因而获得了"百分之十先生"的绰号。

绿地，顺着滨水路走，最后来到了要塞区。那是一个美丽的日子，这个城市感觉很轻盈，很有戏剧性。能回到这里让我感到兴奋，然而，和往常一样，我也说不清原因。岸边停着一小串炮艇，还有一群无毛狗在绿地上闲逛。经过锡林科[1]大楼时，我想起了第一天遇到的那个骗子，还有放置炸弹的人被嵌进沥青的故事。在这短短几个月里，要塞区也发生了变化，在喧嚣和自信中生长。它就像一个迷你版的上海，正在慢慢恢复活力。水果商贩现在挤在树荫下，在查塔姆大街（Chatham Street）的拐角处，有一个穿着锃亮大军靴的骑警。我经常在想，为什么我的朋友们不搬回这里，在装饰艺术（Art Deco）中安家落户。"我们没法这么做，"他们说，"那里已经归拉贾帕克萨家族所有了。"

我很快顺着查塔姆大街进入约克街，来到了旧警察大楼。这个地方声名狼藉，是少数几座仍然长满杂草、涂着20世纪40年代颜色的楼房之一。我现在意识到，这就是克罗伊德克斯被关押、受到汽油酷刑的地方。实际上，我来的那一天，他可能就在那里。出于好奇，我决定冒险进去。我从入口处沿着一条隧道往里走，这条隧道通往楼房的地下深处，隧道里铺着波纹铁皮。出口在一个巨大的袜状钢丝网里，有点像一个鱼陷阱，旁边有一台X光机。一双半睁半闭的老眼从机器对面看着我。

"你想干什么，嗯？"

我明白最远只能走到这里了。

"没什么，"我说，"我走错地方了。"

也许，克罗伊德克斯在上面的四楼也说了差不多同样的话。

几个月后，我在伦敦见到他时，他说了这样一番话："我希望

---

1 锡林科（Ceylinco）：锡林科保险公司，是斯里兰卡最大的私营保险公司。

你们的警察不要把我遣送回国。英国是一个富裕的国家。人们有新的车子,有时候他们的纱丽只用一次。英国人喝酒,花很多钱庆祝生日。我很高兴来到这里,尽管有时会让我想起汽油,然后我就会哭。"

✺

我在离别的心境下度过了最后几天,想回家但又不想走。这一次,我避开了大酒店,住在邦巴拉皮提亚的一家小客栈里。它的吸引力部分来自它的名字——"奥特里"[1],但也涉及经济拮据,以及文学朝圣的因素。在内战初期,这里曾是作家的聚集地,例如威廉·麦高恩,还有摄影家斯蒂芬·钱皮恩(Stephen Champion)。也许我希望能吸收他们的一些聪明才智,哪怕是他们的愤怒。我在伦敦见过钱皮恩一次。他告诉我,他拍摄的照片让他依然生活在20世纪80年代,但斯里兰卡一如既往地引人入胜,而且每年他都会回到奥特里。"那里还是一样的,"他说,"也许小了一点,而且钢琴和台球桌也没有了。"

令我惊讶的是,客栈从前的女店主玛丽还住在那里。现在她已经七十多岁了,蜷缩在这座水泥大住宅的最后几个房间里。房子的其他部分已经租给了心理学家,外面是海岸公路、一条铁轨和一大片空阔的灰色海滩。玛丽从不认为有必要美化她的世界,她仅有的一些装饰品也被岁月磨得发白:几幅圣母玛利亚的画像,一件非洲雕塑,还有一台盖着纱巾的旧电视。据说她是泰米尔人,嫁给了一

---

[1] 奥特里:这个名字的英文Ottery与水獭(otter)相近,同时也与英国德文郡的城镇奥特里圣玛丽(Ottery St Mary)名称相近。

个僧伽罗人,他们结合在一起,生活极其自律严苛。至今仍然不会给客人提供茶或早餐,而且这么多年,一切都是禁止的,包括接吻。正如玛丽告诉麦高恩的话:"人们会认为我们道德沦丧。"

但现在,这些规则似乎触不到上面的楼层了。我听到隔壁房间里有一对年轻的僧伽罗族夫妇,他们讲话很迫切,很有激情,仿佛他们不应该待在这里。我觉得,他们都没有发现我们共用一个卫生间,也没有发现,每次我经过他们的房门时,都能看到他们赤身裸体地瘫在床上,已经筋疲力尽了。

我自己的房间几乎是空荡荡的。有淡黄色的墙壁,一张床,还有一些巨大的木钩子,也许是用来挂大帽子或马具用的。早在20世纪80年代末,麦高恩就住在这里,写他的回忆录《惟人邪恶》。战争使他变得焦躁易怒。炸弹爆炸的时候他就在附近,他也看到了尸体和陈尸所。回到邦巴拉皮提亚后,他渴望"交流",并在妓女当中寻求慰藉。他唯一的朋友是"螃蟹先生",海滩上的一个畸形乞丐。他带着他登上亚当峰,去乌纳瓦图纳度假。到最后,他对一切都鄙夷不屑:佛教、斯里兰卡社会("谎话连篇、诡计多端")和僧伽罗人("令人愉快又充满威胁")。他的书将影响未来二十年美国人对此地的看法。

我躺在陌生的小房间里,想到自己没有任何这样的感受,感到很苦恼。也许我并不像我以为的那样了解斯里兰卡。第一天晚上,我躺了好几小时睡不着觉,试图理清我的所感所知。困惑迷惘很容易有,恐怖的刺痛也很常见,但我还看到了亲和性、惊异感和懊悔心。对这个美丽的国家产生如此感觉,是不是很奇怪?或许,对麦高恩来说,情况有所不同,他是通过战争的棱镜观察这一切的。又或许,虔信的人是对的,有许多不同的斯里兰卡,每一个都存在于自己小小的来世。再或许,这真的是一个迷宫,你对整个迷宫的感知完全取决于你在迷失的那一刻所处的位置。

✺

有很多的告别——我和埃尔莫一起喝咖啡,和拉维一起吃比萨,和穆罕默德一起在高尔夫俱乐部吃晚饭。维杰辛哈教授带我去了格林咖啡馆(Green Café),许多年前,他曾在那里消磨了一个更加纯真的时期。我还见到了那位调查记者,他已经从被逮捕的恐惧中恢复过来,现在穿着白色运动服,看起来又神采奕奕了。

然后还有瓦桑塔,他认为我离开时的气氛应该更隆重一些,于是开车带我去了凯勒尼耶(Kelaniya)的古庙。这次出行,他没有穿他惯常穿的花哨T恤衫,而是穿了一件普通的白色外衣和凉鞋。他熟悉所有的雕像和绘画,我感觉他经常来这里给自己的精神充电。其他政治家似乎从古代世界汲取了力量,但对瓦桑塔来说,这里是责任感的源泉。虽然他从未谈论过近些年的不公正现象,但不难猜出他的感受,而且在他谨言慎行的举止中,常常可以窥见他那高大庄严的先辈们思考解决方案的影子。然而,他看起来那么有把握,好像他已经听到说一切都会好起来,这总是让我很激动。"我们是新的一代人,"他告诉我,"情况会不一样的。"

我还回到了冈嘎拉马寺,与寺庙里的大象最后相处片刻。科学告诉我们,这些雄壮的野兽没有特别的领悟力,对周围的世界也没有什么伟大的理解。但实际看来根本不是这样。那天下午,大象仰面躺着,让象夫为它擦洗。对于一只野生动物来说,那样的姿势十分引人注目。当我注视着那只小眼睛时,我不禁感到,它是懂得一些事情的。

❋

最后一个早晨，我漫步到加勒菲斯绿地，发现它几乎消失在一大片沸腾的、深绿色的军人队伍里。海浪像烟雾一样缭绕在队列上方，阵形不时地分开，大批卡其色和橄榄色的部队向前行进过来，举着密密麻麻的步枪和旗帜。其中有坦克、火箭弹发射器、半英里长的野战炮和数英亩的海军蓝。他们应该是在为下一次的盛大阅兵进行排练，但没有人观摩。科伦坡显然已经厌倦了士兵和胜利。这意味着整个壮观场景由我一人独览，而且，这很自然地让人觉得像是一场送行。

似乎没有人介意我在队伍中间溜达一下。这些斯里兰卡人是我以前从未见过的：挂着枪的女性，一排又一排坐着轮椅的截肢者，穿着豹纹宽松衣裤的自行车手，以及所有身着最精致的维多利亚式服装的高级军官。然后是特种部队的人，他们留着相称的胡子，还有打着整洁的丝绸领带的坦克指挥官。其中一个人甚至从他巨大的机器上爬下来，用完美的伊顿式英语和我讲话。同时，在这一切的中间，有一艘迷你潜艇，搭在平台卡车上驶过来，像一条巨大的圣鱼。我有一种不安的感觉，觉得等我老糊涂了，这会是我对此次斯里兰卡之行的全部记忆，而战争的结束像是某种疯狂的滑稽戏，由达明·赫斯特[1]修饰过最后几笔。

但至少，那一天，只有我看起来格格不入。士兵们从未见过肤色这么白，这么没有作战气质的人，他们在我啪嗒啪嗒走过去的时候冲我呼喊。问题总是一样的："你有几个孩子？""我能留一下你

---

[1] 达明·赫斯特（Damien Hirst）：英国当代艺术家，使用福尔马林、动物尸体、人体模型、甲醛、致幻、波点等元素创作艺术品，表现死亡、恐惧、神秘感、生命的脆弱、生物机体的有限性等主题。

的地址吗?"一些步兵甚至把我拽进他们的装甲车,我们坐在那里,在炎热、油腻的闷浊空气中交换照片。他们很兴奋,谈论着马特勒、马塔莱、库鲁内格勒、他们的村庄、渔船、山峦和他们的农场。我们掌握的语言不够把他们的故事交流完全,但我觉得我明白了他们的意思。就像我的旅程一样,一个时代已经结束,现在是我们所有人回家的时候了。

后记
AFTERWORD

我回来几个月后，科伦坡举办了英联邦政府首脑会议。学校关闭，街道重铺，所有的流浪者被抓捕。一份当地报纸称之为"皇帝的野餐"，但这并不是拉贾帕克萨家族所期望的盛会。只有二十三位"首脑"出席了会议，而且在会议期间，酒店仍然安静得可怕。到最后，五星级酒店的费用降到了一晚五十五美元。

拉贾帕克萨家族终于在 2015 年 1 月被赶下台。当总统看到投票趋势的时候，他要求军队发动政变。令所有人惊讶的是，将军们拒绝了。

苏内特拉·班达拉奈克对妹妹钱德里卡一直留在政界深感遗憾。这位前女总统在击败拉贾帕克萨家族的过程中发挥了重要作用，在她的组织下，投诚者、前部长们、泰米尔人和穆斯林组成了一个联盟。

即将卸任的国防部部长戈塔巴亚·拉贾帕克萨现在被公开指控谋杀了《星期日导报》的编辑拉桑塔·维克勒马通加（Lasantha Wickrematunga）。他和他的弟弟巴兹尔还因腐败指控而被羁押。

没有了拉贾帕克萨家族，汉班托特机场的飞机最终也撤空了。机场建设耗资 2.1 亿美元，月收益却降到了 125 美元，还不如拐角处一个小商店的收入。

在新总统的领导下，我的朋友瓦桑塔·森纳那亚克被提拔为体育和旅游部副部长。

我的另一位好朋友拉维·维拉佩鲁马中校继续为他热爱的祖国效

力,目前在从事海洋环境保护工作。

在贾夫纳,埃亚图莱·桑塔姆(Aiyathurai Santham)继续写作。他的第二部英文小说《铁轨并行》(*Rails Run Parallel*)于2015年3月出版,入围了斯里兰卡的格雷希恩奖[1]。

据说,泰米尔猛虎仍然存在于散居国外的侨民之中,但新的领导人尚未出现。

纳根德拉姆·塞瓦拉特南现年七十八岁,对他来说,为争取一个独立的泰米尔伊拉姆的斗争仍在继续。在克罗伊登的寺庙里,他每天早上第一件事就是为"领袖"韦卢皮莱·普拉巴卡兰祈祷,他坚信普拉巴卡兰还活着。

克罗伊德克斯申请政治庇护没有成功,理由是他曾为战斗人员。他现在生活在巴黎,一直没有取得合法身份,前途渺茫。

---

[1] 格雷希恩奖(Gratiaen Award):面向斯里兰卡作家的英语文学奖项,每年评选。1992年,出生于斯里兰卡的加拿大作家迈克尔·翁达杰使用其作品《英国病人》所获布克奖的奖金设立该奖,奖项名称是为了纪念翁达杰的母亲多丽丝·格雷希恩(Doris Gratiaen)。

拓展阅读
FURTHER READING

关于斯里兰卡的人口和地理，前人已经倾注大量精力予以记录。除了数不清的互联网资源和我自己的材料（七本日志、四千五百张照片和二十个小时的录音），还有数百本书籍和论文需要考虑在内。下面的甄选只纳入了我认为特别有用或有趣的作品。

通识阅读

斯里兰卡是世界上拥有最古老的书面记录历史的国家之一。将其压缩成一部巨著是一项庄重的任务，但仍然存在几部这样的伟大作品。目前，最受尊崇的是 K. M. De Silva 的 *A History of Sri Lanka* (OUP, 1981, Oxford)。时间更早但同样权威的是 E. F. C. Ludowyk 的 *The Modern History of Ceylon* (Praeger, 1966, New York)。20 世纪前后的情况在 Victor Ivan 的 *Paradise in Tears* (Sahajeevana Centre for Coexistence, 2008, Colombo) 里也有精彩——间或恐怖——的描写。

至于旅行指南，我信赖这三部作品。最全面和实用的是 *The Rough Guide to Sri Lanka* (Rough Guides, 2012, London)。然而，就精美插图而言，别的都比不上 *Sri Lanka* (Insight Guides, 2006, London)。Royston Ellis 的 *Sri Lanka* (Bradt, 2011, Chalfont St Peter) 也很有帮助，不过作者作为本岛居民，必须言辞谨慎。尽管如此，这仍是一本迷人的、研究深入的书。

对于一般性的参考资料，C. A. Gunawardena 的 *Encyclopedia of Sri Lanka* (New Dawn, 2006, Delhi) 是必不可少的。它现在虽然有点

过时了，但仍然可以用来查阅任何有关斯里兰卡的资料，从亚当峰到扎伊拉学院（Zahira College），应有尽有。更让人爱不释手的是 Michael Meyler 的 *A Dictionary of Sri Lankan English* (Michael Meyler, 2007, Colombo)，写得通俗易懂、生动有趣，是唯一一本让我从头到尾、一页不漏读完的字典。

如果要讨论斯里兰卡社会的复杂性，有几部有用的入门书。最好的是 *Culture Shock! A Survival Guide to Customs and Etiquette: Sri Lanka* (Marshall Cavendish, 2009, New York)，作者是 Robert Barlas 和 Nanda Wanasundera。同样有用但较为浅显的是 Emma Boyle 的 *Sri Lanka: the Essential Guide to Customs and Culture* (Kuperad, 2009, London)。如果需要有关种姓和僧伽罗语的介绍，有 J. B. Disanayaka 的 *Understanding the Sinhalese* (Godage Poth Mendura, 1998, Colombo)，这本书里全是重要信息，例如怎样哺育婴儿，如何埋葬死者（显然要把拇指绑在一起，还有脚趾）等。

游记

有很多外来者曾经试图描绘这个岛屿。我最喜欢的现代作品是 Tim Mackintosh-Smith 写的，他来这里是为了追寻伊本·白图泰，而他自己的冒险经历在 *Landfalls: On the Edge of Islam from Zanzibar to Alhambra* (John Murray, 2010, London) 中有十分精彩的描述。不过，还有简·莫里斯的一篇文章"Ceylon"，收录在 *A Writer's World* (Faber, 2003, London) 一书里。其他留下有趣笔记的游访者包括保罗·鲍尔斯、赫尔曼·黑塞、D. H. 劳伦斯、巴勃罗·聂鲁达和威廉·达尔林普尔。达尔林普尔在内战间歇期进行过一次短暂访问，他的印象在 *The Age of Kali* (Flamingo, 1999, London) 一书中有述。

比较难读的是罗兰·雷文－哈特少校的作品。他花了十五年时间游历斯里兰卡，对该岛的了解不亚于其他任何作家。虽然他的文字杂乱无章、喋喋不休，但其学术价值是毋庸置疑的，而且在考古方面，*Ceylon History in Stone* (Lake House, 1964, Colombo) 是一部令人印象深刻的作品。更令人不安的是他对男童的兴趣，书里的图片很多都有赤身裸体的男孩。现在，这样一本书会把你送进监狱。

关于斯里兰卡的虚构作品

在这个国家，英语是少数人的语言，奇怪的是，这里却存在英语小说的悠久传统。迈克尔·翁达杰居于领先地位。他的作品 *Anil's Ghost* (Bloomsbury, 2000, London) 描述了一个精致而险恶的故事，背景是人民解放阵线的一次叛乱。然而，翁达杰已经不住在斯里兰卡了。在本土作家中，有两本书近几年非常突出。Shehan Karunatilaka 的 *Chinaman* (Vintage, 2012, London) 对科伦坡生活进行了机敏且阴郁的描述，不过老实说，你必须喜欢板球才能真正读懂。Romesh Gunesekara 的 *Reef* (Granta, 1994, London) 则不挑读者，讲述了一个关于爱情和烹饪的奇特故事。书页上总是有某种美味的东西，以及某种无法界定的东西，在潜台词中闷烧着。

东西方文化的交融模糊是当代小说家热衷的一个主题。Ashok Ferrey 在他的讽刺作品 *The Good Little Ceylonese Girl* (2006, Colombo) 和 *The Professional* (Random House India, 2013, Noida) 中对此有所涉及。但对 Rajiva Wijesinha 来说，这是一个更为重大的话题，在 *The Moonemalle Inheritance* (Orient, 2013, Colombo) 和 *Servants* (McCallum, 1995, Colombo) 中，出现了一个既不像牛津剑桥，也不像亚洲的社会。也许，更接地气的是卡尔·穆勒的小说，例如 *The Jam Fruit Tree* (Penguin, 1993, Delhi)。这一次，作品聚焦于岛上古老的伯格人的家族，他们现在是粗野、酗酒的工薪阶层。

近年来，战争已经开始在本土小说中占据重要地位。在旅行过程中，我遇到了埃亚图莱·桑塔姆，我介绍过他的小说 *The Whirlwind* (Pathippagam, 2010, Chennai)。但过去几年最流行的是尼哈尔·德·席尔瓦的 *The Road from Elephant Pass* (Vijitha Yapa, 2003, Colombo)，该书大部分情节背景设定在"十湖"区域的荒野，讽刺的是，作者在那里被地雷炸死了。

科伦坡

我只碰到一本旅游指南：古怪而愉快得不太可靠的 *Colombo 7° Guide* (Sri Serendipity, 2011, Galle)。这个城市更美丽的元素在 David Robson 图文并茂的传记 *Geoffrey Bawa: The Complete Works* (Thames & Hudson, 2002, London) 中有最好的展示。另外，卡尔·穆勒在他的黑暗小说 *Colombo* (Penguin India, 1995, Colombo) 里描写了生活的肮脏一面。

我对班达拉奈克家族的圈子和活动场所的了解从 James Manor 的传记 *The Expedient Utopian: Bandaranaike and Ceylon* (Cambridge University Press, 1989, Cambridge) 中受益极大。虽然这个政治故事纷繁复杂，难以参透，但却显现出一幅神秘迷人的画卷，里面有那些显赫家族、他们的体制和他们对科伦坡的掌控。S. W. R. D. 的言论可以在 *Speeches and Writings: S. W. R. D. Bandaranaike* (Department of Broadcasting, 1963, Colombo) 中找到。

阿努拉德普勒与水库之王

除了上述的通史作品，还有许多我认为特别有用的专门著作。Senake Bandaranayake 教授对阿努拉德普勒和锡吉里耶有广泛论述，但代表作是他那本配有美丽插图的 *The Rock and Wall Paintings of Sri*

Lanka (Lake House, 1986, Colombo)。至于水库本身，最好且最新的研究是 P. B. Dharmasena 的 "Evolution of the Hydraulic Societies in the Ancient Anuradhapura Kingdom of Sri Lanka"，收录于 *Landscapes and Societies: Selected Cases*, edited by Peter Martini and Ward Chesworth (Springer, 2011, New York)。我也非常感谢罗兰·席尔瓦（Roland Silva）博士与我分享他尚未发表的一篇论文，主题是马纳尔一家百货商店的演变。

至于该岛最早的游访者，我特别喜欢两部作品。第一部是 H. A. J. Hulugalle 的 *Ceylon of the Early Travellers* (Wesley Press, 1969, Colombo)，该书内容紧凑且准确。第二部是 Matthew Lyons 的 "The Legate's Tale"，讲述了 Giovanni dei Marignolli 在 1338 到 1353 年间的奇异旅程，收录在他的故事集 *Impossible Journeys* (Cadogan, 2009, London) 中。

动植物群

今天，有关这座岛屿的野生动植物的作品，我的朋友 Gehan de Silva Wijeyeratne 的写作是最为出色的。他的 *Wild Sri Lanka* (John Beaufoy, 2013, Oxford) 为看什么、去哪里看提供了一份全面的导引。他的袖珍指南也极有用，包括 *Birds of Sri Lanka* (John Beaufoy, 2015, Oxford)。在鸟类学家看来，John Harrison 的 *A Field Guide to the Birds of Sri Lanka* (OUP, 1999, Oxford) 也是不可或缺的。

葡萄牙人和荷兰人

除了通史作品，还有几本书要么让我很享受，要么让我感到恐怖。R. H. Bassett 的 *Romantic Ceylon* (Palmer, 1929, London) 书名很奇怪，书里有一些早期殖民生活的迷人片段。相比之下，葡萄牙时期和荷兰征服的暴行在菲利普斯·巴尔达厄斯于 1672 年首次出版的历史著作 A Description of the Great and Most Famous Island of Ceylon (reprinted by Asian Educational Services, 1998, Delhi) 中有大量的描写（并配有华丽的插图）。同样描述荷兰征服，但不那么血腥的是弗朗索瓦·瓦伦泰因（Francois Valentijn）的 Description of Ceylon，首版于 1726 年，1978 年由 Hakluyt Society 再版。

有关那些时代的作品，我本来还会罗列更多。然而幸运的是，我有 Kees Zandvliet 的 The Dutch Encounter with Asia, 1600–1950 (B. V. Waanders Uitgeverji, 2002, Zwolle)，该书是为纪念荷兰东印度公司成立 400 周年而出版的。我也要感谢 William Nelson 的 The Dutch Forts of Sri Lanka (Canongate, 1984, Edinburgh)，它是一部堡垒大综述。最后但同样重要的是，Riccardo Orizio 对最后的荷兰人后裔进行了愉快的研究，成果呈现在 Lost White Tribes (Secker & Warburg, 2000, London) 一书中。

康提和伟大之路

虽然这条路已经消失了，但它的故事却留存在许多记载之中。我在上面已经提到了巴尔达厄斯和瓦伦泰因，但还有两位伟大的英国旅行者描述了这条路最后几年的情况。第一位是罗伯特·珀西瓦尔，他的作品《锡兰岛纪行》是 1803 年出版的，1975 年由代希瓦勒的 Tisara Prakasakayo 出版。另一位是约翰·戴维，他在 An Account of the Interior of Ceylon and of its Inhabitants with Travels in that Island (reprinted by Tisara Prakasakayo, 1969, Dehiwala) 中描述了僧伽罗人生活的方方面面，而且详细得惊人。

然而，最精彩的是罗伯特·诺克斯的回忆录 An Historical Relation of Ceylon (Royal Society, 1681, London)。他所描述的自

己被囚禁在康提的经历现在仍然影响着我们对这个王国的理解。Katherine Frank 做了出色的工作,她在 *Crusoe: Daniel Defoe, Robert Knox and the Creation of a Myth* (Bodley Head, 2011, London) 一书中,将这一切置于背景之中进行考察。至于王国的艺术品,也许还是没有比 Ananda Coomaraswamy 的 *Medieval Sinhalese Art* 更好的评论,该书初版于 1908 年,1956 年由纽约的众神殿图书公司(Pantheon Books)再版。

王国的结局在杰弗里·鲍威尔的 *The Kandyan Wars* (Leo Cooper, 1973, London) 中有惊心动魄而又悲惨凄凉的描述。随后的阴谋和间谍活动由 Brendon Gooneratne 和 Yasmine Gooneratne 在 *This Inscrutable Englishman: Sir John D'Oyly, Baronet, 1774–1824* (Cassell, 1999, London and New York) 中继续讲述。

茶乡与英属锡兰

锡兰的殖民者似乎一贯喜欢讲述他们的冒险经历,许多回忆录让我应接不暇,其中也有好的作品。塞缪尔·贝克虽然很粗鄙,喜欢自吹自擂,但他的《在锡兰的八年》(伦敦 Longmans 出版社,1884 年)对维多利亚居留地上的灾祸和恐怖提供了大量佐证。伦纳德·伍尔夫的作品则没有那么精力充沛。他的自传 *Growing* (Harcourt, Brace & World, 1961, New York) 和他的小说 *The Village in the Jungle* (Edward Arnold, 1913, London) 都把殖民地生活描绘得荒凉惨淡,没有意义。又过了一个世纪,克里斯托弗·翁达杰爵士用他自己的一次引人入胜的短期探访重塑了伍尔夫的旅行,写成 *Woolf in Ceylon: An Imperial Journey in the Shadow of Leonard Woolf, 1904–1911* (The Long Riders Guild, 2006) 一书。

我发现,种植园主的生活可能充满了惊喜。翁达杰的弟弟迈克尔在他父亲的故事 Running in the Family (W. W. Norton, 1982, New York) 中描述了一种混乱的、享乐主义的生活。对其他人来说，性是陌生的，罕见的，外来的。例如哈里·威廉斯，他是《锡兰：东方明珠》（伦敦 Hale 出版社，1948 年）的作者。尽管他深情地写下了他在山区的时光，但他坦率地承认，当地人一直是个谜。与此同时，像艾迪沙姆这样的豪宅似乎是以其存在作为对周围乡野的全然排斥。它的故事在 The Dream House of Sir Thomas Lister Villiers (Monte Fano, undated, Kandy) 中有述。

为了研究迪亚塔拉瓦的布尔人战俘营，我查阅了"锡兰的布尔战俘"（Boere Krygsgevangenes in Ceylon）标题下的一系列文章（Journal of the Dutch Burgher Union of Ceylon, Volumes XVIII, XXXVI, XXXVII and XXXVIII）。我还读到了 William Steyn 的一篇十分出彩的文章，他途经亚丁和俄罗斯回国，他的故事写在"How we escaped from Ceylon"（The Wide World Magazine, 1903）一文里。

我对第二次世界大战中锡兰的了解完全来自 Michael Tomlinson 的 The Most Dangerous Moment (Granada, 1979, St Albans)。在更多的背景材料方面，我还得益于 H. G. P. Jayasekara 略显古怪的作品 How Japan Bombed Tiny Ceylon (Stamford Lake, 2013, Colombo)。有一本小册子也很有趣，是为来访的军人出版的。这本册子写得很好，题目是 Ceylon and Its People (Ceylon Daily News, 1942, Colombo)，它让人们看到了一个现在急于讨好的政府。作者们说："僧伽罗人和泰米尔人所传承的文明远比欧洲繁荣发展的任何文明都要悠久……"

野性东方：维达人、瓦尼地区和猛虎组织

我再次感谢一位作者朋友与我分享她尚未正式发表的作品。瑞典人类学家维薇卡·斯蒂格伯恩（Wiveca Stegeborn）也许堪称研究

维达人的主要权威。她的最新论文题目为"Climate Change, Nature Conservation and Indigenous Peoples: A Case Study on the Wanniyala-Aetto (Veddahs) of Sri Lanka"。斯蒂格伯恩是为维达人辩护的一位勇士,她继承了 R. L. 斯皮特尔、C. G. Seligmann 和 B. Z. Seligmann 的衣钵。斯皮特尔写作了 Wild Ceylon (The Colombo Apothecaries, 1927, Colombo),后两位作者写作了 The Veddas (Cambridge University Press, 1911, Cambridge)。

出人意料的是,有关瓦尼这片荒野之地的文字很少。然而,我偶然发现了 C. S. 纳瓦拉特南的一本十分吸引人的小书,名为《瓦尼与瓦尼亚人》(1960 年在贾夫纳印行)。

很可悲,瓦尼地区现在只是作为泰米尔猛虎组织的大本营而为人所知,未来很多年都会如此。猛虎组织也有自己的支持者,如阿黛尔·巴拉辛哈姆,她写了 The Will to Freedom: An Inside View of Tamil Resistance (Fairmax Publishing, 2003, London)。他们在别的地方是作为狂热分子和恐怖分子出现的,从这个角度进行研究的代表学者为 M. R. Narayan Swamy,其最重要的作品为 Tigers of Lanka: from Boys to Guerrillas (Konark, 2002, New Delhi) 和 The Tiger Vanquished (Sage, 2010, Delhi)。至于与干部的接触,威廉·达尔林普尔的前述作品和马克·梅多斯的 Tea Time with Terrorists (Soft Skull, 2010, New York) 中有非常精彩的描述。同样引人入胜的是斯蒂芬·钱皮恩的摄影作品,他为儿童兵拍摄的照片令人难忘,这些照片出现在 War Stories (Hotshoe, 2008, London) 和 Lanka 1986–1992 (Garnet, 1993, Reading) 中。

贾夫纳和泰米尔人的世界

从我最早在伦敦与泰米尔人接触的经历中,我逐渐意识到他们有时会显得很害羞。我对邻居们的了解大多来自官方文件和政府调查。例如，在 2010 年 8 月慈善委员会（Charity Commission）的一份报告中，图庭的寺庙就是关注的焦点。其他有用的报告包括 "Funding the 'Final War'" (Human Rights Watch, vol. 18, New York)、"The Sri Lankan Tamil Diaspora after the LTTE" (International Crisis Group, 2010) 和 "Sri Lanka Bulletin: Treatment of Returns" (UK Border Agency, 2012, London)。然而，来自泰米尔人的资料却少之又少。因此，我很感谢 Dhananjayan Sriskandarajah 与我分享他与 Camilla Orjuela 共同撰写的理性辩证的论文 "The Sri Lankan Tamil Diaspora: Warmongers or peace builders?" (OUP, 2008, Oxford)。

至于斯里兰卡的泰米尔人，能够获取的资源同样缺乏。泰米尔人的地区在旅行指南中几乎没有标识，对贾夫纳也只是一笔带过。巴尔达厄斯、瓦伦泰因、威廉斯和伍尔夫提供了一些丰富多彩的殖民时期的见解，但现代泰米尔人的世界仍然显得隐晦不明。对冲突的探讨在文学作品中完全占据主导地位，普通人的生活几乎就像从印刷品中消失了一样。在过去的几十年里，对东部的泰米尔人的世界最好的描述往往来自外国，包括威廉·麦高恩的《惟人邪恶》（纽约 Farrar, Straus and Giroux 出版社，1992 年）。

斯里兰卡内战

毋庸置疑，这场战争产生了堆积如山的论文，但其中大部分都是观点，完整的事实还有待确定。尽管如此，还是有一些作品在分析战争原因、记录断断续续的事件进程方面做出了了不起的尝试。对此，最好的作品有 K. M. de Silva 的 *Sri Lanka and the Defeat of the LTTE* (Vijitha Yapa, 2012, Colombo) 和 *Reaping the Whirlwind* (Penguin, 1998, Delhi)，Robert Johnson 的 *A Region in Turmoil* (Reaktion, 2005,

New York) 和 Rohan Gunaratna 的 *Indian intervention in Sri Lanka: The role of India's intelligence agencies* (South Asian Network on Conflict Research, 1993)。Paul Moorcraft 教授写了一部非常有趣的军事史——*Total Destruction of the Tamil Tigers; The Rare Victory of Sri Lanka's Long War* (Pen & Sword Books, 2013, Barnsley), 不过作者自己也承认, 它是"有争议的"。

真正的困难在于弄清战争的最后发生了什么。对于到底犯了什么罪行, 是谁犯下的, 目前还没有定论。证据的主要来源仍然是"Report of the Secretary-General's Panel of Experts on Accountability in Sri Lanka" (UN, March 2011)。然而, 戈登·韦斯还根据他自己的回忆, 写成了巨著《牢笼》(伦敦 Bodley Head 出版社, 2011)。同样, 弗朗西丝·哈里森在 *Still Counting the Dead* (Portobello, 2012, London) 一书里汇集了许多见证人, 这部作品"从战败者的视角讲述战争的胜利", 是非常了不起的。但是, 她的见证人并非全部可信(其中有一个说, 婴儿一出生就"已经有子弹打进他们小小的四肢", 我觉得不可信)。另一边, 斯里兰卡军方否认所有的罪行, 并自己制作了厚颜无耻的回应文件——"Humanitarian Operation Factual Analysis July 2006–May 2009" (Ministry of Defence, July 2011, Colombo)。

此外还有几部参与过战争的人撰写的回忆录。猛虎组织甚至也有自己的文学英雄"玛拉拉万"(Malaravan)。他二十岁时在行动中阵亡, 留下一本日记, 后来成了畅销书: *War Journey: Diary of a Tamil Tiger* (Penguin, 2013, Delhi)。但真正令我着迷的回忆录是 *In the Line of Duty* (Unigraphics, 2008, Colombo), 作者是一名军医。这本书深深吸引了我, 我甚至找到了它的作者加米尼·古纳蒂拉克, 此后我们就成了朋友。

致谢

如果没有许多人的慷慨、智慧和耐心,这本书是不可能完成的。事件是真实的,但许多人特别要求匿名。尽管如此,我还是要感谢他们。同时,我还想向以下人士致以诚挚的谢意:

在科伦坡:瓦桑塔·森纳那亚克议员;拉维·维拉佩鲁马海军中校(已退役);伟大的板球运动员阿拉温达·德·席尔瓦和西达斯·韦蒂穆尼;穆罕默德·阿比德利;苏内特拉·班达拉奈克和她的妹妹——前总统钱德里卡·库马拉通加夫人;希兰·库雷,他热情好客,给了我无尽的慷慨招待;加米尼·古纳蒂拉克医生;维纳亚加莫尔西·穆拉里塔兰议员(即"卡鲁纳上校");米歇尔·图赖拉贾·米尔钱达尼(Michele Thurairaja Mirchandani);苏雷什·费里(Suresh Ferrey)和曼迪·费里(Mandy Ferrey);罗兰·席尔瓦博士及其夫人;克洛艾·德·索伊萨("克洛艾姑母");普鲁提维拉杰·费尔南多(Pruthiviraj Fernando)博士,他帮助我了解大象的世界;锡兰旅游公司(Ceylon Tours)的钱德拉·埃迪里维拉(Chandra Ediriweera);迪郎格·萨姆迪帕拉议员;"和平"机构的穆罕默德·马乌鲁福(Mohammed Mahuruf);"奥特里"客栈的玛丽;肯尼·斯佩尔德温德(Kenny Speldewinde,廷塔杰尔酒店的经理);安杰琳·翁达杰(Angeline Ondaatjie);生态团队公司(www.srilankaecotourism.com)的阿努鲁达·班达拉(Anuruddha Bandara);马克·福布斯(Mark Forbes);以及孜孜不倦的拉吉瓦·维杰辛哈教授。

在丘陵地区和康提:获大英帝国员佐勋章(MBE)的克里斯托

弗·沃辛顿（"最后一个种植园主"）；罗波那·维杰耶拉特纳（Ravana Wijeyeratne）；阿玛尔·兰迪尔·卡鲁纳拉特纳博士；因杜尼尔·拉纳辛哈（Indunil Ranasinghe）准将（斯里兰卡军事学院院长），获战斗英勇勋章（RWP），和迪亚塔拉瓦的皇家海军赫拉特上尉；泰勒山的 E. L. 森纳那亚克(和管家希尔瓦拉杰)；艾迪沙姆圣本笃隐修院(www.adisham.org）的修道士们；阿什伯纳姆（www. ashburnhamestate.com）的大卫·斯旺内尔，海尔加·德·席尔瓦·布洛·佩雷拉；以及苏克塔·玛诺佳妮（Suketha Manojani）女士，她在加勒盖德勒山的山顶招待我们喝茶。

在西南海岸和东海岸一带：森尼伽马"善良基金会"的库希尔·古纳塞拉；尼奥马尔·佩雷拉副部长和他的妻子克里桑塔；拜蒂克洛的特伦斯牧师；圣米迦勒学院的哈里·米勒神父；萨曼莎旅游公司（Samantha's Tours，汉班托特）的萨姆；费利奇安·费尔南多，他与我分享了他探寻"竞技神"号的经历；苏尼尔·佩雷拉（Sunil Perera）少校（已退役）；阿曼维拉酒店（Amanwella）的经理彼得罗·阿迪斯（Pietro Addis）；哈林·费尔南多（Harin Fernando）议员；以及亭可马里海军船坞（Trincomalee Naval Dockyard）的蒂拉塔少校和 S. J. 库马拉中校（东部区域指挥官）。

在瓦尼地区、贾夫纳和北部：毛利·德·萨拉姆（网址为 www.galkadawala.com）；瓦武尼亚的罗西尼·辛加姆；穆兰卡维尔圣母教堂的 S. 阿南塔库玛神父；穆兰卡维尔海军基地的图西塔·赫拉特上尉和普拉迪普·拉纳通加中校；萨曼·佩雷拉（Saman Perera）上校；贾夫纳遗产酒店的工作人员；航空博览公司（Expo Aviation，贾夫纳）的 K. 瓦萨卡兰（K. Vaseekaran）；穆莱蒂武总部营地的马克将军和伊苏鲁上尉；基利诺奇的尼哈尔·阿马拉塞克拉准将；HALO 组织的斯坦尼斯拉夫·达米亚诺维克（Stanislav Damjanovic）；以及埃亚图莱·桑塔姆。

在瑞士：马克·丹格尔（Mark Dangel）和马丁·科伊特纳（Martin Keutner），感谢他们帮忙介绍情况。

在瑞典：维薇卡·斯蒂格伯恩，感谢她在涉及维达人方面的帮助和建议。

在英国：汤姆·威杰尔博士；苏·马什（Sue Marsh）和斯里兰卡之友组织（The Friends of Sri Lanka Association）；谢万提·古纳塞克拉（Shevanthie Goonesekera）；吉亨·德·席尔瓦·维杰耶拉特纳；大卫·罗布森教授；威廉·理查兹（William Richards）；大卫·泰瑟姆（David Tatham），获得圣米迦勒及圣乔治同袍勋章（CMG）；曾任职于HALO组织的盖伊·威洛比（Guy Willoughby）；拉维·坦纳孔（Ravi Tennekoon）教授；威廉·德塞贡多（William de Segundo）；巴纳比·罗杰森（Barnaby Rogerson）；马克·埃林汉姆（Mark Ellingham）；国际生存组织（Survival International）的罗宾·汉伯里－特尼森（Robin Hanbury-Tenison）和索菲·格里格（Sophie Grig）；克里斯托弗·翁达杰爵士，获大英帝国司令勋章（CBE）；特蕾西·劳森（Tracey Lawson）；希汉·德·席尔瓦·贾亚苏里亚（Shihan de Silva Jayasuriya）博士；费利克斯·维卡特（Felix Vicat）；奥利维娅·瑞克里（Olivia Richli）；安东尼·温（Anthony Wynn）；贾扬·佩雷拉（Jayan Perera）；布赖恩·马丁（Brian Martin），获大英帝国官佐勋章（OBE）；希拉·达尔兹（Sheila Darzi）；罗布·贝克特（Rob Beckett）；我的姐姐菲莉帕·海斯（Philippa Hayes）和我的哥哥马修·吉姆雷特（Matthew Gimlette)；阿利斯泰尔·莫蒂默（Alistair Mortimer）；利兹·詹姆森（Liz Jameson）；菲利普·汉密尔顿－格里尔森（Philip Hamilton-Grierson）；约翰·拉詹·约克（John Rajan Yorke）；达南贾扬·斯里斯坎达拉贾；纳根德拉姆·塞瓦拉特南；斯

里德维·斯里斯坎达拉贾(Sridevy Sriskandarajah);安东·伊曼纽尔(Anton Emmanuel)博士;米拉·塞尔瓦(Meera Selva);亨利·布朗里格(Henry Brownrigg);威廉·理查兹(William Richards);斯蒂芬·钱皮恩;维吉特·芬恩(Widget Finn);梅利莎·泰勒(Melissa Taylor)和乔纳森·泰勒(Jonathan Taylor);耶马·休利特(Jemma Hewlett);罗吉尔·维斯特修斯(Rogier Westerhuis);以及萨姆·克拉克(Sam Clark)。

我也非常感谢奥德利旅行社(Audley Travel,网址为www.audleytravel.com)和体验旅行社(Experience Travel,网址为www.experiencetravelgroup.com),在我的旅程中,他们提供了高效且慷慨的支持。本书中的一些情节最初以非常不同的形式出现在《金融时报》和《每日电讯报》上。

至于本书的写作和出版,我非常感谢菲利普·布莱克韦尔(Philip Blackwell);提供后勤保障的伊冯娜·邦恩(Yvonne Bunn);我的经纪人乔治娅·卡佩尔(Georgina Capel);克诺夫出版社的桑尼·梅塔(Sonny Mehta)和戴安娜·科格利安尼斯(Diana Coglianese);以及奎克斯出版社(Quercus)的乔恩·赖利(Jon Riley)和罗丝·托马谢夫斯卡(Rose Tomaszewska)。我还要特别感谢我的父母T. M. D.吉姆雷特(T. M. D. Gimlette)医生及夫人,感谢他们的帮助和鼓励,以及他们对本书底稿的宝贵建议。

最后,感谢我的妻子杰恩和女儿露西。我很长时间不在她们身边(包括去亚洲旅行和在阁楼上写作),她们一直非常耐心地容忍我的长期缺席。如果没有杰恩,我不可能完成这些工作,她是我不竭的灵感源泉,也一直给予我无限支持。露西也表现出极大的理解,她虽然只有十岁,但已经吸收了一点我对斯里兰卡的好奇心,化作她自己的好奇。因此,我带着全部的爱感谢她们,一如既往。

远方译丛
（第一辑）

到马丘比丘右转：一步一步重新发现失落之城
〔美〕马克·亚当斯 著　范文豪 译

走过兴都库什山：深入阿富汗内陆
〔英〕埃里克·纽比 著　李越 译

彻悟：印度朝圣之旅
〔澳〕萨拉·麦克唐纳 著　向丽娟 译

行走的柠檬：意大利的柑橘园之旅
〔英〕海伦娜·阿特利 著　张洁 译

龙舌兰油：迷失墨西哥
〔英〕休·汤姆森 著　范文豪 译

巴基斯坦寻根之旅
〔英〕伊桑巴德·威尔金森 著　王凤梅 译　蓝琪 校

带上查理去旅行：重寻美国 （待出）
〔美〕约翰·斯坦贝克 著　栾奇 译

幸福地理学：寻找世界上最幸福的地方
〔美〕埃里克·韦纳 著　田亚曼 孙玮 译